MW01503832

1

Don Quichotte de la Manche
Premiere Partie

Miguel de Cervantes

ISBN: 9791222490946

L'INGÉNIEUX CHEVALIER
DON QUICHOTTE DE LA MANCHE

PREMIÈRE PARTIE

8

PRÉFACE

En te présentant ce livre enfant de mon esprit, ai-je besoin de te jurer, ami lecteur, que je voudrais qu'il fût le plus beau, le plus ingénieux, le plus parfait de tous les livres? Mais, hélas! je n'ai pu me soustraire à cette loi de la nature qui veut que chaque être engendre son semblable. Or, que pouvait engendrer un esprit stérile et mal cultivé tel que le mien, sinon un sujet bizarre, fantasque, rabougri et plein de pensées étranges qui ne sont jamais venues à personne? De plus, j'écris dans une prison, et un pareil séjour, siége de toute incommodité, demeure de tout bruit sinistre, est peu favorable à la composition d'un ouvrage, tandis qu'un doux loisir, une paisible retraite, l'aménité des champs, la sérénité des cieux, le murmure des eaux, la tranquillité de l'âme, rendraient fécondes les Muses les plus stériles.

Je sais que la tendresse fascine souvent les yeux d'un père, au point de lui faire prendre pour des grâces les imperfections de son enfant; c'est pourquoi je m'empresse de te déclarer que don Quichotte n'est pas le mien; il n'est que mon fils adoptif. Aussi je ne viens pas, les larmes aux yeux, suivant l'usage, implorer humblement pour lui ton indulgence; libre de ton opinion, maître absolu de ta volonté comme le roi l'est de ses gabelles, juge-le selon ta fantaisie; tu sais du reste notre proverbe: Sous mon manteau, je tue le roi[1]. Te voilà donc bien averti et dispensé envers moi de toute espèce de ménagements; le bien ou le mal que tu diras de mon ouvrage ne te vaudra de ma part pas plus d'inimitié que de reconnaissance.

J'aurais voulu te l'offrir sans ce complément obligé qu'on nomme préface, et sans cet interminable catalogue de sonnets et d'éloges qu'on a l'habitude[2] de placer en tête de tous les livres; car bien que celui-ci m'ait donné quelque peine à composer, ce qui m'a coûté le plus, je dois en convenir, cher lecteur, c'est la préface que tu lis en ce moment; bien des fois j'ai pris, quitté, repris la plume, sans savoir par où commencer.

J'étais encore dans un de ces moments d'impuissance, mon papier devant moi, la plume à l'oreille, le coude sur la table et la joue dans la main, quand je fus surpris par un de mes amis, homme d'esprit et de bon conseil, lequel voulut savoir la cause de ma profonde rêverie. Je lui confessai que le sujet de ma préoccupation était la préface de mon histoire de don Quichotte, et qu'elle me coûtait tant d'efforts, que j'étais sur le point de renoncer à mettre en lumière les exploits du noble chevalier.

Et pourtant, ajoutais-je, comment se risquer à publier un livre sans préface? Que dira de moi ce sévère censeur qu'on nomme le public, censeur que j'ai négligé depuis si longtemps, quand il me verra reparaître vieux et cassé[3], avec un ouvrage maigre d'invention, pauvre de style, dépourvu d'érudition, et, ce qui est pis encore, sans annotations en marges et sans commentaires, tandis que nos ouvrages modernes sont tellement farcis de sentences d'Aristote, de Platon et de toute la troupe des philosophes, que, dans son enthousiasme, le lecteur ne manque jamais de porter aux nues ces ouvrages comme des modèles de profonde érudition? Et qu'est-ce, bon Dieu, quand leurs auteurs en arrivent à citer la sainte Écriture! Oh! alors, on les prendrait pour quelque saint Thomas, ou autre fameux docteur de l'Église; en effet, ils ont tant de délicatesse et de goût, qu'ils se soucient fort peu de placer après le portrait d'un libertin dépravé un petit sermon chrétien, si joli, mais si joli, que c'est plaisir de le lire et de l'entendre. Vous voyez bien que mon ouvrage va manquer de tout cela, que je n'ai point de notes ni de commentaires à la fin de mon livre, qu'ignorant les auteurs que j'aurais pu suivre, il me sera impossible d'en donner, comme tous mes confrères, une table alphabétique commençant par Aristote et finissant par Xénophon, ou par Zoïle et Zeuxis, quoique celui-ci soit un peintre et l'autre un critique plein de fiel.

Mais ce n'est pas tout; mon livre manquera encore de ces sonnets remplis d'éloges pour l'auteur, dont princes, ducs, évêques, grandes dames et poëtes célèbres, font ordinairement les frais (quoique, avec des amis comme les miens, il m'eût été facile de m'en pourvoir et des meilleurs); aussi tant d'obstacles à surmonter m'ont-ils fait prendre la résolution de laisser le seigneur don Quichotte enseveli au fond des archives de la Manche, plutôt que de le mettre au jour dénué de ces ornements indispensables qu'un maladroit de mon espèce désespère de pouvoir jamais lui procurer. C'était là le sujet de la rêverie et de l'indécision où vous m'avez surpris.

A ces paroles, mon ami partit d'un grand éclat de rire. Par ma foi, dit-il, vous venez de me tirer d'une erreur où j'étais depuis longtemps: je vous avais toujours cru homme habile et de bons sens, mais je viens de m'apercevoir qu'il y a aussi loin de vous à cet homme-là que de la terre au ciel. Comment de semblables bagatelles, et si faciles à obtenir, ont-elles pu vous arrêter un seul instant, accoutumé que vous êtes à aborder et à vaincre des difficultés bien autrement sérieuses? En vérité, je gagerais que ce n'est pas insuffisance de votre part, mais simplement paresse ou défaut de réflexion. M'accordez-vous quelque confiance? Eh bien, écoutez-moi, et vous allez voir de quelle façon je saurai aplanir les obstacles qui vous empêchent de publier l'histoire de votre fameux don Quichotte de la Manche, miroir et fleur de la chevalerie errante.

Dieu soit loué! m'écriai-je; mais comment parviendrez-vous à combler ce vide et à débrouiller ce chaos?

Ce qui vous embarrasse le plus, répliqua mon ami, c'est l'absence de sonnets et d'éloges dus à la plume d'illustres personnages pour placer en tête de votre livre? Eh bien, qui vous empêche de les composer vous-même et de les baptiser du nom qu'il vous plaira de leur donner? Attribuez-les au prêtre Jean des Indes[4], ou à L'empereur de Trébizonde: vous savez qu'ils passent pour d'excellents écrivains. Si, par hasard, des pédants s'avisent de contester et de critiquer pour semblable peccadille, souciez-vous-en comme d'un maravédis; allez, allez, quand même le mensonge serait avéré, on ne coupera pas la main qui en sera coupable. Pour ce qui est des citations marginales, faites venir à propos quelques dictons latins, ceux que vous savez par cœur ou qui ne vous donneront pas grand'peine à trouver. Par exemple, avez-vous à parler de l'esclavage et de la liberté? qui vous empêche de mettre

Non bene pro toto libertas venditur auro.

Traitez-vous de la mort? citez sur-le-champ:

17

Pallida mors æquo pulsat pede pauperum tabernas
Regumque turres....

S'il est question de l'amour que Dieu commande
d'avoir pour son ennemi, l'Écriture sainte ne nous dit-
elle pas: *Ego autem dico vobis, diligite inimicos vestros?* S'il
s'agit de mauvaises pensées, recourez à l'Évangile: *De
corde exeunt cogitationes malæ.* Pour l'instabilité de l'amitié,
Caton vous prêtera son distique:

Donec eris felix, multos numerabis amicos;
Tempora si fuerint nubila, solus eris[5].

Avec ces bribes de latin amenées à propos, vous passe-
rez pour un érudit, et par le temps qui court, cela vaut
honneur et profit.

Quant aux notes et commentaires qui devront compléter votre livre, voici comment vous pourrez
procéder en toute sûreté. Vous faut-il un géant?
prenez-moi Goliath, et avec lui vous avez un commen-
taire tout fait; vous direz: Le géant Golias ou Goliath
était un Philistin que le berger David tua d'un coup de
fronde dans la vallée de Térébinthe, ainsi qu'il est écrit
au *Livre des Rois*, chapitre..... Voulez-vous faire une excursion dans le domaine des sciences, en géographie,
par exemple? eh bien, arrangez-vous pour parler du
Tage, et vous avez là une magnifique période! Dites:
Le fleuve du Tage fut ainsi nommé par un ancien roi

des Espagnes, parce qu'il prend sa source en tel endroit, et qu'il a son embouchure dans l'Océan, où il se jette après avoir baigné les murs de la célèbre et opulente ville de Lisbonne, il passe pour rouler un sable d'or, etc., etc. Voulez-vous parler de brigands? je vous recommande l'histoire de Cacus. Vous faut-il des courtisanes? l'évêque de Mondonedo[6] vous fournira des Samies, des Laïs, des Flores. S'agit-il de démons femelles? Ovide vous offre sa Médée. Sont-ce des magiciennes ou enchanteresses? vous avez Calypso dans Homère et Circé dans Virgile. En fait de grands capitaines, Jules César se peint lui-même dans ses *Commentaires*, et Plutarque vous fournira mille Alexandre. Enfin si vous avez à traiter de l'amour, avec deux onces de langue italienne, Léon Hébreu[7] vous donnera pleine mesure; et s'il vous répugne de recourir à l'étranger, nous avons en Espagne le Traité de Fonseca sur l'Amour de Dieu, dans lequel se trouve développé tout ce que l'homme le plus exigeant peut désirer en semblable matière. Chargez-vous seulement d'indiquer les sources où vous puiserez, et laissez-moi le soin des notes et des commentaires; je me charge de remplir vos marges, et de barbouiller quatre feuilles de remarques par-dessus le marché.

Mais, il me semble, en vérité, que votre ouvrage n'a aucun besoin de ce que vous dites lui manquer, puisqu'en fin de compte vous n'avez voulu faire qu'une satire des livres de chevalerie, qu'Aristote n'a pas connus, dont Cicéron n'a pas eu la moindre idée, et dont saint Basile ne dit mot. Ces fantastiques inventions n'ont rien à démêler avec les réalités de l'histoire, ni avec les calculs de la géométrie, les règles et les arguments de la rhétorique. Vous n'avez pas sans doute la prétention de convertir les gens, comme veulent le faire tant de vos confrères qui mêlent le sacré et le profane, mélange coupable et indécent que doit sévèrement réprouver tout esprit vraiment chrétien! Bien exprimer ce que vous avez à dire, voilà votre but; ainsi, plus l'imitation sera fidèle, plus votre ouvrage approchera de la perfection. Si donc vous n'en voulez qu'aux livres de chevalerie, pourquoi emprunter des sentences aux philosophes, des citations à la sainte Écriture, des fables aux poëtes, des discours aux rhéteurs, des miracles aux saints? Faites seulement que votre phrase soit harmonieuse et votre récit intéressant; que votre langage, clair et précis, rende votre intention sans obscurité ni équivoque; tâchez surtout qu'en vous lisant, le mélancolique ne puisse s'empêcher de rire, que l'ignorant s'instruise, que le connaisseur admire, que le sage se croie tenu de vous louer. Surtout visez constamment à détruire cette ridicule faveur qu'ont usurpée auprès de tant de gens les livres de chevalerie; et, par ma foi, si vous en venez à bout, vous n'aurez pas accompli une mince besogne.

J'avais écouté dans un grand silence ce que disait mon ami; ses raisons frappèrent tellement mon esprit que, sans répliquer, je les tins, à l'instant même, pour excellentes, et je résolus d'en faire cette préface, dans laquelle tu reconnaîtras, cher lecteur, le grand sens d'un tel conseiller, et ma bonne fortune qui me l'avait envoyé si à propos. Tu y trouveras aussi ton compte, puisque, sans autre préliminaire, tu vas passer à l'histoire naïve et sincère de ce don Quichotte de la Manche, regardé par les habitants de la plaine de Montiel comme le plus chaste des amants et le plus vaillant des chevaliers. Mais je ne voudrais pas trop exagérer le service que tu me dois pour t'avoir fait connaître un héros si recommandable; je demande seulement que tu me saches quelque gré de te présenter son illustre écuyer Sancho Panza, dans la personne duquel tu trouveras, je l'espère, rassemblées toutes les grâces *écuyéresques* éparses dans la foule vaine et insipide des livres de chevalerie.

Sur ce, que Dieu te conserve, cher lecteur, sans m'oublier cependant.

PREMIÈRE PARTIE

LIVRE PREMIER

CHAPITRE PREMIER. QUI TRAITE DE LA QUALITÉ ET DES HABITUDES DE L'INGÉNIEUX DON QUICHOTTE.

Dans un petit bourg de la Manche, dont je ne veux pas me rappeler le nom[8], vivait naguère un de ces hidalgos qui ont lance au râtelier, rondache antique, vieux cheval et lévrier de chasse.—Une *olla*[9], bien plus souvent de bœuf[10] que de mouton, un *saupiquet*[11] le soir, le vendredi des lentilles, des abatis de bétail le samedi, et le dimanche quelques pigeonneaux outre l'ordinaire, emportaient les trois quarts de son revenu; le reste payait son justaucorps de panne de soie, avec chausses et mules de velours pour les jours de fête, car d'habitude notre hidalgo se contentait d'un surtout de la bonne laine du pays. Une gouvernante qui avait passé quarante ans, une nièce qui n'en avait pas vingt, et un valet qui savait travailler aux champs, étriller un cheval et manier la serpette, composaient toute sa maison. Son âge frisait la cinquantaine; il était de complexion robuste, maigre de visage, sec de corps, fort matinal et grand chasseur. Parmi les historiens, quelques-uns ont dit qu'il s'appelait Quisada ou Quesada, d'autres le nomment Quixana. Au reste cela importe peu, pourvu que notre récit ne s'écarte en aucun point de l'exacte vérité.

Or, il faut savoir que dans ses moments de loisir, c'est-à-dire à peu près toute l'année, notre hidalgo s'adonnait à la lecture des livres de chevalerie avec tant d'assiduité et de plaisir, qu'il avait fini par en oublier l'exercice de la chasse et l'administration de son bien. Son engouement en vint même à ce point, qu'il vendit plusieurs pièces de bonne terre pour acquérir ces sortes d'ouvrages; aussi en amassa-t-il un si grand nombre qu'il en emplit sa maison.

Mais, parmi ces livres, aucun n'était plus de son goût que ceux du célèbre Feliciano de Silva[12]. Les faux brillants de sa prose le ravissaient, et ses propos quintessenciés lui semblaient autant de perles; il admirait ses cartels de défis, et surtout ses tirades galantes où se trouvaient ces mots: *La raison de la déraison que vous faites à ma raison, affaiblit tellement ma raison, que ce n'est pas sans raison que je me plains de votre beauté*; et cet autre passage vraiment incomparable: *Les hauts cieux qui de votre divinité divinement par le secours des étoiles vous fortifient et vous font méritante des mérites que mérite votre grandeur.*

Le jugement de notre pauvre hidalgo se perdait au milieu de toutes ces belles phrases; il se donnait la torture pour les approfondir et leur arracher un sens des entrailles, ce que n'aurait pu faire le grand Aristote lui-même, fût-il ressuscité exprès pour cela. Il s'accommodait mal des innombrables blessures que faisait ou recevait don Belianis; car, malgré toute la science des chirurgiens qui l'ont guéri, un si intrépide batailleur, disait-il, doit avoir le corps couvert de cicatrices, et le visage, de balafres. Mais il n'en louait pas moins dans l'auteur l'ingénieuse façon dont il termine son livre par la promesse d'une inénarrable aventure. Plus d'une fois il fut tenté de prendre la plume afin de l'achever, ce qu'il eût fait sans doute et même avec succès, si depuis longtemps déjà il n'eût roulé dans sa tête de plus importantes pensées. Souvent il disputait avec le curé de son village, homme docte qui avait étudié à Siguenza[13], sur la question de savoir lequel était meilleur chevalier, de Palmerin d'Angleterre, ou d'Amadis de Gaule. Le barbier du village, maître Nicolas, prétendait que personne n'allait à la taille du chevalier Phébus, et que si quelqu'un pouvait lui être comparé, c'était le seul don Galaor, parce qu'avec des qualités qui le rendaient propre à tout, ce Galaor n'était point un dameret, un langoureux comme son frère Amadis, à qui d'ailleurs il ne le cédait en rien quant à la vaillance.

Bref, notre hidalgo se passionna tellement pour sa lecture, qu'il y passait les nuits du soir au matin, et les jours du matin au soir, si bien qu'à force de toujours lire et de ne plus dormir, son cerveau se dessécha, et qu'il finit par perdre l'esprit. L'imagination remplie de tout ce fatras, il ne rêvait qu'enchantements, querelles, défis, combats, blessures, déclarations galantes, tourments amoureux et autres extravagances semblables; et ces rêveries saugrenues s'étaient si bien logées dans sa tête, que pour lui il n'existait pas au monde d'histoires plus certaines et plus authentiques.

Il disait que le cid Ruy-Dias avait été certes un bon chevalier, mais qu'il était loin de valoir le chevalier de l'Ardente-Épée, qui, d'un seul revers avait pourfendu deux féroces et monstrueux géants. Bernard de Carpio lui semblait l'emporter encore, parce que, à Ronceveaux, s'aidant fort à propos de l'artifice d'Hercule lorsqu'il étouffa entre ses bras Antée, fils de la Terre, il avait su mettre à mort Roland l'enchanté. Il vantait beaucoup aussi le géant Morgan, qui, seul de cette race orgueilleuse et farouche, s'était toujours montré plein de courtoisie. Mais son héros par excellence, c'était Renaud de Montauban, surtout quand il le voyait sortir de son château pour détrousser les passants, ou, franchissant le détroit, courir en Barbarie dérober cette idole de Mahomet qui était d'or massif, à ce que raconte l'histoire. Quant à ce traître de Ganelon, afin de pouvoir lui administrer cent coups de pieds dans les côtes, il aurait de bon cœur donné sa gouvernante et même sa nièce par-dessus le marché.

Enfin, la raison l'ayant abandonné sans retour, il en vint à former le plus bizarre projet dont jamais fou se soit avisé. Il se persuada qu'il était convenable et même nécessaire, tant pour le service de son pays que pour sa propre gloire, de se faire chevalier errant et de s'en aller de par le monde, avec son cheval et ses armes, chercher les aventures, défendre les opprimés, redresser les torts, et affronter de tels dangers que s'il en sortait à son honneur, sa renommée ne pouvait manquer d'être immortelle. Le pauvre rêveur se voyait déjà couronné par la force de son bras, et, pour le moins en possession de l'empire de Trébizonde.

Plein de ces agréables pensées, et emporté par le singulier plaisir qu'il y trouvait, il ne songea plus qu'à passer du désir à l'action. Son premier soin fut de déterrer les pièces d'une vieille armure, qui, depuis longtemps couverte de moisissure et rongée par la rouille, gisait oubliée dans un coin de sa maison. Il les nettoya et les rajusta de son mieux, mais grand fut son chagrin quand au lieu du heaume complet il s'aperçut qu'il ne restait plus que le morion. Son industrie y suppléa, et avec du carton il parvint à fabriquer une espèce de demi-salade, qui, emboîtée avec le morion, avait toute l'apparence d'une salade entière. Aussitôt, pour la mettre à l'épreuve, il tira son épée et lui en déchargea deux coups dont le premier détruisit l'ouvrage d'une semaine. Cette fragilité lui déplut fort: afin de s'assurer contre un tel péril il se mit à refaire son armet, et cette fois il ajouta en dedans de légères bandes de fer. Satisfait de sa solidité, mais peu empressé de risquer une seconde expérience, il le tint désormais pour un casque de la plus fine trempe.

Cela fait, notre hidalgo alla visiter sa monture; et quoique la pauvre bête eût plus de tares que de membres, et fût de plus chétive apparence que le cheval de Gonèle[14] CUI TANTUM PELLIS ET OSSA FUIT, il lui sembla que ni le Bucéphale d'Alexandre, ni le Babieça du Cid, ne pouvaient lui être comparés. Il passa quatre jours entiers à chercher quel nom il lui donnerait, disant qu'il n'était pas convenable que le cheval d'un si fameux chevalier, et de plus si excellent par lui-même, entrât en campagne sans avoir un nom qui le distinguât tout d'abord. Aussi se creusait-il l'esprit pour lui en composer un qui exprimât ce que le coursier avait été jadis et ce qu'il allait devenir: le maître changeant d'état, le cheval, selon lui, devait changer de nom et désormais en porter un conforme à la nouvelle profession qu'il embrassait. Après beaucoup de noms pris, quittés, rognés, allongés, faits et défaits, il s'arrêta à celui de Rossinante[15], qui lui parut tout à la fois sonore, retentissant, significatif, et bien digne, en effet, de la première de toutes les rosses du monde.

Une fois ce nom trouvé pour son cheval, il voulut s'en donner un à lui-même, et il y consacra encore huit jours, au bout desquels il se décida enfin à s'appeler don Quichotte, ce qui a fait penser aux auteurs de cette véridique histoire que son nom était Quixada et non Quesada, comme d'autres l'ont prétendu. Mais, venant à se souvenir que le valeureux Amadis ne s'était pas appelé Amadis tout court, et que pour rendre à jamais célèbre le nom de son pays, il l'avait ajouté au sien, en se faisant appeler Amadis de Gaule, notre hidalgo, jaloux de l'imiter, voulut de même s'appeler don Quichotte de la Manche, persuadé qu'il illustrait sa patrie en la faisant participer à la gloire qu'il allait acquérir.

Après avoir fourbi ses armes, fait avec un morion une salade entière, donné un nom retentissant à son cheval, et en avoir choisi un tout aussi noble pour lui-même, il se tint pour assuré qu'il ne manquait plus rien, sinon une dame à aimer, parce qu'un chevalier sans amour est un arbre sans feuilles et sans fruits, un corps sans âme. En effet, que pour la punition de mes péchés, se disait-il, ou plutôt grâce à ma bonne étoile, je vienne à me trouver face à face avec un géant, comme cela ar-

rive sans cesse aux chevaliers errants, que je le désar-
çonne au premier choc et le pourfende par le milieu du
corps, ou seulement le réduise à merci, n'est-il pas bien
d'avoir une dame à qui je puisse l'envoyer en présent,
afin qu'arrivé devant ma douce souveraine, il lui dise
en l'abordant, d'une voix humble et soumise: «Madame, je suis le géant Caraculiambro, seigneur de l'île
de Malindrania, qu'a vaincu en combat singulier votre
esclave, l'invincible et jamais assez célébré don Quichotte de la Manche. C'est par son ordre que je viens
me mettre à vos genoux devant Votre Grâce, afin
qu'elle dispose de moi selon son bon plaisir.»

Oh! combien notre hidalgo fut heureux d'avoir inventé
ce beau discours, et surtout d'avoir trouvé celle qu'il
allait faire maîtresse de son cœur, instituer dame de ses
pensées! C'était, à ce que l'on croit, la fille d'un laboureur des environs, jeune paysanne de bonne mine,
dont il était devenu amoureux sans que la belle s'en
doutât un seul instant. Elle s'appelait Aldonza Lo-
renzo. Après lui avoir longtemps cherché un nom qui,
sans trop s'écarter de celui qu'elle portait, annonçât
cependant la grande dame et la princesse, il finit par
l'appeler Dulcinée du Toboso, parce qu'elle était native
d'un village appelé le Toboso, nom, à son avis, noble,
harmonieux, et non moins éclatant que ceux qu'il avait
choisis pour son cheval et pour lui-même.

CHAPITRE II. QUI TRAITE DE LA PRE-MIÈRE SORTIE QUE FIT L'INGÉNIEUX DON QUICHOTTE.

Ces préliminaires accomplis, notre hidalgo ne voulut pas différer plus longtemps de mettre à exécution son projet, se croyant déjà responsable de tous les maux que son inaction laissait peser sur la terre, torts à redresser, dettes à satisfaire, injures à punir, outrages à venger. Ainsi sans se confier à âme qui vive, et sans être vu de personne, un matin avant le jour (c'était un des plus chauds du mois de juillet), il s'arme de pied en cap, enfourche Rossinante, et, lance au poing, rondache au bras, visière baissée, il s'élance dans la campagne, par la fausse porte de sa basse-cour, ravi de voir avec quelle facilité il venait de donner carrière à son noble désir. Mais à peine fut-il en chemin, qu'assailli d'une fâcheuse pensée, peu s'en fallut qu'il n'abandonnât l'entreprise. Il se rappela tout à coup que n'étant point armé chevalier, les lois de cette profession lui défendaient d'entrer en lice avec aucun chevalier; et que le fût-il, il n'avait droit, comme novice, de porter que des armes blanches, c'est-à-dire sans devise sur l'écu, jusqu'à ce qu'il en eût conquis une par sa valeur. Ce scrupule le tourmentait; mais, sa folie l'emportant sur toute considération, il résolut de se faire armer chevalier par le premier qu'il rencontrerait, comme il avait lu dans ses livres que cela s'était souvent pratiqué. Quant à ses armes, il se promettait de les fourbir si bien, tout en tenant la campagne, qu'elles deviendraient plus blanches que l'hermine. S'étant donc mis l'esprit en repos, il poursuivit son chemin, s'abandonnant à la discrétion de son cheval, et persuadé qu'en cela consistait l'essence des aventures.

Dans ce moment survint l'hôtelier

Pendant qu'il cheminait enseveli dans ses pensées, notre chercheur d'aventures se parlait à lui-même.

Lorsque dans les siècles à venir sera publié l'histoire de mes glorieux exploits, se disait-il, nul doute que le sage qui tiendra la plume, venant à raconter cette première sortie que je fais si matin, ne s'exprime de la sorte: A peine le blond Phébus commençait à déployer sur la spacieuse face de la terre les tresses dorées de sa belle chevelure, à peine les petits oiseaux, nuancés de mille couleurs, saluaient des harpes de leurs langues, dans une douce et mielleuse harmonie, l'Aurore au teint rose quittant la couche de son vieil époux pour venir éclairer l'horizon castillan, que le fameux chevalier don Quichotte de la Manche, désertant la plume pares- seuse, monta sur son fidèle Rossinante, et prit sa route à travers l'antique et célèbre plaine de Montiel. C'était là qu'il se trouvait en ce moment. Heureux âge, ajou- tait-il, siècle fortuné qui verra produire au grand jour mes incomparables prouesses, dignes d'être éternisées par le bronze et le marbre, retracées par le pinceau, afin d'être données en exemples aux races futures! Et toi, sage enchanteur, assez heureux pour être le chro- niqueur de cette merveilleuse histoire, n'oublie pas, je t'en conjure, mon bon Rossinante, ce cher compagnon de mes pénibles travaux.

Puis tout à coup, comme dans un transport amoureux: O Dulcinée! s'écriait-il, souveraine de ce cœur esclave, à quelle épreuve vous le soumettez en me bannissant avec la rigoureuse défense de reparaître devant votre beauté! Du moins qu'il vous souvienne des tourments qu'endure pour vous ce cœur votre sujet! A ces rêveries il en ajoutait cent autres non moins extraordinaires, sans s'apercevoir que le soleil, déjà bien haut sur l'horizon, lui dardait tellement sur la tête, qu'il n'en fallait pas davantage pour fondre sa cervelle, s'il lui en était resté quelque peu.

Notre héros chemina ainsi tout le jour sans qu'il lui arrivât rien qui mérite d'être raconté; ce qui le désespérait, tant il lui tardait de trouver une épreuve digne de son courage. Quelques-uns prétendent que sa première aventure fut celle du *puerto Lapice*[16]; d'autres, celle des moulins à vent; mais tout ce que j'ai pu découvrir à ce sujet dans les annales de la Manche, c'est qu'après avoir marché jusqu'au coucher du soleil, son cheval et lui, demi-morts de faim, étaient si fatigués, qu'ils pouvaient à peine se soutenir. En regardant de tous côtés s'il ne découvrirait pas quelque abri où il pût se reposer, il aperçut, non loin du chemin qu'il suivait, une auberge isolée, laquelle brilla à ses yeux comme une étoile qui allait le conduire au port du salut. Pressant le pas de son cheval, il y arriva comme le jour finissait.

Sur la porte en ce moment prenaient leurs ébats deux de ces donzelles dont on a coutume de dire qu'elles sont de bonne volonté; ces filles allaient à Séville avec des muletiers qui s'étaient arrêtés là pour y passer la nuit. Comme notre aventurier voyait partout ce qu'il avait lu dans ses livres, il n'eut pas plus tôt aperçu cette misérable hôtellerie, qu'il la prit pour un château avec ses quatre tourelles, ses chapiteaux d'argent bruni reluisant au soleil, ses fossés, son pont-levis, enfin tous les accessoires qui accompagnent ces sortes de descriptions. A peu de distance il s'arrêta, et, retenant la bride de son cheval, il attendit qu'un nain vînt se montrer aux créneaux pour annoncer à son de trompe l'arrivée d'un chevalier; mais comme rien ne paraissait, et que Rossinante avait hâte de gagner l'écurie, don Quichotte avança de quelques pas et aperçut alors les deux filles en question, qui lui parurent deux nobles damoiselles folâtrant devant la porte du château. Un porcher qui passait en ce moment se mit à souffler dans une corne pour rassembler son troupeau: persuadé qu'on venait de donner le signal de sa venue, notre héros s'approcha tout à fait de ces femmes, qui, à l'aspect imprévu d'un homme armé jusqu'aux dents, rentrèrent précipitamment dans la maison. Devinant le motif de leur frayeur, don Quichotte leva sa visière, et découvrant à moitié son sec et poudreux visage, il leur dit d'un ton calme et doux: Timides vierges, ne fuyez point, et ne redoutez de ma part aucune offense; la chevalerie, dont je fais profession, m'interdit d'offenser personne, et surtout de nobles damoiselles telles que vous paraissez.

Ces femmes le regardaient avec étonnement et cherchaient de tous leurs yeux son visage sous la mauvaise visière qui le couvrait; mais quand elles s'entendirent appeler damoiselles, elles ne purent s'empêcher d'éclater de rire.

La modestie sied à la beauté, reprit don Quichotte d'un ton sévère, et le rire qui procède de cause futile est une inconvenance. Si je vous parle ainsi, ne croyez pas que ce soit pour vous affliger, ni pour troubler la belle humeur où je vous vois, car la mienne n'est autre que de vous servir.

Ce langage et cette bizarre figure ne faisaient que redoubler les éclats de leur gaieté; et cela sans doute eût mal tourné, si dans ce moment ne fût survenu l'hôtelier, homme d'un énorme embonpoint, et par conséquent très-pacifique. A l'aspect de cet étrange personnage tout couvert d'armes dépareillées, il fut bien près de partager l'hilarité des deux donzelles; mais, en voyant cet attirail de guerre, se ravisant, il dit à l'inconnu: Seigneur chevalier, si Votre Grâce a besoin d'un gîte, sauf le lit toutefois, car il ne m'en reste pas un seul, elle trouvera chez moi tout à profusion.

Aux avances courtoises du gouverneur du château (tels lui paraissaient l'hôtellerie et l'hôtelier) don Quichotte répondit: Seigneur châtelain, peu de chose me suffit;

LES ARMES SONT MA PARURE, *et mes délassements les combats*[17].

A ce nom de châtelain (*castellano*[18]), l'hôtelier crut que notre aventurier le prenait pour un Castillan, lui qui était un franc Andalous, et même de la plage de San Lucar, aussi voleur que Cacus, aussi goguenard qu'un écolier ou qu'un page: En ce cas, lui dit-il, *la couche de Votre Seigneurie doit être un dur rocher et son sommeil une veille continuelle*[19]. S'il en est ainsi, vous pouvez mettre pied à terre, sûr de trouver ici mille occasions pour une de passer non-seulement la nuit, mais toute l'année sans dormir. En disant cela il courut tenir l'étrier à don Quichotte, qui descendit de cheval avec beaucoup de peine et d'efforts, comme un homme accablé du poids de ses armes et qui depuis douze heures était encore à jeun.

Le premier soin de notre héros fut de recommander sa monture, affirmant que de toutes les bêtes qui dans le monde portaient selle, c'était certainement la meilleure. En examinant Rossinante, l'hôtelier put se convaincre qu'il en fallait rabattre plus de moitié; toutefois il le conduisit à l'écurie, et revenant aussitôt près de son hôte, il le trouva réconcilié avec les deux donzelles, qui s'empressaient à le débarrasser de son armure. Elles lui avaient bien ôté la cuirasse et le corselet; mais quand il fallut déboîter le gorgerin et enlever la malheureuse salade, attachée par des rubans verts, il devint impossible de défaire les nœuds sans les couper; aussi don Quichotte ne voulut jamais y consentir, aimant mieux passer toute la nuit avec sa salade en tête, ce qui lui faisait la plus plaisante figure qu'on pût imaginer.

Pendant cette cérémonie, prenant toujours celles qui le désarmaient pour de nobles damoiselles et les maîtresses de ce château, notre héros leur débitait d'un air galant ces vers d'un vieux romancero:

Vit-on jamais un chevalier,
Plus en faveur auprès des belles?
Don Quichotte est servi par elles,
Dames ont soin de son coursier.

Rossinante est son nom, mesdames, et don Quichotte de la Manche celui de votre serviteur, qui avait fait serment de ne point se découvrir avant d'avoir accompli quelque grande prouesse. Le besoin d'ajuster la romance de Lancelot à la situation où je me trouve fait que vous savez mon nom plus tôt que je ne l'aurais voulu; mais viendra le temps, j'espère, où Vos Gracieuses Seigneuries me donneront leurs ordres, où je serai heureux de leur obéir et de mettre à leur service la valeur de mon bras.

Peu accoutumées à de semblables discours, ces femmes ouvraient de grands yeux et ne répondaient rien; à la fin pourtant, elles lui demandèrent s'il voulait manger quelque chose.

Volontiers, répondit don Quichotte; et, quoi que ce puisse être, tout viendra fort à propos.

Par malheur, c'était un vendredi, et il n'y avait dans toute l'hôtellerie que les restes d'un poisson séché qu'on appelle en Espagne, selon la province, morue, merluche ou truitelle. Elles le prièrent de vouloir bien s'en contenter, puisque c'était la seule chose qu'on pût lui offrir.

Pourvu qu'il y ait un certain nombre de ces truitelles, répliqua don Quichotte, cela équivaudra à une truite; car, me donner la monnaie d'une pièce de huit réaux, ou la pièce entière, peu importe. D'autant qu'il en est peut-être de la truitelle comme du veau, qui est plus tendre que le bœuf, ou bien encore du chevreau, qui est plus délicat que le bouc. Mais, quoi que ce soit, je le répète, qu'on l'apporte au plus vite; car, pour supporter la fatigue et le poids des armes, il faut réconforter l'estomac.

Pour qu'il dînât au frais, une table fut dressée devant la porte de l'hôtellerie, et l'hôtelier lui apporta un morceau de poisson mal dessalé et plus mal cuit, avec un pain moisi plus noir que ses armes. C'était un plaisant spectacle de le voir ainsi attablé, la tête emboîtée dans son morion, visière et mentonnière en avant. Comme il avait peine à se servir de ses mains pour porter les morceaux à sa bouche, une de ces dames fut obligée de lui rendre ce service. Quant à le faire boire, ce fut bien autre chose, et on n'y serait jamais parvenu, si l'hôtelier ne se fût avisé de percer de part en part un long roseau et de lui en introduire entre les dents un des bouts. Mais notre héros endurait tout patiemment, plutôt que de laisser couper les rubans de son armet. Sur ces entrefaites, un châtreur de porcs, qui rentrait à l'hôtellerie, s'étant mis à siffler cinq ou six fois, cet incident acheva de lui persuader qu'il était dans un fameux château, et qu'on lui faisait de la musique pendant le repas. Alors la merluche fut pour lui de la truite, le pain noir du pain blanc, les donzelles de grandes dames, l'hôtelier le seigneur châtelain. Aussi était-il ravi de la résolution qu'il avait prise, et du gracieux résultat de sa première sortie. Une seule chose cependant le chagrinait au fond de l'âme: c'était de n'être point encore armé chevalier, parce qu'en cet état, disait-il, on ne pouvait légitimement entreprendre aucune aventure.

CHAPITRE III. OU L'ON RACONTE DE QUELLE PLAISANTE MANIÈRE DON QUICHOTTE FUT ARMÉ CHEVALIER.

Tourmenté de cette pensée, il abrége son maigre repas, puis, se levant brusquement, il appelle l'hôtelier, l'emmène dans l'écurie, et, après en avoir fermé la porte, il se jette à deux genoux devant lui en disant: Je ne me relèverai pas d'où je suis, illustre chevalier, que Votre Seigneurie ne m'ait octroyé l'insigne faveur que j'ai à lui demander, laquelle ne tournera pas moins à votre gloire qu'à l'avantage du genre humain.

En le voyant dans cette posture suppliante tenir un si étrange discours, l'hôtelier le regardait tout ébahi, et s'opiniâtrait à le relever; mais il n'y parvint qu'en promettant de faire ce qu'il désirait.

Je n'attendais pas moins de votre courtoisie, seigneur, dit don Quichotte. Le don que je vous demande et que vous promettez de m'octroyer si obligeamment, c'est demain, à la pointe du jour, de m'armer chevalier; mais au préalable, afin de me préparer à recevoir cet illustre caractère que je souhaite avec ardeur, permettez-moi de faire cette nuit la veille des armes dans la chapelle de votre château, après quoi il me sera permis de chercher les aventures par toute la terre, secourant les op-

primés, châtiant les méchants, selon le vœu de la chevalerie, et comme doit le faire tout chevalier errant que
sa vocation appelle à remplir une si noble tâche.

Don Quichotte restait fièrement près de l'auge.

L'hôtelier, rusé compère (on l'a vu déjà), et qui avait quelque soupçon du jugement fêlé de son hôte, acheva de s'en convaincre en entendant un semblable discours; aussi, pour s'apprêter de quoi rire, il voulut lui donner satisfaction. Il lui dit qu'une pareille résolution montrait qu'il était homme sage et de grand sens; qu'elle était d'ailleurs naturelle aux hidalgos d'aussi haute volée qu'il paraissait être et que l'annonçaient ses gaillardes manières; que lui-même, dans sa jeunesse, s'était voué à cet honorable exercice; qu'il avait visité, en quête d'aventures, plusieurs parties du monde, ne laissant dans les faubourgs de Séville et de Malaga, dans les marchés de Ségovie, dans l'oliverie de Valence, près des remparts de Grenade, sur la plage de San Lucar, et dans les moindres cabarets de Tolède[20], aucun endroit où il eût négligé d'exercer la légèreté de ses pieds ou la subtilité de ses mains, causant une foule de torts, cajolant les veuves, débauchant les jeunes filles, dupant nombre d'orphelins, finalement faisant connaissance avec presque tous les tribunaux d'Espagne, ou peu s'en faut; après quoi, ajouta-t-il, je suis venu me retirer dans ce château, où, vivant de mon bien et de celui des autres, je m'empresse d'accueillir tous les chevaliers errants, de quelque condition et qualité qu'ils soient, seulement pour l'estime que je leur porte, et pourvu qu'ils partagent avec moi leurs finances en retour de mes généreuses intentions. Notre compère assura qu'il n'avait pas chez lui de chapelle pour faire la veille des armes, parce qu'on l'avait abattue à seule fin d'en rebâtir une toute neuve; mais qu'il était certain qu'en cas de nécessité, cette veille pouvait avoir lieu où bon semblait, qu'en conséquence il engageait son hôte à la faire dans la cour du château, où, dès la petite pointe du jour, et avec l'aide de Dieu, s'achèverait la cérémonie usitée; si bien que, dans quelques heures, il pourrait se vanter d'être armé chevalier, autant qu'on pût l'être au monde. Notre homme finit en lui demandant s'il portait de l'argent.

Pas un maravédis, répondit don Quichotte, et dans aucune histoire je n'ai lu qu'un chevalier errant en ai porté.

Vous vous abusez étrangement, répliqua l'hôtelier: et soyez sûr que si les historiens sont muets sur ce point, c'est qu'ils ont regardé comme superflu de recommander une chose aussi simple que celle de porter avec soi de l'argent et des chemises blanches. Tenez donc pour certain ct avéré que les chevaliers errants dont parlent les livres avaient à tout événement la bourse bien garnie, et de plus une petite boîte d'onguent pour les blessures. En effet, comment croire que ces chevaliers, exposés à des combats incessants, au milieu des plaines et des déserts, eussent là tout à point quelqu'un pour les panser; à moins cependant qu'un enchanteur n'accourût à leur secours, amenant à travers les airs, sur un nuage, quelque dame ou nain porteur d'une fiole d'eau d'une vertu telle, qu'avec deux simples gouttes sur le bout de la langue ils se trouvaient tout aussi dispos qu'auparavant: mais, à défaut de ces puissants amis, croyez-le bien, ces chevaliers veillaient avec grand soin à ce que leurs écuyers fussent pourvus d'argent, de charpie et d'onguent; et si par hasard ils n'avaient point d'écuyer, cas fort rare, ils portaient eux-mêmes tout cela dans une petite besace, sur la croupe de leur cheval; car, cette circonstance exceptée, l'usage de porter besace était peu suivi des chevaliers errants. C'est pourquoi, ajouta notre compère, je vous donne le conseil et même au besoin l'ordre, comme à celui qui va être mon filleul d'armes, de ne plus désormais vous mettre en route sans argent; et soyez persuadé que, dans plus d'une occasion, vous aurez à vous applaudir de cette prévoyance.

Don Quichotte promit de suivre ce conseil, et, sans plus tarder, se prépara à faire la veille des armes dans une basse-cour dépendante de l'hôtellerie. Il rassembla toutes les pièces de son armure, les posa sur une auge qui était près du puits; après quoi, la rondache au bras et la lance au poing, il se mit à passer et à repasser devant l'abreuvoir, d'un air calme et fier tout ensemble. Les gens de l'hôtellerie avaient été mis au fait de la folie de cet inconnu, de ce qu'il appelait la veille des armes, et de son violent désir d'être armé chevalier. Curieux d'un spectacle si étrange, ils vinrent se placer à quelque distance, et chacun put l'observer tout à son aise, tantôt se promenant d'un pas lent et mesuré, tantôt s'appuyant sur sa lance et les yeux attachés sur son armure. Quoique la nuit fût close, la lune répandait une clarté si vive, qu'on distinguait aisément jusqu'aux moindres gestes de notre héros.

Sur ces entrefaites, un des muletiers qui étaient logés dans l'hôtellerie voulut faire boire ses bêtes; mais pour cela il fallait enlever les armes de dessus l'abreuvoir. Don Quichotte, qui en le voyant venir avait deviné son dessein, lui cria d'une voix fière: O toi, imprudent chevalier qui oses approcher des armes d'un des plus vaillants parmi ceux qui ont jamais ceint l'épée, prends garde à ce que tu vas faire, et crains de toucher à cette armure, si tu ne veux laisser ici la vie pour prix de ta témérité! Le muletier, sans s'inquiéter de ces menaces (mieux eût valu pour sa santé qu'il en fît cas!), prit l'armure par les courroies et la jeta loin de lui.

Plus prompt que l'éclair, notre héros lève les yeux au ciel, et invoquant Dulcinée: Ma dame, dit-il à demi-voix, secourez-moi en ce premier affront qu'essuie ce cœur, votre vassal; que votre faveur me soit en aide en ce premier péril! Aussitôt, jetant sa rondache, il saisit sa lance à deux mains, et en décharge un tel coup sur la tête du muletier, qu'il l'étend à ses pieds dans un état si piteux qu'un second l'eût à jamais dispensé d'appeler un chirurgien. Cela fait, il ramasse son armure, la replace sur l'abreuvoir, et recommence sa promenade avec autant de calme que s'il ne fût rien arrivé.

Peu après, un autre muletier ignorant ce qui venait de se passer, voulut aussi faire boire ses mules; mais comme il allait toucher aux armes pour débarrasser l'abreuvoir, don Quichotte, sans prononcer une parole, et cette fois sans demander la faveur d'aucune dame, lève de nouveau sa lance, en assène trois ou quatre coups sur la tête de l'audacieux, et la lui ouvre en trois ou quatre endroits. Aux cris du blessé, tous les gens de l'hôtellerie accoururent; mais notre héros, reprenant sa rondache et saisissant son épée: Dame de beauté, s'écrie-t-il, aide et réconfort de mon cœur, voici l'instant de tourner les yeux de Ta Grandeur vers le chevalier, ton esclave, que menace une terrible aventure! Après cette invocation, il se sentit tant de force et de courage, que tous les muletiers du monde n'auraient pu le faire reculer d'un seul pas.

Les camarades des blessés, les voyant en cet état, se mirent à faire pleuvoir une grêle de pierres sur don Quichotte, qui s'en garantissait de son mieux avec sa rondache, restant fièrement près de l'auge, à la garde de ses armes. L'hôtelier criait à tue-tête qu'on laissât tranquille ce diable d'homme; qu'il avait assez dit que c'était un fou, et que, comme tel, il en sortirait quitte, eût-il assommé tous les muletiers d'Espagne. Notre héros vociférait encore plus fort que lui, les appelant lâches, mécréants, et traitant de félon le seigneur du château, puisqu'il souffrait qu'on maltraitât de la sorte les chevaliers errants. Si j'avais reçu l'ordre de chevalerie, disait-il, je lui prouverais bien vite qu'il n'est qu'un traître! Quant à vous, impure et vile canaille, approchez, approchez tous ensemble, et vous verrez quel châtiment recevra votre insolence. Enfin il montra tant de résolution, que les assaillants cessèrent de lui jeter des pierres. Don Quichotte, laissant emporter les blessés, reprit la veille des armes avec le même calme et la même gravité qu'auparavant.

L'hôtelier, qui commençait à trouver peu divertissantes les folies de son hôte, résolut pour y mettre un terme de lui conférer au plus vite ce malencontreux ordre de chevalerie. Après s'être excusé de l'insolence de quelques malappris, bien châtiés du reste, il jura que tout s'était passé à son insu; il lui répéta qu'il n'avait point de chapelle dans son château, mais que cela n'était pas absolument nécessaire, le point essentiel pour être armé chevalier consistant, d'après sa parfaite connaissance du cérémonial, en deux coups d'épée, le premier sur la nuque, le second sur l'épaule, et affirmant de plus que cela pouvait s'accomplir n'importe où, fût-ce au milieu des champs. Quant à la veille des armes, ajouta-t-il, vous êtes en règle, car deux heures suffisent, et vous en avez passé plus de quatre. Don Quichotte se laissa facilement persuader, déclarant au seigneur châtelain qu'il était prêt à lui obéir, mais qu'il le priait d'achever promptement la cérémonie, parce qu'une fois armé chevalier, disait-il, si l'on vient dere-chef m'attaquer, je ne laisserai personne en vie dans ce château, hormis pourtant ceux que mon noble parrain m'ordonnera d'épargner.

Très-peu rassuré par ces paroles, l'hôtelier courut chercher le livre où il inscrivait d'habitude la paille et l'orge qu'il donnait aux muletiers; puis, accompagné des deux donzelles en question et d'un petit garçon portant un bout de chandelle, il revient trouver don Quichotte, auquel il ordonne de se mettre à genoux; après quoi, les yeux fixés sur le livre, comme s'il eût débité quelque dévote oraison, il prend l'épée de notre héros, lui en donne un coup sur la nuque, un autre sur l'épaule, puis invite une de ces dames à lui ceindre l'épée, ce dont elle s'acquitta avec beaucoup d'aisance et de modestie, mais toujours sur le point d'éclater de rire, si ce qui venait d'arriver n'eût tenu en bride sa gaieté. Dieu fasse de Votre Grâce un heureux cheva-lier, lui dit-elle, et vous accorde bonne chance dans les combats!

Don Quichotte lui demanda son nom, voulant savoir à quelle noble dame il demeurait obligé d'une si grande faveur. Elle répondit qu'elle s'appelait la Tolosa, que son père était fripier à Tolède, dans les échoppes de Sancho Benaya, et qu'en tout temps, en tout lieu et à toute heure, elle serait sa très-humble servante. Notre héros la pria, pour l'amour de lui, de prendre à l'avenir le *don*, et de s'appeler dona Tolosa, ce qu'elle promit de faire. L'autre lui ayant chaussé l'éperon, il lui demanda également son nom: elle répondit qu'elle s'appelait la Molinera, et qu'elle était fille d'un honnête meunier d'Antequerra. Ayant obtenu d'elle pareille promesse de prendre le *don*, et de s'appeler à l'avenir dona Molinera, il lui réitéra ses remercîments et ses offres de service.

Cette cérémonie terminée à la hâte, don Quichotte, qui aurait voulu être déjà en quête d'aventures, s'empressa de seller Rossinante, puis, venant à cheval embrasser l'hôtelier, il le remercia de l'avoir armé chevalier, et cela avec des expressions de gratitude si étranges, qu'il faut renoncer à vouloir les rapporter fidèlement. Pour le voir partir au plus vite, notre compère lui rendit, en quelques mots, la monnaie de ses compliments, et, sans rien réclamer pour sa dépense, le laissa aller à la grâce de Dieu.

CHAPITRE IV. DE CE QUI ARRIVA A NO-TRE CHEVALIER QUAND IL FUT SORTI DE L'HOTELLERIE.

L'aube blanchissait à l'horizon quand don Quichotte quitta l'hôtellerie si joyeux, si ravi de se voir enfin armé chevalier, que dans ses transports il faisait craquer les sangles de sa selle. Toutefois venant à se rappeler le conseil de l'hôtelier au sujet des choses dont il devait absolument se pourvoir, il résolut de s'en retourner chez lui, afin de se munir d'argent et de chemises, et surtout pour se procurer un écuyer, emploi auquel il destinait un laboureur, son voisin, pauvre diable chargé d'enfants, mais, selon lui, très-convenable à l'office d'écuyer dans la chevalerie errante. Il prit donc le chemin de son village; et, comme si Rossinante eût deviné l'intention de son maître, il se mit à trotter si prestement, que ses pieds semblaient ne pas toucher la terre.

Notre héros marchait depuis peu de temps, lorsqu'il crut entendre à sa droite une voix plaintive sortant de l'épaisseur d'un bois. A peine en fut-il certain, qu'il s'écria: Grâces soient rendues au ciel qui m'envoie sitôt l'occasion d'exercer le devoir de ma profession et de cueillir les premiers fruits de mes généreux desseins. Ces plaintes viennent sans doute d'un infortuné qui a besoin de secours; et aussitôt tournant bride vers l'endroit d'où les cris lui semblaient partir, il y pousse Rossinante.

Il n'avait pas fait vingt pas dans le bois, qu'il vit une jument attachée à un chêne, et à un autre chêne également attaché un jeune garçon d'environ quinze ans, nu jusqu'à la ceinture. C'était de lui que venaient les cris, et certes il ne les poussait pas sans sujet. Un paysan vigoureux et de haute taille le fustigeait avec une ceinture de cuir, accompagnant chaque coup du même refrain: Yeux ouverts et bouche close! lui disait-il. Pardon, seigneur, pardon, pour l'amour de Dieu! criait le pauvre garçon, j'aurai désormais plus de soin du troupeau.

Don Quichotte s'écria d'une voix courroucée: Il est mal de s'attaquer à qui ne peut se défendre.

A cette vue, don Quichotte s'écria d'une voix courroucée: Discourtois chevalier, il est mal de s'attaquer à qui ne peut se défendre; montez à cheval, prenez votre lance (il y en avait une appuyée contre l'arbre auquel la jument était attachée[21]), et je saurai vous montrer qu'il n'appartient qu'à un lâche d'agir de la sorte.

Sous la menace de ce fantôme armé qui lui tenait sa lance contre la poitrine, le paysan répondit d'un ton patelin: Seigneur, ce mien valet garde un troupeau de brebis que j'ai près d'ici; mais il est si négligent, que chaque jour il en manque quelques-unes; et comme je châtie sa paresse, ou plutôt sa friponnerie, il dit que c'est par avarice et pour ne pas lui payer ses gages. Sur mon Dieu et sur mon âme il en a menti!

Un démenti en ma présence, misérable vilain! repartit don Quichotte; par le soleil qui nous éclaire, je suis tenté de te passer cette lance au travers du corps. Qu'on délie cet enfant et qu'on le paye, sinon, j'en prends Dieu à témoin, je t'anéantis sur l'heure.

Le paysan, baissant la tête sans répliquer, détacha le jeune garçon, à qui don Quichotte demanda combien il lui était dû:

Neuf mois, à sept réaux chacun, répondit-il.

Notre héros ayant compté, trouva que cela faisait soixante-trois réaux, qu'il ordonna au laboureur de payer sur-le-champ, s'il tenait à la vie. Tout tremblant, cet homme répondit que dans le mauvais pas où il se trouvait, il craignait de jurer faux, mais qu'il ne devait pas autant; qu'en tout cas il fallait en rabattre le prix de trois paires de souliers, et de deux saignées faites à son valet malade.

Eh bien, répliqua don Quichotte, cela compensera les coups que vous lui avez donnés sans raison. S'il a usé le cuir de vos souliers, vous avez déchiré la peau de son corps; si le barbier lui a tiré du sang pendant sa maladie, vous lui en avez tiré en bonne santé; ainsi vous êtes quittes, l'un vaudra pour l'autre.

Le malheur est que je n'ai pas d'argent sur moi, dit le paysan; mais qu'André vienne à la maison, je le payerai jusqu'au dernier réal.

M'en aller avec lui! Dieu m'en préserve! s'écria le berger. S'il me tenait seul, il m'écorcherait comme un saint Barthélemi.

Non, non, répliqua don Quichotte, il n'en fera rien; qu'il me le jure seulement par l'ordre de chevalerie qu'il a reçu, il est libre, et je réponds du payement.

Seigneur, que Votre Grâce fasse attention à ce qu'elle dit, reprit le jeune garçon; mon maître n'est point chevalier, et n'a jamais reçu aucun ordre de chevalerie:

c'est Jean Haldudo le riche, qui demeure près de Quintanar.

Qu'importe? dit don Quichotte; il peut y avoir des Haldudos chevaliers; d'ailleurs ce sont les bonnes actions qui anoblissent, et chacun est fils de ses œuvres.

Cela est vrai, répondit André, mais de quelles œuvres est-il fils, lui qui me refuse un salaire gagné à la sueur de mon corps?

Vous avez tort, André, mon ami, répliqua le paysan, et, s'il vous plaît de venir avec moi, je fais serment, par tous les ordres de chevalerie qu'il y a dans le monde, de vous payer ce que je vous dois, comme je l'ai promis, et même en réaux tout neufs.

Pour neufs, je t'en dispense, reprit notre chevalier; paye-le, cela me suffit; mais songe à ce que tu viens de jurer d'accomplir, sinon je jure à mon tour que je saurai te retrouver, fusses-tu aussi prompt à te cacher qu'un lézard; afin que tu saches à qui tu as affaire, apprends que je suis le valeureux don Quichotte de la Manche, celui qui redresse les torts et répare les injustices. Adieu, qu'il te souvienne de ta parole, ou je tiendrai la mienne. En achevant ces mots, il piqua Rossinante, et s'éloigna.

Le paysan le suivit quelque temps des yeux, puis, quand il l'eut perdu de vue dans l'épaisseur du bois, il retourna au berger: Viens, mon fils, lui dit-il, viens que je m'acquitte envers toi comme ce redresseur de torts me l'a commandé.

Si vous ne faites, répondit André, ce qu'a ordonné ce bon chevalier (à qui Dieu donne heureuse et longue vie pour sa valeur et sa justice!), je jure d'aller le chercher en quelque endroit qu'il puisse être et de l'amener pour vous châtier, selon qu'il l'a promis.

Très-bien, reprit le paysan, et pour te montrer combien je t'aime, je veux accroître la dette, afin d'augmenter le payement; puis, saisissant André par le bras, il le rattacha au même chêne, et lui donna tant de coups qu'il le laissa pour mort. Appelle, appelle le redresseur de torts, lui disait-il, tu verras qu'il ne redressera pas celui-ci, quoiqu'il ne soit qu'à moitié fait; car je ne sais qui me retient, pour te faire dire vrai, que je ne t'écorche tout vif. A la fin, il le détacha: Maintenant va chercher ton juge, ajouta-t-il, qu'il vienne exécuter sa sentence; tu auras toujours cela par provision.

André s'en fut tout en larmes, jurant de se mettre en quête du seigneur don Quichotte jusqu'à ce qu'il l'eût rencontré, et menaçant le paysan de le lui faire payer avec usure. Mais, en attendant, le pauvre diable s'éloignait à demi-écorché, tandis que son maître riait à gorge déployée.

Enchanté de l'aventure, et d'un si agréable début dans la carrière chevaleresque, notre héros poursuivait son chemin: Tu peux t'estimer heureuse entre toutes les femmes, disait-il à demi-voix, ô belle par-dessus toutes les belles, belle Dulcinée du Toboso! d'avoir pour humble esclave un aussi valeureux chevalier que don Quichotte de la Manche, lequel, comme chacun sait, est armé chevalier d'hier seulement, et a déjà redressé la plus grande énormité qu'ait pu inventer l'injustice et commettre la cruauté, en arrachant des mains de cet impitoyable bourreau le fouet dont il déchirait un faible enfant. En disant cela, il arrivait à un chemin qui se partageait en quatre, et tout aussitôt il lui vint à l'esprit que les chevaliers errants s'arrêtaient en pareils lieux, pour délibérer sur la route qu'ils devaient suivre. Afin de ne faillir en rien à les imiter, il s'arrêta; mais, après avoir bien réfléchi, il lâcha la bride à Rossinante, qui, se sentant libre, suivit son inclination naturelle, et prit le chemin de son écurie.

Notre chevalier avait fait environ deux milles quand il vit venir à lui une grande troupe de gens: c'était, comme on l'a su depuis, des marchands de Tolède qui allaient acheter de la soie à Murcie. Ils étaient six, tous bien montés, portant chacun un parasol, et accompagnés de quatre valets à cheval et d'autres à pied conduisant les mules. A peine don Quichotte les a-t-il aperçus, qu'il s'imagine rencontrer une nouvelle aventure; aussitôt, pour imiter les passes d'armes qu'il avait vues dans ses livres, il saisit l'occasion d'en faire une à laquelle il songeait depuis longtemps. Se dressant sur ses étriers d'un air fier, il serre sa lance, se couvre de son écu, se campe au beau milieu du chemin, et attend ceux qu'il prenait pour des chevaliers errants. Puis d'aussi loin qu'ils peuvent le voir et l'entendre, il leur crie d'une voix arrogante: Qu'aucun de vous ne prétende passer outre, à moins de confesser que sur toute la surface de la terre il n'y a pas une seule dame qui égale en beauté l'impératrice de la Manche, la sans pareille Dulcinée du Toboso!

Les marchands s'arrêtèrent pour considérer cet étrange personnage, et, à la figure non moins qu'aux paroles, ils reconnurent bientôt à qui ils avaient affaire. Mais, voulant savoir où les mènerait l'aveu qu'on leur demandait, l'un d'eux, qui était très-goguenard, répondit: Seigneur chevalier, nous ne connaissons pas cette noble dame dont vous parlez; faites-nous-la voir: et si sa beauté est aussi merveilleuse que vous le dites, nous confesserons de bon cœur et sans contrainte ce que vous désirez.

Et si je vous la faisais voir, répliqua don Quichotte, quel mérite auriez-vous à reconnaître une vérité si manifeste? L'essentiel, c'est que, sans l'avoir vue, vous soyez prêts à le confesser, à l'affirmer, et même à le soutenir les armes à la main; sinon, gens orgueilleux et superbes, je vous défie, soit que vous veniez l'un après l'autre, comme le veulent les règles de la chevalerie, soit que vous veniez tous ensemble, comme c'est la vile habitude des gens de votre espèce. Je vous attends avec la confiance d'un homme qui a le bon droit de son côté.

Seigneur chevalier, répondit le marchand, au nom de tout ce que nous sommes de princes ici, et pour l'acquit de notre conscience, laquelle nous défend d'affirmer une chose que nous ignorons, chose qui d'ailleurs serait au détriment des autres impératrices et reines de l'Estramadure et de la banlieue de Tolède, je supplie Votre Grâce de nous faire voir le moindre petit portrait de cette dame; ne fût-il pas plus grand que l'ongle, par l'échantillon on juge de la pièce; du moins notre esprit sera en repos, et nous pourrons vous donner satisfaction. Nous sommes déjà si prévenus en sa faveur, que, lors même que son portrait la montrerait borgne d'un œil et distillant de l'autre du vermillon et du soufre, nous dirons à sa louange tout ce qu'il vous plaira.

Il n'en distille rien, canaille infâme! s'écria don Quichotte enflammé de colère, il n'en distille rien de ce que vous osez dire, mais bien du musc et de l'ambre; elle n'est ni borgne ni bossue: elle est plus droite qu'un fuseau de Guadarrama; aussi vous allez me payer le blasphème que vous venez de proférer. En même temps, il court la lance basse sur celui qui avait porté la parole, et cela avec une telle furie que si Rossinante n'eût bronché au milieu de sa course, le railleur s'en serait fort mal trouvé.

Rossinante s'abattit, et s'en fut au loin rouler avec son maître, qui s'efforça plusieurs fois de se relever, sans pouvoir en venir à bout, tant l'embarrassaient son écu, sa lance et le poids de son armure. Mais pendant ces vains efforts, sa langue n'était pas en repos: Ne fuyez pas, lâches! criait-il; ne fuyez pas, vils esclaves! c'est par la faute de mon cheval, et non par la mienne, que je suis étendu sur le chemin.

Un muletier de la suite des marchands, qui n'avait pas l'humeur endurante, ne put supporter tant de bravades. Il court sur notre héros, lui arrache sa lance qu'il met en pièces, et avec le meilleur tronçon il l'accable de tant de coups que, malgré sa cuirasse, il le broyait comme du blé sous la meule. On avait beau lui crier de s'arrêter, le jeu lui plaisait tellement qu'il ne pouvait se résoudre à le quitter. Après avoir brisé le premier morceau de la lance, il eut recours aux autres, et il acheva de les user sur le malheureux chevalier, qui, pendant cette grêle de coups ne cessait d'invoquer le ciel et la terre, et de menacer les scélérats qui le traitaient si outrageusement. Enfin le muletier se lassa et les marchands poursuivirent leur chemin avec un ample sujet de conversation.

Quand don Quichotte se vit seul, il fit de nouveaux efforts pour se relever; mais s'il n'avait pu y parvenir bien portant, comment l'eût-il fait moulu et presque disloqué? Néanmoins il se consolait d'une disgrâce familière, selon lui, aux chevaliers errants, et qu'il attribuait, d'ailleurs, tout entière à la faute de son cheval.

CHAPITRE V. OU SE CONTINUE LE RÉCIT DE LA DISGRACE DE NOTRE CHEVALIER.

Convaincu qu'il lui était impossible de se mouvoir, don Quichotte prit le parti de recourir à son remède ordinaire, qui consistait à se rappeler quelques passages de ses livres, et tout aussitôt sa folie lui remit en mémoire l'aventure du marquis de Mantoue et de Baudouin, quand Charlot abandonna celui-ci, blessé dans la montagne; histoire connue de tout le monde et non moins authentique que les miracles de Mahomet. Cette aventure lui paraissant tout à fait appropriée à sa situation, il commença à se rouler par terre comme un homme désespéré, répétant d'une voix dolente ce que l'auteur met dans la bouche du chevalier blessé:

Où donc es-tu, dame de mes pensées, que mes maux
te touchent si peu?
Ou tu les ignores, ou tu es fausse et déloyale.

Comme il continuait la romance jusqu'à ces vers:

O noble marquis de Mantoue,
Mon oncle et mon seigneur,

le hasard amena du même côté un laboureur de son village, qui revenait de porter une charge de blé au moulin. Voyant un homme étendu sur le chemin, il lui demanda qui il était et quel mal il ressentait pour se plaindre si tristement. Don Quichotte, se croyant Baudouin, et prenant le laboureur pour le marquis de Mantoue, se met, pour toute réponse, à lui raconter ses disgrâces et les amours de sa femme avec le fils de l'empereur, comme on le voit dans la romance. Le laboureur, étonné d'entendre tant d'extravagances, le débarrassa de sa visière, qui était toute brisée, et, ayant lavé ce visage plein de poussière, le reconnut. Hé! bon Dieu, seigneur Quixada, s'écria-t-il (tel devait être son nom quand il était en son bon sens et qu'il n'était pas encore devenu, d'hidalgo paisible, chevalier errant), qui a mis Votre Grâce en cet état?

Au lieu de répondre à la question, notre chevalier continuait sa romance. Voyant qu'il n'en pouvait tirer autre chose, le laboureur lui ôta le plastron et le corselet afin de visiter ses blessures; mais ne trouvant aucune trace de sang, il se mit à le relever de terre non sans peine, et le plaça sur son âne pour le mener plus doucement. Ramassant ensuite les armes et jusqu'aux éclats de la lance, il attacha le tout sur le dos de Rossinante qu'il prit par la bride, puis il poussa l'âne devant lui, et marcha ainsi vers son village, écoutant, sans y rien comprendre, les folies que débitait don Quichotte.

Il le plaça sur son âne pour le mener plus doucement.

Toujours préoccupé de ses rêveries, notre héros était de plus en si mauvais état qu'il ne pouvait se tenir sur le pacifique animal; aussi, de temps en temps, poussait-il de grands soupirs. Le laboureur lui demanda de nouveau quel mal il ressentait; mais on eût dit que le diable prenait plaisir à réveiller dans la mémoire du chevalier ce qui avait quelque rapport à son aventure. Oubliant Baudouin, il vint à se rappeler tout à coup le Maure Abendarraez, quand le gouverneur d'Antequerra, Rodrigue de Narvaez, l'emmène prisonnier; de sorte qu'il se mit à débiter mot pour mot ce que l'Abencerrage répond à don Rodrigue dans la *Diane de Montemayor*, et en s'appliquant si bien tout ce fatras, qu'il était difficile d'entasser plus d'extravagances. Convaincu que son voisin était tout à fait fou, le laboureur pressa le pas afin d'abréger l'ennui que lui causait cette interminable harangue.

Seigneur don Rodrigue de Narvaez, poursuivait don Quichotte, il faut que vous sachiez que cette belle Karifa, dont je vous parle, est présentement la sans pareille Dulcinée du Toboso, pour qui j'ai fait, je fais et je ferai les plus fameux exploits de chevalerie qu'on ai vus, qu'on voie et même qu'on puisse voir dans les siècles à venir.

Je ne suis pas Rodrigue de Narvaez ni le marquis de Mantoue, répondait le laboureur, mais Pierre Alonzo, votre voisin; et vous n'êtes ni Baudouin ni le Maure Abendarraez, mais un honnête hidalgo, le seigneur Quixada.

Je sais qui je suis, répliquait don Quichotte, et je sais de plus que je puis être non-seulement ceux que j'ai dits, mais encore tout à la fois les douze pairs de France et les neuf preux, puisque leurs grandes actions réunies ne sauraient égaler les miennes.

Ces propos et autres semblables les menèrent jusqu'à leur village, où ils arrivèrent comme le jour finissait. Le laboureur, qui ne voulait pas qu'on vît notre hidalgo en si piteux état, attendit que la nuit fût venue pour le conduire à sa maison, où tout était en grand trouble de son absence.

Ses bons amis, le curé et le barbier, s'y trouvaient en ce moment, et la gouvernante leur disait: Eh bien, seigneur licencié Pero Pérez (c'était le nom du curé), que pensez-vous de notre maître? Il y a six jours entiers que nous n'avons vu ni lui ni son cheval, et il faut qu'il ait emporté son écu, sa lance et ses armes, car nous ne les trouvons pas. Oui, aussi vrai que je suis née pour mourir, ce sont ces maudits livres de chevalerie, sa seule et continuelle lecture, qui lui auront brouillé la cervelle. Je lui ai entendu dire bien des fois qu'il voulait se faire chevalier errant, et s'en aller de par le monde en quête d'aventures; puissent Satan et Barabbas emporter les livres qui ont troublé la meilleure tête qui se soit vue dans toute la Manche!

La nièce en disait plus encore: Sachez, maître Nicolas (c'était le nom du barbier), sachez qu'il arrivait souvent à mon oncle de passer plusieurs jours et plusieurs nuits sans quitter ces maudites lectures; après quoi, tout hors de lui, il jetait le livre, tirait son épée et s'escrimait à grands coups contre les murailles; puis, quand il n'en pouvait plus, il se vantait d'avoir tué quatre géants plus hauts que des tours, et soutenait que la sueur dont ruisselait son corps était le sang des blessures qu'il avait reçues dans le combat. Là-dessus il buvait un grand pot d'eau froide, disant que c'était un précieux breuvage apporté par un enchanteur de ses amis. Hélas! je me taisais, de peur qu'on ne pensât que mon oncle avait perdu l'esprit, et c'est moi qui suis la cause de son malheur pour ne pas avoir parlé plus tôt, car vous y auriez porté remède, et tous ces maudits livres seraient brûlés depuis longtemps comme autant d'hérétiques.

C'est vrai, dit le curé; et le jour de demain ne se passera pas sans qu'il en soit fait bonne justice: ils ont perdu le meilleur de mes amis; mais je fais serment qu'à l'avenir ils ne feront de mal à personne.

Tout cela était dit si haut que don Quichotte et le laboureur, qui entraient en ce moment, l'entendirent; aussi ce dernier ne doutant plus de la maladie de son voisin, se mit à crier à tue-tête: Ouvrez au marquis de Mantoue et au seigneur Baudouin, qui revient grièvement blessé; ouvrez au seigneur maure Abendarraez, que le vaillant Rodrigue de Narvaez, gouverneur d'Antequerra, amène prisonnier!

On s'empressa d'ouvrir la porte; le curé et le barbier, reconnaissant leur ami, la nièce son oncle, et la gouvernante son maître, accoururent pour l'embrasser.

Arrêtez, dit froidement don Quichotte, qui n'avait pu encore descendre de son âne; je ne suis blessé que par la faute de mon cheval. Qu'on me porte au lit, et s'il se peut, qu'on fasse venir la sage Urgande pour me panser.

Eh bien! s'écria la gouvernante, n'avais-je pas deviné de quel pied clochait notre maître? Entrez, seigneur, entrez, et laissez là votre Urgande; nous vous guérirons bien sans elle. Maudits soient les chiens de livres qui vous ont mis en ce bel état!

On porta notre chevalier dans son lit; et comme on cherchait ses blessures sans en trouver aucune: Je ne suis pas blessé, leur dit-il; je ne suis que meurtri, parce que mon cheval s'est abattu sous moi tandis que j'étais aux prises avec dix géants, les plus monstrueux et les plus farouches qui puissent jamais se rencontrer.

Bon, dit le curé, voilà les géants en danse. Par mon saint patron! il n'en restera pas un seul demain avant la nuit.

Ils adressèrent mille questions à don Quichotte, mais à toutes il ne faisait qu'une seule réponse: c'était qu'on lui donnât à manger et qu'on le laissât dormir, deux choses dont il avait grand besoin. On s'empressa de le satisfaire. Le curé s'informa ensuite de quelle manière le laboureur l'avait rencontré. Celui-ci raconta tout, sans oublier aucune des extravagances de notre héros, soit lorsqu'il l'avait trouvé étendu sur le chemin, soit pendant qu'il le ramenait sur son âne.

Le lendemain, le curé n'en fut que plus empressé à mettre son projet à exécution; il fit appeler maître Nicolas, et tous deux se rendirent à la maison de don Quichotte.

CHAPITRE VI. DE LA GRANDE ET AGRÉABLE ENQUÊTE QUE FIRENT LE CURÉ ET LE BARBIER DANS LA BIBLIOTHÈQUE DE NOTRE CHEVALIER.

Notre héros dormait encore quand le curé et le barbier vinrent demander à sa nièce la clef de la chambre où étaient les livres, source de tout le mal. Elle la leur donna de bon cœur, et ils entrèrent accompagnés de la gouvernante. Là se trouvaient plus de cent gros volumes, tous bien reliés, et un certain nombre en petit format. A peine la gouvernante les eut-elle aperçus, que, sortant brusquement, et rapportant bientôt après un vase rempli d'eau bénite: Tenez, seigneur licencié, dit-elle au curé, arrosez partout cette chambre, de peur que les maudits enchanteurs, dont ces livres sont pleins, ne viennent nous ensorceler, pour nous punir de vouloir les chasser de ce monde.

Le curé sourit en disant au barbier de lui donner les livres les uns après les autres, pour savoir de quoi ils traitaient, parce qu'il pouvait s'en trouver qui ne méritassent pas la peine du feu.

Non, non, dit la nièce, n'en épargnez aucun; tous ils ont fait du mal. Il faut les jeter par la fenêtre et les amonceler au milieu de la cour, afin de les brûler d'un seul coup, ou plutôt les porter dans la basse-cour, et dresser là un bûcher pour n'être pas incommodé par la fumée.

La gouvernante fut de cet avis; mais le curé voulut connaître au moins le titre des livres.

Le premier que lui passa maître Nicolas était *Amadis de Gaule*.

Oh! oh! s'écria le curé, on prétend que c'est le premier livre de chevalerie imprimé en notre Espagne, et qu'il a servi de modèle à tous les autres; je conclus à ce qu'il soit condamné au feu, comme chef d'une si détestable secte.

Grâce pour lui, reprit le barbier; car bien des gens assurent que c'est le meilleur livre que nous ayons en ce genre. Comme modèle, du moins, il mérite qu'on lui pardonne.

Pour l'heure, dit le curé, on lui fait grâce. Voyons ce qui suit.

Ce sont, reprit le barbier, *les Prouesses d'Esplandian*, fils légitime d'Amadis de Gaule.

Le fils n'approche pas du père, dit le curé; tenez, dame gouvernante, ouvrez cette fenêtre, et jetez-le dans la cour: il servira de fond au bûcher que nous allons dresser.

La gouvernante s'empressa d'obéir, et *Esplandian* s'en alla dans la cour attendre le supplice qu'il méritait.

Passons, continua le curé.

Voici *Amadis de Grèce*, dit maître Nicolas, et je crois que tous ceux de cette rangée sont de la même famille.

Qu'ils prennent le chemin de la cour, reprit le curé; car, plutôt que d'épargner la reine *Pintiquiniestre* et le berger *Danirel*, avec tous leurs propos quintessenciés, je crois que je brûlerais avec eux mon propre père, s'il se présentait sous la figure d'un chevalier errant.

C'est mon avis, dit le barbier.

C'est aussi le mien, ajouta la nièce.

Puisqu'il en est ainsi, dit la gouvernante, qu'ils aillent trouver leurs compagnons! Et, sans prendre la peine de descendre, elle les jeta pêle-mêle par la fenêtre.

Quel est ce gros volume? demanda le curé.

Don Olivantes de Laura, répondit maître Nicolas.

Il est du même auteur que le *Jardin de Flore*, reprit le curé, mais je ne saurais dire lequel des deux est le moins menteur; dans tous les cas, celui-ci s'en ira dans la cour à cause des extravagances dont il regorge.

Cet autre est *Florismars d'Hircanie*, dit le barbier.

Quoi! le seigneur Florismars est ici? s'écria le curé; eh bien, qu'il se dépêche de suivre les autres, en dépit de son étrange naissance et de ses incroyables aventures. La rudesse et la pauvreté de son style ne méritent pas un meilleur traitement.

Voici *le Chevalier Platir*, dit maître Nicolas.

C'est un vieux livre fort insipide, reprit le curé, et qui ne contient rien qui lui mérite d'être épargné: à la cour! dame gouvernante, et qu'il n'en soit plus question!

On ouvrit un autre livre; il avait pour titre: *le Chevalier de la Croix*. Un nom si saint devrait lui faire trouver grâce, dit le curé; mais n'oublions pas le proverbe: Derrière la croix se tient le diable. Qu'il aille au feu!

Voici *le Miroir de la Chevalerie*, dit le barbier.

Ah! ah! j'ai l'honneur de le connaître, reprit le curé. Nous avons là Renaud de Montauban avec ses bons amis et compagnons, tous plus voleurs que Cacus, et les douze pairs de France, et le véridique historien Turpin. Si vous m'en croyez, nous ne les condamnerons qu'à un bannissement perpétuel, par ce motif qu'ils ont inspiré Matéo Boyardo, que le célèbre Arioste n'a pas dédaigné d'imiter[22]. Quant à ce dernier, si je le rencontre ici parlant une autre langue que la sienne, qu'il ne s'attende à aucune pitié; mais s'il parle son idiome natal, accueillons-le avec toutes sortes d'égards.

Moi, je l'ai en italien, dit le barbier, mais je ne l'entends point.

Plût à Dieu, reprit le curé, que ne l'eût pas entendu davantage certain capitaine[23] qui, pour introduire l'Arioste en Espagne, a pris la peine de l'habiller en castillan, car il lui a ôté bien de son prix. Il en sera de même de toutes les traductions d'ouvrages en vers; jamais on ne peut conserver les grâces de l'original, quelque talent qu'on y apporte. Pour celui-ci et tous ceux qui parlent des choses de France, je suis d'avis qu'on les garde en lieu sûr; nous verrons plus à loisir ce qu'il faudra en faire. J'en excepte pourtant un certain *Bernard de Carpio* qui doit se trouver par ici, et un autre appelé *Roncevaux*; car, s'ils tombent sous ma main, ils passeront bientôt par celles de la gouvernante.

De tout cela, maître Nicolas demeura d'accord sur la foi du curé, qu'il connaissait homme de bien et si grand ami de la vérité, que pour tous les trésors du monde il n'aurait pas voulu la trahir. Il ouvrit deux autres livres: l'un était *Palmerin d'Olive*, et l'autre *Palmerin d'Angleterre*.

Qu'on brûle cette olive, dit le curé, et qu'on en jette les cendres au vent; mais conservons cette palme d'Angleterre comme un ouvrage unique, et donnons-lui une cassette non moins précieuse que celle trouvée par Alexandre dans les dépouilles de Darius, et qu'il destina à renfermer les œuvres d'Homère. Ce livre, seigneur compère, est doublement recommandable: d'abord il est excellent en lui-même, de plus il passe pour être l'œuvre d'un roi de Portugal, savant autant qu'ingénieux. Toutes les aventures du château de Miraguarda sont fort bien imaginées et pleines d'art; le style est aisé et pur; l'auteur s'est attaché à respecter les convenances, et a pris soin de conserver les caractères: ainsi donc, maître Nicolas, sauf votre avis, que ce livre et l'*Amadis de Gaule* soient exemptés du feu. Quant aux autres, qu'ils périssent à l'instant même.

Elle jeta les livres pêle-mêle par la fenêtre.

Arrêtez, arrêtez, s'écria le barbier, voici le fameux *Don Belianis*.

Don Belianis! reprit le curé; ses seconde, troisième et quatrième parties auraient grand besoin d'un peu de rhubarbe pour purger la bile qui agite l'auteur; cependant, en retranchant son *Château de la Renommée* et tant d'autres impertinences, on peut lui donner quelque répit, et, selon qu'il se sera corrigé, on lui fera justice. Mais, en attendant, gardez-le chez vous, compère, et ne souffrez pas que personne le lise. Puis, sans prolonger l'examen, il dit à la gouvernante de prendre les autres grands volumes, et de les jeter dans la cour.

Celle-ci, qui aurait brûlé tous les livres du monde, ne se le fit pas dire deux fois, et elle en saisit un grand nombre pour les jeter par la fenêtre; mais elle en avait tant pris à la fois, qu'il en tomba un aux pieds du barbier qui voulut voir ce que c'était; en l'ouvrant, il lut au titre: *Histoire du fameux Tirant-le-Blanc.*

Comment! s'écria le curé, vous avez là *Tirant-le-Blanc?* Donnez-le vite, seigneur compère, car c'est un trésor d'allégresse et une source de divertissement! C'est là qu'on rencontre le chevalier *Kyrie Eleison de Montalban* et *Thomas de Montalban*, son frère, avec le chevalier de *Fonseca*; le combat du valeureux *Detriant* contre le dogue; les finesses de la demoiselle *Plaisir de ma vie*; les amours et les ruses de la *veuve Tranquille*, et l'impératrice amoureuse de son écuyer. C'est pour le style le meilleur livre du monde: les chevaliers y mangent, y dorment, y meurent dans leur lit après avoir fait leur testament, et mille autres choses qui ne se rencontrent guère dans les livres de cette espèce; et pourtant celui qui l'a composé aurait bien mérité, pour avoir dit volontairement tant de sottises, qu'on l'envoyât ramer aux galères le reste de ses jours. Emportez ce livre chez vous, lisez-le, et vous verrez si tout ce que j'en dis n'est pas vrai.

Vous serez obéi, dit le barbier; mais que ferons-nous de tous ces petits volumes qui restent?

Ceux-ci, répondit le curé, ne doivent pas être des livres de chevalerie, mais de poésie; et le premier qu'il ouvrit était *la Diane de Montemayor.* Ils ne méritent pas le feu, ajouta-t-il, parce qu'ils ne produiront jamais les désordres qu'ont causés les livres de chevalerie; ils ne s'écartent point des règles du bon sens, et personne ne court risque de perdre l'esprit en les lisant.

Ah! seigneur licencié! s'écria la nièce, vous pouvez bien les envoyer avec les autres; car si mon oncle vient à guérir de sa fièvre de chevalerie errante, il est capable en lisant ces maudits livres de vouloir se faire berger, et de se mettre à courir les bois et les prés, chantant et jouant du flageolet, ou, ce qui serait pis encore, de se faire poëte: maladie contagieuse et surtout, dit-on, incurable.

Cette fille a raison, dit le curé; il est bon d'ôter à notre ami une occasion de rechute. Commençons donc par la *Diane de Montemayor.* Je ne suis pourtant pas d'avis qu'on la jette au feu; car en se contentant de supprimer ce qui traite de la sage Félicie et de l'eau enchantée, c'est-à-dire presque tous les vers, on peut lui laisser, à cause de sa prose, l'honneur d'être le premier entre ces sortes d'ouvrages.

Voici *la Diane*, appelée la seconde, du Salmentin, dit le barbier; puis une autre dont l'auteur est Gilles Pol.

Que celle du Salmentin augmente le nombre des condamnés, reprit le curé; mais gardons *la Diane* de Gilles Pol, comme si Apollon lui-même en était l'auteur. Passons outre, seigneur compère, ajouta-t-il, et dépêchons, car il se fait tard.

Voici les dix livres de *la Fortune d'amour*, composés par Antoine de l'Ofrase, poëte de Sardaigne, dit le barbier.

Par les ordres que j'ai reçus! reprit le curé, depuis qu'on parle d'Apollon et des Muses, en un mot depuis qu'il y a des poëtes, il n'a point été composé un plus agréable ouvrage que celui-ci, et quiconque ne l'a point lu peut dire qu'il n'a jamais rien lu d'amusant. Donnez-le-moi, seigneur compère; aussi bien je le préfère à une soutane du meilleur taffetas de Florence.

Ceux qui suivent, continua le barbier, sont *le Berger d'Ibérie*, *les Nymphes d'Hénarès* et *le Remède à la jalousie*.

Livrez tout cela à la gouvernante, dit le curé; et qu'on ne m'en demande pas la raison, car nous n'aurions jamais fini.

Et *le Berger de Philida*? dit le barbier.

Oh! ce n'est point un berger, reprit le curé, mais un sage et ingénieux courtisan qu'il faut garder comme une relique.

Et ce gros volume, intitulé *Trésor des poésies diverses*? dit maître Nicolas.

S'il y en avait moins, répondit le curé, elles n'en vaudraient que mieux. Toutefois, en retranchant de ce livre quelques pauvretés mêlées à de fort belles choses, on peut le conserver; les autres ouvrages de l'auteur doivent faire épargner celui-ci.

Le Chansonnier de Lopez de Maldonado! Qu'est cela? dit le barbier en ouvrant un volume.

Je connais l'auteur, reprit le curé; ses vers sont admirables dans sa bouche, car il a une voix pleine de charme. Il est un peu étendu dans ses églogues, mais une bonne chose n'est jamais trop longue. Il faut le mettre avec les réservés. Et celui qui est là tout auprès, comment s'appelle-t-il?

C'est *la Galatée de Michel Cervantes*, répondit maître Nicolas.

Il y a longtemps que ce Cervantes est de mes amis, reprit le curé, et l'on sait qu'il est encore plus célèbre par ses malheurs que par ses vers. Son livre ne manque pas d'invention, mais il propose et ne conclut pas. Attendons la seconde partie qu'il promet[24]; peut-être y réussira-t-il mieux et méritera-t-il l'indulgence qu'on refuse à la première.

Que sont ces trois volumes? demanda le barbier. *L'Araucana, de don Alonzo de Hercilla, l'Austriada de Juan Rufo, jurat de Cordoue*, et *le Montserrat de Christoval de Viruez*, poëte valencien.

Ces trois ouvrages, répondit le curé, renferment les meilleurs vers héroïques qu'on ait composés en espagnol, et ils peuvent aller de pair avec les plus fameux de l'Italie. Gardons-les soigneusement, comme des monuments précieux de l'excellence de nos poëtes.

Le curé, se lassant enfin d'examiner tant de livres, conclut définitivement, sans pousser plus loin l'examen, qu'on jetât tout le reste au feu. Mais le barbier lui en présenta un qu'il venait d'ouvrir, et qui avait pour titre *les Larmes d'Angélique*.

Ce serait à moi d'en verser, dit le curé, si cet ouvrage avait été brûlé par mon ordre, car l'auteur est un des plus célèbres poëtes, non-seulement d'Espagne, mais encore du monde entier, et il a particulièrement réussi dans la traduction de plusieurs fables d'Ovide.

CHAPITRE VII. DE LA SECONDE SORTIE DE NOTRE BON CHEVALIER DON QUICHOTTE DE LA MANCHE.

Ils en étaient là, quand tout à coup don Quichotte se mit à jeter de grands cris: A moi, à moi, valeureux chevaliers! disait-il. C'est ici qu'il faut montrer la force de vos bras, sinon les gens de la cour vont remporter le prix du tournoi. Afin d'accourir au bruit, on abandonna l'inventaire des livres; aussi faut-il croire que si *la Carolea* et *Léon d'Espagne* s'en allèrent au feu avec *les Gestes de l'Empereur*, composés par Louis d'Avila, c'est qu'ils se trouvèrent à la merci de la gouvernante et de la nièce, mais à coup sûr ils eussent éprouvé un sort moins sévère si le curé eût encore été là.

En arrivant auprès de don Quichotte, on le trouva debout, continuant à vociférer, frappant à droite et à gauche, d'estoc et de taille, aussi éveillé que s'il n'eût jamais dormi. On le prit à bras-le-corps, et, bon gré, mal gré, on le reporta dans son lit. Quand il se fut un peu calmé: Archevêque Turpin, dit-il en s'adressant au curé, avouez que c'est une grande honte pour des chevaliers errants tels que nous, de se laisser enlever le prix du tournoi par les gens de la cour, lorsque pendant les trois jours précédents l'avantage nous était resté!

Patience, reprit le curé; la chance tournera, s'il plaît à Dieu; ce qu'on perd aujourd'hui peut se regagner demain. Pour le moment, ne songeons qu'à votre santé; vous devez être bien fatigué, si même vous n'êtes grièvement blessé.

Blessé, non, dit don Quichotte, mais brisé et meurtri autant qu'on puisse l'être; car ce bâtard de Roland m'a roué de coups avec le tronc d'un chêne, et cela parce que seul je tiens tête à ses fanfaronnades. Je perdrai mon nom de Renaud de Montauban, ou, dès que je pourrai sortir du lit, il me le payera cher, en dépit de tous les enchantements qui le protègent. Pour l'instant, ajouta-t-il, qu'on me donne à manger, rien ne saurait venir plus à propos; quant à ma vengeance, qu'on m'en laisse le soin.

On lui apporta ce qu'il demandait, après quoi il se rendormit, laissant tout le monde stupéfait d'une si étrange folie. Cette nuit même, la gouvernante s'empressa de brûler les livres qu'on avait jetés dans la cour, et ceux qui restaient encore dans la maison: aussi, tels souffrirent la peine du feu qui méritaient un meilleur sort; mais leur mauvaise étoile ne le voulut pas, et pour eux se vérifia le proverbe que souvent le juste paye pour le pécheur.

Un des remèdes imaginés par le curé et le barbier contre la maladie de leur ami fut de faire murer la porte du cabinet des livres, afin qu'il ne la trouvât plus quand il se lèverait; espérant ainsi qu'en ôtant la cause du mal l'effet disparaîtrait également, et que dans tous les cas on dirait qu'un enchanteur avait emporté le cabinet et les livres: ce qui fut exécuté avec beaucoup de diligence.

Deux jours après, don Quichotte se leva, et son premier soin fut d'aller visiter sa bibliothèque; ne la trouvant plus où il l'avait laissée, il se mit à chercher de tous côtés, passant et repassant où jadis avait été la porte, tâtant avec les mains, regardant partout sans dire mot et sans y rien comprendre. A la fin pourtant, il demanda de quel côté était le cabinet de ses livres.

De quel cabinet parle Votre Grâce, répondit la gouvernante, et que cherchez-vous là où il n'y a rien? Il n'existe plus ici ni cabinet ni livres, le diable a tout emporté.

Ce n'est pas le diable, dit la nièce; c'est un enchanteur, qui, aussitôt après le départ de notre maître, est venu pendant la nuit, monté sur un dragon, a mis pied à terre, et est entré dans son cabinet, où je ne sais ce qui se passa; mais au bout de quelque temps, nous le vîmes sortir par la toiture, laissant la maison toute pleine de fumée; puis, quand nous voulûmes voir ce qu'il avait fait, il n'y avait plus ni cabinet, ni livres. Seulement, nous nous souvenons fort bien, la gouvernante et moi:

que ce mécréant nous cria d'en haut, en s'envolant, que c'était par inimitié pour le maître des livres qu'il avait fait le dégât dont on s'apercevrait plus tard. Il dit aussi qu'il s'appelait Mugnaton.

Dites Freston et non Mugnaton, reprit don Quichotte.

Je ne sais si c'est Freton ou Friton, répliqua la nièce, mais je sais que son nom finissait en *on*.

Cela est vrai, ajouta don Quichotte; ce Freston est un savant enchanteur qui a pour moi une aversion mortelle, parce que son art lui a révélé qu'un jour je dois me rencontrer en combat singulier avec un jeune chevalier qu'il protége; et comme il sait que j'en sortirai vainqueur, quoi qu'il fasse, il ne cesse, en attendant, de me causer tous les déplaisirs imaginables; mais je l'avertis qu'il s'abuse et qu'on ne peut rien contre ce que le ciel a ordonné.

Et qui en doute? dit la nièce. Mais, mon cher oncle, pourquoi vous engager dans toutes ces querelles? Ne vaudrait-il pas mieux rester paisible dans votre maison, au lieu de courir le monde cherchant de meilleur pain que celui de froment? Sans compter que bien des gens, croyant aller querir de la laine, s'en reviennent tondus.

Vous êtes loin de compte, ma mie, repartit don Quichotte; avant que l'on me tonde, j'aurai arraché la bar-

be à quiconque osera toucher la pointe d'un seul de
mes cheveux.

Cheval et cavalier s'en allèrent rouler dans la poussière.

Les deux femmes s'abstinrent de répliquer, voyant bien que sa tête commençait à s'échauffer. Quinze jours se passèrent ainsi, pendant lesquels notre chevalier resta dans sa maison, sans laisser soupçonner qu'il pensât à de nouvelles folies. Chaque soir, avec ses deux compères, le curé et le barbier, il avait de fort divertissants entretiens, ne cessant d'affirmer que la chose dont le monde avait le plus pressant besoin, c'était de chevaliers errants et que cet ordre illustre revivrait dans sa personne. Quelquefois le curé le contredisait, mais le plus souvent il faisait semblant de se rendre, seul moyen de ne pas l'irriter.

En même temps don Quichotte sollicitait en cachette un paysan, son voisin, homme de bien (s'il est permis de qualifier ainsi celui qui est pauvre), mais qui n'avait assurément guère de plomb dans la cervelle. Notre hidalgo lui disait qu'il avait tout à gagner en le suivant, parce qu'en échange du fumier et de la paille qu'il lui faisait quitter, il pouvait se présenter telle aventure qui, en un tour de main, lui vaudrait le gouvernement d'une île. Par ces promesses, et d'autres tout aussi certaines, Sancho Panza, c'était le nom du laboureur, se laissa si bien gagner, qu'il résolut de planter là femme et enfants, pour suivre notre chevalier en qualité d'écuyer.

Assuré d'une pièce si nécessaire, don Quichotte ne songea plus qu'à ramasser de l'argent; et, vendant une chose, engageant l'autre, enfin perdant sur tous ses marchés, il parvint à réunir une somme raisonnable. Il se pourvut aussi d'une rondache, qu'il emprunta d'un de ses amis; puis ayant raccommodé sa salade du mieux qu'il put, il avisa son écuyer du jour et de l'heure où il voulait se mettre en route, pour que de son côté il se munit de ce qui leur serait nécessaire. Il lui recommanda surtout d'emporter un bissac. Sancho répondit qu'il n'y manquerait pas, ajoutant qu'étant mauvais marcheur, il avait envie d'emmener son âne, lequel était de bonne force. Le mot âne surprit don Quichotte, qui chercha à se rappeler si l'on avait vu quelque écuyer monter de la sorte; aucun ne lui vint en mémoire; cependant il y consentit, comptant bien donner au sien une plus honorable monture dès sa première rencontre avec quelque chevalier discourtois.

Il se pourvut encore de chemises et des autres choses indispensables, suivant le conseil que lui avait donné l'hôtelier.

Tout étant préparé en silence, un beau soir Sancho, sans dire adieu à sa femme et à ses enfants, et don Quichotte, sans prendre congé de sa nièce ni de sa gouvernante, s'échappèrent de leur village et marchèrent toute la nuit avec tant de hâte, qu'au point du jour ils se tinrent pour assurés de ne pouvoir être atteints quand même on se fût mis à leur poursuite. Assis sur son âne avec son bissac et sa gourde, Sancho se prélassait comme un patriarche, déjà impatient d'être gouverneur de l'île que son maître lui avait promise. Don Quichotte prit la même route qu'il avait suivie lors de sa première excursion, c'est-à-dire à travers la plaine de Montiel, où, cette fois, il cheminait avec moins d'incommodité, parce qu'il était grand matin, et que les rayons du soleil, frappant de côté, ne le gênaient point encore.

Ils marchaient depuis quelque temps, lorsque Sancho, qui ne pouvait rester longtemps muet, dit à son maître: Seigneur, que Votre Grâce se souvienne de l'île qu'elle m'a promise; je me fais fort de la bien gouverner, si grande qu'elle puisse être.

Ami Sancho, répondit don Quichotte, apprends que de tout temps ce fut un usage consacré parmi les chevaliers errants de donner à leurs écuyers le gouvernement des îles et des royaumes dont ils faisaient la conquête; aussi, loin de vouloir déroger à cette louable coutume, je prétends faire mieux encore. Souvent ces chevaliers attendaient pour récompenser leurs écuyers, que ceux-ci, las de passer de mauvais jours et de plus mauvaises nuits fussent vieux et incapables de service; alors ils leur donnaient quelque modeste province avec le titre de marquis ou de comte: eh bien, moi, j'espère qu'avant six jours, si Dieu me prête vie, j'aurai su conquérir un si vaste royaume, que beaucoup d'autres en dépendront, ce qui viendra fort à propos pour te faire couronner roi de l'un des meilleurs. Ne pense pas qu'il y ait là rien de bien extraordinaire; tous les jours pareilles fortunes arrivent aux chevaliers errants, et souvent même par des moyens si imprévus qu'il me sera facile de te donner beaucoup plus que je ne te promets.

A ce compte-là, dit Sancho, si j'allais devenir roi par un de ces miracles que sait faire Votre Grâce, Juana Guttierez, ma femme, serait donc reine, et nos enfants, infants?

Sans aucun doute, répondit don Quichotte.

J'en doute un peu, moi, répliqua Sancho; car quand bien même Dieu ferait pleuvoir des couronnes, m'est avis qu'il ne s'en trouverait pas une qui puisse s'ajuster à la tête de ma femme; par ma foi, elle ne vaudrait pas un maravédis pour être reine; passe pour comtesse, et encore, avec l'aide de Dieu!

Eh bien, laisse-lui ce soin, dit don Quichotte; il te donnera ce qui te conviendra le mieux; seulement prends patience, et par modestie ne va pas te contenter à moins d'un bon gouvernement de province.

Non vraiment, répondit Sancho, surtout ayant en Votre Grâce un si puissant maître, qui saura me don-

ner ce qui ira à ma taille et ce que mes épaules pourront porter.

CHAPITRE VIII. DU BEAU SUCCÈS QU'EUT LE VALEUREUX DON QUICHOTTE DANS L'ÉPOUVANTABLE ET INOUIE AVENTURE DES MOULINS A VENT.

En ce moment ils découvrirent au loin dans la campagne trente ou quarante moulins à vent. A cette vue, don Quichotte s'écria: La fortune conduit nos affaires beaucoup mieux que nous ne pouvions l'espérer. Aperçois-tu, Sancho, cette troupe de formidables géants? Eh bien, je prétends les combattre et leur ôter la vie. Enrichissons-nous de leurs dépouilles; cela est de bonne guerre, et c'est grandement servir Dieu que balayer pareille engeance de la surface de la terre.

Quels géants? demanda Sancho.

Ceux que tu vois là-bas avec leurs grands bras, répondit son maître; plusieurs les ont de presque deux lieues de long.

Prenez garde, seigneur, dit Sancho; ce que voit là-bas Votre Grâce ne sont pas des géants, mais des moulins à vent, et ce qui paraît leurs bras, ce sont les ailes qui, poussées par le vent, font aller la meule.

Tu n'es guère expert en fait d'aventures, répliqua don Quichotte: ce sont des géants, te dis-je. Si tu as peur, éloigne-toi et va te mettre en oraison quelque part pendant que je leur livrerai un inégal mais terrible combat.

Aussitôt il donne de l'éperon à Rossinante, et quoique Sancho ne cessât de jurer que c'étaient des moulins à vent, et non des géants, notre héros n'entendait pas la voix de son écuyer. Plus même il approchait des moulins, moins il se désabusait. Ne fuyez pas, criait-il à se fendre la tête, ne fuyez pas, lâches et viles créatures; c'est un seul chevalier qui entreprend de vous combattre. Un peu de vent s'étant levé au même instant, les ailes commencèrent à tourner. Vous avez beau faire, disait-il en redoublant ses cris, quand vous remueriez plus de bras que n'en avait le géant Briarée, vous me le payerez tout à l'heure. Puis se recommandant à sa dame Dulcinée, et la priant de le secourir dans un si grand péril, il se précipite, couvert de son écu et la lance en arrêt, contre le plus proche des moulins. Mais comme il en perçait l'aile d'un grand coup, le vent la fit tourner avec tant de violence qu'elle mit la lance en pièces, emportant cheval et cavalier, qui s'en allèrent rouler dans la poussière.

Sancho accourait au grand trot de son âne, et en arrivant il trouva que son maître était hors d'état de se remuer, tant la chute avait été lourde. Miséricorde, s'écria-t-il; n'avais-je pas dit à Votre Grâce de prendre garde à ce qu'elle allait faire; que c'étaient là des moulins à vent? Pour s'y tromper, il faut en avoir d'autres dans la tête.

Tais-toi, dit don Quichotte, de tous les métiers celui de la guerre est le plus sujet aux caprices du sort, ce ne sont que vicissitudes continuelles. Faut-il dire ce que je pense (de cela, j'en suis certain), eh bien, ce maudit Freston, celui-là même qui a enlevé mon cabinet et mes livres, vient de changer ces géants en moulins, afin de m'ôter la gloire de les vaincre, tant la haine qu'il me porte est implacable; mais viendra un temps où son art cédera à la force de mon épée.

Dieu le veuille, reprit Sancho en aidant son maître à remonter sur Rossinante, dont l'épaule était à demi déboîtée.

Tout en devisant sur ce qui venait d'arriver, nos deux aventuriers prirent le chemin du *Puerto-Lapice*, parce qu'il était impossible, affirmait don Quichotte, que sur une route aussi fréquentée on ne rencontrât pas beaucoup d'aventures. Seulement il regrettait sa lance, et le témoignant à son écuyer: J'ai lu quelque part, dit-il, qu'un chevalier espagnol nommé Diego Perez de Vargas, ayant rompu sa lance dans un combat, arracha d'un chêne une forte branche avec laquelle il assomma un si grand nombre de Mores, que le surnom d'assommeur lui en resta, et que ses descendants l'ont ajouté à leur nom de Vargas. Je te dis cela, Sancho, parce que je me propose d'arracher du premier chêne que nous rencontrerons une branche en tout semblable, avec laquelle j'accomplirai de tels exploits, que tu te trouveras heureux d'en être le témoin, et de voir de tes yeux des prouesses si merveilleuses qu'un jour on aura peine à les croire.

Ainsi soit-il, répondit Sancho: je le crois, puisque vous le dites. Mais redressez-vous un peu, car Votre Grâce se tient tout de travers: sans doute elle se ressent encore de sa chute?

Cela est vrai, reprit don Quichotte, et si je ne me plains pas, c'est qu'il est interdit aux chevaliers errants de se plaindre, lors même qu'ils auraient le ventre ouvert et que leurs entrailles en sortiraient.

S'il doit en être ainsi, je n'ai rien à répliquer, dit Sancho; pourtant j'aimerais bien mieux entendre se plaindre Votre Grâce lorsqu'elle ressent quelque mal; quant à moi, je ne saurais me refuser ce soulagement, et à la première égratignure vous m'entendrez crier comme un désespéré, à moins que la plainte ne soit également interdite aux écuyers des chevaliers errants.

Don Quichotte sourit de la simplicité de son écuyer, et lui déclara qu'il pouvait se plaindre quand et comme il lui plairait, n'ayant jamais lu dans les lois de la chevalerie rien qui s'y opposât.

Sancho fit remarquer que l'heure du dîner était venue. Mange à ta fantaisie, dit don Quichotte; pour moi je n'en sens pas le besoin.

Usant de la permission, Sancho s'arrangea du mieux qu'il put sur son âne, tira ses provisions du bissac, et se mit à manger tout en cheminant derrière son maître. Presque à chaque pas, il s'arrêtait pour donner une embrassade à son outre, et il le faisait de si bon cœur qu'il aurait réjoui le plus achalandé cabaretier de la province de Malaga. Ce passe-temps délectable lui faisait oublier les promesses de son seigneur, et considérer pour agréable occupation la recherche des aventures.

Le soir ils s'arrêtèrent sous un massif d'arbres. Don Quichotte arracha de l'un d'eux une branche assez forte pour lui servir de lance, puis y ajusta le fer de celle qui s'était brisée entre ses mains, il passa la nuit entière sans fermer l'œil, ne cessant de penser à sa Dulcinée, afin de se conformer à ce qu'il avait vu dans ses livres sur l'obligation imposée aux chevaliers errants de veiller sans cesse occupés du souvenir de leurs dames. Quant à Sancho, qui avait le ventre plein, il dormit jusqu'au matin, et les rayons du soleil qui lui donnaient dans le visage, non plus que le chant des oiseaux qui saluaient joyeusement la venue du jour, ne l'auraient réveillé si son maître ne l'eût appelé cinq ou six fois. En ouvrant les yeux, son premier soin fut de faire une caresse à son outre, qu'il s'affligea de trouver moins rebondie que la veille, car il ne se voyait guère sur le chemin de la remplir de si tôt. Pour don Quichotte, il refusa toute nourriture, préférant, comme on l'a dit, se repaître de ses amoureuses pensées.

Ils reprirent le chemin du Puerto-Lapice, dont, vers trois heures de l'après-midi, ils aperçurent l'entrée: Ami Sancho, s'écria aussitôt don Quichotte, c'est ici que nous allons pouvoir plonger nos bras jusqu'aux coudes dans ce qu'on appelle les aventures. Écoute-moi bien, et n'oublie pas ce que je vais te dire: quand même tu me verrais dans le plus grand péril, garde-toi de jamais tirer l'épée, à moins de reconnaître, à n'en pas douter, que nous avons affaire à des gens de rien, à de la basse et vile engeance; oh! dans ce cas, tu peux me secourir: mais si j'étais aux prises avec des chevaliers, les lois de la chevalerie t'interdisent formellement de venir à mon aide, tant que tu n'auras pas été toi-même armé chevalier.

Il aperçut deux moines qui portaient des parasols et
des lunettes de voyage.

Votre Grâce sera bien obéie en cela, répondit Sancho,
d'autant plus que je suis pacifique de ma nature et très-
ennemi des querelles. Seulement, pour ce qui est de
défendre ma personne, lorsqu'on viendra l'attaquer,

permettez que je laisse de côté vos recommandations chevaleresques, car les commandements de Dieu et de l'Église n'ont rien, je pense, de contraire à cela.

D'accord, reprit don Quichotte; mais si nous avions à combattre des chevaliers, songe à tenir en bride ta bravoure naturelle.

Oh! je n'y manquerai point, dit Sancho, et je vous promets d'observer ce commandement aussi exactement que celui de chômer le dimanche.

Pendant cet entretien, deux moines de l'ordre de Saint-Benoît, montés sur des dromadaires (du moins leurs mules en avaient la taille) parurent sur la route. Ils portaient des parasols et des lunettes de voyage. A peu de distance, derrière eux, venait un carrosse escorté par quatre ou cinq cavaliers et suivi de deux valets à pied. Dans ce carrosse, on l'a su depuis, voyageait une dame biscaïenne qui allait retrouver son mari à Séville, d'où il devait passer dans les Indes avec un emploi considérable.

A peine don Quichotte a-t-il aperçu les moines, qui n'étaient pas de cette compagnie, bien qu'ils suivissent le même chemin: Ou je me trompe fort, dit-il à son écuyer, ou nous tenons la plus fameuse aventure qui se soit jamais rencontrée. Ces noirs fantômes que j'aperçois là-bas doivent être et sont sans nul doute des en-

chanteurs qui ont enlevé quelque princesse et l'emmènent par force dans cet équipage; il faut, à tout prix,
que j'empêche cette violence.

Ceci m'a bien la mine d'être encore pis que les moulins
à vent, dit Sancho en branlant la tête. Seigneur, que
Votre Grâce y fasse attention, ces fantômes sont des
moines de l'ordre de Saint-Benoît, et certainement le
carrosse appartient à ces gens qui voyagent: prenez
garde à ce que vous allez faire, et que le diable ne vous
tente pas.

Je t'ai déjà dit, Sancho, reprit don Quichotte, que tu
n'entendais rien aux aventures; tu vas voir dans un
instant si ce que j'avance n'est pas l'exacte vérité.

Aussitôt, prenant les devants, il va se camper au milieu
du chemin, puis, quand les moines sont assez près
pour l'entendre, il leur crie d'une voix tonnante: Gens
diaboliques et excommuniés, mettez sur l'heure en
liberté les hautes princesses que vous emmenez dans
ce carrosse, sinon préparez-vous à recevoir la mort en
juste punition de vos méfaits.

Les deux moines retinrent leurs mules, non moins
étonnés de l'étrange figure de don Quichotte que de
son discours: Seigneur chevalier, répondirent-ils, nous
ne sommes point des gens diaboliques ni des excommuniés; nous sommes des religieux de l'ordre de Saint-

Benoît qui suivons paisiblement notre chemin: s'il y a dans ce carrosse des personnes à qui on fait violence, nous l'ignorons.

Je ne me paye pas de belles paroles, repartit don Quichotte, et je vous connais, canaille déloyale. Puis, sans attendre de réponse, il fond, la lance basse, sur un des religieux, et cela avec une telle furie, que si le bon père ne se fût promptement laissé glisser de sa mule, il aurait été dangereusement blessé, ou peut-être tué du coup. L'autre moine, voyant de quelle manière on traitait son compagnon, donna de l'éperon à sa monture et gagna la plaine, plus rapide que le vent.

Aussitôt, sautant prestement de son âne, Sancho se jeta sur le moine étendu par terre, et il commençait à le dépouiller quand accoururent les valets des religieux, qui lui demandèrent pourquoi il lui enlevait ses vêtements. Parce que, répondit Sancho, c'est le fruit légitime de la bataille que mon maître vient de gagner.

Peu satisfaits de la réponse, voyant d'ailleurs que don Quichotte s'était éloigné pour aller parler aux gens du carrosse, les deux valets se ruèrent sur Sancho, le renversèrent sur la place, et l'y laissèrent à demi mort de coups. Le religieux ne perdit pas un moment pour remonter sur sa mule, et il accourut tremblant auprès de son compagnon, qui l'attendait assez loin de là, regardant ce que deviendrait cette aventure; puis tous deux poursuivirent leur chemin, faisant plus de signes de croix que s'ils avaient eu le diable à leurs trousses.

Pendant ce temps, don Quichotte se tenait à la portière du carrosse, et il haranguait la dame biscaïenne, qu'il avait abordée par ces paroles:

Madame, votre beauté est libre, elle peut faire maintenant ce qu'il lui plaira; car ce bras redoutable vient de châtier l'audace de ses ravisseurs. Afin que vous ne soyez point en peine du nom de votre libérateur, sachez que je m'appelle don Quichotte de la Manche, que je suis chevalier errant, et esclave de la sans pareille Dulcinée du Toboso. En récompense du service qu'elle a reçu de moi, je ne demande à Votre Grâce qu'une seule chose: c'est de vous rendre au Toboso, de vous présenter de ma part devant cette dame, et de lui apprendre ce que je viens de faire pour votre liberté.

Parmi les gens de l'escorte se trouvait un cavalier biscaïen qui écoutait attentivement notre héros. Irrité de le voir s'opposer au départ du carrosse, à moins qu'il ne prît le chemin du Toboso, il s'approche, et, empoignant la lance de don Quichotte, il l'apostrophe ainsi en mauvais castillan ou en biscaïen, ce qui est pis encore: Va-t'en, chevalier, et mal ailles-tu; car, par le Dieu qui m'a créé, si toi ne laisses partir le carrosse, moi te tue, aussi vrai que je suis Biscaïen.

Don Quichotte qui l'avait compris, répondit sans s'émouvoir: Si tu étais chevalier, aussi bien que tu ne l'es pas, j'aurais déjà châtié ton insolence.

Moi pas chevalier! répliqua le Biscaïen; moi jure Dieu, jamais chrétien n'avoir plus menti. Si toi laisses ta lance, et tires ton épée, moi fera voir à toi comme ton *chat à l'eau vite s'en va.* Hidalgo par mer, hidalgo par le diable, et toi mentir si dire autre chose.

C'est ce que nous allons voir, repartit don Quichotte, puis, jetant sa lance, il tire son épée, embrasse son écu, et il fond sur le Biscaïen, impatient de lui ôter la vie.

Celui-ci eût bien voulu descendre de sa mule, mauvaise bête de louage, sur laquelle il ne pouvait compter; mais à peine eut-il le temps de tirer son épée, et bien lui prit de se trouver assez près du carrosse pour saisir un coussin et s'en faire un bouclier. En voyant les deux champions courir l'un sur l'autre comme de mortels ennemis, les assistants essayèrent de s'interposer; tout fut inutile; car le Biscaïen jurait que si on tentait de l'arrêter, il tuerait plutôt sa maîtresse et les personnes de sa suite. Effrayée de ces menaces, la dame, toute tremblante, fit signe au cocher de s'éloigner, puis, arrivée à quelque distance, elle s'arrêta pour regarder le combat.

En abordant son adversaire, l'impétueux Biscaïen lui déchargea un tel coup sur l'épaule, que si l'épée n'eût rencontré la rondache, il le fendait jusqu'à la ceinture.

Dame de mon âme! s'écria don Quichotte à ce coup qui lui parut la chute d'une montagne; Dulcinée! fleur de beauté, daignez secourir votre chevalier, qui pour vous obéir se trouve en cette extrémité.

Prononcer ces mots, serrer son épée, se couvrir de son écu, fondre sur son ennemi, tout cela fut l'affaire d'un instant. Le Biscaïen, en le voyant venir avec tant d'impétuosité, l'attendait de pied ferme, couvert de son coussin, d'autant plus que sa mule, harassée de fatigue et mal dressée à ce manége, ne pouvait bouger. Ainsi don Quichotte courait l'épée haute contre le Biscaïen, cherchant à le pourfendre, et le Biscaïen l'attendait, abrité derrière son coussin. Les spectateurs étaient dans l'anxiété des coups épouvantables dont nos deux combattants se menaçaient, et la dame du carrosse faisait des vœux à tous les saints du paradis pour obtenir que Dieu protégeât son écuyer, et la délivrât du péril où elle se trouvait.

Malheureusement, l'auteur de l'histoire la laisse en cet endroit pendante et inachevée, donnant pour excuse qu'il ne sait rien de plus sur les exploits de don Quichotte. Mais le continuateur, ne pouvant se résoudre à penser qu'un récit aussi curieux se fût ainsi arrêté à moitié chemin, et que les beaux esprits de la Manche eussent négligé d'en conserver la suite, ne désespéra pas de la retrouver. En effet, le ciel aidant, il réussit dans sa recherche de la manière qui sera exposée dans le livre suivant.

LIVRE II[25]

CHAPITRE IX. OU SE CONCLUT ET SE TERMINE L'ÉPOUVANTABLE COMBAT DU BRAVE BISCAIEN ET DU MANCHOIS.

Dans la première partie de cette histoire, nous avons laissé l'ardent Biscaïen et le valeureux don Quichotte, les bras levés, les épées nues, et en posture de se décharger de tels coups, que s'ils fussent tombés sans rencontrer de résistance, nos deux champions ne se seraient rien moins que pourfendus de haut en bas et ouverts comme une grenade; mais en cet endroit, je l'ai dit, le récit était resté pendant et inachevé, sans que l'auteur fît connaître où l'on trouverait de quoi le poursuivre. J'éprouvai d'abord un violent dépit, car le plaisir que m'avait causé le commencement d'un conte si délectable se tournait en grande amertume, quand je vins à songer quel faible espoir me restait d'en retrouver la fin. Toutefois il me paraissait impossible qu'un héros si fameux manquât d'un historien pour raconter ses incomparables prouesses, lorsque chacun de ses devanciers en avait compté plusieurs, non-seulement de leurs faits et gestes, mais même de leurs moindres pensées. Ne pouvant donc supposer qu'un chevalier de cette importance fût dépourvu de ce qu'un *Platir* et ses pareils avaient eu de reste, je persistai à croire qu'une semblable histoire n'était point demeurée ainsi à moitié chemin, et que le temps seul, qui détruit tout, l'avait dévorée ou la tenait quelque part ensevelie. De plus, je me disais: Puisque dans la Bibliothèque de notre chevalier il y avait des livres modernes, tels que *le Remède à la jalousie, les Nymphes, le Berger de Hénarès*, elle ne doit pas être fort ancienne, et si elle n'a pas été écrite, on doit au moins la retrouver dans la mémoire des gens de son village et des pays circonvoisins.

Tourmenté de cette pensée, je nourrissais toujours un vif désir de connaître en son entier la vie et les merveilleux exploits de notre héros, cette éclatante lumière de la Manche, le premier qu'on ait vu dans ces temps calamiteux se vouer au grand exercice de la chevalerie errante, redressant les torts, secourant les veuves, protégeant les damoiselles, pauvres filles qui s'en allaient par monts et par vaux sur leurs palefrois, portant la charge et l'embarras de leur virginité avec si peu de souci, qu'à moins de violence de la part de quelque chevalier félon, de quelque vilain armé en guerre, de quelque géant farouche, elles descendaient au tombeau aussi vierges que leurs mères. Je dis donc qu'à cet égard et à beaucoup d'autres, notre brave don Quichotte est digne d'éternelles louanges, et qu'à moi-même on ne saurait en refuser quelques-unes pour le zèle que j'ai mis à rechercher la fin d'une si agréable histoire. Mais toute ma peine eût été inutile, et la postérité eût été privée de ce trésor, si le hasard ne l'avait fait tomber entre mes mains de la manière que je vais dire.

Me promenant un jour à Tolède, dans la rue d'Alcana, je vis un jeune garçon qui vendait de vieilles paperasses à un marchand de soieries. Or, curieux comme je le suis, à ce point de ramasser pour les lire les moindres chiffons de papier, je pris des mains de l'enfant un des cahiers qu'il tenait; voyant qu'il était en caractères arabes que je ne connais point, je cherchai des yeux quelque Morisque[26] pour me les expliquer, et je n'eus pas de peine à trouver ce secours dans un lieu où il y a des interprètes pour une langue beaucoup plus sainte et plus ancienne[27]. Le hasard m'en amena un à qui je mis le cahier entre les mains; mais à peine en avait-il parcouru quelques lignes qu'il se prit à rire. Je lui en demandai la cause. C'est une annotation que je trouve ici à la marge, répondit-il; et continuant à rire, il lut ces paroles: *Cette Dulcinée du Toboso, dont il est si souvent parlé dans la présente histoire, eut, dit-on, pour saler les pourceaux, meilleure main qu'aucune femme de la Manche.*

Se hissant sur ses étriers et serrant son épée, il en déchargea un terrible coup sur la tête de son ennemi.

Au nom de Dulcinée du Toboso, m'imaginant que ces vieux cahiers contenaient peut-être l'histoire de don Quichotte, je pressai le Morisque de lire le titre du livre; il y trouva ces mots: *Histoire de don Quichotte de la Manche, écrite par cid Hamet Ben-Engeli, historien arabe.* En l'entendant, j'éprouvai une telle joie que j'eus beaucoup de peine à la dissimuler; et rassemblant tous les papiers, j'en fis marché avec le jeune garçon, qui me donna pour un demi-réal ce qu'il m'aurait vendu vingt fois autant s'il eût pu lire dans mon esprit. Je m'éloignai aussitôt avec mon Morisque par le cloître de la cathédrale, et lui proposai de traduire ces cahiers en castillan sans y ajouter ni en retrancher la moindre chose, moyennant la récompense qu'il voudrait. Il se contenta de deux arrobes de raisins et de quatre boisseaux de froment, me promettant de faire en peu de temps cette traduction aussi fidèlement que possible; mais pour rendre l'affaire plus facile, et ne pas me dessaisir de mon trésor, j'emmenai le Morisque chez moi, où en moins de six semaines la version fut faite, telle que je la donne ici.

Dans le premier cahier se trouvait représentée la bataille de don Quichotte avec le Biscaïen, tous deux dans la posture où nous les avons laissés, le bras levé, l'épée nue, l'un couvert de sa rondache, l'autre abrité par son coussin. La mule du Biscaïen était d'une si grande vérité, qu'à portée d'arquebuse on l'aurait facilement reconnue pour une mule de louage: à ses pieds on lisait *don Sancho de Aspetia*, ce qui était sans doute le nom du Biscaïen. Aux pieds de Rossinante on lisait celui de *don Quichotte*. Rossinante est admirablement peint, long, roide, maigre, l'épine du dos si tranchante, et l'oreille si basse, qu'on jugeait tout d'abord que jamais cheval au monde n'avait mieux mérité d'être appelé ainsi. Tout auprès, Sancho Panza tenait par le licou son âne, au pied duquel était écrit *Sancho Zanças*. Il était représenté avec la panse large, la taille courte, les jambes cagneuses, et c'est sans doute pour ce motif que l'histoire lui donne indifféremment le nom de Panza ou de Zanças.

Il y avait encore d'autres détails, mais de peu d'importance, et qui n'ajoutent rien à l'intelligence de ce récit. Si quelque chose pouvait faire douter de sa sincérité, c'est que l'auteur est Arabe, et que tous les gens de cette race sont enclins au mensonge; mais, d'autre part, ils sont tellement nos ennemis, que celui-ci aura plutôt retranché qu'ajouté. En effet, lorsqu'il devait, selon moi, le plus longuement s'étendre sur les exploits de notre chevalier, il les a, au contraire, malicieusement amoindris ou même passés sous silence: procédé indigne d'un historien, qui doit toujours se montrer fidèle, exempt de passion et d'intérêt, sans que jamais la crainte, l'affection ou l'inimitié le fassent dévier de la vérité, mère de l'histoire, dépôt des actions humaines, puisque c'est là qu'on rencontre de vrais tableaux du passé, des exemples pour le présent et des enseignements pour l'avenir. J'espère cependant que l'on trouvera dans ce récit tout ce que l'on peut désirer, ou que s'il y manque quelque chose, ce sera la faute du traducteur et non celle du sujet.

La seconde partie commençait ainsi:

A l'air terrible et résolu des deux fiers combattants, avec leur tranchantes épées levées, on eût dit qu'ils menaçaient le ciel et la terre. Celui qui porta le premier coup fut l'ardent Biscaïen, et cela avec tant de force et de furie, que si le fer n'eût tourné dans sa main, ce seul coup aurait terminé cet épouvantable combat et mis fin à toutes les aventures de notre chevalier; mais le sort, qui le réservait pour d'autres exploits, fit tourner l'épée du Biscaïen de telle sorte que, tombant à plat sur l'épaule gauche, elle ne fit d'autre mal que de désarmer tout ce côté-là, emportant chemin faisant un bon morceau de la salade et la moitié de l'oreille de notre héros.

Qui pourrait, grand Dieu! peindre la rage dont fut transporté don Quichotte quand il se sentit atteint! Se hissant sur ses étriers, et serrant de plus belle son épée avec ses deux mains, il en déchargea un si terrible coup sur la tête de son ennemi, que, malgré la protection du coussin, le pauvre diable commença à jeter le sang par le nez, la bouche et les oreilles, prêt à tomber, ce qui certes fût arrivé s'il n'eût à l'instant embrassé le cou de sa bête, mais bientôt ses bras se détachèrent, ses pieds lâchèrent les étriers, et la mule épouvantée, ne sentant plus le frein, prit sa course à travers champs, après avoir désarçonné son cavalier qui tomba privé de sentiment.

Don Quichotte ne vit pas plus tôt son ennemi par terre, que, sautant prestement de cheval, il courut lui présenter la pointe de l'épée entre les deux yeux, lui criant de se rendre, sinon qu'il lui couperait la tête. Le malheureux Biscaïen était incapable d'articuler un seul mot, et, dans sa fureur, don Quichotte ne l'aurait pas épargné, si la dame du carrosse, qui, à demi morte de peur, attendait au loin l'issue du combat, n'était accourue lui demander, avec les plus vives instances, la vie de son écuyer.

Je vous l'accorde, belle dame, répondit gravement notre héros, mais à une condition: c'est que ce chevalier me donnera sa parole d'aller au Toboso, et de se présenter de ma part devant la sans pareille Dulcinée, afin qu'elle dispose de lui selon son bon plaisir.

Sans rien comprendre à ce discours, ni s'informer quelle était cette Dulcinée, la dame promit pour son écuyer tout ce qu'exigeait don Quichotte.

Qu'il vive donc sur la foi de votre parole, reprit notre héros, et qu'à cause de vous il jouisse d'une grâce dont son arrogance le rendait indigne.

CHAPITRE X. DU GRACIEUX ENTRETIEN QU'EUT DON QUICHOTTE AVEC SANCHO PANZA SON ÉCUYER.

Quoique moulu des rudes gourmades que lui avaient administrées les valets des bénédictins, Sancho s'était depuis quelque temps déjà remis sur ses pieds, et tout en suivant d'un œil attentif le combat où était engagé son seigneur, il priait Dieu de lui accorder la victoire, afin qu'il y gagnât quelque île et l'en fit gouverneur, comme il le lui avait promis. Voyant enfin le combat terminé, et son maître prêt à remonter à cheval, il courut lui tenir l'étrier; mais d'abord il se jeta à genoux et lui baisa la main en disant: Que Votre Grâce daigne me donner l'île qu'elle vient de gagner; car je me sens en état de la bien gouverner, si grande qu'elle puisse être.

Ami Sancho, répondit don Quichotte, ce ne sont pas là des aventures d'îles, ce sont de simples rencontres de grands chemins, dont on ne peut guère attendre d'autre profit que de se faire casser la tête ou emporter une oreille. Prends patience, il s'offrira, pour m'acquitter de ma promesse, assez d'autres occasions, où je pourrai te donner un bon gouvernement, si ce n'est quelque chose de mieux encore.

Sancho se confondit en remercîments, et après avoir baisé de nouveau la main de son maître et le pan de sa cotte de mailles, il l'aida à remonter à cheval, puis enfourcha son âne, et se mit à suivre son seigneur, lequel, s'éloignant rapidement sans prendre congé de la dame du carrosse, entra dans un bois qui se trouvait près de là.

Sancho le suivait de tout le trot de sa bête, mais Rossinante détalait si lestement, qu'il fut obligé de crier à son maître de l'attendre. Don Quichotte retint la bride à sa monture, jusqu'à ce que son écuyer l'eût rejoint. Il serait prudent, ce me semble, dit Sancho en arrivant, de nous réfugier dans quelque église, car celui que vous venez de combattre est en bien piteux état; on pourrait en donner avis à la Sainte-Hermandad[28], qui viendrait nous questionner à ce sujet, et une fois entre ses mains, il se passerait du temps avant de nous en tirer.

Tu ne sais ce que tu dis, repartit don Quichotte; où donc as-tu vu ou lu qu'un chevalier errant ait été traduit en justice, quelque nombre d'homicides qu'il ait commis?

Je n'entends rien à vos homicides, répondit Sancho, et je ne me souviens pas d'en avoir jamais vu; mais je sais que ceux qui se battent au milieu des champs ont affaire à la Sainte-Hermandad, et c'est là ce que je voudrais éviter.

Ne t'en mets point en peine, reprit don Quichotte; je t'arracherais des mains des Philistins, à plus forte raison de celles de la Sainte-Hermandad. Maintenant, réponds avec franchise, crois-tu que sur toute la surface de la terre il y ait un chevalier aussi vaillant que je le suis? As-tu jamais vu ou lu dans quelque histoire qu'un chevalier ait montré autant que moi d'intrépidité dans l'attaque, de résolution dans la défense, plus d'adresse à porter les coups, et de promptitude à culbuter l'ennemi?

La vérité est que je n'ai jamais rien vu ni lu de semblable, répondit Sancho, car je ne sais ni lire ni écrire; mais ce dont je puis faire serment, c'est que de ma vie je n'ai servi un maître aussi hardi que Votre Grâce, et Dieu veuille que cette hardiesse ne nous mène pas là où je m'imagine. Pour l'heure pansons votre oreille, car il en sort beaucoup de sang; heureusement, j'ai de la charpie et de l'onguent dans mon bissac.

Nous nous passerions bien de tout cela, dit don Quichotte, si j'avais songé à faire une fiole de ce merveilleux baume de Fier-à-Bras[29], et combien une seule goutte de cette précieuse liqueur nous épargnerait de temps et de remèdes?

Quelle fiole et quel baume? demanda Sancho.

C'est un baume dont j'ai la recette en ma mémoire, répondit don Quichotte; avec lui on se moque des blessures, et on nargue la mort. Aussi, quand après l'avoir composé, je l'aurai remis entre tes mains, si dans un combat je viens à être pourfendu d'un revers d'épée par le milieu du corps, comme cela nous arrive presque tous les jours, il te suffira de ramasser la moitié qui sera tombée à terre, puis, avant que le sang soit figé, de la rapprocher de l'autre moitié restée sur la selle, en ayant soin de les bien remboîter; après quoi, rien qu'avec deux gouttes de ce baume, tu me reverras aussi sain qu'une pomme.

S'il en est ainsi, repartit Sancho, je renonce dès aujourd'hui au gouvernement que vous m'avez promis, et pour récompense de mes services je ne demande que la recette de ce baume. Il vaudra bien partout deux ou trois réaux l'once; en voilà assez pour passer ma vie honorablement et en repos. Mais dites-moi, seigneur, ce baume coûte-t-il beaucoup à composer?

Pour trois réaux on peut en faire plus de six pintes, répondit don Quichotte.

Grand Dieu! s'écria Sancho, que ne me l'enseignez-vous sur l'heure, et que n'en faisons-nous de suite plusieurs poinçons?

Patience, ami Sancho, reprit don Quichotte, je te réserve bien d'autres secrets, et de bien plus grandes récompenses. Pour l'instant pansons mon oreille; elle me fait plus de mal que je ne voudrais.

Sancho tira l'onguent et la charpie du bissac; mais quand don Quichotte, en ôtant sa salade, la vit toute brisée, peu s'en fallut qu'il ne perdît le reste de son jugement. Portant la main sur son épée, et levant les yeux au ciel il s'écria: Par le créateur de toutes choses, et sur les quatre Évangiles, je fais le serment que fit le grand marquis de Mantoue, lorsqu'il jura de venger la mort de son neveu Baudouin, c'est-à-dire de ne point manger pain sur nappe, de ne point approcher femme, et de renoncer encore à une foule d'autres choses (lesquelles, bien que je ne m'en souvienne pas, je tiens pour comprises dans mon serment), jusqu'à ce que j'aie tiré une vengeance éclatante de celui qui m'a fait un tel outrage.

Que Votre Grâce, dit Sancho, veuille bien faire attention que si ce chevalier vaincu exécute l'ordre que vous lui avez donné d'aller se mettre à genoux devant madame Dulcinée, il est quitte, et qu'à moins d'une nouvelle offense, vous n'avez rien à lui demander.

Tu parles sagement, reprit don Quichotte, et j'annule mon serment quant à la vengeance; mais je le confirme et le renouvelle quant à la vie que j'ai juré de mener jusqu'au jour où j'aurai enlevé de vive force à n'importe quel chevalier une salade en tout semblable à celle que j'ai perdue. Et ne t'imagine pas, ami, que je parle à la légère; j'ai un exemple à suivre en ceci: la même chose arriva pour l'armet de Mambrin, qui coûta si cher à Sacripant.

Donnez tous ces serments au diable, dit Sancho; ils nuisent à la santé et chargent la conscience; car, enfin, que ferons-nous si de longtemps nous ne rencontrons un homme coiffé d'une salade? Tiendrez-vous votre serment en dépit des incommodités qui peuvent en résulter, comme, par exemple, de coucher tout habillé, de ne point dormir en lieu couvert, et tant d'autres pénitences que s'imposait ce vieux fou de marquis de Mantoue? Songez, je vous prie, seigneur, qu'il ne passe point de gens armés par ces chemins-ci, que l'on n'y rencontre guère que des charretiers et des conducteurs de mules. Ces gens-là ne portent point de salades, et ils n'en ont jamais peut-être entendu prononcer le nom.

Je fais le serment que fit le grand marquis de Mantoue.

Tu te trompes, ami, repartit don Quichotte, et nous ne serons pas restés ici deux heures, que nous y verrons se présenter plus de gens en armes qu'il n'en vint jadis devant la forteresse d'Albraque, pour la conquête de la belle Angélique.

Ainsi soit-il, reprit Sancho. Dieu veuille que tout aille bien, et qu'arrive au plus tôt le moment de gagner cette île qui me coûte si cher, dussé-je en mourir de joie!

Je t'ai déjà dit de ne point te mettre en peine, répliqua don Quichotte; car en admettant que l'île vienne à manquer, n'avons-nous pas le royaume de Danimarque et celui de Sobradise[30], qui t'iront comme une bague au doigt? étant en terre ferme, ils doivent te convenir encore mieux. Mais laissons cela; à présent, regarde dans le bissac si tu as quelque chose à manger, puis nous irons à la recherche d'un château où nous puissions passer la nuit et préparer le baume dont je t'ai parlé; car l'oreille me fait souffrir cruellement.

J'ai bien ici un oignon et un morceau de fromage avec deux ou trois bribes de pain, répondit Sancho: mais ce ne sont pas là des mets à l'usage d'un chevalier vaillant tel que vous.

Que tu me connais mal! reprit don Quichotte. Apprends, ami Sancho, que la gloire des chevaliers errants est de passer des mois entiers sans manger, et, quand ils se décident à prendre quelque nourriture, de se contenter de ce qui leur tombe sous la main. Tu n'en douterais pas si tu avais lu autant d'histoires que moi, et dans aucune je n'ai vu que les chevaliers errants mangeassent, si ce n'est par hasard, ou dans quelque somptueux festin donné en leur honneur; car le plus souvent ils vivaient de l'air du temps. Cependant, comme ils étaient hommes et qu'ils ne pouvaient se passer tout à fait d'aliments, il faut croire que, constamment au milieu des forêts et des déserts, et toujours sans cuisinier, leurs repas habituels étaient des mets rustiques comme ceux que tu m'offres en ce moment. Cela me suffit, ami Sancho; cesse donc de t'affliger, et surtout n'essaye pas de transformer le monde, ni de changer les antiques coutumes de la chevalerie errante.

Il faut me pardonner, répliqua Sancho, si ne sachant ni lire ni écrire (je l'ai déjà dit à Votre Grâce), j'ignore les règles de la chevalerie; mais, à l'avenir, le bissac sera fourni de fruits secs pour vous, qui êtes chevalier; et comme je n'ai pas cet honneur, j'aurai soin de le garnir pour moi de quelque chose de plus nourrissant.

Je n'ai pas dit, répliqua don Quichotte, que les chevaliers errants devaient ne manger que des fruits, j'ai dit qu'ils en faisaient leur nourriture habituelle; ils y joignaient encore quelques herbes des champs, qu'ils savaient fort bien reconnaître et que je saurai distinguer également.

C'est une grande vertu que de connaître ces herbes, repartit Sancho, et si je ne m'abuse, nous aurons plus d'une occasion de mettre cette connaissance à profit. Pour l'instant, voici ce que Dieu nous envoie, ajouta-t-il; et tirant les vivres du bissac, tous deux se mirent à manger d'un égal appétit.

Ils eurent bientôt achevé leur frugal repas, et reprirent leurs montures afin d'atteindre une habitation avant la chute du jour; mais le soleil venant à leur manquer, et, avec lui, l'espérance de trouver ce qu'ils cherchaient, il s'arrêtèrent auprès de quelques huttes de chevriers pour y passer la nuit. Autant Sancho s'affligeait de n'être pas à l'abri dans quelque bon village, autant don Quichotte fut heureux de dormir à la belle étoile, se figurant que tout ce qui lui arrivait de la sorte prouvait une fois de plus sa vocation de chevalier errant.

CHAPITRE XI. DE CE QUI ARRIVA A DON QUICHOTTE AVEC LES CHEVRIERS.

Don Quichotte reçut des chevriers un bon accueil, et Sancho ayant accommodé du mieux qu'il put Rossinante et son âne, se dirigea en toute hâte vers l'odeur qu'exhalaient certains morceaux de chèvre qui cuisaient dans une marmite devant le feu. Notre écuyer eût bien voulu s'assurer s'ils étaient cuits assez à point pour les faire passer de la marmite dans son estomac, mais les chevriers ne lui en laissèrent pas le temps; car, les ayant retirés du feu, ils dressèrent leur table rustique, tout en invitant de bon cœur les deux étrangers à partager leurs provisions; puis étendant sur le sol quelques peaux de mouton, ils s'assirent au nombre de six, après avoir offert à don Quichotte, en guise de siége, une auge de bois qu'ils retournèrent.

Notre héros prit place au milieu d'eux; quant à Sancho, il se plaça debout derrière son maître, prêt à lui verser à boire dans une coupe qui n'était pas de cristal, mais de corne. En le voyant rester debout: Ami, lui dit don Quichotte, afin que tu connaisses toute l'excellence de la chevalerie errante, et que tu saches combien ceux qui en font profession, n'importe à quel degré, ont droit d'être estimés et honorés dans le monde, je veux qu'ici, en compagnie de ces braves gens, tu prennes place à mon côté, pour ne faire qu'un avec moi, qui suis ton seigneur et ton maître, et que mangeant au même plat, buvant dans ma coupe, on puisse dire de la chevalerie errante ce qu'on dit de l'amour: qu'elle nous fait tous égaux.

Grand merci, répondit Sancho; mais je le dis à Votre Grâce, pourvu que j'aie de quoi manger, je préfère être seul et debout, qu'assis à côté d'un empereur. Je savoure bien mieux, dans un coin tout à mon aise, ce qu'on me donne, ne fût-ce qu'un oignon sur du pain, que les fines poulardes de ces tables où il faut mâcher lentement, boire à petits coups, s'essuyer la bouche à chaque morceau, sans oser tousser ni éternuer, quelque envie qu'on en ait, ni enfin prendre ces autres licences qu'autorisent la solitude et la liberté. Ainsi donc, monseigneur, ces honneurs que Votre Grâce veut m'accorder comme à son écuyer, je suis prêt à les convertir en choses qui me soient de plus de profit, car ces honneurs dont je vous suis bien reconnaissant, j'y renonce à jamais.

Fais ce que je t'ordonne, repartit don Quichotte: Dieu élève celui qui s'humilie. Et prenant Sancho par le bras, il le fit asseoir à son côté.

Les chevriers ne comprenaient rien à tout cela, et continuaient de manger en silence, regardant leurs hôtes, qui, d'un grand appétit, avalaient des morceaux gros comme le poing. Après les viandes, on servit des glands doux avec une moitié de fromage plus dur que du ciment. Pendant ce temps, la corne à boire ne cessait d'aller et de venir à la ronde, tantôt pleine, tantôt vide, comme les pots de la roue à chapelet[31], si bien que des deux outres qui étaient là, l'une fut entièrement mise à sec.

Quand don Quichotte eut satisfait son appétit, il prit dans sa main une poignée de glands, puis après les avoir quelque temps considérés en silence: Heureux siècle, s'écria-t-il, âge fortuné, auquel nos ancêtres donnèrent le nom d'âge d'or, non pas que ce métal, si estimé dans notre siècle de fer, se recueillît sans peine à cette époque privilégiée, mais parce que ceux qui vivaient alors ignoraient ces deux funestes mots de TIEN et de MIEN. En ce saint âge, toutes choses étaient communes. Afin de se procurer l'ordinaire soutien de la vie, on n'avait qu'à étendre la main pour cueillir aux branches des robustes chênes les fruits savoureux qui se présentaient libéralement à tous. Les claires fontaines et les fleuves rapides offraient en abondance leurs eaux limpides et délicieuses. Dans le creux des arbres et dans les fentes des rochers, les diligentes abeilles établissaient sans crainte leur république, abandonnant au premier venu l'agréable produit de leur doux labeur. Alors les liéges vigoureux se dépouillaient eux-mêmes, et leurs larges écorces suffisaient à couvrir les cabanes élevées sur des poteaux rustiques. Partout régnaient la concorde, la paix, l'amitié. Le soc aigu de la pesante charrue ne s'était pas encore enhardi à ouvrir les entrailles de notre première mère, dont le sein fertile satisfaisait sans effort à la nourriture et aux plaisirs de ses enfants. Alors les belles et naïves bergères couraient de vallée en vallée, de colline en colline, la tête nue, les cheveux tressés, sans autre vêtement que celui que la pudeur exige: ni la soie façonnée de mille manières, ni la pourpre de Tyr, ne composaient leurs simples atours; des plantes mêlées au lierre leur suffisaient, et elles se croyaient mieux parées de ces ornements naturels que ne le sont nos grandes dames avec les inventions merveilleuses que leur enseigne l'oisive curiosité. Alors les tendres mouvements du cœur se montraient simplement, sans chercher, pour s'exprimer, d'artificieuses paroles. Alors, la fraude, le mensonge n'altéraient point la franchise et la vérité; la justice régnait seule, sans crainte d'être égarée par la faveur et l'intérêt qui l'assiégent aujourd'hui, car la loi du bon plaisir ne s'était pas encore emparée de l'esprit du juge, et il n'y avait personne qui jugeât ni qui fût jugé. Les jeunes filles, je le répète, allaient en tous lieux seules et maîtresses d'elles-mêmes, sans avoir à craindre les propos effrontés ou les desseins criminels. Quand elles cédaient, c'était à leur seul penchant et de leur libre volonté; tandis qu'aujourd'hui, dans ce siècle détestable, aucune n'est en sûreté, fût-elle cachée dans un nouveau labyrinthe de Crète; partout pénètrent les soins empressés d'une galanterie maudite, qui les fait succomber malgré leur retenue. C'est pour remédier à tous ces maux que, dans la suite des temps, la corruption croissant avec eux, fut institué l'ordre des Chevaliers errants, défenseurs des vierges, protecteurs des veuves, appuis des orphelins et des malheureux. J'exerce cette noble profession, mes bons amis, et c'est à un chevalier errant et à son écuyer que vous avez fait le gracieux accueil dont je vous remercie de tout mon cœur; et, bien qu'en vertu de la simple loi naturelle chacun soit tenu de vous imiter, comme vous l'avez fait sans me connaître, il est juste que je vous en témoigne ma reconnaissance.

Cette interminable harangue, dont il aurait fort bien pu se dispenser, don Quichotte ne l'avait débitée que parce qu'en lui rappelant l'âge d'or, les glands avaient fourni à sa fantaisie l'occasion de s'adresser aux chevriers qui, sans répondre un mot, restaient tout ébahis à l'écouter. Sancho gardait aussi le silence, mais il en profitait pour avaler force glands et faire de fréquentes visites à la seconde outre qu'on avait suspendue à un arbre pour tenir le vin frais.

Le souper avait duré moins longtemps que le discours; dès qu'il fut terminé, un des chevriers dit à don Quichotte: Seigneur chevalier errant, afin que Votre Grâce puisse dire avec encore plus de raison que nous l'avons régalée de notre mieux, nous voulons lui procurer un nouveau plaisir, en faisant chanter un de nos camarades qui ne peut tarder à arriver. C'est un jeune berger amoureux et plein d'esprit, qui sait lire et écrire, et qui de plus est musicien, car il joue de la viole à ravir.

A peine le chevrier achevait-il ces mots qu'on entendit le son d'une viole, et bientôt parut un jeune garçon âgé d'environ vingt-deux ans et de fort bonne mine. Ses compagnons lui demandèrent s'il avait soupé; il répondit que oui. En ce cas, Antonio, dit l'un d'eux, tu nous feras le plaisir de chanter quelque chose, afin que ce seigneur, notre hôte, sache que dans nos montagnes on trouve aussi des gens qui savent la musique. Comme nous lui avons vanté tes talents, et que nous ne voudrions point passer pour menteurs, dis-nous la romance de tes amours, que ton oncle le bénéficier a mise en vers, et qui a tant plu à tout le village.

Volontiers, répondit Antonio; et sans se faire prier, il s'assit sur le tronc d'un chêne, puis, après avoir accordé sa viole, il chanta la romance qui suit:

Olalla! je sais que tu m'aime,
Sans que la bouche me l'ait dit:
Tes beaux yeux sont muets de même;
Mais tu m'aimes, et je sais que cela seul suffit.

On dit que d'un amour connu
Il faut toujours bien espérer,
Le souffrir c'est en être ému,
Et soi-même à la fin on se laisse attirer.

Aussi, de ton indifférence
Au lieu de me montrer chagrin,
Je sens naître quelque espérance,
Et vois briller l'amour à travers tes dédains.

C'est pourquoi mon cœur s'encourage,
Et j'en suis pour l'heure à tel point,
Que te trouvant tendre ou sauvage,
Mon amour ne peut croître, et ne s'affaiblit point.

Si l'amour est, comme je pense,
Et, comme on dit, une vertu,
Le mien me donne l'espérance
Que mon zèle à la fin ne sera pas perdu.

Olalla! crois, si je te presse,
Que c'est avec un bon dessein,
Et ne veux t'avoir pour maîtresse
Que lorsqu'avec mon cœur tu recevras ma main.

L'Église a des liens de soie,
Et son joug est doux et léger;
Tu verras avec quelle joie
Je courrai m'y soumettre en t'y voyant ranger.

Mais si je n'apprends de ta bouche
Que tu consens à mon dessein,
Je mourrai dans ce lieu farouche:
Je le jure, ou dans peu je serai capucin[32].

Il prit dans sa main une poignée de glands.

Le chevrier avait à peine cessé de chanter, que don Quichotte insistait pour qu'il continuât, mais Sancho, qui avait grande envie de dormir, s'y opposa en disant qu'il était temps de songer à s'arranger un gîte pour la nuit, et que ces braves gens, qui travaillaient tout le jour, ne pouvaient passer la nuit à chanter.

Je t'entends, dit don Quichotte; j'oubliais qu'une tête alourdie par les vapeurs du vin a plus besoin de sommeil que de musique.

Dieu soit loué, chacun en a pris sa part, répliqua Sancho.

D'accord, reprit don Quichotte: arrange-toi donc à ta fantaisie; quant à ceux de ma profession, il leur sied mieux de veiller que de dormir; seulement il faudrait panser mon oreille, car elle me fait souffrir grandement.

Sancho se disposait à obéir, quand un des bergers dit à notre chevalier de ne pas se mettre en peine; il alla chercher quelques feuilles de romarin; puis, après les avoir mâchées et mêlées avec du sel, il les lui appliqua sur l'oreille, l'assurant qu'il n'avait que faire d'un autre remède; ce qui réussit en effet.

CHAPITRE XII. DE CE QUE RACONTA UN BERGER A CEUX QUI ÉTAIENT AVEC DON QUICHOTTE.

Sur ces entrefaites arriva un autre chevrier de ceux qui apportaient les provisions du village. Amis, dit-il, savez-vous ce qui se passe?

Et comment le saurions-nous? répondit l'un d'eux.

Apprenez, dit le paysan, que ce berger si galant, que cet étudiant qui avait nom Chrysostome, vient de mourir ce matin même, et que chacun se dit tout bas qu'il est mort d'amour pour la fille de Guillaume le Riche, pour cette endiablée de Marcelle qu'on voit sans cesse rôder dans les environs en habit de bergère.

Pour Marcelle? demanda un des chevriers.

Pour elle-même, répondit le paysan; mais ce qui étonne tout le monde, c'est que, par son testament, Chrysostome ordonne qu'on l'enterre, ainsi qu'un mécréant, au milieu de la campagne et précisément au pied de la fontaine du Liége, parce que c'est là, dit-il, qu'il avait vu Marcelle pour la première fois. Il a encore ordonné bien d'autres choses, mais nos anciens disent qu'on n'en fera rien. Le grand ami de Chrysostome, Ambrosio, répond qu'il faut exécuter de point en point ses intentions. Le village est en grande rumeur à ce sujet. Mais on assure que tout se fera ainsi que le veulent Ambrosio et les bergers ses amis. Demain, on vient en grande pompe enterrer le pauvre Chrysostome à l'endroit que je vous ai dit. Voilà qui sera beau à voir; aussi ne manquerai-je pas d'y aller, si je ne suis pas obligé de retourner au village.

Nous irons tous, s'écrièrent les chevriers, mais après avoir tiré au sort à qui restera pour garder les chèvres.

N'en ayez nul souci, reprit l'un d'eux, je resterai pour tous, et ne m'en sachez aucun gré, car l'épine que je me suis enfoncée dans le pied l'autre jour m'empêche de faire un pas.

Nous ne t'en sommes pas moins obligés, repartit Pedro.

Là-dessus don Quichotte pria Pedro de lui dire quelle était cette bergère et quel était ce berger dont on venait d'annoncer la mort. Pedro répondit que tout ce qu'il savait, c'est que le défunt était fils d'un hidalgo fort riche, qui habitait ces montagnes; et qu'après avoir longtemps étudié à Salamanque, il était revenu dans son pays natal avec une grande réputation de science. On assure, ajouta le chevrier, qu'il savait surtout ce que font là-haut non-seulement les étoiles, mais encore le soleil et la lune, dont il ne manquait jamais d'annoncer les *ellipses* à point nommé.

Mon ami, dit don Quichotte, c'est éclipse et non ellipse, qu'on appelle l'obscurcissement momentané de ces deux corps célestes.

Il devinait aussi, continua Pedro, quand l'année devait être abondante ou *estérile*.

Vous voulez dire stérile, observa notre chevalier.

Peu importe repartit Pedro; ce que je puis assurer c'est que parents ou amis quand ils suivaient ses conseils, devenaient riches en peu de temps. Tantôt il disait: Semez de l'orge cette année et non du froment; une autre fois: Semez des pois et non de l'orge; l'année qui vient donnera beaucoup d'huile et les trois suivantes n'en fourniront pas une goutte; ce qui ne manquait jamais d'arriver.

Cette science s'appelle astrologie, dit don Quichotte.

Je l'ignore, répliqua Pedro, mais lui il savait tout cela et bien d'autres choses encore. Bref, quelques mois après son retour de Salamanque, un beau matin nous le vîmes tout à coup quitter le manteau d'étudiant pour prendre l'habit de berger, avec sayon et houlette, et accompagné de son ami Ambrosio dans le même costume. J'oubliais de vous dire que le défunt était un grand faiseur de chansons, au point que les noëls de la Nativité de Notre-Seigneur et les actes de la Fête-Dieu que représentent nos jeunes garçons étaient de sa composition. Quand on vit ces deux amis habillés en bergers, tout le village fut bien surpris, et personne ne pouvait en deviner la cause. Déjà, à cette époque le père de Chrysostome était mort, lui laissant une grande fortune en bonnes terres et en beaux et bons écus, sans compter de nombreux troupeaux. De tout cela le jeune homme resta le maître absolu, et en vérité il le méritait, car c'était un bon compagnon, charitable et ami des braves gens. Plus tard, on apprit qu'en prenant ce costume, le pauvre garçon n'avait eu d'autre but que de courir après cette bergère Marcelle, dont il était devenu éperdument amoureux. Maintenant il faut vous dire quelle est cette créature: car jamais vous n'avez entendu et jamais vous n'entendrez raconter rien de semblable dans tout le cours de votre vie, dussiez-vous vivre plus d'années que la vieille Sarna.

Dites Sara[33] et non Sarna, reprit don Quichotte, qui ne pouvait souffrir ces altérations de mots.

Sarna ou Sara, c'est tout un, répondit le chevrier; et si vous vous mettez à éplucher mes paroles, nous n'aurons pas fini d'ici à l'an prochain.

Pardon, mon ami, reprit don Quichotte, entre Sarna et Sara il y a une grande différence; mais continuez votre récit.

Je dis donc, poursuivit Pedro, qu'il y avait dans notre village un laboureur nommé Guillaume, à qui le ciel, avec beaucoup d'autres richesses, donna une fille dont la mère mourut en la mettant au monde. Il me semble encore la voir, la digne femme, avec sa mine resplendissante comme un soleil, et de plus, si charitable et si laborieuse, qu'elle ne peut manquer de jouir là-haut de la vue de Dieu. Son mari Guillaume la suivit de près, laissant sa fille Marcelle, riche et en bas âge, sous la tutelle d'un oncle, prêtre et bénéficier dans ce pays. En grandissant, l'enfant faisait souvenir de sa mère, qu'elle annonçait devoir encore surpasser en beauté. A peine eut-elle atteint ses quinze ans, qu'en la voyant chacun bénissait le ciel de l'avoir faite si belle; aussi la plupart en devenaient fous d'amour. Son oncle l'élevait avec beaucoup de soin et dans une retraite sévère; néanmoins le bruit de sa beauté se répandit de telle sorte, que soit pour elle, soit pour sa richesse, les meilleurs partis de la contrée ne cessaient d'importuner et de solliciter son tuteur afin de l'avoir pour femme. Dès qu'il la vit en âge d'être mariée, le bon prêtre y eût consenti volontiers, mais il ne voulait rien faire sans son aveu. N'allez pas croire pour cela qu'il entendît profiter de son bien, dont il avait l'administration; à cet égard, tout le village n'a cessé de lui rendre justice; car il faut que vous le sachiez, seigneur chevalier, dans nos veillées, chacun critique et approuve selon sa fantaisie, et il doit être cent fois bon celui qui oblige ses paroissiens à dire du bien de lui.

C'est vrai, dit don Quichotte; mais continuez, ami Pedro, votre histoire m'intéresse, et vous la contez de fort bonne grâce.

Que celle de Dieu ne me manque jamais, reprit le chevrier, c'est le plus important. Vous saurez donc, continua-t-il, que l'oncle avait beau proposer à sa nièce chacun des partis qui se présentaient, faisant valoir leurs qualités, et l'engageant à choisir parmi eux un mari selon son goût, la jeune fille ne répondait jamais rien, sinon qu'elle voulait rester libre, et qu'elle se trouvait trop jeune pour porter le fardeau du ménage. Avec de pareilles excuses, son oncle cessait de la presser, attendant qu'elle ait pris un peu plus d'âge, et espérant qu'à la fin elle se déciderait. Les parents, disait-il, ne doivent pas engager leurs enfants contre leur volonté.

Mais voilà qu'un jour, sans que personne s'y attendit, la dédaigneuse Marcelle se fait bergère, et que, malgré son oncle et tous les habitants du pays qui cherchaient à l'en dissuader, elle s'en va aux champs avec les autres filles, pour garder son troupeau. Dès qu'on la vit et que sa beauté parut au grand jour, je ne saurais vous dire combien de jeunes gens riches, hidalgos ou laboureurs, prirent le costume de berger afin de suivre ses pas.

Un d'entre eux était le pauvre Chrysostome, comme vous le savez déjà, duquel on disait qu'il ne l'aimait pas, mais qu'il l'adorait. Et qu'on ne pense pas que, pour avoir adopté cette manière d'être si étrange, Marcelle ait jamais donné lieu au moindre soupçon; loin de là, elle est si sévère, que de tous ses prétendants aucun ne peut se flatter d'avoir obtenu la moindre espérance de faire agréer ses soins; car bien qu'elle ne fuie personne, et qu'elle traite tout le monde avec bienveillance, dès qu'un berger se hasarde à lui déclarer son intention, quelque juste et sainte qu'elle soit, il est renvoyé si loin qu'il n'y revient plus. Mais, hélas! avec cette façon d'agir, elle cause plus de ravages en ce pays que n'en ferait la peste; car sa beauté et sa douceur attirent les cœurs que son indifférence et ses dédains réduisent bientôt au désespoir. Aussi ne cesse-t-on de l'appeler ingrate, cruelle, et si vous restiez quelques jours parmi nous, seigneur, vous entendriez ces montagnes et ces vallées retentir des plaintes et des gémissements de ceux qu'elle rebute.

Près d'ici sont plus de vingt hêtres qui portent gravé sur leur écorce le nom de Marcelle; au-dessus on voit presque toujours une couronne, pour montrer qu'elle est la reine de beauté. Ici soupire un berger, là un autre se lamente, plus loin l'on entend des chansons d'amour, ailleurs des plaintes désespérées. L'un passe la nuit au pied d'un chêne, ou sur le haut d'une roche, et le jour le retrouve absorbé dans ses pensées sans qu'il ait fermé ses paupières humides; un autre reste à l'ardeur du soleil, étendu sur le sable brûlant, demandant au ciel la fin de son martyre. En voyant l'insensible bergère jouir des maux qu'elle a causés, chacun se demande à quoi aboutira cette conduite altière, et quel mortel pourra dompter ce cœur farouche. Comme ce que je viens de vous raconter est l'exacte vérité, nous croyons tous que la mort de Chrysostome n'a pas eu d'autre motif. C'est pourquoi, seigneur chevalier, vous ferez bien de vous trouver à son enterrement; cela sera curieux à voir, car nombreux étaient ses amis, et d'ici à l'endroit qu'il a désigné pour son tombeau à peine s'il y a une demi-lieue.

Je n'y manquerai pas, dit don Quichotte, et vous remercie du plaisir que m'a fait votre récit.

Il y a encore beaucoup d'autres aventures arrivées aux amants de Marcelle, reprit le chevrier; mais demain nous rencontrerons sans doute en chemin quelque berger qui nous les racontera. Quant à présent vous ferez bien d'aller vous reposer dans un endroit couvert, parce que le serein est contraire à votre blessure, quoiqu'il n'y ait aucun danger après le remède qu'on y a mis.

Sancho, qui avait donné mille fois au diable le chevrier et son récit, pressa son maître d'entrer dans la cabane de Pedro. Don Quichotte y consentit quoique à regret, mais ce fut pour donner le reste de la nuit au souvenir de sa Dulcinée, à l'imitation des amants de Marcelle. Quant à Sancho, il s'arrangea sur la litière, entre son âne et Rossinante, et y dormit non comme un amant rebuté, mais comme un homme qui a le dos roué de coups.

CHAPITRE XIII. OU SE TERMINE L'HISTOIRE DE LA BERGÈRE MARCELLE AVEC D'AUTRES ÉVÉNEMENTS.

L'aurore commençait à paraître aux balcons de l'Orient quand les chevriers se levèrent et vinrent réveiller don Quichotte, en lui demandant s'il était toujours dans l'intention de se rendre à l'enterrement de Chrysostome, ajoutant qu'ils lui feraient compagnie. Notre chevalier, qui ne demandait pas mieux, ordonna à son écuyer de seller Rossinante, et de tenir son âne prêt. Sancho obéit avec empressement, et toute la troupe se mit en chemin.

Plus de vingt hêtres portent gravés sur l'écorce le nom
de Marcelle.

Ils n'eurent pas fait un quart de lieue, qu'à la croisière
d'un sentier ils rencontrèrent six bergers vêtus de

peaux noires, la tête couronnée de cyprès et de laurier-rose; tous tenaient à la main un bâton de houx. Après eux venaient deux gentilshommes à cheval, suivis de trois valets à pied. En s'abordant les deux troupes se saluèrent avec courtoisie, et voyant qu'ils se dirigeaient vers le même endroit, ils se mirent à cheminer de compagnie.

Un des cavaliers, s'adressant à son compagnon, lui dit: Seigneur Vivaldo, je crois que nous n'aurons pas à regretter le retard que va nous occasionner cette cérémonie; car elle doit être fort intéressante, d'après les choses étranges que ces bergers racontent aussi bien du berger défunt que de la bergère homicide.

Je le crois comme vous, reprit Vivaldo, et je retarderais mon voyage, non d'un jour, mais de quatre, pour en être témoin.

Don Quichotte leur ayant demandé ce qu'ils savaient de Chrysostome et de Marcelle, l'autre cavalier répondit que, rencontrant les bergers dans un si lugubre équipage, ils avaient voulu en connaître la cause; et que l'un d'eux leur avait raconté l'histoire de cette bergère appelée Marcelle, aussi belle que bizarre, les amours de ses nombreux prétendants, et la mort de ce Chrysostome à l'enterrement duquel ils se rendaient. Bref, il répéta à don Quichotte tout ce que Pedro lui avait appris.

A cet entretien en succéda bientôt un autre. Celui des cavaliers qui avait nom Vivaldo demanda à notre chevalier pourquoi, en pleine paix et dans un pays si tranquille, il voyageait si bien armé.

La profession que j'exerce et les vœux que j'ai faits, répondit don Quichotte, ne me permettent pas d'aller autrement: le loisir et la mollesse sont le partage des courtisans, mais les armes, les fatigues et les veilles reviennent de droit à ceux que le monde appelle chevaliers errants, et parmi lesquels j'ai l'honneur d'être compté, quoique indigne et le moindre de tous.

En l'entendant parler de la sorte, chacun le tint pour fou; mais afin de mieux s'en assurer encore, et de savoir quelle était cette folie d'une espèce si nouvelle, Vivaldo lui demanda ce qu'il entendait par chevaliers errants.

Vos Grâces, répondit don Quichotte, connaissent sans doute ces chroniques d'Angleterre qui parlent si souvent des exploits de cet Arthur, que nous autres Castillans appelons Artus, et dont une antique tradition, acceptée de toute la Grande-Bretagne, rapporte qu'il ne mourut pas, mais fut changé en corbeau par l'art des enchanteurs (ce qui fait qu'aucun Anglais depuis n'a tué de corbeau); qu'un jour cet Arthur reprendra sa couronne et son sceptre? Eh bien, c'est au temps de ce bon roi que fut institué le fameux ordre des chevaliers de la Table ronde, et qu'eurent lieu les amours de Lancelot du Lac et de la reine Genièvre, qui avait pour confidente cette respectable duègne Quintagnone. Nous avons sur ce sujet une romance populaire dans notre Espagne:

Onc chevalier ne fut sur terre
De dame si bien accueilli,
Que Lancelot s'en vit servi
Quand il revenait d'Angleterre.

Depuis lors, cet ordre de chevalerie s'est étendu et développé par toute la terre, et l'on a vu s'y rendre célèbres par leurs hauts faits Amadis de Gaule et ses descendants jusqu'à la cinquième génération, le vaillant Félix-Mars d'Hircanie, ce fameux Tirant le Blanc, et enfin l'invincible don Bélianis de Grèce, qui s'est fait connaître presque de nos jours. Voilà, seigneurs, ce qu'on appelle les chevaliers errants et la chevalerie errante; ordre dans lequel, quoique pécheur, j'ai fait profession, comme je vous l'ai dit, et dont je m'efforce de pratiquer les devoirs à l'exemple de mes illustres modèles des temps passés. Cela doit vous expliquer pourquoi je parcours ces déserts, cherchant les aventures avec la ferme résolution d'affronter même la plus périlleuse, dès qu'il s'agira de secourir l'innocence et le malheur.

Ce discours acheva de convaincre les voyageurs de la folie de notre héros, et de la nature de son égarement. Vivaldo, dont l'humeur était enjouée, désirant égayer le reste du chemin, voulut lui fournir l'occasion de poursuivre ses extravagants propos. Seigneur chevalier, lui dit-il, Votre Grâce me paraît avoir fait profession dans un des ordres les plus rigoureux qu'il y ait en ce monde; je crois même que la règle des chartreux n'est pas aussi austère.

Aussi austère, cela est possible, répondit don Quichotte, mais aussi utile à l'humanité, c'est ce que je suis à deux doigts de mettre en doute; car, pour dire mon sentiment, ces pieux solitaires dont vous parlez, semblables à des soldats qui exécutent les ordres de leur capitaine, n'ont rien autre chose à faire qu'à prier Dieu tranquillement, lui demandant les biens de la terre. Nous, au contraire, à la fois soldats et chevaliers, pendant qu'ils prient, nous agissons, et ce bien qu'ils se contentent d'appeler de leurs vœux, nous l'accomplissons par la valeur de nos bras et le tranchant de nos épées, non point à l'abri des injures du temps, mais à ciel ouvert et en butte aux dévorants rayons du soleil d'été ou aux glaces hérissées de l'hiver. Nous sommes donc les ministres de Dieu sur la terre, les instruments de sa volonté et de sa justice. Or, les choses de la guerre et toutes celles qui en dépendent ne pouvant s'exécuter qu'à force de travail, de sueur et de sang, quiconque suit la carrière des armes accomplit, sans contredit, une œuvre plus grande et plus laborieuse que celui qui, exempt de tout souci et de tout danger, se borne à prier Dieu pour les faibles et les malheureux. Je ne prétends pas dire que l'état de chevalier errant soit aussi saint que celui de moine cloîtré; je veux seulement inférer des fatigues et des privations que j'endure, que ma profession est plus pénible, plus remplie de misères, enfin, qu'on y est plus exposé à la faim, à la soif, à la nudité, à la vermine. Nos illustres modèles des siècles passés ont enduré toutes ces souffrances, et si parmi eux quelques-uns se sont élevés jusqu'au trône, certes il leur en a coûté assez de sueur et de sang. Encore, pour y arriver, ont-ils eu souvent besoin d'être protégés par des enchanteurs, sans quoi ils auraient été frustrés de leurs travaux et déçus dans leurs espérances.

D'accord, répliqua le voyageur; mais une chose qui, parmi beaucoup d'autres m'a toujours choqué chez les chevaliers errants, c'est qu'au moment d'affronter une périlleuse entreprise, on ne les voit point avoir recours à Dieu, ainsi que tout bon chrétien doit le faire en pareil cas, mais seulement s'adresser à leur maîtresse comme à leur unique divinité: selon moi, cela sent quelque peu le païen.

Seigneur, répondit don Quichotte, il n'y a pas moyen de s'en dispenser, et le chevalier qui agirait autrement se mettrait dans son tort. C'est un usage consacré, que tout chevalier errant, sur le point d'accomplir quelque grand fait d'armes, tourne amoureusement les yeux vers sa dame, pour la prier de lui être en aide dans le péril où il va se jeter; et alors même qu'elle ne peut l'entendre, il est tenu de murmurer entre ses dents quelques mots par lesquels il se recommande à elle de tout son cœur: de cela nous avons nombre d'exemples dans les histoires. Mais il ne faut pas en conclure que les chevaliers s'abstiennent de penser à Dieu; il y a temps pour tout, et ils peuvent s'en acquitter pendant le combat.

Il me reste encore un doute, répliqua Vivaldo, souvent on a vu deux chevaliers errants, discourant ensemble, en venir tout à coup à s'échauffer à tel point que, tournant leurs chevaux pour prendre du champ, ils revenaient ensuite à bride abattue l'un sur l'autre, ayant à peine eu le temps de penser à leurs dames. Au milieu de la course, l'un était renversé de cheval, percé de part en part, tandis que l'autre eût roulé dans la poussière s'il ne se fût retenu à la crinière de son coursier. Or, j'ai peine à comprendre comment, dans une affaire si tôt expédiée le mort trouvait le temps de penser à Dieu. N'eût-il pas mieux valu que ce chevalier lui eût adressé les prières qu'il adressait à sa dame? Il eût satisfait ainsi à son devoir de chrétien, et ne fût mort redevable qu'envers sa maîtresse: inconvénient peu grave, à mon avis, car je doute que tous les chevaliers errants aient eu des dames à qui se recommander; sans compter qu'il pouvait s'en trouver qui ne fussent point amoureux.

Cela est impossible, repartit vivement don Quichotte: être amoureux leur est aussi naturel qu'au ciel d'avoir des étoiles. C'est proprement l'essence du chevalier; c'est là ce qui le constitue. Trouvez-moi une seule histoire qui dise le contraire. Au reste, si par hasard il s'était trouvé un chevalier errant sans dame, on ne l'eût pas tenu pour légitime, mais pour bâtard, et l'on aurait dit de lui qu'il était entré dans la forteresse de l'ordre non par la grande porte, mais par-dessus les murs, comme un brigand et un voleur.

Je crois me rappeler, dit Vivaldo, que don Galaor, frère du valeureux Amadis, n'eut jamais de dame attitrée qu'il pût invoquer dans les combats; cependant il n'en fut pas moins regardé comme un très-fameux chevalier.

Une hirondelle ne fait pas le printemps, repartit don Quichotte; d'ailleurs je sais de bonne part que ce chevalier aimait en secret. S'il en contait à toutes celles qu'il trouvait à son gré, c'était par une faiblesse dont il n'avait pu se rendre maître, mais toujours sans préjudice de la dame qu'on sait pertinemment avoir été la reine de ses pensées, et à laquelle il se recommandait souvent, et en secret, car il se piquait d'une parfaite discrétion.

Puisqu'il est de l'essence de tout chevalier errant d'être amoureux, reprit Vivaldo, Votre Grâce n'aura sans doute pas dérogé à la règle de sa noble profession; et à moins qu'elle ne se pique d'autant de discrétion que don Galaor, je la supplie de nous apprendre le nom et la qualité de sa dame, et de nous en faire le portrait. Elle sera flattée, j'en suis certain, que l'univers entier sache qu'elle est aimée et servie par un chevalier tel que vous.

J'ignore, répondit don Quichotte en poussant un grand soupir, si cette douce ennemie trouvera bon qu'on sache que je suis son esclave; cependant, pour satisfaire à ce que vous me demandez avec tant d'instance, je puis dire qu'elle se nomme Dulcinée; que sa patrie est un village de la Manche appelé le Toboso, et qu'elle est au moins princesse, étant dame souveraine de mes pensées. Ses charmes sont surhumains, et tout ce que les poëtes ont imaginé de chimérique et d'impossible pour vanter leurs maîtresses se trouve vrai chez elle au pied de la lettre. Ses cheveux sont des tresses d'or, ses sourcils des arcs-en-ciel, ses yeux deux soleils, ses joues des roses, ses lèvres du corail, ses dents des perles, son cou de l'albâtre, son sein du marbre, et ses mains de l'ivoire: par ce qu'on voit, on devine aisément que ce que la pudeur cache aux regards doit être sans prix et n'admet pas de comparaison.

Pourrions-nous savoir quelle est sa famille, sa race et sa généalogie? demanda Vivaldo.

Elle ne descend pas des Curtius, des Caïus ou des Scipions de l'ancienne Rome, des Colonna ou des Orsini de la Rome moderne, continua don Quichotte; elle n'appartient ni aux Moncades, ni aux Requesans de Catalogne; elle ne compte point parmi ses ancêtres les Palafox, les Luna, les Urreas d'Aragon; les Cerdas, les Manriques, les Mandoces ou les Gusmans de Castille; les Alencastres ou les Menezes de Portugal; elle est tout simplement de la famille des Toboso de la Manche; race nouvelle, il est vrai, mais destinée, je n'en fais aucun doute, à devenir la souche des plus illustres familles des siècles à venir. Et à cela je ne souffrirai point de réplique, si ce n'est aux conditions que Zerbin écrivit au-dessous des armes de Roland:

Que nul de les toucher ne soit si téméraire, S'il ne veut de Roland affronter la colère.

Pour moi, dit Vivaldo, bien que ma famille appartienne aux Cachopins[34] de Laredo, je suis loin de vouloir la comparer à celle des Toboso de la Manche, quoique à vrai dire ce soit la première fois que j'en entends parler.

J'en suis extrêmement surpris, repartit don Quichotte.

Sur le brancard était un cadavre revêtu d'un habit de berger.

Les voyageurs écoutaient attentivement cette conversation, si bien que, jusqu'aux chevriers, tous demeurèrent convaincus que notre chevalier avait des chambres vides dans la cervelle. Le seul Sancho acceptait comme oracle ce que disait son maître, par ce qu'il connaissait sa sincérité et qu'il ne l'avait pas perdu de vue depuis l'enfance; il lui restait pourtant quelque doute sur cette Dulcinée, car, bien qu'il fût voisin du Toboso, jamais il n'avait entendu prononcer le nom de cette princesse.

Comme ils allaient ainsi discourant, ils aperçurent dans un chemin creux entre deux montagnes, une vingtaine de bergers vêtus de pelisses noires, et couronnés de guirlandes, qu'on reconnut être, les unes d'if, les autres de cyprès; six d'entre eux portaient un brancard couvert de rameaux et de fleurs. Dès qu'ils parurent: Voici, dit un des chevriers, ceux qui portent le corps de Chrysostome, et c'est au pied de cette montagne qu'il a voulu qu'on l'enterrât.

A ces mots on hâta le pas, et la troupe arriva au moment où les porteurs ayant déposé le brancard, quatre d'entre eux commençaient à creuser une fosse au pied d'une roche. On s'aborda de part et d'autre avec courtoisie; puis les saluts échangés, don Quichotte et ceux qui l'accompagnaient se mirent à considérer le brancard sur lequel était un cadavre revêtu d'un habit de berger et tout couvert de fleurs. Il paraissait avoir trente ans. Malgré sa pâleur, on jugeait aisément qu'il avait été beau et de bonne mine. Autour de lui sur le brancard étaient placés quelques livres et divers manuscrits, les uns pliés, les autres ouverts.

Tous les assistants gardaient un profond silence, qu'un de ceux qui avaient apporté le corps rompit en ces termes: Toi qui veux qu'on exécute de point en point les volontés de Chrysostome, dis-nous, Ambrosio, si c'est bien là l'endroit qu'il a désigné.

Oui, c'est bien là, répondit Ambrosio, et mon malheureux ami m'y a cent fois conté sa déplorable histoire. C'est là qu'il vit pour la première fois cette farouche ennemie du genre humain; c'est là qu'il lui fit la première déclaration d'un amour aussi délicat que passionné; c'est là que l'impitoyable Marcelle acheva de le désespérer par son indifférence et par ses dédains, et qu'elle l'obligea de terminer tragiquement ses jours; c'est là enfin qu'en mémoire de tant d'infortunes, il a voulu qu'on le déposât dans le sein d'un éternel oubli.

S'adressant ensuite à don Quichotte et aux voyageurs, il continua ainsi: Seigneurs, ce corps que vous regardez avec tant de pitié renfermait, il y a peu de jours encore, une âme ornée des dons les plus précieux; ce corps est celui de Chrysostome qui eut un esprit incomparable, une loyauté sans pareille, une tendresse à toute épreuve. Il fut libéral sans vanité, modeste sans affectation, aimable et enjoué sans trivialité; en un mot, il fut le premier entre les bons et sans égal parmi les infortunés. Il aima, et fut dédaigné; il adora, et fut haï; il tenta, mais inutilement, d'adoucir un tyran farouche; il gémit, il pleura devant un marbre sourd et insensible; ses cris se perdirent dans les airs, le vent emporta ses soupirs, se joua de ses plaintes; et pour avoir trop aimé une ingrate, il devint au printemps de ses jours la proie de la mort, victime des cruautés d'une bergère qu'il voulait, par ses vers, faire vivre éternellement dans la mémoire des hommes. Ces papiers prouveraient au besoin ce que j'avance, s'il ne m'avait ordonné de les livrer aux flammes en même temps que je rendrais son corps à la terre.

Vous seriez plus cruel encore que lui en agissant ainsi, dit Vivaldo; il n'est ni juste ni raisonnable d'observer si religieusement ce qui est contraire à la raison. Le monde entier aurait désapprouvé Auguste laissant exécuter les suprêmes volontés du divin chantre de Mantoue. Rendez donc à votre ami, seigneur Ambrosio, ce dernier service, de sauver ses ouvrages de l'oubli, et n'accomplissez pas trop absolument ce que son désespoir a ordonné. Conservez ces papiers, témoignages d'une cruelle indifférence, afin que dans les temps à venir ils servent d'avertissement à ceux qui s'exposent à tomber dans de semblables abîmes. Nous tous, ici présents, qui connaissons l'histoire de votre ami et la cause de son trépas, nous savons votre affection pour lui, ce qu'il a exigé de vous en mourant, et par ce récit lamentable nous avons compris la cruauté de Marcelle et l'amour du berger, et quelle triste fin se préparent ceux qui ne craignent pas de se livrer aveuglément aux entraînements de l'amour. Hier, en apprenant sa mort, et votre dessein de l'enterrer en ce lieu, la compassion, plus que la curiosité, nous a détournés de notre chemin, afin d'être témoins des devoirs qu'on lui rend, et de montrer que les cœurs honnêtes s'intéressent toujours aux malheurs d'autrui. Ainsi, nous vous prions, sage Ambrosio, ou du moins, pour ma part, je vous supplie de renoncer à livrer ces manuscrits aux flammes, et de me permettre d'en emporter quelques-uns.

Sans attendre la réponse, Vivaldo étendit la main, et prit les feuilles qui se trouvaient à sa portée.

Que ceux-là vous restent, j'y consens, répondit Ambrosio; mais pour les autres, laissez-moi, je vous prie, accomplir la dernière volonté de mon ami.

Vivaldo, impatient de savoir ce que contenaient ces papiers, en ouvrit un qui avait pour titre: *Chant de désespoir.*

Ce sont, dit Ambrosio, les derniers vers qu'écrivit l'infortuné; et afin qu'on sache en quel état l'avaient réduit ses souffrances, lisez, seigneur, de manière à être entendu; vous en aurez le temps avant qu'on ait achevé de creuser son tombeau.

Volontiers, dit Vivaldo. L'assemblée s'étant rangée en cercle autour de lui, il lut ce qui suit d'une voix haute et sonore.

CHAPITRE XIV. OU SONT RAPPORTÉS LES VERS DÉSESPÉRÉS DU BERGER DÉFUNT ET AUTRES CHOSES NON ATTENDUES.

CHANT DE CHRYSOSTOME

Cruelle! faut-il donc que ma langue publie
Ce que m'a fait souffrir ton injuste rigueur!
Pour peindre mes tourments, je veux d'une furie
Emprunter aujourd'hui la rage et la fureur.

Eh bien, oui, je le veux; la douleur qui me presse
M'anime d'elle-même à faire cet effort:
Ce poison trop gardé me dévore sans cesse,
Je souffre mille morts pour une seule mort.

Sortez de vos forêts, monstres les plus sauvages,
Venez mêler vos cris à mes gémissements;
Ours, tigres, prêtez-moi vos effrayants langages;
Fiers lions, j'ai besoin de vos rugissements.

Ne me refusez pas le bruit de vos orages,
Vents, préparez ici l'excès de vos fureurs:
Tonnerres, tous vos feux; tempêtes, vos ravages;
Mer, toute ta colère; enfer, tous tes malheurs.

O toi, sombre tyran de l'amoureux empire,
Ressentiment jaloux, viens armer ma fureur;
Mais que ton souvenir m'accable et me déchire,
Et, pour finir mes maux, augmente ma douleur!

Mourons enfin, mourons; il n'est plus de remède.
Qui vécut malheureux, doit l'être dans la mort.
Destin, je m'abandonne et renonce à ton aide;
Rends le sort qui m'attend égal au dernier sort!

Venez, il en est temps, sortez des noirs abîmes:
Tantale, à tout jamais de la soif tourmenté;
Sisyphe infortuné, à qui d'horribles crimes
Font souffrir un tourment pour toi seul inventé;

Fils de Japet, qui sers de pâture incessante
A l'avide vautour, sans pouvoir l'assouvir;
Ixion enchaîné sur une roue ardente,
Noires sœurs, qui filez nos jours pour les finir;

Amenez avec vous l'implacable Cerbère,
J'invite tout l'enfer à ce funeste jour:
Ses feux, ses hurlements sont la pompe ordinaire
Qui doit suivre au cercueil un martyr de l'amour[35].

Tous les assistants applaudirent aux vers de Chrysostome; Vivaldo seul trouva que ces soupçons dont ils étaient pleins s'accordaient mal avec ce qu'il avait entendu raconter de la vertu de Marcelle. Ambrosio, qui avait connu jusqu'aux plus secrètes pensées de son ami, répliqua aussitôt: Je dois dire, seigneur, pour faire cesser votre doute, que lorsque Chrysostome composa ces vers, il s'était éloigné de Marcelle, afin d'éprouver si l'absence produirait sur lui l'effet ordinaire; et comme il n'est pas de soupçon qui n'assiége et ne poursuive un amant loin de ce qu'il aime, l'infortuné souffrait tous les tourments d'une jalousie imaginaire; mais ses plaintes et ses reproches ne sauraient porter atteinte à la vertu de Marcelle, vertu telle, qu'à la dureté près, et sauf une fierté qui va jusqu'à l'orgueil, l'envie elle-même ne peut lui reprocher aucune faiblesse.

Vivaldo resta satisfait de la réponse d'Ambrosio; il s'apprêtait à lire un autre feuillet, mais il fut empêché par une vision merveilleuse, car on ne saurait donner un autre nom à l'objet qui s'offrit tout à coup à leurs yeux? C'était Marcelle elle-même, qui, plus belle encore que la renommée ne la publiait, apparaissait sur le haut de la roche au pied de laquelle on creusait la sépulture. Ceux qui ne l'avaient jamais vue restèrent muets d'admiration, et ceux qui la connaissaient déjà subissaient le même charme que la première fois. A peine Ambrosio l'eut-il aperçue, qu'il lui cria avec indignation: Que viens-tu chercher ici, monstre de cruauté, basilic dont les regards lancent le poison? Viens-tu voir si les blessures de l'infortuné que ta cruauté met au tombeau se rouvriront en ta présence? Viens-tu insulter à ses malheurs et te glorifier des funestes résultats de tes dédains? Dis-nous au moins ce qui t'amène et ce que tu attends de nous; car sachant combien toutes les pensées de Chrysostome te furent soumises pendant sa vie, je ferai en sorte, maintenant qu'il n'est plus, que tu trouves la même obéissance parmi ceux qu'il appelait ses amis.

Vous me jugez mal, répondit la bergère; je ne viens que pour me défendre, et prouver combien sont injustes ceux qui m'accusent de leurs tourments et m'imputent la mort de Chrysostome. Veuillez donc, seigneurs, et vous aussi, bergers, m'écouter quelques instants; peu de temps et de paroles suffiront pour me justifier.

Le ciel, dites-vous, m'a faite si belle qu'on ne saurait me voir sans m'aimer, et parce que ma vue inspire de l'amour, vous croyez que je dois en ressentir moi-même! Je reconnais bien, grâce à l'intelligence que Dieu m'a donnée, que ce qui est beau est aimable; mais parce qu'on aime ce qui est beau, faut-il en conclure que ce qui est beau soit à son tour forcé d'aimer; car celui qui aime peut être laid et partant, n'exciter que l'aversion. Mais quand bien même la beauté serait égale de part et d'autre, ne faudrait-il pas que la sympathie le fût aussi, puisque toutes les beautés n'inspirent pas de l'amour, et que telle a souvent charmé les yeux sans parvenir à soumettre la volonté. En effet, si la seule beauté charmait tous les cœurs, que verrait-on ici-bas, sinon une confusion étrange de désirs errants et vagabonds qui changeraient sans cesse d'objet? Ainsi puisque l'amour, comme je le crois, doit être libre et sans contrainte, pourquoi vouloir que j'aime quand je n'éprouve aucun penchant? D'ailleurs, si j'ai de la beauté, n'est-ce pas de la pure grâce du ciel que je la tiens, sans en rien devoir aux hommes? Et si elle produit de fâcheux effets, suis-je plus coupable que la vipère ne l'est du venin que lui a donné la nature? La beauté, chez la femme honnête et vertueuse, est comme le feu dévorant ou l'épée immobile; l'une ne blesse, l'autre ne brûle que ceux qui s'en approchent de trop près.

Je suis née libre, et c'est pour vivre en liberté que j'ai choisi la solitude; les bois et les ruisseaux sont les seuls confidents de mes pensées et de mes charmes. Ceux que ma vue a rendus amoureux, je les ai désabusés par mes paroles; après cela s'ils nourrissent de vains désirs et de trompeuses espérances, ne doit-on pas avouer que c'est leur obstination qui les tue, et non ma cruauté? Vous dites que les intentions de Chrysostome étaient pures et que j'ai eu tort de le repousser! Mais dès qu'il me les eut fait connaître, ne lui ai-je pas déclaré, à cette même place où vous creusez son tombeau, mon dessein de vivre seule, sans jamais m'engager à personne, et ma résolution de rendre à la nature tout ce qu'elle m'a donné? Après cet aveu sincère, s'il a voulu s'embarquer sans espoir, faut-il s'étonner qu'il ait fait naufrage? Suis-je la cause de son malheur? Que celui-là que j'ai abusé m'accuse, j'y consens; que ceux que j'ai trahis m'accablent de reproches: mais a-t-on le droit de m'appeler trompeuse, quand je n'ai rien promis à qui que ce soit? Jusqu'ici le ciel n'a pas voulu que j'aimasse; et que j'aime volontairement, il est inutile d'y compter. Que cette déclaration serve d'avertissement à ceux qui formeraient quelque dessein sur moi; après cela s'ils ont le sort de Chrysostome, qu'on n'en accuse ni mon indifférence ni mes dédains. Qui n'aime point ne saurait donner de jalousie, et un refus loyal et sincère n'a jamais passé pour de la haine ou du mépris.

Celui qui m'appelle basilic peut me fuir comme un monstre haïssable; ceux qui me traitent d'ingrate, de cruelle, peuvent renoncer à suivre mes pas: je ne me mettrai point en peine de les rappeler. Qu'on cesse donc de troubler mon repos et de vouloir que je hasarde parmi les hommes la tranquillité dont je jouis, et que je m'imagine ne pouvoir y trouver jamais. Je ne veux rien, je n'ai besoin de rien, si ce n'est de la compagnie des bergères de ces bois, qui, avec le soin de mon troupeau, m'occupent agréablement. En un mot, mes désirs ne s'étendent pas au delà de ces montagnes; et si mes pensées vont plus loin, ce n'est que pour admirer la beauté du ciel et me rappeler que c'est le lieu d'où je suis venue et où je dois retourner.

C'était Marcelle elle-même.

En achevant ces mots, la bergère disparut par le chemin le plus escarpé de la montagne, laissant tous ceux
qui l'écoutaient non moins émerveillés de sa sagesse et
de son esprit que de sa beauté. Plusieurs de ceux

qu'avaient blessés les charmes de ses yeux, loin d'être retenus par le discours qu'ils venaient d'entendre, firent mine de la suivre; don Quichotte s'en aperçut, et voyant là une nouvelle occasion d'exercer sa profession de chevalier protecteur des dames:

Que personne, s'écria-t-il en portant la main sur la garde de son épée, ne soit assez hardi pour suivre la belle Marcelle, sous peine d'encourir mon indignation. Elle a prouvé, par des raisons sans réplique, qu'elle est tout à fait innocente de la mort de Chrysostome, et elle a fait voir tout son éloignement pour engager sa liberté. Qu'on la laisse en repos, et qu'elle soit à l'avenir respectée de toutes les âmes honnêtes, puisque elle seule peut-être au monde agit avec des intentions si pures.

Soit à cause des menaces de don Quichotte, soit parce qu'Ambrosio pria les bergers d'achever de rendre les derniers devoirs à son ami, personne ne s'éloigna avant que les écrits de Chrysostome fussent livrés aux flammes et son corps rendu à la terre, ce qui eut lieu au milieu des larmes de tous les assistants. On couvrit la fosse d'un éclat de roche, en attendant une tombe de marbre qu'avait commandée Ambrosio, et qui devait porter cette épitaphe:

Ci-gît le corps glacé d'un malheureux amant,
Que tuèrent l'amour, le dédain et la haine;

Une ingrate bergère a fait toute sa peine,
Et payé tous ses soins d'un rigoureux tourment.

Ici de ses malheurs il vit naître la source,
Il commença d'aimer et de le dire ici;
Il apprit sa disgrâce en cet endroit aussi;
Il a voulu de même y terminer sa course.

Passant, évite le danger;
Si la bergère vit, même sort te regarde;
On ne peut valoir plus que valait le berger.
Adieu! passant! prends-y bien garde[36].

La sépulture fut ensuite couverte de branchages et de fleurs, et tous les bergers s'éloignèrent après avoir témoigné à Ambrosio la part qu'ils prenaient à son affliction. Vivaldo et son compagnon en firent autant de leur côté. Don Quichotte prit congé de ses hôtes et des voyageurs. Vivaldo le sollicita instamment de l'accompagner à Séville, l'assurant qu'il n'y avait pas au monde de lieu plus fécond en aventures, à tel point qu'on pouvait dire qu'elles y naissaient sous les pas à chaque coin de rue; mais notre héros s'excusa en disant que cela lui était impossible avant d'avoir purgé ces montagnes des brigands dont on les disait infestées. Le voyant en si bonne résolution, les voyageurs ne voulurent pas l'en détourner, et poursuivirent leur chemin.

Dès qu'ils furent partis, don Quichotte se mit en tête de suivre la bergère Marcelle, et d'aller lui offrir ses services. Mais les choses arrivèrent tout autrement qu'il ne l'imaginait, comme on le verra dans la suite de cette histoire.

LIVRE III

CHAPITRE XV. OU L'ON RACONTE LA DÉSAGRÉABLE AVENTURE QU'ÉPROUVA DON QUICHOTTE EN RENCONTRANT DES MULETIERS YANGOIS.

Cid Hamet Ben-Engeli raconte qu'ayant pris congé de ses hôtes et de ceux qui s'étaient trouvés à l'enterrement de Chrysostome, don Quichotte et son écuyer s'enfoncèrent dans le bois où ils avaient vu disparaître la bergère Marcelle; mais après l'y avoir cherchée vainement pendant plus de deux heures, ils arrivèrent dans un pré tapissé d'une herbe fraîche et arrosé par un limpide ruisseau, si bien que conviés par la beauté du lieu, ils se déterminèrent à y passer les heures de la sieste: mettant donc pied à terre, et laissant Rossinante et l'âne paître en liberté, maître et valet délièrent le bissac, puis sans cérémonie mangèrent ensemble ce qui s'y trouva.

Sancho n'avait pas songé à mettre des entraves à Rossinante, le connaissant si chaste et si paisible, que toutes les juments des prairies de Cordoue ne lui auraient pas donné la moindre tentation. Mais le sort, ou plutôt le diable qui ne dort jamais, voulut que dans ce vallon se trouvât en même temps une troupe de cavales galiciennes, qui appartenaient à des muletiers Yangois dont la coutume est de s'arrêter, pendant la chaleur du jour, dans les lieux où ils rencontrent de l'herbe et de l'eau fraîche.

Or, il arriva que Rossinante n'eut pas plus tôt flairé les cavales, qu'à l'encontre de sa retenue habituelle il lui prit envie d'aller les trouver. Sans demander permission à son maître, il se dirige de leur côté au petit trot pour leur faire partager son amoureuse ardeur: mais les cavales, qui ne demandaient qu'à paître, le reçurent avec les pieds et les dents, de telle sorte qu'en peu d'instants elles lui rompirent les sangles de la selle, et le mirent à nu avec force contusions. Pour surcroît d'infortune, les muletiers, qui de loin avaient aperçu l'attentat de Rossinante, accoururent avec leurs bâtons ferrés, et lui en donnèrent tant de coups qu'ils l'eurent bientôt jeté à terre dans un piteux état.

Voyant de quelle manière on étrillait Rossinante, don Quichotte et son écuyer accoururent. A ce que je vois, ami, lui dit notre héros d'une voix haletante, ces gens-là ne sont pas des chevaliers, mais de la basse et vile canaille; tu peux donc en toute sûreté de conscience m'aider à tirer vengeance de l'outrage qu'ils m'ont fait en s'attaquant à mon cheval.

Eh! quelle vengeance voulez-vous en tirer, seigneur? répondit Sancho; ils sont vingt, et nous ne sommes que deux, ou plutôt même un et demi.

Moi, j'en vaux cent, répliqua don Quichotte; et sans plus de discours, il met l'épée à la main, et fond sur les muletiers. Sancho en fit autant, animé par l'exemple de son maître.

Du premier coup qu'il porta, notre chevalier fendit le pourpoint de cuir à celui qui se rencontra sous sa main, et lui emporta un morceau de l'épaule. Il allait continuer, quand les muletiers, honteux de se voir ainsi malmenés par deux hommes seuls, s'armèrent de leurs pieux, et, entourant nos aventuriers, se mirent à travailler sur eux avec une merveilleuse diligence. Comme ils y allaient de bon cœur, l'affaire fut bientôt expédiée. Dès la seconde décharge que Sancho reçut à la ronde, il alla mordre la poussière; et rien ne servit à don Quichotte d'avoir de l'adresse et du courage, il n'en fut pas quitte à meilleur marché: son mauvais sort voulut même qu'il allât tomber aux pieds de Rossinante, qui n'avait pu se relever. Exemple frappant de la fureur avec laquelle officie le bâton dans des mains grossières et courroucées. Voyant la méchante besogne qu'ils avaient faite, les muletiers rassemblèrent promptement leurs bêtes, et poursuivirent leur chemin.

Le premier qui se reconnut après l'orage, ce fut Sancho, lequel, se traînant auprès de son maître, lui dit d'une voix faible et dolente: Seigneur! aïe! aïe! seigneur!

Que me veux-tu, ami Sancho? répondit don Quichotte d'un ton non moins lamentable.

N'y aurait-il pas moyen, dit Sancho, d'avaler deux gorgées de ce baume de Fier-à-Bras, si par hasard Votre Grâce en a sous la main? Peut-être sera-t-il aussi bon pour le brisement des os que pour d'autres blessures.

Hélas! ami, répondit don Quichotte, si j'en avais, que nous manquerait-il? mais, foi de chevalier errant, je jure qu'avant deux jours ce baume sera en mon pouvoir, ou j'aurai perdu l'usage de mes mains.

Deux jours! repartit Sancho; et dans combien Votre Grâce croit-elle donc que nous pourrons seulement remuer les pieds?

La vérité est, reprit le moulu chevalier, que je ne saurais en dire le nombre, vu l'état où je me sens; mais aussi, Je dois l'avouer, toute la faute en est à moi, qui vais mettre l'épée à la main contre des gens qui ne sont pas armés chevaliers. Oui, je n'en fais aucun doute, c'est pour avoir oublié les lois de la chevalerie que le Dieu des batailles a permis que je reçusse ce châtiment. C'est pourquoi, ami Sancho, je dois t'avertir d'une chose qui importe beaucoup à notre intérêt commun:

Quand, à l'avenir, de semblables canailles nous feront quelque insulte, n'attends pas que je tire l'épée contre eux; dorénavant, je ne m'en mêlerai en aucune façon; cela te regarde, châtie ces marauds comme tu l'entendras. Mais si par hasard des chevaliers accourent à leur aide, oh! alors, je saurai bien les repousser! Tu connais la force de ce bras, tu en as vu des preuves assez nombreuses. Par ces paroles notre héros faisait allusion à sa victoire sur le Biscaïen.

L'avis ne fut pas tellement du goût de Sancho qu'il n'y trouvât quelque chose à redire. Seigneur, reprit-il, je n'aime point les querelles, et je sais, Dieu merci, pardonner une injure, car j'ai une femme à nourrir et des enfants à élever. Votre Grâce peut donc tenir pour certain que jamais je ne tirerai l'épée ni contre vilain ni contre chevalier, et que d'ici au jugement dernier je pardonne les offenses qu'on m'a faites ou qu'on me fera, qu'elles me soient venues, qu'elles me viennent ou doivent me venir de riche ou de pauvre, de noble ou de roturier.

Si j'étais assuré, répondit don Quichotte, que l'haleine ne me manquât point, et que la douleur de mes côtes me laissât parler à mon aise, je te ferais bientôt comprendre que tu ne sais pas ce que tu dis! Or çà, réponds-moi, pécheur impénitent! Si le vent de la fortune, qui jusqu'ici nous a été contraire, vient enfin à tourner en notre faveur, et qu'enflant les voiles de nos désirs elle nous fasse prendre terre dans une de ces îles dont je t'ai parlé, que feras-tu, si après l'avoir conquise je t'en donne le gouvernement? Pourras-tu t'en acquitter dignement, n'étant pas chevalier, et ne te souciant point de l'être, n'ayant ni ressentiment pour venger tes injures, ni courage pour défendre ton État? Ignores-tu que dans tous les pays nouvellement conquis, les naturels ont l'esprit remuant et ne s'accoutument qu'avec peine à une domination étrangère; que jamais ils ne sont si bien soumis à leur nouveau maître, qu'ils n'éprouvent tous les jours la tentation de recouvrer leur liberté? Crois-tu qu'avec des esprits si mal disposés, tu n'auras pas besoin d'un bon jugement pour te conduire, de résolution pour attaquer et de courage pour te défendre, en mille occasions qui peuvent se présenter?

Il m'eût été bon, repartit Sancho, d'avoir ce jugement et ce courage que vous dites, dans l'aventure qui vient de nous arriver; mais pour l'heure, je l'avoue, j'ai plus besoin d'emplâtres que de sermons. Voyons, essayez un peu de vous lever pour m'aider à mettre Rossinante sur ses jambes, quoiqu'il ne le mérite guère; car c'est lui qui a causé tout le mal. Vraiment, je ne me serais pas attendu à cela; je le croyais chaste et paisible, et j'aurais répondu de lui comme de moi. On a bien raison de dire qu'il faut du temps avant de connaître les gens et que rien n'est assuré dans cette vie. Hélas! qui aurait pu supposer, après avoir vu Votre Grâce faire tant de merveilles contre ce malheureux chevalier errant de l'autre jour, qu'une telle avalanche de coups de bâton fondrait sitôt sur nos épaules.

Encore les tiennes doivent être faites à de semblables orages, dit don Quichotte; mais les miennes, accoutumées à reposer dans la fine toile de Hollande, elles s'en ressentiront longtemps. Si je ne pensais, que dis-je? s'il n'était même certain que tous ces désagréments sont inséparables de la profession des armes, je me laisserais mourir ici de honte et de dépit.

Puisque de pareilles disgrâces sont les revenus de la chevalerie, répliqua Sancho, dites-moi, je vous prie, seigneur, arrivent-elles tout le long de l'année, ou, seulement à époque fixe, comme les moissons? car après deux récoltes comme celle-ci, je ne pense pas que nous soyons en état d'en faire une troisième, à moins que le bon Dieu ne vienne à notre aide.

Apprends, Sancho, reprit don Quichotte, que pour être exposés à mille accidents fâcheux, les chevaliers errants n'en sont pas moins chaque jour et à toute heure en passe de devenir rois ou empereurs; et sans la douleur que je ressens, je te raconterais l'histoire de plusieurs d'entre eux qui, par la valeur de leurs bras, se sont élevés jusqu'au trône, quoiqu'ils n'aient pas été pour cela à l'abri des revers, car plusieurs sont tombés ensuite dans d'étranges disgrâces. Ainsi le grand Amadis de Gaule sévit un jour au pouvoir de l'enchanteur Archalaüs, son plus mortel ennemi, et l'on tient pour avéré que ce perfide nécromant, après l'avoir attaché à une colonne dans la cour de son château, lui donna de sa propre main deux cents coups d'étrivières avec les rênes de son cheval. Nous savons, par un auteur peu connu mais très-digne de foi, que le chevalier Phébus, ayant été pris traîtreusement dans une trappe qui s'enfonça sous ses pieds, fut jeté garrotté au fond d'un cachot, et que là on lui administra un de ces lavements composés d'eau de neige et de sable, qui le mit à deux doigts de la mort; et sans un grand enchanteur de ses amis qui vint le secourir dans ce pressant péril, c'en était fait du pauvre chevalier! Nous pouvons donc, ami Sancho, passer par les mêmes épreuves que ces nobles personnages, car ils endurèrent des affronts encore plus grands que ceux qui viennent de nous arriver. Tu sauras d'ailleurs que toute blessure, faite avec le premier instrument que le hasard met sous la main, n'a rien de déshonorant; et cela est écrit en termes exprès dans la loi sur le duel: «Si le cordonnier en frappe un autre avec la forme qu'il tient à la main, elle a beau être de bois, on ne dira pas pour cela que le bâtonné a reçu des coups de bâton.» Ce que j'en dis, c'est afin que tu ne croies pas que, pour avoir été roués de coups dans cette rencontre, nous ayons essuyé aucun outrage; car, à bien prendre, les armes dont se servaient ces hommes n'étaient pas tant des bâtons que des pieux, sans lesquels ils ne vont jamais, et pas un d'entre eux n'avait, ce me semble, dague, épée ou poignard.

Il prit envie à Rossinante d'aller trouver les cavales.

Ils ne m'ont point donné le temps d'y regarder de si près, reprit Sancho; à peine eus-je mis au vent ma *ti-sonne*[37], qu'avec leurs gourdins ils me chatouillèrent si bien les épaules, que les yeux et les jambes me manquant à la fois, je tombai tout de mon long à l'endroit où je suis encore. Et pour dire la vérité ce qui me fâche ce n'est pas la pensée que ces coups de pieux soient un affront, mais bien la douleur qu'ils me causent et que je ne saurais ôter de ma mémoire, non plus que de dessus mes épaules.

Il n'est point de ressentiment que le temps n'efface, ni de douleur que la mort ne guérisse, dit don Quichotte.

Grand merci, répliqua Sancho; et qu'y a-t-il de pis qu'un mal auquel le temps seul peut remédier et dont on ne guérit que par la mort? Passe encore si notre mésaventure était de celles qu'on soulage avec une ou deux couples d'emplâtres; mais à peine si tout l'onguent d'un hôpital suffirait pour nous remettre sur nos pieds.

Laisse là ces vains discours, dit don Quichotte, et fais face à la mauvaise fortune. Voyons un peu comment se porte Rossinante, car le pauvre animal a eu, je crois, sa bonne part de l'orage.

Et pourquoi en serait-il exempt? reprit Sancho, est-il moins chevalier errant que les autres? Ce qui m'étonne, c'est de voir que mon âne en soit sorti sans qu'il lui en coûte seulement un poil, tandis qu'à nous trois il ne nous reste pas une côte entière.

Dans les plus grandes disgrâces, la fortune laisse toujours une porte ouverte pour en sortir, dit don Quichotte; et à défaut de Rossinante, ton grison servira pour me tirer d'ici et me porter dans quelque château où je puisse me faire panser de mes blessures. Je n'ai point, je te l'avoue, de répugnance pour une telle monture, car je me souviens d'avoir lu que le père nourricier du dieu Bacchus, le vieux Silène, chevauchait fort doucement sur un bel âne, quand il fit son entrée dans la ville aux cent portes.

Cela serait bon, répondit Sancho, si vous pouviez vous tenir comme lui; mais il y a une grande différence entre un homme à cheval et un homme couché en travers comme un sac de farine, car je ne pense pas qu'il soit possible à Votre Grâce d'aller autrement.

Je t'ai déjà dit que les blessures qui résultent des combats n'ont rien de déshonorant, reprit don Quichotte. Au reste, en voilà assez sur ce sujet; essaye seulement de te lever et place-moi comme tu pourras sur ton âne, puis tirons-nous d'ici avant que la nuit vienne nous surprendre.

Il me semble avoir entendu souvent dire à Votre Grâce, répliqua Sancho, que la coutume des chevaliers errants est de dormir à la belle étoile, et que passer la nuit au milieu des champs est pour eux une agréable aventure.

Ils en usent ainsi quand ils ne peuvent faire autrement, repartit don Quichotte, ou bien quand ils sont amoureux; et cela est si vrai, qu'on a vu tel chevalier passer deux ans entiers sur une roche, exposé à toutes les intempéries des saisons, sans que sa maîtresse en eût la moindre connaissance. Amadis fut de ce nombre, quand il prit le nom de Beau-Ténébreux, et se retira sur la Roche-Pauvre, où il passa huit ans ou huit mois, je ne me le rappelle pas au juste, le compte m'en est échappé. Quoi qu'il en soit, il est constant qu'il y demeura fort longtemps faisant pénitence pour je ne sais plus quel dédain de son Oriane. Mais laissons cela et dépêchons, de peur qu'une nouvelle disgrâce n'arrive à Rossinante.

Il faudrait avoir bien mauvaise chance, répliqua Sancho; puis, poussant trente hélas! soixante soupirs entremêlés de ouf! et de aïe! et proférant plus de cent malédictions contre ceux qui l'avaient amené là, il fit tant qu'à la fin il se mit sur ses pieds, demeurant toutefois à moitié chemin, courbé comme un arc, sans pouvoir achever de se redresser. Dans cette étrange posture, il lui fallut rattraper le grison qui profitant des libertés de cette journée, s'était écarté au loin, et se donnait à cœur joie du bien d'autrui. Son âne sellé, Sancho releva Rossinante, lequel, s'il avait eu une langue pour se plaindre, aurait tenu tête au maître et au valet. Enfin, après bien des efforts, Sancho parvint à placer don Quichotte en travers sur le bât; puis ayant attaché Rossinante à la queue de sa bête, il la prit par le

licou et se dirigea du côté qu'il crut être le grand chemin.

Au bout d'une heure de marche, la fortune, de plus en
plus favorable, leur fit découvrir une hôtellerie, que
don Quichotte ne manqua pas de prendre pour un
château. L'écuyer soutenait que c'était une hôtellerie,
mais le maître s'obstinait à dire que c'était un château;
et la querelle durait encore quand ils arrivèrent devant
la porte, que Sancho franchit avec la caravane, sans
plus d'informations.

CHAPITRE XVI. DE CE QUI ARRIVA A NOTRE CHEVALIER DANS L'HOTELLERIE QU'IL PRENAIT POUR UN CHATEAU.

En voyant cet homme placé en travers sur un âne, l'hôtelier demanda quel mal il ressentait; Sancho répondit que ce n'était rien, mais qu'ayant roulé du haut d'une roche, il avait les côtes tant soit peu meurtries. Au rebours des gens de sa profession, la femme de cet hôtelier était charitable et s'apitoyait volontiers sur les maux du prochain; aussi s'empressa-t-elle d'accourir pour panser notre héros, secondée dans cet office par sa fille, jeune personne avenante et de fort bonne mine.

Dans la même hôtellerie il y avait une servante asturienne, à la face large, au chignon plat, au nez camus, laquelle de plus était borgne et n'avait pas l'autre œil en très-bon état. Il est vrai de dire que chez elle l'élégance de la taille suppléait à ce manque d'agrément, car la pauvre fille n'avait pas sept palmes des pieds à la tête, et ses épaules surchargeaient si fort le reste de son corps qu'elle avait bien de la peine à regarder en l'air. Cette gentille créature accourut aider la fille de la maison et toutes deux dressèrent à don Quichotte un méchant lit dans un galetas qui, selon les apparences, n'avait servi depuis longues années que de grenier à paille.

Dans ce même réduit couchait un muletier, lequel s'était fait un lit avec les bâts et les couvertures de ses mulets; mais tel qu'il était, ce lit valait cent fois celui de notre héros, dont la couche se composait de planches mal rabotées et placées sur quatre pieds inégaux, d'un matelas fort mince, hérissé de bourrelets si durs qu'on les eût pris pour des cailloux, enfin de deux draps plutôt de cuir que de laine. Ce fut sur ce grabat que l'on étendit don Quichotte, et aussitôt l'hôtesse et sa fille vinrent l'oindre d'onguent des pieds à la tête, à la lueur d'une lampe que tenait la gentille Maritorne: c'est ainsi que s'appelait l'Asturienne.

En le voyant meurtri en tant d'endroits, l'hôtesse ne put s'empêcher de dire que cela ressemblait beaucoup plus à des coups qu'à une chute.

Ce ne sont pourtant pas des coups, dit Sancho; mais la maudite roche avait tant de pointes, que chacune a fait sa meurtrissure. Que Votre Grâce veuille bien garder quelques étoupes, ajouta-t-il; je sais qui vous en saura gré, car les reins me cuisent quelque peu.

Êtes-vous donc aussi tombé? demanda l'hôtesse.

Non pas, répondit Sancho; mais quand j'ai vu tomber mon maître, j'ai éprouvé un si grand saisissement par tout le corps, qu'il me semble avoir reçu mille coups de bâton.

Cela se comprend, dit la jeune fille; j'ai souvent rêvé que je tombais du haut d'une tour, sans jamais arriver jusqu'à terre, et quand j'étais réveillée, je me sentais rompue comme si je fusse tombée tout de bon.

Justement, reprit Sancho: la seule différence c'est que sans rêver, et plus éveillé que je ne le suis à cette heure, je ne me trouve pourtant pas moins meurtri que mon maître.

Comment s'appelle votre maître? demanda Maritorne.

Don Quichotte de la Manche, chevalier errant, et l'un des plus valeureux qu'on ait vu depuis longtemps, répondit Sancho.

Chevalier errant? s'écria l'Asturienne; qu'est-ce que cela?

Vous êtes bien neuve dans ce monde! reprit Sancho; apprenez, ma fille, qu'un chevalier errant est quelque chose qui se voit toujours à la veille d'être empereur ou roué de coups de bâton; aujourd'hui la plus malheureuse et la plus affamée des créatures, demain ayant trois ou quatre royaumes à donner à son écuyer.

D'où vient donc, repartit l'hôtesse, qu'étant écuyer d'un si grand seigneur, vous n'avez pas au moins quelque comté?

Il n'y a pas de temps perdu, répondit Sancho; depuis un mois que nous cherchons les aventures, nous n'en avons pas encore trouvé de cette espèce-là; outre que bien souvent en cherchant une chose, on en rencontre une autre. Mais que mon maître guérisse de sa chute, que je ne reste pas estropié de la mienne, et je ne troquerais point mes espérances contre la meilleure seigneurie d'Espagne.

De son lit, don Quichotte écoutait attentivement cet entretien; à la fin, se levant du mieux qu'il put sur son séant, il prit courtoisement la main de l'hôtesse et lui dit: Belle et noble dame, vous pouvez vous féliciter de l'heureuse circonstance qui vous a fait me recueillir dans ce château. Si je n'en dis pas davantage, c'est qu'il ne sied jamais de se louer soi-même; mais mon fidèle écuyer vous apprendra qui je suis. Je conserverai toute ma vie, croyez-le bien, le souvenir de vos bons offices, et je ne laisserai échapper aucune occasion de vous en témoigner ma reconnaissance. Plût au ciel, ajouta-t-il, en regardant tendrement la fille de l'hôtesse, que l'amour ne m'eût pas assujetti à ses lois, et fait l'esclave d'une ingrate dont en ce moment même je murmure le nom, car les yeux de cette belle demoiselle eussent triomphé de ma liberté!

A ce discours qu'elles ne comprenaient pas plus que si on leur eût parlé grec, l'hôtesse, sa fille et Maritorne tombaient des nues; elles se doutaient bien que c'étaient des galanteries et des offres de service, mais, peu habituées à ce langage, toutes trois se regardaient avec étonnement, et prenaient notre héros pour un homme d'une espèce particulière. Après l'avoir remercié de sa politesse, elles se retirèrent, et Maritorne alla panser Sancho, qui n'en avait pas moins besoin que son maître.

Or, il faut savoir que le muletier et l'Asturienne avaient comploté cette nuit-là même de prendre leurs ébats ensemble. La compatissante créature avait donné parole à son galant qu'aussitôt les hôtes retirés et ses maîtres endormis, elle viendrait se mettre à son entière disposition, et l'on raconte de cette excellente fille qu'elle ne donna jamais semblable parole sans la tenir, car elle se piquait d'avoir du sang d'hidalgo dans les veines, et ne croyait pas avoir dérogé pour être devenue servante d'auberge. La mauvaise fortune de ses parents, disait-elle, l'avait réduite à cette extrémité.

Dans cet étrange appartement dont la toiture laissait voir les étoiles, le premier lit qu'on rencontrait en entrant c'était le dur, étroit, chétif et traître lit de don

Quichotte. Tout auprès, sur une natte de jonc, Sancho avait fait le sien avec une couverture qui paraissait plutôt de crin que de laine. Un peu plus loin se trouvait celui du muletier, composé, comme je l'ai dit, des bâts et des couvertures de ses mulets, au nombre de douze, tous fort gras et bien entretenus; car c'était un des plus riches muletiers d'Arevalo, à ce que raconte l'auteur de cette histoire, lequel parle dudit muletier comme l'ayant intimement connu: on ajoute même qu'ils étaient un peu parents. Or, il faut convenir que cid Hamet Ben-Engeli est un historien bien consciencieux, puisqu'il rapporte des choses de si minime importance: exemple à proposer surtout à ces historiens qui dans leurs récits laissent au fond de leur encrier, par ignorance ou par malice, le plus substantiel de l'ouvrage.

Je dis donc que le muletier, après avoir visité ses bêtes et leur avoir donné la seconde ration d'orge, s'étendit sur ses harnais, attendant avec impatience la ponctuelle Maritorne. Bien graissé, couvert d'emplâtres, Sancho s'était couché: mais quoiqu'il fît tous ses efforts pour dormir, la douleur de ses côtes l'en empêchait; quant à don Quichotte, tenu éveillé par la même cause, il avait les yeux ouverts comme un lièvre.

Sancho se dirigea du côté qu'il crut être le grand chemin.

Un profond silence régnait dans l'hôtellerie, où il ne restait en ce moment d'autre lumière que celle d'une lampe qui brûlait suspendue sous la grande porte. Ce silence, joint aux pensées bizarres qu'entretenaient chez notre héros, les livres de chevalerie, causes de ses continuelles disgrâces, fit naître dans son esprit l'une des plus étranges folies dont on puisse concevoir l'idée. Il se persuada être dans un fameux château (il n'y avait point d'hôtellerie à laquelle il ne fît cet honneur), et que la fille de l'hôtelier, qui par conséquent était celle du seigneur châtelain, subjuguée par sa bonne grâce, s'était éprise d'amour pour lui, et avait résolu de venir, cette nuit même, en cachette de ses parents, le visiter dans son alcôve. Tourmenté de cette chimère, il était fort préoccupé du péril imminent auquel sa constance allait se trouver exposée; mais il se promit au fond du cœur de rester fidèle à sa chère Dulcinée, lors même que la reine Genièvre, suivie de sa duègne Quintagnone, viendrait pour le séduire.

Il se complaisait dans ces rêveries, lorsque arriva l'heure, pour lui fatale, où devait venir l'Asturienne qui, fidèle à sa parole, en chemise, pieds nus, et les cheveux ramassés sous une coiffe de serge, entra à pas de loup, en quête du muletier. A peine eut-elle franchi la porte que don Quichotte, toujours l'oreille au guet, l'entendit; aussitôt se mettant sur son séant, malgré ses emplâtres et la douleur de ses reins, il tendit les bras pour la recevoir. Toute ramassée et retenant son haleine, l'Asturienne portait les mains en avant, cherchant à tâtons son bien-aimé; mais en dépit de toutes ses précautions, elle alla donner dans les bras de don Quichotte qui, la saisissant par le poignet et la tirant à lui, sans qu'elle osât souffler mot, la fit asseoir sur son lit. Sa chemise, qui était de la toile à sacs, ne désabusa point notre chevalier; les bracelets en boules de verre qu'elle portait lui parurent de précieuses perles d'Orient; ses cheveux, qu'on eût pris pour du crin, lui semblèrent des tresses d'or fin d'Arabie, dont l'éclat faisait pâlir celui du soleil; enfin, comparant à un agréable mélange des parfums les plus exquis cette haleine qui sentait l'ail mariné de la veille, il se représenta l'Asturienne comme une de ces nobles damoiselles qu'il avait vues dans ses livres, allant visiter à la dérobée leurs amants blessés. En un mot, tel était l'aveuglement du pauvre chevalier que, n'étant détrompé ni par le toucher, ni par l'haleine, ni par certaines autres particularités qui distinguaient la pauvre fille, lesquelles auraient fait vomir les entrailles à tout autre qu'à un muletier, il s'imagina tenir entre ses bras la reine des amours. Éperdu, et pressant Maritorne au point de l'étouffer, il lui dit à demi voix: Que n'est-il en mon pouvoir, noble dame, de reconnaître l'insigne faveur dont m'honore votre merveilleuse beauté! Mais la fortune, qui ne se lasse jamais de persécuter les gens de bien, m'a jeté dans ce lit si moulu, si brisé que, ma volonté fût-elle d'accord avec la vôtre, il me serait impossible de correspondre à votre désir. A cette impuissance s'en ajoute une plus grande encore, c'est la foi que j'ai jurée à la sans pareille Dulcinée du Toboso, l'unique dame de mes plus secrètes pensées; car si cet obstacle insurmontable ne venait à la traverse, je ne serais certes point un chevalier assez niais pour laisser s'évanouir l'occasion fortunée que m'offrent vos bontés.

Pendant ce beau discours, Maritorne, au supplice de se voir entre les bras de don Quichotte, faisait sans souffler mot tous ses efforts pour s'en dégager. De son côté, l'impatient muletier, que ses amoureux désirs tenaient en éveil, avait entendu entrer sa belle. Prêtant l'oreille, il la soupçonne d'abord de chercher à le trahir; transporté de jalousie, il s'approche pour écouter. Mais quand il voit la fidèle Asturienne se débattre entre les mains de don Quichotte, qui s'efforçait de la retenir, le jeu lui déplut fort: levant le bras de toute sa hauteur, il décharge un si terrible coup de poing sur les étroites mâchoires de l'amoureux chevalier, qu'il lui met la bouche tout en sang. Ben-Engeli ajoute même qu'il lui sauta sur le corps, et que, d'un pas qui approchait du galop, il le lui parcourut trois ou quatre fois d'un bout à l'autre.

Le lit, qui était de trop faible complexion pour porter cette surcharge, s'abîme sous le poids; L'hôtelier s'éveille au bruit; aussitôt pressentant quelque escapade de l'Asturienne, qu'il avait appelée cinq ou six fois à tue-tête sans obtenir de réponse, il se lève et allume sa lampe pour aller voir d'où vient ce tapage. En entendant la voix de son maître, dont elle connaissait l'humeur brutale, Maritorne toute tremblante court se cacher dans le lit de Sancho, qui dormait, et se blottit auprès de lui.

Où est-tu, carogne? s'écrie l'hôtelier en entrant; à coup sûr, ce sont là de tes tours.

Sous ce fardeau qui l'étouffait, Sancho s'éveille à demi, croyant avoir le cauchemar, et se met à distribuer au hasard de grands coups de poing, qui la plupart tombèrent sur l'Asturienne, laquelle perdant la retenue avec la patience, ne songe plus qu'à prendre sa revanche, et rend à Sancho tant de coups qu'elle achève de l'éveiller. Furieux de se sentir traité de la sorte, sans savoir pourquoi, Sancho se redresse sur son lit du mieux qu'il peut, et saisissant Maritorne à bras-le-corps, ils commencent entre eux la plus plaisante escarmouche qu'il soit possible d'imaginer.

A la lueur de lampe, le muletier, voyant le péril où se trouvait sa dame, laisse don Quichotte pour voler à son aide; l'hôtelier y court aussi, mais dans une intention bien différente, car c'était pour châtier la servante, qu'il accusait du vacarme; et de même qu'on a coutume de dire *le chien au chat, le chat au rat*, le muletier tapait sur Sancho, Sancho sur Maritorne, Maritorne sur Sancho, l'hôtelier sur Maritorne; le tout si dru et si menu, qu'ils semblaient craindre que le temps ne leur manquât. Pour compléter l'aventure, la lampe s'éteignit; alors ce ne fut plus qu'une mêlée confuse, d'où pas un des combattants ne se retira avec sa chemise entière ni

sans quelque partie du corps exempte de meurtris-
sures.

Or, par hasard un archer de l'ancienne confrérie de
Tolède logeait cette nuit dans l'hôtellerie. En entendant tout ce vacarme, il prend sa verge noire ainsi que
la boîte de fer-blanc qui contenait ses titres, et se dirigeant vers le lieu du combat: Arrêtez! s'écrie-t-il,
arrêtez! respect à la justice, respect à la Sainte-
Hermandad.

Le premier qu'il rencontra sous sa main fut le moulu
don Quichotte, qui gisait étendu au milieu des débris
de son lit, la bouche béante et privé de sentiment; l'archer l'ayant saisi à tâtons par la barbe, crie de plus
belle: Main-forte à la justice! Mais, s'apercevant que
celui qu'il tenait ne donnait aucun signe de vie, il ne
douta point qu'il ne fût mort, et que ceux qui étaient là
ne fussent ses meurtriers; ce qui le fit crier encore plus
fort: Qu'on ferme la porte, afin que personne ne
s'échappe! on vient de tuer un homme ici.

Ce cri dispersa les combattants, et chacun alors laissa
la bataille où elle en était. L'hôtelier se retira dans sa
chambre, le muletier sur ses harnais, et Maritorne dans
son taudis. Pour don Quichotte et Sancho, qui ne
pouvaient se remuer, ils restèrent à la même place, et
l'archer lâcha la barbe de notre chevalier, pour aller
chercher de la lumière et revenir s'assurer des cou-

pables. Mais en se retirant, l'hôtelier avait éteint la lampe qui brûlait sous la grande porte, si bien que l'archer dut avoir recours à la cheminée, où il se trouvait si peu de feu, qu'il souffla plus d'une heure avant de parvenir à le rallumer.

CHAPITRE XVII. OU SE CONTINUENT LES TRAVAUX INNOMBRABLES DU VAILLANT DON QUICHOTTE ET DE SON ÉCUYER DANS LA MALHEUREUSE HOTELLERIE, PRISE A TORT POUR UN CHATEAU.

Avec cet accent plaintif et de cette voix lamentable dont son écuyer l'avait appelé la veille après leur rencontre avec les muletiers Yangois, don Quichotte, revenu enfin de son évanouissement, l'appela à son tour, en lui disant: Ami Sancho, dors-tu? Dors-tu, ami Sancho?

Hé! comment voulez-vous que je dorme, répondit Sancho, outré de fureur et de dépit, quand tous les démons de l'enfer ont été cette nuit déchaînés après moi?

Est-il possible? s'écria don Quichotte. Par ma foi, je n'y comprends rien, ou ce château est enchanté. Écoute bien ce que je vais te dire... mais avant tout jure-moi de ne révéler ce secret qu'après ma mort.

Je le jure, répondit Sancho.

J'exige ce serment, reprit don Quichotte, parce que je ne voudrais pour rien au monde nuire à l'honneur de personne.

Je vous dis que je jure de n'en ouvrir la bouche qu'après la fin de vos jours, répliqua Sancho, et Dieu veuille que ce puisse être dès demain!

Te suis-je donc tant à charge, dit don Quichotte, que tu souhaites me voir si tôt mort?

Oh! non, reprit Sancho; mais c'est que je n'aime pas à garder trop longtemps les secrets, et je craindrais que celui-là ne vînt à me pourrir dans le corps.

Que ce soit pour une raison ou pour une autre, continua don Quichotte, je me confie à ton affection et à ta loyauté. Eh bien! apprends donc que cette nuit il m'est arrivé une surprenante aventure et dont certes je pourrais tirer quelque vanité; mais, pour te la raconter brièvement, tu sauras qu'il y a peu d'instants la fille du seigneur de ce château est venue me trouver ici même, et que c'est bien la plus accorte et la plus séduisante damoiselle qu'il soit possible de rencontrer sur une grande partie de la terre. Je ne te parlerai pas des charmes de sa personne et des grâces de son esprit, ni de tant d'autres attraits cachés auxquels je ne veux pas même penser, afin de garder plus sûrement la foi que j'ai promise à Dulcinée du Toboso; qu'il me suffise de te dire que le ciel, envieux sans doute du merveilleux bonheur que m'envoyait la fortune, ou plutôt, ce qui est plus certain, parce que ce château est enchanté, a permis, au moment où j'étais avec cette dame dans l'entretien le plus tendre et le plus passionné, qu'une main que je ne voyais point et qui venait de je ne sais où, mais à coup sûr une main attachée au bras de quelque énorme géant, m'assénât un si grand coup sur les mâchoires, qu'il m'a mis tout en sang; après quoi, profitant de ma faiblesse, le géant m'a moulu à ce point que je suis encore pis que je n'étais hier quand les muletiers s'en prirent à nous, tu dois t'en souvenir, de l'incontinence de Rossinante: d'où je conclus que ce trésor de beauté est confié à la garde de quelque More enchanté, et qu'il n'est pas réservé pour moi.

Ni pour moi non plus, s'écria Sancho, car plus de quatre cents Mores m'ont tanné la peau de telle sorte que les coups de pieux ne firent en comparaison que me chatouiller. Mais Votre Grâce songe-t-elle bien à l'état où nous sommes, pour trouver cette aventure si délectable? Vous qui avez eu l'avantage de tenir entre vos bras cette merveilleuse beauté, cela peut vous consoler; mais moi, qu'y ai-je gagné, si ce n'est les plus rudes gourmades que je recevrai en toute ma vie? Malheur à moi et à la mère qui m'a mis au monde! Je ne suis point chevalier errant, je n'espère pas le devenir jamais, et dans les mauvaises rencontres j'attrape toujours la plus grosse part.

Comment! on t'a gourmé aussi? demanda don Quichotte.

Malédiction sur toute ma race! répliqua Sancho; qu'est-ce donc que je viens de vous dire?

Ne fais pas attention à cela, ami, reprit don Quichotte, je vais composer tout à l'heure le précieux baume de Fier-à-Bras, qui nous guérira en un clin d'œil.

Ils en étaient là quand l'archer, ayant pu enfin rallumer la lampe, rentra dans la chambre. Sancho, qui le premier l'aperçut, en chemise, un linge roulé autour de la tête, avec une face d'hérétique, demanda à son maître si ce n'était point là le More enchanté qui venait s'assurer s'il leur restait encore quelque côte à briser.

Ce ne peut être le More, répondit don Quichotte, car les enchantés ne se laissent voir de personne.

Par ma foi, s'ils ne se laissent pas voir, ils se font bien sentir, répliqua Sancho; on peut en demander des nouvelles à mes épaules.

Crois-tu donc que les miennes ne sachent qu'en dire? ajouta don Quichotte; cependant l'indice n'est pas suffisant pour conclure que celui que nous voyons soit le More enchanté.

L'archer, en s'approchant, resta fort surpris de voir des gens s'entretenir si paisiblement; et comme notre héros était encore étendu tout de son long, immobile, la bouche en l'air, il lui dit: Eh bien! comment vous va, bon homme?

Je parlerais plus courtoisement si j'étais à votre place, repartit don Quichotte; est-il d'usage dans ce pays de parler ainsi aux chevaliers errants, rustre que vous êtes?

L'archer, qui était peu endurant, ne put souffrir cette apostrophe d'un homme de si triste mine; il lança de toute sa force la lampe à la tête du malheureux chevalier, et, ne doutant pas qu'il ne la lui eût fracassée, il se déroba incontinent, à la faveur des ténèbres.

Où donc es-tu, carogne? s'écria l'hôtelier en entrant.

Hé bien, dit Sancho, il n'y a plus moyen d'en douter; voilà justement le More; il garde le trésor de beauté pour les autres, et, pour nous, les gourmades et les coups de chandelier.

Cette fois, j'en conviens, cela peut être, reprit don Quichotte; mais, crois-moi, il n'y a qu'à se moquer de tous ces enchantements, au lieu de s'en irriter; comme ce sont toutes choses fantastiques et invisibles, nous chercherions en vain à qui nous en prendre, jamais nous n'en aurions raison. Lève-toi, si tu peux, et va prier le gouverneur de ce château de te faire donner un peu d'huile, de vin, de sel et de romarin, afin que je compose mon baume; car, entre nous soit dit, au sang qui coule de la blessure que ce fantôme m'a faite, je ne crois pas pouvoir m'en passer plus longtemps.

Sancho se leva, non sans pousser quelques gémissements, et s'en fut à tâtons chercher l'hôtelier. Ayant rencontré l'archer, qui écoutait près de la porte, un peu en peine des suites de sa brutalité: Seigneur, lui dit-il, qui que vous soyez, faites-nous, je vous en supplie, la charité de nous donner un peu de romarin, d'huile, de vin et de sel, car nous en avons grand besoin pour panser l'un des meilleurs chevaliers errants qu'il y ait sur toute la terre, lequel gît dans son lit grièvement blessé par le More enchanté qui habite ce château.

En l'entendant parler de la sorte, l'archer prit Sancho pour un homme dont le cerveau n'était pas en bon état; toutefois il appela l'hôtelier afin de lui dire ce que cet homme demandait; et, comme le jour commençait à poindre, il ouvrit la porte de l'hôtellerie.

L'hôtelier donna à Sancho ce qu'il désirait. Celui-ci, ayant porté le tout à son maître, le trouva la tête dans ses mains, se plaignant du coup de lampe, lequel heureusement ne lui avait fait d'autre mal que deux bosses assez grosses; car ce qu'il prenait pour du sang était tout simplement l'huile, qui lui coulait le long du visage. Don Quichotte versa dans une marmite ce que Sancho venait de lui apporter, fit bouillir le tout, et lorsque la composition lui parut à point, il demanda une bouteille; mais comme il n'y en avait point dans la maison, il dut se contenter d'une burette de fer-blanc qui servait à mettre l'huile, et dont l'hôtelier lui fit présent. Ensuite il récita sur la burette plus de cent *Pater Noster*, autant d'*Ave Maria*, de *Salve* et de *Credo*, accompagnant chaque parole d'un signe de croix en manière de bénédiction. Sancho Panza, l'archer et l'hôtelier assistaient à cette cérémonie; car le muletier était en train de panser ses bêtes, sans avoir l'air d'avoir pris la moindre part aux aventures de la nuit.

Le baume achevé, don Quichotte voulut sur-le-champ en faire l'épreuve, et sans s'amuser à l'appliquer sur ses blessures, il en avala en forme de potion la valeur d'une demi-pinte, qui n'avait pu entrer dans la burette. Mais à peine avait-il achevé de boire, qu'il se mit à vomir avec une telle abondance que rien ne lui resta dans l'estomac; et ces efforts prolongés lui ayant causé une forte sueur, il demanda qu'on le couvrît, puis qu'on le laissât reposer. Il dormit en effet trois grandes heures, au bout desquelles il se sentit si bien soulagé, qu'il ne douta plus d'avoir réussi à composer le précieux baume de Fier-à-Bras, et que, possesseur d'un tel remède, il ne fût en état d'entreprendre les plus périlleuses aventures.

Sancho, qui tenait à miracle la guérison de son maître, demanda comme une grâce la permission de boire ce qui restait dans la marmite; don Quichotte le lui abandonna. Aussitôt notre écuyer saisissant, de la meilleure foi du monde, la marmite à deux mains, s'en introduisit dans le corps une bonne partie, c'est-à-dire presque autant qu'en avait pris son maître. Il faut croire qu'il avait l'estomac plus délicat; car, avant que le remède eût produit son effet, le pauvre diable fut pris de nausées si violentes et de coliques si atroces, qu'il croyait à chaque instant toucher à sa dernière heure; aussi, dans ses cruelles souffrances, ne cessait-il de maudire le baume et le traître qui le lui avait donné.

Sancho, lui dit gravement son maître, ou je me trompe fort, ou ton mal provient de ce que tu n'es pas armé chevalier, car je tiens pour certain que ce baume ne convient qu'à ceux qui le sont.

Malédiction sur moi et sur toute ma race! répliqua Sancho; si Votre Grâce savait cela, pourquoi m'y avoir seulement laissé goûter?

En ce moment, le breuvage opéra, et le pauvre écuyer se remit à vomir avec si peu de relâche et une telle abondance, que la natte de jonc sur laquelle il était couché et la couverture de toile à sacs qui le couvrait furent mises à tout jamais hors de service. Ces vomissements étaient accompagnés de tant et de si violents efforts, que les assistants crurent qu'il y laisserait la vie. Enfin, au bout d'une heure que dura cette bourrasque, au lieu de se sentir soulagé, il se trouva si faible et si abattu, qu'à peine il pouvait respirer.

Don Quichotte, qui, comme je l'ai dit, se sentait tout dispos, ne voulut pas différer plus longtemps à se remettre à la recherche de nouvelles aventures. Il se croyait responsable de chaque minute de retard; et, confiant désormais dans la vertu de son baume, il ne respirait que dangers et comptait pour rien les plus terribles blessures. Dans son impatience, il alla lui-même seller Rossinante, mit le bât sur l'âne, et son écuyer sur le bât, après l'avoir aidé à s'habiller; puis, enfourchant son cheval, il se saisit d'une demi-pique qu'il trouva sous sa main et qui était d'une force suffisante pour lui servir de lance. Tous les gens de la maison le regardaient avec étonnement, mais la fille de l'hôtelier l'observait plus curieusement que les autres, car elle n'avait jamais rien vu de semblable. Notre chevalier avait aussi les yeux attachés sur elle, et de temps à autre poussait un grand soupir, qu'il tirait du fond de ses entrailles, mais dont lui seul savait la cause, car l'hôtesse et Maritorne, qui l'avaient si bien graissé la veille au soir, imputaient toutes deux ces soupirs à la douleur que lui causaient ses blessures.

Dès que le maître et l'écuyer furent en selle, don Quichotte appela l'hôtelier, et lui dit d'une voix grave et solennelle: Seigneur châtelain, grandes et nombreuses sont les courtoisies que j'ai reçues dans ce château; ne puis-je les reconnaître en tirant pour vous vengeance de quelque outrage? Vous savez que ma profession est de secourir les faibles, de punir les félons et de châtier les traîtres. Consultez vos souvenirs, et si vous avez à vous plaindre de quelqu'un, parlez: je jure, par l'ordre de chevalerie que j'ai reçu, que vous aurez bientôt satisfaction.

Seigneur cavalier, répliqua non moins gravement l'hôtelier, je n'ai pas besoin, Dieu merci, que vous me vengiez de personne; et lorsqu'on m'offense, je sais fort bien me venger moi-même. Tout ce que je désire, c'est que vous me payiez la dépense que vous avez faite, ainsi que la paille et l'orge que vos bêtes ont mangées. On ne sort pas ainsi de chez moi.

Comment! dit don Quichotte, c'est donc ici une hôtellerie?

Oui sans doute, et des meilleures, répliqua l'hôtelier.

J'ai été étrangement abusé jusqu'à cette heure, continua notre héros; car je la prenais pour un château, et même pour un château de grande importance; mais puisque c'est une hôtellerie, il faut que vous m'excusiez pour le moment de rester votre débiteur. Aussi bien il m'est interdit de contrevenir à la règle des chevaliers errants, desquels je sais de science certaine, sans avoir jusqu'ici lu le contraire, qu'ils n'ont jamais rien payé dans les hôtelleries. En effet, la raison, d'accord avec la coutume, veut qu'on les reçoive partout gratuitement, en compensation des fatigues inouïes qu'ils endurent pour aller à la recherche des aventures, la nuit, le jour, l'hiver, l'été, à pied et à cheval, supportant la faim, la soif, le froid et le chaud, exposés enfin à toutes les incommodités qui peuvent se rencontrer sur la terre.

Sornettes que tout cela! dit l'hôtelier; payez-moi ce que vous me devez; je ne donne pas ainsi mon bien.

Vous êtes un insolent et un mauvais gargotier, répliqua don Quichotte; en même temps brandissant sa demi-pique, et éperonnant Rossinante, il sortit de l'hôtellerie avant qu'on pût l'en empêcher, puis gagna du champ sans regarder si son écuyer le suivait.

L'hôtelier, voyant qu'il n'y avait rien à espérer de ce côté, vint réclamer la dépense à Sancho, lequel répondit qu'il ne payerait pas plus que son maître, parce que, étant écuyer de chevalier errant, il devait jouir du même privilége. L'hôtelier eut beau se mettre en colère et le menacer, s'il refusait, de se payer de ses propres mains de façon qu'il s'en souviendrait longtemps; Sancho jura, par l'ordre de la chevalerie qu'avait reçu son maître, que, dût-il lui en coûter la vie, il ne donnerait pas un maravédis, ne voulant pas que les écuyers à venir pussent reprocher à sa mémoire qu'un si beau privilége se fût perdu par sa faute.

La mauvaise étoile de Sancho voulut que, parmi les gens qui étaient là, se trouvassent quatre drapiers de Ségovie, trois merciers de Cordoue et deux marchands forains de Séville, tous bons compagnons, malins et goguenards, lesquels, poussés d'un même esprit, s'approchèrent de notre écuyer, et le descendirent de son âne, pendant qu'un d'entre eux allait chercher une couverture. Ils y jetèrent le pauvre Sancho, et voyant que le dessous de la porte n'était pas assez élevé pour leur dessein, ils passèrent dans la basse-cour, qui n'avait d'autre toit que le ciel. Chacun alors prenant un coin de la couverture, ils se mirent à faire sauter et ressauter Sancho dans les airs, se jouant de lui comme les étudiants le font d'un chien pendant le carnaval.

Les cris affreux que jetait le malheureux berné arrivèrent jusqu'aux oreilles de son maître, qui crut d'abord que le ciel l'appelait à quelque nouvelle aventure; mais reconnaissant que ces hurlements venaient de son écuyer, il poussa de toute la vitesse de Rossinante vers l'hôtellerie, qu'il trouva fermée. Comme il faisait le tour pour en trouver l'entrée, les murs de la cour, qui n'étaient pas fort élevés, lui laissèrent voir Sancho montant et descendant à travers les airs avec tant de grâce et de souplesse, que, sans la colère où il était, notre chevalier n'aurait pu s'empêcher d'en rire. Mais le jeu ne lui plaisant pas, il essaya plusieurs fois de grimper sur son cheval afin d'enjamber la muraille, et il y serait parvenu s'il n'eût été si moulu qu'il ne put même venir à bout de mettre pied à terre. Il fut donc réduit à dire force injures aux berneurs, à leur jeter force défis, pendant que ces impitoyables railleurs continuaient leur besogne et n'en riaient que plus fort. Enfin le malheureux Sancho, tantôt priant, tantôt menaçant, n'eut de répit que lorsque les berneurs, après s'être relayés deux ou trois fois, l'abandonnèrent de lassitude, et, l'enveloppant dans sa casaque, le remirent charitablement où ils l'avaient pris, c'est-à-dire sur son âne.

La compatissante Maritorne, qui n'avait pu voir sans chagrin le cruel traitement qu'on faisait subir à Sancho, lui apporta un pot d'eau fraîche, qu'elle venait de tirer du puits; mais comme il le portait à sa bouche, il fut arrêté par la voix de son maître qui lui cria de l'autre côté de la muraille: Mon fils Sancho, ne bois point; ne bois point, mon enfant, ou tu es mort: n'ai-je pas ici le divin baume qui va te remettre dans un instant? Et en même temps il lui montrait la burette de fer-blanc.

Mais Sancho, tournant la tête et le regardant de travers, répondit: Votre Grâce a-t-elle déjà oublié que je ne suis pas armé chevalier, ou veut-elle que j'achève de vomir les entrailles qui me restent? De par tous les diables, gardez votre breuvage, et laissez-moi tranquille.

Il porta le pot à ses lèvres; mais s'apercevant à la première gorgée que c'était de l'eau, il pria Maritorne de lui donner un peu de vin, ce que fit de bon cœur cette excellente fille, qui le paya même de son argent, car, on l'a déjà vu, elle possédait un grand fond de charité chrétienne.

Dès qu'il eut achevé de boire, Sancho donna du talon à son âne, et faisant ouvrir à deux battants la porte de l'hôtellerie, il sortit enchanté de n'avoir rien payé, si ce n'est toutefois aux dépens de ses épaules, ses cautions ordinaires. Son bissac, qu'il avait oublié dans son trouble, était de plus resté pour les gages. Dès qu'il le vit dehors, l'hôtelier voulut barricader la porte; mais les berneurs l'en empêchèrent, car ils ne craignaient guère notre chevalier, quand même il aurait été chevalier de la Table ronde.

CHAPITRE XVIII. OU L'ON RACONTE L'ENTRETIEN QUE DON QUICHOTTE ET SANCHO PANZA EURENT ENSEMBLE, AVEC D'AUTRES AVENTURES DIGNES D'ÊTRE RAPPORTÉES.

Sancho rejoignit son maître; mais il était si las, si épuisé, qu'il avait à peine la force de talonner son âne.

En le voyant dans cet état: Pour le coup, mon fils, lui dit don Quichotte, j'achève de croire que ce château ou hôtellerie, si tu veux, est enchanté; car, je te le demande, que pouvaient être ceux qui se sont joués de toi si cruellement, sinon des fantômes et des gens de l'autre monde? Ce qui me confirme dans cette pensée, c'est que pendant que je considérais ce triste spectacle par-dessus la muraille de la cour, il n'a jamais été en mon pouvoir de la franchir, ni même de descendre de cheval. Aussi je n'en fais aucun doute: ces mécréants me tenaient enchanté, et certes ils ont bien fait de prendre cette précaution, car je les aurais châtiés de telle sorte, qu'ils n'auraient de longtemps perdu le souvenir de leur méchant tour; m'eût-il fallu pour cela contrevenir aux lois de la chevalerie, lesquelles, comme je te l'ai souvent répété, défendent à un chevalier de tirer l'épée contre ceux qui ne le sont pas, si ce n'est pour sa défense personnelle, et dans le cas d'extrême nécessité.

Les murs de la cour lui laissèrent voir Sancho montant et descendant à travers les airs.

Chevalier ou non, je me serais bien vengé moi-même si j'avais pu, répondit Sancho; mais cela n'a point dépendu de moi. Et pourtant je ferais bien le serment que les traîtres qui se sont divertis à mes dépens n'étaient point des fantômes ou des enchantés, comme le prétend Votre Grâce, mais bien des hommes en chair et en os, tels que nous; il n'y a pas moyen d'en douter, puisque je les entendais s'appeler l'un l'autre pendant qu'ils me faisaient voltiger, et que chacun d'eux avait son nom. L'un s'appelait Pedro Martinez, l'autre Tenorio Fernando, et l'hôtelier, Juan Palomèque le Gaucher. Ainsi donc, seigneur, si Votre Grâce n'a pu enjamber la muraille, ni mettre pied à terre, cela vient d'autre chose que d'un enchantement. Quant à moi, ce que je vois de plus clair en tout ceci, c'est qu'à force d'aller chercher les aventures, nous en trouverons une qui ne nous laissera plus distinguer notre pied droit d'avec notre pied gauche. Or, ce qu'il y aurait de mieux à faire, selon mon petit entendement, ce serait de reprendre le chemin de notre village, maintenant que la moisson approche, et de nous occuper de nos affaires, au lieu d'aller, comme on dit, tombant tous les jours de fièvre en chaud mal.

Ah! mon pauvre Sancho, reprit don Quichotte, que tu es ignorant en fait de chevalerie! Prends patience: un jour viendra où ta propre expérience te fera voir quelle grande et noble chose est l'exercice de cette profession. Dis-moi, je te prie, y a-t-il plaisir au monde qui égale celui de vaincre dans un combat, et de triompher de son ennemi? Aucun, assurément.

Cela peut bien être, répondit Sancho, quoique je n'en sache rien. Tout ce que je sais, c'est que depuis que nous sommes chevaliers errants, vous du moins, car pour moi je suis indigne de compter dans une si honorable confrérie, nous n'avons jamais gagné de bataille, si ce n'est contre le Biscaïen; et comment Votre Grâce en sortit-elle? Avec perte de la moitié d'une oreille et sa salade fracassée! Depuis lors tout a été pour nous coups de poing et coups de bâton. Seulement moi, j'ai eu l'avantage d'être berné par-dessus le marché, et cela par des gens enchantés, dont je ne puis me venger, afin de savourer ce plaisir que Votre Grâce dit se trouver dans la vengeance.

C'est la peine que je ressens, répondit don Quichotte, et ce doit être aussi la tienne; mais rassure-toi, car je prétends avant peu avoir une épée si artistement forgée, que celui qui la portera sera à l'abri de toute espèce d'enchantement; il pourrait même arriver que ma bonne étoile me mît entre les mains celle qu'avait Amadis, quand il s'appelait le chevalier de l'Ardente-Épée. C'était assurément la meilleure lame qui fût au monde, puisque, outre la vertu dont je viens de parler, elle possédait celle de couper comme un rasoir, et il n'était point d'armure si forte et si enchantée qu'elle ne brisât comme verre.

Je suis si chanceux, repartit Sancho, que quand bien même Votre Grâce aurait une épée comme celle dont vous parlez, cette épée n'aura, comme le baume, de vertu que pour ceux qui sont armés chevaliers; et tout tombera sur le pauvre écuyer.

Bannis cette crainte, dit don Quichotte; le ciel te sera plus favorable à l'avenir.

Nos chercheurs d'aventures allaient ainsi devisant, quand ils aperçurent au loin une poussière épaisse que le vent chassait de leur côté; se tournant aussitôt vers son écuyer: Ami Sancho, s'écria notre héros, voici le jour où l'on va voir ce que me réserve la fortune; voici le jour, te dis-je, où doit se montrer plus que jamais la force de mon bras, et où je vais accomplir des exploits dignes d'être écrits dans les annales de la renommée, pour l'instruction des siècles à venir. Vois-tu là-bas ce tourbillon de poussière? Eh bien, il s'élève de dessous les pas d'une armée innombrable, composée de toutes les nations du monde.

A ce compte-là, dit Sancho, il doit y avoir deux armées, car de ce côté voici un autre tourbillon.

Don Quichotte se retourna, et voyant que Sancho disait vrai, il sentit une joie inexprimable, croyant fermement (il ne croyait jamais d'autre façon) que c'étaient deux grandes armées prêtes à se livrer bataille; car le bon hidalgo avait l'imagination tellement remplie de combats, de défis et d'enchantements, qu'il ne pensait, ne disait et ne faisait rien qui ne tendît de ce côté. Deux troupeaux de moutons qui venaient de deux directions opposées soulevaient cette poussière, et elle était si épaisse, qu'on n'en pouvait reconnaître la cause à moins d'en être tout proche. Mais don Quichotte affirmait avec tant d'assurance que c'étaient des gens de guerre, que Sancho finit par le croire. Eh bien, seigneur, qu'allons-nous faire ici? lui dit-il.

Ce que nous allons faire? répondit don Quichotte; nous allons secourir les faibles et les malheureux. Mais d'abord, afin que tu connaisses ceux qui sont près d'en venir aux mains, je dois te dire que cette armée que tu vois à gauche est commandée par le grand empereur Alifanfaron, seigneur de l'île Taprobane; et que celle qui est à droite a pour chef son ennemi, le roi des Garamantes, Pentapolin au *Bras-Retroussé*. On l'appelle ainsi, parce qu'il combat toujours le bras droit nu jusqu'à l'épaule.

Et pourquoi ces deux princes se font-ils la guerre? demanda Sancho.

Ils se font la guerre, répondit don Quichotte, parce que Alifanfaron est devenu amoureux de la fille de

Pentapolin, très-belle et très-accorte dame, mais chrétienne avant tout: et comme Alifanfaron est païen, Pentapolin ne veut pas la lui donner pour femme, qu'il n'ait renoncé à son faux prophète Mahomet et embrassé le christianisme.

Par ma barbe, reprit Sancho, Pentapolin a raison, et je l'aiderai de bon cœur en tout ce que je pourrai.

Tu ne feras que ton devoir, répliqua don Quichotte; aussi bien, en ces sortes d'occasions, il n'est point nécessaire d'être armé chevalier.

Tant mieux, repartit Sancho. Mais où mettrai-je mon âne, pour être assuré de le retrouver après la bataille? car je n'ai guère envie de m'y risquer sur une pareille monture.

Tu peux, dit don Quichotte, le laisser aller à l'aventure; d'ailleurs, vînt-il à se perdre, nous aurons après la victoire tant de chevaux à choisir, que Rossinante lui-même court risque d'être remplacé. Mais d'abord, écoute-moi: avant qu'elles se choquent, je veux t'apprendre quels sont les principaux chefs de ces deux armées. Gagnons cette petite éminence, afin que tu puisses les découvrir plus aisément.

En même temps, ils gravirent une hauteur, d'où, si la poussière ne les eût empêchés, ils auraient pu voir que c'étaient deux troupeaux de moutons que notre chevalier prenait pour deux armées; mais comme don Quichotte voyait toujours les choses telles que les lui peignait sa folle imagination, il commença d'une voix éclatante à parler ainsi:

Vois-tu là-bas ce chevalier aux armes dorées, qui porte sur son écu un lion couronné, étendu aux pieds d'une jeune damoiselle? eh bien, c'est le valeureux Laurcalco, seigneur du Pont-d'Argent. Cet autre, qui a des armes à fleur d'or et qui porte trois couronnes d'argent en champ d'azur, c'est le redoutable Micolambo, grand-duc de Quirochie. A sa droite, avec cette taille de géant, c'est l'intrépide Brandabarbaran de Boliche, seigneur des trois Arabies: il a pour cuirasse une peau de serpent, et pour écu une des portes qu'on prétend avoir appartenu au temple renversé par Samson, quand il se vengea des Philistins aux dépens de sa propre vie. Maintenant tourne les yeux de ce côté, et tu pourras voir, à la tête de cette autre armée, l'invincible Timonel de Carcassonne, prince de la nouvelle Biscaye: il porte des armes écartelées d'azur, de sinople, d'argent et d'or, et sur son écu un chat d'or en champ de pourpre, avec ces trois lettres M. I. U., qui forment la première syllabe du nom de sa maîtresse, l'incomparable fille du duc Alphénique des Algarves. Ce cavalier intrépide, qui fait plier les reins à cette jument sauvage, et dont les armes sont blanches comme neige, l'écu de même et sans devise, c'est un jeune chevalier français appelé

Pierre Papin, seigneur des baronnies d'Utrique. Cet autre aux armes bleues, qui presse les flancs de ce zèbre rapide, c'est le puissant duc de Nervie, Espartafilando du Bocage; il a dans son écu un champ semé d'asperges, avec cette devise: *Rastrea mi suerte*[38].

Notre héros nomma encore une foule d'autres chevaliers qu'il s'imaginait voir dans ces prétendues armées, donnant à chacun d'eux, sans hésiter un seul instant, les armes, couleurs et devises que lui fournissait son inépuisable folie, et sans s'arrêter il poursuivit:

Ces escadrons qui se déploient en face de nous sont composés d'une multitude de nations diverses; voici d'abord ceux qui boivent les douces eaux du Xanthe fameux; viennent ensuite les montagnards qui foulent les champs Massiliens; plus loin ceux qui criblent la fine poudre d'or de l'Heureuse Arabie; là ceux qui jouissent des fraîches rives du limpide Thermodon et ceux qui épuisent par mille saignées le Pactole au sable doré; les Numides à la foi équivoque; les Perses, sans pareils à tirer l'arc; les Mèdes et les Parthes, habiles à combattre en fuyant; les Arabes, aux tentes voyageuses; les Scythes farouches et cruels; les Éthiopiens, aux lèvres percées; enfin une multitude d'autres nations dont je connais les visages, mais dont je n'ai pas retenu les noms. Dans cette autre armée, tu dois voir ceux qui s'abreuvent au limpide cristal du Bétis, dont les bords sont couverts d'oliviers; ceux qui se baignent dans les ondes dorées du Tage; ceux qui jouissent des eaux fertilisantes du divin Xénil; ceux qui foulent les champs Tartésiens aux gras pâturages; les heureux habitants des délicieuses prairies de Xérès; les riches Manchègues, couronnés de jaunes épis; les descendants des anciens Goths tout couverts de fer; ceux qui font paître leurs troupeaux dans les riches pâturages de la tournoyante Guadiana; ceux qui habitent au pied des froides montagnes des Pyrénées ou dans les neiges de l'Apennin; en un mot toutes les nations que l'Europe renferme dans sa vaste étendue.

Qui pourrait dire tous les peuples que dénombra notre héros, donnant à chacun d'eux, avec une merveilleuse facilité, les attributs les plus précis, rempli qu'il était de ses rêveries habituelles! Quant à Sancho, il était si abasourdi qu'il ne soufflait mot; seulement, les yeux grands ouverts, il tournait de temps en temps la tête pour voir s'il parviendrait à découvrir ces chevaliers et ces géants. Mais, ne voyant rien paraître:

Par ma foi, s'écria-t-il, je me donne au diable, si j'aperçois un seul des chevaliers ou des géants que Votre Grâce vient de nommer. Tout cela doit être enchantement, comme les fantômes d'hier au soir.

Comment peux-tu parler ainsi? repartit don Quichotte; n'entends-tu pas le hennissement des chevaux, le son des trompettes, le roulement des tambours?

Je n'entends que des bêlements d'agneaux et de brebis, répliqua Sancho. Ce qui était vrai, car les deux troupeaux étaient tout proche.

La peur te fait voir et entendre tout de travers, dit don Quichotte; car, on le sait, un des effets de cette triste passion est de troubler les sens et de montrer les choses autrement qu'elles ne sont. Eh bien, si le courage te manque, tiens-toi à l'écart, et laisse-moi faire; seul, je suffis pour porter la victoire où je porterai mon appui. En même temps il donne de l'éperon à Rossinante, et, la lance en arrêt, se précipite dans la plaine avec la rapidité de la foudre.

Arrêtez, seigneur, arrêtez, lui criait Sancho; le ciel m'est témoin que ce sont des moutons et des brebis que vous allez attaquer. Par l'âme de mon père, quelle folie vous possède? Considérez, je vous prie, qu'il n'y a ici ni chevaliers, ni géants, ni écus, ni armures, ni champs d'asperges, ni aucune autre de ces choses dont vous parlez.

Il courait çà et là en répétant à haute voix: Où donc estu, superbe Alifanfaron.

Ces cris n'arrêtaient pas don Quichotte, au contraire il vociférait de plus belle: Courage, courage, disait-il, chevaliers qui combattez sous la bannière du valeureux Pentapolin au *Bras-Retroussé*! suivez-moi, et vous verrez que je l'aurai bientôt vengé du traître Alifanfaron de Taprobane.

En parlant ainsi il se jette au milieu du troupeau de brebis, et il se met à larder de tous côtés, avec autant d'ardeur et de rage que s'il avait eu affaire à ses plus mortels ennemis.

Les bergers qui conduisaient le troupeau crièrent d'abord à notre héros de s'arrêter, demandant ce que lui avaient fait ces pauvres bêtes. Mais bientôt las de crier inutilement, ils dénouèrent leurs frondes, et commencèrent à saluer notre chevalier d'une grêle de cailloux plus gros que le poing, avec tant de diligence qu'un coup n'attendait pas l'autre. Quant à lui, sans daigner se garantir, il courait çà et là en répétant à haute voix: Où donc es-tu, superbe Alifanfaron? approche, approche; je t'attends seul ici, pour te faire éprouver la force de mon bras et te punir de la peine que tu causes au valeureux Pentapolin.

De tant de pierres qui volaient autour de l'intrépide chevalier, une enfin l'atteignit et lui renfonça deux côtes dans le corps. A la violence du coup il se crut mort, ou du moins grièvement blessé; aussitôt se rappelant son baume, il porte la burette à sa bouche, et se met à boire la précieuse liqueur. Mais avant qu'il en eût avalé quelques gorgées, un autre caillou vient fracasser la burette dans sa main, chemin faisant lui écrase deux doigts, puis lui emporte trois ou quatre dents. Ces deux coups étaient si violents, que notre chevalier en fut jeté à terre, où il demeura étendu. Les pâtres, croyant l'avoir tué, rassemblèrent leurs bêtes à la hâte, puis chargeant sur leurs épaules les brebis mortes, au nombre de sept ou huit, sans oublier les blessées, ils s'éloignèrent en diligence.

Pendant ce temps, Sancho était resté sur la colline, d'où il contemplait les folies de son maître, et s'arrachait la barbe à pleines mains, maudissant mille fois le jour et l'heure où sa mauvaise fortune le lui avait fait connaître. Quand il le vit par terre et les bergers hors de portée, il descendit de la colline, s'approcha de lui, et le trouvant dans un piteux état, quoiqu'il n'eût pas perdu le sentiment.

Eh bien, seigneur, lui dit-il, n'avais-je pas averti Votre Grâce qu'elle allait attaquer, non pas des armées, mais des troupeaux de moutons?

C'est ainsi, reprit don Quichotte, que ce brigand d'enchanteur, mon ennemi, transforme tout à sa fantaisie; car, mon fils, rien n'est aussi facile pour ces gens-là. Jaloux de la gloire que j'allais acquérir, ce perfide nécromant aura changé les escadrons de chevaliers en troupeaux de moutons. Au reste, veux-tu me faire plaisir et te désabuser une bonne fois, eh bien, monte sur ton âne, et suis de loin ce prétendu bétail: je gage qu'avant d'avoir fait cent pas ils auront repris leur première forme, et alors tu verras ces moutons redevenir des hommes droits et bien faits, comme je les ai dépeints. Attends un peu cependant, j'ai besoin de tes services; approche et regarde dans ma bouche combien il me manque de dents; je crois, en vérité, qu'il ne m'en reste pas une seule.

Sancho s'approcha, et comme en regardant de si près il avait presque les yeux dans le gosier de son maître, le baume acheva d'opérer dans l'estomac de don Quichotte qui, avec la même impétuosité qu'aurait pu faire un coup d'arquebuse, lança tout ce qu'il avait dans le corps aux yeux et sur la barbe du compatissant écuyer.

Sainte Vierge! s'écria Sancho, que vient-il de m'arriver là? Sans doute mon seigneur est blessé à mort, puisqu'il vomit le sang par la bouche.

Mais quand il eut regardé de plus près, il reconnut à la couleur, à l'odeur et à la saveur, que ce n'était pas du sang, mais bien le baume qu'il lui avait vu boire. Alors il fut pris d'une telle nausée que, sans avoir le temps de tourner la tête, il lança à son tour au nez de son maître ce que lui-même il avait dans les entrailles, et tous deux se trouvèrent dans le plus plaisant état qu'il soit possible d'imaginer. Sancho courut vers son âne pour prendre de quoi s'essuyer le visage et panser son seigneur; mais ne trouvant point le bissac oublié dans l'hôtellerie, il faillit en perdre l'esprit. Alors il se donna de nouveau mille malédictions, et résolut dans son cœur de planter là notre héros et de s'en retourner chez lui, sans nul souci de la récompense de ses services ni du gouvernement de l'île.

Après de pénibles efforts, don Quichotte réussit enfin à se lever, et mettant la main gauche sur sa bouche, pour appuyer le reste de ses dents, il prit de l'autre main la bride du fidèle Rossinante, qui n'avait pas bougé, tant il était d'un bon naturel, et s'en fut trouver Sancho. En le voyant courbé en deux sur son âne, la tête dans ses mains, comme un homme enseveli dans une profonde tristesse: Ami Panza, lui dit-il, apprends qu'un homme n'est pas plus qu'un autre, s'il ne fait davantage. Ces orages dont nous sommes assaillis ne sont-ils pas des signes évidents que le temps va devenir serein, et nos affaires meilleures? Ignores-tu que le bien comme le mal a son terme? d'où il suit que le mal ayant beaucoup duré, le bien doit être proche. Cesse donc de t'affliger des disgrâces qui m'arrivent, d'autant plus que tu n'en souffres pas.

Comment! repartit Sancho; est-ce que celui qu'on berna hier était un autre que le fils de mon père? et le bissac que l'on m'a pris, avec tout ce qu'il y avait dedans, n'était peut-être pas à moi?

Quoi! tu as perdu le bissac? s'écria don Quichotte.

Je ne sais s'il est perdu, répondit Sancho, mais je ne le trouve pas où j'ai coutume de le mettre.

Nous voilà donc réduits à jeûner aujourd'hui? dit notre héros.

Assurément, répondit l'écuyer, surtout si ces prés manquent de ces herbes que vous connaissez, et qui peuvent au besoin servir de nourriture aux pauvres chevaliers errants.

Pour te dire la vérité, continua don Quichotte, j'aimerais mieux, à cette heure, un quartier de pain bis avec deux têtes de sardines, que toutes les plantes que décrit Dioscoride, même aidé des commentaires du fameux docteur Laguna[39]. Allons, mon fils Sancho, monte sur ton âne et suis-moi; Dieu, qui pourvoit à toutes choses, ne nous abandonnera pas, voyant surtout notre application à le servir dans ce pénible exercice; car il n'oublie ni les moucherons de l'air, ni les vermisseaux de la terre, ni les insectes de l'eau, et il est si miséricordieux qu'il fait luire son soleil sur le juste et sur l'injuste, et répand sa rosée aussi bien sur les méchants que sur les bons.

En vérité, seigneur, répondit Sancho, vous étiez plutôt fait pour être prédicateur que chevalier errant.

Les chevaliers errants savent tout et doivent tout savoir, dit don Quichotte; on a vu jadis tel d'entre eux s'arrêter au beau milieu d'un chemin, pour faire un sermon ou un discours, comme s'il eût pris ses licences à l'Université de Paris; tant il est vrai que jamais l'épée n'émoussa la plume ni la plume l'épée.

Qu'il en soit comme le veut Votre Grâce, reprit Sancho. Maintenant allons chercher un gîte pour la nuit, et plaise à Dieu que ce soit dans un lieu où il n'y ait ni berneurs, ni fantômes, ni Mores enchantés, car, si j'en rencontre encore, je dis serviteur à la chevalerie et j'envoie ma part à tous les diables.

Prie Dieu qu'il nous guide, mon fils, dit don Quichotte, et prends le chemin que tu voudras; je te laisse pour cette fois le soin de notre logement. Mais d'abord, donne-moi ta main, et tâte avec ton doigt combien il me manque de dents à la mâchoire d'en haut, du côté droit, car c'est là qu'est mon mal.

Sancho lui mit le doigt dans la bouche; et après l'avoir soigneusement examinée: Combien de dents Votre Grâce était-elle dans l'habitude d'avoir de ce côté? demanda-t-il.

Quatre, sans compter l'œillère, et toutes bien saines, répondit don Quichotte.

Prenez garde à ce que vous dites, observa Sancho.

Je dis quatre, si même il n'y en avait cinq, reprit don Quichotte, car jusqu'à cette heure on ne m'en a arraché aucune, et je n'en ai jamais perdu, ni par carie, ni par fluxion.

Eh bien, ici en bas, repartit Sancho, Votre Grâce n'a plus que deux dents et demie, et pas même la moitié d'une en haut; tout est ras comme la main.

Malheureux que je suis! s'écria notre héros à cette triste nouvelle; j'aimerais mieux qu'ils m'eussent coupé un bras, pourvu que ce ne fût pas celui de l'épée; car tu sauras, mon fils, qu'une bouche sans dents est comme un moulin sans meule, et qu'une dent est plus précieuse qu'un diamant. Mais qu'y faire? puisque c'est là notre partage, à nous qui suivons les lois austères de la chevalerie errante. Marche, ami, et conduis-nous, j'irai le train que tu voudras.

Sancho fit ce que disait son maître, et s'achemina du côté où il comptait plus sûrement trouver un gîte, sans s'écarter du grand chemin, fort suivi en cet endroit. Comme ils allaient à petits pas, parce que don Quichotte éprouvait une vive douleur que le mouvement du cheval augmentait encore, Sancho voulut l'entretenir afin d'endormir son mal; et, entre autres choses, il lui dit ce qu'on verra dans le chapitre suivant.

CHAPITRE XIX. DU SAGE ET SPIRITUEL ENTRETIEN QUE SANCHO EUT AVEC SON MAITRE, DE LA RENCONTRE QU'ILS FIRENT D'UN CORPS MORT, AINSI QUE D'AUTRES ÉVÉNEMENTS FAMEUX.

Je crains bien, seigneur, que toutes ces mésaventures qui nous sont arrivées depuis quelques jours ne soient la punition du péché que Votre Grâce a commis contre l'ordre de sa chevalerie, en oubliant le serment que vous aviez fait de ne point manger pain sur nappe, de ne point folâtrer avec la reine, enfin tout ce que vous aviez juré d'accomplir tant que vous n'auriez pas enlevé l'armet de ce Malandrin, ou comme se nomme le More, car je ne me rappelle pas très-bien son nom.

Tu as raison, répondit don Quichotte; à dire vrai, cela m'était sorti de la mémoire; et sois certain que c'est pour avoir manqué de m'en faire ressouvenir que tu as été berné si cruellement. Mais je réparerai ma faute, car dans l'ordre de la chevalerie il y a accommodement pour tout péché.

Est-ce que par hasard j'ai juré quelque chose, moi? répliqua Sancho.

Peu importe que tu n'aies pas juré, dit don Quichotte; il suffit que tu ne sois pas complétement à l'abri du reproche de complicité: en tout cas il sera bon de nous occuper à y chercher remède.

S'il en est ainsi, reprit Sancho, n'allez pas oublier votre serment comme la première fois; je tremble qu'il ne prenne encore envie aux fantômes de se divertir à mes dépens, et peut-être bien à ceux de Votre Grâce, s'ils la trouvent en rechute.

Pendant cette conversation, la nuit vint les surprendre au milieu du chemin, sans qu'ils eussent trouvé où se mettre à couvert, et le pis de l'affaire, c'est qu'ils mouraient de faim, car en perdant le bissac ils avaient perdu leurs provisions. Pour comble de disgrâce, il leur arriva une nouvelle aventure, ou du moins quelque chose qui y ressemblait terriblement. Malgré l'obscurité de la nuit, ils allaient toujours devant eux, parce que Sancho s'imaginait qu'étant sur le grand chemin ils avaient tout au plus une ou deux lieues à faire pour trouver une hôtellerie.

Ils marchaient dans cette espérance, l'écuyer mourant de faim, et le maître ayant grande envie de manger, lorsqu'ils aperçurent à quelque distance plusieurs lumières qui paraissaient autant d'étoiles mouvantes. A cette vue, Sancho faillit s'évanouir; don Quichotte lui-même éprouva de l'émotion. L'un tira le licou de son âne, l'autre retint la bride de son cheval, et, tous deux s'arrêtant pour considérer ce que ce pouvait être, ils reconnurent que ces lumières venaient droit à eux, et que plus elles approchaient, plus elles grandissaient. La peur de Sancho redoubla, et les cheveux en dressèrent sur la tête de don Quichotte qui, s'affermissant sur ses étriers, lui dit: Ami Sancho, voici sans doute une grande et périlleuse aventure, où je pourrai déployer tout mon courage et toute ma force.

Malheureux que je suis! repartit Sancho; si c'est encore une aventure de fantômes, comme elle en a bien la mine, où trouverai-je des côtes pour y suffire?

Fantômes tant qu'ils voudront, dit don Quichotte, je te réponds qu'il ne t'en coûtera pas un seul poil de ton pourpoint; si l'autre fois ils t'ont joué un mauvais tour, c'est que je ne pus escalader cette maudite muraille; mais à présent que nous sommes en rase campagne, j'aurai la liberté de jouer de l'épée.

Et s'ils vous enchantent encore, comme ils l'ont déjà fait, reprit Sancho, à quoi servira que vous ayez ou non le champ libre?

Prends courage, dit don Quichotte, et tu vas me voir à l'épreuve.

Il s'en fut trouver Sancho.

Eh bien, oui, j'en aurai du courage, si Dieu le veut, répondit Sancho.

Et tous deux se portant à l'écart, pour considérer de nouveau ce que pouvaient être ces lumières qui s'avançaient, ils aperçurent bientôt un grand nombre d'hommes vêtus de blanc.

Cette vision abattit le courage de Sancho, à qui les dents commencèrent à claquer comme s'il eût eu la fièvre. Mais elles lui claquèrent de plus belle quand il vit distinctement venir droit à eux une vingtaine d'hommes à cheval, enchemisés dans des robes blanches, tous portant une torche à la main, et paraissant marmotter quelque chose d'une voix basse et plaintive. Derrière ces hommes venait une litière de deuil, suivie de six cavaliers couverts de noir jusqu'aux pieds de leurs mules. Cette étrange apparition, à une pareille heure et dans un lieu si désert, en aurait épouvanté bien d'autres que Sancho, dont aussi la valeur fit naufrage en cette occasion; mais le contraire advint pour don Quichotte, à qui sa folle imagination représenta sur-le-champ que c'était là une des aventures de ses livres. Se figurant que la litière renfermait quelque chevalier mort ou blessé, dont la vengeance était réservée à lui seul, il se campe au milieu du chemin par où cette troupe allait passer, s'affermit sur ses étriers, met la lance en arrêt, et crie d'une voix terrible: Qui que vous soyez, halte-là; dites-moi qui vous êtes, d'où vous venez, où vous allez, et ce que vous portez sur ce brancard? Selon toute apparence, vous avez reçu quelque outrage, ou vous-mêmes en avez fait à quelqu'un. Ainsi donc, il faut que je le sache, ou pour vous punir ou pour vous venger.

Nous sommes pressés, répondit un des cavaliers, l'hôtellerie est encore loin, et nous n'avons pas le temps de vous rendre les comptes que vous demandez. En disant cela, il piqua sa mule et passa outre.

Arrêtez, insolent, lui cria don Quichotte, en saisissant les rênes de la mule; soyez plus poli et répondez sur-le-champ, sinon préparez-vous au combat.

La bête était ombrageuse; se sentant prise au mors, elle se cabra, et se renversa sur son maître fort rudement. Ne pouvant faire autre chose, un valet qui était à pied se mit à dire mille injures à don Quichotte, lequel déjà enflammé de colère fondit la lance basse sur un des cavaliers vêtus de deuil, et l'étendit par terre en fort mauvais état. De celui-ci il passe à un autre, et c'était merveille de voir la vigueur et la promptitude dont il allait, de sorte qu'en ce moment on eût dit que Rossinante avait des ailes, tant il était fier et léger.

Ces gens étaient peu courageux et sans armes; ils prirent bientôt l'épouvante, et s'enfuyant à travers champs avec leurs torches enflammées, on les eût pris pour des masques courant dans une nuit de carnaval. Les hommes aux manteaux noirs n'étaient pas moins troublés, et de plus embarrassés de leurs longs vêtements; aussi don Quichotte, frappant à son aise, demeura maître du champ de bataille, la troupe épouvantée le prenant pour le diable qui venait leur enlever le corps enfermé dans la litière. Sancho admirait l'intrépidité de son seigneur, et en le regardant faire il se disait dans sa barbe: Il faut pourtant bien que ce mien maître-là soit aussi brave et aussi vaillant qu'il le pré-tend.

Cependant, à la lueur d'une torche qui brûlait encore, don Quichotte apercevant le cavalier qui était resté gisant sous sa mule, courut lui mettre la pointe de sa lance contre la poitrine, lui criant de se rendre. Je ne suis que trop rendu, répondit l'homme à terre, puisque je ne saurais bouger, et que je crois avoir une jambe cassée. Si vous êtes chrétien et gentilhomme, je vous supplie de ne pas me tuer; aussi bien, vous commet-triez un sacrilége, car je suis licencié, et j'ai reçu les premiers ordres.

Et qui diable, étant homme d'église, vous amène ici? demanda don Quichotte.

Ma mauvaise fortune, répondit-il.

Elle pourrait s'aggraver encore, si vous ne répondez sur l'heure à toutes mes questions, répliqua notre hé-ros.

Rien n'est plus facile, seigneur, reprit le licencié; il me suffira de vous dire que je m'appelle Alonzo Lopès, que je suis natif d'Alcovendas, et que je viens de Baeça avec onze autres ecclésiastiques, ceux que vous venez de mettre en fuite; nous accompagnons le corps d'un gentilhomme mort depuis quelque temps à Baeça, et qui a voulu être enterré à Ségovie, lieu de sa naissance.

Et qui l'a tué, ce gentilhomme? demanda don Quichotte.

Dieu, par une fièvre maligne qu'il lui a envoyée, répondit le licencié.

En ce cas, répliqua notre chevalier, le seigneur m'a déchargé du soin de venger sa mort, comme j'aurais dû le faire si quelque autre lui eût ôté la vie. Mais puisque c'est Dieu, il n'y a qu'à se taire et à plier les épaules, comme je ferai moi-même quand mon heure sera venue. Maintenant, seigneur licencié, apprenez que je suis un chevalier de la Manche, connu sous le nom de don Quichotte, et que ma profession est d'aller par le monde, redressant les torts et réparant les injustices.

Je ne sais comment vous redressez les torts, reprit le licencié; mais de droit que j'étais, vous m'avez mis en un bien triste état, avec une jambe rompue, que je ne verrai peut-être jamais redressée. L'injustice que vous avez réparée à mon égard a été de m'en faire une irréparable, et si vous cherchez les aventures, moi j'ai rencontré la plus fâcheuse, en me trouvant sur votre chemin.

Toutes choses n'ont pas même succès, dit don Quichotte; le mal est venu de ce que vous et vos compagnons cheminez la nuit avec ces longs manteaux de deuil, ces surplis, ces torches enflammées, marmottant je ne sais quoi entre les dents, et tels enfin que vous semblez gens de l'autre monde. Vous voyez donc que je n'ai pu m'empêcher de remplir mon devoir, et je l'aurais fait quand bien même vous auriez été autant de diables, comme je l'ai cru d'abord.

Puisque mon malheur l'a voulu ainsi, repartit le licencié, il faut s'en consoler; je vous supplie seulement, seigneur chevalier errant, de m'aider à me dégager de dessous cette mule: j'ai une jambe prise entre l'étrier et la selle.

Que ne le disiez-vous plus tôt! reprit don Quichotte; autrement nous aurions conversé jusqu'à demain.

Il cria à Sancho de venir; mais celui-ci n'avait garde de se hâter, occupé qu'il était à dévaliser un mulet chargé de vivres que menaient avec eux ces bons prêtres; il fallut attendre qu'il eût fait de sa casaque une espèce de sac et l'eût chargée sur son âne après l'avoir farcie de tout ce qu'il put y faire entrer. Il courut ensuite à son maître, qu'il aida à dégager le licencié de dessous sa mule et à remettre en selle. Don Quichotte rendit sa torche à cet homme, et lui permit de rejoindre ses compagnons, en le priant de leur faire ses excuses pour le traitement qu'il leur avait infligé, mais qu'il n'avait pu ni dû s'empêcher de leur faire subir.

Seigneur, lui dit Sancho en le voyant prêt à s'éloigner, si vos compagnons demandent quel est ce vaillant chevalier qui les a mis en fuite, vous leur direz que c'est le fameux don Quichotte de la Manche, autrement appelé le chevalier de la Triste-Figure.

Quand le licencié fut parti, don Quichotte demanda à Sancho pourquoi il l'avait appelé le chevalier de la Triste-Figure plutôt à cette heure qu'à toute autre.

C'est qu'en vous regardant à la lueur de la torche que tenait ce pauvre diable, répondit Sancho, j'ai trouvé à Votre Grâce une physionomie si singulière, que je n'ai jamais rien vu de semblable; il faut que cela vous vienne de la fatigue du combat ou de la perte de vos dents.

Tu n'y es pas, dit don Quichotte. Crois plutôt que le sage qui doit un jour écrire l'histoire de mes exploits aura trouvé bon que j'aie un surnom comme tous les chevaliers mes prédécesseurs. L'un s'appelait le chevalier de l'Ardente-Épée, un autre le chevalier de la Licorne, celui-ci des Damoiselles, celui-là du Phénix, un autre du Griffon, un autre de la Mort, et ils étaient connus sous ces noms-là par toute la terre. Je pense donc que ce sage t'aura mis dans la pensée et sur le bout de la langue le surnom de chevalier de la Triste-Figure; je veux le porter désormais, et, pour cela, je suis décidé à faire peindre sur mon écu quelque figure extraordinaire.

Par ma foi, seigneur, reprit Sancho, Votre Grâce peut se dispenser de faire peindre cette figure-là, il suffira de vous montrer: vos longs jeûnes et le mauvais état de vos mâchoires vous font une mine si étrange, qu'il n'y a peinture qui puisse en approcher, et ceux qui vous verront ne manqueront pas de vous donner, sans autre image et sans nul écu, le nom de chevalier de la Triste-Figure.

Don Quichotte ne put s'empêcher de sourire de la saillie de son écuyer; mais il n'en résolut pas moins de prendre le surnom qu'il lui avait donné, et de se faire peindre sur son écu à la première occasion. Sais-tu bien, Sancho, lui dit-il, que je crains de me voir excommunié pour avoir porté la main sur une chose sainte, suivant ce texte: *Si quis, suadente diabolo*..... Et pourtant, à vrai dire, je ne l'ai pas touchée de la main, mais seulement de la lance; outre que je ne croyais pas que ce fussent là des prêtres, ni rien qui appartînt à l'Église, que j'honore et respecte, comme chrétien catholique, mais des fantômes et des habitants de l'autre monde. Au surplus, il s'en faut de beaucoup que mon cas soit aussi grave que celui du cid Ruy Dias, qui fut excommunié par le pape en personne pour avoir osé briser, en présence de Sa Sainteté, le fauteuil d'un ambassadeur; ce qui n'empêcha pas Rodrigue de Vivar d'être tenu pour loyal et vaillant chevalier.

Le licencié s'étant éloigné comme je l'ai dit, sans souffler mot, don Quichotte voulut savoir si ce qui était dans la litière était bien le corps du gentilhomme, ou seulement son squelette; mais Sancho ne voulut jamais y consentir: Seigneur, lui dit-il, Votre Grâce a mis fin à cette aventure à moins de frais qu'aucune de celles que nous avons rencontrées jusqu'ici. Si ces gens viennent à s'apercevoir que c'est un seul homme qui les a mis en fuite, ils peuvent revenir sur leurs pas et nous causer bien des soucis. Mon âne est en bon état, la montagne est proche, la faim nous talonne, qu'avons-nous de mieux à faire sinon de nous retirer doucement? Que le mort, comme on dit, s'en aille à la sépulture, et le vivant à la pâture.

Là-dessus, poussant son âne devant lui, il pria son maître de le suivre, ce que celui-ci fit sans répliquer, voyant bien que Sancho avait raison.

Après avoir cheminé quelque temps entre deux coteaux qu'ils distinguaient à peine, ils arrivèrent dans un vallon spacieux et découvert, où don Quichotte mit pied à terre. Là, assis sur l'herbe fraîche, et sans autre assaisonnement que leur appétit, ils déjeunèrent, dînèrent et soupèrent tout à la fois avec les provisions que Sancho avait trouvées en abondance dans les paniers des ecclésiastiques, lesquels, on le sait, sont rarement gens à s'oublier. Mais une disgrâce que Sancho trouva la pire de toutes, c'est qu'ils mouraient de soif, et qu'ils n'avaient pas même une goutte d'eau pour se désaltérer. Aussi notre écuyer, sentant que le pré autour d'eux était couvert d'une herbe fraîche et humide, dit à son maître ce qu'on va rapporter dans le chapitre suivant.

CHAPITRE XX. DE LA PLUS ÉTONNANTE AVENTURE QU'AIT JAMAIS RENCONTRÉE AUCUN CHEVALIER ERRANT, ET DE LAQUELLE DON QUICHOTTE VINT A BOUT A PEU DE FRAIS.

L'herbe sur laquelle nous sommes assis, dit Sancho, me paraît si fraîche et si drue, qu'il doit y avoir ici près quelque ruisseau; aussi je crois qu'en cherchant un peu, nous trouverons de quoi apaiser cette soif qui nous tourmente, et qui me semble plus cruelle encore que la faim.

Don Quichotte fut de cet avis; prenant Rossinante par la bride, et Sancho son âne par le licou, après lui avoir mis sur le dos les restes du souper, ils commencèrent à marcher en tâtonnant, parce que l'obscurité était si grande qu'ils ne pouvaient rien distinguer. Ils n'eurent pas fait deux cents pas, qu'ils entendirent un grand bruit, pareil à celui d'une cascade qui tomberait du haut d'un rocher. Ce bruit leur causa d'abord bien de la joie; mais en écoutant de quel côté il pouvait venir, ils entendirent un autre bruit qui leur parut beaucoup moins agréable que le premier, surtout à Sancho, naturellement très poltron. C'étaient de grands coups sourds frappés en cadence avec un cliquetis de fer-

railles et de chaînes qui, joint au bruit affreux du torrent, aurait terrifié tout autre que notre héros.

Don Quichotte lui cria de se rendre.

La nuit, comme je l'ai dit, était fort obscure, et le hasard les avait conduits sous de grands arbres, dont un
vent frais agitait les feuilles et les branches; si bien que
l'obscurité, le bruit de l'eau, le murmure du feuillage, et
ces grands coups qui ne cessaient de retentir, tout cela
semblait fait pour inspirer la terreur, d'autant plus
qu'ils ne savaient pas où ils étaient et que le jour tardait
à paraître. Mais, loin de s'épouvanter, l'intrépide don
Quichotte sauta sur Rossinante, et embrassant son écu:
Ami Sancho, lui dit-il, apprends que le ciel m'a fait
naître en ce maudit siècle de fer pour ramener l'âge
d'or; à moi sont réservées les grandes actions et les
périlleuses aventures; c'est moi, je te le répète, qui dois
faire oublier les chevaliers de la Table ronde, les douze
pairs de France, les neuf preux, les Olivantes, les Belianis, les Platir, les Phébus, et tous les chevaliers errants des temps passés. Remarque, cher et fidèle
écuyer, les ténèbres de cette nuit et son profond silence; écoute le bruit sourd et confus de ces arbres,
l'effroyable vacarme de cette eau qui semble tomber
des montagnes de la Lune, et ces coups redoublés qui
déchirent nos oreilles: une seule de ces choses suffirait
pour étonner le dieu Mars lui-même. Eh bien, tout cela
n'est qu'un aiguillon pour mon courage, et déjà le cœur
me bondit dans la poitrine du désir d'affronter cette
aventure, toute périlleuse qu'elle s'annonce. Serre donc
un peu les sangles à Rossinante, et reste en la garde de
Dieu. Tu m'attendras ici pendant trois jours, au bout

desquels, si tu ne me vois pas revenir, tu pourras t'en retourner à notre village; après quoi tu te rendras au Toboso afin de dire à la sans pareille Dulcinée que le chevalier son esclave a péri pour avoir voulu entreprendre des choses qui pussent le rendre digne d'elle.

En entendant son maître parler de la sorte, Sancho se mit à pleurer: Seigneur, lui dit-il, pourquoi Votre Grâce veut-elle s'engager dans une si périlleuse aventure? Il est nuit noire, on ne nous voit point: nous pouvons donc quitter le chemin et éviter ce danger. Comme personne ne sera témoin de notre retraite, personne ne pourra nous accuser de poltronnerie. J'ai souvent entendu dire à notre curé, que vous connaissez bien: «Celui qui cherche le péril, y périra»; ainsi gardez-vous de tenter Dieu en vous jetant dans une aventure dont un miracle pourrait seul nous tirer. Ne vous suffit-il pas que le ciel vous ait garanti d'être berné comme moi, et qu'il vous ait donné pleine victoire sur les gens qui accompagnaient ce défunt? Mais si tout cela ne peut toucher votre cœur, que du moins il s'attendrisse en pensant qu'à peine m'aurez-vous abandonné, la peur livrera mon âme à qui voudra la prendre. J'ai quitté mon pays, j'ai laissé ma femme et mes enfants pour suivre Votre Grâce, espérant y gagner et non y perdre; mais, comme on dit, convoitise rompt le sac; elle a détruit mes espérances, car c'est au moment où j'allais mettre la main sur cette île que vous m'avez promise tant de fois, que vous voulez m'abandonner dans un lieu si éloigné du commerce des hommes. Pour l'amour de Dieu, mon cher maître, n'ayez pas cette cruauté, et si vous voulez absolument entreprendre cette maudite aventure, attendez jusqu'au matin. D'après ce que j'ai appris étant berger, il n'y a guère plus de trois heures d'ici à l'aube; en effet, la bouche de la Petite Ourse[40] dépasse la tête de la croix, et elle marque minuit à la ligne du bras gauche.

Comment vois-tu cela? dit don Quichotte; la nuit est si obscure qu'on n'aperçoit pas une seule étoile dans tout le ciel.

C'est vrai, répondit Sancho; mais la peur a de bons yeux, et d'ailleurs il est facile de connaître qu'il n'y a pas loin d'ici au jour.

Qu'il vienne tôt ou qu'il vienne tard, reprit don Quichotte, il ne sera pas dit que des prières et des larmes m'auront empêché de faire mon devoir de chevalier. Ainsi, Sancho, toutes tes paroles sont inutiles. Le ciel, qui m'a mis au cœur le dessein d'affronter cette formidable aventure, saura m'en tirer, ou prendra soin de toi après ma mort. Sangle Rossinante, et attends-moi; je te promets de revenir bientôt, mort ou vif.

Sancho, voyant l'inébranlable résolution de son maître, et que ses prières et ses larmes n'y pouvaient rien, prit le parti d'user d'adresse afin de l'obliger malgré lui d'attendre le jour; pour cela, avant de serrer les sangles à Rossinante, il lui lia, sans faire semblant de rien, les jambes de derrière avec le licou de son âne, de façon que lorsque don Quichotte voulut partir, son cheval, au lieu d'aller en avant, ne faisait que sauter. Eh bien, seigneur, lui dit Sancho satisfait du succès de sa ruse, vous voyez que le ciel est de mon côté, il ne veut pas que Rossinante bouge d'ici. Si vous vous obstinez à tourmenter cette pauvre bête, elle ne fera que regimber contre l'aiguillon, et mettre la fortune en mauvaise humeur.

Don Quichotte enrageait; mais voyant que plus il piquait Rossinante, moins il le faisait avancer, il prit le parti d'attendre le jour ou le bon vouloir de son cheval, sans qu'un seul instant il lui vînt à l'esprit que ce pût être là un tour de son écuyer. Puisque Rossinante ne veut pas bouger de place, dit-il, il faut bien me résigner à attendre l'aube, quelque regret que j'en aie.

Et qu'y a-t-il de si fâcheux? reprit Sancho; pendant ce temps, je ferai des contes à Votre Grâce, et je m'engage à lui en fournir jusqu'au jour, à moins qu'elle n'aime mieux mettre pied à terre, et dormir sur le gazon, à la manière des chevaliers errants. Demain vous en serez plus reposé, et mieux en état d'entreprendre cette aventure qui vous attend.

Moi, dormir! moi, mettre pied à terre! s'écria don Quichotte; suis-je donc un de ces chevaliers qui reposent quand il s'agit de combattre? Dors, dors, toi qui es né pour dormir, ou fais ce que tu voudras: pour moi, je connais mon devoir.

Ne vous fâchez point, mon cher seigneur, reprit Sancho; je dis cela sans mauvaise intention; puis s'approchant, il mit une main sur le devant de la selle de son maître, porta l'autre sur l'arçon de derrière, en sorte qu'il lui embrassait la cuisse gauche et s'y tenait cramponné, tant lui causaient de peur ces grands coups qui ne discontinuaient pas.

Fais-moi quelque conte, lui dit don Quichotte, pour me distraire en attendant.

Je le ferais de bon cœur, répondit Sancho, si ce bruit ne m'ôtait la parole. Cependant je vais tâcher de vous conter une histoire, la meilleure peut-être que vous ayez jamais entendue, si je la puis retrouver, et qu'on me la laisse conter en liberté. Or, écoutez bien; je vais commencer.

Un jour il y avait ce qu'il y avait, que le bien qui vient soit pour tout le monde, et le mal pour qui va le chercher. Remarquez, je vous prie, seigneur, que les anciens ne commençaient pas leurs contes au hasard comme nous le faisons aujourd'hui. Ce que je viens de vous dire est une sentence de Caton, le censureur romain, qui dit que le mal est pour celui qui va le chercher: cela vient fort à propos pour avertir Votre Grâce de se tenir tranquille, et de ne pas aller chercher le mal, mais au contraire de prendre une autre route, puisque personne ne nous force de suivre celle-ci, où l'on dirait que tous les diables nous attendent.

Poursuis ton conte, repartit don Quichotte, et laisse-moi le choix du chemin que nous devons prendre.

Je dis donc, reprit Sancho, qu'en un certain endroit de l'Estramadure il y avait un berger chevrier, c'est-à-dire qui gardait des chèvres, lequel berger ou chevrier, dit le conte, s'appelait Lopez Ruys, et ce berger Lopez Ruys était amoureux d'une bergère nommée la Toralva, laquelle bergère nommée la Toralva était fille d'un riche pasteur qui avait un grand troupeau, lequel riche pasteur, qui avait un grand troupeau.....

Si tu t'y prends de cette façon, interrompit don Quichotte, et que tu répètes toujours deux fois la même chose, tu ne finiras de longtemps; conte ton histoire en homme d'esprit, sinon je te dispense d'achever.

Toutes les nouvelles se content ainsi en nos veillées, reprit Sancho, et je ne sais point conter d'une autre façon; trouvez bon, s'il vous plaît, que je n'invente pas de nouvelles coutumes.

Conte donc à ta fantaisie, dit don Quichotte, puisque mon mauvais sort veut que je sois forcé de t'écouter.

Eh bien, vous saurez, mon cher maître, continua Sancho, que ce berger était amoureux, comme je l'ai dit, de la bergère Toralva, créature joufflue et rebondie, fort difficile à gouverner et qui tenait un peu de l'homme, car elle avait de la barbe au menton, si bien que je crois la voir encore.

Tu l'as donc connue? demanda don Quichotte.

Point du tout, répondit Sancho; mais celui de qui je tiens le conte m'a dit qu'il en était si certain, que lorsque je le ferais à d'autres je pouvais jurer hardiment que je l'avais vue. Or donc, les jours allant et venant, le diable, qui ne dort point et qui se fourre partout, fit si bien que l'amour du berger pour la bergère se changea en haine, et la cause en fut, disaient les mauvaises langues, une bonne quantité de petites jalousies que lui donnait la Toralva, et qui passaient la plaisanterie. Depuis lors, la haine du berger en vint à ce point qu'il ne pouvait plus souffrir la bergère; aussi, pour ne pas la voir, il lui prit fantaisie de s'en aller si loin qu'il n'en entendît jamais parler. Mais dès qu'elle se vit dédaignée de Lopez Ruys, la Toralva se mit tout à coup à l'aimer et cent fois plus que celui-ci n'avait jamais fait.

Voilà bien le naturel des femmes, interrompit don Quichotte; elles dédaignent qui les aime, et elles aiment qui les dédaigne. Continue.

Il arriva donc, reprit Sancho, que le berger partit, poussant ses chèvres devant lui, et s'acheminant par les plaines de l'Estramadure, droit vers le royaume de Portugal. La Toralva, ayant appris cela, se mit à sa poursuite. Elle le suivait de loin, pieds nus, un bourdon à la main, et portant à son cou un petit sac, où il y avait, à ce qu'on prétend, un morceau de miroir, la moitié d'un peigne, avec une petite boîte de fard pour le visage. Mais il y avait ce qu'il y avait, peu importe quant à présent.

Finalement, le berger arriva avec ses chèvres sur le bord du Guadiana, à l'endroit où le fleuve sortait presque de son lit. Du côté où il était, il n'y avait ni barque, ni batelier, ni personne pour le passer lui et son troupeau, ce dont il mourait d'angoisse, parce qu'il sentait la Toralva sur ses talons, et qu'elle l'aurait fait enrager avec ses prières et ses larmes. En regardant de tous côtés, il aperçut un pêcheur qui avait un tout petit bateau, mais si petit qu'il ne pouvait contenir qu'un homme et une chèvre. Comme il n'y avait pas à balancer, il fait marché avec lui pour le passer ainsi que ses trois cents chèvres. Le pêcheur amène le bateau, et passe une chèvre; il revient et en passe une autre; il revient encore et en passe une troisième. Que Votre Grâce veuille bien faire attention au nombre de chèvres qu'il passait sur l'autre rive; car s'il vous en échappe une seule, je ne réponds de rien, et mon histoire s'arrêtera tout net. Or, la rive, de ce côté, était glissante et escarpée, ce qui faisait que le pêcheur mettait beaucoup de temps à chaque voyage. Avec tout cela, il allait toujours, passait une chèvre, puis une autre, et une autre encore.

Que ne dis-tu qu'il les passa toutes, interrompit don Quichotte, sans le faire aller et venir de la sorte! tu n'auras pas achevé demain de passer tes chèvres.

Combien Votre Grâce croit-elle qu'il y en a de passées à cette heure? demanda Sancho.

Et qui diable le saurait? répondit don Quichotte: penses-tu que j'y aie pris garde?

Eh bien, voilà ce que j'avais prévu, reprit Sancho; vous n'avez pas voulu compter, et voilà mon conte fini; il n'y a plus moyen de continuer.

Est-il donc si nécessaire, dit don Quichotte, de savoir le compte des chèvres qui sont passées, que s'il en manque une tu ne puisses continuer ton récit?

Oui, seigneur, répondit Sancho; et du moment que je vous ai demandé combien il y avait de chèvres passées, et que vous avez répondu que vous n'en saviez rien, dès ce moment j'ai oublié tout ce qui me restait à dire, et par ma foi, c'est grand dommage, car c'était le meilleur.

Ton histoire est donc finie? dit don Quichotte.

Aussi finie que la vie de ma mère, reprit Sancho.

En vérité, Sancho, continua notre chevalier, voilà bien le plus étrange conte, et la plus bizarre manière de raconter qu'il soit possible d'imaginer. Mais qu'attendre de ton esprit? ce vacarme continuel t'aura sans doute brouillé la cervelle?

Cela se pourrait, répondit Sancho; mais quant au conte, je sais qu'il finit toujours là où manque le compte des chèvres.

Qu'il finisse où il pourra, dit don Quichotte; voyons maintenant si mon cheval voudra marcher; et il se mit à repiquer Rossinante qui se remit à faire des sauts, mais sans bouger de place, tant il était bien attaché.

En ce moment, soit que la fraîcheur du matin commençât à se faire sentir, soit que Sancho eût mangé la veille quelque chose de laxatif, soit plutôt que la nature opérât toute seule, notre écuyer se sentit pressé d'un fardeau dont il était malaisé qu'un autre le soulageât; mais le pauvre diable avait si grand'peur, qu'il n'osait s'éloigner tant soit peu. Il lui fallait pourtant apporter remède à un mal que chaque minute de retard rendait plus incommode; aussi, pour tout concilier, il retira doucement la main droite dont il tenait l'arçon de la selle de son maître, et se mettant à son aise du mieux qu'il put, il détacha l'aiguillette qui retenait ses chausses, lesquelles tombant sur ses talons lui restèrent aux pieds comme des entraves; ensuite il releva sa chemise, et mit à l'air les deux moitiés d'un objet qui n'était pas de mince encolure. Cela fait, il crut avoir achevé le plus difficile; mais quand il voulut essayer le reste, serrant les dents, pliant les épaules et retenant son haleine, il ne put s'empêcher de produire certain bruit dont le son était fort différent de celui qui les importunait depuis si longtemps.

Fais-moi quelque conte, lui dit don Quichotte.

Qu'est-ce que j'entends? demanda brusquement don Quichotte.

Je ne sais, seigneur, répondit Sancho. Vous verrez que ce sera quelque nouvelle diablerie, car les aventures ne commencent jamais pour peu.

Notre héros s'en étant heureusement tenu là, Sancho fit une nouvelle tentative, qui cette fois eut un succès tel que sans avoir causé le moindre bruit il se trouva délivré du plus lourd fardeau qu'il eût porté de sa vie. Mais comme don Quichotte n'avait pas le sens de l'odorat moins délicat que celui de l'ouïe, et que d'ailleurs Sancho était à son côté, certaines vapeurs montant presque en ligne droite ne manquèrent pas de lui révéler ce qui se passait. A peine en fut-il frappé, que se serrant le nez avec les doigts: Sancho, lui dit-il, il me semble que tu as grand'peur.

Cela se peut, répondit Sancho, et pourquoi Votre Grâce s'en aperçoit-elle plutôt à cette heure qu'auparavant.

C'est, reprit notre chevalier, que tu ne sentais pas si fort, et ce n'est pas l'ambre que tu sens.

Peut-être bien, dit Sancho, mais ce n'est pas ma faute; aussi pourquoi me tenir à pareille heure dans un lieu comme celui-ci?

Éloigne-toi de trois ou quatre pas, reprit don Quichotte, et désormais fais attention à ta personne et à ce que tu dois à la mienne; je vois bien que la trop grande familiarité dont j'use avec toi est cause de ce manque de respect.

Je gagerais, répliqua Sancho, que Votre Grâce s'imagine que j'ai fait quelque chose qui ne doit pas se faire.

Assez, assez, repartit don Quichotte; il n'est pas bon d'appuyer là-dessus.

Ce fut en ces entretiens et autres semblables que notre chevalier et son écuyer passèrent la nuit. Dès que ce dernier vit le jour prêt à poindre, il releva ses chausses, et délia doucement les jambes de Rossinante, qui, se sentant libre, se mit à frapper plusieurs fois la terre des pieds de devant; quant à des courbettes, c'était pour lui fruit défendu. Son maître, le voyant en état de marcher, en conçut le présage qu'il était temps de commencer cette grande aventure.

Le jour achevait de paraître, et alors les objets pouvant se distinguer, don Quichotte vit qu'il était dans un bois de châtaigniers, mais toujours sans pouvoir deviner d'où venait ce bruit qui ne cessait point. Sans plus tarder, il résolut d'en aller reconnaître la cause; et faisant sentir l'éperon à Rossinante pour achever de l'éveiller, il dit encore une fois adieu à son écuyer, en lui réitérant l'ordre de l'attendre pendant trois jours, et, s'il tardait davantage, de tenir pour certain qu'il avait perdu la vie en affrontant ce terrible danger, il lui répéta ce qu'il devait aller dire de sa part à sa dame Dulcinée; enfin il ajouta que pour ce qui était du payement de ses gages, il ne s'en mît point en peine, parce qu'avant de partir de sa maison il y avait pourvu par son testament. Mais, continua-t-il, s'il plaît à Dieu que je sorte sain et sauf de cette périlleuse affaire et que les enchanteurs ne s'en mêlent point, sois bien assuré, mon enfant, que le moins que tu puisses espérer, c'est l'île que je t'ai promise.

A ce discours, Sancho se mit à pleurer, jurant à son maître qu'il était prêt à le suivre dans cette maudite aventure, dût-il n'en jamais revenir. Ces pleurs et cette honorable résolution, qui montrent que Sancho était bien né et tout au moins vieux chrétien, dit l'auteur de cette histoire, attendrirent si fort don Quichotte, que pour ne pas laisser paraître de faiblesse, il marcha sur-le-champ du côté où l'appelait le bruit de ces grands coups; et Sancho le suivit à pied, tirant par le licou son âne; éternel compagnon de sa mauvaise fortune.

Après avoir marché quelque temps, ils arrivèrent dans un pré bordé de rochers, du haut desquels tombait le torrent qu'ils avaient d'abord entendu. Au pied de ces rochers se trouvaient quelques mauvaises cabanes, plutôt semblables à des masures qu'à des habitations, et là ils commencèrent à reconnaître d'où venaient ces coups qui ne discontinuaient point. Tant de bruit, et si proche, parut troubler Rossinante; mais notre chevalier, le flattant de la main et de la voix, s'approcha peu à peu des masures, se recommandant de toute son âme à sa dame Dulcinée, la suppliant de lui être en aide et priant Dieu de ne point l'oublier. Quant à Sancho, il n'avait garde de s'éloigner de son maître, et, le cou tendu, il regardait entre les jambes de Rossinante, s'efforçant de découvrir ce qui lui causait tant de peur. A peine eurent-ils fait encore cent pas, qu'ayant dépassé une pointe de rocher, ils virent enfin d'où venait tout ce tintamarre qui les tenait dans de si étranges alarmes. Que cette découverte, lecteur, ne te cause ni regret ni dépit: c'était tout simplement six marteaux à foulon, qui n'avaient pas cessé de battre depuis la veille.

A cette vue, don Quichotte resta muet. Sancho le regarda, et le vit la tête baissée sur la poitrine comme un homme confus et consterné. Don Quichotte à son tour regarda Sancho, et, lui voyant les deux joues enflées comme un homme qui crève d'envie de rire, il ne put, malgré son désappointement, s'empêcher de commencer lui-même: de sorte que l'écuyer, ravi que son maître eût donné le signal, laissa partir sa gaieté, et cela d'une façon si démesurée, qu'il fut obligé de se serrer les côtes avec les poings pour n'en pas suffoquer. Quatre fois il s'arrêta, et quatre fois il recommença avec la même force; mais, ce qui acheva de faire perdre patience à don Quichotte, ce fut lorsque Sancho alla se planter devant lui, et en le contrefaisant d'un air goguenard, lui dit: «Apprends, ami Sancho, que le ciel m'a fait naître pour ramener l'âge d'or dans ce maudit siècle de fer: à moi sont réservées les grandes actions et les périlleuses aventures.....» et il allait continuer de plus belle, quand notre chevalier, trop en colère pour souffrir que son écuyer plaisantât si librement, lève sa lance, et lui en applique sur les épaules deux coups tels que s'ils lui fussent aussi bien tombés sur la tête, il se trouvait dispensé de payer ses gages, si ce n'est à ses héritiers.

Sancho, voyant le mauvais succès de ses plaisanteries et craignant que son maître ne recommençât, lui dit avec une contenance humble et d'un ton tout contrit: Votre Grâce veut-elle donc me tuer? ne voit-elle pas que je plaisante?

C'est parce que vous raillez que je ne raille pas, moi, reprit don Quichotte. Répondez, mauvais plaisant; si cette aventure avait été véritable aussi bien qu'elle ne l'était pas, n'ai-je pas montré tout le courage nécessaire pour l'entreprendre et la mener à fin? Suis-je obligé, moi qui suis chevalier, de connaître tous les sons que j'entends, et de distinguer s'ils viennent ou non de marteaux à foulon, surtout si je n'ai jamais vu de ces marteaux? c'est votre affaire à vous, misérable vilain qui êtes né au milieu de ces sortes de choses: Supposons un seul instant que ces six marteaux soient autant de géants, donnez-les-moi à combattre l'un après l'autre, ou tous ensemble, peu m'importe; oh! alors, si je ne vous les livre pieds et poings liés, raillez tant qu'il vous plaira.

Seigneur, répondit Sancho, je confesse que j'ai eu tort, je le sens bien; mais, dites-moi, maintenant que nous sommes quittes et que la paix est faite entre nous (Dieu puisse vous tirer sain et sauf de toutes les aventures comme il vous a tiré de celle-ci!), n'y a-t-il pas de quoi faire un bon conte de la frayeur que nous avons eue? moi, du moins; car, je le sais, la peur n'est pas de votre connaissance.

Je conviens, dit don Quichotte, que dans ce qui vient de nous arriver il y a quelque chose de plaisant, et qui prête à rire; cependant il me semble peu sage d'en parler, tout le monde ne sachant pas prendre les choses comme il faut, ni en faire bon usage.

Par ma foi, seigneur, reprit Sancho, on ne dira pas cela de Votre Grâce. Peste! Vous savez joliment prendre la lance et vous en servir comme il faut excepté pourtant lorsque, visant à la tête, vous donnez sur les épaules; car si je n'eusse fait un mouvement de côté, j'en tenais de la bonne façon. Au reste, n'en parlons plus: tout s'en ira à la première lessive; d'ailleurs, qui aime bien châtie bien, sans compter qu'un bon maître, quand il a dit une injure à son valet, ne manque jamais de lui donner des chausses. J'ignore ce qu'il donne après des coups de gaule; mais je pense que les chevaliers errants donnent au moins à leurs écuyers des îles ou quelques royaumes en terre ferme.

La chance pourrait finir par si bien tourner, reprit don Quichotte, que ce que tu viens de dire ne tardât pas à se réaliser. En attendant, pardonne-moi le passé: tu sais que l'homme n'est pas maître de son premier mouvement. Cependant, afin que tu ne t'émancipes plus à l'avenir, je dois t'apprendre une chose; c'est que, dans tous les livres de chevalerie que j'ai lus, et certes ils sont en assez bon nombre, je n'ai jamais trouvé d'écuyer qui osât parler devant son maître aussi librement que tu le fais; et, en cela, nous avons tort tous deux, toi, de n'avoir pas assez de respect pour moi, et moi, de ne pas me faire assez respecter. L'écuyer d'Amadis, Gandalin, qui devint comte de l'île Ferme, ne parlait jamais à son seigneur que le bonnet à la main, la tête baissée, et le corps incliné, *more turquesco*, à la manière des Turcs. Mais que dirons-nous de cet écuyer de don Galaor, Gasabal, lequel fut si discret que, pour instruire la postérité de son merveilleux silence, l'auteur ne le nomme qu'une seule fois dans cette longue et véridique histoire. Ce que je viens de dire, Sancho, c'est afin de te faire sentir la distance qui doit exister entre le maître et le serviteur. Ainsi, vivons désormais dans une plus grande réserve, et sans prendre, comme on dit, trop de corde; car, enfin, de quelque manière que je me fâche, ce sera toujours tant pis pour la cruche. Les récompenses que je t'ai promises arriveront en leur temps; et fallût-il s'en passer, les gages au moins ne manqueront pas.

Tout ce que vous dites, seigneur, est très-bien dit, répliqua Sancho; mais, si par hasard le temps des récompenses n'arrivait point et qu'on dût s'en tenir aux gages, apprenez-moi, je vous prie, ce que gagnait un écuyer de chevalier errant: faisait-il marché au mois, ou à la journée?

Jamais on n'a vu ces sortes d'écuyers être à gages, mais à merci, répondit don Quichotte. Si je t'ai assigné des gages dans mon testament, c'est qu'on ne sait pas ce qui peut arriver; et comme dans les temps calamiteux où nous vivons, tu parviendrais peut-être difficilement à prouver ma chevalerie, je n'ai pas voulu que pour si peu de chose mon âme fût en peine dans l'autre monde. Nous avons assez d'autres travaux ici-bas, mon pauvre ami, car tu sauras qu'il n'y a guère de métier plus scabreux que celui de chercheur d'aventures.

Je le crois, reprit Sancho, puisqu'il a suffi du bruit de quelques marteaux à foulon pour troubler l'âme d'un errant aussi valeureux que l'est Votre Grâce; aussi soyez bien certain qu'à l'avenir je ne rirai plus quand il s'agira de vos affaires, et que maintenant je n'ouvrirai la bouche que pour vous honorer comme mon maître et mon véritable seigneur.

C'est le moyen que tu vives longuement sur la terre, dit don Quichotte, car après les pères et les mères, ce qu'on doit respecter le plus ce sont les maîtres, car ils en tiennent lieu.

CHAPITRE XXI. QUI TRAITE DE LA CONQUÊTE DE L'ARMET DE MAMBRIN, ET D'AUTRES CHOSES ARRIVÉES A NOTRE INVINCIBLE CHEVALIER.

En ce moment, il commença à tomber un peu de pluie. Sancho eût bien voulu se mettre à couvert dans les moulins à foulon, mais don Quichotte, depuis le tour qu'ils lui avaient joué, les avait pris en si grande aversion, que jamais il ne voulut consentir à y mettre le pied. Changeant donc de chemin, il en trouva bientôt à droite un semblable à celui qu'ils avaient parcouru le jour précédent.

Sancho fut obligé de se serrer les côtes avec les deux poings.

A peu de distance don Quichotte aperçut un cavalier qui portait sur sa tête un objet brillant comme de l'or.

Aussitôt se tournant vers Sancho: Ami, lui dit-il, sais-tu bien qu'il n'y a rien de si vrai que les proverbes? ce sont autant de maximes tirées de l'expérience même. Mais cela est surtout vrai du proverbe qui dit: Quand se ferme une porte, une autre s'ouvre. En effet, si la fortune nous ferma hier soir la porte de l'aventure que nous cherchions, en nous abusant avec ces maudits marteaux, voilà maintenant qu'elle nous ouvre à deux battants la porte d'une aventure meilleure et plus certaine. Si je ne parviens pas à en trouver l'entrée, ce sera ma faute; car ici il n'y a ni vacarme inconnu qui m'en impose, ni obscurité que j'en puisse accuser. Je dis cela parce que, sans aucun doute, je vois venir droit à nous un homme qui porte sur sa tête cet armet de Mambrin à propos duquel j'ai fait le serment que tu dois te rappeler.

Seigneur, répondit Sancho, prenez garde à ce que vous dites, et plus encore à ce que vous allez faire. Ne serait-ce point ici d'autres marteaux à foulon, qui achèveraient de nous fouler et de nous marteler le bon sens?

Maudits soient tes marteaux! dit don Quichotte; quel rapport ont-ils avec un armet?

Je n'en sais rien, reprit Sancho; mais si j'osais parler comme j'en avais l'habitude, peut-être convaincrais-je Votre Grâce qu'elle pourrait bien se tromper.

Et comment puis-je me tromper, traître méticuleux? dit don Quichotte: ne vois-tu pas venir droit à nous, monté sur un cheval gris pommelé, ce chevalier qui porte sur sa tête un armet d'or?

Ce que je vois et revois, reprit Sancho, c'est un homme monté sur un âne gris brun, et qui a sur la tête je ne sais quoi de luisant.

Eh bien, ce je ne sais quoi, c'est l'armet de Mambrin, répliqua don Quichotte. Range-toi de côté et me laisse seul: tu vas voir comment, en un tour de main, je mettrai fin à cette aventure et resterai maître de ce précieux armet.

Me mettre à l'écart n'est pas chose difficile, répliqua Sancho; mais, encore une fois, Dieu veuille que ce ne soit pas une nouvelle espèce de marteaux à foulon.

Mon ami, repartit vivement don Quichotte, je vous ai déjà dit que je ne voulais plus entendre parler de marteaux ni de foulons, et je jure par... que si désormais vous m'en rompez la tête, je vous foulerai l'âme dans le corps, de façon qu'il vous en souviendra.

Sancho se tut tout court, craignant que son maître n'accomplît le serment qu'il venait de prononcer avec une énergie singulière.

Or voici ce qu'étaient cet armet, ce cheval et ce chevalier qu'apercevait don Quichotte. Dans les environs il y avait deux villages, dont l'un était si petit qu'il ne s'y trouvait point de barbier; aussi le barbier du grand village, qui se mêlait un peu de chirurgie, servait pour tous les deux. Dans le plus petit de ces villages, un homme ayant eu besoin d'une saignée et un autre de se faire faire la barbe, le barbier s'y acheminait à cette intention. Se trouvant surpris par la pluie, il avait mis son plat à barbe sur sa tête pour garantir son chapeau; et comme le bassin était de cuivre tout battant neuf, on le voyait reluire d'une demi-lieue. Cet homme montait un bel âne gris, ainsi que l'avait fort bien remarqué Sancho; mais tout cela pour don Quichotte était un chevalier monté sur un cheval gris pommelé, avec un armet d'or sur sa tête, car il accommodait tout à sa fantaisie chevaleresque. Il courut donc sur le barbier bride abattue et la lance basse, résolu de le percer de part en part. Quand il fut sur le point de l'atteindre: Défends-toi, lui cria-t-il, chétive créature, ou rends-moi de bonne grâce ce qui m'appartient.

En voyant fondre si brusquement sur lui cette espèce de fantôme, le barbier ne trouva d'autre moyen d'esquiver la rencontre que de se laisser glisser à terre, où il ne fut pas plus tôt que, se relevant prestement, il gagna la plaine avec plus de vitesse qu'un daim, sans nul souci de son âne ni du bassin.

C'était tout ce que désirait don Quichotte, qui se retourna vers son écuyer et lui dit en souriant: Ami, le païen n'est pas bête; il imite le castor auquel son instinct apprend à échapper aux chasseurs en se coupant ce qui les anime à sa poursuite: ramasse cet armet.

Par mon âme, le bassin n'est pas mauvais, dit Sancho en soupesant le prétendu casque; il vaut une piastre comme un maravédis. Puis il le tendit à son maître, qui voulut incontinent le mettre sur sa tête; et comme, en le tournant de tous côtés pour trouver l'enchâssure, il n'en pouvait venir à bout: Celui pour qui cet armet fut forgé, dit notre héros, devait avoir une bien grosse tête; le pis, c'est qu'il en manque la moitié.

Quand il entendit donner le nom d'armet à un plat à barbe, Sancho ne put s'empêcher de rire; mais, se rappelant les menaces de son maître, il s'arrêta à moitié chemin.

De quoi ris-tu, Sancho? lui demanda don Quichotte.

Je ris, répondit l'écuyer, de la grosse tête que devait avoir le premier possesseur de cet armet, qui ressemble si parfaitement à un bassin de barbier.

Sais-tu ce que je pense? reprit don Quichotte. Cet armet sera sans doute tombé entre les mains de quelque ignorant, incapable d'en apprécier la valeur; comme c'est de l'or le plus pur, il en aura fondu la moitié pour en faire argent, puis avec le reste il a composé ceci, qui, en effet, ressemble assez, comme tu le dis, à un bassin de barbier. Mais que m'importe à moi qui en connais le prix? Au premier village où nous rencontrerons une forge, je le ferai remettre en état, et j'affirme qu'alors il ne le cédera pas même à ce fameux casque que Vulcain fourbit un jour pour le dieu de la guerre. En attendant je le porterai tel qu'il est: il vaudra toujours mieux que rien, et dans tous les cas il sera bon contre les coups de pierre.

Oui, dit Sancho, pourvu qu'elles ne soient pas lancées avec une fronde, comme dans cette bataille entre les deux armées, quand on vous rabota si bien les mâchoires et qu'on mit en pièces la burette où vous portiez ce breuvage qui faillit me faire vomir les entrailles.

C'est un malheur facile à réparer, reprit don Quichotte, puisque j'en ai la recette en ma mémoire.

Moi aussi, répondit Sancho; mais s'il m'arrive jamais de composer ce maudit breuvage et encore moins d'en goûter, que ma dernière heure soit venue. D'ailleurs, je me promets de fuir toutes les occasions d'en avoir besoin: car désormais je suis bien résolu d'employer mes cinq sens à m'éviter d'être blessé; comme aussi je renonce de bon cœur à blesser personne. Pour ce qui est d'être berné encore une fois, je n'oserais en jurer; ce sont des accidents qu'on ne peut guère prévenir, et quand ils arrivent, ce qu'il y a de mieux à faire, c'est de plier les épaules, de retenir son souffle, et de se laisser aller les yeux fermés où le sort et la couverture vous envoient.

Tu es un mauvais chrétien, Sancho, dit don Quichotte; jamais tu n'oublies une injure; apprends qu'il est d'un cœur noble et généreux de mépriser de semblables bagatelles. Car enfin, de quel pied boites-tu, et quelle côte t'a-t-on brisée, pour te rappeler cette plaisanterie avec tant d'amertume? Après tout, ce ne fut qu'un passe-temps; si je ne l'avais ainsi considéré moi-même, je serais retourné sur mes pas, et j'en aurais tiré une vengeance encore plus éclatante que les Grecs n'en tirèrent de l'enlèvement de leur Hélène, qui, ajouta-t-il avec un long soupir, n'aurait pas eu cette grande réputation de beauté, si elle fût venue en ce temps-ci, ou que ma Dulcinée eût vécu dans le sien.

Eh bien, dit Sancho, que l'affaire passe pour une plaisanterie, puisque après tout il n'y a pas moyen de s'en venger; quant à moi, je sais fort bien à quoi m'en tenir, et je m'en souviendrai tant que j'aurai des épaules. Mais laissons cela; maintenant, seigneur, dites-moi, je vous prie, qu'allons-nous faire de ce cheval gris pommelé, qui m'a tout l'air d'un âne gris brun, et qu'a laissé sans maître ce pauvre diable que vous avez renversé? Car à la manière dont il a pris la clef des champs, je crois qu'il n'a guère envie de revenir le chercher, et par ma barbe le grison n'est pas mauvais.

Il n'est pas dans mes habitudes de dépouiller les vaincus, répondit don Quichotte, et les règles de la chevalerie interdisent de les laisser aller à pied, à moins toutefois que le vainqueur n'ait perdu son cheval dans le combat, auquel cas il peut prendre le cheval du vaincu, comme conquis de bonne guerre. Ainsi donc, Sancho, laisse là ce cheval ou cet âne, comme tu voudras l'appeler; son maître ne manquera pas de venir le reprendre dès que nous nous serons éloignés.

Je voudrais bien pourtant emmener cette bête, reprit Sancho, ou du moins la troquer contre la mienne, qui ne me paraît pas à moitié si bonne. Peste! que les règles de la chevalerie sont étroites, si elles ne permettent pas seulement de troquer un âne contre un âne! Au moins il ne doit pas m'être défendu de troquer le harnais.

Le cas est douteux, dit don Quichotte; cependant, jusqu'à plus ample information, je pense que tu peux faire l'échange, pourvu seulement que tu en aies un pressant besoin.

Aussi pressant que si c'était pour moi-même, répondit Sancho.

Là-dessus, usant de la permission de son maître, Sancho opéra l'échange du harnais, *mutatio capparum*, comme on dit, ajustant celui du barbier sur son âne, qui lui en parut une fois plus beau, et meilleur de moitié.

Cela fait, ils déjeunèrent des restes de leur souper, et burent de l'eau du ruisseau qui venait des moulins à foulon, sans que jamais don Quichotte pût se résoudre à regarder de ce côté, tant il conservait rancune de ce qui lui était arrivé. Après un léger repas, ils remontèrent sur leurs bêtes, et sans s'inquiéter du chemin, ils se laissèrent guider par Rossinante, que l'âne suivait toujours de la meilleure amitié du monde. Puis ils gagnèrent insensiblement la grande route, qu'ils suivirent à l'aventure, n'ayant pour le moment aucun dessein arrêté.

Tout en cheminant, Sancho dit à son maître:

Seigneur, Votre Grâce veut-elle bien me permettre de causer tant soit peu avec elle? car, depuis qu'elle me l'a défendu, quatre ou cinq bonnes choses m'ont pourri dans l'estomac, et j'en ai présentement une sur le bout de la langue à laquelle je souhaiterais une meilleure fin.

Parle, mais sois bref, répondit don Quichotte; les longs discours sont ennuyeux.

Eh bien, seigneur, continua Sancho, après avoir considéré la vie que nous menons, je dis que toutes ces aventures de grands chemins et de forêts sont fort peu de chose, car, si périlleuses qu'elles soient, elles ne sont vues ni sues de personne, et j'ajoute que vos bonnes intentions et vos vaillants exploits sont autant de bien perdu, dont il ne nous reste ni honneur ni profit. Il me semble donc, sauf meilleur avis de Votre Grâce, qu'il serait prudent de nous mettre au service de quelque empereur, ou de quelque autre grand prince qui eût avec ses voisins une guerre, dans laquelle vous pourriez faire briller votre valeur et votre excellent jugement; car enfin au bout de quelque temps il faudrait bien de toute nécessité qu'on nous récompensât, vous et moi, chacun selon notre mérite, s'entend; sans compter que maints chroniqueurs prendraient soin d'écrire les prouesses de Votre Grâce, afin d'en perpétuer la mémoire. Pour ce qui est des miennes, je n'en parle pas, sachant qu'il ne faut pas les mesurer à la même aune: quoique, en fin de compte, si c'est l'usage d'écrire les prouesses des écuyers errants, je ne vois pas pourquoi il ne serait pas fait mention de moi comme de tout autre.

Tu n'as pas mal parlé, dit don Quichotte. Mais avant d'en arriver là il faut d'abord faire ses preuves, chercher les aventures; parce qu'alors le chevalier étant connu par toute la terre, s'il vient à se présenter à la cour de quelque grand monarque, à peine aura-t-il franchi les portes de la ville, aussitôt les petits garçons de l'endroit se précipiteront sur ses pas en criant: Voici venir le chevalier du Soleil, ou du Serpent, ou de tout autre emblème sous lequel il sera connu pour avoir accompli des prouesses incomparables. C'est lui, dira-t-on, qui a vaincu, en combat singulier, le géant Brocambruno l'indomptable, c'est lui qui a délivré le grand Mameluk de Perse du long enchantement où il était retenu depuis près de neuf cents ans. Si bien qu'au bruit des hauts faits du chevalier, le roi ne pourra se dispenser de paraître aux balcons de son palais, et reconnaissant tout d'abord le nouveau venu à ses armes, ou à la devise de son écu, il ordonnera aux gens de sa cour d'aller recevoir la fleur de la chevalerie. C'est alors à qui s'empressera d'obéir, et le roi lui-même voudra descendre la moitié des degrés pour serrer plus tôt entre ses bras l'illustre inconnu, en lui donnant au visage le baiser de paix; puis le prenant par la main, il le conduira aux appartements de la reine, où se trouvera l'infante sa fille, qui doit être la plus accomplie et la plus belle personne du monde.

Or voici ce qu'étaient cet armet, ce cheval et ce chevalier.

Une fois l'infante et le chevalier en présence, l'infante jettera les yeux sur le chevalier et le chevalier sur l'infante, et ils se paraîtront l'un à l'autre une chose divine plutôt qu'humaine; alors, sans savoir pourquoi ni comment, ils se trouveront subitement embrasés d'amour et n'ayant qu'une seule inquiétude, celle de savoir par quels moyens ils pourront se découvrir leurs peines. Le chevalier sera conduit ensuite dans un des plus beaux appartements du palais, où, après l'avoir débarrassé de ses armes, on lui présentera un manteau d'écarlate, tout couvert d'une riche broderie; et s'il avait bonne mine sous son armure, juge de ce qu'il paraîtra en habit de courtisan. La nuit venue, il soupera avec le roi, la reine et l'infante. Pendant le repas, et sans qu'on s'en aperçoive, il ne quittera pas des yeux la jeune princesse; elle aussi le regardera à la dérobée, sans faire semblant de rien, parce que c'est, comme je te l'ai déjà dit, une personne pleine d'esprit et de sens. Le repas achevé, on verra entrer tout à coup dans la salle du festin un hideux petit nain, suivi d'une très-belle dame accompagnée de deux géants, laquelle dame proposera une aventure imaginée par un ancien sage, et si difficile à accomplir que celui qui en viendra à bout sera tenu pour le meilleur chevalier de la terre. Aussitôt le roi voudra que les chevaliers de sa cour en fassent l'épreuve; mais fussent-ils cent fois plus nombreux, tous y perdront leur peine, et seul le nouveau venu pourra la mettre à fin, au grand accroissement de sa gloire, et au grand contentement de l'infante, qui s'estimera trop heureuse d'avoir mis ses pensées en si haut lieu.

Le bon de l'affaire, c'est que ce roi ou prince est engagé dans une grande guerre contre un de ses voisins. Après quelques jours passés dans son palais, le chevalier lui demande la permission de le servir dans ladite guerre; le roi la lui accorde de bonne grâce, et le chevalier lui baise courtoisement la main, pour le remercier de la faveur qui lui est octroyée. Cette même nuit il prend congé de l'infante, à la fenêtre grillée de ce jardin où il lui a déjà parlé plusieurs fois, grâce à la complaisance d'une demoiselle, médiatrice de leurs amours, à qui la princesse confie tous ses secrets. Le chevalier soupire, l'infante s'évanouit; la confidente s'empresse de lui jeter de l'eau au visage, et redoute de voir venir le jour, car elle serait au désespoir que l'honneur de sa maîtresse reçût la moindre atteinte.

Bref, l'infante reprend connaissance, et présente, aux travers des barreaux ses blanches mains au chevalier, qui les couvre de baisers et les baigne de larmes. Ils se concertent ensuite sur la manière dont ils pourront se donner des nouvelles l'un de l'autre; l'infante supplie le chevalier d'être absent le moins longtemps possible; ce qu'il ne manque pas de lui promettre avec mille serments. Il lui baise encore une fois les mains, et s'attendrit de telle sorte, en lui faisant ses adieux, qu'il est sur le point d'en mourir. Il se retire ensuite dans sa chambre et se jette sur son lit, mais il lui est impossible de fermer l'œil; aussi, dès la pointe du jour est-il debout, afin d'aller prendre congé du roi et de la reine. Il demande à saluer l'infante, mais la jeune princesse lui fait répondre qu'étant indisposée elle ne peut recevoir de visite; et comme il ne doute pas que son départ n'en soit la véritable cause, il en est si touché qu'il est tout près de laisser éclater ouvertement son affliction.

La demoiselle confidente, à laquelle rien n'a échappé, va sur l'heure en rendre compte à sa maîtresse, qu'elle trouve toute en larmes, parce que son plus grand chagrin, dit-elle, est de ne pas savoir quel est ce chevalier, s'il est ou non de sang royal. Mais comme on lui affirme qu'on ne saurait unir tant de courtoisie à tant de vaillance, à moins d'être de race souveraine, cela console un peu la malheureuse princesse, qui, pour ne donner aucun soupçon au roi et à la reine, consent au bout de quelques jours à reparaître en public.

Cependant le chevalier est parti; il combat, il défait les ennemis du roi, prend je ne sais combien de villes, et gagne autant de batailles; après quoi il revient à la cour, et reparaît devant sa maîtresse, couvert de gloire; il la revoit à la fenêtre que tu sais, et là ils arrêtent ensemble que, pour récompense de ses services, il la demandera en mariage à son père. Le roi refuse d'abord, parce qu'il ignore quelle est la naissance du chevalier; mais l'infante, soit par un enlèvement, soit de toute autre manière, n'en devient pas moins son épouse, et le père finit par tenir cette union à grand honneur, car bientôt on découvre que son gendre est le fils d'un grand roi, de je ne sais plus quel pays: on ne le trouve même pas, je crois, sur la carte.

Peu après, le père meurt: l'infante devient son héritière; voilà le chevalier roi. C'est alors qu'il songe à récompenser son écuyer et tous ceux qui ont contribué à sa haute fortune; aussi commence-t-il par marier ledit écuyer avec une demoiselle de l'infante, celle sans doute qui fut la confidente de leurs amours, et qui se trouve être la fille d'un des principaux personnages du royaume.

Voilà justement ce que je demande, s'écria Sancho, et vogue la galère! Par ma foi, seigneur, tout arrivera au pied de la lettre, pourvu que Votre Grâce conserve ce surnom de chevalier de la Triste-Figure.

N'en doute point, mon fils, répliqua don Quichotte; voilà le chemin que suivaient les chevaliers errants, et c'est par là qu'un si grand nombre sont devenus rois ou empereurs. Il ne nous reste donc plus qu'à chercher un roi chrétien ou païen qui soit en guerre avec son voisin, et qui ait une belle fille. Mais nous avons le temps d'y penser, car, comme je te l'ai dit, avant de se présenter à la cour, il faut se faire un fonds de renommée, afin d'y être connu en arrivant. Entre nous cependant, une chose m'inquiète, et à laquelle je ne vois pas de remède, c'est, lorsque j'aurai trouvé ce roi et cette infante et acquis une renommée incroyable, comment il pourra se faire que je sois de race royale, ou pour le moins bâtard de quelque empereur; car, malgré tous mes exploits, le roi ne consentira jamais sans cette condition à me donner sa fille, de sorte qu'il est à craindre que pour si peu, je ne vienne à perdre ce que la valeur de mon bras m'aura mérité. Pour gentilhomme, je le suis de vieille race et bien connue pour telle; j'espère même que le sage qui doit écrire mon histoire finira par débrouiller si bien ma généalogie, que je me trouverai tout à coup arrière-petit-fils de roi.

A propos de cela, Sancho, je dois t'apprendre qu'il y a deux sortes de races parmi les hommes. Les uns ont pour aïeux des rois et des princes; mais peu à peu le temps et la mauvaise fortune les ont fait déchoir, et ils finissent en pointe comme les pyramides; les autres, au contraire, quoique sortis de gens de basse extraction, n'ont cessé de prospérer jusqu'à devenir de très-grands seigneurs: de sorte que la seule différence entre eux, c'est que les uns ont été et ne sont plus, et les autres sont ce qu'ils n'étaient pas. Aussi, je ne vois pas pourquoi, en étudiant l'histoire de ma race, on ne parviendrait pas à découvrir que je suis le sommet d'une de ces pyramides à base auguste, c'est-à-dire le dernier rejeton de quelque empereur, ce qui alors devra décider le roi, mon futur beau-père, à m'agréer sans scrupule pour gendre. Dans tous les cas, l'infante m'aimera si éperdument qu'en dépit de sa famille elle me voudra pour époux, mon père eût-il été un portefaix: alors j'enlève la princesse et l'emmène où bon me semblera, jusqu'à ce que le temps ou la mort aient apaisé le courroux de ses parents.

Par ma foi, vous avez raison, reprit Sancho; il n'est tel que de se nantir soi-même; et, comme disent certains vauriens, à quoi bon demander de gré ce qu'on peut prendre de force? Mieux vaut saut de haies que prières de bonnes âmes; je veux dire que si le roi votre beau-père ne consent pas à vous donner sa fille, ce sera fort bien fait à Votre Grâce de l'enlever et de la transporter en lieu sûr. Tout le mal que j'y trouve, c'est qu'avant que la paix soit faite entre le beau-père et le gendre, et que vous jouissiez paisiblement du royaume, le pauvre écuyer, dans l'attente des récompenses, fonds sur lequel il ne trouverait peut-être pas à emprunter dix réaux, court risque de n'avoir rien à mettre sous la dent, à moins que la demoiselle confidente qui doit devenir sa femme, ne plie bagage en même temps que l'infante et qu'il ne se console avec elle jusqu'à ce que le ciel en ordonne autrement; car je pense qu'alors son maître peut bien la lui donner pour légitime épouse.

Et qui l'en empêcherait? repartit don Quichotte.

S'il en est ainsi, dit Sancho, nous n'avons plus qu'à nous recommander à Dieu, et à laisser courir le sort là où il lui plaira de nous mener.

Dieu veuille, ajouta don Quichotte, que tout arrive comme nous l'entendons l'un et l'autre; que celui qui s'estime peu, se donne pour ce qu'il vaudra.

Ainsi soit-il, reprit Sancho; parbleu, je suis vieux chrétien, et cela doit suffire pour être comte.

Et quand tu ne le serais pas, dit don Quichotte, cela ne fait rien à l'affaire; car, dès que je serai roi, j'aurai parfaitement le pouvoir de t'anoblir sans que tu achètes la noblesse; une fois comte, te voilà gentilhomme, et alors, bon gré, mal gré, il faudra bien qu'on te traite de Seigneurie.

Et pourquoi non? répliqua Sancho; est-ce que je n'en vaux pas un autre? par ma foi, on pourrait bien s'y tromper. J'ai déjà eu l'honneur d'être bedeau d'une confrérie, et chacun disait qu'avec ma belle prestance et ma bonne mine sous la robe de bedeau, je méritais d'être marguillier. Que sera-ce donc lorsque j'aurai un manteau ducal sur les épaules ou que je serai tout cousu d'or et de perles, comme un comte étranger? Je veux qu'on vienne me voir de cent lieues.

Certes, tu auras fort bon air, dit don Quichotte: seulement il faudra que tu te fasses souvent couper la barbe; car tu l'as si épaisse et si crasseuse, qu'à moins d'y passer le rasoir tous les deux jours, on reconnaîtra qui tu es à une portée d'arquebuse.

Et bien, qu'à cela ne tienne, reprit Sancho; je prendrai un barbier à gages, afin de l'avoir à la maison, et, dans l'occasion, je le ferai marcher derrière moi comme l'écuyer d'un grand seigneur.

Comment sais-tu que les grands seigneurs mènent derrière eux leurs écuyers? demanda don Quichotte.

Je vais vous le dire, répondit Sancho. Il y a quelques années je passai environ un mois dans la capitale, et là je vis à la promenade un petit homme[41], qu'on disait être un grand seigneur, suivi d'un homme à cheval, qui s'arrêtait quand le seigneur s'arrêtait, marchait quand il marchait, ni plus ni moins que s'il eût été son ombre. Je demandai pourquoi celui-ci ne rejoignait pas l'autre, et allait toujours derrière lui; on me répondit que c'était son écuyer, et que les grands avaient l'habitude de se faire suivre ainsi. Je m'en souviens et je veux en user de même quand mon tour sera venu.

Par ma foi, tu as raison, dit don Quichotte; et tu feras fort bien de mener ton barbier à ta suite: toutes les modes n'ont pas été inventées d'un seul coup, et tu seras le premier comte qui aura mis celle-là en usage. D'ailleurs, l'office de barbier est bien au-dessus de celui d'écuyer.

Pour ce qui est du barbier, reposez-vous-en sur moi, reprit Sancho; que Votre Grâce songe seulement à devenir roi, et à me faire comte.

Sois tranquille, dit don Quichotte, qui, levant les yeux, aperçut ce que nous dirons dans le chapitre suivant.

CHAPITRE XXII. COMMENT DON QUI-CHOTTE DONNA LA LIBERTÉ A UNE QUANTITÉ DE MALHEUREUX QU'ON MENAIT, MALGRÉ EUX, OU ILS NE VOU-LAIENT PAS ALLER.

Cid Hamet Ben-Engeli, auteur de cette grave, douce, pompeuse, humble et ingénieuse histoire, raconte qu'après la longue et admirable conversation que nous venons de rapporter, don Quichotte, levant les yeux, vit venir sur le chemin qu'il suivait une douzaine d'hommes à pied ayant des menottes aux bras et enfilés comme les grains d'un chapelet par une longue chaîne, qui les prenait tous par le cou. Ils étaient accompagnés de deux hommes à cheval, et de deux à pied, les premiers portant des arquebuses à rouet, et les seconds des piques et des épées.

Voilà, dit Sancho en apercevant cette caravane, la chaîne des forçats qu'on mène servir le roi sur les galères.

Voilà la chaîne des forçats qu'on mène servir le roi sur les galères.

Des forçats? s'écria don Quichotte; est-il possible que le roi fasse violence à quelqu'un?

Je ne dis pas cela, reprit Sancho; je dis que ce sont des gens qu'on a condamnés pour leurs crimes à servir le roi sur les galères.

En définitive, reprit don Quichotte, ces gens sont con-traints, et ne vont pas là de leur plein gré.

Oh! pour cela je vous en réponds, repartit Sancho.

Eh bien, dit don Quichotte, cela me regarde, moi dont la profession est d'empêcher les violences et de secourir les malheureux.

Faites attention, seigneur, continua Sancho, que la justice et le roi ne font aucune violence à de semblables gens, et qu'ils n'ont que ce qu'ils méritent.

En ce moment la bande passa si près de don Quichotte, qu'il pria les gardes, avec beaucoup de politesse, de vouloir bien lui apprendre pour quel sujet ces pauvres diables marchaient ainsi enchaînés.

Ce sont des forçats qui vont servir sur les galères du roi, répondit un des cavaliers; je ne sais rien de plus, et je ne crois pas qu'il soit nécessaire que vous en sachiez davantage.

Vous m'obligeriez beaucoup, reprit don Quichotte, en me laissant apprendre de chacun d'eux en particulier la cause de sa disgrâce.

Il accompagna sa prière de tant de civilités, que l'autre cavalier lui dit: Nous avons bien ici les sentences de ces misérables, mais il serait trop long de les lire, et cela ne vaut pas la peine de défaire nos valises: questionnez-les vous-même, ils vous satisferont, s'ils en ont envie, car ces honnêtes gens ne se font pas plus prier pour raconter leurs prouesses que pour les faire.

Avec cette permission, qu'il aurait prise de lui-même si on la lui avait refusée, don Quichotte s'approcha de la chaîne, et demanda à celui qui marchait en tête pour quel péché il allait de cette triste façon.

C'est pour avoir été amoureux, répondit-il.

Quoi! rien que pour cela? s'écria notre chevalier. Si on envoie les amoureux aux galères, il y a longtemps que je devrais ramer.

Mes amours n'étaient pas de ceux que suppose Votre Grâce, reprit le forçat, j'aimais si fort une corbeille remplie de linge blanc, et je la tenais embrassée si étroitement que, sans la justice qui s'en mêla, elle serait encore entre mes bras. Pris sur le fait, on n'eut pas recours à la question: je fus condamné, après avoir eu les épaules chatouillées d'une centaine de coups de fouet; mais quand j'aurai, pendant trois ans, fauché le grand pré, j'en serai quitte.

Qu'entendez-vous par faucher le grand pré? demanda don Quichotte.

C'est ramer aux galères, répondit le forçat, qui était un jeune homme d'environ vingt-quatre ans, natif de Pie-drahita.

Don Quichotte fit la même question au suivant, qui ne répondit pas un seul mot, tant il était triste et mélancolique; son camarade lui en épargna la peine en disant:

Celui-là est un serin de Canarie; il va aux galères pour avoir trop chanté.

Comment! on envoie aussi les musiciens aux galères? dit don Quichotte.

Oui, seigneur, répondit le forçat, parce qu'il n'y a rien de plus dangereux que de chanter dans le tourment.

J'avais toujours entendu dire: Qui chante, son mal enchante, repartit notre chevalier.

C'est tout au rebours ici, répliqua le forçat: qui chante une fois, pleure toute sa vie.

Par ma foi, je n'y comprends rien, dit don Quichotte.

Pour ces gens de bien, interrompit un des gardes, chanter dans le tourment, signifie confesser à la torture. On a donné la question à ce drôle; il a fait l'aveu de son crime, qui était d'avoir volé des bestiaux; et, pour avoir confessé, ou chanté, comme ils disent, il a été condamné à six ans de galères, outre deux cents coups de fouet qui lui ont été comptés sur-le-champ. Si vous le voyez triste et confus, c'est que ses camarades le bafouent et le maltraitent pour n'avoir pas eu le courage de souffrir et de nier: car, entre eux, ils prétendent qu'il n'y a pas plus de lettres dans un *non* que dans un *oui*, et qu'un accusé est bien heureux de tenir son absolution au bout de sa langue, quand il n'y a pas de témoin contre lui. Franchement, je trouve qu'ils n'ont pas tout à fait tort.

C'est aussi mon avis, dit don Quichotte; et, passant au troisième, il lui adressa la même question.

Celui-ci, sans se faire tirer l'oreille, répondit d'un ton dégagé:

Moi je m'en vais pour cinq ans aux galères, faute de dix ducats.

J'en donnerai vingt de bon cœur pour vous en dispenser, dit don Quichotte.

Il est un peu trop tard, repartit le forçat; cela ressemble fort à celui qui a sa bourse pleine au milieu de la mer, et qui meurt de faim faute de pouvoir acheter ce dont il a besoin. Si j'avais eu en prison les vingt ducats que vous m'offrez en ce moment, pour graisser la patte du greffier, et pour aviver la langue de mon avocat, je serais à l'heure qu'il est à me promener au beau milieu de la place de Zocodover à Tolède, et non sur ce chemin, mené en laisse comme un lévrier. Mais, patience! chaque chose a son temps.

Le quatrième était un vieillard de vénérable aspect, avec une longue barbe blanche qui lui descendait sur la poitrine. Il se mit à pleurer quand don Quichotte lui demanda ce qui l'avait amené là, et celui qui suivait répondit à sa place: Cet honnête barbon va servir le roi sur mer pendant quatre ans, après avoir été promené en triomphe par les rues, vêtu magnifiquement.

Cela s'appelle, je crois, faire amende honorable, dit Sancho.

Justement, répondit le forçat, et c'est pour avoir été courtier d'oreille et même du corps tout entier; c'est-à-dire que ce gentilhomme est ici en qualité de Mercure galant, et aussi pour quelques petits grains de sorcellerie.

De ces grains-là, je n'ai rien à dire, reprit don Quichotte; mais s'il n'avait été que messager d'amour, il ne mériterait pas d'aller aux galères, si ce n'est pour être fait général. L'emploi de messager d'amour n'est pas ce qu'on imagine, et pour le bien remplir il faut être habile et prudent. Dans un État bien réglé, c'est un office qui ne devrait être confié qu'à des personnes de choix. Il serait bon, pour ces sortes de charges, de créer des contrôleurs et examinateurs comme il y en a pour les autres; ceux qui les exercent devraient être fixés à un certain nombre, et prêter serment: par là on éviterait beaucoup de désordres provenant de ce que trop de gens se mêlent du métier, gens sans intelligence, pour la plupart, sottes servantes, laquais et jeunes pages, qui dans les circonstances difficiles ne savent plus reconnaître leur main droite d'avec leur main gauche, et laissent geler leur soupe dans le trajet de l'assiette à la bouche. Si j'en avais le temps, je voudrais donner mes raisons du soin qu'il convient d'apporter dans le choix des gens destinés à un emploi de cette importance; mais ce n'est pas ici le lieu. Quelque jour j'en parlerai à ceux qui peuvent y pourvoir. Aujourd'hui je dirai seulement que ma peine à la vue de ce vieillard, avec ses cheveux blancs et son vénérable visage, si durement traité pour quelques messages d'amour, a quelque peu cessé quand vous avez ajouté qu'il se mêlait aussi de sorcellerie, quoiqu'à dire vrai, je sache bien qu'il n'y a ni charmes ni sortiléges au monde qui puissent influencer la volonté, comme le pensent beaucoup d'esprits crédules. Nous avons tous pleinement notre libre arbitre, contre lequel plantes et enchantements ne peuvent rien. Ce que font quelques femmelettes par simplicité, quelques fripons par fourberie, ce sont des breuvages, des mixtures, au moyen desquels ils rendent les hommes fous en leur faisant accroire qu'ils ont le secret de les rendre amoureux, tandis qu'il est, je le répète, impossible de contraindre la volonté.

Cela est vrai, dit le vieillard, et pour ce qui est de la sorcellerie, seigneur, je n'ai rien à me reprocher. Quant aux messages galants, j'en conviens; mais je ne croyais pas qu'il y eût le moindre mal à cela, je voulais seulement que chacun fût heureux. Hélas! ma bonne intention n'aura servi qu'à m'envoyer dans un lieu d'où je pense ne plus revenir, chargé d'ans comme je suis, et souffrant d'une rétention d'urine qui ne me laisse pas un moment de repos.

A ces mots le pauvre homme se remit à pleurer de plus belle, et Sancho en eut tant de compassion, qu'il tira de sa poche une pièce de quatre réaux et la lui donna.

Passant à un autre, don Quichotte lui demanda quel était son crime. Le forçat répondit d'un ton non moins dégagé que ses camarades.

Je m'en vais aux galères pour avoir trop folâtré avec deux de mes cousines germaines, et même avec deux autres cousines qui n'étaient pas les miennes. Bref, nous avons joué ensemble aux jeux innocents, et il s'en est suivi un accroissement de famille tellement embrouillé que le plus habile généalogiste aurait peine à s'y reconnaître. J'ai été convaincu par preuves et témoignages. Les protections me manquant, l'argent aussi, je me suis vu sur le point de mourir d'un mal de gorge; cependant je n'ai été condamné qu'à six ans de galères: aussi n'en ai-je point appelé, crainte de pis. J'ai mérité ma peine; mais je me sens jeune, la vie est longue, et avec le temps on vient à bout de tout. Maintenant, seigneur, si Votre Grâce veut secourir les pauvres gens, qu'elle le fasse promptement. Dieu la récompensera dans le ciel, et nous le prierons ici-bas pour qu'il vous donne santé aussi bonne et vie aussi longue que vous le méritez.

Ce dernier portait un habit d'étudiant, et un des gardes dit que c'était un beau parleur qui savait son latin.

Derrière tous ceux-là venait un homme d'environ trente ans, bien fait et de bonne mine, si ce n'est qu'il louchait d'un œil; il était autrement attaché que les autres, car il portait au pied une chaîne si longue qu'elle lui entourait tout le corps, puis deux anneaux de fer au cou, l'un rivé à la chaîne, et l'autre de ceux qu'on appelle PIED D'AMI, d'où descendaient deux branches allant jusqu'à la ceinture, et aboutissant à deux menottes qui lui serraient si bien les bras, qu'il ne pouvait porter les mains à sa bouche, ni baisser la tête jusqu'à ses mains. Don Quichotte demanda pourquoi celui-là était plus maltraité que les autres.

Parce qu'à lui seul il est plus criminel que tous les autres ensemble, répondit le garde; il est si hardi et si rusé, que même en cet état nous craignons qu'il ne nous échappe.

Quel crime a-t-il donc commis, s'il n'a point mérité la mort? dit don Quichotte.

Il est condamné aux galères pour dix ans, reprit le commissaire, ce qui équivaut à la mort civile. Au reste, il vous suffira de savoir que cet honnête homme est le fameux Ginez de Passamont, autrement appelé Ginesille de Parapilla.

Doucement, s'il vous plaît, seigneur commissaire, interrompit le forçat, et n'épiloguons point sur nos noms et surnoms; je m'appelle Ginez et non pas Ginesille; Passamont est mon nom de famille, et point du tout Parapilla, comme il vous plaît de m'appeler. Que chacun à la ronde s'examine, et, quand on aura fait le tour, ce ne sera pas temps perdu.

Tais-toi, maître larron, dit le commissaire.

L'homme va comme il plaît à Dieu, repartit Passamont; mais un jour on saura si je m'appelle ou non Ginesille de Parapilla.

N'est-ce pas ainsi qu'on t'appelle, imposteur? dit le garde.

C'est vrai, répondit Ginez; mais je ferai en sorte qu'on ne me donne plus ce nom, ou je m'arracherai la barbe jusqu'au dernier poil. Seigneur chevalier, dit-il en s'adressant à don Quichotte, si vous voulez nous donner quelque chose, faites-le promptement, et allez-vous-en en la garde de Dieu, car tant de questions sur la vie du prochain commencent à nous ennuyer; s'il vous plaît de connaître la mienne, sachez que je suis Ginez de Passamont, dont l'histoire est écrite par les cinq doigts de cette main.

Il dit vrai, ajouta le commissaire; lui-même a écrit son histoire, et l'on dit même que c'est un morceau fort curieux; mais il a laissé le livre en gage dans la prison pour deux cents réaux.

J'espère bien le retirer, reprit Passamont, fût-il engagé pour deux cents ducats.

Est-il donc si parfait? demanda don Quichotte.

Si parfait, répondit Passamont, qu'il fera la barbe à Lazarille de Tormes, et à tous les livres de cette espèce, écrits ou à écrire. Tout ce que je puis vous dire, c'est qu'il contient des vérités si utiles et si agréables, qu'il n'y a fables qui les vaillent.

Et quel titre porte votre livre? poursuivit don Quichotte.

Vie de Ginez de Passamont, répondit le forçat.

Est-il achevé? dit notre héros.

Achevé, répliqua Ginez, autant qu'il peut l'être jusqu'à cette heure où je n'ai pas achevé de vivre. Il commence du jour où je suis né, et s'arrête à cette nouvelle fois que je vais aux galères.

Vous y avez donc été déjà? demanda don Quichotte.

J'y ai passé quatre ans pour le service de Dieu et du roi, répondit Ginez; et je connais le goût du biscuit et du nerf de bœuf. Au reste, cela ne me fâche pas autant qu'on le croit d'y retourner, parce que là du moins je pourrai achever mon livre, et que j'ai encore une foule de bonnes choses à dire. Dans les galères d'Espagne, on a beaucoup de loisir, et il ne m'en faudra guère, car ce qui me reste à ajouter, je le sais par cœur.

Tour à tour visant l'un, visant l'autre.

Tu as de l'esprit, dit don Quichotte.

Et du malheur, repartit Ginez; car le malheur poursuit toujours l'esprit.

Il poursuit les scélérats, interrompit le commissaire.

Je vous ai déjà dit, seigneur commissaire, de parler plus doux, répliqua Passamont; messeigneurs nos juges ne vous ont pas mis en main cette verge noire pour maltraiter les pauvres gens qui sont ici, mais pour les conduire où le roi a besoin d'eux. Sinon et par la vie de... Mais suffit; que chacun se taise, vive bien et parle mieux encore... Poursuivons notre chemin, car voilà assez de fadaises comme cela.

A ces mots, le commissaire leva sa baguette sur Passamont, pour lui donner la réponse à ses menaces; mais don Quichotte, se jetant au-devant, le pria de ne pas le maltraiter.

Encore est-il juste, dit-il, que celui qui a les bras si bien liés ait au moins la langue un peu libre. Puis, se tournant vers les forçats: Mes frères, ajouta-t-il, de ce que je viens d'entendre il résulte clairement pour moi que bien qu'on vous ait punis pour vos fautes, la peine que vous allez subir est fort peu de votre goût, et que vous allez aux galères tout à fait contre votre gré. Or, comme le peu de courage que l'un a montré à la question, le manque d'argent chez l'autre, et surtout l'erreur et la passion des juges, qui vont si vite en besogne, ont pu vous mettre dans le triste état où je vous vois, je pense que c'est ici le cas de montrer pourquoi le ciel m'a fait naître, et m'a inspiré le noble dessein d'embrasser cette profession de chevalier errant dans laquelle j'ai fait vœu de secourir les malheureux et de protéger les petits contre l'oppression des grands. Mais comme aussi dans ce qu'on veut obtenir la sagesse conseille de recourir à la persuasion plutôt qu'à la violence, je prie le seigneur commissaire et vos gardiens de vous ôter vos fers et de vous laisser aller en paix: assez d'autres se trouveront pour servir le roi quand l'occasion s'en présentera, et c'est, à vrai dire, une chose monstrueuse de rendre esclaves des hommes que Dieu et la nature ont créés libres. D'ailleurs, continua-t-il en s'adressant au commissaire et aux gardes, ces gens-là ne vous ont fait aucune offense; eh bien, que chacun reste avec son péché, et puisqu'il y a un Dieu là-haut qui prend soin de châtier les méchants quand ils ne veulent pas se corriger, il n'est pas bien que des gens d'honneur se fassent les bourreaux des autres hommes. Je vous demande cela avec calme et douceur, afin que, si vous me l'accordez, j'aie à vous en remercier: autrement, cette lance et cette épée, secondant la vigueur de mon bras sauront bien l'obtenir par la force.

Admirable conclusion! repartit le commissaire; par ma foi, voilà qui est plaisant: nous demander la liberté des forçats du roi; comme si nous avions le pouvoir de les délivrer, ou que vous eussiez celui de nous y contraindre! Seigneur, continuez votre route, et redressez un peu le bassin que vous portez sur la tête, sans vous inquiéter de savoir si notre chat n'a que trois pattes.

C'est vous, qui êtes le rat, le chat, et le goujat! s'écria don Quichotte; en même temps il s'élança avec tant de furie sur le commissaire, qu'avant de s'être mis en défense, celui-ci fut renversé par terre dangereusement blessé d'un coup de lance.

Surpris d'une attaque si inattendue, les autres gardes ne tardèrent pas à se remettre, et tous alors, les uns avec leurs épées, les autres avec leurs piques, commencèrent à attaquer notre héros, qui s'en serait fort mal trouvé si les forçats, voyant une belle occasion de reprendre la clef des champs, n'eussent cherché à en profiter pour rompre leurs chaînes. La confusion devint si grande, que, tantôt courant aux forçats qui se déliaient, tantôt ripostant à don Quichotte qui ne leur donnait point de trêve, les gardes ne firent rien qui vaille. De son côté, Sancho s'empressa d'aider Ginez de Passamont à rompre sa chaîne, lequel ne fut pas plutôt libre qu'il fondit sur le commissaire, lui arracha son arquebuse, et tour à tour visant l'un, visant l'autre, sans tirer jamais, sut montrer tant d'audace et de résolution, que, ses compagnons le secondant à coups de pierres, les gardes prirent la fuite et abandonnèrent le champ de bataille.

Sancho s'affligea fort de ce bel exploit, se doutant bien que ceux qui se sauvaient à toutes jambes allaient prévenir la Sainte-Hermandad, et chercher main-forte, afin de se mettre à la poursuite des coupables. Dans cette appréhension, il conjura son maître de s'éloigner au plus vite du grand chemin et de se réfugier dans la sierra qui était proche.

C'est fort bien, reprit don Quichotte; mais, pour l'heure, je sais, moi, ce qu'il convient de faire avant tout. A sa voix, les forçats, qui couraient pêle-mêle, et qui venaient de dépouiller le commissaire jusqu'à la peau, s'approchèrent pour savoir ce que voulait notre héros; Des hommes bien nés comme vous l'êtes, leur dit-il, doivent se montrer reconnaissants des services qu'ils ont reçus; et de tous les vices l'ingratitude, vous le savez, est celui que Dieu punit le plus sévèrement. Aussi, d'après ce que je viens de faire pour vous, persuadé que je n'ai pas obligé des ingrats, je ne demande en retour qu'une seule chose: c'est que, chargés de cette même chaîne dont je vous ai délivrés, vous vous mettiez immédiatement en chemin pour la cité du Toboso. Là, vous présentant devant madame Dulcinée, vous lui direz que son esclave, le chevalier de la Triste-Figure lui envoie ses compliments, et vous lui raconterez mot pour mot ce que je viens de faire pour votre délivrance. Cela fait, allez où il vous plaira.

A ce discours, Ginez de Passamont, prenant la parole, répondit au nom de ses camarades: Seigneur chevalier notre libérateur, ce que désire Votre Grâce est impossible, et nous n'oserions nous montrer ensemble le long des grands chemins; il faut, au contraire, nous séparer au plus vite, afin de ne plus retomber entre les mains de la Sainte-Hermandad, qui, sans aucun doute, va envoyer à notre poursuite. Ce que doit faire Votre Grâce, et ce qui me paraît juste qu'elle fasse, c'est de commuer le tribut que nous devons à madame Dulcinée du Toboso en une certaine quantité d'*Ave Maria* et de *Credo*, que nous dirons à son intention. Voilà du moins une pénitence que nous pourrons accomplir facilement, de nuit comme de jour, en marche ou au repos. Mais penser que de gaieté de cœur nous allions retourner aux marmites d'Égypte, c'est-à-dire reprendre notre chaîne, autant vouloir qu'il soit jour en pleine nuit. Nous demander semblable folie, c'est demander des poires à l'ormeau.

Eh bien, don fils de gueuse, don Ginez ou Ginesille de Paropillo, car peu m'importe comment on t'appelle, s'écria don Quichotte enflammé de colère, je jure Dieu que seul de tes compagnons tu iras chargé de la chaîne que je t'ai ôtée, et de tout le bagage que tu avais sur ton noble corps.

Peu endurant de sa nature, Passamont, qui n'en était plus à s'apercevoir que notre héros avait la cervelle endommagée d'après ce qu'il venait de faire, se voyant traité si cavalièrement, fit un signe à ses compagnons. Ceux-ci, s'éloignant aussitôt, se mirent à faire pleuvoir sur don Quichotte une telle grêle de pierres qu'il ne pouvait suffire à les parer avec sa rondache. Quant au pauvre Rossinante, il se souciait aussi peu de l'éperon que s'il eût été de bronze. Sancho s'abrita derrière son âne, et par ce moyen évita la tempête; mais son maître ne put si bien s'en garantir qu'il ne reçût à travers les reins je ne sais combien de cailloux qui le jetèrent par terre. L'étudiant fondit sur lui, et lui arrachant le bassin qu'il portait sur la tête, il lui en donna plusieurs coups sur les épaules; après quoi frappant cinq ou six fois le prétendu armet contre le sol, il le mit en pièces. Les forçats enlevèrent au chevalier une casaque qu'il portait par-dessus ses armes, et ils lui auraient ôté jusqu'à ses chausses, si ses genouillères ne les en eussent empêchés. Pour ne pas laisser l'ouvrage imparfait, ils débarrassèrent Sancho de son manteau, et le laissèrent en justaucorps, après quoi ils partagèrent entre eux les dépouilles du combat; puis chacun tira de son côté, plus curieux d'éviter la Sainte-Hermandad que de faire connaissance avec la princesse du Toboso.

L'âne, Rossinante, Sancho et don Quichotte, demeurèrent seuls sur le champ de bataille: l'âne, la tête baissée, et secouant de temps en temps les oreilles, comme si la pluie de cailloux durait encore; Rossinante, étendu près de son maître; Sancho en manches de chemise, et tremblant à la seule pensée de la Sainte-Hermandad; don Quichotte enfin, l'âme navrée d'avoir été mis en ce piteux état par ceux-là même à qui il venait de rendre un si grand service.

CHAPITRE XXIII. DE CE QUI ARRIVA AU FAMEUX DON QUICHOTTE DANS LA SIERRA MORENA, ET DE L'UNE DES PLUS RARES AVENTURES QUE MENTIONNE CETTE VÉRIDIQUE HISTOIRE

En se voyant traité si indignement, don Quichotte ne put s'empêcher de dire à son écuyer: Sancho, j'ai toujours entendu dire que faire du bien aux méchants, c'était porter de l'eau à la mer; si je t'avais écouté, j'aurais évité cette mésaventure: mais enfin ce qui est fait est fait; prenons patience, et que l'expérience nous profite pour l'avenir.

Vous profiterez de l'expérience comme je deviendrai Turc, répondit Sancho; vous dites que si vous m'eussiez cru, vous pouviez éviter cette mésaventure; eh bien, croyez-moi à cette heure, et vous en éviterez une plus grande encore; car, en un mot comme en mille, je vous avertis que la Sainte-Hermandad se moque de toutes vos chevaleries, et qu'elle ne fait pas plus de cas de tous les chevaliers errants du monde que d'un maravédis. Tenez, il me semble que j'entends déjà ses flèches me siffler aux oreilles[42].

Tu es un grand poltron, Sancho, reprit don Quichotte; cependant, afin que tu ne dises pas que je suis un entêté et que je ne fais jamais ce que tu me conseilles, je veux cette fois suivre ton avis, et m'éloigner de ce danger que tu redoutes si fort; mais à une condition, c'est que, ou mort ou vivant, tu ne diras jamais que je me suis esquivé par crainte, mais seulement pour céder à ta prière et te faire plaisir. Si tu dis le contraire, tu auras menti; et aujourd'hui comme alors, alors comme aujourd'hui, je te donne un démenti, et dis que tu mens, et mentiras toutes les fois que tu diras ou penseras pareille chose. Pas un mot, je te prie; car la seule idée que je tourne le dos à un péril, quelque grand qu'il puisse être, me donne envie de demeurer ici, et d'y attendre de pied ferme, non-seulement la Sainte-Hermandad, mais encore les douze tribus d'Israël, les sept frères Machabées, Castor et Pollux, et tous les frères et confréries du monde.

Se retirer n'est pas fuir, dit Sancho; et attendre n'est pas sagesse, quand le péril dépasse l'espérance et les forces. Un homme sage doit se conserver aujourd'hui pour demain, sans aventurer tout en un jour. Sachez que tout rustre et vilain que je suis, j'ai pourtant quelque idée de ce qu'on appelle se bien gouverner. Ne vous repentez donc point de suivre mon conseil: tâchez seulement de monter sur Rossinante, sinon je vous aiderai, et suivez-moi, car quelque chose me dit qu'à cette heure, nous avons plus besoin de nos pieds que de nos mains.

Don Quichotte remonta à cheval sans dire mot, et Sancho prenant les devants sur son âne, ils entrèrent dans la sierra qui se trouvait proche. L'intention de l'écuyer était de traverser toute cette chaîne de montagnes, et d'aller déboucher au Viso ou bien à Almodovar del Campo, après s'être cachés quelques jours dans ces solitudes pour échapper à la Sainte-Hermandad, dans le cas où elle se mettrait à leur poursuite. Ce qui le fortifiait dans ce dessein, c'était de voir que le sac aux provisions que portait le grison avait échappé aux mains des forçats, chose qui tenait du miracle, tant ces honnêtes gens avaient bien fureté et enlevé tout ce qui était à leur convenance.

Nos deux voyageurs arrivèrent cette nuit même au milieu de la *Sierra Morena* ou montagne Noire, et dans l'endroit le plus désert. Sancho conseilla à son maître d'y faire halte pendant quelques jours, c'est-à-dire tant que dureraient leurs provisions. Ils commencèrent par s'établir entre deux roches, au milieu de quelques grands liéges. Mais la fortune, qui, selon l'opinion de ceux que n'éclaire pas la vraie foi, ordonne et règle toutes choses à sa fantaisie, voulut que Ginez de Passamont, ce forçat que la générosité et la folie de notre chevalier avaient tiré de la chaîne, fuyant de son côté la Sainte-Hermandad qu'il redoutait avec juste raison, eût la pensée de venir chercher un asile dans ces montagnes, et qu'il s'arrêtât précisément au même endroit où étaient don Quichotte et Sancho. Il ne les eut pas plus tôt reconnus à leurs discours, qu'il les laissa s'endormir paisiblement; et, comme les méchants sont ingrats, et que la nécessité n'a pas de loi, Ginez, qui ne brillait pas par la reconnaissance, résolut, pendant leur sommeil, de dérober l'âne de Sancho, préférablement à Rossinante, qui lui parut de mince ressource, soit pour le mettre en gage, soit pour le vendre. Et avant le jour, l'insigne vaurien, monté sur le grison, était déjà trop loin pour qu'on pût le rattraper.

Puis chacun tira de son côté.

Quand l'aurore avec sa face riante vint réjouir et embellir la terre, ce fut pour attrister le pauvre Sancho. Dès qu'il s'aperçut de la disparition de son âne, il se mit à pousser les plus tristes lamentations, tellement que ses sanglots réveillèrent don Quichotte qui l'entendit pleurer en disant: O fils de mes entrailles, né dans ma propre maison, jouet de mes enfants, délices de ma femme, envie de mes voisins, compagnon de mes travaux, et finalement nourricier de la moitié de ma personne, puisque, avec les quelques maravédis que tu gagnais par jour, je subvenais à la moitié de ma dépense!

Don Quichotte, devinant le sujet de la douleur de Sancho, entreprit de le consoler par les meilleurs raisonnements qu'il put trouver sur les disgrâces de cette vie; mais il n'y parvint réellement qu'après avoir promis de lui donner une lettre de change de trois ânons, à prendre sur cinq qu'il avait laissés dans son écurie. Aussitôt Sancho arrêta ses soupirs, calma ses sanglots, sécha ses larmes, et remercia son seigneur de la faveur qu'il lui accordait.

En pénétrant dans ces montagnes qui lui promettaient les aventures qu'il cherchait sans relâche, notre héros avait senti son cœur bondir de joie. Il repassait dans sa mémoire les merveilleux événements qui étaient arrivés aux chevaliers errants en de semblables lieux, et ces pensées le transportaient et l'absorbaient à tel point, qu'il en oubliait le monde entier. Quant à Sancho, depuis qu'il croyait cheminer en lieu sûr, il ne songeait plus qu'à restaurer son estomac avec les restes du butin enlevé aux prêtres du convoi. Chargé de ce qu'aurait dû porter le grison, il cheminait à petits pas, tirant du sac à chaque instant de quoi remplir son ventre, sans nul souci des aventures, et n'en imaginant point de plus heureuse que celle-là.

En ce moment il leva les yeux, et, voyant son maître s'arrêter, il accourut pour en savoir la cause. En approchant, il reconnut que don Quichotte remuait avec le bout de sa lance un coussin et une valise attachés ensemble, tous deux en lambeaux et à demi pourris, mais si pesants qu'il fallut que Sancho aidât à les soulever. Son maître lui ayant dit d'examiner ce que ce pouvait être, il s'empressa d'obéir, et quoique la valise fût fermée, il put facilement voir par les trous ce qu'elle contenait. Il en tira quatre chemises de toile de Hollande très-fine, d'autres hardes aussi propres qu'élégantes, et enfin une certaine quantité d'écus d'or renfermés dans un mouchoir.

A cette vue, il s'écria: Béni soit le ciel, qui enfin nous envoie une si heureuse aventure. En poursuivant l'examen, il trouva un livre de souvenirs richement relié.

Je retiens cela, dit don Quichotte; quant à l'argent, tu peux le prendre.

Grand merci, seigneur, répondit Sancho en lui baisant les mains; et il mit les hardes et l'argent dans son bissac.

Il faut, dit don Quichotte, que quelque voyageur se soit égaré dans ces montagnes, où des voleurs l'auront assassiné et seront venus l'enterrer en cet endroit.

Vous n'y êtes pas, seigneur, répondit Sancho: si c'étaient des voleurs, ils auraient pris l'argent.

Tu as raison, dit don Quichotte, et je ne devine pas ce que cela peut être. Mais, attends; dans ce livre se trouve sans doute quelque écriture qui nous apprendra ce que nous cherchons.

En même temps, notre héros l'ouvrit, et il y trouva le brouillon d'un sonnet qu'il lut à haute voix, afin que Sancho l'entendît:

Comme Amour est sans yeux, il est sans connaissance;
Oui, c'est un dieu bizarre et plein de cruauté,
Qui condamne au hasard et sans nulle équité;
Ou le mal que je souffre excède sa sentence.

Mais si l'Amour est dieu, c'est une conséquence,
Qu'il voit tout, connaît tout, et c'est impiété
D'accuser de rigueur une divinité:

D'où viennent donc mes maux, et qui fait ma souffrance?

Philis, ce n'est pas vous; un si noble sujet
Ne peut jamais causer un aussi triste effet;
Et ce n'est pas du ciel que mon malheur procède.

Je vois qu'il faut mourir dans ce trouble confus.
Comment guérir de maux qui nous sont inconnus?
Un miracle peut seul en donner le remède.

Cette chanson-là ne nous apprend rien, dit Sancho, à moins que par ce fil dont elle parle nous ne tenions le peloton de toute l'aventure.

De quel fil parles-tu? demanda don Quichotte.

Il me semble que Votre Grâce a parlé de fil, répondit Sancho.

J'ai parlé de Philis, reprit don Quichotte; et ce nom doit être celui de la dame dont se plaint l'auteur de ce sonnet. Certes, le poëte n'est pas des moindres, ou je n'entends rien au métier.

Comment! dit Sancho, est-ce que Votre Grâce se connaît aussi à composer des vers?

Mieux que tu ne penses, répondit don Quichotte, et bientôt tu le verras quand je t'aurai donné une lettre toute en vers pour porter à Dulcinée du Toboso. Apprends, Sancho, que les chevaliers errants du temps passé étaient, la plupart du moins, poëtes et musiciens; car ces talents, ou pour mieux dire, ces dons du ciel, sont le lot ordinaire des amoureux errants. Malgré cela, il faut convenir que dans leurs poésies les anciens chevaliers ont plus de vigueur que de délicatesse.

Lisez toujours, seigneur, dit Sancho, peut-être trouverons-nous ce que nous cherchons.

Don Quichotte tourna le feuillet: Ceci est de la prose, dit-il, et ressemble à une lettre.

A une lettre missive? demanda Sancho.

Par ma foi, le début ferait croire à une lettre d'amour, répondit don Quichotte.

Eh bien, que Votre Grâce ait la bonté de lire tout haut; j'aime infiniment ces sortes de lettres et tout ce qui est dans ce genre.

Volontiers, dit don Quichotte; et il lut ce qui suit:

«La fausseté de tes promesses et la certitude de mon malheur me conduisent en un lieu d'où tu apprendras plus tôt la nouvelle de ma mort que l'expression de mes plaintes. Tu m'as trahi, ingrate, pour un plus riche, mais non pour un meilleur que moi; car si la vertu était estimée à l'égal de la richesse, je n'envierais pas le bonheur d'autrui, et je ne pleurerais pas mon propre malheur. Ce qu'a fait naître ta beauté, ton inconstance l'a détruit: par l'une tu me parus un ange, mais l'autre m'a prouvé que tu n'étais qu'une femme. Adieu. Vis en paix, toi qui me fais une guerre si cruelle. Fasse le ciel que la perfidie de ton époux ne te soit jamais connue, afin que, venant à te repentir de ta trahison, je ne sois point forcé de venger nos déplaisirs communs sur un homme que tu es désormais tenue de respecter.»

Voilà qui nous en apprend encore moins que les vers, dit don Quichotte, si ce n'est pourtant que celui qui a écrit cette lettre est un amant trahi; et continuant de feuilleter le livre de poche, il trouva qu'il ne contenait que des plaintes, des reproches, des lamentations, puis des dédains et des faveurs, les unes exhalées avec enthousiasme, les autres amèrement déplorés.

Pendant que don Quichotte feuilletait le livre de poche, Sancho revisitait la valise, sans y laisser non plus que dans le coussin, un repli qu'il ne fouillât, une couture qu'il ne rompit, un flocon de laine qu'il ne triât soigneusement, tant il était en goût, depuis la découverte des écus d'or, dont il avait trouvé plus d'une centaine. Cette récompense de toutes ses mésaventures lui parut satisfaisante, et à ce prix il en eût voulu autant tous les mois.

Notre chevalier avait grande envie de connaître le maître de la valise, conjecturant par le sonnet et la lettre, par la quantité d'écus d'or et la finesse du linge, qu'elle devait appartenir à un amoureux de bonne maison, réduit au désespoir par les cruautés de sa dame. Mais, comme dans ces lieux déserts il n'apercevait personne de qui il pût recueillir quelque information, il se décida à passer outre, se laissant aller au gré de Rossinante, qui marchait tant bien que mal à travers ces roches hérissées de ronces et d'épines.

Tandis qu'il cheminait ainsi, espérant toujours qu'en cet endroit âpre et sauvage viendrait enfin s'offrir à lui quelque aventure extraordinaire, il aperçut tout à coup, au sommet d'une montagne, un homme courant avec une légèreté surprenante de rocher en rocher. Il crut reconnaître que cet homme était presque sans vêtements, qu'il avait la tête nue, les cheveux en désordre, la barbe noire et touffue, les pieds sans chaussure, et qu'il portait un pourpoint qui semblait de velours jaune, mais tellement en lambeaux, que la chair paraissait en plusieurs endroits. Bien que cet homme eût passé avec la rapidité de l'éclair, tout cela fut remarqué par don Quichotte, qui fit ses efforts pour le suivre; mais il n'était pas donné aux faibles jarrets du flegmatique Rossinante de courir sur un terrain aussi accidenté. S'imaginant que ce devait être le maître de la valise, notre héros résolut de se mettre à sa recherche, dût-il, pour l'atteindre, errer une année entière dans ces solitudes. Il ordonna à Sancho de parcourir un côté de la montagne, pendant que lui-même irait du côté opposé.

Cela m'est impossible, répondit Sancho, car dès que je quitte tant soit peu Votre Grâce, la peur s'empare de moi et vient m'assaillir avec toutes sortes de visions. Aussi soyez assuré que dorénavant je ne m'éloignerai pas de vous, fût-ce d'un demi-pied.

J'y consens, dit don Quichotte, et je suis bien aise de voir la confiance que tu as en ma valeur: sois certain qu'elle ne te faillira pas, quand même l'âme viendrait à te manquer au corps. Suis-moi donc pas à pas, les yeux grands ouverts; nous ferons le tour de cette montagne, et peut-être rencontrerons-nous le maître de cette valise, car c'est lui sans doute que nous avons vu passer si rapidement.

Ne serait-il pas mieux de ne le point chercher? reprit Sancho; si nous le trouvons, et que l'argent soit à lui, il est clair que je suis obligé de le restituer. Vous le voyez, cette recherche ne peut être d'aucune utilité, et mieux vaut posséder cet argent de bonne foi, jusqu'à ce que le hasard nous en fasse découvrir le véritable propriétaire. Oh! alors, si l'argent est parti, le roi m'en fera quitte.

Tu te trompes en cela, Sancho, dit don Quichotte; dès qu'un seul instant nous pouvons supposer que cet homme est le maître de cet argent, notre devoir est de le chercher sans relâche pour lui faire restitution; car la seule présomption qu'il peut l'être équivaut pour nous à la certitude qu'il l'est réellement et nous en fait responsables. Ainsi donc, que cette recherche ne te donne point de chagrin; quant à moi, il me semble que je serai déchargé d'un grand fardeau si je peux réussir à rencontrer cet inconnu.

En disant cela il piqua Rossinante, et Sancho le suivit à pied, toujours portant la charge de l'âne, grâce à Ginez de Passamont.

Après avoir longtemps fouillé toute la montagne, ils arrivèrent au bord d'un ruisseau, où ils rencontrèrent le cadavre d'une mule ayant encore sa selle et sa bride et à demi mangée des corbeaux et des loups. Cela les confirma dans l'idée que l'homme qui fuyait était le maître de la valise et de la mule. Pendant qu'ils la considéraient, un coup de sifflet pareil à celui d'un berger qui rassemble son troupeau se fit entendre; aussitôt ils aperçurent sur la gauche une grande quantité de chèvres, et plus loin un vieux pâtre qui les gardait. Don Quichotte élevant la voix pria cet homme de descendre, lequel tout surpris leur demanda comment ils avaient pu pénétrer dans un endroit si sauvage, connu seulement des chèvres et des loups.

Descendez, lui cria Sancho; nous vous en rendrons compte.

Le chevrier descendit. Je gage, seigneur, dit-il en arrivant auprès de don Quichotte, que vous regardiez cette mule étendue dans le ravin. Il y a, sans mentir, six mois qu'elle est à la même place; mais, dites-moi, n'avez-vous point rencontré son maître?

Nous n'avons rien rencontré, répondit don Quichotte, si ce n'est un coussin et une petite valise à quelques pas d'ici.

Je l'ai trouvée aussi, dit le chevrier, et, comme vous, je me suis bien gardé d'y toucher; je n'ai pas seulement voulu en approcher, de peur de quelque surprise, et peut-être de me voir accuser de larcin; car le diable est subtil, et souvent il met sur notre chemin des choses qui nous font broncher sans savoir ni pourquoi ni comment.

Voilà justement ce que je disais, repartit Sancho; moi aussi j'ai trouvé la valise, sans vouloir en approcher d'un jet de pierre. Je l'ai laissée là-bas, qu'elle y demeure; je n'aime pas à attacher des grelots aux chiens.

Savez-vous, bonhomme, quel est le maître de ces objets? reprit don Quichotte en s'adressant au chevrier.

Il aperçut au sommet d'une montagne un homme courant de rocher en rocher.

Tout ce que je sais, répondit celui-ci, c'est qu'il y a environ six mois, un jeune homme de belle taille et de bonne façon, monté sur la même mule que vous voyez, mais qui alors était en vie, avec le coussin et la valise que vous dites avoir trouvés et n'avoir point touchés, arriva à des huttes qui sont à trois lieues d'ici, demandant quel était l'endroit le plus désert de ces montagnes. Nous lui répondîmes que c'était celui où nous sommes en ce moment; cela est si vrai qu'en s'avançant à une demi-lieue plus loin, on aurait bien de la peine à en sortir; aussi suis-je étonné de voir que vous ayez pu pénétrer jusqu'ici, car il n'y a ni chemin ni sentier qui y conduise. Ce jeune homme n'eut pas plus tôt entendu notre réponse, qu'il tourna bride et prit la direction que nous lui avions indiquée, nous laissant tout surpris de l'empressement qu'il mettait à s'enfoncer dans ce désert. Depuis, personne ne l'avait revu, quand un jour il rencontra un de nos pâtres, sur lequel il se jeta comme un furieux en l'accablant de coups; courant ensuite aux provisions qui étaient là sur un âne, il s'empara du pain et du fromage qui s'y trouvaient, puis disparut plus agile qu'un daim. Quand nous apprîmes cette aventure, nous nous mîmes,quelques chevriers et moi, à le chercher; et après avoir fouillé longtemps les endroits les plus épais, nous le trouvâmes, enfin, caché dans le tronc d'un gros liége.

Il s'avança vers nous avec douceur, mais le visage si altéré et si brûlé du soleil, que sans ses habits, qui déjà étaient en lambeaux, nous aurions eu de la peine à le reconnaître. Il nous salua courtoisement; et, en quelques mots bien tournés, il nous dit de ne pas nous étonner de le voir agir de la sorte, qu'il fallait que cela fût ainsi pour accomplir une pénitence qu'on lui avait imposée. Nous le priâmes de nous dire qui il était, mais il s'y refusa obstinément. Nous lui demandâmes d'indiquer l'endroit où nous pourrions le retrouver afin de lui donner, quand il en aurait besoin, la nourriture dont il ne pouvait se passer, l'assurant que ce serait de bon cœur; ou que, tout au moins, il vînt la demander sans la prendre de force. Il nous remercia, s'excusa de ses violences passées, nous promettant de demander à l'avenir, pour l'amour de Dieu et sans violenter personne, ce qui lui serait nécessaire. Quant à son habitation, il n'avait point de retraite fixe, il s'arrêtait, dit-il, là où la nuit le surprenait.

Après ces demandes et ces réponses, il se mit à pleurer si amèrement qu'il eût fallu être de bronze pour ne pas en avoir pitié, nous autres surtout qui le trouvions dans un état si différent de celui où nous l'avions vu pour la première fois; car, je vous l'ai dit, c'était un beau jeune homme, de fort bonne mine, qui avait de l'esprit, et paraissait plein de sens; et tout cela réuni nous fit croire qu'il était de bonne maison et richement élevé. Tout à coup, au milieu de la conversation, le voilà qui s'arrête, devient muet, et demeure longtemps les yeux cloués en terre, pendant que nous étions là étonnés, inquiets attendant à quoi aboutirait cette extase, non sans éprouver beaucoup de compassion d'un si triste état. En le voyant ouvrir de grands yeux sans remuer les paupières, puis les fermer en serrant les lèvres et fronçant les sourcils, nous reconnûmes sans peine qu'il était sujet à des accès de folie. Nous ne tardâmes pas à en avoir la preuve, car après s'être roulé par terre, il se releva brusquement et tout aussitôt se précipita sur l'un de nous avec une telle furie, que si nous ne l'eussions arraché de ses mains, il le tuait à coups de poings et à coups de dents; en le frappant il lui disait: Ah! traître don Fernand, c'est ici que tu me payeras l'outrage que tu m'as fait: c'est ici que mes mains t'arracheront ce lâche cœur qui recèle toutes les méchancetés du monde. Il ajoutait encore mille autres injures, qui toutes tendaient à reprocher à ce Fernand son parjure et sa trahison. Après quoi il s'enfonça dans la montagne, courant avec une telle vitesse à travers les buissons et sur ces rochers, qu'il nous fut impossible de le suivre.

Cela nous a fait penser que sa folie le prenait par intervalles, et qu'un homme, appelé don Fernand, lui avait causé un déplaisir si grand qu'il en avait perdu la raison. Notre soupçon s'est confirmé quand nous l'avons vu venir tantôt demander avec douceur à manger aux bergers, tantôt prendre leurs provisions par force, selon qu'il est ou non dans son bon sens. Aussi, poursuivit le chevrier, deux bergers de mes amis, leurs valets et moi, nous avons résolu de chercher ce pauvre jeune homme jusqu'à ce que nous l'ayons trouvé, pour l'amener de gré ou de force, à Almodovar qui est à huit lieues d'ici, et le faire traiter s'il y a remède à son mal, ou tout au moins apprendre qui il est, afin qu'on puisse informer ses parents de son malheur. Voilà tout ce que je puis répondre aux questions que vous m'avez faites; mais soyez certains que celui que vous avez vu courir si rapidement, et presque nu, est le véritable maître de la mule et de la valise que vous avez trouvées sur votre chemin.

Émerveillé du récit que le chevrier venait de lui faire, don Quichotte n'en eut que plus d'envie de savoir quel était cet homme si cruellement traité par le sort, et qu'il trouvait si fort à plaindre. Il s'affermit donc dans la résolution de le chercher par toute la montagne, se promettant de ne pas laisser un recoin sans le visiter. Mais la fortune en ordonna mieux qu'il n'espérait, car au même instant, dans une embrasure de rocher, le jeune homme parut, s'avançant vers eux, et marmottant tout bas des paroles qu'ils ne pouvaient entendre. Son vêtement était tel que nous l'avons dépeint; seulement, don Quichotte reconnut, en s'approchant, que le pourpoint qu'il portait était parfumé d'ambre, ce qui le confirma dans l'idée qu'il devait être de haute condition. En les abordant, le jeune homme les salua d'une voix rauque et brusque, quoique avec courtoisie. Notre héros lui rendit son salut, et descendant de cheval s'avança avec empressement pour l'embrasser; mais l'inconnu, après s'être laissé donner l'accolade, s'écartant un peu et posant ses deux mains sur les épaules de don Quichotte, se mit à le considérer de la tête aux pieds, comme s'il eût cherché à le reconnaître, non moins surpris de la figure, de la taille et de l'armure du chevalier, que celui-ci ne l'était de le voir lui-même en cet état. Enfin le premier des deux qui parla fut l'inconnu, et il dit ce qu'on verra dans le chapitre suivant.

CHAPITRE XXIV. OU SE CONTINUE L'AVENTURE DE LA SIERRA MORENA.

L'histoire rapporte que don Quichotte écoutait avec une extrême attention l'inconnu de la montagne, lequel, poursuivant l'entretien, lui dit: Qui que vous soyez, seigneur, je vous rends grâces de la courtoisie dont vous faites preuve envers moi, et je voudrais être en état de vous témoigner autrement que par des paroles la reconnaissance que m'inspire un si bon accueil; mais ma mauvaise fortune ne s'accorde pas avec mon cœur, et pour reconnaître tant de bontés, il ne me reste que des désirs impuissants.

Les miens, répondit don Quichotte, sont tellement de vous servir, que j'avais résolu de ne point quitter ces solitudes jusqu'à ce que je vous eusse découvert, afin d'apprendre de votre bouche s'il y a quelque remède aux déplaisirs qui vous font mener une si triste existence, et afin de chercher à y mettre un terme à quelque prix que ce soit, fût-ce au péril de ma propre vie. Dans le cas où vos malheurs seraient de ceux qui ne souffrent pas de consolation, je venais du moins pour vous aider à les supporter, en les partageant, et mêler mes larmes aux vôtres; car c'est un adoucissement à nos disgrâces que de trouver des gens qui s'y montrent sensibles. Si ma bonne intention vous paraît mériter quelque retour, je vous supplie, par la courtoisie dont je vous vois rempli, je vous conjure par ce que vous avez de plus cher, de me dire qui vous êtes, et quel motif vous a fait choisir une existence si triste, si sauvage et si différente de celle que vous devriez mener. Par l'ordre de chevalerie que j'ai reçu quoique indigne, et par la profession que j'en fais, je jure, si vous me montrez cette confiance, de vous rendre tous les services qui seront en mon pouvoir, soit en apportant du remède à vos malheurs, soit, comme je vous l'ai promis, en m'unissant à vous pour les pleurer.

En entendant parler de la sorte le chevalier de la Triste-Figure, l'inconnu de la montagne se mit à le considérer de la tête aux pieds. Après l'avoir longtemps envisagé en silence, il lui dit: Si l'on a quelque nourriture à me donner, pour l'amour de Dieu qu'on me la donne, après quoi je ferai ce que vous souhaitez de moi. Aussitôt Sancho tira de son bissac, et le chevrier de sa panetière, de quoi apaiser la faim du malheureux, qui se mit à manger comme un insensé, et avec tant de précipitation, qu'un morceau n'attendait pas l'autre, et qu'il dévorait plutôt qu'il ne mangeait. Après avoir apaisé sa faim, il se leva, et faisant signe à don Quichotte et aux deux autres de le suivre, il les conduisit au détour d'un rocher, dans une prairie qui était près de là.

Quand on y fut arrivé, il s'assit sur l'herbe et chacun en fit autant; puis s'étant placé à son gré, il commença ainsi: Si vous voulez que je raconte en peu de mots l'histoire de mes malheurs, il faut me promettre avant tout de ne pas m'interrompre, parce qu'une seule parole prononcée mettrait fin à mon récit. (Ce préambule rappela à don Quichotte certaine nuit où, faute par lui d'avoir noté avec exactitude le nombre des chèvres qui passaient la rivière, Sancho ne put achever son conte.) Si je prends cette précaution, ajouta l'inconnu, c'est afin de ne pas m'arrêter trop longtemps sur mes disgrâces: les rappeler à ma mémoire ne fait que les accroître, et toute question en allongerait le récit; du reste, pour satisfaire complétement votre curiosité, je n'omettrai rien d'important.

Don Quichotte promit au nom de tous grande attention et silence absolu, après quoi l'inconnu commença en ces termes:

Je m'appelle Cardenio; mon pays est une des principales villes d'Andalousie, ma race est noble, ma famille est riche; mais si grands sont mes malheurs, que les richesses de mes parents n'y sauraient apporter remède, car les dons de la fortune sont impuissants contre les chagrins que le ciel nous envoie. Dans la même ville a pris naissance une jeune fille d'une beauté incomparable, appelée Luscinde, noble, riche autant que moi, mais moins constante que ne méritait l'honnêteté de mes sentiments. Dès mes plus tendres années, j'aimai Luscinde, et Luscinde m'aima avec cette sincérité qui accompagne toujours un âge innocent. Nos parents connaissaient nos intentions, et ne s'y opposaient point, parce qu'ils n'en redoutaient rien de fâcheux: l'égalité des biens et de la naissance les aurait fait aisément consentir à notre union. Cependant l'amour crût avec les années, et le père de Luscinde, semblable à celui de cette Thisbé si célèbre chez les poëtes, croyant ne pouvoir souffrir plus longtemps avec bienséance notre familiarité habituelle, me fit interdire l'entrée de sa maison. Cette défense ne servit qu'à irriter notre amour. On enchaîna notre langue, mais on ne put arrêter nos plumes; et comme nous avions des voies sûres et aisées pour nous écrire, nous le faisions à toute heure. Maintes fois j'envoyai à Luscinde des chansons et de ces vers amoureux qu'inventent les amants pour adoucir leurs peines. De son côté, Luscinde prenait tous les moyens de me faire connaître la tendresse de ses sentiments. Nous soulagions ainsi nos déplaisirs, et nous entretenions une passion violente. Enfin, ne pouvant résister plus longtemps à l'envie de revoir Luscinde, je résolus de la demander en mariage, et pour ne pas perdre un temps précieux, je m'adressai moi-même à son père. Il me répondit qu'il était sensible au désir que je montrais d'entrer dans sa famille, mais que c'était à mon père à faire cette démarche, parce que si mon dessein avait été formé sans son consentement, ou qu'il refusât de l'approuver, Luscinde n'était pas faite pour être épousée clandestinement. Je le remerciai de ses bonnes intentions en l'assurant que mon père viendrait lui-même faire la demande. Aussitôt j'allai le trouver pour lui découvrir mon dessein, et le prier de m'y aider s'il l'approuvait.

Quand j'entrai dans sa chambre, il tenait à la main une lettre qu'il me présenta avant que j'eusse ouvert la bouche. Vois, Cardenio, me dit-il, l'honneur que le duc Ricardo veut te faire. Ce duc, vous le savez sans doute, est un grand d'Espagne, dont les terres sont dans le meilleur canton de l'Andalousie. Je lus la lettre, et la trouvai si obligeante, que je crus, comme mon père, ne pas devoir refuser l'honneur qu'on nous faisait à tous deux. Le duc priait mon père de me faire partir sans délai, désirant me placer auprès de son fils aîné, non pas à titre de serviteur, mais de compagnon; il se chargeait, disait-il, de me faire un sort qui répondît à la bonne opinion qu'il avait de moi. Après avoir lu, je restai muet, et je pensai perdre l'esprit quand mon père ajouta: il faut que tu te tiennes prêt à partir, d'ici à deux jours; Cardenio, rends grâces à Dieu de ce qu'il t'ouvre une carrière où tu trouveras honneur et profit. Il joignit à ces paroles les conseils d'un père prudent et sage.

Don Quichotte élevant la voix pria le vieux pâtre de
descendre.

La nuit qui précéda mon départ, je vis ma chère Luscinde, et lui appris ce qui se passait. La veille, j'avais

pris congé de son père, en le suppliant de me conserver la bonne volonté qu'il m'avait témoignée, et de différer de pourvoir sa fille jusqu'à mon retour. Il me le promit, et Luscinde et moi nous nous séparâmes avec toute la douleur que peuvent éprouver des amants tendres et passionnés. Après mille serments réciproques, je partis, et bientôt j'arrivai chez le duc, qui me reçut avec tant de marques de bienveillance que l'envie ne tarda pas à s'éveiller, surtout parmi les anciens serviteurs de la maison, il leur semblait que les marques d'intérêt qu'on m'accordait étaient à leur détriment. Le seul qui parût satisfait de ma venue fut le second fils du duc, appelé don Fernand, jeune homme aimable, gai, libéral et amoureux. Il me prit bientôt en telle amitié, que tout le monde en était jaloux, et comme entre amis il n'y a point de secrets, il me confiait tous les siens, à ce point qu'il ne tarda pas à me mettre dans la confidence d'une intrigue amoureuse qui l'occupait entièrement.

Il aimait avec passion la fille d'un riche laboureur, vassal du duc son père, jeune paysanne si belle, si spirituelle et si sage, qu'elle faisait l'admiration de tous ceux qui la connaissaient. Tant de perfections avaient tellement charmé l'esprit de don Fernand, que, voyant l'impossibilité d'en faire sa maîtresse, il résolut d'en faire sa femme. Touché de l'amitié qu'il me montrait, je crus devoir le détourner de ce dessein, m'appuyant des raisons que je pus trouver; mais après avoir reconnu l'inutilité de mes efforts, je pris la résolution d'en avertir le duc. L'honneur m'imposait de lui révéler un projet si contraire à la grandeur de sa maison. Don Fernand s'en douta, et il ne songea qu'à me détourner de ma résolution en me faisant croire qu'il n'en serait pas besoin. Pour le guérir de sa passion, il m'assura que le meilleur moyen était de s'éloigner pendant quelque temps de celle qui en était l'objet, et afin de motiver mon absence, ajouta-t-il, je dirai à mon père que tous deux nous avons formé le projet de nous rendre dans votre ville natale pour acheter des chevaux; c'est là en effet qu'on trouve les plus renommés. Le désir de revoir Luscinde me fit approuver son plan; je croyais que l'absence le guérirait, et je le pressai d'exécuter ce projet. Mais, comme je l'ai su depuis, don Fernand n'avait pensé à s'éloigner qu'après avoir abusé de la fille du laboureur, sous le faux nom d'époux, et afin d'éviter le premier courroux de son père quand il apprendrait sa faute.

Or, comme chez la plupart des jeunes gens, l'amour n'est qu'un goût passager, dont le plaisir est le but et qui s'éteint par la possession, don Fernand n'eut pas plus tôt obtenu les faveurs de sa maîtresse qu'il sentit son affection diminuer; ce grand feu s'éteignit, ses désirs se refroidirent; et s'il avait d'abord feint de vouloir s'éloigner, il le désirait véritablement alors. Le duc lui en accorda la permission, et m'ordonna de l'accompagner. Nous vînmes donc chez mon père, où don Fernand fut reçu comme une personne de sa qualité devait l'être par des gens de la nôtre. Quant à moi, je courus chez Luscinde, qui m'accueillit comme un amant qui lui était cher et dont elle connaissait la constance. Après quelques jours passés à fêter don Fernand, je crus devoir à son amitié la même confiance qu'il m'avait témoignée, et pour mon malheur j'allai lui faire confidence de mon amour. Je lui vantai la beauté de Luscinde, sa sagesse, son esprit; ce portrait lui inspira le désir de connaître une personne ornée de si brillantes qualités; aussi, pour satisfaire son impatience, un soir je la lui fis voir à une fenêtre basse de sa maison, où nous nous entretenions souvent. Elle lui parut si séduisante, qu'en un instant il oublia toutes les beautés qu'il avait connues jusque-là. Il resta muet, absorbé, insensible; en un mot, il devint épris d'amour au point que vous le verrez dans la suite. Pour l'enflammer encore davantage, le hasard fit tomber entre ses mains un billet de Luscinde, par lequel elle me pressait de faire parler à son père et de hâter notre mariage; mais cela avec une si touchante pudeur que don Fernand s'écria qu'en elle seule étaient réunis les charmes de l'esprit et du corps qu'on trouve répartis entre les autres femmes. Ces louanges, toutes méritées qu'elles étaient, me devinrent suspectes dans sa bouche; je commençai à me cacher de lui; mais autant je prenais soin de ne pas

347

prononcer le nom de Luscinde, autant il se plaisait à m'en entretenir. Sans cesse il m'en parlait, et il avait l'art de ramener sur elle notre conversation. Cela me donnait de la jalousie, non que je craignisse rien de Luscinde, dont je connaissais la constance et la loyauté, mais j'appréhendais tout de ma mauvaise étoile, car les amants sont rarement sans inquiétude. Sous prétexte que l'ingénieuse expression de notre tendresse mutuelle l'intéressait vivement, don Fernand cherchait toujours à voir les lettres que j'écrivais à Luscinde et les réponses qu'elle y faisait.

Un jour il arriva que Luscinde m'ayant demandé un livre de chevalerie qu'elle affectionnait, l'Amadis de Gaule...

A peine don Quichotte eut-il entendu prononcer le mot de livre de chevalerie, qu'il s'écria:

Si, en commençant son histoire, Votre Grâce m'eût dit que cette belle demoiselle aimait autant les livres de chevalerie, cela m'aurait suffi pour me faire apprécier l'élévation de son esprit, qui certes ne serait pas aussi distingué que vous l'avez dépeint, si elle eût manqué de goût pour une si savoureuse lecture. Il ne me faut donc point d'autre preuve qu'elle est belle, spirituelle et d'un mérite accompli; et, puisqu'elle a cette inclination, je la tiens pour la plus belle et la plus spirituelle personne du monde. J'aurais voulu seulement, seigneur, qu'avec Amadis de Gaule vous eussiez mis entre ses mains cet excellent don Roger de Grèce; car l'aimable Luscinde aurait sans doute fort goûté Daraïde et Garaya, le discret berger Darinel, et les vers de ses admirables bucoliques, qu'il chantait avec tant d'esprit et d'enjouement. Mais il sera facile de réparer cet oubli, et quand vous voudrez bien me faire l'honneur de me rendre visite, je vous montrerai plus de trois cents ouvrages qui font mes délices, quoique je croie me rappeler en ce moment qu'il ne m'en reste plus un seul, grâce à la malice et à l'envie des enchanteurs. Excusez-moi, je vous prie, si, contre ma promesse, je vous ai interrompu; car dès qu'on parle devant moi de chevalerie et de chevaliers, il n'est pas plus en mon pouvoir de me taire qu'aux rayons du soleil de cesser de répandre de la chaleur, et à ceux de la lune de l'humidité. Maintenant, poursuivez votre récit.

Pendant ce discours, Cardenio avait laissé tomber sa tête sur sa poitrine, comme un homme absorbé dans une profonde rêverie; et quoique don Quichotte l'eût prié deux ou trois fois de continuer son histoire, il ne répondait rien. Enfin, après un long silence, il releva la tête en disant: Il y a une chose que je ne puis m'ôter de la pensée, et personne n'en viendrait à bout, à moins d'être un maraud et un coquin, c'est que cet insigne bélître d'Élisabad[43] vivait en concubinage avec la reine Madasime.

Oh! pour cela, non, non, de par tous les diables!... s'écria don Quichotte, enflammé de colère, c'est une calomnie au premier chef. La reine Madasime fut une excellente et vertueuse dame, et il n'y a pas d'apparence qu'une si grande princesse se soit oubliée à ce point avec un guérisseur de hernies. Quiconque le dit ment impudemment, et je le lui prouverai à pied et à cheval, armé ou désarmé, de jour et de nuit, enfin de telle manière qu'il lui conviendra.

Cardenio le regardait fixement en silence, et n'était pas plus en état de poursuivre son récit, que don Quichotte de l'entendre, tant notre héros avait ressenti l'affront qu'on venait de faire en sa présence à la reine Madasime. Chose étrange! il prenait la défense de cette dame comme si elle eût été sa véritable et légitime souveraine, tellement ses maudits livres lui avaient troublé la cervelle.

Cardenio, qui était redevenu fou, s'entendant traiter de menteur impudent, prit mal la plaisanterie, et ramassant un caillou qui se trouvait à ses pieds, le lança si rudement contre la poitrine de notre héros, qu'il l'étendit par terre. Sancho Panza voulut s'élancer pour venger son maître; mais Cardenio le reçut de telle façon, que d'un seul coup il l'envoya par terre, puis, lui sautant sur le ventre, il le foula tout à son aise et ne le lâcha point qu'il ne s'en fût rassasié. Le chevrier voulut aller au secours de Sancho, il n'en fut pas quitte à meilleur marché. Enfin, après les avoir bien frottés et moulus l'un après l'autre, Cardenio les laissa et regagna à pas lents le chemin de la montagne.

Furieux d'avoir été ainsi maltraité, Sancho s'en prit au chevrier, en lui disant qu'il aurait dû les prévenir que cet homme était sujet à des accès de fureur, parce que, s'ils l'avaient su, ils se seraient tenus sur leurs gardes. Le chevrier répondit qu'il les avait avertis, et que s'ils ne l'avaient pas entendu, ce n'était pas sa faute. Sancho repartit, le chevrier répliqua, et de reparties en répliques, de répliques en reparties, ils en vinrent à se prendre par la barbe et à se donner de telles gourmades que si don Quichotte ne les eût séparés, ils se seraient mis en pièces. Sancho était en goût, et criait à son maître: Laissez-moi faire, seigneur chevalier de la Triste-Figure; celui-ci n'est pas armé chevalier, ce n'est qu'un paysan comme moi, je puis combattre avec lui à armes égales et me venger du tort qu'il m'a causé.

Cela est vrai, dit don Quichotte, mais il est innocent de ce qui nous est arrivé.

Étant parvenu à les séparer, notre héros demanda au chevrier s'il ne serait pas possible de retrouver Cardenio, parce qu'il mourait d'envie de savoir la fin de son histoire. Le chevrier répondit, comme il avait déjà fait, qu'il ne connaissait point sa retraite; mais qu'en parcourant avec soin les alentours, on le retrouverait sûrement, ou dans son bon sens ou dans sa folie.

CHAPITRE XXV. DES CHOSES ÉTRANGES QUI ARRIVÈRENT AU VAILLANT CHEVALIER DE LA MANCHE DANS LA SIERRA MORENA, ET DE LA PÉNITENCE QU'IL FIT A L'IMITATION DU BEAU TÉNÉBREUX.

Ayant dit adieu au chevrier, don Quichotte remonta sur Rossinante, et ordonna à Sancho de le suivre, ce que celui-ci fit de très-mauvaise grâce, forcé qu'il était d'aller à pied. Ils pénétrèrent peu à peu dans la partie la plus âpre de la montagne. Sancho mourait d'envie de parler; mais pour ne pas contrevenir à l'ordre de son maître, il aurait désiré qu'il commençât l'entretien. Enfin, ne pouvant supporter un plus long silence, et don Quichotte continuant à se taire: Seigneur, lui dit-il, je supplie Votre Grâce de me donner sa bénédiction et mon congé; je veux, sans plus tarder, aller retrouver ma femme et mes enfants, avec qui je pourrai au moins converser tout à mon aise; car vous suivre par ces solitudes, jour et nuit, sans dire un seul mot, autant vaudrait m'enterrer tout vivant. Encore si les bêtes parlaient, comme au temps d'Ésope, le mal serait moins grand, je m'entretiendrais avec mon âne[44] de ce qui me passerait par la tête, et je prendrais mon mal en patience; mais être sans cesse en quête d'aventures, ne rencontrer que des coups de poing, des pluies de pierres, des sauts de couverture, et, pour tout dédommagement, avoir la bouche cousue, comme si on était né muet, par ma foi, c'est une tâche qui est au-dessus de mes forces.

Je t'entends, Sancho, répondit don Quichotte; tu ne saurais tenir longtemps ta langue captive. Eh bien, je lui rends la liberté, mais seulement pour le temps que nous serons dans ces solitudes: parle donc à ta fantaisie.

A la bonne heure, reprit Sancho; et pourvu que je parle aujourd'hui, Dieu sait ce qui arrivera demain. Aussi, pour profiter de la permission, je demanderai à Votre Grâce pourquoi elle s'est avisée de prendre si chaudement le parti de cette reine Marcassine, ou n'importe comme elle s'appelle, car je ne m'en soucie guère, et que vous importait que cet Abad fût ou non son bon ami? Si vous aviez laissé passer cela, qui ne vous touche en rien, le fou aurait achevé son histoire, vous vous seriez épargné le coup de pierre, et je n'aurais pas la toile du ventre rompue.

De reparties en répliques, de répliques en reparties, ils en vinrent à se prendre par la barbe.

Si tu savais, comme moi, reprit don Quichotte, quelle grande et noble et dame était la reine Madasime, je suis certain que tu dirais que j'ai encore montré trop de patience en n'arrachant pas la langue insolente qui a osé proférer un pareil blasphème; car, je t'en fais juge, n'est-ce pas un exécrable blasphème de prétendre qu'une reine a fait l'amour avec un chirurgien? La véri-té est que cet Élisabad, dont a parlé le fou, fut un homme prudent et de bon conseil, qui servait autant de gouverneur que de médecin à la reine; mais soutenir qu'elle était sa maîtresse, c'est une insolence digne du plus sévère châtiment. Au reste, afin que tu sois bien convaincu que Cardenio ne savait ce qu'il disait, tu n'as qu'à te rappeler qu'il était déjà retombé dans un de ses accès de folie.

Justement, voilà où je vous attendais, s'écria Sancho; à quoi bon se mettre en peine des discours d'un fou! et si ce caillou, au lieu de vous frapper dans l'estomac, vous avait donné par la tête, nous serions dans un bel état pour avoir pris la défense de cette grande dame, que Dieu a mise en pourriture.

Sancho, répondit don Quichotte, contre les fous et contre les sages, tout chevalier errant est tenu de défendre l'honneur des dames, quelles qu'elles puissent être; à plus forte raison l'honneur des hautes et nobles princesses, comme l'était la reine Madasime, pour qui j'ai une vénération particulière, à cause de sa vertu et de toutes ses admirables qualités; car, outre qu'elle était fort belle, elle montra beaucoup de patience et de résignation dans les malheurs dont elle fut accablée. C'est alors que les sages conseils d'Élisabad l'aidèrent à supporter ses déplaisirs, et c'est aussi de là que des gens ignorants et malintentionnés ont pris occasion de dire qu'ils vivaient familièrement ensemble. Mais encore une fois ils ont menti, et ils mentiront deux cents autres fois, tous ceux qui le diront ou seulement en auront la pensée.

Je ne le dis ni ne le pense, repartit Sancho: que ceux qui le pensent en soient seuls responsables; s'ils ont ou non couché ensemble, c'est à Dieu qu'ils en ont rendu compte. Moi je viens de mes vignes, et je ne sais rien de rien; je ne fourre point mon nez où je n'ai que faire; qui achète et vend, en sa bourse le sent; nu je suis né, nu je me trouve; je ne perds ni ne gagne; et que m'importe, à moi, qu'ils aient été bons amis! Bien des gens croient qu'il y a du lard, là où il n'y a pas seulement de crochets pour le pendre; qui peut mettre des portes aux champs? N'a-t-on pas glosé de Dieu lui-même?

Sainte Vierge! s'écria don Quichotte; eh! combien enfiles-tu là de sottises? Explique-moi, je te prie, quels rapports ont tous ces impertinents proverbes avec ce que je viens de dire? Va, va, occupe-toi désormais de talonner ton âne, sans te mêler de ce qui ne te regarde pas. Mais surtout, tâche de bien imprimer dans ta cervelle que ce qu'avec l'aide de mes cinq sens j'ai fait, je fais et je ferai, est toujours selon la droite raison, et parfaitement conforme aux lois de la chevalerie, que j'entends mieux qu'aucun des chevaliers qui en ont jamais fait profession.

Mais, seigneur, est-ce une loi de la chevalerie, reprit Sancho, de courir ainsi perdus au milieu de ces montagnes, où il n'y a ni chemin ni sentier, cherchant un fou auquel, dès que nous l'aurons trouvé, il prendra fantaisie d'achever de nous briser, à vous la tête, et à moi les côtes?

Encore une fois, laissons cela, repartit don Quichotte; apprends que mon dessein n'est pas seulement de retrouver ce pauvre fou, mais d'accomplir en ces lieux mêmes une prouesse qui doit éterniser mon nom parmi les hommes, et laissera bien loin derrière moi tous les chevaliers errants passés et à venir.

Est-elle bien périlleuse, cette prouesse? demanda Sancho.

Non, répondit don Quichotte. Cependant la chose pourrait tourner de telle sorte, que nous rencontrions malheur au lieu de chance. Au reste, tout dépendra de ta diligence.

De ma diligence? dit Sancho.

Oui, mon ami, reprit don Quichotte, parce que si tu reviens promptement d'où j'ai dessein de t'envoyer, plus tôt ma peine sera finie, et plus tôt ma gloire commencera. Mais comme il n'est pas juste que je te tienne davantage en suspens, je veux que tu saches, ô Sancho, que le fameux Amadis de Gaule fut un des plus parfaits chevaliers errants qui se soient vus dans le monde; que dis-je? le plus parfait, il fut le seul, l'unique, ou tout au moins le premier. J'en suis fâché pour ceux qui oseraient se comparer à lui, ils se tromperaient étrangement; il n'y en a pas un qui soit digne seulement d'être son écuyer. Lorsqu'un peintre veut s'illustrer dans son art, il s'attache à imiter les meilleurs originaux, et prend pour modèles les ouvrages des plus excellents maîtres; eh bien, la même règle s'applique à tous les arts et à toutes les sciences qui font l'ornement des sociétés. Ainsi, celui qui veut acquérir la réputation d'homme prudent et sage doit imiter Ulysse, qu'Homère nous représente comme le type de la sagesse et de la prudence; dans la personne d'Énée, Virgile nous montre également la piété d'un fils envers son père, et la sagacité d'un vaillant capitaine: et tous deux ont peint ces héros, non pas peut-être tels qu'ils furent, mais tels qu'ils devaient être, afin de laisser aux siècles à venir un modèle achevé de leurs vertus. D'où il suit qu'Amadis de Gaule ayant été le pôle, l'étoile, le soleil des vaillants et amoureux chevaliers, c'est lui que nous devons imiter, nous tous qui sommes engagés sous les bannières de l'amour et de la chevalerie. Je conclus donc, ami Sancho, que le chevalier errant qui l'imitera le mieux, approchera le plus de la perfection. Or, la circonstance dans laquelle le grand Amadis fit surtout éclater sa sagesse, sa valeur, sa patience et son amour, fut celle où, dédaigné de sa dame Oriane, il se retira sur la Roche Pauvre pour y faire pénitence, changeant son nom en celui de Beau Ténébreux, nom significatif et tout à fait en rapport avec le genre de vie qu'il s'était imposé. Mais, comme il m'est plus facile de l'imiter en sa pénitence que de pourfendre, comme lui, des géants farouches, de détruire des armées, de disperser des flottes, de défaire des enchantements, et que de plus ces lieux sauvages sont admirablement convenables pour mon dessein, je ne veux pas laisser échapper, sans la saisir, l'occasion qui m'offre si à propos une mèche de ses cheveux.

Mais enfin, demanda Sancho, qu'est-ce donc que Votre Grâce prétend faire dans un lieu si désert?

Ne t'ai-je pas dit, reprit don Quichotte, que mon intention est non-seulement d'imiter Amadis dans son désespoir amoureux et sa folie mélancolique, mais aussi le valeureux Roland, alors que s'offrit à lui sur l'écorce d'un hêtre l'irrécusable indice qu'Angélique s'était oubliée avec le jeune Médor; ce qui lui donna tant de chagrin qu'il en devint fou, qu'il arracha les arbres, troubla l'eau des fontaines, tua les bergers, dispersa leurs troupeaux, incendia leurs chaumières, traîna sa jument, et fit cent mille autres extravagances dignes d'une éternelle mémoire? Et quoique je ne sois pas résolu d'imiter Roland, Orland ou Rotoland (car il portait ces trois noms) dans toutes ses folies, j'ébaucherai de mon mieux les plus essentielles; peut-être bien me contenterai-je tout simplement d'imiter Amadis, qui, sans faire des choses aussi éclatantes, sut acquérir par ses lamentations amoureuses autant de gloire que personne.

Seigneur, dit Sancho, il me semble que ces chevaliers avaient leurs raisons pour accomplir toutes ces folies et toutes ces pénitences; mais quel motif a Votre Grâce pour devenir fou? Quelle dame vous a rebuté, et quels indices peuvent vous faire penser que madame Dulcinée du Toboso a folâtré avec More ou chrétien?

Eh bien, Sancho, continua don Quichotte, voilà justement le fin de mon affaire: le beau mérite qu'un chevalier errant devienne fou lorsqu'il a de bonnes raisons pour cela; l'ingénieux, le piquant, c'est de devenir fou sans sujet, et de faire dire à sa dame: Si mon chevalier fait de telles choses à froid, que ferait-il donc à chaud? en un mot, de lui montrer de quoi on est capable dans l'occasion, puisqu'on agit de la sorte sans que rien vous y oblige. D'ailleurs, n'ai-je pas un motif suffisant dans la longue absence qui me sépare de la sans pareille Dulcinée? N'as-tu pas entendu dire au berger Ambrosio que l'absence fait craindre et ressentir tous les maux? Cesse donc, Sancho, de me détourner d'une si rare et si heureuse imitation. Fou je suis, et fou je veux demeurer, jusqu'à ce que tu sois de retour avec la réponse à une lettre que tu iras porter de ma part à madame Dulcinée: si je la trouve digne de ma fidélité, je cesse à l'instant même d'être fou et de faire pénitence;

mais si elle n'est pas telle que je l'espère, oh! alors, je resterai fou définitivement, parce qu'en cet état je ne sentirai rien: de sorte que, quoi que me réponde ma dame, je me tirerai toujours heureusement d'affaire, jouissant comme sage du bien que j'espère de ton retour, ou, comme fou, ne sentant pas le mal que tu m'auras apporté. Mais dis-moi, as-tu bien précieusement gardé l'armet de Mambrin? Je t'ai vu le ramasser après que cet ingrat eut fait tous ses efforts pour le mettre en pièces, sans pouvoir en venir à bout, tant il est de bonne trempe.

Vive Dieu! reprit Sancho, je ne saurais endurer patiemment certaines choses que dit Votre Grâce; en vérité, cela ferait croire que ce que vous racontez des chevaliers errants, de ces royaumes dont ils font la conquête, de ces îles qu'ils donnent pour récompense à leurs écuyers, que toutes ces belles choses enfin sont des contes à dormir debout. Comment sans cesse entendre répéter qu'un plat à barbe est l'armet de Mambrin, sans penser que celui qui soutient cela a perdu le jugement? J'ai dans mon bissac le bassin tout aplati, et je l'emporte chez moi pour le redresser et me faire la barbe, si Dieu m'accorde jamais la grâce de me retrouver avec ma femme et mes enfants.

Sancho, reprit don Quichotte, par le nom du Dieu vivant que tu viens de jurer, je jure à mon tour que sur toute la surface de la terre on n'a pas encore vu d'écuyer d'un plus médiocre entendement. Depuis le temps que je t'ai pris à mon service, est-il possible que tu sois encore à t'apercevoir qu'avec les chevaliers errants tout semble chimères, folies, extravagances, non pas parce que cela est ainsi, mais parce qu'il se rencontre partout sur leur passage des enchanteurs, qui changent, bouleversent et dénaturent les objets selon qu'ils ont envie de nuire ou de favoriser? Ce qui te paraît à toi un bassin de barbier est pour moi l'armet de Mambrin, et paraîtra tout autre chose à un troisième. En cela j'admire la sage prévoyance de l'enchanteur qui me protége, d'avoir fait que chacun prenne pour un bassin de barbier cet armet, car étant une des plus précieuses choses du monde, et naturellement la plus enviée, sa possession ne m'aurait pas laissé un moment de repos, et il m'aurait fallu soutenir mille combats pour le défendre; tandis que, sous cette vile apparence, personne ne s'en soucie, comme cet étourdi l'a fait voir en essayant de le rompre, sans daigner même l'emporter. Garde-le, ami Sancho, je n'en ai pas besoin pour l'heure; au contraire, je veux me désarmer entièrement et me mettre nu comme lorsque je sortis du ventre de ma mère, si toutefois je trouve qu'il soit plus à propos d'imiter la pénitence de Roland que celle d'Amadis.

En devisant ainsi, ils arrivèrent au pied d'une roche très-haute et comme taillée à pic. Sur son flanc un ruisseau limpide courait en serpentant arroser une verte prairie. Quantité d'arbres sauvages, de plantes et de fleurs des champs entouraient cette douce retraite. Ce lieu plut beaucoup au chevalier de la Triste-Figure, qui, le prenant pour théâtre de sa pénitence, en prit possession en ces termes:

Cruelle! voici l'endroit que j'adopte et que je choisis pour pleurer l'infortune où tu m'as fait descendre! oui, je veux que mes larmes grossissent les eaux de ce ruisseau, que mes soupirs incessants agitent les feuilles et les branches de ces arbres, en signe et témoignage de l'affliction qui déchire mon cœur outragé. O vous! divinités champêtres qui faites séjour en ce désert, écoutez les plaintes d'un malheureux amant, qu'une longue absence et une jalousie imaginaire ont amené dans ces lieux, afin de pleurer son triste sort, et gémir à son aise des rigueurs d'une ingrate en qui le ciel a rassemblé toutes les perfections de l'humaine beauté! O Dulcinée du Toboso! soleil de mes jours, lune de mes nuits, étoile polaire de ma destinée! prends pitié du triste état où m'a réduit ton absence, et daigne répondre par un heureux dénoûment à la constance de ma foi! Arbres, désormais compagnons de ma solitude, faites connaître par le doux bruissement de votre feuillage que ma présence ne vous déplaît pas. Et toi, cher écuyer, fidèle compagnon de mes nombreux travaux, regarde bien ce que je vais faire, afin de le raconter fidèlement à celle qui en est l'unique cause.

En achevant ces mots, il mit pied à terre, ôta la selle et la bride à Rossinante, et lui frappant doucement sur la croupe avec la paume de la main, il dit en soupirant:

Celui qui a perdu la liberté te la donne, ô coursier aussi excellent par tes œuvres que malheureux par ton sort! Va, prends le chemin que tu voudras, car tu portes écrit sur le front que jamais l'hippogriffe d'Astolphe, ni le renommé Frontin, qui coûta si cher à Bradamante, n'ont égalé ta légèreté et ta vigueur.

Celui qui a perdu sa liberté te la donne.

Maudit, et mille fois maudit, s'écria Sancho, soit celui qui me prive du soin de débâter mon âne. Par ma foi, les caresses et les compliments ne lui manqueraient pas à cette heure. Et pourtant quand il serait ici, le pauvre grison, à quoi servirait de lui ôter le bât? Qu'a-t-il à voir aux folies des amoureux et des désespérés, puisque son maître, et ce maître c'est moi, n'a jamais été ni l'un ni l'autre? Mais dites-moi, seigneur, si mon départ et votre folie sont choses sérieuses, ne serait-il pas à propos de seller Rossinante, afin de remplacer mon âne? ce sera toujours du temps de gagné; tandis que s'il me faut aller à pied, je ne sais trop quand j'arriverai, ni quand je serai de retour, car je suis mauvais marcheur.

Fais comme tu voudras, répondit don Quichotte; d'autant que ton idée ne me semble pas mauvaise. Au reste, tu partiras dans trois jours; je te retiens jusque-là, afin que tu puisses voir ce que j'accomplirai pour ma dame, et que tu puisses lui en faire un fidèle récit.

Et que puis-je voir de plus? dit Sancho.

Vraiment, tu n'y es pas encore, repartit don Quichotte: ne faut-il pas que je déchire mes habits, que je disperse mes armes, que je me jette la tête en bas sur ces rochers, et fasse mille autres choses qui te raviront d'admiration?

Pour l'amour de Dieu, reprit Sancho, que Votre Grâce prenne bien garde à la manière dont elle fera ses culbutes, car vous pourriez donner de la tête en tel endroit que dès le premier coup l'échafaudage de votre pénitence serait renversé. Si cependant ces culbutes sont indispensables, je suis d'avis, puisque tout cela n'est que feinte et imitation, que vous vous contentiez de les faire dans l'eau ou sur quelque chose de mou comme du coton; après quoi laissez-moi le soin du reste, je saurai bien dire à madame Dulcinée que vous avez fait ces culbutes sur des roches plus dures que le diamant.

Je te suis reconnaissant de ta bonne intention, dit don Quichotte; mais apprends que tout ceci, loin d'être une feinte, est une affaire très-sérieuse. D'ailleurs, agir autrement serait manquer aux lois de la chevalerie, qui nous défendent de mentir sous peine d'indignité; or faire ou dire une chose pour une autre c'est mentir; il faut donc que mes culbutes soient réelles, franches, loyales, exemptes de toutes supercherie. Il sera bon néanmoins que tu me laisses de la charpie pour panser mes blessures, puisque notre mauvais sort a voulu que nous perdions le baume.

Ç'a été bien pis de perdre l'âne, puisqu'il portait la charpie et le baume, repartit Sancho; quant à ce maudit breuvage, je prie Votre Grâce de ne m'en parler jamais;

rien que d'en entendre prononcer le nom me met l'âme à l'envers, et à plus forte raison l'estomac. Je vous prie aussi de considérer comme achevés les trois jours que vous m'avez donnés pour voir vos folies; je les tiens pour vues et revues, et j'en dirai des merveilles à madame Dulcinée. Veuillez écrire la lettre et m'expédier promptement; car je voudrais être déjà de retour pour vous tirer du purgatoire où je vous laisse.

Purgatoire! reprit don Quichotte; dis enfer, et pis encore, s'il y a quelque chose de pire au monde.

A qui est en enfer NULLA EST RETENTIO, à ce que j'ai entendu dire, répliqua Sancho.

Qu'entends-tu par RETENTIO? demanda don Quichotte.

J'entends par RETENTIO, qu'une fois en enfer on n'en peut plus sortir, répondit Sancho; ce qui n'arrivera pas à Votre Grâce, ou je ne saurais plus jouer des talons pour hâter Rossinante. Plantez-moi une bonne fois devant madame Dulcinée, et je lui ferai un tel récit des folies que vous avez faites pour elle et de celles qui vous restent encore à faire, que je la rendrai aussi souple qu'un gant, fût-elle plus dure qu'un tronc de liége. Puis, avec sa réponse douce comme miel, je reviendrai comme les sorciers, à travers les airs, vous tirer de votre purgatoire, qui semble enfer, mais qui ne l'est pas, puisqu'il y a espérance d'en sortir, tandis qu'on ne sort jamais de l'enfer, quand une fois on y a mis le pied; ce qui est aussi, je crois, l'avis de Votre Grâce.

C'est la vérité, dit don Quichotte; mais comment ferons-nous pour écrire ma lettre?

Et aussi la lettre de change des trois ânons? ajouta Sancho.

Sois tranquille, je ne l'oublierai pas, reprit don Quichotte; et puisque le papier manque, il me faudra l'écrire à la manière des anciens, sur des feuilles d'arbres ou des tablettes de cire. Mais je m'en souviens, j'ai le livre de poche de Cardenio, qui sera très-bon pour cela. Seulement tu auras soin de faire transcrire ma lettre sur une feuille de papier dans le premier village où tu trouveras un maître d'école; sinon tu en chargeras le sacristain de la paroisse; mais garde-toi de t'adresser à un homme de loi, car alors le diable même ne viendrait pas à bout de la déchiffrer.

Et la signature? demanda Sancho.

Jamais Amadis ne signait ses lettres, répondit don Quichotte.

Bon pour cela, dit Sancho; mais la lettre de change doit forcément être signée: si elle n'est que transcrite, ils diront que le seing est faux, et adieu mes ânons.

La lettre de change sera dans le livre de poche, reprit don Quichotte, et je la signerai; lorsque ma nièce verra mon nom, elle ne fera point difficulté d'y faire honneur. Quant à la lettre d'amour, tu auras soin de mettre pour signature: *A vous jusqu'à la mort, le chevalier de la Triste-Figure.* Peu importe qu'elle soit d'une main étrangère, car, si je m'en souviens bien, Dulcinée ne sait ni lire ni écrire, et de sa vie n'a vu lettre de ma main. En effet, nos amours ont toujours été platoniques, et n'ont jamais passé les bornes d'une honnête œillade; encore ç'a été si rarement, que depuis douze ans qu'elle m'est plus chère que la prunelle de mes yeux, qu'un jour mangeront les vers du tombeau, je ne l'ai pas vue quatre fois; peut-être même ne s'est-elle jamais aperçue que je la regardasse, tant Laurent Corchuelo, son père, et Aldonça Nogalès, sa mère, la veillaient de près et la tenaient resserrée.

Comment! s'écria Sancho, la fille de Laurent Corchuelo et d'Aldonça Nogalès est madame Dulcinée du Toboso?

Elle-même, répondit don Quichotte, et qui mérite de régner sur tout l'univers.

Oh! je la connais bien, dit Sancho, et je sais qu'elle lance une barre aussi rudement que le plus vigoureux garçon du village. Par ma foi, elle peut prêter le collet à tout chevalier errant qui la prendra pour maîtresse. Peste! qu'elle est droite et bien faite! et la bonne voix qu'elle a! Un jour qu'elle était montée au haut du clocher de notre village, elle se mit à appeler les valets de son père qui travaillaient à plus de demi-lieue; eh bien, ils l'entendirent aussi distinctement que s'ils eussent été au pied de la tour. Ce qu'elle a de bon, c'est qu'elle n'est point dédaigneuse: elle joue avec tout le monde, et folâtre à tout propos. Maintenant j'en conviens, seigneur chevalier de la Triste-Figure, vous pouvez faire pour elle autant de folies qu'il vous plaira, vous pouvez vous désespérer et même vous pendre; personne ne dira que vous avez eu tort, le diable vous eût-il emporté. Aldonça Lorenço! bon Dieu, je grille d'être en chemin pour la revoir. Elle doit être bien changée, car aller tous les jours aux champs et en plein soleil, cela gâte vite le teint des femmes.

Seigneur don Quichotte, continua Sancho, je dois vous confesser une chose. J'étais resté jusqu'ici dans une grande erreur; j'avais toujours cru que madame Dulcinée était une haute princesse, ou quelque grande dame méritant les présents que vous lui avez envoyés, comme ce Biscaïen, ces forçats, et tant d'autres non moins nombreux que les victoires remportées par vous avant que je fusse votre écuyer; mais en vérité que doit penser madame Aldonça Lorenço, je veux dire madame Dulcinée du Toboso, en voyant s'agenouiller devant elle les vaincus que lui envoie Votre Grâce? Ne pourrait-il pas arriver qu'en ce moment elle fût occupée à peigner du chanvre ou à battre du grain, et qu'à cette vue tous ces gens-là se missent en colère, tandis qu'elle-même se moquerait de votre présent?

Sancho, reprit don Quichotte, je t'ai dit bien des fois que tu étais un grand bavard, et qu'avec ton esprit lourd et obtus, tu avais tort de vouloir badiner et de faire des pointes. Mais, pour te prouver que je suis encore plus sage que tu n'es sot, je veux que tu écoutes cette petite histoire. Apprends donc qu'une veuve, jeune, belle, riche, et surtout fort amie de la joie, s'amouracha un jour d'un frère lai, bon compagnon et de large encolure. En l'apprenant, le frère de la dame vint la trouver pour lui en dire son avis: «Comment, madame, une femme aussi noble, aussi belle et aussi riche que l'est Votre Grâce, peut-elle s'amouracher d'un homme de si bas étage et de si médiocre intelligence, tandis que dans la même maison il y a tant de docteurs et de savants théologiens, parmi lesquels elle peut choisir comme au milieu d'un cent de poires?— Vous n'y entendez rien, mon cher frère, répondit la dame, si vous pensez que j'ai fait un mauvais choix; car pour ce que je veux en faire, il sait autant et plus de philosophie qu'Aristote.» De la même manière, Sancho, tu sauras que pour ce que je veux faire de Dulcinée du Toboso, elle est autant mon fait que la plus grande princesse de la terre. Crois-tu que les Philis, les Galatées, les Dianes et les Amaryllis, qu'on voit dans les livres et sur le théâtre, aient été des créatures en chair et en os, et les maîtresses de ceux qui les ont célébrées? Non, en vérité: la plupart des poëtes les imaginent pour s'exercer l'esprit et faire croire qu'ils sont amoureux ou capables de grandes passions. Il me suffit donc qu'Aldonça Lorenço soit belle et sage: quant à sa naissance, peu m'importe; on n'en est pas à faire une enquête pour lui conférer l'habit de chanoinesse, et je me persuade, moi, qu'elle est la plus grande princesse du monde. Apprends, Sancho, si tu ne le sais pas, que les choses qui nous excitent le plus à aimer sont la sagesse et la beauté; or, ces deux choses se trouvent réunies au degré le plus éminent chez Dulcinée, car en beauté personne ne l'égale, et en bonne renommée peu lui sont comparables. En un mot, je m'en suis fait une idée telle, que ni les Hélènes, ni les Lucrèces, ni toutes les héroïnes des temps passés, grecques, latines ou barbares, n'en ont jamais approché. Qu'on dise ce qu'on voudra; si les sots ne m'approuvent pas, les gens sensés ne manqueront pas d'être de mon sentiment.

Seigneur, reprit Sancho, vous avez raison en tout et partout, et je ne suis qu'un âne. Mais pourquoi, diable, ce mot-là me vient-il à la bouche? on ne devrait jamais parler de corde dans la maison d'un pendu. Maintenant il ne reste plus qu'à écrire vos lettres, et je décampe aussitôt.

Don Quichotte prit le livre de poche, et s'étant mis un peu à l'écart, il commença à écrire avec un grand sang-froid. Sa lettre achevée, il appela son écuyer pour la lui lire, parce que, lui dit-il, je crains qu'elle ne se perde en chemin, et que j'ai tout à redouter de ta mauvaise étoile.

Votre Grâce ferait mieux de l'écrire deux ou trois fois dans le livre de poche, reprit Sancho; c'est folie de penser que je puisse la loger dans ma mémoire; car je l'ai si mauvaise, que j'oublie quelquefois jusqu'à mon propre nom. Cependant, lisez-la-moi; je m'imagine qu'elle est faite comme au moule, et je serai bien aise de l'entendre.

Écoute, dit don Quichotte.

LETTRE DE DON QUICHOTTE A DULCINÉE DU TOBOSO.

«Haute et souveraine Dame,

«Le piqué jusqu'au vif de la pointe aiguë de l'absence, le blessé dans l'intime région du cœur, dulcissime Dulcinée du Toboso, vous souhaite la santé dont il ne jouit pas. Si votre beauté continue à me dédaigner, si vos mérites ne finissent par s'expliquer en ma faveur, si enfin vos rigueurs persévèrent, il me sera impossible, quoique accoutumé à la souffrance, de résister à tant de maux, parce que la force du mal sera plus forte que ma force. Mon fidèle écuyer Sancho vous rendra un compte exact, belle ingrate et trop aimable ennemie, de l'état où je suis à votre intention. S'il plaît à Votre Grâce de me secourir, vous ferez acte de justice, et sauverez un bien qui vous appartient: sinon faites ce qu'il vous plaira; car, en achevant de vivre, j'aurai satisfait à votre cruauté et à mes désirs.

«Celui qui est à vous jusqu'à la mort.

«Le chevalier de la Triste-Figure.»

Par ma barbe, s'écria Sancho, voilà la meilleure lettre que j'aie entendue de ma vie! Peste, comme Votre Grâce dit bien ce qu'elle veut dire, et comme vous avez enchâssé là le chevalier de la Triste-Figure! En vérité, vous êtes le diable en personne, et il n'y a rien que vous ne sachiez.

Dans la profession que j'exerce, il faut tout savoir, dit don Quichotte.

Dulcinée du Toboso.

Or çà, reprit Sancho, écrivez donc de l'autre côté la lettre de change des ânons, et signez lisiblement, afin qu'on sache que c'est votre écriture.

Volontiers, dit don Quichotte. Après l'avoir écrite, il lut ce qui suit:

«Ma nièce, vous payerez, par cette première de change, trois ânons des cinq que j'ai laissés dans mon écurie, à Sancho Panza, mon écuyer, valeur reçue de lui. Je vous en tiendrai compte sur le vu de la présente, quittancée dudit Sancho. Fait au fond de la Sierra Morena, le août de la présente année.»

Très-bien, s'écria Sancho; Votre Grâce n'a plus qu'à signer.

C'est inutile, répondit don Quichotte, je me contenterai de la parapher, et cela suffirait pour trois cents ânes.

Je m'en rapporte à vous, dit Sancho; maintenant je vais seller Rossinante; préparez-vous à me donner votre bénédiction, car je veux partir à l'instant même, sans voir les extravagances que vous avez à faire; je dirai à madame Dulcinée que je vous en ai vu faire à bouche que veux-tu.

Il faut au moins, et cela est nécessaire, reprit don Quichotte, que tu me voies nu, sans autre vêtement que la peau, faire une ou deux douzaines de folies, afin que les ayant vues, tu puisses jurer en toute sûreté de conscience de celles que tu croiras devoir y ajouter, et sois certain que tu n'en diras pas la moitié.

En ce cas, seigneur, dépêchez-vous, repartit Sancho; mais, pour l'amour de Dieu, que je ne voie point la peau de Votre Grâce, cela me ferait trop de chagrin, et je ne pourrais m'empêcher de pleurer. J'ai tant pleuré cette nuit mon grison, que je ne suis pas en état de recommencer. S'il faut absolument que je vous voie faire quelques-unes de ces folies, faites-les tout habillé, et des premières qui vous viendront à l'esprit; car je vous l'ai déjà dit, c'est autant de pris sur mon voyage, et je tarderai d'autant à rapporter la réponse que mérite Votre Grâce. Par ma foi, que madame Dulcinée se tienne bien et réponde comme elle le doit, car autrement je fais vœu solennel de lui tirer la réponse de l'estomac à beaux soufflets comptants et à grands coups de pied dans le ventre. Peut-on souffrir qu'un chevalier errant, fameux comme vous l'êtes, devienne fou, sans rime ni raison, pour une...? Qu'elle ne me le fasse pas dire deux fois, la bonne dame, ou bien je lâche ma langue, et je lui crache son fait à la figure. Oui-da, elle a bien rencontré son homme; je ne suis pas si facile qu'elle s'imagine; elle me connaît mal, et très-mal; si elle me connaissait, elle saurait que je ne me mouche pas du pied.

En vérité, Sancho, tu n'es guère plus sage que moi, dit don Quichotte.

Je ne suis pas aussi fou, répliqua Sancho, mais je suis plus colère. Enfin, laissons cela. Dites-moi, je vous prie, jusqu'à ce que je sois de retour de quoi vivra Votre Grâce? Ira-t-elle par les chemins dérober comme Cardenio le pain des pauvres bergers?

Ne prends de cela aucun souci, répondit don Quichotte; quand même j'aurais de tout en abondance, je suis résolu à ne me nourrir que des herbes de cette prairie et des fruits de ces arbres. Le fin de mon affaire consiste même à ne pas manger du tout, et à souffrir bien d'autres austérités.

A propos, seigneur, dit Sancho, savez-vous que j'ai grand'peur, lorsque je reviendrai, de ne point retrouver l'endroit où je vous laisse, tant il est écarté?

Remarque-le bien, reprit don Quichotte; quant à moi, je ne m'éloignerai pas d'ici, et de temps en temps je monterai sur la plus haute de ces roches, afin que tu puisses me voir ou que je t'aperçoive à ton retour. Mais, pour plus grande sûreté, tu n'as qu'à couper des branches de genêt, et à les répandre de six pas en six pas, jusqu'à ce que tu sois dans la plaine; cela te servira à me retrouver; Thésée ne fit pas autre chose, quand à l'aide d'un fil il entreprit de se guider dans le labyrinthe de Crète.

Sancho s'empressa d'obéir, et, après avoir coupé sa charge de genêts, il vint demander la bénédiction de son seigneur, prit congé de lui et monta en pleurant sur Rossinante.

Sancho, lui dit don Quichotte, je te recommande mon bon cheval; aies-en soin comme de ma propre personne.

Là-dessus, l'écuyer se mit en chemin, semant les branches de genêt comme don Quichotte le lui avait conseillé. Il n'était pas encore bien éloigné, que revenant sur ses pas: Seigneur, lui dit-il, Votre Grâce avait raison quand elle voulait me rendre témoin de quelques-unes de ses folies, afin que je puisse jurer en repos de conscience que je vous en ai vu faire, sans compter que l'idée de votre pénitence n'est pas une des moindres.

Ne te l'avais-je pas dit? répondit don Quichotte. Eh bien, attends un peu; en moins d'un *Credo* ce sera fait.

Se mettant à tirer ses chausses, il fut bientôt en pan de chemise; puis, sans autre façon, se donnant du talon au derrière, il fit deux cabrioles et deux culbutes, les pieds en haut, la tête en bas, et mettant à découvert de telles choses, que pour ne pas les voir deux fois Sancho s'empressa de tourner bride, satisfait de pouvoir jurer que son maître était parfaitement fou.

Nous le laisserons suivre son chemin jusqu'au retour, qui ne fut pas long.

CHAPITRE XXVI. OU SE CONTINUENT LES RAFFINEMENTS D'AMOUR DU GALANT CHEVALIER DE LA MANCHE DANS LA SIERRA MORENA.

En revenant à conter ce que fit le chevalier de la Triste-Figure quand il se vit seul, l'histoire dit: A peine don Quichotte eut achevé ses sauts et ses culbutes, nu de la ceinture en bas et vêtu de la ceinture en haut, voyant Sancho parti sans en attendre la fin, qu'il gravit jusqu'à la cime d'une roche élevée, et là se mit à réfléchir sur un sujet qui maintes fois avait occupé sa pensée sans qu'il eût encore pu prendre à cet égard aucune résolution: c'était de savoir lequel serait préférable et lui conviendrait mieux d'imiter Roland dans sa démence amoureuse, ou bien Amadis dans ses folies mélancoliques; et se parlant à lui-même, il disait: Que Roland ait été aussi vaillant chevalier qu'on le prétend; qu'y a-t-il à cela de merveilleux? il était enchanté, et on ne pouvait lui ôter la vie, si ce n'est en lui enfonçant une épingle noire sous la plante du pied. Or, il avait, pour le préserver en cet endroit, six semelles de fer: et pourtant tout cela ne lui servit de rien, puisque Bernard de Carpio devina la ruse et l'étouffa entre ses bras, dans la gorge de Roncevaux. Mais laissons à part sa vaillance, et venons à sa folie; car il est certain qu'il perdit la raison, quand les arbres de la fontaine lui eurent dévoilé le fatal indice, et quand le pasteur lui eut assuré qu'Angélique avait fait deux fois la sieste avec Médor, ce jeune More à la blonde chevelure. Et certes, après que sa dame lui eut joué ce vilain tour, il n'avait pas grand mérite à devenir fou. Mais pour l'imiter dans sa folie, il faudrait avoir le même motif. Or, je jurerais bien que ma Dulcinée n'a jamais vu de More, même en peinture, et qu'elle est encore telle que sa mère l'a mise au monde: ce serait donc lui faire une injure gratuite et manifeste que de devenir fou du même genre de folie que Roland.

D'un autre côté, je vois qu'Amadis de Gaule, sans perdre la raison ni faire d'extravagances, acquit en amour autant et plus de renommée que personne. Se voyant dédaigné de sa dame Oriane, qui lui avait défendu de paraître en sa présence jusqu'à ce qu'elle le rappelât, il ne fit rien de plus, dit son histoire, que de se retirer en compagnie d'un ermite, sur la roche Pauvre, où il versa tant de larmes que le ciel le prit en pitié et lui envoya du secours au plus fort de son âpre pénitence. Et cela étant, comme cela est, pourquoi me déshabiller entièrement, pourquoi m'en prendre à ces pauvres arbres qui ne m'ont fait aucun mal, et troubler l'eau de ces ruisseaux qui doivent me désaltérer quand l'envie m'en prendra? Ainsi donc, vive Amadis! et qu'il soit imité de son mieux par don Quichotte de la Manche, duquel on dira ce qu'on a dit d'un autre: que s'il ne fit pas de grandes choses, il périt du moins pour les avoir entreprises. D'ailleurs, si je ne suis ni dédaigné, ni outragé par ma Dulcinée, ne suffit-il pas que je sois loin de sa vue? Courage, mettons la main à l'œuvre; revenez dans ma mémoire, immortelles actions d'Amadis, et faites-moi connaître par où je dois commencer. Si je m'en souviens, la prière était son passe-temps principal; eh bien, faisons de même, imitons-le en tout et pour tout, puisque je suis l'Amadis de mon siècle, comme il fut celui du sien.

Là-dessus notre chevalier prit, pour lui servir de chapelet, de grosses pommes de liége qu'il enfila et dont il se fit un rosaire. Seulement, il était contrarié de ne pas avoir sous la main un ermite pour le confesser et lui offrir des consolations; aussi passait-il le temps, soit à se promener dans la prairie, soit à tracer sur l'écorce des arbres, ou même sur le sable du chemin, une foule de vers, tous en rapport avec sa tristesse, tous à la louange de Dulcinée.

Beaux arbres qui portez vos têtes jusqu'aux cieux,
Et recueillez chez vous cent familles errantes;
Vous que mille couleurs font briller à nos yeux,
Aimables fleurs, herbes et plantes,
Si mon séjour pour vous n'est point trop ennuyeux,
Écoutez d'un amant les plaintes incessantes.

Ne vous lassez point d'écouter;
Je suis venu vers vous tout exprès pour chanter
De mes maux sans pareils l'horrible destinée.
Vous aurez en revanche abondamment de l'eau;
Car don Quichotte ici va pleurer comme un veau,
De l'absence de Dulcinée
Du Toboso.

Voici le lieu choisi par un fidèle amant:
Des plus loyaux amants le plus parfait modèle,
Qui pour souffrir tout seul un horrible tourment,
Se cache aux yeux de sa belle,
Et la fuit sans savoir ni pourquoi ni comment,
Si ce n'est qu'il est fou par un excès de zèle.

L'amour, ce petit dieu matois,
Le brûle à petit feu par-dessous son harnois,
Et le fait enrager comme une âme damnée:
Ne sachant plus que faire en ce cruel dépit,
Don Quichotte éperdu pleure à remplir un muid,
De l'absence de Dulcinée
Du Toboso.

Pendant que pour la gloire il fait un grand effort,
A travers les rochers cherchant des aventures
Il maudit mille fois son déplorable sort,
Ne trouvant que des pierres dures,
Des ronces, des buissons qui le piquent bien fort,
Et sans lui faire honneur lui font mille blessures.

L'amour le frappe à tour de bras,
Non pas de son bandeau, car il ne flatte pas:
Mais d'une corde d'arc qui n'est pas étrennée,
Il ébranle sa tête, il trouble son cerveau,
Et don Quichotte alors de larmes verse un seau,
De l'absence de Dulcinée
Du Toboso[45].

Ces vers ne réjouirent pas médiocrement ceux qui les lurent; le refrain *du Toboso* leur parut surtout fort plaisant, car ils pensèrent que don Quichotte, en les composant, s'était imaginé qu'on ne les comprendrait pas si après le nom de Dulcinée il négligeait d'ajouter celui du Toboso; ce qui était vrai, et ce qu'il a avoué depuis. Il écrivit encore beaucoup d'autres vers, comme on l'a dit, mais ces stances furent les seules qu'on parvint à déchiffrer.

Telle était dans sa solitude l'occupation de notre amoureux chevalier: tantôt il soupirait, tantôt il invoquait la plaintive Écho, les faunes et les sylvains de ces bois, les nymphes de ces fontaines, les conjurant de lui répondre et de le consoler; tantôt enfin il cherchait des herbes pour se nourrir, attendant avec impatience le retour de son écuyer. Si au lieu d'être absent trois jours, Sancho eût tardé plus longtemps, il trouvait le chevalier de la Triste-Figure tellement défiguré, que la mère qui le mit au monde aurait eu peine à le reconnaître. Mais laissons notre héros soupirer tout à son aise, pour nous occuper de Sancho et de son ambassade.

A la sortie de la montagne, l'écuyer avait pris le chemin du Toboso, et le jour suivant il atteignit l'hôtellerie où il avait eu le malheur d'être berné. A cette vue, un frisson lui parcourut tout le corps, et s'imaginant déjà voltiger par les airs, il était tenté de passer outre, quoique ce fût l'heure du dîner et qu'il n'eût rien mangé depuis longtemps. Pressé par le besoin, il avança jusqu'à la porte de la maison. Pendant qu'il délibérait avec lui-même, deux hommes en sortirent qui crurent le reconnaître, et dont l'un dit à l'autre: Seigneur licencié, n'est-ce pas là ce Sancho Panza que la gouvernante de notre voisin nous a dit avoir suivi son maître en guise d'écuyer?

C'est lui-même, reprit le curé, et voilà le cheval de don Quichotte.

C'était, en effet, le curé et le barbier de son village, les mêmes qui avaient fait le procès et l'auto-da-fé des livres de chevalerie.

Quand ils furent certains de ne pas se tromper, ils s'approchèrent; et le curé appelant Sancho par son nom, lui demanda où il avait laissé son maître. Sancho, qui les reconnut, se promit tout d'abord de taire le lieu et l'état dans lequel il l'avait quitté. Mon maître, répondit-il, est en un certain endroit occupé en une certaine affaire de grande importance, que je ne dirai pas quand il s'agirait de ma vie.

Sancho s'empressa de tourner bride, satisfait de pouvoir jurer que son maître était parfaitement fou.

Ami Sancho, reprit le barbier, on ne se débarrasse pas de nous si aisément, et si vous ne déclarez sur-le-champ où vous avez laissé le seigneur don Quichotte, nous penserons que vous l'avez tué pour lui voler son cheval. Ainsi, dites-nous où il est, ou bien préparez-vous à venir en prison.

Seigneur, répondit Sancho, il ne faut pas tant de menaces: je ne suis point un homme qui tue, ni qui vole; je suis chrétien. Mon maître est au beau milieu de ces montagnes où il fait pénitence tant qu'il peut: et sur-le-champ il leur conta, sans prendre haleine, en quel état il l'avait laissé, les aventures qui leur étaient arrivées, ajoutant qu'il portait une lettre à madame Dulcinée du Toboso, la fille de Laurent Corchuelo, dont son maître était éperdument amoureux.

Le curé et le barbier restèrent tout ébahis de ce que leur contait Sancho; et bien qu'ils connussent la folie de don Quichotte, leur étonnement redoublait en apprenant que chaque jour il y ajoutait de nouvelles extravagances. Ils demandèrent à voir la lettre qu'il écrivait à madame Dulcinée; Sancho répondit qu'elle était dans le livre de poche, et qu'il avait ordre de la faire copier au premier village qu'il rencontrerait. Le curé lui proposa de la transcrire lui-même; sur ce Sancho mit la main dans son sein pour en tirer le livre de poche; mais il n'avait garde de l'y trouver, car il avait oublié de le prendre, et, sans y penser, don Quichotte l'avait retenu. Quand notre écuyer vit que le livre n'était pas où il croyait l'avoir mis, il fut pris d'une sueur froide, et devint pâle comme la mort. Trois ou quatre fois il se tâta par tout le corps, fouilla ses habits, regarda cent autres fois autour de lui, mais voyant enfin que ses recherches étaient inutiles, il porta les deux mains à sa barbe, et s'en arracha la moitié; puis, tout d'un trait, il se donna sur le nez et sur les mâchoires cinq ou six coups de poing avec une telle vigueur qu'il se mit le visage tout en sang.

Le curé et le barbier, qui n'avaient pu être assez prompts pour l'arrêter, lui demandèrent pour quel motif il se traitait d'une si rude façon.

C'est parce que je viens de perdre en un instant trois ânons, dont le moindre valait une métairie, répondit Sancho.

Que dites-vous là? reprit le barbier.

J'ai perdu, repartit Sancho, le livre de poche où était la lettre pour madame Dulcinée et une lettre de change, signée de mon maître, par laquelle il mande à sa nièce de me donner trois ânons, de quatre ou cinq qu'elle a entre les mains.

Il raconta ensuite la perte de son grison, et, là-dessus, il voulut recommencer à se châtier; mais le curé le calma, en l'assurant qu'il lui ferait donner par son maître une autre lettre de change, et cette fois sur papier convenable, parce que celles qu'on écrivait sur Un livre de poche n'étaient pas dans la forme voulue.

En ce cas, répondit Sancho, je regrette peu la lettre de madame Dulcinée; d'ailleurs, je la sais par cœur, et je pourrai la faire transcrire quand il me plaira.

Eh bien, dites-nous-la, reprit le barbier, après quoi nous la transcrirons.

Sancho s'arrêta tout court; il se gratta la tête pour se rappeler les termes de la lettre, se tenant tantôt sur un pied, tantôt sur un autre, regardant le ciel, puis la terre; enfin, après s'être rongé la moitié d'un ongle: Je veux mourir sur l'heure, dit-il, si le diable ne s'en mêle pas; je ne saurais me souvenir de cette chienne de lettre, sinon qu'il y avait au commencement: Haute et souterraine dame.

Vous voulez dire souveraine, et non pas souterraine? reprit le barbier.

Oui, oui, c'est cela, cria Sancho; attendez donc, il me semble qu'il y avait ensuite: le maltraité, le privé de sommeil, le blessé baise les mains de Votre Grâce, ingrate et insensible belle. Je ne sais ce qu'il disait, de santé et de maladie, qu'il lui envoyait; tant il y a qu'il discourait encore quelque peu, et puis finissait par *à vous jusqu'à la mort, le chevalier de la Triste-Figure.*

La fidèle mémoire de Sancho divertit beaucoup le curé et le barbier: ils lui en firent compliment, et le prièrent de recommencer la lettre trois ou quatre fois, afin de l'apprendre eux-mêmes par cœur. Sancho la répéta donc quatre autres fois, et quatre autres fois répéta quatre mille impertinences. Ensuite il se mit à conter les aventures de son maître; mais il ne souffla mot de son bernement dans l'hôtellerie. Il ajouta que s'il venait à rapporter une réponse favorable de madame Dulcinée, son maître devait se mettre en campagne pour tâcher de devenir empereur: chose d'ailleurs très-facile, tant étaient grandes la force de son bras et sa vaillance incomparable; qu'aussitôt monté sur le trône, il le marierait, lui Sancho, car alors il ne pouvait manquer d'être veuf, avec une demoiselle de l'impératrice, héritière d'un grand État en terre ferme, mais sans aucune île, parce qu'il ne s'en souciait plus.

Sancho débitait tout cela avec tant d'assurance, que le curé et le barbier en étaient encore à comprendre comment la folie de don Quichotte avait pu être assez contagieuse pour brouiller en si peu de temps la cervelle de son écuyer. Ils ne cherchèrent point à le désabuser, parce qu'en cela sa conscience ne courait aucun danger, et que, tant qu'il serait plein de ces ridicules espérances, il ne songerait pas à mal faire, sans compter qu'ils étaient bien aises de se divertir à ses dépens. Le curé lui recommanda de prier Dieu pour la santé de son seigneur, ajoutant qu'avec le temps ce n'était pas une grande affaire pour lui que de devenir empereur, ou pour le moins archevêque, ou dignitaire d'un ordre équivalent.

Mais si les affaires tournaient de telle sorte que mon seigneur ne voulût plus se faire empereur, et qu'il se mît en tête de devenir archevêque, dites-moi, je vous prie, demanda Sancho, ce que les archevêques errants donnent à leurs écuyers.

Ils ont l'habitude de leur donner, répondit le curé, un office de sacristain, ou souvent même une cure qui leur procure un beau revenu, sans compter le casuel, qui ne vaut pas moins.

Mais pour cela, dit Sancho, il faudrait que l'écuyer ne fût pas marié, et qu'il sût servir la messe. S'il en est ainsi, me voilà dans de beaux draps: malheureux que je suis j'ai une femme et des enfants, et je ne sais pas la première lettre de l'A, B, C. Que deviendrai-je, bon Dieu, s'il prend fantaisie à mon maître de se faire archevêque?

Rassurez-vous, ami Sancho, reprit le barbier, nous lui parlerons, et le seigneur licencié lui ordonnera, sous peine de péché, de se faire plutôt empereur qu'arche-vêque; chose pour lui très-facile, car il a plus de valeur que de science.

C'est aussi ce qu'il me semble, repartit Sancho, quoi-qu'à vrai dire, je ne croie pas qu'il y ait au monde rien qu'il ne sache. Pour moi, je m'en vais prier Dieu de lui envoyer ce qui lui conviendra le mieux et lui fournira le moyen de me donner de plus grandes récompenses.

Vous parlez en homme sage, dit le curé, et vous agirez en bon chrétien. Mais ce qui importe à présent, c'est de tirer votre maître de cette sauvage et inutile pénitence, qui ne lui produira aucun fruit; et pour y penser à loi-sir, aussi bien que pour dîner, car il en est temps, en-trons dans l'hôtellerie.

Entrez, vous autres, dit Sancho; pour moi j'attendrai ici, et je vous dirai tantôt pourquoi; qu'on m'envoie seulement quelque chose à manger, de chaud bien en-tendu, avec de l'orge pour Rossinante.

Les deux amis entrèrent, et peu après le barbier vint lui apporter ce qu'il demandait.

Ils se concertèrent ensuite sur les moyens de faire ré-ussir leur projet: le curé proposa un plan qui lui sem-blait infaillible, et tout à fait conforme au caractère de don Quichotte: J'ai pensé, dit-il au barbier, à prendre le costume de princesse, pendant que vous vous habillerez de votre mieux en écuyer. Nous irons trouver don Quichotte, et feignant d'être une grande dame affligée qui a besoin de secours, je lui demanderai de m'octroyer un don, qu'en sa qualité de chevalier errant il ne pourra me refuser: ce don sera de venir avec moi, pour me venger d'une injure que m'a faite un chevalier discourtois et félon; j'ajouterai comme grâce insigne de ne point exiger que je lève mon voile jusqu'à ce qu'il m'ait fait rendre justice. En nous y prenant de la sorte, je ne doute pas que don Quichotte ne fasse tout ce qu'on voudra: nous le tirerons ainsi du lieu où il est, nous le ramènerons chez lui, et là nous verrons à loisir s'il n'y a point quelque remède à sa folie.

CHAPITRE XXVII. COMMENT LE CURÉ ET LE BARBIER VINRENT A BOUT DE LEUR DESSEIN, AVEC D'AUTRES CHOSES DIGNES D'ÊTRE RACONTÉES.

D'accord sur le mérite de l'invention, tous deux se mirent à l'œuvre aussitôt. Ils empruntèrent à l'hôtesse une jupe de femme et des coiffes dont le curé s'affubla, laissant pour gage une soutane toute neuve; quant au barbier, il se fit une grande barbe avec une queue de vache dont l'hôtelier se servait pour nettoyer son peigne. L'hôtesse demanda quel était leur projet; le curé lui ayant appris en peu de mots la folie de don Quichotte, et la nécessité de ce déguisement pour le tirer de la montagne, elle devina aisément que ce fou était l'homme au baume et le maître de l'écuyer berné: aussi s'empressa-t-elle de raconter ce qui s'était passé dans sa maison, sans oublier ce que Sancho mettait tant de soins à tenir secret.

Bref, l'hôtesse accoutra le curé de la façon la plus divertissante. Elle lui fit revêtir une jupe de drap chamarrée de bandes noires d'une palme de large, et toute tailladée, comme on en portait au temps du roi Wamba. Pour coiffure, le curé se contenta d'un petit bonnet en toile piquée, qui lui servait la nuit; puis il se serra le front avec une jarretière de taffetas noir, et fit de l'autre une espèce de masque dont il se couvrit la barbe et le visage. Par-dessus le tout il enfonça son chapeau, qui pouvait lui tenir lieu de parasol; puis se couvrant de son manteau, il monta sur sa mule à la manière des femmes. Affublé de sa barbe de queue de vache, qui lui descendait jusqu'à la ceinture, le barbier enfourcha aussi sa mule, et dans cet équipage ils prirent congé de tout le monde, sans oublier la bonne Maritorne, laquelle, quoique pécheresse, promit de réciter un rosaire pour le succès d'une entreprise si chrétienne.

A peine avaient-ils fait cinquante pas, qu'il vint un scrupule au curé. Réfléchissant que c'était chose inconvenante pour un prêtre de se déguiser en femme, bien que ce fût à bonne intention, il dit au barbier: Compère, changeons de costume; mieux vaut que vous soyez la dame et moi l'écuyer, j'en profanerai moins mon caractère; et dût le diable emporter don Quichotte, je suis résolu, sans avoir fait cet échange, à ne pas aller plus avant.

Sancho arriva sur ces entrefaites, et ne put s'empêcher de rire en les voyant travestis de la sorte. Le barbier fit ce que voulait le curé, qui s'empressa d'instruire son compère de ce qu'il devait dire à notre héros pour lui faire abandonner sa pénitence. Maître Nicolas l'assura qu'il saurait bien s'acquitter de son rôle; mais il ne voulut point s'habiller pour le moment. Le curé ajusta sa grande barbe, et tous deux se remirent en route sous la conduite de Sancho, qui leur conta chemin faisant tout ce qui était arrivé à son maître et à lui avec un fou qu'ils avaient rencontré dans la montagne, sans parler toutefois de la valise et des écus d'or; car tout simple qu'il était, notre homme ne manquait pas de finesse.

Le jour suivant, on arriva à l'endroit où commençaient les branches de genêt. Sancho leur dit que c'était là l'entrée de la montagne, et qu'ils eussent à s'habiller, s'ils croyaient que leur déguisement pût être de quelque utilité; car ils lui avaient fait part de leur dessein, en lui recommandant de ne pas les découvrir. Lorsque votre maître, avaient-ils dit, demandera, comme cela est certain, si vous avez remis sa lettre à Dulcinée, donnez-lui cette assurance, mais ayez soin d'ajouter que sa dame, ne sachant ni lire ni écrire, lui ordonne de vive voix, sous peine d'encourir sa disgrâce et même sa malédiction, de se rendre sur-le-champ auprès d'elle, et que c'est son plus vif désir. Avec cette réponse que nous appuierons de notre côté, nous sommes assurés de le faire changer de résolution, et de le décider à se mettre en chemin pour devenir roi ou empereur, car alors il n'y aura plus à craindre qu'il pense à se faire archevêque.

Trois ou quatre fois, il se tâta partout le corps, fouilla
ses habits.

Sancho les remercia de leur bonne intention. Il sera
bien, ajouta-t-il, que j'aille d'abord trouver mon maître

pour lui donner la réponse de sa dame; peut-être aura-t-elle la vertu de le tirer de là, sans que vous preniez tant de peine.

L'avis fut approuvé; et après qu'ils lui eurent promis d'attendre son retour, Sancho prit le chemin de la montagne, laissant nos deux compagnons dans un étroit défilé au bord d'un petit ruisseau, où quelques arbres et de hautes roches formaient un ombrage d'autant plus agréable, qu'au mois d'août, et vers trois heures après midi, la chaleur est excessive en ces lieux.

Le curé et le barbier se reposaient paisiblement à l'ombre, quand tout à coup leurs oreilles furent frappées des accents d'une voix qui, sans être accompagnée d'aucun instrument, leur parut très-belle et très-suave. Ils ne furent pas peu surpris d'entendre chanter de la sorte dans un lieu si sauvage; car, bien qu'on ait coutume de dire qu'au milieu des champs et des forêts se rencontrent les plus belles voix du monde, personne n'ignore que ce sont là plutôt des fictions que des vérités. Leur étonnement redoubla donc lorsqu'ils entendirent distinctement ces vers qui n'avaient rien de rustique:

Je vois d'où vient enfin le trouble de mes sens;
L'absence, le dédain, une âpre jalousie
Empoisonnent ma vie,
Et font tous les maux que je sens.

Dans ces tourments affreux quelle est mon espérance?
Il n'est point de remède à des maux si cuisants,
Et les efforts les plus puissants
Succombent à leur violence.

C'est toi, cruel Amour, qui causes mes douleurs!
C'est toi, rigoureux sort, dont l'aveugle caprice
Me fait tant d'injustice;
Ciel! tu consens à mes douleurs.
Il faut mourir enfin dans un état si triste,
Le ciel, le sort, l'Amour, l'ont ainsi résolu;
Ils ont un empire absolu,
Et c'est en vain qu'on leur résiste.

Rien ne peut adoucir la rigueur de mon sort:
A moins d'être insensible au mal qui me possède,
Il n'est point de remède
Que le changement ou la mort,
Mais mourir ou changer, et perdre ce qu'on aime,
Ou se rendre insensible en perdant la raison,
Peut-il s'appeler guérison,
Et n'est-ce pas un mal extrême?

L'heure, la solitude, le charme des vers et de la voix,
tout cela réuni causait à nos deux amis un plaisir mêlé
d'étonnement. Ils attendirent quelque temps; mais,
n'entendant plus rien, ils se levaient pour aller à la recherche de celui qui chantait si bien, quand la même
voix se fit entendre de nouveau:

Pure et sainte amitié, rare présent des dieux,
Qui, lasse des mortels et de leur inconstance,
Ne nous laissant de toi qu'une vaine apparence,
As quitté ce séjour pour retourner aux cieux;

De là quand il te plaît, tu répands à nos yeux,
De tes charmes si doux l'adorable abondance,
Mais une fausse image, avec ta ressemblance,
Sous le voile menteur désole tous ces lieux.

Descends pour quelque temps, amitié sainte et pure;
Viens confondre ici-bas la fourbe et l'imposture,
Qui, sous ton sacré nom abusent les mortels;

Découvre à nos regards l'éclat de ton visage;
Remets, avec la paix, la franchise en usage,
Et dissipant l'erreur, renverse ses autels[46].

Le chant fut terminé par un profond soupir.

Non moins touchés par la compassion qu'excités par la
curiosité, le curé et le barbier voulurent savoir quelle
était cette personne si affligée. A peine eurent-ils fait
quelques pas, qu'au détour d'un rocher ils découvrirent
un homme qui, en les voyant, s'arrêta tout à coup, laissant tomber sa tête sur sa poitrine, comme en proie à
une rêverie profonde. Le curé était plein de charité;
aussi se doutant, aux détails donnés par l'écuyer de don
Quichotte, que c'était là Cardenio, il s'approcha de lui
avec des paroles obligeantes, le priant en termes pres-

sants de quitter un lieu si sauvage et une vie si misérable, dans laquelle il courait le risque de perdre son âme, ce qui est le plus grand de tous les malheurs. Cardenio, libre en ce moment des accès furieux dont il était souvent possédé, voyant deux hommes tout autrement vêtus que ceux qu'il avait coutume de rencontrer dans ces montagnes lui parler comme s'ils l'eussent connu, commença par les considérer avec attention et leur dit enfin: Qui que vous soyez, seigneurs, je vois bien que le ciel, dans le soin qu'il prend de secourir les bons et quelquefois les méchants, vous a envoyés vers moi, sans que j'aie mérité une telle faveur, pour me tirer de cette affreuse solitude et m'obliger de retourner parmi les hommes; mais comme vous ignorez, ce que je sais, moi, qu'en sortant du mal présent je cours risque de tomber dans un pire, vous me regardez sans doute comme un être dépourvu d'intelligence et privé de jugement. Hélas! il ne serait pas surprenant qu'il en fût ainsi, car je sens moi-même que le souvenir de mes malheurs me trouble souvent au point d'égarer ma raison, surtout quand on me rappelle ce que j'ai fait pendant ces tristes accès, et qu'on m'en donne des preuves que je ne puis récuser. Alors j'éclate en plaintes inutiles, je maudis mon étoile; et pour faire excuser ma folie, j'en raconte la cause à qui veut m'entendre. Il me semble que cela me soulage, persuadé que ceux qui m'écoutent me trouvent plus malheureux que coupable, et que la compassion que je leur inspire leur fait oublier mes extravagances. Si vous venez ici avec la même intention que d'autres y sont déjà venus, je vous supplie, avant de continuer vos charitables conseils, d'écouter le récit de mes tristes aventures; peut-être, après les avoir entendues, jugerez-vous qu'avec tant de sujets de m'affliger, et ne pouvant trouver de consolations parmi les hommes, j'ai raison de m'en éloigner.

Curieux d'apprendre de sa bouche la cause de ses disgrâces, le curé et le barbier le prièrent instamment de la leur raconter, l'assurant qu'ils n'avaient d'autre dessein que de lui procurer quelque soulagement, s'il était en leur pouvoir de le faire.

Cardenio commença donc son récit presque dans les mêmes termes qu'il l'avait déjà fait à don Quichotte, récit qui s'était trouvé interrompu, à propos de la reine Madasime et de maître Élisabad, par la trop grande susceptibilité de notre héros sur le chapitre de la chevalerie; mais cette fois, il en fut autrement, et Cardenio eut tout le loisir de poursuivre jusqu'à la fin. Arrivé au billet que don Fernand avait trouvé dans un volume d'Amadis de Gaule, il dit se le rappeler et qu'il était ainsi conçu:

LUSCINDE A CARDENIO.

«Je découvre chaque jour en vous de nouveaux sujets de vous estimer; si donc vous voulez que j'acquitte ma dette, sans que ce soit aux dépens de mon honneur, il vous sera facile de réussir. J'ai un père qui vous connaît, et qui m'aime assez pour ne pas s'opposer à mes desseins quand il en reconnaîtra l'honnêteté. C'est à vous de faire voir que vous m'estimez autant que vous le dites et que je le crois.»

Ce billet, qui m'engageait à demander la main de Luscinde, donna si bonne opinion de son esprit et de sa sagesse à don Fernand, que dès lors il conçut le projet de renverser mes espérances. J'eus l'imprudence de confier à ce dangereux ami la réponse du père de Luscinde, réponse par laquelle il me disait vouloir connaître les sentiments du mien, et que ce fût lui qui fît la demande. Redoutant un refus de mon père, je n'osais lui en parler, non dans la crainte qu'il ne trouvât pas en Luscinde assez de vertu et de beauté pour faire honneur à la meilleure maison d'Espagne, mais parce que je pensais qu'il ne consentirait pas à mon mariage avant de savoir ce que le duc avait l'intention de faire pour moi. A tout cela, don Fernand me répondit qu'il se chargerait de parler à mon père, et d'obtenir de lui qu'il s'en ouvrît au père de Luscinde.

Lorsque je te découvrais avec tant d'abandon les secrets de mon cœur, cruel et déloyal ami, comment pouvais-tu songer à trahir ma confiance? Mais, hélas! à quoi sert de se plaindre? Lorsque le ciel a résolu la perte d'un homme, est-il possible de la conjurer, et toute la prudence humaine n'est-elle pas inutile? Qui aurait jamais cru que don Fernand, qui par sa naissance et son mérite pouvait prétendre aux plus grands partis du royaume, qui me témoignait tant d'amitié et m'était redevable de quelques services, nourrissait le dessein de m'enlever le seul bien qui pût faire le bonheur de ma vie, et que même je ne possédais pas encore?

Don Fernand, qui voyait dans ma présence un obstacle à ses projets, pensa à se débarrasser de moi adroitement. Le jour même où il se chargeait de parler à mon père, il fit, dans le but de m'éloigner, achat de six chevaux, et me pria d'aller demander à son frère aîné l'argent pour les payer. Je n'avais garde de redouter une trahison; je le croyais plein d'honneur, et j'étais de trop bonne foi pour soupçonner un homme que j'aimais. Aussi dès qu'il m'eut dit ce qu'il souhaitait, je lui proposai de partir à l'instant. J'allai le soir même prendre congé de Luscinde, et lui confiai ce que don Fernand m'avait promis de faire pour moi; elle me répondit de revenir au plus vite, ne doutant pas que dès que mon père aurait parlé au sien, nos souhaits ne fussent accomplis. Je ne sais quel pressentiment lui vint tout à coup, mais elle fondit en larmes, et se trouva si émue qu'elle ne pouvait articuler une parole. Quant à moi je demeurai plein de tristesse, ne comprenant point la cause de sa douleur, que j'attribuais à sa tendresse et au déplaisir qu'allait lui causer mon absence. Enfin je partis l'âme remplie de crainte et d'émotion, indices trop certains du coup qui m'était réservé. Je remis la lettre de don Fernand à son frère, qui me fit mille caresses, et m'engagea à attendre huit jours, parce que don Fernand le priait de lui envoyer de l'argent à l'insu de leur père. Mais ce n'était qu'un artifice pour retarder mon départ; car le frère de Fernand ne manquait pas d'argent, et il ne tenait qu'à lui de me congédier sur l'heure. Plusieurs fois, je fus sur le point de repartir, ne pouvant vivre éloigné de Luscinde, surtout en l'état plein d'alarmes où je l'avais laissée. Je demeurai pourtant, car la crainte de contrarier mon père, et de faire une action que je ne pourrais excuser raisonnablement, l'emporta sur mon impatience.

J'étais absent depuis quatre jours, lorsque tout à coup un homme m'apporte une lettre, que je reconnais aussitôt être de Luscinde. Surpris qu'elle m'envoyât un exprès, j'ouvre la lettre en tremblant: mais avant d'y jeter les yeux, je demandai au porteur qui la lui avait remise, et combien de temps il était resté en chemin. Il me répondit qu'en passant par hasard dans la rue, vers l'heure de midi, une jeune femme toute en pleurs l'avait appelé par une fenêtre, et lui avait dit avec beaucoup de précipitation: Mon ami, si vous êtes chrétien, comme vous le paraissez, je vous supplie, au nom de Dieu, de partir sans délai et de porter cette lettre à son adresse; en reconnaissance de ce service, voilà ce que je vous donne. En même temps, ajouta-t-il, elle me jeta un mouchoir où je trouvai cent réaux avec une bague d'or et cette lettre; quand je l'eus assurée par signes que j'exécuterais fidèlement ce qu'elle m'ordonnait, sa fenêtre se referma. Me trouvant si bien payé par avance, voyant d'ailleurs que la lettre s'adressait à vous, que je connais, Dieu merci, et plus touché encore des larmes de cette belle dame que de tout le reste, je n'ai voulu m'en fier à personne, et en seize heures je viens de faire dix-huit grandes lieues. Pendant que cet homme me donnait ces détails, j'étais, comme on dit, pendu à ses lèvres, et les jambes me tremblaient si fort que j'avais peine à me soutenir. Enfin j'ouvris la lettre de Luscinde, et voici à peu près ce qu'elle contenait:

AUTRE LETTRE DE LUSCINDE A CARDENIO.

«Don Fernand s'est acquitté de la parole qu'il vous avait donnée de faire parler à mon père; mais il a fait pour lui ce qu'il avait promis de faire pour vous: il me demande lui-même en mariage, et mon père, séduit par les avantages qu'il attend de cette alliance, y a si bien consenti, que dans deux jours don Fernand doit me donner sa main, mais si secrètement, que notre mariage n'aura d'autres témoins que Dieu et quelques personnes de notre maison. Jugez de l'état où je suis par celui où vous devez être, et venez promptement si vous pouvez. La suite fera voir si je vous aime. Dieu veuille que cette lettre tombe entre vos mains, avant que je sois obligée de m'unir à un homme qui sait si mal garder la foi promise. Adieu.»

J'allai le soir même prendre congé de Luscinde.

Je n'eus pas achevé de lire cette lettre, poursuivit Cardenio, que je partis, voyant trop tard la fourberie de
don Fernand, qui n'avait cherché à m'éloigner que

pour profiter de mon absence. L'indignation et l'amour me donnaient des ailes; j'arrivai le lendemain à la ville, juste à l'heure favorable pour entretenir Luscinde. Un heureux hasard voulut que je la trouvasse à cette fenêtre basse, si longtemps témoin de nos amours. Notre entrevue eut quelque chose d'embarrassé, et Luscinde ne me témoigna pas l'empressement que j'attendais. Hélas! quelqu'un peut-il se vanter de connaître les confuses pensées d'une femme, et d'avoir jamais su pénétrer les secrets de son cœur? Cardenio, me dit-elle, tu me vois avec mes habillements de noce, car on m'attend pour achever la cérémonie; mais mon père, le traître don Fernand et les autres, seront plutôt témoins de ma mort que de mon mariage. Ne te trouble point, cher Cardenio, tâche seulement de te trouver présent à ce sacrifice; et sois certain que, si mes paroles ne peuvent l'empêcher, un poignard est là qui saura du moins me soustraire à toute violence, et qui, en m'ôtant la vie, mettra le sceau à l'amour que je t'ai voué. Faites, Madame, lui dis-je avec précipitation, faites que vos actions justifient vos paroles. Quant à moi, si mon épée ne peut vous défendre, je la tournerai contre moi-même, plutôt que de vous survivre. Je ne sais si Luscinde m'entendit, car on vint la chercher en grande hâte, en disant qu'on n'attendait plus qu'elle. Je demeurai en proie à une tristesse et à un accablement que je ne saurais exprimer; ma raison était éteinte et mes yeux ne voyaient plus. Dans cet état, devenu presque insensible, je n'avais pas la force de me mouvoir, ni de trouver l'entrée de la maison de Luscinde.

Enfin, ayant repris mes sens, et comprenant combien ma présence lui était nécessaire dans une circonstance si critique, je me glissai à la faveur du bruit, et, sans avoir été aperçu, je me cachai derrière une tapisserie, dans l'embrasure d'une fenêtre, d'où je pouvais voir aisément ce qui allait se passer. Comment peindre l'émotion qui m'agitait, les pensées qui m'assaillirent, les résolutions que je formai! Je vis d'abord don Fernand entrer dans la salle, vêtu comme à l'ordinaire, accompagné seulement d'un parent de Luscinde; les autres témoins étaient des gens de la maison. Bientôt après, Luscinde sortit d'un cabinet de toilette, accompagnée de sa mère et suivie de deux femmes qui la servaient; elle était vêtue et parée comme doit l'être une personne de sa condition. Le trouble où j'étais m'empêcha de remarquer les détails de son habillement, qui me parut d'une étoffe rose et blanche, avec beaucoup de perles et de pierreries; mais rien n'égalait l'éclat de sa beauté, dont elle était bien plus parée que de tout le reste. O souvenir cruel, ennemi de mon repos, pourquoi me représentes-tu si fidèlement l'incomparable beauté de Luscinde! ne devrais-tu pas plutôt me cacher ce que je vis s'accomplir? Seigneur, pardonnez-moi ces plaintes; je n'en suis point le maître, et ma douleur est si vive que je me fais violence pour ne pas m'arrêter à chaque parole.

Après quelques instants de repos, Cardenio poursuivit de la sorte:

Quand tout le monde fut réuni dans la salle, on fit entrer un prêtre, qui, prenant par la main chacun des fiancés, demanda à Luscinde si elle recevait don Fernand pour époux. En ce moment j'avançai la tête hors de la tapisserie, et, tout troublé que j'étais, j'écoutai cependant ce que Luscinde allait dire, attendant sa réponse comme l'arrêt de ma vie ou de ma mort. Hélas! qui est-ce qui m'empêcha de me montrer en ce moment? Pourquoi ne me suis-je pas écrié: Luscinde, Luscinde, tu as ma foi, et j'ai la tienne; tu ne peux te parjurer sans commettre un crime, et sans me donner la mort. Et toi, perfide don Fernand, qui oses violer toutes les lois divines et humaines pour me ravir un bien qui m'appartient, crois-tu pouvoir troubler impunément le repos de ma vie? crois-tu qu'il y ait quelque considération capable d'étouffer mon ressentiment, quand il s'agit de mon honneur et de mon amour! Malheureux! c'est à présent que je sais ce que j'aurais dû faire! Mais pourquoi te plaindre d'un ennemi dont tu pouvais te venger? Maudis, maudis plutôt ton faible cœur, et meurs comme un homme sans courage, puisque tu n'as pas su prendre une résolution, ou que tu as été assez lâche pour ne pas l'accomplir. Le prêtre attendait toujours la réponse de Luscinde, et lorsque j'espérais qu'elle allait tirer son poignard pour sortir d'embarras, ou qu'elle se dégagerait par quelque subterfuge qui me serait favorable, je l'entendis prononcer d'une voix faible: *Oui, je le reçois*. Fernand, ayant fait le même serment, lui donna l'anneau nuptial: et ils demeurèrent unis pour jamais. Fernand s'approcha pour embrasser son épouse, mais elle, posant la main sur son cœur, tomba évanouie entre les bras de sa mère.

Il me reste à dire ce qui se passa en moi à cette heure fatale où je voyais la fausseté des promesses de Luscinde, et où une seule parole venait de me ravir à jamais l'unique bien qui me fît aimer la vie! Je restai privé de sentiment; il me sembla que j'étais devenu l'objet de la colère du ciel, et qu'il m'abandonnait à la cruauté de ma destinée. Le trouble et la confusion s'emparèrent de mon esprit. Mais bientôt la violence de la douleur étouffant en moi les soupirs et les larmes, je fus saisi d'un désespoir violent et transporté de jalousie et de vengeance. L'évanouissement de Luscinde troubla toute l'assemblée, et sa mère l'ayant délacée pour la faire respirer, on trouva dans son sein un papier cacheté, dont s'empara vivement don Fernand; mais après l'avoir lu, sans songer si sa femme avait besoin de secours, il se jeta dans un fauteuil comme un homme qui vient d'apprendre quelque chose de fâcheux. Pour moi, au milieu de la confusion, je sortis lentement sans m'inquiéter d'être aperçu, et, dans tous les cas, résolu à faire un tel éclat en châtiant le traître, qu'on apprendrait en même temps et sa perfidie et ma vengeance. Mon étoile, qui me réserve sans doute pour de plus grands malheurs, me conserva alors un reste de jugement qui m'a tout à fait manqué depuis. Je m'éloignai sans tirer vengeance de mes ennemis, qu'il m'eût été facile de surprendre, et je ne pensai qu'à tourner contre moi-même le châtiment qu'ils avaient si justement mérité.

Enfin je m'échappai de cette maison, et je me rendis chez l'homme où j'avais laissé ma mule. Je la fis seller et sortis aussitôt de la ville. Arrivé à quelque distance dans la campagne, seul alors au milieu des ténèbres, j'éclatai en malédictions contre don Fernand, comme si j'obtenais par là quelque soulagement. Je m'emportai aussi contre Luscinde, comme si elle eût pu entendre mes reproches: cent fois je l'appelai ingrate et parjure; je l'accusai de manquer de foi à l'amant qui l'avait toujours fidèlement servie, et, pour un intérêt vil et bas, de me préférer un homme qu'elle connaissait à peine. Mais, au milieu de ces emportements et de ma fureur, un reste d'amour me faisait l'excuser. Je me disais qu'élevée dans un grand respect pour son père, et naturellement douce et timide, elle n'avait peut-être cédé qu'à la contrainte; qu'en refusant, contre la volonté de ses parents, un gentilhomme si noble, si riche et si bien fait de sa personne, elle avait craint de donner une mauvaise opinion de sa conduite, et des soupçons désavantageux à sa réputation. Mais aussi, m'écriai-je, pourquoi n'avoir pas déclaré les serments qui nous liaient? Ne pouvait-elle légitimement s'excuser de recevoir la main de don Fernand? Qui l'a empêchée de se déclarer pour moi? Suis-je donc tant à dédaigner? Sans ce perfide, ses parents ne me l'auraient pas refusée. Mais hélas! je restai convaincu que peu d'amour et beaucoup d'ambition lui avaient fait oublier les promesses dont elle avait jusque-là bercé mon sincère et fidèle espoir.

Je marchai toute la nuit dans ces angoisses, et le matin je me trouvai à l'entrée de ces montagnes, où j'errai à l'aventure pendant trois jours, au bout desquels je demandai à quelques chevriers qui vinrent à moi, quel était l'endroit le plus désert. Ils m'enseignèrent celui-ci, et je m'y acheminai, résolu d'y achever ma triste vie. En arrivant au pied de ces rochers, ma mule tomba morte de fatigue et de faim: moi-même j'étais sans force, et tellement abattu que je ne pouvais plus me soutenir. Je restai ainsi je ne sais combien de temps étendu par terre, et quand je me relevai, j'étais entouré de bergers qui m'avaient sans doute secouru, quoique je ne m'en ressouvinsse pas. Ils me racontèrent qu'ils m'avaient trouvé dans un bien triste état, et disant tant d'extravagances, qu'ils crurent que j'avais perdu l'esprit. J'ai reconnu moi-même depuis lors que je n'ai pas toujours le jugement libre et sain; car je me laisse souvent aller à des folies dont je ne suis pas maître, déchirant mes habits, maudissant ma mauvaise fortune, et répétant sans cesse le nom de Luscinde, sans autre dessein que d'expirer en la nommant; puis, quand je reviens à moi, je me sens brisé de fatigue comme à la suite d'un violent effort. Je me retire d'ordinaire dans un liége creux, qui me sert de demeure. Les chevriers de ces montagnes ont pitié de moi; ils déposent quelque nourriture dans les endroits où ils pensent que je pourrai la rencontrer; car, quoique j'aie presque perdu le jugement, la nature me fait sentir ses besoins, et l'instinct m'apprend à les satisfaire. Quand ces braves gens me reprochent de leur enlever quelquefois leurs provisions et de les maltraiter quoiqu'ils me donnent de bon cœur ce que je demande, j'en suis extrêmement affligé et je leur promets d'en user mieux à l'avenir.

Voilà, seigneurs, de quelle manière je passe ma misérable vie, en attendant que le ciel en dispose, ou que, touché de pitié, il me fasse perdre le souvenir de la beauté de Luscinde et de la perfidie de don Fernand. Si cela m'arrive avant que je meure, j'espère que le trouble de mon esprit se dissipera. En attendant, je prie le ciel de me regarder avec compassion, car, je le comprends, cette manière de vivre ne peut que lui déplaire et l'irriter; mais je n'ai pas le courage de prendre une bonne résolution: mes disgrâces m'accablent et surmontent mes forces; ma raison s'est si fort affaiblie, que, bien loin de n'être d'aucun secours, elle m'entretient dans ces sentiments tout contraires. Dites maintenant si vous avez jamais connu sort plus déplorable, si ma douleur n'est pas bien légitime, et si l'on peut avec plus de sujet témoigner moins d'affliction. Ne perdez donc point votre temps à me donner des conseils; ils seraient inutiles. Je ne veux pas vivre sans Luscinde; il faut que je meure, puisqu'elle m'abandonne. En me préférant don Fernand, elle a fait voir qu'elle en voulait à ma vie; eh bien, je veux la lui sacrifier, et jusqu'au dernier soupir exécuter ce qu'elle a voulu.

Cardenio s'arrêta; et comme le curé se préparait à le consoler, il en fut tout à coup empêché par des plaintes qui attirèrent leur attention. Dans le quatrième livre, nous verrons de quoi il s'agit; car cid Hamet Ben-Engeli écrit ceci: Fin du livre troisième.

LIVRE IV

CHAPITRE XXVIII. DE LA NOUVELLE ET AGRÉABLE AVENTURE QUI ARRIVA AU CURÉ ET AU BARBIER DANS LA SIERRA MORENA.

Heureux, trois fois heureux fut le siècle où vint au monde l'intrépide chevalier don Quichotte de la Manche, puisqu'en lui mettant au cœur le généreux dessein de ressusciter l'ordre déjà plus qu'à demi éteint de la chevalerie errante, il est cause que, dans notre âge très-pauvre en joyeuses distractions, nous jouissons non-seulement de la délectable lecture de sa véridique histoire, mais encore des contes et épisodes qu'elle renferme, et qui n'ont pas moins de charme que l'histoire elle-même.

En reprenant le fil peigné, retors et dévidé du récit, celle-ci raconte qu'au moment où le curé se disposait à consoler de son mieux Cardenio, il en fut empêché par une voix plaintive qui s'exprimait ainsi:

O mon Dieu! serait-il possible que j'eusse enfin trouvé un lieu qui pût servir de tombeau à ce corps misérable, dont la charge m'est devenue si pesante? Que je serais heureuse de rencontrer dans la solitude de ces montagnes le repos qu'on ne trouve point parmi les hommes, afin de pouvoir me plaindre en liberté des malheurs qui m'accablent! Ciel, écoute mes plaintes, c'est à toi que je m'adresse: les hommes sont faibles et trompeurs, toi seul peux me soutenir et m'inspirer ce que je dois faire.

Ces paroles furent entendues par le curé et par ceux qui l'accompagnaient, et tous se levèrent aussitôt pour aller savoir qui se plaignait si tristement. A peine eurent-ils fait vingt pas, qu'au détour d'une roche, au pied d'un frêne, ils découvrirent un jeune homme vêtu en paysan, dont on ne pouvait voir le visage parce qu'il l'inclinait en lavant ses pieds dans un ruisseau. Ils s'étaient approchés avec tant de précaution, que le jeune garçon ne les entendit point, et ils eurent tout le loisir de remarquer qu'il avait les pieds si blancs, qu'on les eût dit des morceaux de cristal mêlés aux cailloux du ruisseau. Tant de beauté les surprit dans un homme grossièrement vêtu, et, leur curiosité redoublant, ils se cachèrent derrière quelques quartiers de roche, d'où, l'observant avec soin, ils virent qu'il portait un mantelet gris brun serré par une ceinture de toile blanche, et sur la tête un petit bonnet ou *montera*[47] de même couleur que le mantelet. Après qu'il se fut lavé les pieds, le jeune garçon prit sous sa montera un mouchoir pour les essuyer, et alors ce mouvement laissa voir un visage si beau, que Cardenio ne put s'empêcher de dire au curé: Puisque ce n'est point Luscinde, ce ne peut être une créature humaine; c'est quelque ange du ciel.

Le matin je me trouvai à l'entrée de ces montagne.

En ce moment le jeune homme ayant ôté sa montera pour secouer sa chevelure, déroula des cheveux blonds si beaux, qu'Apollon en eût été jaloux. Ils reconnurent alors que celui qu'ils avaient pris pour un paysan était une femme délicate et des plus belles. Cardenio lui-même avoua qu'après Luscinde il n'avait jamais rien vu de comparable. En démêlant les beaux cheveux dont les tresses épaisses la couvraient tout entière, à ce point que de tout son corps on n'apercevait que les pieds, la jeune fille laissa voir des bras si bien faits, et des mains si blanches qu'elles semblaient des flocons de neige, et que l'admiration et la curiosité de ceux qui l'épiaient s'en augmentant, ils se levèrent afin de la voir de plus près, et apprendre qui elle était. Au bruit qu'ils firent, la jeune fille tourna la tête, en écartant les cheveux qui lui couvraient le visage; mais à peine eut-elle aperçu ces trois hommes, que, sans songer à rassembler sa cheve-lure, et oubliant qu'elle avait les pieds nus, elle saisit un petit paquet de hardes, et se mit à fuir à toutes jambes. Mais ses pieds tendres et délicats ne purent supporter longtemps la dureté des cailloux, elle tomba, et ceux qu'elle fuyait étant accourus à son secours, le curé lui cria:

Arrêtez, Madame; ne craignez rien, qui que vous soyez; nous n'avons d'autre intention que de vous servir. En même temps il s'approcha d'elle et la prit par la main; la voyant étonnée et confuse, il continua de la sorte:

Vos cheveux, Madame, nous ont découvert ce que vos vêtements nous cachaient: preuves certaines qu'un motif impérieux a pu seul vous forcer à prendre un déguisement si indigne de vous, et vous conduire au fond de cette solitude où nous sommes heureux de vous rencontrer, sinon pour faire cesser vos malheurs, au moins pour vous offrir des consolations. Il n'est point de chagrins si violents que la raison et le temps ne parviennent à adoucir. Si donc vous n'avez pas renoncé à la consolation et aux conseils des humains, je vous supplie de nous apprendre le sujet de vos peines, et d'être persuadée que nous vous le demandons moins par curiosité que dans le dessein de les adoucir en les partageant.

Pendant que le curé parlait ainsi, la belle inconnue le regardait, interdite et comme frappée d'un charme, semblable en ce moment à l'ignorant villageois auquel on montre à l'improviste des choses qu'il n'a jamais vues; enfin le curé lui ayant laissé le temps de se remettre, elle laissa échapper un profond soupir et rompit le silence en ces termes:

Puisque la solitude de ces montagnes n'a pu me cacher, et que mes cheveux m'ont trahi, il serait désormais inutile de feindre avec vous, en niant une chose dont vous ne pouvez plus douter; et puisque vous désirez entendre le récit de mes malheurs, j'aurais mauvaise grâce de vous le refuser après les offres obligeantes que vous me faites. Toutefois, je crains bien de vous causer moins de plaisir que de compassion, parce que mon infortune est si grande, que vous ne trouverez ni remède pour la guérir, ni consolation pour en adoucir l'amertume. Aussi ne révélerai-je qu'avec peine des secrets que j'avais résolu d'ensevelir avec moi dans le tombeau, car je ne puis les raconter sans me couvrir de confusion; mais trouvée seule et sous des habits d'homme, dans un lieu si écarté, j'aime mieux vous les révéler que de laisser le moindre doute sur mes desseins et ma conduite.

Cette charmante fille, ayant parlé de la sorte, s'éloigna un peu pour achever de s'habiller; puis, s'étant rapprochée, elle s'assit sur l'herbe, et après s'être fait violence quelque temps pour retenir ses larmes, elle commença ainsi:

Je suis née dans une ville de l'Andalousie, dont un duc porte le nom, ce qui lui donne le titre de grand d'Espagne. Mon père, un de ses vassaux, n'est pas d'une condition très-relevée; mais il est riche, et si les biens de la nature eussent égalé chez lui ceux de la fortune, il n'aurait pu rien désirer au delà, et moi-même je serais moins à plaindre aujourd'hui; car je ne doute point que mes malheurs ne viennent de celui qu'ont mes parents de n'être point d'illustre origine. Ils ne sont pourtant

pas d'une extraction si basse qu'elle doive les faire rougir: ils sont laboureurs de père en fils, d'une race pure
et sans mélange; ce sont de vieux chrétiens, et leur an-
cienneté, jointe à leurs grands biens et à leur manière
de vivre, les élève beaucoup au-dessus des gens de leur
profession, et les place presque au rang des plus
nobles. Comme je suis leur unique enfant, ils m'ont
toujours tendrement chérie; et ils se trouvaient encore
plus heureux de m'avoir pour fille que de toute leur
opulence. De même que j'étais maîtresse de leur cœur,
je l'étais aussi de leur bien; tout passait par mes mains
dans notre maison, les affaires du dehors comme celles
du dedans; et comme ma circonspection et mon zèle
égalaient leur confiance, nous avions vécu jusque-là
heureux et en repos. Après les soins du ménage, le
reste de mon temps était consacré aux occupations
ordinaires des jeunes filles, telles que le travail à l'ai-
guille, le tambour à broder, et bien souvent le rouet;
quand je quittais ces travaux, c'était pour faire quelque
lecture utile, ou jouer de quelque instrument, ayant
reconnu que la musique met le calme dans l'âme et
repose l'esprit fatigué. Telle était la vie que je menais
dans la maison paternelle. Si je vous la raconte avec ces
détails, ce n'est pas par vanité, mais pour vous apprendre que ce n'est pas ma faute si je suis tombée de
cette heureuse existence dans la déplorable situation
où vous me voyez aujourd'hui. Pendant que ma vie se
passait ainsi dans une espèce de retraite comparable à

celle des couvents, ne voyant d'autres gens que ceux de notre maison, ne sortant jamais que pour aller à l'église, toujours de grand matin et en compagnie de ma mère, le bruit de ma beauté commença à se répandre, et l'amour vint me troubler dans ma solitude. Un jour à mon insu, le second fils de ce duc dont je vous ai parlé, nommé don Fernand, me vit...

A ce nom de Fernand, Cardenio changea de couleur, et laissa paraître une si grande agitation, que le curé et le barbier, qui avaient les yeux sur lui, craignirent qu'il n'entrât dans un de ces accès de fureur dont ils avaient appris qu'il était souvent atteint. Heureusement qu'il n'en fut rien: seulement il se mit à considérer fixement la belle inconnue, attachant sur elle ses regards, et cherchant à la reconnaître; mais, sans faire attention aux mouvements convulsifs de Cardenio, elle continua son récit.

Ses yeux ne m'eurent pas plutôt aperçue, comme il l'avoua depuis, qu'il ressentit cette passion violente dont il donna bientôt des preuves. Pour achever promptement l'histoire de mes malheurs, et ne point perdre de temps en détails inutiles, je passe sous silence les ruses qu'employa don Fernand pour me révéler son amour: il gagna les gens de notre maison; il fit mille offres de services à mon père, l'assurant de sa faveur en toutes choses. Chaque jour ce n'étaient que divertissements sous mes fenêtres, et la nuit s'y passait en concerts de voix et d'instruments. Il me fit remettre, par des moyens que j'ignore encore, un nombre infini de billets pleins de promesses et de tendres sentiments. Cependant tout cela ne faisait que m'irriter, bien loin de me plaire et de m'attendrir, et dès lors je regardai don Fernand comme un ennemi mortel. Ce n'est pas qu'il me parût aimable, et que je ne sentisse quelque plaisir à me voir recherchée d'un homme de cette condition; de pareils soins plaisent toujours aux femmes, et la plus farouche trouve dans son cœur un peu de complaisance pour ceux qui lui disent qu'elle est belle; mais la disproportion de fortune était trop grande pour me permettre des espérances raisonnables, et ses soins trop éclatants pour ne pas m'offenser. Les conseils de mes parents, qui avaient deviné don Fernand, achevèrent de détruire tout ce qui pouvait me flatter dans sa recherche. Un jour mon père, me voyant plus inquiète que de coutume, me déclara que le seul moyen de faire cesser ses poursuites et de mettre un obstacle insurmontable à ses prétentions, c'était de prendre un époux, que je n'avais qu'à choisir, dans la ville ou dans notre voisinage, un parti à mon gré, et qu'il ferait tout ce que je pouvais attendre de son affection.

Je le remerciai de sa bonté, et répondis que n'ayant encore jamais pensé au mariage, j'allais songer à éloigner don Fernand, d'une autre manière, sans enchaîner pour cela ma liberté. Je résolus dès lors de l'éviter avec tant de soin, qu'il ne trouvât plus moyen de me parler. Une manière de vivre si réservée ne fit que l'exciter dans son mauvais dessein, je dis mauvais dessein, parce que, s'il avait été honnête, je ne serais pas dans le triste état où vous me voyez. Mais quand don Fernand apprit que mes parents cherchaient à m'établir, afin de lui ôter l'espoir de me posséder, ou que j'eusse plus de gardiens pour me défendre, il résolut d'entreprendre ce que je vais vous raconter.

Une nuit que j'étais dans ma chambre, avec la fille qui me servait, ma porte bien fermée pour être en sûreté contre la violence d'un homme que je savais capable de tout oser, il se dressa subitement devant moi. Sa vue me troubla à tel point que, perdant l'usage de mes sens, je ne pus articuler un seul mot pour appeler du secours. Profitant de ma faiblesse et de mon étonnement, don Fernand me prit entre ses bras, me parla avec tant d'artifice, et me montra tant de tendresse, que je n'osais appeler quand je m'en serais senti la force. Les soupirs du perfide donnaient du crédit à ses paroles, et ses larmes semblaient justifier son intention; j'étais jeune et sans expérience dans une matière où les plus habiles sont trompées. Ses mensonges me parurent des vérités, et touchée de ses soupirs et de ses larmes, je sentais quelques mouvements de compassion. Cependant, revenue de ma première surprise, et commençant à me reconnaître, je lui dis avec indignation:

Seigneur, si en même temps que vous m'offrez votre amitié, et que vous m'en donnez des marques si étranges, vous me permettiez de choisir entre cette amitié et le poison, estimant beaucoup plus l'honneur que la vie, je n'aurais pas de peine à sacrifier l'une à l'autre. Je suis votre vassale, et non votre esclave; et je m'estime autant, moi fille obscure d'un laboureur, que vous, gentilhomme et cavalier. Ne croyez donc pas m'éblouir par vos richesses, ni me tenter par l'éclat de vos grandeurs. C'est à mon père à disposer de ma volonté, et je ne me rendrai jamais qu'à celui qu'il m'aura choisi pour époux. Si donc, vous m'estimez comme vous le dites, abandonnez un dessein qui m'offense et ne peut jamais réussir. Pour que je jouisse paisiblement de la vie, laissez-moi l'honneur, qui en est inséparable; et puisque vous ne pouvez être mon époux, ne prétendez pas à un amour que je ne puis donner à aucun autre.

S'il ne faut que cela pour te satisfaire, répondit le déloyal cavalier, je suis trop heureux que ton amour soit à ce prix. Je t'offre ma main, charmante Dorothée (c'est le nom de l'infortunée qui vous parle), et pour témoins de mon serment je prends le ciel, à qui rien n'est caché, et cette image de la Vierge qui est devant nous.

Le nom de Dorothée fit encore une fois tressaillir Cardenio, et le confirma dans l'opinion qu'il avait eue dès le commencement du récit; mais pour ne pas l'interrompre, et savoir quelle en sera la fin, il se contenta de dire: Quoi! Madame, Dorothée est votre nom? J'ai entendu parler d'une personne qui le portait, et dont les malheurs vont de pair avec les vôtres. Continuez, je vous prie; bientôt je vous apprendrai des choses qui ne vous causeront pas moins d'étonnement que de pitié.

Dorothée s'arrêta pour regarder Cardenio et l'étrange dénûment où il était: Si vous savez quelque chose qui me regarde, je vous conjure, lui dit-elle, de me l'apprendre à l'instant: j'ai assez de courage pour supporter les coups que me réserve la fortune; mon malheur présent me rend insensible à ceux que je pourrais redouter encore.

Après qu'il se fut lavé les pieds, le jeune garçon prit
sous sa montera un mouchoir.

Je vous aurais déjà dit ce que je pense, Madame, répondit Cardenio, si j'étais bien certain de ce que je

suppose; mais jusqu'à cette heure, il ne vous importe en rien de le connaître, et il sera toujours temps de vous en instruire.

Dorothée continua en ces termes:

Après ces assurances, don Fernand me présenta la main, et m'ayant donné sa foi, il me la confirma par des paroles pressantes, et avec des serments extraordinaires; mais, avant de souffrir qu'il se liât, je le conjurai de ne point se laisser aveugler par la passion, et par un peu de beauté qui ne suffirait point à l'excuser. Ne causez pas, lui dis-je, à votre père le déplaisir et la honte de vous voir épouser une personne si fort au-dessous de votre condition; et, par emportement, ne prenez pas un parti dont vous pourriez vous repentir, et qui me rendrait malheureuse. A ces raisons, j'en ajoutai beaucoup d'autres, qui toutes furent inutiles. Don Fernand s'engagea en amant passionné qui sacrifie tout à son amour, ou plutôt en fourbe qui se soucie peu de tenir ses promesses. Le voyant si opiniâtre dans sa résolution, je pensai sérieusement à la conduite que je devais tenir. Je me représentai que je n'étais pas la première que le mariage eût élevée à des grandeurs inespérées, et à qui la beauté eût tenu lieu de naissance et de mérite. L'occasion était belle, et je crus devoir profiter de la faveur que m'envoyait la fortune. Quand elle m'offre un époux qui m'assure d'un attachement éternel, pourquoi, me disais-je, m'en faire un ennemi par des mépris injustes? Je me représentai de plus que don Fernand était à ménager; que s'offrant surtout avec de si grands avantages, un refus pourrait l'irriter; et que sa passion le portant peut-être à la violence, il se croirait dégagé d'une parole que je n'aurais pas voulu recevoir, et qu'ainsi je demeurerais sans honneur et sans excuse. Toutes ces réflexions commençaient à m'ébranler; les serments de don Fernand, ses soupirs et ses larmes, les témoins sacrés qu'il invoquait; en un mot, son air, sa bonne mine, et l'amour que je croyais voir en toutes ses actions, achevèrent de me perdre. J'appelai la fille qui me servait, pour qu'elle entendît les serments de don Fernand; il prit encore une fois devant elle le ciel à témoin, appela sur sa tête toutes sortes de malédictions si jamais il violait sa promesse; il m'attendrit par de nouveaux soupirs et de nouvelles larmes; et cette fille s'étant retirée, le perfide, abusant de ma faiblesse, acheva la trahison qu'il avait méditée.

Quand le jour qui succéda à cette nuit fatale fut sur le point de paraître, don Fernand, sous prétexte de ménager ma réputation, montra beaucoup d'empressement à s'éloigner. Il me dit avec froideur de me reposer sur son honneur et sur sa foi; et pour gage, il tira un riche diamant de son doigt et le mit au mien. Il s'en fut; la servante qui l'avait introduit dans ma chambre, à ce qu'elle m'avoua depuis, lui ouvrit la porte de la rue, et je demeurai si confuse de tout ce qui venait de m'arriver, que je ne saurais dire si j'en éprouvais de la joie ou de la tristesse. J'étais tellement hors de moi, que je ne songeais pas à reprocher à cette fille sa trahison, ne pouvant encore bien juger si elle m'était nuisible ou favorable. J'avais dit à don Fernand, avant qu'il s'éloignât, que puisque j'étais à lui, il pouvait se servir de la même voie pour me revoir, jusqu'à ce qu'il trouvât à propos de déclarer l'honneur qu'il m'avait fait. Il revint la nuit suivante; mais depuis lors, je ne l'ai pas revu une seule fois, ni dans la rue, ni à l'église, pendant un mois entier que je me suis fatiguée à le chercher, quoique je susse bien qu'il était dans le voisinage et qu'il allât tous les jours à la chasse.

Cet abandon que je regardais comme le dernier des malheurs, faillit m'accabler entièrement. Ce fut alors que je compris les conséquences de l'audace de ma servante, et combien il est dangereux de se fier aux serments. J'éclatai en imprécations contre don Fernand, sans soulager ma douleur. Il fallut cependant me faire violence pour cacher mon ressentiment, dans la crainte que mon père et ma mère ne me pressassent de leur en dire le sujet. Mais bientôt il n'y eut plus moyen de feindre, et je perdis toute patience en apprenant que don Fernand s'était marié dans une ville voisine, avec une belle et noble personne appelée Luscinde.

En entendant prononcer le nom de Luscinde, vous eussiez vu Cardenio plier les épaules, froncer le sourcil, se mordre les lèvres, et bientôt après deux ruisseaux de larmes inonder son visage. Dorothée, cependant, ne laissa pas de continuer son récit.

A cette triste nouvelle, l'indignation et le désespoir s'emparèrent de mon esprit, et, dans le premier transport, je voulais publier partout la perfidie de don Fernand, sans m'inquiéter si en même temps je n'affichais pas ma honte. Peut-être un reste de raison calma-t-il tous ces mouvements, mais je ne les ressentis plus après le dessein que je formai sur l'heure même. Je découvris le sujet de ma douleur à un jeune berger qui servait chez mon père, et, lui ayant emprunté un de ses vêtements, je le priai de m'accompagner jusqu'à la ville où je savais qu'était don Fernand. Le berger fit tout ce qu'il put pour m'en détourner; mais, voyant ma résolution inébranlable, il consentit à me suivre. Ayant donc pris un habit de femme, quelques bagues et de l'argent que je lui donnai à porter pour m'en servir au besoin, nous nous mîmes en chemin la nuit suivante, à l'insu de tout le monde. Hélas! je ne savais pas trop ce que j'allais faire; car que pouvais-je espérer en voyant le perfide, si ce n'est la triste satisfaction de lui adresser des reproches inutiles?

J'arrivai en deux jours et demi au terme de mon voyage. En entrant dans la ville je m'informai sans délai de la demeure des parents de Luscinde; le premier que j'interrogeais m'en apprit beaucoup plus que je ne voulais en savoir. Il me raconta dans tous ses détails le mariage de don Fernand et de Luscinde; il me dit qu'au milieu de la cérémonie, Luscinde était tombée évanouie en prononçant le oui fatal, et que son époux, ayant desserré sa robe pour l'aider à respirer, y avait trouvé cachée une lettre écrite de sa main, dans laquelle elle déclarait ne pouvoir être sa femme, parce qu'un gentilhomme nommé Cardenio avait déjà reçu sa foi, et qu'elle n'avait feint de consentir à ce mariage que pour ne pas désobéir à son père. Dans cette lettre, elle annonçait le dessein de se tuer; dessein que confirmait un poignard trouvé sur elle, ce qu'au reste don Fernand, furieux de se voir ainsi trompé, aurait fait lui-même, si ceux qui étaient présents ne l'en eussent empêché. Cet homme ajouta enfin qu'il avait quitté aussitôt la maison de Luscinde, laquelle n'était revenue de son évanouissement que le lendemain, déclarant de nouveau avoir depuis longtemps engagé sa foi à Cardenio. Il m'apprit aussi que ce Cardenio s'était trouvé présent au mariage, et qu'il s'était éloigné, désespéré, après avoir laissé une lettre dans laquelle, maudissant l'infidélité de sa maîtresse, il déclarait la fuir pour toujours. Cela était de notoriété publique et faisait le sujet de toutes les conversations.

Mais ce fut bien autre chose quand on apprit la fuite de Luscinde de la maison paternelle et le désespoir de ses parents, qui ne savaient ce qu'elle était devenue. Pour moi, je trouvai quelque consolation dans ce qu'on venait de m'apprendre; je me disais que le ciel n'avait sans doute renversé les injustes desseins de don Fernand que pour le faire rentrer en lui-même; et qu'enfin, puisque son mariage avec Luscinde ne s'était pas accompli, je pouvais un jour voir le mien se réaliser. Je tâchai de me persuader ce que je souhaitais, me forgeant de vaines espérances d'un bonheur à venir, pour ne pas me laisser accabler entièrement, et pour prolonger une vie qui m'est désormais insupportable.

Pendant que j'errais dans la ville, sans savoir à quoi me résoudre, j'entendis annoncer la promesse d'une grande récompense pour celui qui indiquerait ce que j'étais devenue. On me désignait par mon âge et par l'habit que je portais. J'appris en même temps qu'on accusait le berger qui était venu avec moi de m'avoir enlevée de chez mon père; ce qui me causa un déplaisir presque égal à l'infidélité de don Fernand, car je voyais ma réputation absolument perdue, et pour un sujet indigne et bas. Je sortis de la ville avec mon guide, et le même soir nous arrivâmes ici, au milieu de ces montagnes. Mais, vous le savez, un malheur en appelle un autre; et la fin d'une infortune est le commencement d'une plus grande. Je ne fus pas plus tôt dans ce lieu

écarté, que le berger en qui j'avais mis toute ma confiance, tenté sans doute par l'occasion plutôt que par
ma beauté, osa me parler d'amour. Voyant que je ne
répondais qu'avec mépris, il résolut d'employer la violence pour accomplir son infâme dessein. Mais le ciel
et mon courage ne m'abandonnèrent pas en cette circonstance. Aveuglé par ses désirs, ce misérable ne
s'aperçut pas qu'il était sur le bord d'un précipice; je l'y
poussai sans peine, puis courant de toute ma force, je
pénétrai bien avant dans ces déserts, pour dérouter les
recherches. Le lendemain, je rencontrai un paysan qui
me prit à son service en qualité de berger et m'emmena
au milieu de ces montagnes. Je suis restée chez lui bien
des mois, allant chaque jour travailler aux champs, et
ayant grand soin de ne pas me laisser reconnaître;
mais, malgré tout, il a fini par découvrir ce que je suis;
si bien que m'ayant, à son tour, témoigné de mauvais
desseins, et la fortune ne m'offrant pas les mêmes
moyens de m'y soustraire, j'ai quitté sa maison il y a
deux jours, et suis venue chercher un asile dans ces
solitudes, pour prier le ciel en repos, et tâcher de
l'émouvoir par mes soupirs et mes larmes, ou tout au
moins pour finir ici ma misérable vie, et y ensevelir le
secret de mes douleurs.

CHAPITRE XXIX. QUI TRAITE DU GRA-CIEUX ARTIFICE QU'ON EMPLOYA POUR TIRER NOTRE AMOUREUX CHEVALIER DE LA RUDE PÉNITENCE QU'IL ACCOM-PLISSAIT.

Telle est, seigneurs, l'histoire de mes tristes aventures; jugez maintenant si ma douleur est légitime, et si une infortunée dont les maux sont sans remède est en état de recevoir des consolations. La seule chose que je vous demande et qu'il vous sera facile de m'accorder, c'est de m'apprendre où je pourrai passer le reste de ma vie à l'abri de la recherche de mes parents: non pas que je craigne qu'ils m'aient rien retiré de leur affection, et qu'ils ne me reçoivent pas avec l'amitié qu'ils m'ont toujours témoignée; mais quand je pense qu'ils ne doivent croire à mon innocence que sur ma parole, je ne puis me résoudre à affronter leur présence.

Dorothée se tut, et la rougeur qui couvrit son beau visage, ses yeux baissés et humides, montrèrent claire-ment son inquiétude et tous les sentiments qui agi-taient son cœur.

Ceux qui venaient d'entendre l'histoire de la jeune fille étaient charmés de son esprit et de sa grâce; et ils éprouvaient d'autant plus de compassion pour ses malheurs, qu'ils les trouvaient aussi surprenants qu'immérités. Le curé voulait lui donner des consolations et des avis, mais Cardenio le prévint.

—Quoi! madame, s'écria-t-il, vous êtes la fille unique du riche Clenardo?

Dorothée ne fut pas peu surprise d'entendre le nom de son père, en voyant la chétive apparence de celui qui parlait (on se rappelle comment était vêtu Cardenio). Qui êtes-vous, lui dit-elle, vous qui savez le nom de mon père? car si je ne me trompe, je ne l'ai pas nommé une seule fois dans le cours du récit que je viens de faire.

Je suis, répondit Cardenio, cet infortuné qui reçut la foi de Luscinde, celui qu'elle a dit être son époux, et que la trahison de don Fernand a réduit au triste état que vous voyez, abandonné à la douleur, privé de toute consolation, et, pour comble de maux, n'ayant l'usage de sa raison que pendant les courts intervalles qu'il plaît au ciel de lui laisser. C'est moi qui fut le triste témoin du mariage de don Fernand, et qui déjà, plein de trouble et de terreur, finis par m'abandonner au désespoir quand je crus que Luscinde avait prononcé le oui fatal. Sans attendre la fin de son évanouissement, éperdu, hors de moi, je quittai sa maison après avoir donné à un de mes gens une lettre avec ordre de la remettre à Luscinde, et je suis venu dans ces déserts vouer à la douleur une vie dont tous les moments étaient pour moi autant de supplices. Mais Dieu n'a pas voulu me l'ôter, me réservant sans doute pour le bonheur que j'ai de vous rencontrer ici. Consolez-vous belle Dorothée, le ciel est de notre côté; ayez confiance dans sa bonté et sa protection, et après ce qu'il a fait en votre faveur, ce serait l'offenser que de ne pas espérer un meilleur sort. Il vous rendra don Fernand, qui ne peut être à Luscinde; et il me rendra Luscinde, qui ne peut être qu'à moi. Quand mes intérêts ne seraient pas d'accord avec les vôtres, ma sympathie pour vos malheurs est telle qu'il n'est rien que je ne fasse pour y mettre un terme; je jure de ne prendre aucun repos que don Fernand ne vous ait rendu justice, et même de l'y forcer au péril de ma vie, si la raison et la générosité ne l'y peuvent amener.

Le ciel et mon courage ne m'abandonnèrent pas dans cette circonstance.

Dorothée était si émue, qu'elle ne savait comment remercier Cardenio; et le regardant déjà comme son protecteur, elle allait se jeter à ses pieds, mais il l'en
empêcha. Le curé, prenant la parole pour tous deux,
loua Cardenio de sa généreuse résolution, et consola si
bien Dorothée qu'il la fit consentir à venir se remettre
un peu de tant de fatigues dans sa maison, où ils avise-
raient tous ensemble au moyen de retrouver don Fernand. Le barbier, qui jusque-là avait écouté en silence,
s'offrit avec empressement à faire tout ce qui dépen-
drait de lui; il leur apprit ensuite le dessein qui les avait
conduits, lui et le curé, dans ces montagnes, et
l'étrange folie de don Quichotte, dont ils attendaient
l'écuyer, lequel n'avait guère moins besoin de traitement que son maître. Cardenio se ressouvint alors du
démêlé qu'il avait eu avec notre héros, mais seulement
comme d'un songe, et en le racontant il n'en put dire le
sujet.

En ce moment des cris se firent entendre, et ils reconnurent la voix de Sancho, qui, ne les trouvant point à
l'endroit où ils les avait laissés, les appelait à tue-tête.
Tous allèrent au-devant de lui, et comme le curé lui
demandait avec empressement des nouvelles de don
Quichotte, Sancho répondit comment il l'avait trouvé
en chemise, pâle, jaune, mourant de faim, mais soupirant toujours pour sa dame Dulcinée. Je lui ai bien dit,
ajouta-t-il, qu'elle lui ordonnait de quitter ce désert

pour se rendre au Toboso, où elle l'attend avec impatience; mais il m'a répondu qu'il est résolu à ne point paraître devant sa beauté, jusqu'à ce qu'il ait fait des prouesses dignes de cette faveur. En vérité, seigneurs, si cela dure plus longtemps, mon maître court grand risque de ne jamais devenir empereur, comme il s'y est engagé, ni même archevêque, ce qui est le moins qu'il puisse faire. Au nom du ciel, voyez donc promptement ce qu'il y aurait à faire pour le tirer de là.

Rassurez-vous, Sancho, dit le curé, nous l'en tirerons malgré lui; et se tournant vers Cardenio et Dorothée, il leur raconta ce qu'ils avaient imaginé pour la guérison de don Quichotte, ou tout au moins pour l'obliger de retourner dans sa maison.

Dorothée, à qui ses nouvelles espérances rendaient déjà un peu de gaieté, s'offrit à remplir le rôle de la damoiselle affligée, disant qu'elle s'en acquitterait mieux que le barbier, parce qu'elle avait justement emporté un costume de grande dame; qu'au reste il n'était pas besoin de l'instruire pour représenter ce personnage, parce qu'ayant lu beaucoup de livres de chevalerie elle en connaissait le style, et savait de quelle manière les damoiselles infortunées imploraient la protection des chevaliers errants.

A la bonne heure, madame, dit le curé; il ne s'agit plus que de se mettre à l'œuvre.

Dorothée ouvrit son paquet et en tira une jupe de très-belle étoffe et un riche mantelet de brocart vert avec un tour de perles et d'autres ajustements; quand elle s'en fut parée, elle leur parut à tous si belle, qu'ils ne se lassaient pas de l'admirer, et plaignaient don Fernand d'avoir dédaigné une si charmante personne. Mais celui qui trouvait Dorothée le plus à son goût, c'était Sancho Panza; il n'avait pas assez d'yeux pour la regarder, et il était devant elle comme en extase.

Quelle est donc cette belle dame? demanda-t-il; et que vient-elle chercher au milieu de ces montagnes?

Cette belle dame, ami Sancho, répondit le curé, c'est tout simplement l'héritière en ligne directe du grand royaume de Micomicon. Elle vient prier votre maître de la venger d'une injure que lui a faite un géant déloyal; et au bruit que fait dans toute la Guinée la valeur du fameux don Quichotte, cette princesse n'a pas craint d'entreprendre ce long voyage pour venir le chercher.

Par ma foi! s'écria Sancho transporté, voilà une heureuse quête et une heureuse trouvaille, surtout si mon maître est assez chanceux pour venger cette injure et assommer ce damné géant que vient de dire Votre Grâce. Oh! certes, il l'assommera s'il le rencontre; à moins pourtant que ce soit un fantôme, car sur ces gens-là mon maître est sans pouvoir. Seigneur licencié, lui dit-il, j'ai, entre autres choses, une grâce à vous demander: pour qu'il ne prenne pas fantaisie à mon maître de se faire archevêque, car c'est là toute ma crainte, conseillez-lui, je vous en conjure, de se marier promptement avec cette princesse, afin que n'étant plus en état de recevoir les ordres, il soit forcé de devenir empereur. Franchement, j'ai bien réfléchi là-dessus, et, tout compte fait, je trouve qu'il n'est pas bon pour moi qu'il soit archevêque, parce que je ne vaux rien pour être d'église, et que d'ailleurs ayant femme et enfants, il me faudrait songer à prendre des dispenses, afin de toucher les revenus d'une prébende, ce qui me donnerait beaucoup trop d'embarras. Le mieux est donc que mon seigneur se marie tout de suite avec cette grande dame que je ne puis pas nommer parce que j'ignore son nom.

Elle s'appelle la princesse Micomicona, dit le curé; car son royaume étant celui de Micomicon, elle doit se nommer ainsi.

En effet, reprit Sancho: j'ai vu nombre de gens qui prennent le nom du lieu de leur naissance, comme Pedro d'Alcala, Juan d'Ubeda, Diego de Valladolid; il doit en être de même en Guinée.

Sans aucun doute, Sancho, répondit le curé, et pour ce qui est du mariage de votre maître, croyez que j'y pousserai de tout mon pouvoir.

Sancho demeura fort satisfait de la promesse du curé, et le curé encore plus étonné de la simplicité de Sancho, en voyant à quel point les contagieuses folies du maître avaient pris racine dans le cerveau du serviteur.

Pendant cet entretien, Dorothée étant montée sur la mule du curé, et le barbier ayant ajusté sa fausse barbe, tous dirent à Sancho de les conduire où se trouvait don Quichotte; lui recommandant de ne pas laisser soupçonner qu'il les connût, parce que, si le chevalier venait à s'en douter seulement, l'occasion de le faire empereur serait perdue à jamais. Cardenio ne voulut point les accompagner, dans la crainte que don Quichotte ne vînt à se rappeler le démêlé qu'ils avaient eu ensemble; et le curé, ne croyant pas sa présence nécessaire, demeura également, après avoir donné quelques instructions à Dorothée, qui le pria de s'en reposer sur elle, l'assurant qu'elle suivrait exactement ce que lui avaient appris les livres de chevalerie.

La princesse Micomicona et ses deux compagnons se mirent donc en chemin. Ils eurent à peine fait trois quarts de lieue, qu'ils découvrirent au milieu d'un groupe de roches amoncelées don Quichotte, déjà habillé, mais sans armure. Sitôt que Dorothée l'aperçut et que Sancho lui eut appris que c'était là notre héros, elle hâta son palefroi, suivi de son écuyer barbu. Aussitôt celui-ci sauta à bas de sa mule, prit entre ses bras sa maîtresse, qui ayant mis pied à terre avec beaucoup d'aisance, alla se jeter aux genoux de don Quichotte; notre héros fit tous ses efforts pour la relever, mais elle, sans vouloir y consentir, lui parla de la sorte:

Je ne me relèverai point, invincible chevalier, que votre courtoisie ne m'ait octroyé un don, lequel ne tournera pas moins à la gloire de votre magnanime personne qu'à l'avantage de la plus outragée damoiselle que jamais ait éclairée le soleil. S'il est vrai que votre valeur et la force de votre bras répondent à ce qu'en publie la renommée, vous êtes tenu, par les lois de l'honneur et par la profession que vous exercez, de secourir une infortunée qui, sur le bruit de vos exploits et à la trace de votre nom célèbre, vient des extrémités de la terre chercher un remède à ses malheurs.

Je suis bien résolu, belle et noble dame, dit don Quichotte, à ne point entendre et à ne point répondre une seule parole que vous ne vous soyez relevée.

Et moi, je ne me relèverai point d'où je suis, illustre chevalier, reprit la dolente damoiselle, que vous ne m'ayez octroyé le don que j'implore de votre courtoisie.

Je vous l'octroie, Madame, dit don Quichotte, mais à une condition: c'est qu'il ne s'y trouvera rien de contraire au service de mon roi ou de mon pays, ni aux intérêts de celle qui tient mon cœur et ma liberté enchaînés.

Ce ne sera ni au préjudice ni contre l'honneur de ceux ou de celle que vous venez de nommer, répondit Dorothée.

Comme elle allait continuer, Sancho s'approcha de son maître, et lui dit à l'oreille: Par ma foi, seigneur, vous pouvez bien accorder à cette dame ce qu'elle vous demande; en vérité, ce n'est qu'une bagatelle: il s'agit tout simplement d'assommer un géant, et celle qui vous en prie est la princesse Micomicona, reine du grand royaume de Micomicon, en Éthiopie.

Qu'elle soit ce qu'il plaira à Dieu, répondit don Quichotte; je ferai ce que me dicteront ma conscience et les lois de ma profession. Puis se tournant vers Dorothée: Que Votre Beauté veuille bien se lever, Madame, lui dit-il, je vous octroie le don qu'il vous plaira de me demander.

Eh bien, chevalier sans pareil, reprit Dorothée, le don que j'implore de votre valeureuse personne, c'est qu'elle me suive sans retard où il me plaira de la mener, et qu'elle me promette de ne s'engager dans aucune autre aventure jusqu'à ce qu'elle m'ait vengé d'un traître qui, contre toutes les lois divines et humaines, a usurpé mon royaume.

Ce don, très-haute dame, je répète que je vous l'octroie, répondit don Quichotte; désormais prenez courage et chassez la tristesse qui vous accable: j'espère, avec l'aide de Dieu et la force de mon bras, vous rétablir avant peu dans la possession de vos États, en dépit de tous ceux qui prétendraient s'y opposer. Or, mettons promptement la main à l'œuvre; les bonnes actions ne doivent jamais être différées, et c'est dans le retardement qu'est le péril.

Dorothée fit tous ses efforts pour baiser les mains de don Quichotte, qui ne voulut jamais y consentir. Au contraire, il la fit relever, l'embrassa respectueusement, après quoi il dit à Sancho de bien sangler Rossinante et de lui donner ses armes. L'écuyer détacha d'un arbre l'armure de son maître, qui y était suspendue comme un trophée. Quand notre héros l'eut endossée: Maintenant, dit-il, allons, avec l'aide de Dieu, porter secours à cette grande princesse, et employons la valeur et la force que le ciel nous a données, à la faire triompher de ses ennemis.

Le barbier, qui, pendant cette cérémonie, était resté à genoux, faisait tous ses efforts pour ne pas éclater de rire ni laisser tomber sa barbe, dans la crainte de tout gâter; quand il vit le don octroyé et avec quel empressement notre héros se disposait à partir, il se releva, et, prenant la princesse d'une main tandis que don Quichotte la prenait de l'autre, tous deux la mirent sur sa mule. Le chevalier enfourcha Rossinante, le barbier sa monture, et ils se mirent en chemin.

Le pauvre Sancho les suivait à pied, et la fatigue qu'il en éprouvait lui rappelait à chaque pas la perte de son grison. Il prenait toutefois son mal en patience, voyant son maître en chemin de se faire empereur; car il ne doutait point qu'il ne se mariât avec cette princesse, et qu'il ne devînt bientôt souverain de Micomicon. Une seule chose troublait le plaisir qu'il ressentait, c'était de penser que ce royaume étant dans le pays des nègres, les gens que son maître lui donnerait à gouverner se-raient Mores; mais il trouva sur-le-champ remède à cet inconvénient. Eh! qu'importe, se disait-il, que mes vas-saux soient Mores? Je les ferai charrier en Espagne, où je les vendrai fort bien, et j'en tirerai du bon argent comptant, dont je pourrai acheter quelque office, afin de vivre sans souci le reste de mes jours. Me croit-on donc si maladroit, que je ne sache tirer parti des choses? faut-il tant de philosophie pour vendre vingt ou trente mille esclaves? Oh! par ma foi, je saurai bien en venir à bout; et je les rendrai blancs ou tout au moins jaunes, seraient-ils plus noirs que le diable. Plein de ces agréables pensées, Sancho cheminait si content, qu'il en oubliait le désagrément d'aller à pied.

Toute cette étrange scène, le curé et Cardenio la regardaient depuis longtemps à travers les broussailles, fort en peine de savoir comment ils pourraient se réunir au reste de la troupe; mais le curé, grand trameur d'expédients, en trouva un tout à point: avec des ciseaux qu'il portait dans un étui, il coupa la barbe à Cardenio, et lui fit prendre sa soutane et son manteau noir, se réservant seulement le pourpoint et les chausses. Sous ce nouveau costume, Cardenio était si changé, qu'il ne se serait pas reconnu lui-même. Cela fait, ils gagnèrent le grand chemin, où ils arrivèrent encore avant notre chevalier et sa suite, tant les mules avaient de peine à marcher dans ces sentiers difficiles. Dès que le curé aperçut venir don Quichotte suivi de ses compagnons, il courut à lui les bras ouverts, et le regardant fixement comme un homme qu'on cherche à reconnaître, il s'écria: Qu'il soit le bien venu, le bien trouvé, mon cher compatriote don Quichotte de la Manche, fleur de la galanterie, rempart des affligés, quintessence des chevaliers errants. En parlant ainsi, il tenait embrassée la jambe gauche de notre héros, qui, tout stupéfait d'une rencontre si imprévue, voulut mettre pied à terre quand il l'eut enfin reconnu; mais le curé l'en empêcha.

Je ne me relèverai point, invincible chevalier, que votre courtoisie ne m'ait octroyé un don.

Il n'est pas convenable, lui disait don Quichotte, que je sois à cheval pendant que Votre Révérence est à pied.

Je n'y consentirai jamais, reprit le curé; que Votre Grâce reste à cheval, où elle a fait tant de merveilles! c'est assez pour moi de prendre la croupe d'une de ces mules, si ces gentilshommes veulent bien le permettre; et j'aime mieux être en votre compagnie de cette façon, que de me voir monté sur le célèbre cheval Pégase, ou sur la jument sauvage de ce fameux More Muzarrache, qui aujourd'hui encore est enchanté dans la caverne de Zulema, auprès de la grande ville de Compluto.

Vous avez raison, seigneur licencié, dit don Quichotte, et je ne m'en étais pas avisé. J'espère que madame la princesse voudra bien, pour l'amour de moi, ordonner à son écuyer de vous donner la selle de sa mule, et de se contenter de la croupe, si tant est que la bête soit accoutumée à porter double fardeau.

Assurément, répondit Dorothée, et mon écuyer n'attendra pas mes ordres pour cela; il a trop de courtoisie pour souffrir que le seigneur licencié aille à pied.

Assurément, dit le barbier; et sautant à bas de sa mule, il présenta la selle au curé, qui l'accepta sans se faire prier.

Par malheur la mule était de louage, c'est-à-dire quinteuse et mutine. Quand le barbier voulut monter en croupe, elle leva brusquement le train de derrière, et, détachant quatre ou cinq ruades, elle donna une telle secousse à notre homme, qu'il roula par terre fort rudement; et comme dans cette chute la barbe de maître Nicolas vint à se détacher, il ne trouva rien de mieux à faire que de porter vivement les deux mains à son visage, en criant de toutes ses forces que la maudite bête lui avait cassé la mâchoire.

En apercevant ce gros paquet de poils sans chair ni sang répandu: Quel miracle! s'écria don Quichotte, la mule vient de lui enlever la barbe du menton comme aurait fait un revers d'épée!

Le curé, voyant son invention en grand danger d'être découverte, se hâta de ramasser la barbe; et courant à maître Nicolas, qui continuait à pousser des cris, il lui prit la tête, et l'appuyant contre sa poitrine, il lui rajusta la barbe en un clin d'oeil, en marmottant quelques paroles qu'il dit être un charme propre à faire reprendre les barbes, comme on l'allait voir; en effet, il s'éloigna, et l'écuyer parut aussi barbu qu'auparavant. Don Quichotte, tout émerveillé de la guérison, pria le curé de lui enseigner le charme quand il en aurait le loisir, ne doutant point que sa vertu ne s'étendît beaucoup plus loin, puisqu'il était impossible que les barbes fussent enlevées de la sorte sans que la chair fût emportée du même coup, et que cependant il n'y paraissait plus. Le désordre ainsi réparé, on convint que le curé monterait seul sur la mule jusqu'à ce qu'on fût arrivé à l'hôtellerie, distante encore de deux lieues.

Le chevalier de la Triste-Figure, la princesse Micomicona et le curé étant donc à cheval, tandis que Cardenio, le barbier et Sancho les suivaient à pied, don Quichotte dit à la princesse: Que Votre Grandeur nous conduise maintenant où il lui plaira, nous la suivrons jusqu'au bout du monde.

Le curé, prenant la parole avant qu'elle eût ouvert la bouche: Madame, lui dit-il, vers quel royaume Votre Grâce veut-elle diriger ses pas? N'est-ce pas vers celui de Micomicon?

Dorothée comprit très-bien ce qu'il fallait répondre: C'est justement là, reprit-elle aussitôt.

En ce cas, Madame, dit le curé, il nous faudra passer au beau milieu de mon village; vous prendrez ensuite la route de Carthagène; là vous pourrez vous embarquer; et si vous avez un bon vent, en un peu moins de neuf années vous serez rendus aux Palus-Méotides, d'où il n'y a pas plus de cent journées de marche jusqu'au royaume de Votre Altesse.

Votre Grâce, seigneur, me semble se tromper, répondit Dorothée; j'en suis partie il n'y a pas deux ans, sans avoir jamais eu le vent bien favorable, et cependant depuis quelque temps déjà je suis en Espagne, où je n'ai pas plus tôt eu mis le pied, que le nom du fameux don Quichotte est venu frapper mon oreille; et j'en ai entendu raconter des choses si grandes, si merveilleuses, que quand même ce n'eût pas été ma première pensée, j'aurais pris soudain la résolution de confier mes intérêts à la valeur de son bras invincible.

Assez, assez, madame, s'écria don Quichotte, mettez, je vous en supplie, un terme à vos louanges: je suis ennemi de la flatterie, et quoique vous me rendiez peut-être justice, je ne saurais entendre sans rougir un discours si obligeant et des louanges si excessives. Tout ce que je puis dire, c'est que, vaillant ou non, je suis prêt à verser pour votre service jusqu'à la dernière goutte de mon sang, et le temps vous le prouvera. Maintenant trouvez bon que j'apprenne du seigneur licencié ce qui l'amène seul ici, à pied, et vêtu tellement à la légère, que je ne sais que penser.

Pour vous satisfaire en peu de mots, seigneur don Quichotte, répondit le curé, il faut que vous sachiez que maître Nicolas et moi nous allions à Séville pour y toucher de l'argent qu'un de mes parents m'envoie des Indes, et la somme n'est pas si peu considérable qu'elle n'atteigne pour le moins six mille écus. En passant près d'ici, nous avons été attaqués par des voleurs, qui nous ont tout enlevé, même la barbe, si bien que maître Nicolas est contraint d'en porter une postiche. Ils ont aussi laissé nu comme la main ce jeune homme que vous voyez (il montrait Cardenio). Mais le plus curieux de l'affaire, c'est que ces brigands sont des forçats à qui un vaillant chevalier a, dit-on, donné la clef des champs, malgré la résistance de leurs gardiens. Il faut, en vérité, que ce chevalier soit un bien grand fou, ou qu'il ne vaille guère mieux que les scélérats qu'il a mis en liberté, puisqu'il ne se fait aucun scrupule de livrer les brebis à la fureur des loups; puisqu'il viole le respect dû au roi et à la justice, et se fait le protecteur des ennemis de la sûreté publique; puisqu'il prive les galères de ceux qui les font mouvoir, et remet sur le pied la Sainte-Hermandad, qui se reposait depuis longues années; puisque, enfin, il expose légèrement sa liberté et sa vie, et renonce avec impiété au salut de son âme.

Sancho avait conté l'histoire des forçats au curé, qui parlait ainsi pour voir ce que dirait don Quichotte, lequel changeait de couleur à chaque parole, et n'osait s'avouer le libérateur de ces misérables.

Voilà, ajouta le curé, les honnêtes gens qui nous ont mis dans cet état: que Dieu leur pardonne, et à celui qui a empêché qu'ils ne reçussent le juste châtiment de leurs crimes.

CHAPITRE XXX. QUI TRAITE DE LA FINESSE D'ESPRIT QUE MONTRA LA BELLE DOROTHÉE, AINSI QUE D'AUTRES CHOSES NON MOINS DIVERTISSANTES.

Le curé n'avait pas fini de parler que Sancho s'écria: Savez-vous, seigneur licencié, qui a fait ce bel exploit? eh bien, c'est mon maître! Et pourtant je n'avais cessé de lui dire de prendre garde à ce qu'il allait faire, et de lui répéter que c'était péché de rendre libres des coquins qu'on envoyait aux galères en punition de leurs méfaits.

Traître, repartit don Quichotte; est-ce aux chevaliers errants à s'enquérir si les malheureux et les opprimés qu'ils rencontrent sur leur chemin sont ainsi traités pour leurs fautes, ou si on leur fait injustice? Ils ne doivent considérer que leur misère, sans s'informer de leurs actions. Je rencontre une troupe de pauvres diables, enfilés comme les grains d'un chapelet, et je fais, pour les secourir, ce que m'ordonne le serment de la noble profession que j'exerce. Qu'a-t-on à dire à cela? Quiconque le trouve mauvais, n'a qu'à me le témoigner, et à tout autre qu'au seigneur licencié, dont j'honore et respecte le caractère, je ferai voir qu'il ne sait pas un mot de la chevalerie errante; et je suis prêt à le lui prouver l'épée à la main, à pied et à cheval, ou de toute autre manière.

En disant cela, notre héros s'affermit sur ses étriers, et enfonça son morion; car depuis le jour où les forçats l'avaient si fort maltraité, l'armet de Mambrin était resté pendu à l'arçon de sa selle.

Dorothée ne manquait pas de malice; connaissant la folie de don Quichotte, et sachant d'ailleurs que tout le monde s'en moquait, hormis Sancho Panza, elle voulut prendre sa part du divertissement:

Seigneur chevalier, lui dit-elle, que Votre Grâce se souvienne du serment qu'elle a fait de n'entreprendre aucune aventure, si pressante qu'elle puisse être, avant de m'avoir rétablie dans mes États. Calmez-vous, je vous prie, et croyez que si le seigneur licencié eût pu se douter un seul instant que les forçats devaient leur délivrance à votre bras invincible, il se serait mille fois coupé la langue plutôt que de rien dire qui vous déplût.

Je prends Dieu à témoin, ajouta le curé, que j'aurais préféré m'arracher la moustache poil à poil.

Il suffit, madame, reprit don Quichotte; je réprimerai ma juste colère, et je jure de nouveau de ne rien entreprendre que je n'aie réalisé la promesse que vous avez reçue de moi. En attendant, veuillez nous apprendre l'histoire de vos malheurs, si toutefois vous n'avez pas de secrètes raisons pour les cacher: car enfin, il faut que je sache de qui je dois vous venger, et de quel nombre d'ennemis j'aurai à tirer pour vous une éclatante et complète satisfaction.

Volontiers, répondit Dorothée; mais je crains bien de vous ennuyer par ce triste récit.

Non, non, madame, repartit don Quichotte.

En ce cas, dit Dorothée, que Vos Grâces me prêtent attention.

Aussitôt, Cardenio et le barbier s'approchèrent pour entendre ce qu'elle allait raconter; Sancho, non moins abusé que son maître sur le compte de la princesse, s'approcha aussi; Dorothée s'affermit sur sa mule pour parler plus commodément; puis après avoir toussé et pris les précautions d'un orateur au début, elle commença de la sorte:

Seigneur, vous saurez d'abord que je m'appelle... Elle s'arrêta quelques instants, parce qu'elle ne se ressouvenait plus du nom que lui avait donné le curé; celui-ci, qui vit son embarras, vint à son aide et lui dit: Il n'est pas surprenant, madame, que Votre Grandeur hésite en commençant le récit de ses malheurs; c'est l'effet ordinaire des longues disgrâces de troubler la mémoire, et celles de la princesse Micomicona ne doivent pas être médiocres, puisqu'elle a traversé tant de terres et de mers pour y chercher remède.

J'avoue, reprit Dorothée, qu'il s'est tout à coup présenté à ma mémoire des souvenirs si cruels, que je n'ai plus su ce que je disais; mais me voilà remise, et j'espère maintenant mener à bon port ma véridique histoire.

Je vous dirai donc, seigneurs, que je suis l'héritière légitime du grand royaume de Micomicon. Le roi, mon père, qui se nommait Tinacrio le Sage, était très-versé dans la science qu'on appelle magie; cette science lui fit découvrir que ma mère, la reine Xaramilla, devait mourir la première, et que lui-même la suivant de près au tombeau, je resterais orpheline. Cela, toutefois, affligeait moins mon père que la triste certitude où il était que le souverain d'une grande île située sur les confins de mon royaume, effroyable géant appelé Pandafilando de la Vue Sombre, ainsi surnommé parce qu'il regarde toujours de travers comme s'il était louche, ce qu'il ne fait que par malice et pour effrayer tout le monde; que cet effroyable géant, dis-je, me sachant orpheline, devait un jour à la tête d'une armée formidable envahir mes États et m'en dépouiller entièrement, sans me laisser un seul village où je pusse trouver asile; mais que je pourrais éviter cette disgrâce en consentant à l'épouser. Aussi mon père, qui savait bien que jamais je ne pourrais m'y résoudre, me conseilla, lorsque je verrais Pandafilando prêt à envahir ma frontière, de ne point essayer de me défendre, parce que ce serait ma perte, mais, au contraire, de lui abandonner mon royaume, afin de sauver ma vie et empêcher la ruine de mes loyaux et fidèles sujets; et il ajouta qu'en choisissant quelques-uns d'entre eux pour m'accompagner, je devais passer incontinent en Espagne, où j'étais certaine de trouver un protecteur dans la personne d'un fameux chevalier errant, connu par toute la terre pour sa force et son courage, et qui se nommait, si je m'en souviens bien, don Chicot, ou don Gigot...

Don Quichotte dit à la princesse: Que Votre Grandeur nous conduise où il lui plaira.

Don Quichotte, madame, s'écria Sancho; don Quichotte, autrement appelé le chevalier de la Triste-
Figure.

C'est cela, dit Dorothée. Mon père ajouta que mon
protecteur devait être de haute stature, maigre de visage, sec de corps, et, de plus, avoir sous l'épaule
gauche, ou près de là, un signe de couleur brune, tout
couvert de poil en manière de soie de sanglier.

Approche ici, mon fils Sancho, dit notre héros à son
écuyer; aide-moi à me déshabiller promptement, que je
sache si je suis le chevalier qu'annonce la prophétie de
ce sage roi.

Que voulez-vous faire, seigneur? demanda Dorothée.

Je veux savoir, madame, répondit don Quichotte, si j'ai
sur moi ce signe dont votre père a fait mention.

Il ne faut point vous déshabiller pour cela, reprit Sancho; je sais que Votre Grâce a justement au milieu du
dos un signe tout semblable, et l'on assure que c'est
une preuve de force.

Il suffit, dit Dorothée; entre amis on n'y regarde pas de
si près, et peu importe que le signe soit à droite ou à
gauche, puisque après tout c'est la même chair. Je le
vois bien, mon père a touché juste en tout ce qu'il a
dit; quant à moi, j'ai encore mieux rencontré, en

m'adressant au seigneur don Quichotte, dont la taille et le visage sont si conformes à la prophétie paternelle, et dont la renommée est si grande, non-seulement en Espagne, mais encore dans toute la Manche, qu'à peine débarquée à Ossuna, j'ai entendu faire un tel récit de ses prouesses, qu'aussitôt mon cœur m'a dit que c'était bien le chevalier que je cherchais.

Mais comment peut-il se faire, madame, observa don Quichotte, que vous ayez débarqué à Ossuna où il n'y a point de port?

La princesse, répondit le curé, a voulu dire qu'après avoir débarqué à Malaga, le premier endroit où elle apprit de vos nouvelles fut Ossuna.

C'est ainsi que je l'entendais, seigneur, dit Dorothée.

Maintenant, reprit le curé, Votre Altesse peut poursuivre quand il lui plaira.

Je n'ai rien à dire de plus, continua Dorothée, si ce n'est que ç'a été pour moi une si haute fortune de rencontrer le seigneur don Quichotte, que je me regarde comme déjà rétablie sur le trône de mes pères, puisqu'il a eu l'extrême courtoisie de m'accorder sa protection, et de s'engager à me suivre partout où il me plaira de le mener; et certes ce sera contre le traître Pandafilando, dont il me vengera, je l'espère, en lui arrachant, avec la vie, le royaume dont il m'a si injustement dépouillée. J'oubliais de vous dire que le roi mon père m'a laissé un écrit en caractères grecs ou arabes, que je ne connais point, mais par lequel il m'ordonne de consentir à épouser le chevalier mon libérateur, si, après m'avoir rétablie dans mes États, il me demande en mariage, et de le mettre sur-le-champ en possession de mon royaume et de ma personne.

Hé bien, que t'en semble, ami Sancho? dit don Quichotte; vois-tu ce qui se passe? Ne te l'avais-je pas dit? Avons-nous des royaumes à notre disposition, et des filles de roi à épouser?

Par ma foi, il y a assez longtemps que nous les cherchons, reprit Sancho, et nargue du bâtard qui après avoir ouvert le gosier à ce Grand-fil-en-dos, n'épouserait pas incontinent madame la princesse! Peste! elle est assez jolie pour cela, et je voudrais que toutes les puces de mon lit lui ressemblassent! Là-dessus, se donnant du talon au derrière, le crédule écuyer fit deux sauts en l'air en signe de grande allégresse; puis s'allant mettre à genoux devant Dorothée, il lui demanda sa main à baiser afin de lui prouver que désormais il la regardait comme sa légitime souveraine.

Il eût fallu être aussi peu sage que le maître et le valet pour ne pas rire de la folie de l'un et de la simplicité de l'autre. Dorothée donna à Sancho sa main à baiser, lui promettant de le faire grand seigneur dès qu'elle serait rétablie dans ses États, et Sancho l'en remercia par un compliment si extravagant, que chacun se mit à rire de plus belle.

Voilà, reprit Dorothée, la fidèle histoire de mes malheurs; je n'ai rien à y ajouter, si ce n'est que de tous ceux de mes sujets qui m'ont accompagnée il ne m'est resté que ce bon écuyer barbu, les autres ayant péri dans une grande tempête en vue du port; ce fidèle compagnon et moi, nous avons seuls échappé par un de ces miracles qui font croire que le ciel nous réserve pour quelque grande aventure.

Elle est toute trouvée, madame, dit don Quichotte: je confirme le don que je vous ai octroyé; et je jure encore une fois de vous suivre jusqu'au bout du monde, et de ne prendre aucun repos que je n'aie rencontré votre cruel ennemi, dont je prétends, avec le secours du ciel et par la force de mon bras, trancher la tête superbe, fût-il aussi vaillant que le dieu Mars. Mais après vous avoir remise en possession de votre royaume, je vous laisserai la libre disposition de votre personne, car tant que mon cœur et ma volonté seront assujettis aux lois de celle... Je m'arrête en songeant qu'il m'est impossible de penser à me marier, fût-ce avec le phénix.

Sancho se trouva si choqué des dernières paroles de son maître, qu'il s'écria plein de courroux: Je jure Dieu et je jure diable, seigneur don Quichotte, que Votre Grâce n'a pas le sens commun! comment se peut-il que vous hésitiez à épouser une si grande princesse que celle-là? Croyez-vous donc que de semblables fortunes viendront se présenter à tout bout de champ? Est-ce que par hasard madame Dulcinée vous semblerait plus belle? Par ma foi, il s'en faut de plus de moitié qu'elle soit digne de lui dénouer les cordons de ses souliers! C'est bien par ce chemin-là que j'attraperai le comté que vous m'avez promis tant de fois, et que j'attends encore. Mariez-vous! mariez-vous! prenez-moi ce royaume qui vous tombe dans la main; puis quand vous serez roi, faites-moi marquis ou gouverneur, et que Satan emporte le reste.

En entendant de tels blasphèmes contre sa Dulcinée, don Quichotte, sans dire gare, leva sa lance, et en déchargea sur les reins de l'indiscret écuyer deux coups tels, qu'il le jeta par terre, et sans Dorothée, qui lui criait de s'arrêter, il l'aurait tué sur la place. Quand il se fut un peu calmé: Pensez-vous, rustre mal appris, lui dit-il, que notre unique occupation à tous deux soit, vous de faire toujours des sottises et moi de vous les pardonner sans cesse? N'y comptez pas, misérable excommunié, car tu dois l'être pour avoir osé mal parler de la sans pareille Dulcinée. Ignorez-vous, vaurien, maraud, bélître, que sans la valeur qu'elle prête à mon bras, je suis incapable de venir à bout d'un enfant?

Dites-moi un peu, langue de vipère, qui a conquis ce royaume, qui a coupé la tête à ce géant, qui vous a fait marquis ou gouverneur, car je tiens tout cela pour accompli, si ce n'est Dulcinée elle-même, qui s'est servie de mon bras pour exécuter ces grandes choses? Sachez que c'est elle qui combat en moi et qui remporte toutes mes victoires, comme moi je vis et je respire en elle! Il faut que vous soyez bien ingrat! A l'instant même où l'on vous tire de la poussière pour vous élever au rang des plus grands seigneurs, vous ne craignez pas de dire du mal de ceux qui vous comblent d'honneurs et de richesses.

Tout maltraité qu'il était, Sancho entendait fort bien ce que disait son maître; mais pour y répondre il voulait être en lieu de sûreté. Se levant de son mieux, il alla d'abord se réfugier derrière le palefroi de Dorothée et de là apostrophant don Quichotte: Or çà, seigneur, lui dit-il, si Votre Grâce est très-décidée à ne point épouser madame la princesse, son royaume ne sera pas à votre disposition; eh bien, cela étant, quelle récompense aurez-vous à me donner? Voilà ce dont je me plains. Mariez-vous avec cette reine, pendant que vous l'avez là comme tombée du ciel; ce sera toujours autant de pris, après quoi vous pourrez retourner à votre Dulcinée; car il me semble qu'il doit s'être trouvé dans le monde des rois qui, outre leur femme, ont eu des maîtresses. Quant à leur beauté, je ne m'en mêle pas; à vrai dire, cependant, je les trouve fort belles l'une et l'autre, quoique je n'aie jamais vu madame Dulcinée.

Comment, traître, tu ne l'as jamais vue! reprit don Quichotte; ne viens-tu pas de m'apporter un message de sa part?

Je veux dire que je ne l'ai pas assez vue pour remarquer toute sa beauté, repartit Sancho; mais en bloc je l'ai trouvée fort belle.

Je te pardonne, reprit don Quichotte; pardonne-moi aussi le déplaisir que je t'ai causé; l'homme n'est pas toujours maître de son premier mouvement.

Je le sens bien, repartit Sancho; et l'envie de parler est en moi un premier mouvement auquel je ne puis résister: il faut toujours que je dise au moins une fois ce qui me vient sur le bout de la langue.

D'accord, dit don Quichotte; mais prends garde à l'avenir de quelle manière tu parleras; tant va la cruche à l'eau..... Je ne t'en dis pas davantage.....

Dieu est dans le ciel qui voit les tricheries, répliqua Sancho; eh bien, il jugera qui de nous deux l'offense le plus, ou moi en parlant tout de travers, ou Votre Seigneurie en n'agissant pas mieux.

C'est assez, dit Dorothée; Sancho, allez baiser la main de votre seigneur, demandez-lui pardon, et soyez plus circonspect à l'avenir. Surtout ne parlez jamais mal de cette dame du Toboso, que je ne connais point, mais que je serais heureuse de servir, puisque le grand don Quichotte la vénère: ayez confiance en Dieu, et vous ne manquerez point de récompense.

Sancho s'en alla tête baissée demander la main à son maître, qui la lui donna avec beaucoup de gravité; après quoi, don Quichotte le prenant à part lui dit de le suivre, parce qu'il avait des questions de haute importance à lui adresser.

Tous deux prirent les devants; et quand ils furent assez éloignés: Ami Sancho, dit don Quichotte, depuis ton retour, je n'ai pas trouvé occasion de t'entretenir touchant ton ambassade; mais à présent que nous sommes seuls, dis-moi exactement ce qui s'est passé, et raconte-moi toutes les particularités que j'ai besoin de savoir.

Que Votre Grâce demande ce qu'il lui plaira, répondit Sancho, tout sortira de ma bouche comme cela est entré par mon oreille; seulement, à l'avenir ne soyez pas si vindicatif.

Pourquoi dis-tu cela? demanda don Quichotte.

Je dis cela, répondit Sancho, parce que ces coups de bâton de tout à l'heure me viennent de la querelle que vous m'avez faite à propos des forçats, et non de ce que j'ai dit contre madame Dulcinée, que j'honore et révère comme une relique, encore qu'elle ne serait pas bonne à en faire, mais parce que c'est un bien qui est à Votre Grâce.

Laisse là ton discours, il me chagrine, repartit don Quichotte; je t'ai pardonné tout à l'heure, mais tu connais le proverbe: A péché nouveau, nouvelle pénitence.

Comme ils en étaient là, ils virent venir à eux, assis sur un âne, un homme qu'ils prirent d'abord pour un Bohémien. Sancho, qui depuis la perte de son grison n'en apercevait pas un seul que le cœur ne lui bondît, n'eut pas plus tôt aperçu celui qui le montait, qu'il reconnut Ginez de Passamont, comme c'était lui en effet. Le drôle avait pris le costume des Bohémiens, dont il possédait parfaitement la langue, et pour vendre l'âne il l'avait aussi déguisé. Mais bon sang ne peut mentir, et du même coup Sancho reconnut la monture et le cavalier, à qui il cria: Ah! voleur de Ginésille, rends-moi mon bien, rends-moi mon lit de repos; rends-moi mon âne, tout mon plaisir et toute ma joie; décampe, brigand; rends-moi ce qui m'appartient.

Peu de paroles suffisent à qui comprend à demi-mot; dès le premier, Ginez sauta à terre et disparut en un clin d'œil. Sancho courut à son âne, et l'embrassant avec tendresse: Comment t'es-tu porté, mon fils, lui dit-il, mon cher compagnon, mon fidèle ami? et il le baisait, le choyait comme quelqu'un qu'on aime tendrement. A cela l'âne ne répondait rien, et se laissait caresser sans bouger. Toute la compagnie étant survenue, chacun félicita Sancho d'avoir retrouvé son grison; et don Quichotte, pour récompenser un si bon naturel, confirma la promesse qu'il avait faite de lui donner trois ânons.

Pendant que notre chevalier et son écuyer s'étaient écartés pour s'entretenir, le curé complimentait Dorothée: Madame, lui dit-il, l'histoire que vous avez composée est vraiment fort ingénieuse; j'admire avec quelle facilité vous avez employé les termes de chevalerie, et combien vous avez su dire de choses en peu de paroles.

J'ai assez feuilleté les romans pour en connaître le style, répondit Dorothée; mais la géographie m'est moins familière, et j'ai été dire assez mal à propos que j'avais débarqué à Ossuna.

Cela n'a rien gâté, madame, répliqua le curé, et le petit correctif que j'y ai apporté a tout remis en place. Mais n'admirez-vous pas la crédulité de ce pauvre gentilhomme, qui accueille si facilement tous ces mensonges, par cela seulement qu'ils ressemblent aux extravagances des romans de chevalerie?

Don Quichotte leva sa lance, et en déchargea sur les reins de l'indiscret écuyer deux coups.

Je crois, dit Cardenio, qu'on ne saurait forger de fables si déraisonnables et si éloignées de la vérité, qu'il n'y ajoutât foi.

Ce qu'il y a de plus étonnant, continua le curé, c'est qu'à part le chapitre de la chevalerie, il n'y a point de sujet sur lequel il ne montre un jugement sain et un goût délicat; en sorte que, pourvu qu'on ne touche point à la corde sensible, il n'y a personne qui ne le juge homme d'esprit fin et de droite raison.

CHAPITRE XXXI. DU PLAISANT DIALOGUE QUI EUT LIEU ENTRE DON QUICHOTTE ET SANCHO, SON ÉCUYER, AVEC D'AUTRES ÉVÉNEMENTS.

Tandis que Dorothée et le curé s'entretenaient de la sorte, don Quichotte reprenait la conversation interrompue par Ginez. Ami Sancho, faisons la paix, lui dit-il, jetons au vent le souvenir de nos querelles, et raconte-moi maintenant sans garder dépit ni rancune, où, quand et comment tu as trouvé Dulcinée. Que faisait-elle? que lui as-tu dit? que t'a-t-elle répondu? quelle mine fit-elle à la lecture de ma lettre? qui te l'avait transcrite? enfin raconte-moi tout, sans rien retrancher ni rien ajouter dans le dessein de m'être agréable; car il m'importe de savoir exactement ce qui s'est passé.

Seigneur, répondit Sancho, s'il faut dire la vérité, personne ne m'a transcrit de lettre, car je n'en ai point emporté.

En effet, dit don Quichotte, deux jours après ton départ je trouvai le livre de poche, ce qui me mit fort en peine; j'avais toujours cru que tu reviendrais le chercher.

Je l'aurais fait aussi, si je n'eusse pas su la lettre par cœur, reprit Sancho; mais l'ayant apprise pendant que vous me la lisiez, je la répétai mot pour mot à un sacristain qui me la transcrivit, et il la trouva si bonne, qu'il jura n'en avoir jamais rencontré de semblable en toute sa vie, bien qu'il eût vu force billets d'enterrement.

La sais-tu encore? dit don Quichotte.

Non, seigneur, répondit Sancho; quand une fois je la vis écrite, je me mis à l'oublier, si quelque chose m'en est resté dans la mémoire, c'est le commencement, *la souterraine*, je veux dire *la souveraine dame*, et la fin, *à vous jusqu'à la mort, le chevalier de la Triste-Figure*; entre tout cela j'avais mis plus de trois cents âmes, beaux yeux et m'amours.

Tout va bien jusqu'ici, dit don Quichotte; poursuivons. Que faisait cet astre de beauté quand tu parus en sa présence? A coup sûr tu l'auras trouvé enfilant un collier de perles, ou brodant quelque riche écharpe pour le chevalier son esclave?

Je l'ai trouvé vannant deux setiers de blé dans sa basse-cour, répondit Sancho.

Hé bien, dit don Quichotte, sois assuré que, touché par ses belles mains, chaque grain de blé se convertissait en diamant; et si tu y as fait attention, ce blé devait être du pur froment, bien lourd et bien brun?

Ce n'était que du seigle blond, répondit Sancho.

Vanné par ses mains, ce seigle aura fait le plus beau et le meilleur pain du monde! dit don Quichotte;... mais passons outre. Quand tu lui rendis ma lettre, elle dut certainement la couvrir de baisers et témoigner une grande joie? Que fit-elle, enfin?

Quand je lui présentai votre lettre, répondit Sancho, son van était plein, et elle le remuait de la bonne façon, si bien qu'elle me dit: Ami, mettez cette lettre sur ce sac, je ne puis la lire que je n'aie achevé de vanner tout ce qui est là.

Charmante discrétion, dit don Quichotte; sans doute elle voulait être seule pour lire ma lettre et la savourer à loisir. Pendant qu'elle dépêchait sa besogne, quelles questions te faisait-elle? Que lui répondis-tu? Achève, ne me cache rien, et satisfais mon impatience.

Elle ne me demanda rien reprit Sancho; mais moi, je lui appris de quelle manière je vous avais laissé dans ces montagnes, faisant pénitence à son service, nu de la ceinture en bas comme un vrai sauvage, dormant sur la terre, ne mangeant pain sur nappe, ne vous peignant jamais la barbe, pleurant comme un veau, et maudissant votre fortune.

Tu as mal fait de dire que je maudissais ma fortune, dit don Quichotte, parce qu'au contraire je la bénis, et je la bénirai tous les jours de ma vie, pour m'avoir rendu digne d'aimer une aussi grande dame que Dulcinée du Toboso.

Oh! par ma foi, elle est très-grande, repartit Sancho: elle a au moins un demi-pied de plus que moi.

Hé quoi! demanda don Quichotte, t'es-tu donc mesuré avec elle, pour en parler ainsi?

Je me suis mesuré avec elle en lui aidant à mettre un sac de blé sur son âne, répondit Sancho: nous nous trouvâmes alors si près l'un de l'autre, que je vis bien qu'elle était plus haute que moi de toute la tête.

N'est-il pas vrai, dit don Quichotte, que cette noble taille est accompagnée d'un million de grâces, tant de l'esprit que du corps? Au moins tu conviendras d'une chose: en approchant d'elle, tu dus sentir une merveilleuse odeur, un agréable composé des plus excellents parfums, un je ne sais quoi qu'on ne saurait exprimer, une vapeur délicieuse, une exhalaison qui t'embaumait, comme si tu avais été dans la boutique du plus élégant parfumeur?

Tout ce que je puis vous dire, répondit Sancho, c'est que je sentis une certaine odeur qui approchait de celle du bouc; mais sans doute elle avait chaud, car elle suait à grosses gouttes.

Tu te trompes, dit don Quichotte: c'est que tu étais enrhumé du cerveau ou que tu sentais toi-même. Je sais, Dieu merci, ce que doit sentir cette rose épanouie, ce lis des champs, cet ambre dissous.

A cela je n'ai rien à répondre, repartit Sancho; bien souvent il sort de moi l'odeur que je sentais; mais en ce moment je me figurai qu'elle sortait de la Seigneurie de madame Dulcinée: au reste, il n'y a là rien d'étonnant; un diable ressemble à l'autre.

Eh bien, maintenant qu'elle a fini de cribler son froment, et qu'elle l'a envoyé au moulin, que fit-elle en lisant ma lettre? demanda don Quichotte.

Votre lettre, elle ne la lut point, répondit Sancho, ne sachant, m'a-t-elle dit, ni lire ni écrire; au contraire, elle la déchira en mille morceaux, ajoutant que personne ne devait connaître ses secrets; qu'il suffisait de ce que je lui avais raconté de vive voix, touchant l'amour que vous lui portez, et la pénitence que vous faisiez à son intention. Finalement, elle me commanda de dire à Votre Grâce qu'elle lui baise bien les deux mains, et qu'elle a plus d'envie de vous voir que de vous écrire; qu'ainsi elle vous supplie et vous ordonne humblement, aussitôt la présente reçue, de sortir de ces rochers sans faire plus de folies, et de prendre sur-le-champ le chemin du Toboso, à moins qu'une affaire plus importante ne vous en empêche, car elle brûle de vous revoir. Elle faillit mourir de rire quand je lui contai que vous aviez pris le surnom de chevalier de la Triste-Figure. Je lui demandai si le Biscaïen était venu la trouver; elle me répondit que oui, et m'assura que c'était un fort galant homme. Quant aux forçats, elle me dit n'en avoir encore vu aucun.

Maintenant, dis-moi, continua don Quichotte, quand tu pris congé d'elle, quel bijou te remit-on de sa part pour les bonnes nouvelles que tu lui portais de son chevalier? car entre les chevaliers errants et leurs dames, il est d'usage de donner quelque riche bague aux écuyers en récompense de leurs messages.

J'en approuve fort la coutume, répondit Sancho; mais cela sans doute ne se pratiquait qu'au temps passé: à présent on se contente de leur donner un morceau de pain et de fromage; voilà du moins tout ce que madame Dulcinée m'a jeté par-dessus le mur de la basse-cour, quand je m'en allai; à telles enseignes que c'était du fromage de brebis.

Oh! elle est extrêmement libérale, reprit don Quichotte; et si elle ne t'a pas fait don de quelque diamant, c'est qu'elle n'en avait pas sur elle en ce moment; mais je la verrai, et tout s'arrangera. Sais-tu, Sancho, ce qui m'étonne? c'est qu'il semble, en vérité, que tu aies voyagé par les airs; à peine as-tu mis trois jours pour aller et revenir d'ici au Toboso, et pourtant il y a trente bonnes lieues; aussi cela me fait penser que le sage enchanteur qui prend soin de mes affaires et qui est mon ami, car je dois en avoir un, sous peine de ne pas être un véritable chevalier errant, t'aura aidé dans ta course, sans que tu t'en sois aperçu. En effet, il y a de ces enchanteurs qui prennent tout endormi dans son lit un chevalier, lequel, sans qu'il s'en doute, se trouve le lendemain à deux ou trois mille lieues de l'endroit où il était la veille; et c'est là ce qui explique comment les chevaliers peuvent se porter secours les uns aux autres, comme ils le font à toute heure. Ainsi, l'un d'eux est dans les montagnes d'Arménie, à combattre quelque andriague, ou n'importe quel monstre qui le met en danger de perdre la vie; eh bien, au moment où il y pense le moins, il voit arriver sur un nuage, ou dans un char de feu, un de ses amis qu'il croyait en Angleterre, et qui vient le tirer du péril où il allait succomber; puis le soir, ce même chevalier se retrouve chez lui frais et dispos, assis à table et soupant fort à son aise, comme s'il revenait de la promenade. Tout cela, ami Sancho, se fait par la science et l'adresse de ces sages enchanteurs qui veillent sur nous. Ne t'étonne donc plus d'avoir mis si peu de temps dans ton voyage; tu auras sans doute été mené de la sorte.

Je le croirais volontiers, répondit Sancho, car Rossinante détalait comme l'âne d'un Bohême; on eut dit qu'il avait du vif-argent par tout le corps[48].

Du vif-argent! repartit don Quichotte; c'était plutôt une légion de ces démons qui nous font cheminer tant qu'ils veulent, sans ressentir eux-mêmes la moindre fatigue. Mais revenons à nos affaires. Dis-moi, Sancho, que faut-il que je fasse, touchant l'ordre que me donne Dulcinée d'aller la trouver? car, quoique je sois obligé de lui obéir ponctuellement, et que ce soit mon plus vif désir, j'ai des engagements avec la princesse; les lois de la chevalerie m'ordonnent de tenir ma parole et de préférer le devoir à mon plaisir. D'une part, j'éprouve un ardent désir de revoir ma dame, de l'autre, ma parole engagée et la gloire me retiennent; cela réuni m'embarrasse extrêmement. Mais je crois avoir trouvé le moyen de tout concilier: sans perdre de temps, je vais me mettre à la recherche de ce géant; en arrivant, je lui coupe la tête, je rétablis la princesse sur son trône et lui rends ses États; cela fait, je repars à l'instant, et reviens trouver cet astre qui illumine mes sens et à qui je donnerai des excuses si légitimes, qu'elle me saura gré de mon retardement, voyant qu'il tourne au profit de sa gloire et de sa renommée, car toute celle que j'ai déjà acquise, toute celle que j'acquiers chaque jour, et que j'acquerrai à l'avenir, me vient de l'honneur insigne que j'ai d'être son esclave.

Aïe! aïe! c'est toujours la même note, reprit Sancho. Comment, seigneur, vous voudriez faire tout ce chemin-là pour rien, et laisser perdre l'occasion d'un mariage qui vous apporte un royaume; mais un royaume qui, à ce que j'ai entendu dire, a plus de vingt mille lieues de tour, qui regorge de toutes les choses nécessaires à la vie, et qui est à lui tout seul plus grand que la Castille et le Portugal réunis! En vérité, vous devriez mourir de honte des choses que vous dites. Croyez-moi, épousez la princesse au premier village où il y aura un curé; sinon voici le seigneur licencié qui en fera l'office à merveille. Je suis déjà assez vieux pour donner des conseils, et celui que je vous donne, un autre le prendrait sans se faire prier. Votre Grâce ignore-t-elle que passereau dans la main vaut mieux que grue qui vole; et que lorsqu'on vous présente l'anneau, il faut tendre le doigt?

Je vois bien, Sancho, reprit don Quichotte, que si tu me conseilles si fort de me marier, c'est pour que je sois bientôt roi afin de te donner les récompenses que je t'ai promises. Mais apprends que sans cela j'ai un sûr moyen de te satisfaire; c'est de mettre dans mes conditions, avant d'entrer au combat, que si j'en sors vainqueur, on me donnera une partie du royaume, pour en disposer comme il me plaira; et quand j'en serai maître, à qui penses-tu que j'en fasse don, si ce n'est à toi?

A la bonne heure, répondit Sancho; mais surtout que Votre Grâce n'oublie pas de choisir le côté qui avoisine la mer, afin que si le pays ne me plaît pas, je puisse embarquer mes vassaux nègres, et en faire ce que je me disais tantôt. Ainsi, pour l'heure, laissez là madame Dulcinée, afin de courir assommer ce géant, et achevons promptement cette affaire; je ne saurais m'ôter de la tête qu'elle sera honorable et de grand profit.

L'embrassant avec tendresse: Comment t'es-tu porté, mon fils? lui dit-il.

Je te promets, Sancho, de suivre ton conseil, dit don Quichotte, et de ne pas chercher à revoir Dulcinée avant d'avoir rétabli la princesse dans ses États. En attendant, ne parle pas de la conversation que nous venons d'avoir ensemble, car Dulcinée est si réservée qu'elle n'aime pas qu'on sache ses secrets, et il serait peu convenable que ce fût moi qui les eusse découverts.

S'il en est ainsi, reprit Sancho, à quoi pense Votre Grâce en lui envoyant tous ceux qu'elle a vaincus? n'est-ce pas leur déclarer que vous êtes son amoureux, et est-ce bien garder le secret pour vous et pour elle, que de forcer les gens d'aller se jeter à ses genoux?

Que tu es simple! dit don Quichotte; ne vois-tu pas que tout cela tourne à sa gloire? ne sais-tu pas qu'en matière de chevalerie, il est grandement avantageux à une dame de tenir sous sa loi plusieurs chevaliers errants, sans que pour cela ils prétendent à d'autres récompenses de leurs services que l'honneur de les lui offrir, et qu'elle daigne les avouer pour ses chevaliers?

C'est de cette façon, disent les prédicateurs, qu'il faut aimer Dieu, reprit Sancho, pour lui seulement, et sans y être poussé par l'espérance du paradis ou par la crainte de l'enfer; quant à moi, je serais content de l'aimer n'importe pour quelle raison.

Diable soit du vilain, dit don Quichotte; il a parfois des reparties surprenantes, et on croirait vraiment qu'il a étudié à l'université de Salamanque.

Eh bien, je ne connais pas seulement l'A, B, C, répondit Sancho.

Ils en étaient là quand maître Nicolas leur cria d'attendre un peu, parce que la princesse voulait se rafraîchir à une source qui se trouvait sur le bord du chemin. Don Quichotte s'arrêta, au grand contentement de Sancho, qui, las de tant mentir, craignait enfin d'être pris sur le fait; car, bien qu'il sût que Dulcinée était fille d'un laboureur du Toboso, il ne l'avait vue de sa vie. On mit donc pied à terre auprès de la fontaine, et on fit un léger repas avec ce que le curé avait apporté de l'hôtellerie.

Sur ces entrefaites, un jeune garçon vint à passer sur le chemin. Il s'arrêta d'abord pour regarder ces gens qui mangeaient, et après les avoir considérés avec attention, il accourut auprès de notre chevalier et embrassant ses genoux en pleurant: Hélas! seigneur, lui dit-il, ne me reconnaissez-vous pas? ne vous souvient-il plus de cet André que vous trouvâtes attaché à un chêne?

Don Quichotte le reconnut sur ces paroles, et le prenant par la main, il le présenta à la compagnie en disant: Seigneurs, afin que Vos Grâces voient de quelle importance et de quelle utilité sont les chevaliers errants, et comment ils portent remède aux désordres qui ont lieu dans le monde, il faut que vous sachiez qu'il y a quelque temps, passant auprès d'un bois, j'entendis des cris et des gémissements. J'y courus aussitôt pour satisfaire à mon inclination naturelle et au devoir de ma profession. Je trouvai ce garçon dans un état déplorable, et je suis ravi que lui-même puisse en rendre témoignage. Il était attaché à un chêne, nu de la ceinture en haut, tandis qu'un brutal et vigoureux paysan le déchirait à grands coups d'étrivières. Je demandai à cet homme pourquoi il le traitait avec tant de cruauté; le rustre me répondit que c'était son valet, et qu'il le châtiait pour des négligences qui sentaient, disait-il, encore plus le larron que le paresseux. C'est parce que je réclame mes gages, criait le jeune garçon. Son maître voulut me donner quelques excuses, dont je ne fus pas satisfait. Bref, j'ordonnai au paysan de le détacher, en lui faisant promettre d'emmener le pauvre diable, et de le payer jusqu'au dernier maravédis. Cela n'est-il pas vrai, André, mon ami? Te souviens-tu avec quelle autorité je gourmandai ton maître, et avec quelle humilité il me promit d'accomplir ce que je lui ordonnais? Réponds sans te troubler, afin que ces seigneurs sachent de quelle utilité est dans ce monde la chevalerie errante.

Tout ce qu'a dit Votre Seigneurie est vrai, répondit André; mais l'affaire alla tout au rebours de ce que vous pensez.

Comment! répliqua don Quichotte, ton maître ne t'a-t-il pas payé sur l'heure?

Non-seulement il ne m'a pas payé, répondit André, mais dès que vous eûtes traversé le bois et que nous fûmes seuls, il me rattacha au même chêne, et me donna un si grand nombre de coups que je ressemblais à un chat écorché. Il les assaisonna même de tant de railleries en parlant de Votre Grâce, que j'aurais ri de bon cœur, si ç'avait été un autre que moi qui eût reçu les coups. Enfin il me mit dans un tel état, que depuis je suis resté à l'hôpital, où j'ai eu bien de la peine à me rétablir. Ainsi, c'est à vous que je dois tout cela, seigneur chevalier errant: car si, au lieu de fourrer votre nez où vous n'aviez que faire, vous eussiez passé votre chemin, j'en aurais été quitte pour une douzaine de coups, et mon maître m'eût payé ce qu'il me devait. Mais vous allâtes lui dire tant d'injures qu'il en devint furieux, et que, ne pouvant se venger sur vous, c'est sur moi que le nuage a crevé; aussi je crains bien de ne devenir homme de ma vie.

Tout le mal est que je m'éloignai trop vite, dit don Quichotte: je n'aurais point dû partir qu'il ne t'eût payé entièrement; car les paysans ne sont guère sujets à tenir parole, à moins qu'ils n'y trouvent leur compte. Mais tu dois te rappeler, mon bon André, que je fis serment, s'il manquait à te satisfaire, que je saurais le retrouver, fût-il caché dans les entrailles de la terre.

C'est vrai, reprit André; mais à quoi cela sert-il?

Tu verras tout à l'heure si cela sert à quelque chose, repartit don Quichotte; et se levant brusquement, il ordonna à Sancho de seller Rossinante qui, pendant que la compagnie dînait, paissait de son côté.

Dorothée demanda à don Quichotte ce qu'il prétendait faire: Partir à l'instant, dit-il, pour aller châtier ce vilain, et lui faire payer jusqu'au dernier maravédis ce qu'il doit à ce pauvre garçon, en dépit de tous les vilains qui voudraient s'y opposer.

Seigneur, reprit Dorothée, après la promesse que m'a faite Votre Grâce, vous ne pouvez entreprendre aucune aventure que vous n'ayez achevé la mienne; suspendez votre courroux, je vous prie, jusqu'à ce que vous m'ayez rétabli dans mes États.

Cela est juste, madame, répondit don Quichotte, et il faut de toute nécessité qu'André prenne patience; encore une fois je jure de ne prendre aucun repos avant que je ne l'aie vengé et qu'il ne soit entièrement satisfait.

Je me fie à vos serments, comme ils le méritent, dit André, mais j'aimerais mieux avoir de quoi me rendre à Séville, que toutes ces vengeances que vous me promettez. Seigneur, continua-t-il, faites-moi donner un morceau de pain avec quelques réaux pour mon voyage, et que Dieu vous conserve, ainsi que tous les chevaliers errants du monde. Puissent-ils être aussi chanceux pour eux qu'ils l'ont été pour moi.

Sancho tira de son bissac un quartier de pain et un morceau de fromage, et le donnant à André: Tenez, frère, lui dit-il, il est juste que chacun ait sa part de votre mésaventure.

Et quelle part en avez-vous? repartit André.

Ce pain et ce fromage que je vous donne, répondit Sancho, Dieu sait s'ils ne me feront pas faute; car, apprenez-le, mon ami, nous autres écuyers de chevaliers errants, nous sommes toujours à la veille de mourir de faim et de soif, sans compter beaucoup d'autres désagréments qui se sentent mieux qu'ils ne se disent.

André prit le pain et le fromage; et voyant que personne ne se disposait à lui donner autre chose, il baissa la tête et tourna le dos à la compagnie. Mais avant de partir, s'adressant à don Quichotte: Pour l'amour de Dieu, seigneur chevalier, lui dit-il, une autre fois ne vous mêlez point de me secourir; et quand même vous me verriez mettre en pièces, laissez-moi avec ma mauvaise fortune; elle ne saurait être pire que celle que m'attirerait Votre Seigneurie, que Dieu confonde ainsi que tous les chevaliers errants qui pourront venir d'ici au jugement dernier.

Don Quichotte se levait pour châtier André; mais le drôle se mit à détaler si lestement, qu'il eût été difficile de le rejoindre, et pour n'avoir pas la honte de tenter une chose inutile, force fut à notre chevalier de rester sur place; mais il était tellement courroucé que, dans la crainte de l'irriter davantage, personne n'osa rire, bien que tous en eussent grande envie.

CHAPITRE XXXII. QUI TRAITE DE CE QUI ARRIVA DANS L'HOTELLERIE A DON QUI-CHOTTE ET A SA COMPAGNIE.

Le repas terminé on remit la selle aux montures; et sans qu'il survînt aucun événement digne d'être raconté, toute la troupe arriva le lendemain à cette hôtellerie, la terreur de Sancho Panza. L'hôtelier, sa femme, sa fille et Maritorne, qui reconnurent de loin don Quichotte et son écuyer, s'avancèrent à leur rencontre avec de joyeuses démonstrations. Notre héros les reçut d'un air grave, et leur dit de lui préparer un meilleur lit que la première fois; l'hôtesse répondit que, pourvu qu'il payât mieux, il aurait une couche de prince. Sur sa promesse, on lui dressa un lit dans le même galetas qu'il avait déjà occupé, et il alla se coucher aussitôt, car il n'avait pas le corps en meilleur état que l'esprit.

Dès que l'hôtesse eut fermé la porte, elle courut au barbier, et lui sautant au visage: Par ma foi, dit-elle, vous ne vous ferez pas plus longtemps une barbe avec ma queue de vache, il est bien temps qu'elle me revienne; depuis qu'elle vous sert de barbe, mon mari ne sait plus où accrocher son peigne. L'hôtesse avait beau faire, maître Nicolas ne voulait pas lâcher prise; mais le curé lui fit observer que son déguisement était inutile, et qu'il pouvait se montrer sous sa forme ordinaire.

Vous direz à don Quichotte, ajouta-t-il, qu'après avoir été dépouillé par les forçats, vous êtes venu vous réfugier ici; et s'il demande où est l'écuyer de la princesse, vous répondrez que par son ordre il a pris les devants pour aller annoncer à ses sujets qu'elle arrive accompagnée de leur commun libérateur. Là-dessus, le barbier rendit sa barbe d'emprunt, ainsi que les autres hardes qu'on lui avait prêtées.

Tous les gens de l'hôtellerie ne furent pas moins émerveillés de la beauté de Dorothée que de la bonne mine de Cardenio. Le curé fit préparer à manger; et stimulé par l'espoir d'être bien payé, l'hôtelier leur servit un assez bon repas. Pendant ce temps, don Quichotte continuait à dormir, et tout le monde fut d'avis de ne point l'éveiller, la table lui étant à cette heure beaucoup moins nécessaire que le lit. Le repas fini, on s'entretint devant l'hôtelier, sa femme, sa fille et Maritorne, de l'étrange folie de don Quichotte, et de l'état où on l'avait trouvé faisant pénitence dans la montagne. L'hôtesse profita de la circonstance pour raconter l'aventure de notre héros avec le muletier; et comme Sancho était absent pour le moment, elle y ajouta celle du bernement, ce qui divertit fort l'auditoire.

Comme le curé accusait de tout cela les livres de chevalerie: Je n'y comprends rien, dit l'hôtelier; car, sur ma foi, je ne connais pas de plus agréable lecture au monde. Au milieu d'un tas de paperasses, j'ai là-haut deux ou trois de ces ouvrages qui m'ont souvent réjoui le cœur, ainsi qu'à bien d'autres. Quand vient le temps de la moisson, quantité de moissonneurs se rassemblent ici les jours de fête: l'un d'entre eux prend un de ces livres, on s'assoit en demi-cercle, et alors nous restons tous à écouter le lecteur avec tant de plaisir, que cela nous ôte des milliers de cheveux blancs. Quant à moi, lorsque j'entends raconter ces grands coups d'épée, il me prend envie de courir les aventures, et je passerais les jours et les nuits à en écouter le récit.

Moi aussi, dit l'hôtesse, et je n'ai de bons moments que ceux-là; en pareil cas, on est si occupé à prêter l'oreille, qu'on oublie tout, même de gronder les gens.

C'est vrai, ajouta Maritorne, j'ai de même un grand plaisir à entendre ces jolies histoires, surtout quand il est question de dames qui se promènent sous des orangers, au bras de leurs chevaliers, pendant que leurs duègnes font le guet en enrageant; cela doit être doux comme miel.

Pour l'amour de Dieu, seigneur chevalier, lui dit-il, une
autre fois ne vous mêlez point de me secourir.

Et vous, que vous en semble? dit le curé en s'adressant
à la fille de l'hôtesse.

Seigneur, je ne sais, répondit la jeune fille; mais j'écoute comme les autres. Seulement, ces grands coups d'épée qui plaisent tant à mon père m'intéressent bien moins que les lamentations poussées par ces chevaliers quand ils sont loin de leurs dames, et souvent ils me font pleurer de compassion.

Ainsi donc, vous ne laisseriez pas ces chevaliers se lamenter de la sorte? reprit Dorothée.

Je ne sais ce que je ferais, répondit la jeune fille; mais je trouve ces dames bien cruelles, et je dis que leurs chevaliers ont raison de les appeler panthères, tigresses, et de leur donner mille autres vilains noms. En vérité, il faut être de marbre pour laisser ainsi mourir, ou tout au moins devenir fou, un honnête homme, plutôt que de le regarder. Je ne comprends rien à toutes ces façons-là. Si c'est par sagesse, eh bien, pourquoi ces dames n'épousent-elles pas ces chevaliers, puisqu'ils ne demandent pas mieux?

Taisez-vous, repartit l'hôtesse; il paraît que vous en savez long là-dessus; il ne convient pas à une petite fille de tant babiller.

On m'interroge, il faut bien que je réponde, répliqua la jeune fille.

501

En voilà assez sur ce sujet, reprit le curé. Montrez-moi un peu ces livres, dit-il en se tournant vers l'hôtelier; je serais bien aise de les voir.

Très-volontiers, répondit celui-ci; et bientôt après il rentra portant une vieille malle fermée d'un cadenas, d'où il tira trois gros volumes et quelques manuscrits.

Le curé prit les livres, et le premier qu'il ouvrit fut *don Girongilio de Thrace*; le second, *don Félix-Mars d'Hircanie*; et le dernier, *l'histoire du fameux capitaine Gonzalve de Cordoue*, avec la *Vie de don Diego Garcia de Paredès*. Après avoir vu le titre des deux premiers ouvrages, le curé se tourna vers le barbier en lui disant: Compère, il manque ici la nièce et la gouvernante de notre ami.

Nous n'en avons pas besoin, répondit le barbier; je saurai aussi bien qu'elles les jeter par la fenêtre; et, sans aller plus loin, il y a bon feu dans la cheminée.

Comment! s'écria l'hôtelier, vous parlez de brûler mes livres?

Seulement ces deux-ci, répondit le curé, *don Girongilio de Thrace* et *Félix-Mars d'Hircanie*.

Est-ce que mes livres sont hérétiques ou flegmatiques, pour les jeter au feu? dit l'hôtelier.

Vous voulez dire schismatiques? reprit le curé en souriant.

Comme il vous plaira, repartit l'hôtelier; mais si vous avez tant d'envie d'en brûler quelques-uns, je vous livre de bon cœur le grand capitaine et ce don Diego; quant aux deux autres, je laisserais plutôt brûler ma femme et mes enfants.

Frère, reprit le curé, vos préférés sont des contes remplis de sottises et de rêveries, tandis que l'autre est l'histoire véritable de ce Gonzalve de Cordoue qui pour ses vaillants exploits mérita le surnom de grand capitaine. Quant à don Diego Garcia de Paredès, ce n'était qu'un simple chevalier natif de la ville de Truxillo en Estramadure, mais si vaillant soldat, et d'une force si prodigieuse, que du doigt il arrêtait une meule de moulin dans sa plus grande furie. On raconte de lui qu'un jour, s'étant placé au milieu d'un pont avec une épée à deux mains, il en défendit le passage contre une armée entière; et il a fait tant d'autres choses dignes d'admiration, que si au lieu d'avoir été racontées par lui-même avec trop de modestie, de pareilles prouesses eussent été écrites par quelque biographe, elles auraient fait oublier les Hector, les Achille et les Roland.

Arrêter une meule de moulin! eh bien, qu'y a-t-il d'étonnant à cela? repartit l'hôtelier. Que direz-vous donc de ce Félix-Mars d'Hircanie, qui, d'un revers d'épée, pourfendait cinq géants comme il aurait pu faire de cinq raves; et qui, une autre fois, attaquant seul une armée de plus d'un million de soldats armés de pied en cap, vous la mit en déroute comme si ce n'eût été qu'un troupeau de moutons? Parlez-moi encore du brave don Girongilio de Thrace, lequel naviguant sur je ne sais plus quel fleuve, en vit sortir tout à coup un dragon de feu, lui sauta sur le corps et le serra si fortement à la gorge, que le dragon, ne pouvant plus respirer, n'eut d'autre ressource que de replonger, entraînant avec lui le chevalier, qui ne voulut jamais lâcher prise. Mais le plus surprenant de l'affaire, c'est qu'arrivés au fond de l'eau, tous deux se trouvèrent dans un admirable palais où il y avait les plus beaux jardins du monde; et que là le dragon se transforma en un vénérable vieillard, qui raconta au chevalier des choses si extraordinaires, que c'était ravissant de les entendre. Allez, allez, seigneur, vous deviendriez fou de plaisir, si vous lisiez cette histoire; aussi, par ma foi, deux figues[49] pour le grand capitaine et votre don Diego Garcia de Paredès!

Dorothée, se tournant alors vers Cardenio: Que pensez-vous de tout ceci? lui dit-elle à demi-voix: il s'en faut de peu, ce me semble, que notre hôtelier ne soit le second tome de don Quichotte.

Il est en bon chemin, répondit Cardenio, et je suis d'avis qu'on lui donne ses licences; car, à la manière dont il parle, il n'y a pas un mot dans les romans qu'il ne soutienne article de foi, et je défierais qui que ce soit de le désabuser.

Sachez donc, frère, continua le curé, que votre don Girongilio de Thrace et votre Félix-Mars d'Hircanie n'ont jamais existé. Ignorez-vous que ce sont autant de fables inventées à plaisir? Détrompez-vous une fois pour toutes, et apprenez qu'il n'y a rien de vrai dans ce qu'on raconte des chevaliers errants.

A d'autres, à d'autres, s'écria l'hôtelier; croyez-vous que je ne sache pas où le soulier me blesse, et combien j'ai de doigts dans la main? Oh! je ne suis plus au maillot, pour qu'on me fasse avaler de la bouillie, et il faudra vous lever de grand matin avant de me faire accroire que des livres imprimés avec licence et approbation de messeigneurs du conseil royal ne contiennent que des mensonges et des rêveries: comme si ces seigneurs étaient gens à permettre qu'on imprimât des faussetés capables de faire perdre l'esprit à ceux qui les liraient!

Mon ami, reprit le curé, je vous ai déjà dit que tout cela n'est fait que pour amuser les oisifs: et de même que dans les États bien réglés on tolère certains jeux, tels que la paume, les échecs, le billard, pour le divertisse-ment de ceux qui ne peuvent, ne veulent, ou ne doi-vent pas travailler, de même on permet d'imprimer et de débiter ces sortes de livres, parce qu'il ne vient dans la pensée de personne qu'il se trouve quelqu'un assez simple pour s'imaginer que ce sont là de véritables histoires. Si j'en avais le temps, et que l'auditoire y consentît, je m'étendrais sur ce sujet; je voudrais montrer de quelle façon les romans doivent être composés pour être bons, et mes observations ne manqueraient peut-être ni d'utilité, ni d'agrément; mais un jour viendra où je pourrais m'en entendre avec ceux qui doivent y mettre ordre. En attendant, croyez ce que je viens de vous dire, tâchez d'en profiter, et Dieu veuille que vous ne clochiez pas du même pied que le seigneur don Quichotte!

Oh! pour cela, non, repartit l'hôtelier: je ne serai jamais assez fou pour me faire chevalier errant; d'ailleurs je vois bien qu'il n'en est plus aujourd'hui comme au temps passé, lorsque ces fameux chevaliers s'en allaient, dit-on, chevauchant par le monde.

Sancho, qui rentrait à cet endroit de la conversation, fut fort étonné d'entendre dire que les chevaliers errants n'étaient plus de mode, et que les livres de chevalerie étaient autant de faussetés. Il en devint tout pensif; il se promit à lui-même d'attendre le résultat du voyage de son maître, et, dans le cas où il ne réussirait pas comme il l'espérait, de le planter là, et de s'en aller retrouver sa femme et ses enfants.

L'hôtelier emportait sa malle et ses livres pour les remettre en place; mais le curé l'arrêta en lui disant qu'il désirait voir quels étaient ces papiers écrits d'une si belle main. L'hôtelier les tira du coffre, et les donnant au curé, celui-ci trouva qu'ils formaient plusieurs feuillets manuscrits portant ce titre: *Nouvelle du Curieux malavisé*. Il en lut tout bas quelques lignes, sans lever les yeux, puis il dit à la compagnie: J'avoue que ceci me tente et me donne envie de lire le reste.

Je n'en suis pas surpris, dit l'hôtelier: quelques-uns de mes hôtes en ont été satisfaits, et tous me l'ont demandé; si je n'ai jamais voulu m'en défaire, c'est que le maître de cette malle pourra repasser quelque jour, et je veux la lui rendre telle qu'il l'a laissée. Ce ne sera pourtant pas sans regret que je verrai partir ces livres: mais enfin ils ne sont pas à moi, et tout hôtelier que je suis, je ne laisse pas d'avoir ma conscience à garder.

Permettez-moi au moins d'en prendre une copie, dit le curé.

Volontiers, répondit l'hôtelier.

Pendant ce discours, Cardenio avait à son tour parcouru quelques lignes: Cela me paraît intéressant, dit-il au curé, et si vous voulez prendre la peine de lire tout haut, je crois que chacun sera bien aise de vous entendre.

N'est-il pas plutôt l'heure de se coucher que de lire? dit le curé.

J'écouterai avec plaisir, reprit Dorothée, et une agréable distraction me remettra l'esprit.

Puisque vous le voulez, madame, reprit le curé, voyons ce que c'est, et si nous en serons tous aussi contents.

Le barbier et Sancho, témoignant la même curiosité, chacun prit sa place, et le curé commença ce qu'on va lire dans le chapitre suivant.

CHAPITRE XXXIII. OU L'ON RACONTE L'AVENTURE DU CURIEUX MALAVISÉ.

A Florence, riche et fameuse ville d'Italie, dans la province qu'on appelle Toscane, vivaient deux nobles cavaliers, Anselme et Lothaire; tous deux unis par les liens d'une amitié si étroite, qu'on ne les appelait que Les deux amis. Jeunes et presque du même âge, ils avaient les mêmes inclinations, si ce n'est qu'Anselme était plus galant et Lothaire plus grand chasseur; mais ils s'aimaient par-dessus tout, et leurs volontés marchaient si parfaitement d'accord, que deux horloges bien réglées n'offraient pas la même harmonie.

Anselme devint éperdument amoureux d'une belle et noble personne de la même ville, fille de parents recommandables, et si digne d'estime elle-même qu'il résolut, après avoir pris conseil de son ami, sans lequel il ne faisait rien, de la demander en mariage. Lothaire s'en chargea, et s'y prit d'une façon si habile qu'en peu de temps Anselme se vit en possession de l'objet de ses désirs. De son côté, Camille, c'était le nom de la jeune fille, se trouva tellement satisfaite d'avoir Anselme pour époux, que chaque jour elle rendait grâces au ciel, ainsi qu'à Lothaire, par l'entremise duquel lui était venu tant de bonheur.

Lothaire continua comme d'habitude de fréquenter la maison de son ami, tant que durèrent les réjouissances des noces; il aida même à en faire les honneurs, mais dès que les félicitations et les visites se furent calmées, il crut devoir ralentir les siennes, parce que cette grande familiarité qu'il avait avec Anselme ne lui semblait plus convenable depuis son mariage. L'honneur d'un mari, disait-il, est chose si délicate, qu'il peut être blessé par les frères, à plus forte raison par les amis.

Tout amoureux qu'il était, Anselme s'aperçut du refroidissement de Lothaire. Il lui en fit les plaintes les plus vives, disant que jamais il n'aurait pensé au mariage s'il eût prévu que cela dût les éloigner l'un de l'autre; que la femme qu'il avait épousée n'était que comme un tiers dans leur amitié; qu'une circonspection exagérée ne devait pas leur faire perdre ces doux surnoms des DEUX AMIS, qui leur avait été si cher; il ajouta que Camille n'éprouvait pas moins de déplaisir que lui de son éloignement, et qu'heureuse de l'union qu'elle avait formée, sa plus grande joie était de voir souvent celui qui y avait le plus contribué; enfin il mit tout en œuvre pour engager Lothaire à venir chez lui comme par le passé, lui déclarant ne pouvoir être heureux qu'à ce prix.

Lothaire lui répondit avec tant de réserve et de prudence, qu'Anselme demeura charmé de sa discrétion;

et pour concilier la bienséance avec l'amitié, ils convinrent entre eux que Lothaire viendrait manger chez Anselme deux fois la semaine, ainsi que les jours de fête. Lothaire le promit. Toutefois il continua à n'y aller qu'autant qu'il crut pouvoir le faire sans compromettre la réputation de son ami, qui ne lui était pas moins chère que la sienne. Il répétait souvent que ceux qui ont de belles femmes ne sauraient les surveiller de trop près, quelque assurés qu'ils soient de leur vertu, le monde ne manquant jamais de donner une fâcheuse interprétation aux actions les plus innocentes. Par de semblables discours, il tâchait de faire trouver bon à Anselme qu'il le fréquentât moins qu'à l'ordinaire, et il ne le voyait en effet que très-rarement.

Pendant ce temps, don Quichotte continuait de dormir.

On trouvera, je le pense, peu d'exemples d'une aussi sincère affection; je ne crois même pas qu'il se soit jamais rencontré un second Lothaire, un ami jaloux de l'honneur de son ami, au point de se priver de le voir dans la crainte qu'on interprétât mal ses visites, et cela dans un âge où l'on réfléchit peu, où le plaisir tient lieu de tout. Aussi Anselme ne voyait point ce fidèle ami, qu'il ne lui fît des reproches sur cette conduite si réservée; et chaque fois Lothaire lui donnait de si bonnes raisons, qu'il parvenait toujours à l'apaiser.

Un jour qu'ils se promenaient ensemble hors de la ville, Anselme, lui prenant la main, parla en ces termes: Pourrais-tu croire, mon cher Lothaire, après les grâces dont le ciel m'a comblé en me donnant de grands biens, de la naissance, et, ce que j'estime chaque jour davantage, Camille et ton amitié, pourrais-tu croire que je désire encore quelque chose et n'éprouve guère moins de souci qu'un homme privé de tous ces biens? Depuis quelque temps, te l'avouerai-je, une idée bizarre m'obsède sans relâche; c'est, j'en conviens, une fantaisie extravagante: je m'en étonne moi-même et m'en fais à toute heure des reproches; mais ne pouvant plus contenir ce secret, je m'en ouvre à toi, dans l'espoir que par tes soins je me verrai délivré des angoisses qu'il me cause, et que ta sollicitude saura me rendre le calme que j'ai perdu par ma folie.

En écoutant ce long préambule, Lothaire se creusait l'esprit pour deviner ce que pouvait être cet étrange désir dont son ami paraissait obsédé. Aussi, afin de le tirer promptement de peine, il lui dit qu'il faisait tort à leur amitié en prenant tant de détours pour lui confier ses plus secrètes pensées, puisqu'il avait dû se promettre de trouver en lui des conseils pour les diriger, ou des ressources pour les accomplir.

Tu as raison, répondit Anselme; aussi, dans cette confiance, je t'apprendrai, mon cher Lothaire, que le désir qui m'obsède, c'est de savoir si Camille, mon épouse, m'est aussi fidèle que je l'ai cru jusqu'ici. Or, afin de m'en bien assurer, je veux la mettre à la plus haute épreuve. La vertu chez les femmes est, selon moi, comme ces monnaies qui ont tout l'éclat de l'or, mais que l'épreuve du feu peut seule faire connaître. Ce grand mot de vertu, qui souvent couvre de grandes faiblesses, ne doit s'appliquer qu'à celles qui ne sont séduites ni par les présents ni par les promesses, qu'à celles que la persévérance et les larmes d'un amant n'ont jamais émues. Qu'y a-t-il d'étonnant qu'une femme reste sage quand elle n'a pas assez de liberté pour mal faire, ou qu'elle n'est sollicitée par personne? Aussi je fais peu de cas d'une vertu qui n'est fondée que sur la crainte ou sur l'absence d'occasions, et j'estime celle-là seule que rien n'éblouit et qui résiste à toutes les attaques. Eh bien, je veux savoir si la vertu de Camille est de cette trempe, et l'éprouver par tout ce qui est capable de séduire. L'épreuve est dangereuse, je le sens; mais je ne puis goûter de repos tant que je ne serai pas complétement rassuré de ce côté. Si, comme je l'espère, Camille sort victorieuse de la lutte, je suis le plus heureux des hommes; si, au contraire, elle succombe, j'aurai du moins l'avantage de ne m'être point trompé dans l'opinion que j'ai des femmes, et de n'avoir pas été la dupe d'une confiance qui en abuse tant d'autres. Ne cherche point à me détourner d'un dessein qui doit te paraître ridicule, tes efforts seraient vains; prépare-toi seulement à me rendre ce service. Fais en sorte de persuader à Camille que tu es amoureux d'elle, et n'épargne rien pour t'en faire aimer. Songe que tu ne saurais me donner une plus grande preuve de ton amitié, et commence dès aujourd'hui, je t'en conjure.

Atterré d'une semblable confidence, Lothaire écoutait son ami sans desserrer les lèvres; il le regardait fixement, plein d'anxiété et d'effroi; enfin, après une longue pause, il lui dit:

Anselme, faut-il prendre au sérieux ce que je viens d'entendre? Crois-tu que si je ne l'eusse regardé comme une plaisanterie je ne t'aurai pas interrompu au premier mot? Je ne te connais plus, Anselme, ou tu ne me connais plus moi-même; car, si tu avais réfléchi un seul instant, je ne pense pas que tu m'eusses voulu charger d'un pareil emploi. On a raison de recourir à ses amis en toute circonstance; mais leur demander des choses qui choquent l'honnêteté et dont on ne peut attendre aucun bien, c'est leur faire injure. Tu veux que je feigne d'être amoureux de ta femme, et qu'à force de soins et d'hommages je tâche de la séduire et de m'en faire aimer? Mais si tu es assuré de sa vertu, que te faut-il de plus, et qu'est-ce que mes soins ajouteront à son mérite? Si tu ne crois pas Camille plus sage que les autres femmes, résigne-toi sans chercher à l'éprouver, et, dans la mauvaise opinion que tu as de ce sexe en général, jouis paisiblement d'un doute qui est pour toi un avantage. L'honneur d'une femme, mon cher Anselme, consiste avant tout dans la bonne opinion qu'on a d'elle: c'est un miroir que le moindre souffle ternit, une fleur délicate qui se flétrit pour peu qu'on la touche. Je vais te citer, à ce sujet, quelques vers qui me reviennent à la mémoire et qui sont tout à fait applicables au sujet qui nous occupe; c'est un vieillard qui conseille à un père de veiller de près sur sa fille, de l'enfermer au besoin, et de ne s'en fier qu'à lui-même.

Les femmes sont comme le verre:
Il ne faut jamais éprouver
S'il briserait ou non, en le jetant par terre;
Car on ne sait pas bien ce qui peut arriver.

Mais comme il briserait, selon toute apparence,
Il faut être bien fou pour vouloir hasarder
Une semblable expérience
Sur un corps qu'on ne peut souder!

Ceci sur la raison se fonde,
Et c'est l'opinion de tout le monde encor:
Que tant que l'on verra des Danaés au monde,
On y verra pleuvoir de l'or[50].

Après avoir parlé dans ton intérêt, continua Lothaire, permets, Anselme, que je parle dans le mien. Tu me regardes, dis-tu, comme ton véritable ami, et cependant tu veux m'ôter l'honneur, ou tu veux que je te l'ôte à toi-même. Que pourra penser Camille quand je lui parlerai d'amour, si ce n'est que je suis un traître, qui viole sans scrupule les droits sacrés de l'amitié? Ne devra-t-elle pas s'offenser d'une hardiesse qui semblera lui dire que j'ai reconnu quelque chose de peu estimable dans sa conduite? Si je la trouve faible, faudra-t-il que je te trahisse? Si je cesse ma poursuite, quelle ne sera pas son aversion pour celui qui ne voulait que se jouer de sa crédulité? Si je donne pour excuse les instances que tu me fais, que pensera-t-elle d'un homme qui se charge d'une pareille mission, et quel ne sera pas son mépris pour celui qui l'a imposée? Comment éviterai-je les reproches des honnêtes gens, après avoir troublé, par une fatale complaisance, le repos de toute une famille? Enfin ne deviendrons-nous pas, l'un et l'autre, la risée de ceux qui vantaient notre amitié? Crois-moi, cher Anselme, reste dans une confiance qui doit te rendre heureux et songe que tu compromets ton repos par un projet bien téméraire; car si l'événement ne répondait pas à ton attente, tu en serais mortellement affligé, quoi que tu dises, et tu ne ferais plus que traîner une vie misérable qui me jetterait moi-même dans le désespoir. Bref, pour t'ôter l'espoir de me convaincre, je te déclare que ta prière m'offense, et que je ne te rendrai jamais le dangereux service que tu exiges de moi, quand même ce refus devrait me faire perdre ton affection, ce qui est la perte la plus sensible que je puisse faire.

Ce discours causa une telle confusion à Anselme, qu'il resta longtemps sans prononcer un seul mot; mais se remettant peu à peu: Mon cher Lothaire, lui dit-il, je t'ai écouté avec attention, avec plaisir même; tes paroles montrent tout ce que tu possèdes de discrétion et de prudence, et ton refus fait preuve de ta sincère amitié. Oui j'avoue que j'exige une chose déraisonnable, et qu'en repoussant tes conseils je fuis le bien et cours après le mal. Hélas! Lothaire, celui dont je souffre s'irrite chaque jour davantage. Je t'ai longtemps caché ma faiblesse, espérant la surmonter; mais je n'ai pu m'en rendre maître, et c'est ce déplorable état qui m'oblige à chercher du secours. Ne m'abandonne pas, cher ami; ne t'irrite point contre un insensé: traite-moi plutôt comme ces malades chez qui le goût s'est dépravé, et qui ne savent ce qu'ils veulent. Commence, je t'en supplie, à éprouver Camille: elle n'est pas assez faible pour se rendre à une première attaque, et peut-être qu'alors cette simple épreuve de sa vertu et de ton amitié me suffira, sans qu'il soit besoin d'insister davantage. Réfléchis que j'en suis arrivé à ce point de ne pouvoir guérir seul, et que si tu me forces à recourir à un autre, je publie moi-même mon extravagance et perds cet honneur que tu veux me conserver. Quant au tien, que tu redoutes de voir compromis dans l'opinion de Camille par tes sollicitations, rassure-toi; et s'il faut lui découvrir notre intelligence, je suis certain qu'elle ne prendra tout cela que comme un badinage. Tu as donc bien peu de chose à faire pour me donner satisfaction; car si après un premier effort tu éprouves de la résistance, je suis content de Camille et de toi, et nous sommes en repos pour jamais.

Voyant l'obstination d'Anselme, Lothaire accepta cet étrange rôle, se promettant de le remplir si adroitement, que, sans blesser Camille il trouverait le moyen de satisfaire son ami: il serait imprudent, lui dit-il, de vous confier à un autre; je me charge de l'entreprise, et mon amitié ne saurait vous refuser plus longtemps. Anselme le serra tendrement dans ses bras, le remerciant comme s'il lui eût accordé une insigne faveur, et il exigea que dès le jour suivant commençât l'exécution de ce beau dessein. Il promit à Lothaire de lui fournir le moyen d'entretenir Camille tête à tête; il arrêta le plan des sérénades qu'il voulait que son ami donnât à sa femme, s'offrant de composer lui-même les vers à sa louange si Lothaire ne voulait pas s'en donner la peine, et il ajouta qu'il lui mettrait entre les mains de l'argent et des bijoux pour les offrir quand il le jugerait à propos. Lothaire consentit à tout pour contenter un homme si déraisonnable, et ils retournèrent près de Camille, qui était déjà inquiète de voir son mari rentrer plus tard que de coutume. Après quelques propos indifférents, Lothaire laissa Anselme plein de joie de la promesse qu'il lui avait faite, mais se retira fort contrarié de s'être chargé d'une si extravagante affaire.

Ayant passé la nuit à songer comment il s'en tirerait, Lothaire alla, dès le lendemain, dîner chez Anselme, et Camille, comme à l'ordinaire, lui fit très-bon visage, sachant qu'en cela elle complaisait à son mari. Le repas achevé, Anselme prétexta une affaire pour quelques heures, priant Lothaire de tenir, pendant son absence, compagnie à sa femme. Celui-ci voulait l'accompagner, et Camille le retenir; mais toutes leurs instances furent inutiles; car, après avoir engagé son ami à l'attendre, parce que, disait-il, il avait à son retour quelque chose d'important à lui communiquer, Anselme sortit et les laissa seuls. Lothaire se vit alors dans la situation la plus redoutable; aussi, ne sachant que faire pour conjurer le péril où il se trouvait, il feignit d'être accablé par le sommeil, et, après quelques excuses adressées à Camille, il se laissa aller sur un fauteuil, où il fit semblant de dormir. Anselme revint bientôt après; retrouvant encore Camille dans sa chambre, et Lothaire endormi, il pensa, malgré tout, que son ami avait parlé, et il attendit son réveil pour sortir avec lui et l'interroger.

Lothaire lui dit qu'il avait jugé inconvenant de se découvrir dès la première entrevue; qu'il s'était contenté de parler à Camille de sa beauté, et de lui dire que partout on s'entretenait de l'heureux choix d'Anselme, ne doutant point qu'en s'insinuant ainsi dans son esprit, il ne la disposât à l'écouter une autre fois. Ce commencement satisfit le malheureux époux, qui promit à son ami de lui ménager souvent semblable occasion.

Plusieurs jours se passèrent ainsi sans que Lothaire adressât une seule parole à Camille; chaque fois cependant il assurait Anselme qu'il devenait plus pressant, mais qu'il avait beau faire, chaque fois ses avances étaient repoussées et qu'elle l'avait même menacé de tout révéler à son époux s'il ne chassait pas ces mauvaises pensées. Mais Anselme n'était pas homme à en rester là. Camille a résisté à des paroles, dit-il; eh bien, voyons si elle aura la force de tenir contre quelque chose de plus réel: je te remettrai demain deux mille écus d'or que tu lui offriras en cadeau, et deux mille autres pour acheter des pierreries; il n'y a rien que les femmes, même les plus chastes, aiment autant que la parure; si Camille résiste à cette séduction, je n'exigerai rien de plus. Puisque j'ai commencé, dit Lothaire, je poursuivrai l'épreuve; mais sois bien assuré que tous mes efforts seront vains.

LE CVRIEVX MALAVISÉ

Le jour suivant, Anselme mit les quatre mille écus d'or entre les mains de son ami, qu'il jetait ainsi dans de nouveaux embarras. Toutefois Lothaire se promit de continuer à lui dire que la vertu de Camille était inébranlable; que ses présents ne l'avaient pas plus émue que ses discours, et qu'il craignait d'attirer sa haine à force de persécutions. Mais le sort, qui menait les choses d'une autre façon, voulut qu'Anselme ayant un jour laissé comme d'habitude Lothaire seul avec sa femme, s'enferma dans une chambre voisine, d'où il pouvait par le trou de la serrure s'assurer de ce qui se passait. Or, après les avoir observés pendant près d'une heure, il reconnut que pendant tout ce temps Lothaire n'avait pas ouvert la bouche une seule fois; ce qui lui fit penser que les réponses de Camille étaient supposées. Pour s'en assurer il entra dans la chambre, et ayant pris Lothaire à part, il lui demanda quelles nouvelles il avait à lui donner et de quelle humeur s'était montrée Camille. Lothaire répondit qu'il voulait en rester là, parce qu'elle venait de le traiter avec tant de dureté et d'aigreur, qu'il ne se sentait plus le courage de lui adresser désormais la parole. Ah! Lothaire! Lothaire! reprit Anselme, est-ce donc là ce que tu m'avais promis, et ce que je devais attendre de ton amitié? J'ai fort bien vu que tu n'as pas parlé à Camille, et je ne doute point que tu ne m'aies trompé en tout ce que tu m'as dit jusqu'ici. Pourquoi vouloir m'ôter par la ruse les moyens de satisfaire mon désir?

Piqué d'être pris en flagrant délit de mensonge, Lothaire ne songea qu'à apaiser son ami au lieu de chercher à le guérir, et il lui promit d'employer à l'avenir tous ses soins pour lui donner satisfaction. Anselme le crut, et pour lui laisser le champ libre, il résolut d'aller passer huit jours à la campagne, où il prit soin de se faire inviter par un de ses amis, afin d'avoir auprès de Camille un prétexte de s'éloigner.

Malheureux et imprudent Anselme! que fais-tu? Ne vois-tu pas que tu travailles contre toi-même, que tu trames ton déshonneur, que tu prépares ta perte? Ton épouse est vertueuse: tu la possèdes en paix, personne ne te cause d'alarmes; ses pensées et ses désirs n'ont jamais franchi le seuil de ta maison; tu es son ciel sur la terre, l'accomplissement de ses joies, la mesure sur laquelle se règle sa volonté; eh bien, comme si tout cela ne pouvait contenter un mortel, tu te tortures à chercher ce qui ne peut se rencontrer ici-bas.

Dès le lendemain Anselme partit pour la campagne, après avoir prévenu Camille que Lothaire viendrait dîner avec elle, qu'il veillerait à tout en son absence, enfin lui enjoignant de le traiter comme lui-même. Cet ordre contraria Camille non moins que le départ de son mari: aussi témoigna-t-elle modestement qu'elle s'y soumettait avec peine; que la bienséance s'opposait à ce que Lothaire vînt si familièrement pendant son absence: Si vous doutez que je sois capable de conduire seule les affaires de la maison, ajouta-t-elle, veuillez en faire l'expérience, et vous vous convaincrez que je ne manque ni d'ordre ni de surveillance. Anselme répliqua avec autorité qu'il le voulait ainsi, et partit sur-le-champ.

Lothaire revint donc le lendemain s'installer chez Camille, dont il reçut un honnête et affectueux accueil; mais pour ne pas se trouver en tête à tête avec lui, l'épouse d'Anselme eut soin d'avoir toujours dans sa chambre quelqu'un de ses domestiques, principalement une fille appelée Léonelle, qu'elle aimait beaucoup. Les trois premiers jours, Lothaire ne lui adressa pas un seul mot, quoiqu'il lui fût aisé de parler tandis que les gens de la maison prenaient leur repas. Il est vrai que Camille avait ordonné à Léonelle de dîner toujours de bonne heure, afin d'être à ses côtés; mais cette fille, qui avait bien d'autres affaires en tête, ne se souciait guère des ordres de sa maîtresse, et la laissait souvent seule. Toutefois Lothaire ne profita pas de l'occasion, soit qu'il voulût encore abuser son ami, soit qu'il ne pût se résoudre à se jouer de Camille, qui le traitait avec tant de douceur et de bonté, et dont le maintien était si modeste et si grave, qu'il ne pouvait la regarder qu'avec respect.

Mais cette retenue de Lothaire et le silence qu'il gardait eurent à la fin un effet opposé à son intention, car si la langue se taisait, l'imagination n'était pas en repos. Croyant d'abord ne regarder Camille qu'avec indifférence, peu à peu il commença à la contempler avec admiration, et bientôt avec tant de plaisir qu'il ne pouvait plus en détacher ses yeux. Enfin, l'amour grandissait insensiblement et avait déjà fait bien des progrès quand lui-même s'en aperçut. Que ne se dit-il point lorsqu'il vint à se reconnaître et à s'interroger, et quels combats ne se livrèrent pas dans son cœur cet amour naissant et la sincère amitié qu'il portait à Anselme! Il se repentit mille fois de sa fatale complaisance, et il était à tout moment tenté de prendre la fuite; mais chaque fois le plaisir de voir Camille le retenait, et il n'avait pas la force de s'éloigner. Lutte inutile! la beauté, la modestie, les rares qualités de cette femme, et sans doute aussi le destin qui voulait châtier l'imprudent Anselme, finirent par triompher de la loyauté de Lothaire. Il crut qu'une résistance de plusieurs jours, mêlée de perpétuels combats, suffisait pour le dégager des devoirs de l'amitié; et ne trouvant d'autre issue que celle d'aimer la plus aimable personne du monde, il franchit ce dernier pas et découvrit à Camille la violence de sa passion. A cette révélation inattendue, l'épouse d'Anselme resta confondue; elle se leva de la place qu'elle occupait, et rentra dans sa chambre sans répondre un seul mot. Mais ce froid dédain ne rebuta point Lothaire, qui l'en estima davantage; et l'estime augmentant encore l'amour, il résolut de poursuivre son dessein. Cependant Camille, après avoir réfléchi au parti qu'elle devait prendre, jugea que le meilleur était de ne plus donner occasion à Lothaire de l'entretenir, et, dès le soir même, elle envoya un de ses gens à Anselme, avec un billet ainsi conçu:

CHAPITRE XXXIV. OU SE CONTINUE LA NOUVELLE DU CURIEUX MALAVISÉ.

«De même qu'on a coutume de dire qu'une armée n'est pas bien sans son général, ou un château sans son châtelain, de même une femme mariée est pis encore sans son mari, lorsque aucune affaire importante ne les sépare. Je me trouve si mal loin de vous, et je supporte si impatiemment votre absence, que, si vous ne revenez promptement, je me verrai contrainte de me retirer dans la maison de mon père, dût la vôtre rester sans gardien: aussi bien, celui que vous m'avez laissé, si vous lui donnez ce titre, me paraît plus occupé de son plaisir que de vos intérêts. Je ne vous dis rien de plus, et même il ne convient pas que j'en dise davantage.»

Anselme s'applaudit en recevant ce billet; il vit que Lothaire lui avait tenu parole, et que Camille avait fait son devoir; ravi d'un si heureux commencement, il répondit à sa femme de ne pas songer à s'éloigner, et qu'il serait bientôt de retour.

Camille fut fort étonnée de cette réponse, qui la jetait dans de nouveaux embarras. Elle n'osait ni rester dans sa maison, ni se retirer chez ses parents. Dans le premier cas, elle voyait sa vertu en péril; dans le second, elle désobéissait aux ordres de son mari. Livrée à cette incertitude, elle prit le plus mauvais parti, celui de rester et de ne point fuir la présence de Lothaire de peur de donner à ses gens matière à causer. Déjà même elle se repentait d'avoir écrit à son époux, craignant qu'il ne la soupçonnât d'avoir donné à Lothaire quelque sujet de lui manquer de respect; mais, confiante en sa vertu, elle se mit sous la garde de Dieu et de sa ferme intention, espérant triompher par le silence de tout ce que pourrait lui dire l'ami d'Anselme.

Dans une résolution si prudente en apparence, et en réalité si périlleuse, Camille écouta le jour suivant les galants propos de Lothaire, qui, trouvant l'occasion favorable, sut employer un langage si tendre et des expressions si passionnées que la fermeté de Camille commençant à s'ébranler, elle eut bien de la peine à empêcher ses yeux de découvrir ce qui se passait dans son cœur. Ce combat intérieur, soigneusement observé par Lothaire, redoubla ses espérances; persuadé dès lors que le cœur de Camille n'était pas de bronze, il n'oublia rien de ce qui pouvait la toucher; il pria, supplia, pleura, adula, enfin il montra tant d'ardeur et de sincérité, qu'à la fin il conquit ce qu'il désirait le plus et espérait le moins. Nouvel exemple de la puissance de l'amour, qu'on ne peut vaincre que par la fuite; car pour lui résister, il faudrait des forces surhumaines.

Léonelle connut seule la faute de sa maîtresse. Quant à Lothaire, il se garda bien de découvrir à Camille l'étrange fantaisie de son époux, et d'avouer que c'était de lui qu'il avait tenu les moyens d'y réussir; il aurait craint qu'elle ne prît son amour pour une feinte dont elle avait été dupe, et que, venant à se repentir de sa faiblesse, elle ne le détestât plus encore qu'elle n'était disposée à l'aimer.

Après plusieurs jours d'absence, Anselme revint. Plein d'impatience, il court chez son ami pour lui demander des nouvelles de sa vie ou de sa mort. Anselme, lui dit Lothaire en l'embrassant, tu peux te vanter d'avoir une épouse incomparable, et que toutes les femmes devraient se proposer comme le modèle et l'ornement de leur sexe. Mes paroles se sont perdues dans les airs; elle s'est moquée de mes larmes, et mes offres n'ont fait que l'irriter. En un mot, Camille n'a pas moins de sagesse que de beauté, et tu es le plus heureux des hommes. Tiens, cher ami, voilà ton argent et tes bijoux; je n'ai point eu besoin d'y toucher. Camille m'a fait voir qu'elle a le cœur trop noble pour céder à des moyens si bas. Tu dois être satisfait maintenant; jouis donc de ton bonheur, sans le compromettre davantage; c'est le sage conseil que te donne mon amitié, et le seul fruit que je veuille tirer du service que je t'ai rendu.

A ce discours qu'il écoutait comme les paroles d'un oracle, on ne saurait exprimer la joie d'Anselme. Il pria Lothaire de continuer ses galanteries, ne fût-ce que comme passe-temps; ajoutant qu'il pouvait à l'avenir s'épargner une partie des soins qu'il avait pris jusque-là, mais sans les discontinuer tout à fait; et comme son ami faisait facilement des vers, il le conjura d'en composer pour Camille, sous le nom de Chloris. Je feindrai, lui dit-il, de les croire adressés à une personne dont tu seras amoureux. Lothaire, pour qui ses complaisances n'étaient plus une gêne, promit tout ce qu'on lui demandait.

De retour dans sa maison, Anselme s'était empressé de demander à sa femme ce qui l'avait obligée de lui écrire. Je m'étais figuré, répondit-elle, qu'en votre absence Lothaire me regardait avec d'autres yeux que lorsque vous étiez présent; mais j'ai bientôt reconnu que ce n'était qu'une chimère; il me semble même que depuis ce moment il évite de me voir et de rester seul avec moi. Anselme la rassura en lui disant qu'elle n'avait rien à craindre de son ami, parce qu'il le savait violemment épris d'une jeune personne pour qui il faisait souvent des vers sous le nom de Chloris, et que, quand bien même son cœur serait libre, il était assuré de sa loyauté. Cette feinte Chloris ne donna point de jalousie à Camille, que Lothaire avait prévenue afin de lui ôter tout ombrage et de pouvoir faire des vers pour elle sous un nom supposé.

Quelques jours après, tous trois étant réunis à table, Anselme pria, vers la fin du repas, son ami de leur réciter quelques-unes des poésies qu'il avait composées pour la personne objet de ses soins, ajoutant qu'il ne devait point s'en faire scrupule, puisque Camille ne la connaissait pas. Et quand elle la connaîtrait? reprit Lothaire, un amant fait-il injure à celle qu'il aime lorsqu'il se plaint de sa rigueur en même temps qu'il loue sa beauté. Quoi qu'il en soit, voici un sonnet que j'ai fait il n'y a pas longtemps:

SONNET

Pendant qu'un doux sommeil dans l'ombre et le silence
Délasse les mortels de leurs rudes travaux,
Des rigueurs de Chloris je sens la violence,
Et j'implore le ciel sans trouver de repos.

Quand l'aube reparaît, ma plainte recommence,
Et je ressens alors mille tourments nouveaux;
Je passe tout le jour dans la même souffrance,
Espérant vainement la fin de tant de maux.

La nuit revient encor, et ma plainte est la même;
Tout est dans le repos, et mon mal est extrême,
Comme si j'étais né seulement pour souffrir.

Qu'est-ce donc que j'attends de ma persévérance,
Si le ciel et Chloris m'ôtent toute espérance?
Mais n'est-ce pas assez d'aimer et de mourir?

Camille écouta le jour suivant les galants propos de
Lothaire.

Le sonnet plut à Camille; quant à Anselme, il le trouva admirable. Il faut, dit-il, que cette dame soit bien cruelle pour ne pas se laisser toucher par un amour si sincère et si passionné? Est-ce que tous les amants disent vrai dans leurs vers? demanda Camille. Non pas comme poëtes, mais comme amoureux, ils sont bien au-dessous de la vérité, répondit Lothaire. Cela ne fait pas le moindre doute, reprit Anselme, toujours pour appuyer les sentiments de son ami et les faire valoir auprès de sa femme. Camille, qui savait que ces vers s'adressaient à elle seule et qu'elle était la véritable Chloris, demanda à Lothaire s'il savait quelque autre sonnet, de le réciter. En voici un, répondit celui-ci, dont je n'ai guère meilleure opinion que du premier; mais vous en jugerez.

AUTRE SONNET

Je sens venir la mort, elle est inévitable!
La douleur qui me presse achève son effort;
Et moi-même après tout, j'aime bien mieux mon sort
Que de cesser d'aimer ce que je trouve aimable.

A quoi bon essayer un remède haïssable,
Qui pour ma guérison ne peut être assez fort?
Mais, bravant les rigueurs, les mépris et la mort,
Faisons voir à Chloris un amant véritable.

Ah! qu'on est imprudent de courir au hasard,
Sans connaître de port, sans pilote et sans art,
Une mer inconnue, et sujette à l'orage!

Mais pourquoi murmurer? s'il faut mourir un jour,
Il est beau de mourir par les mains de l'Amour;
Et mourir pour Chloris est un heureux naufrage[51].

Anselme trouva ce sonnet non moins bon que le premier, et ne le loua pas moins. Ainsi continuant à se tromper lui-même, il ajoutait chaque jour à son malheur; car plus Lothaire le déshonorait, plus il vantait sa loyale amitié, et plus Camille devenait coupable, plus, dans l'opinion de son époux, elle atteignait le faîte de la vertu et de la bonne renommée.

Un jour cependant que Camille se trouvait seule avec sa caமériste: Que je m'en veux, lui dit-elle, de m'être si tôt laissé persuader! Je crains bien que Lothaire un jour ne vienne à me mépriser, quand il se souviendra de ma faiblesse et du peu que lui a coûté ma possession. Rassurez-vous, madame, répondit Léonelle; ce n'est pas ainsi que se mesurent les affections, et pour être accordées promptement, les faveurs ne perdent point de leur prix; loin de là: n'a-t-on pas coutume de dire que donner vite c'est donner deux fois? Oui, repartit Camille, mais on dit aussi que ce qui coûte peu s'estime de même. Cela ne vous regarde pas, madame, reprit la rusée Léonelle, et vous ne vous êtes pas rendue si promptement que vous n'ayez pu voir toute l'âme de Lothaire dans ses yeux, dans ses serments, et reconnaître combien ses qualités le rendent digne d'être aimé. Pourquoi donc vous mettre dans l'esprit toutes ces chimères? Vivez plutôt contente et satisfaite de ce qu'étant tombée dans l'amoureuse chaîne, celui qui l'a serrée mérite votre estime. Au reste, ajouta-t-elle, j'ai remarqué une chose, car je suis de chair aussi et j'ai du sang jeune dans les veines, c'est que l'amour ne se gouverne pas comme on le veut, au contraire, c'est lui qui nous mène à sa fantaisie.

Camille sourit des propos de sa suivante, ne doutant pas, d'après ces dernières paroles, qu'elle ne fût plus savante en amour qu'elle ne le paraissait. Cette fille lui en fournit bientôt la preuve en avouant franchement qu'un jeune gentilhomme de la ville la courtisait. Extrêmement troublée d'une confidence si inattendue, Camille voulut savoir s'il y avait entre eux autre chose que des promesses; mais Léonelle lui déclara effrontément que les choses ne pouvaient aller plus loin. Dans l'embarras où se trouvait l'épouse d'Anselme, elle conjura sa suivante de ne rien dire à son amant de ce qu'elle savait, et d'avoir soin d'agir de façon que ni Anselme ni Lothaire ne pussent en avoir connaissance. Léonelle le promit; mais sa conduite fit bientôt voir combien Camille avait eu raison de la craindre. En effet, assurée du silence de sa maîtresse, cette fille fut bientôt assez hardie pour faire venir son amant dans la maison, et jusque sous les yeux de Camille, qui, désormais réduite à tout souffrir, était contrainte de servir sa passion, et souvent l'aidait à cacher ce jeune homme.

Toutes ces précautions n'empêchèrent pas qu'un matin à la pointe du jour, Lothaire n'aperçût sortir l'amant de Léonelle. Il en fut d'abord si étonné qu'il le prit pour un fantôme; mais en le voyant s'éloigner à grand pas, le visage dans son manteau, il comprit que c'était un homme qui ne voulait pas être reconnu. Aussitôt, sans que Léonelle vînt à se présenter à sa pensée, il s'imagina que ce devait être un rival aussi bien traité que lui-même. Transporté de fureur, il court chez Anselme: Apprends, lui dit-il en entrant, apprends que depuis longtemps déjà je me fais violence pour ne pas te découvrir un secret qu'il faut enfin que tu saches; mais mon amitié pour toi l'emporte, et je ne puis dissimuler davantage: Camille s'est enfin rendue, Anselme, et est prête à faire ce qu'il me plaira. Si j'ai tardé à t'en avertir, c'est parce que je n'étais pas certain si ce que je prenais chez ta femme pour un caprice n'était point au contraire une ruse pour m'éprouver. Je m'attendais chaque jour que tu viendrais me dire qu'elle t'a tout révélé; comme elle n'en a rien fait, je ne doute plus qu'elle n'ait envie de me tenir parole et de me procurer la liberté de l'entretenir seule la première fois que tu iras à la campagne. Ce secret que je te confie ne doit pas te causer d'emportement; car, après tout, Camille ne t'a point encore offensé, et elle peut revenir d'une faiblesse que tu crois si naturelle aux femmes. Jusqu'ici tu t'es bien trouvé de mes conseils, écoute celui que je vais te donner. Feins de t'absenter pour quelques jours, et trouve moyen de te cacher dans la chambre de Camille; si son intention est coupable, comme je le crains, alors tu pourras venger sûrement et sans bruit ton honneur outragé.

Qui pourrait exprimer ce que devint le pauvre Anselme à une confidence si imprévue? Il demeura immobile, les yeux baissés vers la terre, comme un homme privé de sentiment. A la fin, regardant tristement Lothaire: Vous avez fait, reprit-il, ce que j'attendais de votre amitié; dites maintenant comment il faut que j'agisse, je m'abandonne entièrement à vos conseils. Lothaire, ne sachant que lui répondre, l'embrassa et sortit brusquement. Mais à peine l'eut-il quitté, qu'il commença à se repentir d'avoir compromis si inconsidérément Camille, dont il eût pu tirer vengeance avec moins de honte et de péril pour elle. Mais ne pouvant plus revenir sur sa démarche, il résolut au moins de l'en avertir; et comme il pouvait lui parler à toute heure, il voulut le faire à l'instant même.

Anselme était déjà sorti de chez lui quand Lothaire y entra. Ah! mon cher Lothaire, lui dit Camille en le voyant, j'ai au fond du cœur une chose qui me cause bien du tourment, et dont les suites me font trembler! Ma suivante, Léonelle, a un amant, et son effronterie en est venue à ce point de l'introduire toutes les nuits dans sa chambre, où il reste jusqu'au jour. Jugez à quoi elle m'expose, et ce qu'on pourra penser en voyant sortir de ma maison un homme à pareille heure? Mais ce qui m'afflige le plus, c'est d'être forcée de dissimuler, parce qu'en voulant châtier cette fille de son impudence, je puis provoquer un éclat qui me serait funeste. Cependant, je suis perdue si cela ne change pas: songez, songez à y mettre ordre, je vous en conjure.

Aux premières paroles de Camille, Lothaire crut que c'était un artifice de sa part; mais en la voyant toute en larmes, il ne douta plus qu'elle ne dît vrai, ce qui accrut son repentir et sa confusion. Il lui apprit que ce n'était pas là le plus grand de leurs malheurs; et, lui demandant cent fois pardon de ses soupçons, il avoua ce que les transports d'une flamme jalouse l'avaient poussé à dire à Anselme, ajoutant qu'il l'avait fait résoudre à se cacher pour voir par ses propres yeux de quelle loyauté était payée sa tendresse.

Épouvantée de cet aveu de Lothaire, Camille lui reprocha d'abord avec emportement, puis avec douceur, sa mauvaise pensée et la résolution qui l'avait suivie; mais comme la femme a l'esprit plus prompt que l'homme pour le bien de même que pour le mal, esprit qui lui échappe quand elle veut réfléchir mûrement, elle trouva sur-le-champ le moyen de réparer l'imprudence de son amant. Elle lui dit de faire en sorte qu'Anselme se cachât le lendemain à l'endroit convenu, parce que, d'après le plan qui lui venait à l'esprit, elle espérait tirer de cette épreuve une facilité nouvelle pour se voir tous deux encore plus librement. Lothaire eut beau la presser, elle refusa de s'expliquer davantage. Ne manquez pas, lui dit-elle, de venir dès que je vous ferai appeler, et répondez comme si vous ne saviez pas être écouté d'Anselme. Là-dessus, Lothaire s'éloigna.

Le lendemain, Anselme monta à cheval, sous prétexte d'aller à la campagne, chez un de ses amis: mais revenant aussitôt sur ses pas, il alla se cacher dans le cabinet attenant à la chambre de sa femme, où il put s'embusquer tout à son aise sans être troublé par Camille ni par Léonelle, qui lui en donnèrent le loisir. Après l'avoir laissé quelque temps livré aux angoisses que doit éprouver un homme qui va s'assurer par ses propres yeux de la perte de son honneur, la maîtresse et sa suivante entrèrent dans la chambre.

A peine Camille y eut-elle mis le pied: Hélas! chère amie, dit-elle à sa suivante en poussant un grand soupir et en brandissant une épée, peut-être ferai-je mieux de me percer le cœur à l'instant même, que d'exécuter la résolution que j'ai formée; mais d'abord je veux savoir quelle imprudence de ma part a pu inspirer à Lothaire l'audace de m'avouer un aussi coupable désir que celui qu'il n'a pas eu honte de me témoigner, au mépris de mon honneur et de son amitié pour Anselme. Ouvre cette fenêtre et donne-lui le signal; car sans doute il attend dans la rue, espérant bientôt satisfaire sa perverse intention; mais il s'abuse le traître, et je lui ferai voir combien la mienne est cruelle autant qu'honorable. Hé! madame, à quoi bon cette épée? reprit la rusée Léonelle. Ne voyez-vous pas qu'en vous tuant, ou en tuant Lothaire, cela tournera toujours contre vous-même? Allez! il vaut mieux dissimuler l'outrage que vous a fait ce méchant homme, et ne point le laisser entrer maintenant que nous sommes seules: car, aveuglé par sa passion, il serait capable, avant que vous ayez pu vous venger, de se porter à quelque violence plus déplorable encore que s'il vous ôtait la vie. Et puis, quand vous l'aurez tué, car je ne doute pas que ce ne soit votre dessein, qu'en ferez-vous? Qu'Anselme en fasse ce qu'il voudra, répondit Camille; pour moi, il me semble que chaque minute de retard me rend plus coupable, et que je suis d'autant moins fidèle à mon mari que je diffère plus longtemps à venger son honneur et le mien.

Tout cela, Anselme l'entendait caché derrière une tapisserie, et à chaque parole de Camille il formait autant de différentes pensées. En la voyant si résolue à tuer Lothaire, il fut sur le point de se découvrir pour sauver son ami; mais curieux de voir jusqu'où pouvait aller la détermination de sa femme, il résolut de ne paraître qu'en temps opportun. En ce moment, Camille parut atteinte d'une forte pâmoison; aussitôt Léonelle de se lamenter amèrement: Malheureuse! s'écria-t-elle en portant sa maîtresse sur un lit qui se trouvait là, suis-je donc destinée à voir mourir entre mes bras cette fleur de chasteté, cet exemple de vertu! avec bien d'autres exclamations qui auraient donné à penser qu'elle était la plus affligée des servantes, et sa maîtresse une autre Pénélope. Mais bientôt Camille, feignant de reprendre ses sens: Pourquoi n'appelles-tu pas le traître? dit-elle à sa suivante; cours, vole, hâte-toi, de peur que le feu de la colère qui m'embrase ne vienne à s'éteindre, et que mon ressentiment ne se dissipe en vaines paroles! J'y cours, répondit Léonelle; mais avant tout, madame, donnez-moi cette épée. Ne crains rien, reprit Camille; oui, je veux mourir, et je mourrai, mais seulement après que le sang de Lothaire m'aura fait raison de son outrage.

La suivante semblait ne pouvoir se résoudre à quitter sa maîtresse, et elle ne sortit qu'après se l'être fait répéter plusieurs fois. Quand Camille se vit seule, elle commença à marcher à grand pas, puis à diverses reprises elle se jeta sur son lit avec les signes d'une violente agitation. Il n'y a plus à balancer, disait-elle; il faut qu'il périsse, il me coûte trop de larmes; il le payera de sa vie, et il ne se vantera pas d'avoir impunément tenté la vertu de Camille. En parlant ainsi, elle parcourait l'appartement l'épée à la main, les yeux pleins de fureur, et laissant échapper des paroles empreintes d'un tel désespoir, que de femme délicate, elle semblait changée en bravache désespéré. Anselme était dans un ravissement inexprimable; aussi craignant pour son ami la fureur de sa femme, ou quelque funeste résolution de celle-ci contre elle-même, il allait se montrer, quand Léonelle revint tenant Lothaire par la main.

Ouvre cette fenêtre et donne-lui le signal

Aussitôt que Camille l'aperçut, elle traça par terre une
longue raie avec l'épée qu'elle tenait à la main: Arrête,
lui dit-elle; ne va pas plus avant, car si tu oses dépasser

cette limite, sous tes yeux je me perce le cœur avec cette épée. Connais-tu Anselme, et me connais-tu, Lothaire? réponds sans détour. Celui-ci, qui avait soupçonné le dessein de sa maîtresse, n'éprouva aucune surprise, et accommodant sa réponse à son intention, répondit: Je ne croyais pas, madame, que vous me fissiez appeler pour me parler de la sorte; j'avais meilleure opinion de mon bonheur; et puisque vous n'étiez pas disposée à tenir la parole que vous m'avez donnée, au moins vous auriez dû m'en avertir, sans me tendre un piége qui fait tort à votre foi et à la grandeur de mon affection. Maintenant, s'il faut vous répondre, oui, je connais Anselme, et tous deux nous nous connaissons dès l'enfance; et si j'ai laissé paraître des sentiments qui semblent trahir notre amitié, il faut s'en prendre à l'amour et à vous, belle Camille, dont les charmes ont détruit mon repos.

Si c'est là ce que tu confesses, perfide et lâche ami, reprit Camille, de quel front oses-tu te présenter devant moi, après une déclaration qui ne m'offense pas moins que lui? Que pensais-tu donc, quand tu vins me déclarer ta passion? T'avait-on dit qu'il fût si aisé de me toucher? Mais je crois deviner à présent ce qui peut t'avoir enhardi: j'aurai sans doute manqué de réserve, j'aurai négligé quelque bienséance, ou souffert des familiarités que tu auras mal interprétées. Ai-je rien fait cependant qui pût flatter ton espérance? m'as-tu trouvée sensible aux présents, et m'as-tu jamais parlé de tes désirs sans que je les aie rejetés avec mépris! Hélas! mon seul tort est de ne t'avoir pas repoussé assez sévèrement; c'est mon indulgence qui t'a encouragé; aussi quand je n'aurai d'autres reproches à me faire que la sotte prudence qui m'a empêchée d'en instruire Anselme, afin de ne pas rompre votre amitié et dans l'espoir que tu éprouverais du repentir, je suis assez coupable, et je veux m'en punir; mais avant il faut que je t'arrache la vie, et que je satisfasse ma vengeance.

A ces mots, Camille se précipita sur Lothaire, feignant si bien de vouloir le percer, que celui-ci ne savait plus qu'en penser, tant il lui fallut employer de force et d'adresse pour se garantir. Elle jouait le désespoir avec des couleurs si vraies, qu'il était impossible de ne pas y être trompé. Enfin voyant qu'elle ne pouvait atteindre Lothaire, ou plutôt feignant de ne pouvoir accomplir sa menace: Eh bien! tu vivras, s'écria-t-elle, puisque je n'ai pas assez de force pour te donner la mort; mais du moins tu ne m'empêcheras pas de me punir moi-même; et s'arrachant des bras de son amant qui s'efforçait de la contenir, elle se frappa de l'épée au-dessus du sein gauche, près de l'épaule, puis se laissa tomber comme évanouie.

Lothaire et Léonelle, frappés de surprise, accoururent pour la relever; mais en voyant une si légère blessure, ils se regardèrent tous deux, étonnés des merveilleux artifices de cette femme. Lothaire simula un profond chagrin, et se donna mille malédictions, ne les épargnant pas non plus à l'auteur de la catastrophe, qu'il savait aposté près de là. Léonelle prit sa maîtresse entre ses bras, et, l'ayant déposée sur le lit, pria Lothaire d'aller chercher en secret quelqu'un pour la panser, lui demandant conseil sur ce qu'il fallait dire à Anselme s'il revenait avant qu'elle fût guérie. Faites ce que vous voudrez, répondit Lothaire; je suis si peu en état de donner des conseils, que je ne sais moi-même quel parti prendre. Arrêtez au moins le sang qui s'échappe de sa blessure; quant à moi, je vais chercher un lieu écarté afin d'y vivre loin de tous les regards; et il sortit en donnant les marques du plus violent désespoir.

Léonelle étancha sans peine la blessure de Camille, blessure si légère qu'il n'en avait coulé que le sang nécessaire pour appuyer sa feinte; et tout en pansant sa maîtresse, elle tenait de tels discours, que le malheureux époux ne doutait point que sa femme ne fût une seconde Porcie, une nouvelle Lucrèce. Pendant ce temps, Camille maudissait l'impuissance qui avait trahi son bras, et paraissait inconsolable de survivre, tout en demandant à Léonelle si elle lui conseillait de révéler à Anselme ce qui venait de se passer. N'en faites rien, madame, répondait celle-ci: il ne manquerait pas de se porter à des violences contre Lothaire; une honnête femme ne doit jamais compromettre un mari qu'elle aime. Je suivrai ton conseil, répondit Camille; mais, pourtant, il faut bien trouver quelque chose à lui dire quand il verra ma blessure. Madame, repartit Léonelle, je ne saurais mentir, même en plaisantant. Ni moi non plus, y allât-il de la vie, reprit Camille; je ne vois donc rien de mieux que d'avouer ce qui en est. Quittez ce souci, dit Léonelle; j'y songerai, et peut-être alors votre blessure sera si bien fermée qu'il n'y paraîtra plus. Tâchez de vous remettre de cette cruelle émotion, vous en serez plus tôt guérie. Si votre époux arrive auparavant, vous ne mentirez point en lui disant qu'étant indisposée, vous avez besoin de repos.

Pendant que ces deux hypocrites se jouaient ainsi de la crédulité d'Anselme, qui n'avait pas perdu une seule de leurs paroles, le malheureux époux s'applaudissait dans son cœur, et attendait avec impatience le moment d'aller remercier ce fidèle ami. Camille et Léonelle, qui n'étaient pas au bout de leurs ruses, lui en laissèrent la liberté. Sans perdre de temps, il alla trouver Lothaire, qui s'attendait à cette visite. En entrant, il se jeta à son cou, lui fit tant de remercîments, et dit tant de choses à la louange de sa femme, dont il ne parlait qu'avec transport, que Lothaire tout confus et la conscience bourrelée, ne savait que répondre et n'avait pas le courage de lui témoigner la moindre joie. Anselme s'aperçut bien de la tristesse de son ami; mais, l'attribuant à la blessure de Camille, dont il se disait seul la cause, il se mit à le consoler, l'assurant que c'était peu de chose puisqu'elle était convenue de n'en pas parler. Il ajouta que loin de s'affliger, il devait plutôt se réjouir avec lui, puisque grâce à son entremise et à son adresse, il se voyait parvenu à la plus haute félicité dont il eût pu concevoir le désir; que, désormais il n'y avait qu'à composer des vers à la louange de Camille, pour éterniser son nom dans les siècles à venir. Lothaire répondit qu'il trouvait cela juste, et s'offrit de l'aider pour sa part à élever ce glorieux monument.

Anselme resta donc le mari le mieux trompé qu'on pût rencontrer dans le monde; conduisant chaque jour par la main, dans sa maison, l'homme qu'il croyait l'instrument de sa gloire, et qui l'était de son déshonneur, il reprochait à sa femme de le recevoir avec un visage courroucé, tandis qu'au contraire, elle l'accueillait avec une âme riante et gracieuse. Cette tromperie dura encore quelque temps, jusqu'à ce que la fortune, reprenant son rôle, la fit éclater aux yeux de tout le monde, et que la fatale curiosité d'Anselme, après lui avoir coûté l'honneur, lui coûta la vie.

CHAPITRE XXXV. QUI TRAITE DE L'EF-FROYABLE BATAILLE QUE LIVRA DON QUICHOTTE A DES OUTRES DE VIN ROU-GE, ET OU SE TERMINE LA NOUVELLE DU CURIEUX MALAVISÉ.

Quelques pages de la nouvelle restaient à lire, lorsque tout à coup, sortant effaré du galetas où couchait don Quichotte, Sancho se mit à crier à pleine gorge: Au secours, seigneurs! au secours! accourez à l'aide de mon maître, qui est engagé dans la plus terrible et la plus sanglante bataille que j'aie jamais vue. Vive Dieu! du premier coup qu'il a porté à l'ennemi de madame la princesse de Micomicon, il lui a fait tomber la tête à bas des épaules, comme si ce n'eût été qu'un navet.

Que dites-vous là, Sancho? reprit le curé; avez-vous perdu l'esprit? C'est chose impossible, puisque le géant est à plus de deux mille lieues d'ici.

En ce moment un grand bruit se fit entendre, et au milieu du tapage on distinguait la voix de don Quichotte, qui criait: Arrête, brigand! félon! malandrin! Je te tiens cette fois, et ton cimeterre ne te sauvera pas! Le tout accompagné de coups d'épée qui retentissaient contre la muraille.

A quoi songez-vous, seigneurs? disait toujours Sancho; venez donc séparer les combattants! quoique, à vrai dire, je pense qu'il n'en soit guère besoin, car à cette heure le géant doit être allé rendre compte à Dieu de sa vie passée; puisque j'ai vu son sang couler comme une fontaine, et sa tête coupée rouler dans un coin, grosse, sur ma foi, comme un muid.

Que je meure, s'écria l'hôtelier, si ce don Quichotte ou don Diable n'a pas donné quelques coups d'estoc à des outres de vin rouge qui sont rangées dans sa chambre le long du mur; c'est le vin qui en sort que cet homme aura pris pour du sang.

Il courut aussitôt, suivi de tous ceux qui étaient là, sur le prétendu champ de bataille, où ils trouvèrent don Quichotte dans le plus étrange accoutrement. Sa chemise était si courte par devant, qu'elle lui dépassait à peine la moitié des cuisses, et il s'en fallait d'un demi-pied qu'elle fût aussi longue par derrière; ses jambes longues, sèches, velues, étaient d'une propreté plus que douteuse; il portait sur la tête un bonnet de couleur rouge, fort gras, qui avait longtemps servi à l'hôtelier; autour de son bras gauche était roulée cette couverture à laquelle Sancho gardait une si profonde rancune, et de la main droite, brandissant son épée, il frappait à tort et à travers, en proférant des menaces. Le plus surprenant, c'est qu'il avait les yeux fermés, car il dormait; mais, l'imagination frappée de l'aventure qu'il allait entreprendre, il avait fait en dormant le voyage de Micomicon, et il croyait se mesurer avec son ennemi. Par malheur, ses coups étaient tombés sur des outres suspendues contre la muraille, en sorte que la chambre était inondée de vin.

Quand l'hôtelier vit tout ce dégât, il entra dans une telle fureur, que, s'élançant sur don Quichotte les poings fermés, il aurait promptement mis fin à sa bataille contre le géant, si Cardenio et le curé ne le lui eussent arraché des mains. Malgré cette grêle de coups, le pauvre chevalier ne se réveillait pas; il fallut que le barbier courût chercher un seau d'eau froide pour le lui jeter sur le corps, ce qui finit par l'éveiller, mais non assez toutefois pour le faire s'apercevoir de l'état où il était. Dorothée qui survint en ce moment, s'en retourna sur ses pas, à l'aspect de son défenseur si légèrement vêtu, et n'en voulut pas voir davantage.

Quant à Sancho, il allait cherchant dans tous les coins la tête du géant; et comme il ne la trouvait pas: Je savais bien, dit-il, que dans cette maudite maison tout se faisait par enchantement; cela est si vrai que dans le même endroit où je suis, j'ai reçu, il n'y a pas long-temps, force coups de pied et de poing, sans jamais pouvoir deviner d'où ils venaient; maintenant le diable ne veut pas que je retrouve cette tête, quand de mes deux yeux je l'ai vu couper, et le sang ruisseler comme une fontaine.

De quel sang et de quelle fontaine parles-tu, ennemi de Dieu et des saints? reprit l'hôtelier, ne vois-tu pas que cette fontaine ce sont mes outres que ton maître a percées comme un crible, et ce sang, mon vin dont cette chambre est inondée? Puissé-je voir nager en enfer l'âme de celui qui m'a fait tout ce dégât!

Ce ne sont pas là mes affaires, repartit Sancho; tout ce que je sais, c'est que faute de retrouver cette tête, mon gouvernement vient, hélas! de se fondre, comme du sel dans l'eau.

L'hôtelier se désespérait du sang-froid de l'écuyer, après le dégât que venait de lui causer le maître; il jurait que cela ne se passerait pas cette fois-ci comme la première, et que malgré les priviléges de leur chevalerie, ils lui payeraient jusqu'au dernier maravédis les outres et le vin. Le curé tenait par les bras don Quichotte, lequel, croyant avoir achevé l'aventure et se trouver en présence de la princesse de Micomicon, se jeta à ses pieds en disant: Madame, Votre Grandeur est maintenant en sûreté; vous n'avez plus à craindre le tyran qui vous persécutait; quant à moi, je suis quitte de ma parole, puisque avec le secours du ciel, et la faveur de celle pour qui je vis et je respire, j'en suis venu à bout si heureusement.

Eh bien, seigneurs, dit Sancho, direz-vous encore que je suis ivre? voyez si mon maître n'est pas venu à bout du géant; plus de doute, mon gouvernement est sauvé.

Chacun des assistants riait à gorge déployée du maître et du valet, excepté l'hôtelier qui les donnait à tous les diables. A la fin, pourtant, le curé, Cardenio et le barbier parvinrent, non sans peine, à remettre don Quichotte dans son lit, où on le laissa dormir, et tous trois retournèrent sous le portail de l'hôtellerie consoler Sancho de ce qu'il n'avait pu trouver la tête du géant. Mais ils furent impuissants à calmer l'hôtelier, désespéré de la mort subite de ses outres; l'hôtesse, surtout, jetait les hauts cris et s'arrachait les cheveux. Malédiction, s'écriait-elle, ce diable errant n'est entré dans ma maison que pour me ruiner: une fois, déjà, il m'a emporté sa dépense, celle de son chien d'écuyer, d'un cheval et d'un âne, sous prétexte qu'ils sont chevaliers errants, et qu'il est écrit dans leurs maudits grimoires qu'ils ne doivent jamais rien débourser. Dieu les damne, et que leur ordre soit anéanti dès demain! Mort de ma vie! il n'en sera pas cette fois quitte à si bon marché; il me payera, ou je perdrai le nom de mon père. Que le diable emporte tous les chevaliers errants! grommelait de son côté Maritorne. Quant à la fille de l'hôtelier, elle souriait et ne disait mot.

Lothaire simule un profond chagrin et se donne mille malédictions.

Le curé calma cette tempête, en promettant de payer tout le dégât, c'est-à-dire les outres et le vin, sans oublier l'usure de la queue de vache, dont l'hôtesse faisait grand bruit. Dorothée consola Sancho, en lui disant que puisque son maître avait abattu la tête du géant, elle lui donnerait la meilleure seigneurie de son royaume dès qu'elle y serait rétablie. Sancho jura de nouveau avoir vu tomber cette tête, à telles enseignes, qu'elle avait une barbe qui descendait jusqu'à la ceinture. Si on ne la retrouve pas, ajouta-t-il, c'est que dans cette maison rien n'arrive que par enchantement, comme je l'ai déjà éprouvé une première fois. Dorothée lui dit de ne pas s'affliger, et que tout s'arrangerait à son entière satisfaction.

La paix rétablie, le curé proposa d'achever l'histoire du Curieux malavisé; et tous étant de son avis, il continua ainsi:

Désormais assuré de la vertu de sa femme, Anselme se croyait le plus heureux des hommes. Quant à Camille, elle continuait de faire, avec intention, mauvais visage à Lothaire, et tous deux entretenaient le malheureux époux dans une erreur dont il ne pouvait plus revenir; car persuadé qu'il ne manquait à son bonheur que de voir son ami et sa femme en parfaite intelligence, il s'efforçait chaque jour de les réunir, leur fournissant ainsi mille moyens de le tromper.

Pendant ce temps, Léonelle, emportée par le plaisir, et autorisée par l'exemple de sa maîtresse, qui était forcée de fermer les yeux sur ces déportements, ne gardait plus aucune mesure. Une nuit, enfin, il arriva qu'Anselme entendit du bruit dans la chambre de cette fille; il voulut y pénétrer pour savoir ce que c'était; sentant la porte résister, il sut s'en rendre maître, et, en entrant, il aperçut un homme qui se laissait glisser par la fenêtre. Il s'efforça de l'arrêter; mais il ne put y parvenir, parce que Léonelle se jeta au-devant de lui, le suppliant de ne point faire de bruit, lui jurant que cela ne regardait qu'elle seule, et que celui qui fuyait était un jeune homme de la ville qui avait promis de l'épouser. Anselme, plein de fureur, la menaça d'un poignard qu'il tenait à la main. Parle à l'instant, lui dit-il, ou je te tue. Il m'est impossible de le faire en ce moment, tant je suis troublée, répondit Léonelle en embrassant ses genoux: mais attendez jusqu'à demain, et je vous apprendrai des choses dont vous ne serez pas peu étonné. Anselme lui accorda le temps qu'elle demandait, et, après l'avoir enfermée dans sa chambre, il alla retrouver Camille pour lui dire ce qui venait de se passer.

Pensant avec raison que ces choses importantes la concernaient, Camille fut saisie d'une telle frayeur, que sans vouloir attendre la confirmation de ses soupçons, aussitôt Anselme endormi, elle prit tout ce qu'elle avait de pierreries et d'argent, et courut chez Lothaire, pour lui demander de la mettre en lieu de sûreté. La vue de sa maîtresse jeta Lothaire dans un si grand trouble, qu'il ne sut que répondre et encore moins quel parti prendre. Cependant l'affaire ne pouvant souffrir de retard, et Camille le pressant d'agir, il la conduisit dans un couvent, et la laissa entre les mains de sa sœur, qui en était abbesse; puis, montant à cheval, il sortit de la ville sans avertir personne.

Le jour venu, Anselme, plein d'impatience, entra dans la chambre de Léonelle, qu'il croyait encore au lit; mais il ne la trouva point, parce qu'elle s'était laissé glisser la nuit au moyen de draps noués ensemble, et qui pendaient encore à la fenêtre. Il retourna aussitôt vers Camille, et sa surprise fut au comble de ne la rencontrer nulle part, sans qu'aucun de ses gens pût dire ce qu'elle était devenue. En la cherchant avec anxiété, il entra dans un cabinet où il y avait un coffre resté tout grand ouvert. Il s'aperçut alors qu'on en avait enlevé quantité de pierreries; à cette vue, ses soupçons redoublèrent, et se rappelant ce que lui avait dit Léonelle, il ne douta plus qu'il n'y eût chez lui quelque désordre dont cette fille n'était pas l'unique cause. Éperdu, et sans achever de s'habiller, il courut chez Lothaire, pour lui raconter sa disgrâce; mais quand on lui eut appris qu'il n'y était point, et que cette nuit-là même il était monté à cheval après avoir pris tout l'argent dont il pouvait disposer, il ne sut plus que penser, et peu s'en fallut qu'il ne perdît l'esprit.

En effet que pouvait supposer un homme qui, après s'être cru au comble du bonheur, se voyait en un instant sans femme, sans ami, et par-dessus tout, il faut le dire, déshonoré? Ne sachant plus que devenir, il ferma les portes de sa maison, et sortit à cheval pour aller trouver cet ami qui habitait à la campagne, et chez lequel il avait passé le temps employé à la machination de son infortune; mais il n'eut pas fait la moitié du chemin, qu'à bout de forces, et accablé de mille pensées désespérantes, il mit pied à terre et se laissa tomber au pied d'un arbre en poussant de plaintifs et douloureux soupirs; il y resta jusqu'à la chute du jour.

Il était presque nuit, quand passa un cavalier qui venait de la ville. Anselme lui ayant demandé quelles nouvelles il y avait à Florence: Les plus étranges qu'on y ait depuis longtemps entendues, répondit le cavalier. On dit publiquement que Lothaire, ce grand ami d'Anselme, qui demeure auprès de Saint-Jean, lui a enlevé sa femme la nuit dernière, et que tous deux ont disparu. C'est du moins ce qu'a raconté une suivante de Camille, que le guet a arrêtée comme elle se laissait glisser par la fenêtre dans la rue. Je ne saurais vous dire précisément comment cela s'est passé; mais on ne parle d'autre chose, et tout le monde en est dans un extrême étonnement, parce que l'amitié de Lothaire et d'Anselme était si étroite et si connue, qu'on ne les appelait que les deux amis. Et sait-on quel chemin ont pris les fugitifs? reprit Anselme. Je l'ignore, répondit le cavalier; on dit seulement que le gouverneur les fait rechercher avec beaucoup de soin. Allez avec Dieu, seigneur, dit Anselme. Demeurez avec lui, reprit le cavalier; et il continua son chemin.

Ces tristes nouvelles achevèrent non-seulement de troubler la raison du malheureux Anselme, mais de l'abattre entièrement; enfin il se leva, et, remontant à cheval non sans peine, il alla descendre chez cet ami, qui ignorait son malheur. Celui-ci en le voyant devina qu'il lui était arrivé quelque chose de terrible. Anselme le pria de lui faire préparer un lit, de lui donner de quoi écrire, et de le laisser seul; mais dès qu'il fut en face de lui-même, la pensée de son infortune se présenta si vivement à son esprit et l'accabla de telle sorte, que jugeant, aux angoisses mortelles qui brisaient son cœur, que la vie allait lui échapper, il voulut du moins faire connaître l'étrange cause de sa mort. Il commença donc à écrire, mais le souffle lui manqua avant qu'il pût achever; et le maître de la maison étant entré dans la chambre pour savoir s'il avait besoin de secours, le trouva sans mouvement, le corps à demi penché sur la table, la plume encore à la main, et posée sur un papier ouvert sur lequel on lisait ces mots:

«Une fatale curiosité me coûte l'honneur et la vie. Si la nouvelle de ma mort parvient à Camille, qu'elle sache que je lui pardonne; elle n'était pas tenue de faire un miracle, je n'en devais pas exiger d'elle; et puisque je suis seul artisan de mon malheur, il n'est pas juste que...»

Ici la main s'était arrêtée, et il fallait croire qu'en cet endroit la douleur d'Anselme avait mis fin à sa vie. Le lendemain, son ami prévint la famille, qui savait déjà cette triste aventure. Quant à Camille, enfermée dans un couvent, elle était inconsolable, non de la mort de son mari, mais de la perte de son amant. Elle ne voulut, dit-on, prendre de parti qu'après avoir appris la mort de Lothaire, qui fut tué dans une bataille livrée près de Naples à Gonsalve de Cordoue par M. de Lautrec. Cette nouvelle la décida à prononcer ses vœux, et depuis elle traîna une vie languissante, qui s'éteignit peu de temps après. Ainsi tous trois moururent victimes d'une déplorable curiosité.

Cette nouvelle me paraît intéressante, dit le curé, mais je ne saurais me persuader qu'elle soit véritable. Si elle est d'invention, elle part d'un esprit peu sensé; car il n'est guère vraisemblable qu'un mari soit assez fou pour tenter pareille épreuve: d'un amant cela pourrait à peine se concevoir, mais d'un ami je le tiens pour impossible.

CHAPITRE XXXVI. QUI TRAITE D'AUTRES INTÉRESSANTES AVENTURES ARRIVÉES DANS L'HOTELLERIE.

Vive Dieu! s'écria l'hôtelier, qui était en ce moment sur le seuil de sa maison; voici venir une belle troupe de voyageurs; s'ils arrêtent ici, nous chanterons un fameux alléluia.

Quels sont ces voyageurs? demanda Cardenio.

Ce sont quatre cavaliers, masqués de noir, avec l'écu et la lance, répondit l'hôtelier; il y a au milieu d'eux une dame vêtue de blanc, assise sur une selle en fauteuil; elle a le visage couvert, et elle est suivie de deux valets à pied.

Sont-ils bien près d'ici? demanda le curé.

Si près que les voilà arrivés, répondit l'hôtelier.

A ces paroles Dorothée se couvrit le visage, et Cardenio courut s'enfermer dans la chambre de don Quichotte, pendant que les cavaliers, mettant pied à terre, s'empressaient de descendre la dame, que l'un d'eux prit entre ses bras et déposa sur une chaise qui se trouvait à l'entrée de la chambre où venait d'entrer Cardenio. Jusque-là personne de la troupe n'avait quitté son masque ni prononcé une parole. La dame seule, en s'asseyant, poussa un grand soupir, laissant tomber ses bras comme une personne malade et défaillante. Les valets de pied ayant mené les chevaux à l'écurie, le curé, dont ce déguisement et ce silence piquaient la curiosité, alla les trouver, et demanda à l'un d'eux qui étaient ses maîtres.

Par ma foi, seigneur, je serais fort en peine de vous le dire, répondit cet homme; il faut pourtant que ce soient des gens de qualité, surtout celui qui a descendu de cheval la dame que vous avez vue, car les autres lui montrent beaucoup de respect et se contentent d'exécuter ses ordres. Voilà tout ce que j'en sais.

Et quelle est cette dame? reprit le curé.

Je ne suis pas plus savant sur cela que sur le reste, repartit le valet, car pendant tout le chemin je n'ai vu qu'une seule fois son visage; mais en revanche je l'ai entendue bien souvent soupirer et se plaindre: à chaque instant on dirait qu'elle va rendre l'âme. Au reste, il ne faut pas s'étonner si je ne puis vous en dire plus long: depuis deux jours seulement, mon camarade et moi nous avons rencontré ces cavaliers en chemin, et ils nous ont engagés à les suivre en Andalousie, avec promesse de nous récompenser largement.

Vous savez au moins leurs noms? demanda le curé.

Pas davantage, répondit le valet; ils voyagent sans mot dire, et on les prendrait pour des chartreux. Depuis que nous sommes à leurs ordres, nous n'avons entendu que les soupirs et les plaintes de cette pauvre dame, qu'on emmène, si je ne me trompe, contre son gré. Autant que je puis en juger par son habit, elle est religieuse, ou va bientôt le devenir; et c'est sans doute parce qu'elle n'a pas de goût pour le couvent qu'elle est si mélancolique.

Cela se pourrait, dit le curé. Là-dessus il revint trouver Dorothée, qui, ayant aussi entendu les soupirs de la dame voilée, s'était empressée de lui offrir ses soins. Comme celle-ci ne répondait rien, le cavalier masqué qui l'avait descendue de cheval s'approcha de Dorothée et lui dit: Ne perdez point votre temps, madame, à faire des offres de service à cette femme; elle est habituée à ne tenir aucun compte de ce qu'on fait pour elle; et ne la forcez point de parler, si vous ne voulez entendre sortir de sa bouche quelque mensonge.

Il frappait à tort et à travers, en proférant des menaces.

Je n'ai jamais menti, repartit fièrement la dame affligée, et c'est pour avoir été trop sincère que je suis dans la triste position où l'on me voit; je n'en veux d'autre témoin que vous-même, car c'est par trop de franchise de ma part que vous êtes devenu faux et menteur.

Quels accents! s'écria Cardenio, qui de la chambre où il était entendit distinctement ces paroles.

Au cri de Cardenio, la dame voulut s'élancer; mais le cavalier masqué qui ne l'avait pas quittée un seul instant l'en empêcha. Dans le mouvement qu'elle fit, son voile tomba, et laissa voir, malgré sa pâleur, une beauté incomparable. Occupé à la retenir, le cavalier dont nous venons de parler laissa aussi tomber son masque, et, Dorothée ayant levé les yeux, reconnut don Fernand; elle poussa un grand cri et tomba évanouie entre les mains du barbier, qui se trouvait à ses côtés. Le curé accourut et écarta son voile afin de lui jeter de l'eau au visage; alors don Fernand, car c'était lui, reconnut Dorothée et resta comme frappé de mort. Malgré son trouble, il continuait à retenir Luscinde, qui faisait tous ses efforts pour lui échapper, depuis qu'elle avait entendu Cardenio. Celui-ci, de son côté, ayant deviné Luscinde au son de sa voix, s'élança hors de la chambre, et le premier objet qui frappa sa vue, ce fut don Fernand, lequel ne fut pas moins saisi en voyant Cardenio. Tous quatre étaient muets d'étonnement, et pouvaient à peine comprendre ce qui venait de se passer. Après qu'ils se furent pendant quelque temps regardés en silence, Luscinde, prenant la parole, dit à don Fernand:

Seigneur, il est temps de cesser une violence aussi injuste; laissez-moi retourner au chêne dont je suis le lierre, à celui dont vos promesses ni vos menaces n'ont pu me séparer. Voyez par quels chemins étranges et pour nous inconnus le ciel m'a ramenée devant celui qui a ma foi. Mille épreuves pénibles vous ont déjà prouvé que la mort seule aurait le pouvoir de l'effacer de mon souvenir; aujourd'hui désabusé par ma constance, changez, s'il le faut, votre amour en haine, votre bienveillance en fureur, ôtez-moi la vie; la mort me sera douce aux yeux de mon époux bien-aimé.

Dorothée, revenue peu à peu de son évanouissement, devinant à ces paroles que la dame qui parlait était Luscinde, et voyant que don Fernand la retenait toujours sans répondre un seul mot, alla se jeter à ses genoux, et lui dit, en fondant en larmes:

O mon seigneur, si les rayons de ce soleil que tu tiens embrassé ne t'ont point encore ôté la lumière des yeux, tu auras bientôt reconnu que celle qui tombe à tes pieds est, tant qu'il te plaira qu'elle le soit, la triste et malheureuse Dorothée. Oui je suis cette humble paysanne, que, soit bonté, soit caprice, tu as voulu élever assez haut pour oser se dire à toi; je suis cette jeune fille si heureuse dans la maison de son père, et qui, contente de sa condition, n'avait connu encore aucun désir quand tu vins troubler son innocence et son repos, et que tu lui fis ressentir les premiers tourments de l'amour. Tu dois te rappeler, seigneur, que tes promesses et tes présents furent inutiles, et que, pour m'entretenir quelques instants, il te fallut recourir à la ruse. Que n'as-tu pas fait pour me persuader de ton amour? Cependant, à quel prix es-tu venu à bout de ma résistance? Je ne me défends pas d'avoir été touchée par tes soupirs et par tes larmes, et d'avoir ressenti pour toi de la tendresse; mais, tu le sais, je ne me rendis qu'à l'honneur d'être ta femme, et sur la foi que tu m'en donnas après avoir pris le ciel à témoin par des serments solennels. Trahiras-tu, seigneur, à la fois tant d'amour et de constance? Et si tu ne peux être à Luscinde puisque tu es à moi, et que Luscinde ne saurait t'appartenir puisqu'elle est à Cardenio, rends-les l'un à l'autre; et rends-moi don Fernand, sur lequel j'ai des droits si légitimes.

Ces paroles, Dorothée les prononça d'un ton si touchant et en versant tant de larmes, que chacun en fut attendri. Don Fernand l'écouta d'abord sans répondre un mot; mais la voyant affligée au point d'en mourir de douleur, il se sentit tellement ému, que, rendant la liberté à Luscinde, il tendit les bras à Dorothée, en s'écriant: Tu as vaincu, belle Dorothée.

567

Encore mal remise de son évanouissement, Luscinde, que don Fernand venait de quitter sans qu'elle s'y attendît, fut bien près de défaillir; mais Cardenio, rapide comme l'éclair, s'empressa de la soutenir, en lui disant: Noble et loyale Luscinde, puisque le ciel permet enfin qu'on vous laisse en repos, vous ne sauriez trouver un plus sûr asile qu'entre les bras d'un homme qui vous a si tendrement aimée toute sa vie.

A ces mots, Luscinde tourna la tête, et achevant de reconnaître Cardenio, elle se jeta à son cou. Quoi! c'est vous, cher Cardenio! lui dit-elle; suis-je assez heureuse pour revoir, en dépit du destin contraire, la seule personne que j'aime au monde?

Les marques de tendresse prodiguées par Luscinde à Cardenio firent une telle impression sur don Fernand, que Dorothée, dont les yeux ne le quittaient pas, le voyant changer de couleur et prêt à mettre l'épée à la main, se jeta au-devant de lui, et embrassant ses genoux: Seigneur, qu'allez-vous faire? lui dit-elle: votre femme est devant vos yeux, vous venez de la reconnaître à l'instant même, et pourtant vous songez à troubler des personnes que l'amour unit depuis longtemps. Quels sont vos droits pour y mettre obstacle? Pourquoi vous offenser des témoignages d'amitié qu'ils se donnent? Sachez, seigneur, combien j'ai souffert; ne me causez pas, je vous en conjure, de nouveaux chagrins; et si mon amour et mes larmes ne peuvent vous toucher, rappelez votre raison, songez à vos serments, et conformez-vous à la volonté du ciel.

Pendant que Dorothée parlait ainsi, Cardenio tenant Luscinde embrassée, ne quittait pas des yeux son rival, afin de ne point se laisser surprendre; mais ceux qui accompagnaient don Fernand étant accourus, le curé se joignit à eux, et tous, y compris Sancho Panza, se jetèrent à ses pieds, le suppliant d'avoir pitié des larmes de Dorothée, puisqu'il lui avait fait l'honneur de la reconnaître pour sa femme. Considérez, seigneur, disait le curé, que ce n'est point le hasard, comme pourraient le faire croire les apparences, mais une intention particulière de la Providence, qui vous a tous réunis d'une façon si imprévue; croyez que la mort seule peut enlever Luscinde à Cardenio, et que dût-on les séparer avec le tranchant d'une épée, la mort qui les frapperait du même coup leur semblerait douce. Dans les cas désespérés, ce n'est pas faiblesse que de céder à la raison. D'ailleurs la charmante Dorothée ne possède-t-elle pas tous les avantages qu'on peut souhaiter dans une femme? Elle est vertueuse, elle vous aime; vous lui avez donné votre foi, et vous avez reçu la sienne: qu'attendez-vous pour lui rendre justice?

Persuadé par ces raisons auxquelles chacun ajouta la sienne, don Fernand qui, malgré tout, avait l'âme généreuse, s'attendrit, et pour le prouver: Levez-vous, madame, dit-il à Dorothée: je ne puis voir à mes pieds celle que je porte en mon cœur, et qui me prouve tant de constance et tant d'amour; oubliez mon injustice et les chagrins que je vous ai causés: la beauté de Luscinde doit me servir d'excuse. Qu'elle vive tranquille et satisfaite pendant longues années avec son Cardenio, je prierai le ciel à genoux qu'il m'en accorde autant avec ma Dorothée.

En disant cela, don Fernand l'embrassait avec de telles expressions de tendresse, qu'il eut bien de la peine à retenir ses larmes. Cardenio, Luscinde et tous ceux qui étaient présents furent si sensibles à la joie de ces amants, qu'ils ne purent s'empêcher d'en répandre. Sancho lui-même pleura de tout son cœur; mais il avoua depuis que c'était du regret de voir que Dorothée n'étant plus reine de Micomicon, il se trouvait frustré des faveurs qu'il en attendait.

Luscinde et Cardenio remercièrent don Fernand de la noblesse de ses procédés, et en termes si touchants que, ne sachant comment répondre, il les embrassa avec effusion. Il demanda ensuite à Dorothée par quel hasard elle se trouvait dans un pays si éloigné du sien. Dorothée lui raconta les mêmes choses qu'au curé et à Cardenio, et charma tout le monde par le récit de son histoire.

Don Fernand raconta, à son tour, ce qui s'était passé dans la maison de Luscinde, le jour de la cérémonie nuptiale, quand le billet par lequel elle déclarait avoir donné sa foi à Cardenio fut trouvé dans son sein. Je voulus la tuer, dit-il, et je l'aurais fait si ses parents ne m'eussent retenu. Enfin je quittai la maison plein de fureur, et ne respirant que la vengeance. Le lendemain, j'appris la fuite de Luscinde, sans que personne pût m'indiquer le lieu de sa retraite. Mais quelque temps après, ayant appris qu'elle s'était retirée dans un couvent, décidée à y passer le reste de ses jours, je me fis accompagner de trois cavaliers, puis ayant épié le moment où la porte était ouverte, je parvins à l'enlever sans lui laisser le temps de se reconnaître; ce qui ne fut pas difficile, puisque ce couvent était dans la campagne et loin de toute habitation. Il ajouta que lorsque Luscinde se vit entre ses bras, elle s'était d'abord évanouie; mais qu'ayant repris ses sens, elle n'avait cessé de gémir sans vouloir prononcer un seul mot, et qu'en cet état ils l'avaient amenée jusqu'à cette hôtellerie, où le ciel réservait une si heureuse fin à toutes leurs aventures.

CHAPITRE XXXVII. OU SE POURSUIT L'HISTOIRE DE LA PRINCESSE DE MICO-MICON, AVEC D'AUTRES PLAISANTES AVENTURES.

Témoin de tout cela, le pauvre Sancho avait l'âme navrée de voir ses espérances s'en aller en fumée depuis que la princesse de Micomicon était redevenue Dorothée, et le géant Pandafilando don Fernand, pendant que son maître dormait comme un bienheureux sans s'inquiéter de ce qui se passait.

Dorothée se trouvait si satisfaite de son changement de fortune, qu'elle croyait rêver encore; Cardenio et Luscinde ne pouvaient comprendre cette fin si prompte de leurs malheurs, et don Fernand rendait grâces au ciel de lui avoir fourni le moyen de sortir de ce labyrinthe inextricable où son honneur et son salut couraient tant de risques; finalement, tous ceux qui étaient dans l'hôtellerie faisaient éclater leur joie de l'heureux dénoûment qu'avaient eu des affaires si désespérées. Le curé, en homme d'esprit, arrangeait toute chose à merveille, et félicitait chacun d'eux en particulier d'être la cause d'un bonheur dont ils jouissaient tous. Mais la plus contente était l'hôtesse, à qui Cardenio et le curé avaient promis de payer le dégât qu'avait fait notre chevalier.

Le seul Sancho était triste et affligé, comme on l'a déjà dit; aussi entrant d'un air tout piteux dans la chambre de son maître, qui venait de se réveiller: Seigneur Triste-Figure, lui dit-il, Votre Grâce peut dormir tant qu'il lui plaira, sans se mettre en peine de rétablir la princesse dans ses États, ni de tuer aucun géant; l'affaire est faite et conclue.

Je le crois bien, dit don Quichotte, puisque je viens de livrer à ce mécréant le plus formidable combat que j'aurai à soutenir de ma vie, et que d'un seul revers d'épée je lui ai tranché la tête. Aussi je t'assure que son sang coulait comme une nappe d'eau qui tomberait du haut d'une montagne.

Dites plutôt comme un torrent de vin rouge, reprit Sancho; car Votre Grâce saura, si elle ne le sait pas encore, que le géant mort est tout simplement une outre crevée, et le sang répandu, six mesures de vin rouge qu'elle avait dans le ventre; quant à la tête coupée, autant en emporte le vent, et que le reste s'en aille à tous les diables.

Que dis-tu là, fou? repartit don Quichotte; as-tu perdu l'esprit?

Levez-vous, seigneur, répondit Sancho, et venez voir le bel exploit que vous avez fait, et la besogne que nous aurons à payer; sans compter qu'à cette heure la princesse de Micomicon est métamorphosée en une simple dame, qui s'appelle Dorothée, et bien d'autres aventures qui ne vous étonneront pas moins si vous y comprenez quelque chose.

Rien de cela ne peut m'étonner, répliqua don Quichotte; car, s'il t'en souvient, la première fois que nous vînmes ici, ne t'ai-je pas dit que tout y était magie et enchantement? Pourquoi en serait-il autrement aujourd'hui?

Témoin de tout cela, le pauvre Sancho avait l'âme navrée.

Je pourrais vous croire, répondit Sancho, si mon bernement avait été de la même espèce; mais il ne fut que trop véritable, et je remarquai fort bien que notre hôtelier, le même qui est là, tenait un des coins de la couverture, à telles enseignes que le traître, en riant de toutes ses forces, me poussait encore plus vigoureusement que les autres. Or, lorsqu'on reconnaît les gens, il n'y a point d'enchantement, je soutiens que c'est seulement une mauvaise aventure.

Allons, dit don Quichotte, Dieu saura y remédier. En attendant, aide-moi à m'habiller, que je me lève et que j'aille voir toutes ces transformations dont tu parles.

Pendant que don Quichotte s'habillait, le curé apprenait à don Fernand et à ses compagnons quel homme était notre héros, et la ruse qu'il avait fallu employer pour le tirer de la Roche-Pauvre, où il se croyait exilé par les dédains de sa dame. Il leur raconta la plupart des aventures que Sancho lui avait apprises, ce qui les divertit beaucoup, et leur parut la plus étrange espèce de folie qui se pût imaginer. Le curé ajouta que l'heureuse métamorphose de la princesse, ne permettant plus de mener à bout leur dessein, il fallait inventer un nouveau stratagème pour ramener don Quichotte dans sa maison. Cardenio insista pour ne rien déranger à leur projet, disant que Luscinde prendrait la place de Dorothée. Non, non, s'écria don Fernand, Dorothée achèvera ce qu'elle a entrepris. Je serai bien aise de contribuer à la guérison de ce pauvre gentilhomme, puisque nous ne sommes pas loin de chez lui.

Don Fernand parlait encore, quand soudain parut don Quichotte armé de pied en cap, l'armet de Mambrin tout bossué sur la tête, la rondache au bras, la lance à la main. Cette étrange apparition frappa de surprise don Fernand et les cavaliers venus avec lui. Tous regardaient avec étonnement ce visage d'une demi-lieue de long, jaune et sec, cette contenance calme et fière, enfin le bizarre assemblage de ses armes, et ils attendaient en silence qu'il prît la parole. Après quelques instants de silence, don Quichotte, d'un air grave, et d'une voix lente et solennelle, les yeux fixés sur Dorothée, s'exprima de la sorte:

Belle et noble dame, je viens d'apprendre par mon écuyer que votre grandeur s'est évanouie, puisque de reine que vous étiez, vous êtes redevenue une simple damoiselle. Si cela s'est fait par l'ordre du grand enchanteur, le roi votre père, dans la crainte que je ne parvinsse pas à vous donner l'assistance convenable, je n'ai rien à dire, si ce n'est qu'il s'est trompé lourdement, et qu'il connaît bien peu les traditions de la chevalerie; car s'il les eût lues et relues aussi souvent et avec autant d'attention que je l'ai fait, il aurait vu à chaque page que des chevaliers d'un renom moindre, sans vanité, que le mien, ont mis fin à des entreprises incomparablement plus difficiles. Ce n'est pas merveille, je vous assure, de venir à bout d'un géant, quelles que soient sa force et sa taille, et il n'y a pas longtemps que je me suis mesuré avec un de ces fiers-à-bras; aussi je me tairai, de peur d'être accusé de forfanterie; mais le temps, qui ne laisse rien dans l'ombre, parlera pour moi, et au moment où l'on y pensera le moins.

Vous vous êtes escrimé contre des outres pleines de vin, et non pas contre un géant, s'écria l'hôtelier, à qui don Fernand imposa silence aussitôt.

J'ajoute, très-haute et déshéritée princesse, poursuivit don Quichotte, que si c'est pour un pareil motif que le roi votre père a opéré cette métamorphose en votre personne, vous ne devez lui accorder aucune créance, car il n'y a point de danger sur la terre dont je ne puisse triompher à l'aide de cette épée; et c'est par elle que, mettant à vos pieds la tête de votre redoutable ennemi, je vous rétablirai dans peu sur le trône de vos ancêtres.

Don Quichotte se tut pour attendre la réponse de la princesse; et Dorothée, sachant qu'elle faisait plaisir à don Fernand en continuant la ruse jusqu'à ce qu'on eût ramené don Quichotte dans son pays, répondit avec gravité: Vaillant chevalier de la Triste-Figure, celui qui vous a dit que je suis transformée est dans l'erreur. Il est survenu, j'en conviens, un agréable changement dans ma fortune; mais cela ne m'empêche pas d'être aujourd'hui ce que j'étais hier, et d'avoir toujours le même désir d'employer la force invincible de votre bras pour remonter sur le trône de mes ancêtres. Ne doutez donc point, seigneur, que mon père n'ait été un homme aussi prudent qu'avisé, puisque sa science lui a révélé un moyen si facile et si sûr de remédier à mes malheurs. En effet, le bonheur de votre rencontre a été pour moi d'un tel prix, que sans elle je ne me serais jamais vue dans l'heureux état où je me trouve; ceux qui m'entendent sont, je pense, de mon sentiment. Ce qui me reste à faire, c'est de nous mettre en route dès demain; aujourd'hui il serait trop tard. Quant à l'issue de l'entreprise, je l'abandonne à Dieu, et m'en remets à votre courage.

A peine Dorothée eut-elle achevé de parler, que don Quichotte, apostrophant Sancho d'un ton courroucé: Petit Sancho, lui dit-il, tu es bien le plus insigne vaurien qu'il y ait dans toute l'Espagne. Dis-moi un peu, scélérat, ne viens-tu pas de m'assurer à l'instant que la princesse n'était plus qu'une simple damoiselle, du nom de Dorothée, et la tête du géant une plaisanterie, avec cent autres extravagances qui m'ont jeté dans la plus horrible confusion où je me sois trouvé de ma vie. Par le Dieu vivant, s'écria-t-il en grinçant des dents, si je ne me retenais, j'exercerais sur ta personne un tel ravage, que tu servirais d'exemple à tous les écuyers fallacieux et retors qui auront jamais l'honneur de suivre des chevaliers errants.

Seigneur, répondit Sancho, que Votre Grâce ne se mette point en colère; il peut se faire que je me sois trompé quant à la transformation de madame la princesse; mais pour ce qui est des outres percées, et du vin au lieu de sang, oh! par ma foi! je ne me trompe pas. Les outres, toutes criblées de coups, sont encore au chevet de votre lit, et le vin forme un lac dans votre chambre; vous le verrez bien tout à l'heure, quand il faudra faire frire les œufs, c'est-à-dire quand on vous demandera le payement du dégât que vous avez fait. Au surplus, si madame la princesse est restée ce qu'elle était, je m'en réjouis de toute mon âme, d'autant mieux que j'y trouve aussi mon compte.

En ce cas, Sancho, répliqua don Quichotte, je dis que tu n'es qu'un imbécile; pardonne-moi, et n'en parlons plus.

Très-bien, s'écria don Fernand; et puisque madame veut qu'on remette le voyage à demain, parce qu'il est tard, il faut ne songer qu'à passer la nuit agréablement en attendant le jour. Nous accompagnerons ensuite le seigneur don Quichotte pour être témoins des merveilleuses prouesses qu'il doit accomplir.

C'est moi qui aurai l'honneur de vous accompagner, reprit notre héros; je suis extrêmement reconnaissant envers la compagnie de la bonne opinion qu'elle a de moi, et je tâcherai de ne pas la démériter, dût-il m'en coûter la vie, et plus encore, s'il est possible.

Il se faisait un long échange d'offres de services entre don Quichotte et don Fernand, quand ils furent inter-rompus par l'arrivée d'un voyageur dont le costume annonçait un chrétien nouvellement revenu du pays des Mores, vêtu qu'il était d'une casaque de drap bleu fort courte et sans collet, avec des demi-manches, des hauts-de-chausses de toile bleue, et le bonnet de même couleur. Il portait un cimeterre à sa ceinture. Une femme vêtue à la moresque, le visage couvert d'un voile, sous lequel on apercevait un petit bonnet de brocart d'or, et habillée d'une longue robe qui lui ve-nait jusqu'aux pieds, le suivait assise sur un âne. Le captif paraissait avoir quarante ans; il était d'une taille robuste et bien prise, brun de visage, portait de grandes moustaches, et l'on jugeait à sa démarche qu'il devait être de noble condition. En entrant dans l'hôtel-lerie, il demanda une chambre, et parut fort contrarié quand on lui répondit qu'il n'en restait point. Cepen-dant il prit la Moresque entre ses bras, et la descendit de sa monture. Luscinde, Dorothée et les femmes de la maison, attirées par la nouveauté d'un costume qu'elles ne connaissaient pas, s'approchèrent de l'étrangère;

après l'avoir bien considérée, Dorothée, qui avait remarqué son déplaisir, lui dit: Il ne faut point vous étonner, Madame, de ne pas trouver ici toutes les commodités désirables, c'est l'ordinaire des hôtelleries; mais si vous consentez à partager notre logement, dit-elle en montrant Luscinde, peut-être avouerez-vous n'avoir point rencontré dans le cours de votre voyage un meilleur gîte que celui-ci, et où l'on vous ait fait un meilleur accueil. L'étrangère ne répondit rien; mais croisant ses bras sur sa poitrine, elle baissa la tête pour témoigner qu'elle se sentait obligée; son silence ainsi que sa manière de saluer firent penser qu'elle était musulmane et qu'elle n'entendait pas l'espagnol.

Mesdames, répondit le captif, cette jeune femme ne comprend pas la langue espagnole et ne parle que la sienne; c'est pourquoi elle ne répond pas à vos questions.

Nous ne lui adressons point de questions, reprit Luscinde; nous lui offrons seulement notre compagnie pour cette nuit, et nos services autant qu'il dépend de nous et que le lieu le permet.

Je vous rends grâces, mesdames, et pour elle et pour moi, dit le captif; et je suis d'autant plus touché de vos offres de service, que je vois qu'elles sont faites par des personnes de qualité.

Cette dame est-elle chrétienne ou musulmane? demanda Dorothée, car son habit et son silence nous font croire qu'elle n'est pas de notre religion.

Elle est née musulmane, répondit le captif; mais au fond de l'âme elle est chrétienne et ne souhaite rien tant que de le devenir.

Est-elle baptisée? demanda Luscinde.

Nous n'en avons pas encore trouvé l'occasion, depuis qu'elle est partie d'Alger, sa patrie, répondit le captif, et nous n'avons pas voulu qu'elle le fût avant d'être bien instruite dans notre sainte religion; mais s'il plaît à Dieu, elle recevra bientôt le baptême avec toute la solennité que mérite sa qualité, qui est plus relevée que ne l'annoncent son costume et le mien.

Ces paroles donnaient à ceux qui les avaient entendues un vif désir de savoir qui étaient ces voyageurs; mais personne n'osa le laisser paraître, parce qu'on voyait qu'ils avaient besoin de repos. Dorothée prit la Moresque par la main, et l'ayant fait asseoir, la pria de lever son voile. L'étrangère regarda le captif comme pour lui demander ce qu'on souhaitait d'elle, et quand il lui eut fait comprendre en arabe que ces dames la priaient de lever son voile, elle fit voir tant d'attraits, que Dorothée la trouva plus belle que Luscinde, et Luscinde plus belle que Dorothée; et comme le privilége de la beauté est de s'attirer la sympathie générale, ce fut à qui s'empresserait auprès de l'étrangère, et à qui lui ferait le plus d'avances. Don Fernand ayant exprimé le désir d'apprendre son nom, le captif répondit qu'elle s'appelait Lela Zoraïde; mais elle, qui avait deviné l'intention du jeune seigneur, s'écria aussitôt: *No, no, Zoraïda! Maria! Maria!* voulant dire qu'elle s'appelait Marie, et non pas Zoraïde. Ces paroles, le ton dont elle les avait prononcées, émurent vivement tous ceux qui étaient présents, et particulièrement les dames, qui, naturellement tendres, sont plus accessibles aux émotions. Luscinde l'embrassa avec effusion, en disant: *Oui, oui, Marie! Marie!* A quoi la Moresque répondit avec empressement: *Si, si, Maria! Zoraïda macangé!* c'est-à-dire plus de Zoraïde.

Cependant la nuit approchait, et sur l'ordre de don Fernand l'hôtelier avait mis tous ses soins à préparer le souper. L'heure venue, chacun prit place à une longue table, étroite comme celle d'un réfectoire. On donna le haut bout à don Quichotte, qui d'abord déclina cet honneur, et ne consentit à s'asseoir qu'à une condition, c'est que la princesse de Micomicon prendrait place à son côté, puisqu'elle était sous sa garde. Luscinde et Zoraïde s'assirent ensuite, et en face d'elles don Fernand et Cardenio; plus bas le captif et les autres cavaliers, puis, immédiatement après les dames, le curé et le barbier.

Le repas fut très-gai, parce que la compagnie était agréable et que tous avaient sujet d'être contents. Mais ce qui augmenta la bonne humeur, ce fut quand ils virent que don Quichotte s'apprêtait à parler, animé du même esprit qui lui avait fait adresser naguère sa harangue aux chevriers. En vérité, messeigneurs, dit notre héros, il faut convenir que ceux qui ont l'avantage d'avoir fait profession dans l'ordre de la chevalerie errante sont souvent témoins de bien grandes et bien merveilleuses choses! Dites-moi, je vous prie, quel être vivant y a-t-il au monde qui, entrant à cette heure dans ce château, et nous voyant attablés de la sorte, pût croire ce que nous sommes en réalité? Qui pourrait jamais s'imaginer que cette dame, assise à ma droite, est la grande reine que nous connaissons tous, et que je suis ce chevalier de la Triste-Figure dont ne cesse de s'occuper la renommée? Comment donc ne pas avouer que cette noble profession surpasse de beaucoup toutes celles que les hommes ont imaginées? et n'est-elle pas d'autant plus digne d'estime qu'elle expose ceux qui l'exercent à de plus grands dangers? Qu'on ne vienne donc point soutenir devant moi que les lettres l'emportent sur les armes, ou je répondrai à celui-là, quel qu'il soit, qu'il ne sait ce qu'il dit.

Soudain parut don Quichotte, armé de pied en cap.

La raison que bien des gens donnent de la prééminence des lettres sur les armes, et sur laquelle ils se fondent, c'est que les travaux de l'intelligence surpassent de beaucoup ceux du corps, parce que, selon eux, le corps fonctionne seul dans la profession des armes: comme si cette profession était un métier de portefaix, qui n'exigeât que de bonnes épaules, et qu'il ne fallût point un grand discernement pour bien employer cette force; comme si le général qui commande une armée en campagne et qui défend une place assiégée, n'avait pas encore plus besoin de vigueur d'esprit que de force de corps! Est-ce par hasard avec la force du corps qu'on devine les desseins de l'ennemi, qu'on imagine des ruses pour les opposer aux siennes et des stratagèmes pour ruiner ses entreprises? Ne sont-ce pas là toutes choses du ressort de l'intelligence, et où le corps n'a rien à voir? Maintenant, s'il est vrai que les armes exigent comme les lettres l'emploi de l'intelligence, puisqu'il n'en faut pas moins à l'homme de guerre qu'à l'homme de lettres, voyons le but que chacun d'eux se propose, et nous arriverons à conclure que celui-là est le plus à estimer qui se propose une plus noble fin.

La fin et le but des lettres (je ne parle pas des lettres divines, dont la mission est de conduire et d'acheminer les âmes au ciel; car à une telle fin nulle autre ne peut se comparer); je parle des lettres humaines, qui ont pour but la justice distributive, le maintien et l'exécution des lois. Cette fin est assurément noble, généreuse et digne d'éloges, mais pas autant, toutefois, que celle des armes, lesquelles ont pour objet et pour but la paix, c'est-à-dire le plus grand des biens que les hommes puissent désirer en cette vie. Quelles furent, je vous le demande, les premières paroles prononcées par les anges dans cette nuit féconde qui est devenue pour nous la source de la lumière? *Gloire à Dieu dans les hauteurs célestes, paix sur la terre aux hommes de bonne volonté.* Quel était le salut bienveillant que le divin maître du ciel et de la terre recommandait à ses disciples, quand ils entraient dans quelque lieu: *La paix soit dans cette maison.* Maintes fois il leur a dit: *Je vous donne ma paix, je vous laisse la paix,* comme le joyau le plus précieux que pût donner et laisser une telle main, et sans lequel il ne saurait exister de bonheur ici-bas. Or, la paix est la fin que se propose la guerre, et qui dit la guerre dit les armes. Une fois cette vérité admise, que la paix est la fin que se propose la guerre, et qu'en cela elle l'emporte sur les lettres, venons-en à comparer les travaux du lettré avec ceux du soldat, et voyons quels sont les plus pénibles.

Don Quichotte poursuivait son discours avec tant de méthode et d'éloquence, qu'aucun de ses auditeurs ne songeait à sa folie; au contraire, comme ils étaient la plupart adonnés à la profession des armes, ils l'écoutaient avec autant de plaisir que d'attention.

Je dis donc, continua-t-il, que les travaux et les souffrances de l'étudiant, du lettré, sont ceux que je vais énumérer. D'abord et par-dessus tout la pauvreté; non pas que tous les étudiants soient pauvres, mais pour prendre leur condition dans ce qu'elle a de pire, et parce que la pauvreté est selon moi un des plus grands maux qu'on puisse endurer en cette vie; car qui dit pauvre, dit exposé à la faim, au froid, à la nudité, et souvent à ces trois choses à la fois. Eh bien, l'étudiant n'est-il jamais si pauvre, qu'il ne puisse se procurer quelque chose à mettre sous la dent? ne rencontre-t-il pas le plus souvent quelque *brasero*, quelque cheminée hospitalière, où il peut, sinon se réchauffer tout à fait, au moins se dégourdir les doigts, et, quand la nuit est venue, ne trouve-t-il pas toujours un toit où se reposer? Je passe sous silence la pénurie de leur chaussure, l'insuffisance de leur garde-robe, et ce goût qu'ils ont pour s'empiffrer jusqu'à la gorge, quand un heureux hasard leur fait trouver place à quelque festin. Mais c'est par ce chemin, âpre et difficile, j'en conviens, que beaucoup parmi eux bronchant par ici, tombant par là, se relevant d'un côté pour retomber de l'autre, beaucoup, dis-je, sont arrivés au but qu'ils ambitionnaient, et nous en avons vu qui, après avoir traversé toutes ces misères, paraissant comme emportés par le vent favorable de la fortune, se sont trouvés tout à coup appelés à gouverner l'État, ayant changé leur faim en satiété, leur nudité en habits somptueux, et leur natte de jonc en lit de damas, prix justement mérité de leur savoir et de leur vertu. Mais si l'on met leurs travaux en regard de ceux du soldat, et que l'on compare l'un à l'autre, combien le lettré reste en arrière! C'est ce que je vais facilement démontrer.

CHAPITRE XXXVIII. OU SE CONTINUE LE CURIEUX DISCOURS QUE FIT DON QUICHOTTE SUR LES LETTRES ET SUR LES ARMES.

Don Quichotte, après avoir repris haleine pendant quelques instants, continua ainsi: Nous avons parlé de toutes les misères et de la pauvreté du lettré; voyons maintenant si le soldat est plus riche. Eh bien, il nous faudra convenir que nul au monde n'est plus pauvre que ce dernier, car c'est la pauvreté même. En effet, il doit se contenter de sa misérable solde, qui vient toujours tard, quelquefois même jamais; alors, si manquant du nécessaire, il se hasarde à dérober quelque chose, il le fait souvent au péril de sa vie, et toujours au notable détriment de son âme. Vous le verrez passer tout un hiver avec un méchant justaucorps tailladé, qui lui sert à la fois d'uniforme et de chemise, n'ayant pour se défendre contre l'inclémence du ciel que le souffle de sa bouche, lequel sortant d'un endroit vide et affamé, doit nécessairement être froid. Maintenant vienne la nuit, pour qu'il puisse prendre un peu de repos; par ma foi, tant pis pour lui si le lit qui l'attend pèche par défaut de largeur, car il peut mesurer sur la terre autant de pieds qu'il voudra, pour s'y tourner et retourner tout à son aise, sans crainte de déranger ses draps. Arrive enfin le jour et l'heure de gagner les degrés de sa profession, c'est-à-dire un jour de bataille; en guise de bonnet de docteur, on lui appliquera sur la tête une compresse de charpie pour panser la blessure d'une balle qui lui aura labouré la tempe, ou le laissera estropié d'une jambe ou d'un bras. Mais supposons qu'il s'en soit tiré heureusement, et que le ciel, en sa miséricorde, l'ait conservé sain et sauf, en revient-il plus riche qu'il n'était auparavant? ne doit-il pas se trouver encore à un grand nombre de combats, et en sortir toujours vainqueur, avant d'arriver à quelque chose? sortes de miracles qui ne se voient que fort rarement. Aussi, combien peu de gens font fortune à l'armée, en comparaison de ceux qui périssent! le nombre des morts est incalculable, et les survivants n'en font pas la millième partie. Pour le lettré, c'est tout le contraire: car, de manière ou d'autre, avec le pan de sa robe, sans compter les manches, il trouve toujours de quoi vivre; et pourtant, bien que les travaux du soldat soient incomparablement plus pénibles que ceux du lettré, il a beaucoup moins de récompenses à espérer, et elles sont toujours de moindre importance.

Mais, dira-t-on, il est plus aisé de récompenser le petit nombre des lettrés que cette foule de gens qui suivent la profession des armes, parce qu'on s'acquitte envers les premiers en leur conférant des offices qui reviennent de droit à ceux de leur profession, tandis que les seconds ne peuvent être rémunérés qu'aux dépens du seigneur qu'ils servent: ce qui ne fait que confirmer ce que j'ai déjà avancé. Mais laissons là ce labyrinthe de difficile issue, et revenons à la prééminence des armes sur les lettres.

On dit, pour les lettres, que sans elles les armes ne pourraient subsister, à cause des lois auxquelles la guerre est soumise, et parce que ces lois étant du domaine des lettrés, ils en sont les interprètes et les dispensateurs. A cela je réponds que sans les armes, au contraire, les lois ne pourraient pas se maintenir, parce que c'est avec les armes que les États se défendent, que les royaumes se conservent, que les villes se gardent, que les chemins deviennent sûrs, que les mers sont purgées de pirates; que sans les armes enfin, les royaumes, les cités, en un mot la terre et la mer, seraient perpétuellement en butte à la plus horrible confusion. Or, si c'est un fait reconnu, que plus une chose coûte cher à acquérir, plus elle s'estime et doit être estimée, je demanderai ce qu'il en coûte pour devenir éminent dans les lettres? Du temps, des veilles, de l'application d'esprit, faire souvent mauvaise chère, être mal vêtu, et d'autres choses dont je crois avoir déjà parlé. Mais, pour devenir bon soldat, il faut endurer tout cela, et bien d'autres misères presque sans relâche, sans compter le risque de la vie à toute heure.

Quelle souffrance peut endurer le lettré qui approche de celle qu'endure un soldat dans une ville assiégée par l'ennemi? Seul en sentinelle sur un rempart, le soldat entend creuser une mine sous ses pieds; eh bien, osera-t-il jamais s'éloigner du péril qui le menace? Tout au plus s'il lui est permis de faire donner à son capitaine avis de ce qui se passe, afin qu'on puisse remédier au danger; mais en attendant il doit demeurer ferme à son poste, jusqu'à ce que l'explosion le lance dans les airs, ou l'ensevelisse sous les décombres. Voyez maintenant ces deux galères s'abordant par leurs proues, se cramponnant l'une à l'autre au milieu du vaste Océan. Pour champ de bataille, le soldat n'a qu'un étroit espace sur les planches de l'éperon: tout ce qu'il a devant lui sont autant de ministres de la mort; ce ne sont que mousquets, lances et coutelas; il sert de but aux grenades, aux pots à feu, et chaque canon est braqué contre lui à quatre pas de distance. Dans une situation si terrible, pressé de toutes parts et cerné par la mer, quand le moindre faux pas peut l'envoyer visiter la profondeur de l'empire de Neptune, son seul espoir est dans sa force et son courage. Aussi, intrépide et emporté par l'honneur, il affronte tous ces périls, surmonte tous ces obstacles, et se fait jour à travers tous ces mousquets et ces piques pour se précipiter dans l'autre vaisseau, où tout lui est ennemi, tout lui est danger. A peine le soldat est-il emporté par le boulet, qu'un autre le remplace; celui-là est englouti par la mer, un autre lui succède, puis un autre encore, sans qu'aucun de ceux qui survivent s'effraye de la mort de ses compagnons; ce qui est une marque extraordinaire de courage et de merveilleuse intrépidité. Heureux les temps qui ne connaissaient point ces abominables instruments de guerre, dont je tiens l'inventeur pour damné au fond de l'enfer, où il reçoit, j'en suis certain, le salaire de sa diabolique invention! Grâce à lui, le plus valeureux chevalier peut tomber sans vengeance sous les coups éloignés du lâche! grâce à lui, une balle égarée, tirée peut-être par tel qui s'est enfui, épouvanté du feu de sa maudite machine, arrête en un instant les exploits d'un héros qui méritait de vivre longues années! Aussi, m'arrive-t-il souvent de regretter au fond de l'âme d'avoir embrassé, dans ce siècle détestable, la profession de chevalier errant; car bien qu'aucun péril ne me fasse sourciller, il m'est pénible de savoir qu'il suffit d'un peu de poudre et de plomb pour paralyser ma vaillance et m'empêcher de faire connaître sur toute la surface de la terre la force de mon bras. Mais après tout, que la volonté du ciel s'accomplisse, puisque si j'atteins le but que je me suis proposé, je serai d'autant plus digne d'estime, que j'aurai affronté de plus grands périls que n'en affrontèrent les chevaliers des siècles passés.

Pendant que don Quichotte prononçait ce long discours au lieu de prendre part au repas, bien que Sancho l'eût averti plusieurs fois de manger, lui disant qu'il pourrait ensuite parler à son aise, ceux qui l'écoutaient trouvaient un nouveau sujet de le plaindre de ce qu'après avoir montré tant de jugement sur diverses matières, il venait de le perdre à propos de sa maudite chevalerie. Le curé applaudit à la préférence que notre héros donnait aux armes sur les lettres, ajoutant que tout intéressé qu'il était dans la question, en sa qualité de docteur, il se sentait entraîné vers son sentiment.

On acheva de souper; et pendant que l'hôtesse et Maritorne préparaient, pour les dames, la chambre de don Quichotte, don Fernand pria le captif de conter l'histoire de sa vie, ajoutant que toute la compagnie l'en priait instamment, la rencontre de Zoraïde leur faisant penser qu'il devait s'y trouver des aventures fort intéressantes. Le captif répondit qu'il ne savait point résister à ce qu'on lui demandait de si bonne grâce, mais qu'il craignait que sa manière de raconter ne leur donnât pas autant de satisfaction qu'ils s'en promettaient. A la fin, se voyant sollicité par tout le monde: Seigneurs, dit-il, que Vos Grâces me prêtent attention, et je vais leur faire une relation véridique, qui ne le cède en rien aux fables les mieux inventées. Chacun étant ainsi préparé à l'écouter, il commença en ces termes:

Le costume du voyageur annonçait un chrétien nouvellement revenu du pays des Mores.

CHAPITRE XXXIX. OU LE CAPTIF RACONTE SA VIE ET SES AVENTURES.

Je suis né dans un village des montagnes de Léon, de parents plus favorisés des biens de la nature que de ceux de la fortune. Toutefois, dans un pays où les gens sont misérables, mon père ne laissait pas d'avoir la réputation d'être riche; et il l'aurait été en effet s'il eût mis autant de soin à conserver son patrimoine qu'il mettait d'empressement à le dissiper. Il avait contracté cette manière de vivre à la guerre, ayant passé sa jeunesse dans cette admirable école, qui fait d'un avare un libéral, et d'un libéral un prodigue, et où celui qui épargne est à bon droit regardé comme un monstre indigne de la noble profession des armes. Mon père, voyant qu'il ne pouvait résister à son humeur trop disposée à la dépense et aux largesses, résolut de se dépouiller de son bien. Il nous fit appeler, mes deux frères et moi, et nous tint à peu près ce discours:

Mes chers enfants, vous donner ce nom, c'est dire assez que je vous aime; mais comme ce n'est pas en fournir la preuve que de dissiper un bien qui doit vous revenir un jour, j'ai résolu d'accomplir une chose à laquelle je pense depuis longtemps, et que j'ai mûrement préparée. Vous êtes tous les trois en âge de vous établir, ou du moins de choisir une profession qui vous procure dans l'avenir honneur et profit. Eh bien, mon désir est de vous y aider; c'est pourquoi j'ai fait de mon bien quatre portions égales; je vous en abandonne trois, me réservant la dernière pour vivre le reste des jours qu'il plaira au ciel de m'accorder; seulement, après avoir reçu sa part, je désire que chacun de vous choisisse une des carrières que je vais vous indiquer.

Il y a dans notre Espagne un vieux dicton plein de bon sens, comme ils le sont tous d'ailleurs, étant appuyés sur une longue et sage expérience; voici ce dicton: *L'Église, la mer ou la maison du roi*; c'est-à-dire que celui qui veut prospérer et devenir riche, doit entrer dans l'Église, ou trafiquer sur mer, ou s'attacher à la cour. Je voudrais donc, mes chers enfants, que l'un de vous s'adonnât à l'étude des lettres, un autre au commerce, et qu'enfin le troisième servît le roi dans ses armées, car il est aujourd'hui fort difficile d'entrer dans sa maison; et quoique le métier des armes n'enrichisse guère ceux qui l'exercent, on y obtient du moins de la considération et de la gloire. D'ici à huit jours vos parts seront prêtes, et je vous les donnerai en argent comptant, sans vous faire tort d'un maravédis, comme il vous sera aisé de le reconnaître. Dites maintenant quel est votre sentiment, et si vous êtes disposés à suivre mon conseil.

Mon père m'ayant ordonné de répondre le premier, comme étant l'aîné, je le priai instamment de ne point se priver de son bien, lui disant qu'il pouvait en faire tel usage qu'il lui plairait; que nous étions assez jeunes pour en acquérir; j'ajoutai que du reste je lui obéirais, et que mon désir était de suivre la profession des armes. Mon second frère demanda à partir pour les Indes; le plus jeune, et je crois le mieux avisé, dit qu'il souhaitait entrer dans l'Église, et aller à Salamanque achever ses études. Après nous avoir entendus, notre père nous embrassa tendrement; et dans le délai qu'il avait fixé, il remit à chacun de nous sa part en argent, c'est-à-dire, si je m'en souviens bien, trois mille ducats, un de nos oncles ayant acheté notre domaine afin qu'il ne sortît point de la famille.

Tout étant prêt pour notre départ, le même jour nous quittâmes tous trois notre père; mais moi qui regrettais de le laisser avec si peu de bien dans un âge si avancé, je l'obligeai, à force de prières, à reprendre deux mille ducats sur ma part, lui faisant observer que le reste était plus que suffisant pour un soldat. Mes frères, à mon exemple, lui laissèrent chacun aussi mille ducats, outre ce qu'il s'était réservé en fonds de terre. Nous prîmes ensuite congé de mon père et de mon oncle, qui nous prodiguèrent toutes les marques de leur affection, nous recommandant avec instance de leur donner souvent de nos nouvelles. Nous le promîmes, et après avoir reçu leur baiser d'adieu et leur bénédiction, l'un de nous prit le chemin de Salamanque, un autre celui de Séville; quant à moi, je me dirigeai vers Alicante, où se trouvait un bâtiment de commerce génois qui allait faire voile pour l'Italie, et sur lequel je m'embarquai. Il peut y avoir vingt-deux ans que j'ai quitté la maison de mon père; et pendant ce long intervalle, bien que j'aie écrit plusieurs fois, je n'ai reçu aucune nouvelle ni de lui ni de mes frères.

Notre bâtiment arriva heureusement à Gênes; de là je me rendis à Milan, où j'achetai des armes et un équipement de soldat, afin d'aller m'enrôler dans les troupes piémontaises; mais, sur le chemin d'Alexandrie, j'appris que le duc d'Albe passait en Flandre. Cette nouvelle me fit changer de résolution, et j'allai prendre du service sous ce grand capitaine. Je le suivis dans toutes les batailles qu'il livra; je me trouvai à la mort des comtes de Horn et d'Egmont, et je devins enseigne dans la compagnie de don Diego d'Urbina. J'étais en Flandre depuis quelque temps, quand le bruit courut que le pape, l'Espagne et la république de Venise s'étaient ligués contre le Turc, qui venait d'enlever Chypre aux Vénitiens; que don Juan d'Autriche, frère naturel de notre roi Philippe II, était général de la ligue, et qu'on faisait de grands préparatifs pour cette guerre. Cette nouvelle me donna un vif désir d'assister à la brillante campagne qui allait s'ouvrir; et quoique je

fusse presque certain d'avoir une compagnie à la première occasion, je préférai renoncer à cette espérance,
et revenir en Italie.

Ma bonne étoile voulut que j'arrivasse à Gênes en
même temps que don Juan d'Autriche y entrait avec sa
flotte pour cingler ensuite vers Naples, où il devait se
réunir à celle de Venise, jonction qui eut lieu plus tard
à Messine. Bref, devenu capitaine d'infanterie, honorable emploi que je dus à mon bonheur plutôt qu'à
mon mérite, je me trouvai à cette grande et mémorable
journée de Lépante, qui désabusa la chrétienté de
l'opinion où l'on était alors que les Turcs étaient invin-
cibles sur mer.

En ce jour où fut brisé l'orgueil ottoman, parmi tant
d'heureux qu'il fit, seul je fus malheureux. Au lieu de
recevoir après la bataille, comme au temps de Rome,
une couronne navale, je me vis, la nuit suivante, avec
des fers aux pieds et des menottes aux mains. Voici
comment m'était arrivée cette cruelle disgrâce: Uchali,
roi d'Alger et hardi corsaire, ayant pris à l'abordage la
galère capitane de Malte, où il n'était resté que trois
chevaliers tout couverts de blessures, le bâtiment aux
ordres de Jean-André Doria, sur lequel je servais avec
ma compagnie, s'avança pour le secourir; je sautai le
premier à bord de la galère; mais celle-ci s'étant éloignée avant qu'aucun de mes compagnons pût me

suivre, les Turcs me firent prisonnier après m'avoir blessé grièvement. Uchali, comme vous le savez, ayant réussi à s'échapper avec toute son escadre, je restai en son pouvoir, et dans la même journée qui rendait la liberté à quinze mille chrétiens enchaînés sur les galères turques, je devins esclave des barbares.

Emmené à Constantinople, où mon maître fut fait général de la mer, en récompense de sa belle conduite et pour avoir pris l'étendard de l'ordre de Malte, je me trouvai à Navarin l'année suivante, ramant sur la capitane appelée les *Trois-Fanaux*. Là, je pus remarquer comme quoi on laissa échapper l'occasion de détruire toute la flotte turque pendant qu'elle était à l'ancre, car les janissaires qui la montaient, ne doutant point qu'on ne vînt les attaquer, se tenaient déjà prêts à gagner la terre, sans vouloir attendre l'issue du combat, tant ils étaient épouvantés depuis l'affaire de Lépante. Mais le ciel en ordonna autrement; et il ne faut en accuser ni la conduite, ni la négligence du général qui commandait les nôtres. En effet, Uchali se retira à Modon, île voisine de Navarin; là, ayant mis ses troupes à terre, il fortifia l'entrée du port, et y resta jusqu'à ce que don Juan se fût éloigné.

Ce fut dans cette campagne que notre bâtiment, appelé la *Louve*, monté par ce foudre de guerre, ce père des soldats, cet heureux et invincible don Alvar de Bazan, marquis de Sainte-Croix, s'empara d'une galère que commandait un des fils du fameux Barberousse. Vous serez sans doute bien aise d'apprendre comment eut lieu ce fait de guerre. Ce fils de Barberousse traitait ses esclaves avec tant de cruauté, et en était tellement haï, que ceux qui ramaient sur sa galère, se voyant près d'être atteints par la *Louve*, qui les poursuivait vivement, laissèrent en même temps tomber leurs rames, et, saisissant leur chef, qui criait du gaillard d'arrière de ramer avec plus de vigueur, le firent passer de banc en banc, de la poupe à la proue et en lui donnant tant de coups de dents, qu'avant qu'il eût atteint le grand mât son âme était dans les enfers.

De retour à Constantinople, nous y apprîmes que notre général don Juan d'Autriche, après avoir emporté d'assaut Tunis, l'avait donné à Muley-Hamet, ôtant ainsi l'espérance d'y rentrer à Muley-Hamida, le More le plus vaillant mais le plus cruel qui fût jamais. Le Grand Turc ressentit vivement cette perte; aussi avec la sagacité qui caractérise la race ottomane, il s'empressa de conclure la paix avec les Vénitiens, qui la souhaitaient non moins ardemment; puis, l'année suivante, il ordonna de mettre le siége devant la Goulette et devant le fort que don Juan avait commencé à faire élever auprès de Tunis.

Pendant ces événements, j'étais toujours à la chaîne, sans aucun espoir de recouvrer ma liberté, du moins par rançon, car je ne voulais pas donner connaissance à mon père de ma triste situation. Bientôt on sut que la Goulette avait capitulé, puis le fort, assiégés qu'ils étaient par soixante mille Turcs réguliers, et par plus de quatre cent mille Mores et Arabes accourus de tous les points de l'Afrique. La Goulette, réputée jusqu'alors imprenable, succomba la première malgré son opiniâtre résistance. On a prétendu que ç'avait été une grande faute de s'y enfermer au lieu d'empêcher la descente des ennemis; mais ceux qui parlent ainsi font voir qu'ils n'ont guère l'expérience de la guerre. Comment sept mille hommes, tout au plus, qu'il y avait dans la Goulette et dans le fort, auraient-ils pu se partager pour garder ces deux places, et tenir en même temps la campagne contre une armée si nombreuse? et d'ailleurs où est la place, si forte soit-elle, qui ne finisse par capituler si elle n'est point secourue à temps, surtout quand elle est attaquée par une foule immense et opiniâtre, qui combat dans son pays?

Pour moi, je pense avec beaucoup d'autres que la chute de la Goulette fut un bonheur pour l'Espagne; car ce n'était qu'un repaire de bandits, qui coûtait beaucoup à entretenir et à défendre sans servir à rien qu'à perpétuer la mémoire de Charles-Quint, comme si ce grand prince avait besoin de cette masse de pierres pour éterniser son nom. Quant au fort, il coûta cher aux Turcs, qui perdirent plus de vingt-cinq mille hommes en vingt-deux assauts, où les assiégés firent une si opiniâtre résistance et déployèrent une si grande valeur, que des treize cents qui restèrent aucun n'était sans blessures.

Un petit fort, construit au milieu du lac, et où s'était enfermé, avec une poignée d'hommes, don Juan Zanoguera, brave capitaine valencien, fut contraint de capituler. Il en fut de même du commandant de la Goulette, don Pedro Puerto-Carrero, qui, après s'être distingué par la défense de cette place, mourut de chagrin sur la route de Constantinople, où on le conduisait. Gabriel Cerbellon, excellent ingénieur milanais et très-vaillant soldat, resta aussi prisonnier. Enfin, il périt dans ces deux siéges un grand nombre de gens de marque, parmi lesquels il faut citer Pagano Doria, chevalier de l'ordre de Saint-Jean, homme généreux comme le montra l'extrême libéralité dont il usa envers son frère, le fameux Jean-André Doria. Ce qui rendit sa mort encore plus déplorable, c'est que, voyant le fort perdu sans ressource, il crut pouvoir se confier à des Arabes qui s'étaient offerts à le conduire sous un habit moresque à Tabarca, petit port pour la pêche du corail que possèdent les Génois, sur ce rivage. Mais ces Arabes lui coupèrent la tête, et la portèrent au chef de la flotte turque; celui-ci les récompensa suivant le proverbe castillan: *La trahison plaît, mais non le traître*; car il les fit pendre tous pour ne pas lui avoir amené Doria vivant.

Je sautai le premier à bord de la galère.

Parmi les prisonniers se trouvait aussi un certain don Pedro d'Aguilar, de je ne sais plus quel endroit de l'Andalousie; c'était un homme d'une grande bravoure, qui avait été enseigne dans le fort: militaire distingué; il possédait de plus un goût singulier pour la poésie; il fut mis sur la même galère que moi, et devint esclave du même maître. Avant de partir, il composa, pour servir d'épitaphe à la Goulette et au fort, deux sonnets que je vais vous réciter, si je m'en souviens; je suis certain qu'ils vous feront plaisir.

En entendant prononcer le nom de Pedro d'Aguilar, don Fernand regarda ses compagnons, et tous trois se mirent à sourire. Comme le captif allait continuer:

Avant de passer outre, lui dit un des cavaliers, veuillez m'instruire de ce qu'est devenu ce Pedro d'Aguilar.

Tout ce que je sais, répondit le captif, c'est qu'après deux ans d'esclavage à Constantinople il s'enfuit un jour en habit d'Arnaute avec un espion grec: j'ignore s'il parvint à recouvrer la liberté; mais un an plus tard, je vis le Grec à Constantinople, sans jamais trouver l'occasion de lui demander des nouvelles de leur évasion.

Je puis vous en donner, repartit le cavalier; ce don Pedro est mon frère; il est maintenant dans son pays en bonne santé, richement marié, et il a trois enfants.

Dieu soit loué! dit le captif; car, selon moi, le plus grand des biens, c'est de recouvrer la liberté.

J'ai retenu aussi les sonnets que fit mon frère, reprit le cavalier.

Vous me ferez plaisir de nous les réciter, répondit le captif, et vous vous en acquitterez mieux que moi.

Volontiers, dit le cavalier. Voici celui de la Goulette:

CHAPITRE XL. OU SE CONTINUE L'HIS-TOIRE DU CAPTIF.

SONNET

Esprits qui, dégagés des entraves du corps,
Jouissez maintenant de cette paix profonde
Que jamais les mortels ne goûtent dans le monde,
Ce digne et juste prix de vos nobles efforts,

Vous avez su montrer par d'illustres transports
Qu'un zèle ardent et saint rend la valeur féconde,
Lorsque de votre sang teignant à peine l'onde,
Vous fîtes des vainqueurs des montagnes de morts.

Vous manquâtes de vie et non pas de courage,
Et vos corps épuisés après tant de carnage,
Tombèrent invaincus, les armes à la main.

O valeur immortelle! une seule journée
Te fait vivre ici-bas à jamais couronnée,
Et le maître du ciel te couronne en son sein.

Je me le rappelle bien, dit le captif.

Quant à celui qui fut fait pour le fort, si j'ai bonne
mémoire, il était ainsi conçu, reprit le cavalier:

Tous ces murs écroulés dans ces plaines stériles,
Sont le noble théâtre où trois mille soldats,
Pour renaître bientôt en des lieux plus paisibles,
Souffrirent par le fer un illustre trépas.

Après avoir rendu leurs remparts inutiles,
Ces cruels ennemis ne les vainquirent pas;
Mais leurs corps épuisés, languissants et débiles,
Cédèrent sous l'effort d'un million de bras.

C'est là ce lieu fatal où, depuis tant d'années,
Par les sévères lois des saintes destinées,
On moissonne en mourant la gloire et les lauriers.

Mais jamais cette terre, en prodiges féconde,
N'a nourri pour le ciel, ou fait voir dans le monde,
Ni de plus saints martyrs, ni de plus grands guerri-
ers[52].

Les sonnets ne furent pas trouvés mauvais, et le captif,
après s'être réjoui des bonnes nouvelles qu'on lui donnait de son ancien compagnon d'infortune, continua
son histoire: Les Turcs firent démanteler la Goulette,
et pour en venir plus promptement à bout, ils la minè-
rent de trois côtés; mais jamais ils ne purent parvenir à
renverser les vieilles murailles, qui semblaient les plus
faciles à détruire; tout ce qui restait de la nouvelle for-
tification tomba au contraire en un instant. Quant au
fort, il était dans un tel état, qu'il ne fut pas besoin de

le ruiner davantage. Bref, l'armée retourna triomphante à Constantinople, où Uchali mourut peu de temps après. On l'avait surnommé Fartax, ce qui en langue turque veut dire TEIGNEUX, car il l'était effectivement. Les Turcs ont coutume de donner aux gens des sobriquets tirés de leurs qualités ou de leurs défauts: comme ils ne possèdent que quatre noms, ceux des quatre familles de la race ottomane, ils sont obligés pour se distinguer entre eux d'emprunter des désignations provenant soit de quelque qualité morale soit de quelque défaut corporel.

Cet Uchali avait commencé par être forçat sur les galères du Grand Seigneur, dont il resta l'esclave pendant quatorze années. A trente-quatre ans, il se fit renégat pour devenir libre et se venger d'un Turc qui lui avait donné un soufflet. Dans la première rencontre, il se distingua tellement par sa valeur, que, sans passer par les emplois subalternes, ce dont les favoris même du Grand Seigneur ne sont pas exempts, il devint dey d'Alger, puis général de la mer, ce qui est la troisième charge de l'empire. Il était Calabrais de nation, et, à sa religion près, homme de bien et assez humain pour ses esclaves, dont le nombre s'élevait à plus de trois mille. Uchali mort, ses esclaves furent partagés entre le Grand Seigneur, qui d'ordinaire hérite de ses sujets, et les renégats attachés à sa personne. Quant à moi, j'échus en partage à un renégat vénitien, qui avait été mousse sur un navire tombé au pouvoir d'Uchali, lequel conçut pour lui une si grande affection qu'il en avait fait un de ses plus chers confidents. Il s'appelait Azanaga. Devenu extrêmement riche, il fut fait plus tard dey d'Alger. Mais c'était un des hommes les plus cruels qu'on ait jamais vus.

Conduit dans cette ville avec mes compagnons d'esclavage, j'eus une grande joie de me sentir rapproché de l'Espagne, persuadé que je trouverais à Alger, plutôt qu'à Constantinople, quelque moyen de recouvrer ma liberté; car je ne perdais point l'espérance, et quand ce que j'avais projeté ne réussissait pas, je cherchais à m'en consoler en rêvant à d'autres moyens. Je passais ainsi ma vie, dans une prison que les Turcs appellent *bagne*, où ils renferment tous leurs esclaves, ceux qui appartiennent au dey, ceux des particuliers, et ceux appelés esclaves de l'*almacen*, comme on dirait en Espagne de l'*ayuntamiento*; ils sont tous employés aux travaux publics. Ces derniers ont bien de la peine à recouvrer leur liberté, parce qu'étant à tout le monde, et n'appartenant à aucun maître, ils ne savent à qui s'adresser pour traiter de leur rançon. Quant aux esclaves dits *de rachat*, on les place dans ces bagnes jusqu'à ce que leur rançon soit venue. Là ils ne sont employés à aucun travail, si ce n'est quand l'argent se fait trop attendre; car alors on les envoie au bois avec les autres, travail extrêmement pénible. Dès qu'on sut que j'étais capitaine, ce fut inutilement que je me fis pauvre: je fus regardé comme un homme considérable, et on me mit au nombre des esclaves de rachat, avec une chaîne qui faisait voir que je traitais de ma liberté plutôt qu'elle n'était une marque de servitude.

Je demeurai ainsi quelque temps dans ce bagne, avec d'autres esclaves qui n'étaient pas retenus plus étroitement que moi; et bien que nous fussions souvent pressés par la faim, et que nous subissions une foule d'autres misères, rien ne nous affligeait tant que les cruautés qu'Azanaga exerçait à toute heure sur nos malheureux compagnons. Il ne se passait pas de jour qu'il ne fît pendre ou empaler quelques-uns d'entre eux; le moindre supplice consistait à leur couper les oreilles, et pour des motifs si légers, qu'au dire même des Turcs il n'agissait ainsi qu'afin de satisfaire son instinct cruel et sanguinaire.

Un soldat espagnol, nommé Saavedra, trouva seul le moyen et eut le courage de braver cette humeur barbare. Quoique, pour recouvrer sa liberté, il eût fait des tentatives si prodigieuses que les Turcs en parlent encore aujourd'hui, et que, chaque jour, nous fussions dans la crainte de le voir empalé, que lui-même enfin le craignît plus d'une fois, jamais son maître ne le fît battre ni jamais il ne lui adressa le moindre reproche. Si j'en avais le temps, je vous raconterais de ce Saavedra des choses qui vous intéresseraient beaucoup plus que mes propres aventures; mais, je le répète, cela m'entraînerait trop loin.

Sur la cour de notre prison donnaient les fenêtres de l'habitation d'un riche More; selon l'usage du pays, ce sont plutôt des lucarnes que des fenêtres, encore sont-elles protégées par des jalousies épaisses et serrées. Un jour que j'étais monté sur une terrasse où, pour tuer le temps, je m'exerçais à sauter avec trois de mes compagnons, les autres ayant été envoyés au travail, je vis tout à coup sortir d'une de ces lucarnes un mouchoir attaché au bout d'une canne de jonc. Au mouvement de cette canne, qui semblait être un appel, un de mes compagnons s'avança pour la prendre; mais on la retira sur-le-champ. Celui-ci à peine éloigné, la canne reparut aussitôt; un autre voulut recommencer l'épreuve, mais ce fut en vain; le troisième ne fut pas plus heureux. Enfin je voulus éprouver la fortune à mon tour, et dès que je fus sous la fenêtre, la canne tomba à mes pieds. Je m'empressai de dénouer le mouchoir, et j'y trouvai dix petites pièces valant environ dix de nos réaux. Vous jugez de ma joie en recevant ce secours dans la détresse où nous étions, joie d'autant plus grande que le bienfait s'adressait à moi seul.

Je revins sur la terrasse, et regardant du côté de la fenêtre, j'aperçus une main très-blanche qui la fermait; ce qui me fit penser que nous devions à une femme cette libéralité. Nous la remerciâmes à la manière des Turcs, en inclinant la tête et le corps, et en croisant les bras sur la poitrine. Au bout de quelque temps, nous vîmes paraître à la même lucarne une petite croix de roseau qu'on retira aussitôt. Cela nous donna à croire que c'était une esclave chrétienne qui nous voulait du bien; néanmoins, d'après la blancheur du bras, et aussi d'après le bracelet que nous avions distingué, nous pensâmes que c'était plutôt une chrétienne renégate que son maître avait épousée, les Mores préférant ces femmes à celles de leur propre pays; mais nous nous trompions dans nos diverses conjectures, comme vous le verrez par la suite.

Depuis ce moment, nous avions sans cesse les yeux attachés sur la fenêtre d'où nous avions reçu une si agréable assistance. Quinze jours se passèrent sans qu'on l'ouvrît, et, malgré les peines que nous nous donnâmes pour savoir s'il se trouvait dans cette maison quelque chrétienne renégate, nous ne pûmes rien découvrir, si ce n'est que la maison appartenait à Agimorato, homme considérable, ancien caïd du fort de Bata, emploi des plus importants chez les Mores.

Un jour que nous étions encore tous les quatre seuls dans le bagne, nous aperçûmes de nouveau la canne et le mouchoir: nous répétâmes la même épreuve, et toujours avec le même résultat; la canne ne se rendit qu'à moi, et je trouvai dans le mouchoir quarante écus d'or d'Espagne, avec une lettre écrite en arabe et une grande croix au bas. Je baisai la croix, je pris les écus, et nous retournâmes sur la terrasse pour faire notre remercîment ordinaire. Lorsque j'eus fait connaître par signe que je lirais le papier, la main disparut et la fenêtre se referma.

Cette bonne fortune, dans le triste état où nous étions, nous donna une joie extrême et de grandes espérances; mais aucun de nous n'entendait l'arabe, et nous étions fort embarrassés de savoir le contenu de la lettre, craignant, en nous adressant mal, de compromettre notre bienfaitrice avec nous. Enfin le désir de savoir pourquoi on m'avait choisi plutôt que mes compagnons, m'engagea à me confier à un renégat de Murcie qui me témoignait de l'amitié. Je m'ouvris à cet homme après avoir pris toutes les précautions possibles pour l'engager au secret, c'est-à-dire en lui donnant une attestation qu'il avait toujours servi et assisté les chrétiens, et que son dessein était de s'enfuir dès qu'il en trouverait l'occasion; les renégats se munissent de ces certificats par précaution. Je vous dirai à ce sujet que les uns en usent de bonne foi, mais que d'autres agissent seulement par ruse. Lorsqu'ils vont faire la course en mer, si par hasard ils tombent entre les mains des chrétiens, ils se tirent d'affaire au moyen de ces certificats qui tendent à prouver que leur intention était de retourner dans leur pays. Ils évitent ainsi la mort en feignant de se réconcilier avec la religion chrétienne, et sous le voile d'une abjuration simulée, ils vivent en liberté sans qu'on les inquiète; mais le plus souvent, à la première occasion favorable, ils repassent en Barbarie.

Le renégat auquel je m'étais confié avait une attestation semblable de tous mes compagnons d'infortune; et si les Mores l'avaient soupçonné, il aurait été brûlé vif. Après avoir pris mes précautions avec lui, et sachant qu'il parlait l'arabe, je le priai, sans m'expliquer davantage, de me lire ce billet que je disais avoir trouvé dans un coin de ma prison. Il l'ouvrit, l'examina quelque temps, et après l'avoir lu deux ou trois fois, il me pria, si je voulais en avoir l'explication, de lui procurer de l'encre et du papier; ce que je fis. L'ayant traduit sur-le-champ: voici me dit-il, ce que signifie cet écrit, sans qu'il y manque un seul mot; je vous avertis seulement que *Lela Marien* veut dire vierge Marie, et *Allah*, Dieu.

Nous vîmes paraître à la même lucarne une petite croix de roseau.

Tel était le contenu de cette lettre, qui ne sortira jamais de ma mémoire:

«Lorsque j'étais enfant, une femme, esclave de mon père, m'apprit en notre langue la prière des chrétiens, et me dit plusieurs choses de *Lela Marien*. Cette esclave mourut, et je sais qu'elle n'alla point dans le feu éternel, mais avec Dieu; car, depuis qu'elle est morte, je l'ai revue deux fois, et toujours elle m'a recommandé d'aller chez les chrétiens voir *Lela Marien*, qui m'aime beaucoup. De cette fenêtre, j'ai aperçu bien des chrétiens; mais je dois l'avouer, toi seul parmi eux m'a paru gentilhomme. Je suis jeune et assez belle, et j'ai beaucoup d'argent que j'emporterai avec moi: vois si tu veux entreprendre de m'emmener. Il ne tiendra qu'à toi que je sois ta femme; si tu ne le veux pas, je n'en suis point en peine, parce que *Lela Marien* saura me donner un mari. Comme c'est moi qui ai écrit cette lettre, je voudrais pouvoir t'avertir de ne te fier à aucun More, parce qu'ils sont tous traîtres. Aussi cela me cause beaucoup d'inquiétude; car si mon père vient à en avoir connaissance, je suis perdue. Il y a au bout de la canne un fil auquel tu attacheras ta réponse; si tu ne trouves personne qui sache écrire en arabe, explique-moi par signes ce que tu auras à me dire. *Lela Marien* me le fera comprendre. Je te recommande à Dieu et à elle, et encore à cette croix que je baise souvent, comme l'esclave m'a recommandé de le faire.»

Il serait difficile, continua le captif, de vous exprimer combien cette lettre nous causa de joie et d'admiration.

Le renégat, qui ne pouvait se persuader qu'elle eût été trouvée par hasard, mais qui croyait au contraire qu'elle s'adressait à l'un de nous, nous pria de lui dire la vérité, et de nous fier entièrement à lui, résolu qu'il était de hasarder sa vie pour notre liberté. En parlant ainsi, il tira de son sein un petit crucifix, et, versant des larmes abondantes, il jura, par le Dieu dont il montrait l'image et en qui il croyait de tout son cœur malgré son infidélité, de garder un secret inviolable; ajoutant qu'il voyait bien que nous pouvions tous recouvrer la liberté par le secours de celle qui nous écrivait, et qu'ainsi il aurait la consolation de rentrer dans le sein du christianisme, dont il s'était malheureusement séparé. Cet homme manifestait un tel repentir, que nous n'hésitâmes plus à lui découvrir la vérité, et même à lui montrer la fenêtre d'où nous était venu tant de bonheur. Il promit d'employer toute son adresse pour savoir qui habitait cette maison; puis il écrivit en arabe ma réponse à la lettre.

En voici les propres termes, je les ai très-bien retenus, comme tout ce qui m'est arrivé dans mon esclavage:

«Le véritable *Allah* vous conserve, madame, et la bienheureuse *Lela Marien*, la mère de notre Sauveur, qui vous a mis au cœur le désir d'aller chez les chrétiens parce qu'elle vous aime! Priez-la qu'il lui plaise de conduire le dessein qu'elle vous a inspiré; elle est si bonne qu'elle ne vous repoussera pas. Je vous promets de ma part, et au nom de mes compagnons, de faire, au risque de la vie, tout ce qui dépendra de nous pour votre service. Ne craignez point de m'écrire, et donnez-moi avis de tout ce que vous aurez résolu: j'aurai soin de vous faire réponse. Nous avons ici un esclave chrétien qui sait écrire en arabe, comme vous le verrez par cette lettre. Quant à l'offre que vous me faites d'être ma femme quand nous serons chez les chrétiens, je la reçois de grand cœur et avec une joie extrême; et dès à présent je vous donne ma parole d'être votre mari: vous savez que les chrétiens tiennent mieux leurs promesses que les Mores. Le véritable *Allah* et *Lela Marien* vous conservent!»

Ce billet écrit et fermé, j'attendis deux jours que le bagne fût vide pour retourner, comme à l'ordinaire, sur la terrasse. Je n'y fus pas longtemps sans voir la canne, et j'y attachai ma réponse. Elle reparut peu après, et cette fois le mouchoir tomba à mes pieds avec plus de cinquante écus d'or, ce qui redoubla notre allégresse et nos espérances. La nuit suivante le renégat vint nous apprendre que cette maison était celle d'Agimorato, un des plus riches Mores d'Alger, qui n'avait, disait-on, pour héritière qu'une seule fille, et la plus belle personne de toute la Barbarie. Cette fille, ajouta-t-il, avait eu pour esclave une chrétienne morte depuis peu: ce qui s'accordait avec ce qu'elle avait écrit. Nous nous consultâmes avec le renégat sur les moyens d'emmener la belle Moresque et de revenir tous en pays chrétiens; mais avant de rien conclure, nous résolûmes d'attendre encore une fois des nouvelles de Zoraïde (ainsi s'appelle celle qui souhaite si ardemment d'être nommée Marie). Le renégat nous voyant déterminés à fuir, nous dit de le laisser agir seul, qu'il réussirait ou qu'il y perdrait la vie. Le bagne étant resté pendant quatre jours plein de monde, nous fûmes tout ce temps sans voir reparaître la canne: mais le cinquième jour, comme nous étions seuls, elle se montra de nouveau avec un mouchoir beaucoup plus lourd que les deux précédents: on l'abaissa comme à l'ordinaire, pour moi seulement, et je trouvai cent écus d'or, avec une lettre que nous allâmes faire lire au renégat. Voici ce qu'elle contenait:

«Je ne sais comment nous ferons pour gagner l'Espagne; *Lela Marien* ne me l'a point dit, quoique je l'en ai bien priée. Tout ce que je puis faire, c'est de te donner beaucoup d'or, dont tu te rachèteras ainsi que tes compagnons, et l'un d'eux ira chez les chrétiens acheter une barque, avec laquelle il reviendra chercher les autres. Quant à moi, tu sauras que je vais passer le printemps avec mon père et nos esclaves dans un jardin au bord de la mer, près de la porte Babazoun; là, tu pourras venir me prendre une nuit, et me conduire à la barque sans rien craindre. Mais souviens-toi, chrétien, que tu m'as promis d'être mon mari; si tu manques à ta parole, je prierai *Lela Marien* de te punir. Si tu ne veux te confier à personne pour acheter la barque, vas-y toi-même: car je ne doute pas que tu ne reviennes, puisque tu es gentilhomme et chrétien. Fais aussi en sorte de savoir où est notre jardin. En attendant que tout soit prêt, promène-toi dans la cour du bagne quand il sera vide, et je te donnerai autant d'or que tu en voudras. Allah te garde, chrétien!»

Après la lecture de cette lettre, chacun s'offrit pour aller acheter la barque. Mais le renégat jura qu'aucun de nous ne sortirait de captivité sans être suivi de ses compagnons, sachant, dit-il, par expérience, qu'on ne garde pas très-scrupuleusement les paroles données dans les fers, et que déjà plusieurs fois des esclaves riches qui en avaient racheté d'autres pour les envoyer à Majorque ou à Valence fréter un esquif, avaient été trompés dans leur attente; aucun n'avait reparu, la liberté étant un si grand bien que la crainte de la perdre encore effaçait souvent dans les cœurs tout sentiment de reconnaissance. Donnez-moi, ajouta-t-il, l'argent que vous destinez à la rançon de l'un de vous, j'achèterai une barque à Alger même, en disant que mon intention est de trafiquer à Tétouan et sur les côtes; après quoi, sans éveiller les soupçons, je me mettrai en mesure de nous sauver tous. Cela sera d'autant plus facile, que si la Moresque vous donne autant d'argent qu'elle l'a promis, vous pourrez facilement vous racheter, et même vous embarquer en plein jour. Je ne vois à cela qu'une difficulté, continua-t-il, c'est que les Mores ne permettent pas aux renégats d'avoir de grands bâtiments pour faire la course, parce qu'ils savent, surtout quand c'est un Espagnol, qu'il n'achète un navire que pour s'enfuir. Il faudrait donc m'associer avec un More de Tanger pour l'achat de la barque et la vente des marchandises; plus tard je saurai bien m'en rendre maître, et alors j'achèverai le reste.

Tout en pensant, mes compagnons et moi, qu'il était beaucoup plus sûr d'envoyer acheter une barque à Majorque, comme nous le mandait Zoraïde, nous n'osâmes point contredire le renégat, dans la crainte de l'irriter, et qu'en allant révéler notre intelligence avec la jeune fille, il ne compromît une existence qui nous était bien plus chère que la nôtre. Nous mîmes donc le tout entre les mains de Dieu, et pour témoigner une confiance entière au renégat, je le priai d'écrire à Zoraïde que nous suivrions son conseil, car il semblait que *Lela Marien* l'eût inspirée; je réitérai ma parole d'être son mari, lui disant que désormais cela ne dépendait plus que d'elle.

Le lendemain, le bagne se trouvant vide, Zoraïde nous donna en plusieurs fois mille écus d'or, nous prévenant en même temps que le vendredi suivant elle quitterait la ville; qu'avant de partir elle nous fournirait autant d'argent que nous pourrions en souhaiter, puisqu'elle était maîtresse absolue des richesses de son père. Je remis aussitôt cinq cents écus au renégat pour acheter une barque, et j'en déposais huit cents autres entre les mains d'un marchand valencien, qui me racheta sur sa parole, et sous promesse de faire compter l'argent par le premier vaisseau qui arriverait de Valence. Il ne voulut pas payer ma rançon sur-le-champ, dans la crainte qu'on ne le soupçonnât d'avoir cette somme depuis longtemps; car Azanaga était un homme rusé, dont il fallait toujours se défier. Le jeudi suivant, Zoraïde nous donna encore mille écus d'or, en nous prévenant qu'elle se rendrait le lendemain au jardin de son père; elle me recommandait de me faire indiquer sa demeure, dès que je serais racheté, et de mettre tout en œuvre pour arriver à lui parler. Je traitai de la rançon de mes compagnons, afin qu'ils eussent aussi la liberté de sortir du bagne, parce que, me voyant seul libre, tandis que je possédais les moyens de les racheter tous trois, j'aurais craint que le désespoir ne les poussât à quelque résolution fatale à Zoraïde. Je les connaissais assez pour me fier à eux; mais parmi tant de maux qui accompagnent l'esclavage, on conserve difficilement la mémoire des bienfaits, et de longues souffrances rendent un homme capable de tout; en un mot, je ne voulais rien commettre au hasard sans une nécessité absolue. Je consignai donc entre les mains du marchand l'argent nécessaire pour nous cautionner tous, mais je ne lui découvris rien de notre dessein.

CHAPITRE XLI. OU LE CAPTIF TERMINE SON HISTOIRE.

Quinze jours à peine s'étaient écoulés, que le renégat avait acheté une barque pouvant contenir trente personnes. Pour prévenir tout soupçon et mieux cacher son dessein, il fit d'abord seul un voyage à Sargel, port distant de vingt lieues d'Alger, du côté d'Oran, où il se fait un grand commerce de figues sèches. Il y retourna encore deux ou trois fois avec le More qu'il s'était associé. Dans chacun de ses voyages, il avait soin, en passant, de jeter l'ancre dans une petite cale située à une portée de mousquet du jardin d'Agimorato. Là il s'exerçait avec ses rameurs à faire la *zala*, qui est un exercice de mer, et à essayer, comme en jouant, ce qu'il voulait bientôt exécuter en réalité. Il allait même au jardin de Zoraïde demander du fruit, qu'Agimorato lui donnait volontiers quoiqu'il ne le connût point. Son intention, m'a-t-il dit depuis, était de parler à Zoraïde, et de lui apprendre que c'était de lui que j'avais fait choix pour l'enlever et l'emmener en Espagne; mais il n'en put trouver l'occasion, les femmes du pays ne se laissant voir ni aux Mores ni aux Turcs. Quant aux esclaves chrétiens, c'est autre chose, et elles ne les accueillent même que trop librement. J'aurais beaucoup regretté que le renégat eût parlé à Zoraïde, qui sans doute aurait pris l'alarme en voyant son secret confié à la langue d'un renégat; mais Dieu ordonna les choses d'une autre façon.

Quand le renégat vit qu'il lui était facile d'aller et de venir le long des côtes, de mouiller où bon lui semblait, que le More, son associé, se fiait entièrement à lui, et que je m'étais racheté, il me déclara qu'il n'y avait plus qu'à chercher des rameurs, et à choisir promptement ceux d'entre mes compagnons que je voulais emmener, afin qu'ils fussent prêts le vendredi suivant, jour fixé par lui pour notre départ. Je m'assurai de douze Espagnols bons rameurs, parmi ceux qui pouvaient le plus librement sortir de la ville. Ce fut hasard d'en trouver un si grand nombre, dans un moment où il y avait à la mer plus de vingt galères, sur lesquelles ils étaient presque tous embarqués. Heureusement leur maître n'allait point en course en ce moment, occupé qu'il était d'un navire alors en construction sur les chantiers. Je ne recommandai rien autre chose à mes Espagnols, sinon le vendredi suivant de sortir le soir l'un après l'autre, et d'aller m'attendre auprès du jardin d'Agimorato, les avertissant, si d'autres chrétiens se trouvaient là, de leur dire que je leur en avais donné l'ordre. Restait encore à prévenir Zoraïde de se tenir prête et de ne point s'effrayer en se voyant enlever avant d'être instruite que nous avions une barque.

Il jura par le Dieu dont il montrait l'image de garder un
secret inviolable.

En conséquence, je résolus donc de faire tous mes
efforts pour lui parler, et deux jours avant notre départ
j'allai dans son jardin sous prétexte de cueillir des
herbes. La première personne que j'y rencontrai fut
son père, lequel me demanda en *langue franque*, langage
usité dans toute la Barbarie, ce que je voulais et à qui
j'appartenais. Je répondis qu'étant esclave d'Arnaute
Mami, et sachant que mon maître était de ses meilleurs
amis, je venais cueillir de la salade. Il me demanda si
j'avais traité de ma rançon, et combien mon maître
exigeait. Pendant ces questions et ces réponses, la belle

Zoraïde, qui m'avait aperçu, entra dans le jardin; et, comme je l'ai déjà dit, les femmes mores se montrant volontiers aux chrétiens, elle vint trouver son père, qui, en l'apercevant, l'avait appelée lui-même.

Vous peindre mon émotion en la voyant s'approcher est impossible: elle me parut si séduisante que j'en fus ébloui, et quand je vins à comparer cette merveilleuse beauté et sa riche parure avec le misérable état où j'étais, je ne pouvais m'imaginer que ce fût moi qu'elle choisissait pour son mari, et qu'elle voulût suivre ma fortune. Elle portait sur la poitrine, aux oreilles, et dans sa coiffure, une très-grande quantité de perles, et les plus belles que j'aie vues de ma vie; ses pieds, nus à la manière du pays, entraient dans des espèces de brodequins d'or; ses bras étaient ornés de bracelets en diamants qui valaient plus de vingt mille ducats; sans compter les perles qui ne valaient pas moins que le reste. Comme les perles sont la principale parure des Moresques, elles en ont plus que les femmes d'aucune autre nation. Le père de Zoraïde passait pour posséder les plus belles perles de tout le pays, et en outre plus de deux cent mille écus d'or d'Espagne, dont il lui laissait la libre disposition. Jugez, seigneurs, par les restes de beauté que Zoraïde a conservés après tant de souffrances, ce qu'elle était avec une parure si éclatante et un cœur libre d'inquiétude. Pour moi, je la trouvai plus belle encore qu'elle n'était richement parée; et, le cœur plein de reconnaissance, je la regardais comme une divinité descendue du ciel pour me charmer et me sauver tout ensemble.

Dès qu'elle nous eut rejoint, son père lui dit dans son langage que j'étais un esclave d'Arnaute Mami, et que je venais chercher de la salade; se tournant alors de mon côté, elle me demanda dans cette langue dont je vous ai déjà parlé, pourquoi je ne me rachetais point. Madame, je me suis racheté, lui dis-je, et mon maître m'estimait assez pour mettre ma liberté au prix de quinze cents sultanins. En vérité, repartit Zoraïde, si tu avais appartenu à mon père, je n'aurais pas consenti qu'il t'eût laissé partir pour deux fois autant; car, vous autres chrétiens, vous mentez en tout ce que vous dites, et vous vous faites pauvres pour nous tromper. Peut-être bien y en a-t-il qui ne s'en font pas scrupule, répondis-je; mais j'ai traité de bonne foi avec mon maître, et je traiterai toujours de même avec qui que ce soit au monde. Et quand t'en vas-tu? demanda Zoraïde. Je pense que ce sera demain, madame, répondis-je; il y a au port un vaisseau français prêt à mettre à la voile, et je veux profiter de l'occasion. Et ne serait-il pas mieux, dit Zoraïde, d'attendre un vaisseau espagnol plutôt que de t'en aller avec des Français, qui sont ennemis de ta nation? Madame, répondis-je, quoiqu'il puisse arriver bientôt, dit-on, un navire d'Espagne, j'ai si grande envie de revoir ma famille et mon pays, que je ne puis me résoudre à retarder mon départ. Tu es sans doute marié, dit Zoraïde, et tu souhaites de revoir ta femme? Je ne le suis pas, madame, mais j'ai donné ma parole de l'être aussitôt que je serai dans mon pays. Et celle à qui tu as donné ta parole est-elle belle? demanda Zoraïde. Elle est si belle, répondis-je, que pour en donner une idée, je dois dire qu'elle vous ressemble. Cette réponse fit sourire Agimorato: Par Allah, chrétien, me dit-il, tu n'es pas à plaindre si ta maîtresse ressemble à ma fille, qui n'a point sa pareille dans tout Alger; regarde-la bien, et vois si je dis vrai. Le père de Zoraïde nous servait comme d'interprète dans cette conversation; car, pour elle, quoiqu'elle entendît assez bien la *langue franque*, elle s'expliquait beaucoup plus par signes qu'autrement.

Sur ces entrefaites, un More, ayant aperçu quatre Turcs franchissant les murailles du jardin pour cueillir du fruit, vint, en courant, donner l'alarme. Agimorato se troubla, car les Mores redoutent extrêmement les Turcs, et surtout les soldats, qui les traitent avec beaucoup d'insolence. Rentre dans la maison, ma fille, dit Agimorato, et restes-y jusqu'à ce que j'aie parlé à ces chiens. Toi, chrétien, ajouta-t-il, prends de la salade autant que tu voudras, et que Dieu te conduise en santé dans ton pays. Je m'inclinai, en signe de remercîment, et Agimorato s'en fut au-devant de ces Turcs, me laissant seul avec Zoraïde, qui fit alors semblant de se conformer à l'ordre de son père. Mais dès qu'elle le vit assez éloigné, elle revint sur ses pas, et me dit les yeux pleins de larmes: *Amexi, christiano, amexi?* ce qui veut dire: Tu t'en vas donc, chrétien, tu t'en vas? Oui, madame, répondis-je; mais je ne m'en irai point sans vous. Tout est prêt pour vendredi; comptez sur moi: je vous donne ma parole de vous emmener chez les chrétiens. J'avais dit ce peu de mots de manière à me faire comprendre; alors, appuyant sa main sur mon épaule, elle se dirigea d'un pas tremblant vers la maison.

Tandis que nous marchions ainsi, nous aperçûmes Agimorato qui revenait. Pensant bien qu'il nous avait vus dans cette attitude, je tremblais pour ma chère Zoraïde; mais elle au lieu de retirer sa main, elle s'approcha encore plus de moi, et, appuyant sa tête contre ma poitrine, se laissa aller comme une personne défaillante, pendant que de mon côté je feignais de la soutenir. En voyant sa fille en cet état, Agimorato lui demanda ce qu'elle avait; et n'obtenant pas de réponse: Sans doute, dit-il, ma fille s'est évanouie de la frayeur que ces chiens lui ont faite, et il la prit entre ses bras. Zoraïde poussa un grand soupir, en me disant les yeux pleins de larmes: Va-t'en, chrétien, va-t'en. Mais pourquoi veux-tu qu'il s'en aille, ma fille? dit Agimorato; il ne t'a point fait de mal, et les Turcs se sont retirés. Ne crains rien, il n'y a personne ici qui veuille te causer du déplaisir. Ces Turcs, dis-je à Agimorato, l'ont sans doute épouvantée, et puisqu'elle veut que je m'en aille, il n'est pas juste que je l'importune: avec votre permission, ajoutai-je, je reviendrai ici quelquefois pour chercher de la salade, parce que mon maître n'en trouve pas de pareille ailleurs. Tant que tu voudras, répondit Agimorato; ce que vient de dire ma fille ne regarde ni toi ni aucun des chrétiens; elle désirait seulement que les Turcs s'en allassent; mais comme elle était un peu troublée, elle s'est méprise, ou peut-être a-t-elle voulu t'avertir qu'il est temps de cueillir tes herbes.

Ayant pris congé d'Agimorato et de sa fille, qui, en se retirant, me montra qu'elle se faisait une violence extrême, je visitai le jardin tout à mon aise; j'en étudiai les diverses issues, en un mot tout ce qui pouvait favoriser notre entreprise, et j'allai en donner connaissance au renégat et à mes compagnons.

Enfin le temps s'écoula et amena pour nous le jour tant désiré. A l'entrée de la nuit le renégat vint jeter l'ancre en face du jardin d'Agimorato. Mes rameurs, déjà cachés en plusieurs endroits des environs, m'attendaient avec inquiétude, parce que n'étant point instruits de notre dessein et ne sachant pas que le renégat fût de nos amis, il ne s'agissait plus, disaient-ils, que d'attaquer la barque, d'égorger les Mores qui la montaient pour s'en rendre maîtres, et de fuir. Quand j'arrivai avec mes compagnons, nos Espagnols me reconnurent, et vinrent se joindre à nous. Par bonheur les portes de la ville étaient déjà fermées, et il ne paraissait plus personne de ce côté-là. Une fois réunis, nous délibérâmes sur ce qui était préférable, ou de commencer par enlever Zoraïde, ou de nous assurer des Mores. Mais le renégat, qui survint pendant cette délibération, nous dit qu'il était temps de mettre la main à l'œuvre; que ces Mores étant la plupart endormis, et ne se tenant point sur leurs gardes, il fallait s'en rendre maîtres avant d'aller chercher Zoraïde. Se dirigeant aussitôt vers la barque, il sauta le premier à bord, le cimeterre à la main: Que pas un ne bouge, s'il veut conserver la vie! s'écria-t-il en langue arabe. Ces hommes, qui manquaient de résolution, surpris des paroles du patron, ne firent seulement pas mine de saisir leurs armes, dont ils étaient d'ailleurs très-mal pourvus. On les mit sans peine à la chaîne, les menaçant de la mort au moindre cri. Une partie des nôtres resta pour les garder. Puis, le renégat servant de guide au reste de notre troupe, nous courûmes au jardin, et, ayant ouvert la porte, nous approchâmes de la maison sans être vus de personne.

Zoraïde nous attendait à sa fenêtre. Quand elle nous vit approcher, elle demanda à voix basse si nous étions *Nazarani,* ce qui veut dire chrétiens; je lui répondis affirmativement, et qu'elle n'avait qu'à descendre. Ayant reconnu ma voix, elle n'hésita pas un seul instant, et, descendant en toute hâte, elle se montra à nos yeux si belle, si richement parée, que je ne pourrais en donner l'idée. Je pris sa main, que je baisai; le renégat et mes compagnons en firent autant pour la remercier de la liberté qu'elle nous procurait. Le renégat lui demanda où était son père; elle répondit qu'il dormait. Il faut l'éveiller, répliqua-t-il, et l'emmener avec nous. Non, non, dit Zoraïde, qu'on ne touche point à mon père: j'emporte avec moi tout ce que j'ai pu réunir, et il y en a assez pour vous rendre tous riches. Elle rentra chez elle en disant qu'elle reviendrait bientôt. En effet, nous ne tardâmes pas à la revoir portant un coffre rempli d'écus d'or, et si lourd qu'elle fléchissait sous le poids.

La fatalité voulut qu'en cet instant Agimorato s'éveillât. Le bruit qu'il entendit lui fit ouvrir la fenêtre, et, à la vue des chrétiens, il se mit à pousser des cris. Dans ce péril, le renégat, sentant combien les moments étaient précieux avant qu'on pût venir au secours, s'élança dans la chambre d'Agimorato avec quelques-uns de nos compagnons, pendant que je restai auprès de Zoraïde, tombée presque évanouie entre mes bras. Bref, ils firent si bien, qu'au bout de quelques minutes ils accoururent nous rejoindre, emmenant avec eux le More, les mains liées et un mouchoir sur la bouche.

Nous les dirigeâmes tous deux vers la barque, où nos gens nous attendaient dans une horrible anxiété. Il était environ deux heures de la nuit quand nous y en-trâmes. On ôta à Agimorato le mouchoir et les liens, en le menaçant de le tuer s'il jetait un seul cri. Tour-nant les yeux sur sa fille qu'il ne savait pas encore s'être livrée elle-même, il fut étrangement surpris de voir que je la tenais embrassée, et qu'elle le souffrait sans résis-tance; il poussa un soupir, et s'apprêtait à lui faire d'amers reproches, quand les injonctions du renégat lui imposèrent silence.

Dès que l'on commença à ramer, Zoraïde me fit prier par le renégat de rendre la liberté aux prisonniers, me-naçant de se jeter à la mer plutôt que de souffrir qu'on emmenât captif un père qui l'aimait si tendrement, et pour qui elle avait une affection non moins vive. J'y consentis d'abord; mais le renégat m'ayant représenté combien il était dangereux de délivrer des gens qui ne seraient pas plus tôt libres qu'ils compromettraient notre entreprise, nous tombâmes tous d'accord de ne les relâcher que sur le sol chrétien. Aussi, après nous être recommandés à Dieu, nous naviguâmes gaiement, à l'aide de nos bons rameurs, faisant route vers les îles Baléares, terre chrétienne la plus proche. Mais tout à coup le vent du nord s'éleva, et, la mer grossissant à chaque instant, il devint impossible de conserver cette direction: nous fûmes contraints de tourner la proue vers Oran, non sans appréhension d'être découverts ou de rencontrer quelques bâtiments faisant la course.

Pendant ce temps, Zoraïde tenait sa tête entre ses mains pour ne pas voir son père, et j'entendais qu'elle priait *Lela Marien* de venir à notre secours.

Nous avions fait trente milles environ, quand le jour, qui commençait à poindre, nous laissa voir la terre à trois portées de mousquet. Nous gagnâmes la haute mer, devenue moins agitée; puis lorsque nous fûmes à deux lieues du rivage, nous dîmes à nos Espagnols de ramer plus lentement, afin de prendre un peu de nourriture. Ils répondirent qu'ils mangeraient sans quitter les rames, parce que le moment de se reposer n'était pas venu. Un fort coup de vent nous ayant alors assaillis à l'improviste, nous fûmes obligés de hisser la voile et de cingler de nouveau sur Oran. On donna à manger aux Mores, que le renégat consolait en leur affirmant qu'ils n'étaient point esclaves, et que bientôt ils seraient libres.

Elle me dit, les yeux pleins de larmes: Tu t'en vas
donc, chrétien, tu t'en vas?

Il tint le même langage au père de Zoraïde; mais le
vieillard répondit: Chrétiens, après vous être exposés à

tant de périls pour me ravir la liberté, pensez-vous que je sois assez simple pour croire que vous ayez l'intention de me la rendre si libéralement et si vite, surtout me connaissant, et sachant de quel prix je puis la payer? Si vous voulez la mettre à prix, je vous offre tout ce que vous demanderez pour moi et pour ma pauvre fille, ou seulement pour elle, qui m'est plus chère que la vie.

En achevant ces mots, il se mit à verser des larmes amères. Zoraïde, qui s'était tournée vers son père, en voyant son affliction, l'embrassa tendrement, et ils pleurèrent tous deux avec de telles expressions de tendresse et de douleur, que la plupart d'entre nous sentirent leurs yeux se mouiller de larmes.

Mais lorsque Agimorato vint à s'apercevoir que sa fille était parée et aussi couverte de pierreries que dans un jour de fête: Qu'est-ce que ceci? lui dit-il. Hier, avant notre malheur, tu portais tes vêtements ordinaires, et aujourd'hui que nous avons sujet d'être dans la dernière affliction, te voilà parée de ce que tu as de plus précieux, comme au temps de ma prospérité? Réponds à cela, je te prie, car j'en suis encore étonné plus que de l'infortune qui nous accable.

Zoraïde ne répondait rien, quand tout à coup son père, découvrant dans un coin de la barque sa cassette de pierreries, lui demanda, frappé d'une nouvelle surprise, comment ce coffre se trouvait entre nos mains.

Seigneur, lui dit le renégat, n'obligez point votre fille à s'expliquer là-dessus; je vais tout vous apprendre en peu de mots: Zoraïde est chrétienne; elle a été la lime de nos chaînes, et c'est elle qui nous rend la liberté; elle vient avec nous de son plein gré, heureuse surtout d'avoir embrassé une religion aussi pleine de vérités que la vôtre l'est de mensonges. Cela est-il vrai, ma fille? dit le More. Oui, mon père, répondit Zoraïde. Tu es chrétienne! s'écria Agimorato; c'est donc toi qui as mis ton père au pouvoir de ses ennemis? Je suis chrétienne, il est vrai, répliqua Zoraïde; mais je ne vous ai point mis dans l'état où vous êtes; jamais je n'ai pensé à vous livrer, ni à vous causer le moindre déplaisir; j'ai seulement voulu chercher un bien que je ne pouvais trouver parmi les Mores. Et quel est ce bien, ma fille? dit le vieillard. Demandez-le à Lela Marien, répondit Zoraïde; elle vous l'apprendra mieux que moi.

Agimorato n'eut pas plutôt entendu cette réponse, que sans dire un mot il se précipita dans la mer, et il y eut certainement trouvé la mort sans les longs vêtements qu'il portait. Aux cris de Zoraïde, on s'élança et l'on parvint à remettre le vieillard dans la barque à demi-mort et privé de sentiment. Pénétrée de douleur, Zo-raïde embrassait avec désespoir le corps de son père;

mais grâce à nos soins, au bout de quelques heures il reprit connaissance.

Bientôt le vent changea; alors nous fûmes forcés de nous diriger vers la terre, craignant sans cesse d'y être jetés, et tâchant de nous en garantir à force de rames. Mais notre bonne étoile nous fit aborder à une cale voisine d'un petit cap ou promontoire que les Mores appellent la *Cava rumia*[53], ce qui en leur langue veut dire la *mauvaise femme chrétienne*, parce que la tradition raconte que Florinde, cette fameuse fille du comte Julien, qui fut la cause de la perte de l'Espagne, y est enterrée. Ils regardent comme un mauvais présage d'être obligé de se réfugier dans cet endroit, et ils ne le font jamais que par nécessité: mais ce fut pour nous un port assuré contre la tempête qui nous menaçait. Nous plaçâmes des sentinelles à terre, et, sans abandonner les rames, nous prîmes un peu de nourriture, priant Dieu de mener à bonne fin une entreprise si bien commencée.

Pour céder aux supplications de Zoraïde, on se prépara à mettre à terre son père et les autres Mores prisonniers. En effet, le ciel ayant exaucé nos prières, et la mer étant devenue plus tranquille, nous déliâmes les Mores, et contre leur espérance nous les déposâmes sur le rivage. Mais quand on voulut faire descendre le père de Zoraïde: Chrétiens, nous dit-il, pourquoi pensez-vous que cette méchante créature souhaite de me voir en liberté? croyez-vous qu'un sentiment d'amour et de pitié l'engage à ne pas me rendre le témoin de ses mauvais desseins? Croyez-vous qu'elle ait changé de religion dans l'espoir que la vôtre soit meilleure que la sienne? Non, non, c'est parce qu'elle sait que les femmes sont plus libres chez vous que chez les Mores. Infâme, ajouta-t-il en se tournant vers elle, pendant que nous le tenions à bras-le-corps pour prévenir quelque emportement, fille dénaturée, que cherches-tu? où vas-tu, aveugle? ne vois-tu point que tu te jettes entre les bras de nos plus dangereux ennemis? Va, misérable! je me repens de t'avoir donné la vie. Que l'heure en soit maudite à jamais! à jamais maudits soient les soins que j'ai pris de ton enfance!

Voyant que ces imprécations ne tarissaient pas, je fis promptement déposer sur le rivage Agimorato; mais à peine y fut-il qu'il les recommença avec une fureur croissante, priant Allah de nous engloutir dans les flots; puis, quand il crut que ses paroles ne pouvaient presque plus arriver jusqu'à nous, la barque commençant à s'éloigner, il s'arracha les cheveux et la barbe, et se roula par terre avec de si grandes marques de désespoir, que nous redoutions quelque funeste événement.

Mais bientôt nous l'entendîmes crier de toutes ses forces: Reviens, ma chère fille, reviens! je te pardonne;

laisse à tes ravisseurs ces richesses, et viens consoler un père qui t'aime et qui va mourir dans ce désert où tu l'abandonnes. Zoraïde pleurait à chaudes larmes sans pouvoir articuler une parole; à la fin, faisant un suprême effort: Mon père, lui dit-elle, je prie Lela Malien, qui m'a faite chrétienne, de vous donner de la consolation. Allah m'est témoin que je n'ai pu m'empêcher de faire ce que j'ai fait; les chrétiens ne m'y ont nullement forcée; mais je n'ai pu résister à Lela Marien. Zoraïde parlait encore, quand son père disparut à nos yeux.

Délivrés de cette inquiétude, nous voulûmes profiter d'une brise qui nous faisait espérer d'atteindre le lendemain les côtes d'Espagne. Par malheur, notre joie fut de courte durée; peut-être aussi les malédictions d'Agimorato produisirent-elles leur effet, car vers trois heures de la nuit, voguant à pleines voiles et les rames au repos, nous aperçûmes tout à coup, à la clarté de la lune, un vaisseau rond qui venait par notre travers, et déjà si rapproché que nous eûmes beaucoup de peine à éviter sa rencontre. Il nous héla, demandant qui nous étions, d'où nous venions, et où nous allions. A ces questions faites en français, le renégat ne voulut pas qu'on répondît, assurant, disait-il, que c'étaient des corsaires français qui pillaient indifféremment amis et ennemis. Nous pensions déjà en être quittes pour la peur, quand nous reçûmes deux boulets ramés, dont l'un coupa en deux notre grand mât, qui tomba dans la mer avec la voile, et dont l'autre donna dans les flancs de la barque, et la perça de part en part, sans pourtant blesser personne. En nous sentant couler, nous demandâmes du secours aux gens du vaisseau, leur criant de venir nous prendre, parce que nous périssions. Ils diminuèrent de voiles, et, mettant la chaloupe à la mer, ils vinrent au nombre de douze, mousquet et mèche allumée; lorsqu'ils eurent reconnu que la barque enfonçait, ils nous prirent avec eux, tout en nous reprochant de nous être attiré ce traitement par notre incivilité.

A peine fûmes-nous montés à leur bord, qu'après s'être informés de ce qu'ils voulaient savoir, ils se mirent à nous traiter en ennemis: nous dépouillant du peu que nous possédions, car la cassette où étaient les pierreries, avait été jetée à la mer par le renégat sans que personne s'en fût aperçu. Ils ôtèrent aussi à Zoraïde les bracelets qu'elle avait aux pieds et aux mains; et plus d'une fois je craignis qu'ils ne passassent à des violences plus graves; mais heureusement ces gens-là, tout grossiers qu'ils sont, n'en veulent qu'au butin, dont ils sont si avides, qu'ils nous auraient enlevé jusqu'à nos habits d'esclaves s'ils avaient pu s'en servir. Un moment ils délibérèrent entre eux s'ils ne nous jetteraient point à la mer, enveloppés dans une voile, parce qu'ayant dessein, disaient-ils, de trafiquer dans quelques ports de l'Espagne, sous pavillon anglais, ils craignaient que nous ne donnassions avis de leurs brigandages. Beaucoup furent de cette opinion; mais le capitaine, à qui la dépouille de ma chère Zoraïde était tombée en partage, déclara qu'il était content de sa prise, et qu'il ne songeait plus qu'à repasser le détroit de Gibraltar, pour regagner, sans s'arrêter, le port de la Rochelle, d'où il était parti. S'étant mis d'accord sur ce point, le jour suivant ils nous donnèrent leur chaloupe avec le peu de vivres qu'il fallait pour le reste de notre voyage, car nous étions déjà proche des terres d'Espagne, dont la vue nous causa tant de joie que nous en oubliâmes toutes nos disgrâces.

Il était midi environ quand nous descendîmes dans la chaloupe, avec deux barils d'eau et un peu de biscuit. Touché de je ne sais quelle pitié pour Zoraïde, le capitaine, en nous quittant, lui remit quarante écus d'or, et de plus défendit à ses compagnons de la dépouiller de ses habits, qui sont ceux qu'elle porte encore aujourd'hui. Nous prîmes congé de ces hommes, en les remerciant et en leur témoignant moins de déplaisir que de reconnaissance; et pendant qu'ils continuaient leur route, nous voguâmes en hâte vers la terre, que nous avions en vue, et dont nous approchâmes tellement au coucher du soleil, que nous aurions pu aborder avant la nuit. Mais comme le temps était couvert, et que nous ne connaissions point le pays, nous n'osâmes débarquer, malgré l'avis de plusieurs d'entre nous, qui disaient, non sans raison, qu'il valait mieux donner contre un rocher, loin de toute habitation, plutôt que de s'exposer à la rencontre des corsaires de Tétouan, qui toutes les nuits infestent ces parages.

De ces avis opposés il s'en forma un troisième, ce fut d'approcher peu à peu de la côte, et de descendre dès que l'état de la mer le permettrait. On continua donc à ramer, et vers minuit nous arrivâmes près d'une haute montagne; tous alors nous descendîmes sur le sable, et aussitôt chacun de nous embrassa la terre avec des larmes de joie, rendant grâce à Dieu de la protection qu'il nous avait accordée. On ôta les provisions de la chaloupe, après l'avoir tirée sur le rivage; puis nous nous dirigeâmes vers la montagne, ne pouvant croire encore que nous fussions chez des chrétiens et en lieu de sûreté. Le jour venu, il fallut atteindre le sommet pour découvrir de là quelque village, ou quelque cabane de pêcheur; mais ne voyant ni habitation, ni chemin, ni même le moindre sentier, si loin que nous pussions porter la vue, nous nous mîmes en chemin, soutenus par l'espoir de rencontrer quelqu'un qui nous apprît où nous étions.

Après avoir fait environ un quart de lieue, le son d'une petite clochette nous fit penser qu'il y avait non loin de là quelque troupeau, et en même temps nous vîmes assis au pied d'un liége un berger qui, dans le plus grand calme, taillait un bâton avec son couteau. Nous l'appelâmes; il se leva, tourna la tête, et, à ce que nous avons su depuis, ayant aperçu le renégat et Zoraïde vêtus en Mores, il s'enfuit avec une vitesse incroyable, en criant: Aux armes! aux armes! et croyant avoir tous les Mores d'Afrique à ses trousses. Cela nous mit un peu en peine; aussi, prévoyant que tout le canton allait prendre l'alarme, et ne manquerait pas de venir nous reconnaître, nous fîmes prendre au renégat, la casaque d'un des nôtres, au lieu de sa veste; puis, nous recommandant à Dieu, nous suivîmes la trace du berger, toujours dans l'appréhension de voir d'un moment à l'autre la cavalerie de la côte fondre sur nous. Au bout de deux heures, la chose arriva comme nous l'avions pensé.

A peine étions-nous entrés dans la plaine, à la sortie d'une vaste lande, que nous aperçûmes une cinquantaine de cavaliers qui venaient au grand trot à notre rencontre. Nous fîmes halte pour les attendre; mais quand ils furent arrivés, et qu'au lieu de Mores qu'ils cherchaient, ils virent une petite troupe de chrétiens misérables et en désordre, ils s'arrêtèrent tout surpris et nous demandèrent si ce n'était point nous qui avions causé l'alarme. Je répondis que oui, et je me préparais à en dire davantage, lorsqu'un de mes compagnons, reconnaissant le cavalier qui parlait, m'interrompit en s'écriant: Dieu soit loué, qui nous a si bien adressés! car, si je ne me trompe, nous sommes dans la province de Velez-Malaga; et vous, seigneur, si ma captivité ne m'a point fait perdre la mémoire, vous êtes Pedro Bustamente, mon cher oncle.

Reviens, ma chère fille, reviens, je te pardonne!

A ce nom, le cavalier sauta à bas de son cheval, et courut embrasser le jeune homme: Oui, c'est moi, mon cher neveu, lui dit-il; oui, c'est bien toi, mon enfant, que j'ai cru mort et pleuré tant de fois; ta mère et toute ta famille auront bien de la joie de ton retour: nous avions enfin appris que tu étais à Alger, et à tes vêtements comme à ceux de tes compagnons, je comprends que vous vous êtes sauvés par quelque voie extraordinaire. Cela est vrai, répondit le captif, et Dieu aidant, nous vous en ferons le récit.

Dès qu'ils surent que nous étions des chrétiens esclaves, les cavaliers mirent pied à terre, et chacun offrit sa monture pour nous conduire à Velez-Malaga, qui était distant d'une lieue et demie. Quelques-uns d'entre eux se chargèrent d'aller prendre la barque pour la porter à la ville; les autres nous prirent en croupe de leurs chevaux; et Bustamente fit monter Zoraïde avec lui sur le sien. En cet équipage nous fûmes accueillis avec joie par tous les habitants, qui, déjà prévenus, venaient au-devant de nous. Ils s'étonnaient peu de voir des esclaves et des Mores esclaves, parce que ceux qui habitent ces côtes sont accoutumés à semblables rencontres. Quant à Zoraïde, la fatigue du chemin et la joie de se voir parmi les chrétiens, donnaient des couleurs si vives et tant d'éclat à sa beauté, que, je puis le dire sans flatterie, elle excitait l'admiration générale. Tout le peuple nous accompagna à l'église, pour aller rendre grâces à Dieu. Nous n'y fûmes pas plus tôt entrés, que Zoraïde s'écria: Voilà des visages qui ressemblent à celui de Lela Marien. Nous lui dîmes que c'étaient ses images, et le renégat lui expliqua de son mieux pourquoi elles étaient là, afin qu'elle leur rendît le même hommage que les chrétiens.

L'esprit vif de Zoraïde lui fit comprendre aisément les paroles du renégat, et dans sa dévotion naïve elle montra à sa manière une si véritable piété que tous ceux qui la regardaient pleuraient de joie. En sortant de l'église, on nous donna des logements, et mon compagnon, ce neveu de Bustamente, nous emmena, le renégat, Zoraïde et moi, dans la maison de son père, qui nous reçut avec la même affection qu'il témoignait à son propre fils. Après avoir passé environ six jours à Velez-Malaga, et avoir fait toutes les démarches nécessaires à sa sûreté, le renégat se rendit à Grenade afin de rentrer, par le moyen de la Sainte-Inquisition, dans le giron de l'Église, et chacun de nos compagnons prit le parti qui lui plut. Zoraïde et moi nous restâmes seuls avec le secours qu'elle tenait de la libéralité du corsaire français, dont j'employai une partie à acheter cette monture afin de lui épargner de la fatigue.

Maintenant, lui servant toujours de protecteur et d'écuyer, nous allons savoir si mon père est encore vivant, et si l'un de mes frères a rencontré un meilleur sort que le mien, quoique après tout je n'aie pas lieu de m'en plaindre, puisqu'il me vaut l'affection de Zoraïde, dont la beauté et la vertu sont pour moi d'un plus haut prix que tous les trésors du monde. Mais je voudrais pouvoir la dédommager de tout ce qu'elle a perdu, et qu'elle n'eût pas lieu de se repentir d'avoir abandonné tant de richesses, et un père qui l'aimait si tendrement, pour accompagner un malheureux. Rien de plus admirable que la patience dont elle a fait preuve dans toutes les fatigues que nous avons souffertes et de tous les accidents qui nous sont arrivés, si ce n'est le désir ardent qu'elle a de se voir chrétienne. Aussi, quand je ne serais point son obligé autant que je le suis, sa seule vertu m'inspirerait toute l'estime et l'attachement que je lui dois par reconnaissance, et m'engagerait à la servir et à l'honorer toute ma vie. Mais le bonheur que j'éprouve d'être à elle est troublé par l'inquiétude de savoir si je pourrai trouver dans mon pays quelque abri pour la retirer, mon père étant mort sans doute, et mes frères occupant, je le crains, des emplois qui les tiennent éloignés du lieu de leur naissance, sans compter que la fortune ne les aura peut-être pas mieux traités que moi-même.

Seigneurs, telle est mon histoire. J'aurais désiré vous la raconter aussi agréablement qu'elle est pleine d'étranges aventures; mais je n'ai point l'art de faire valoir les choses, et dans un pays où j'ai été obligé d'apprendre une autre langue, j'ai presque oublié la mienne. Aussi je crains bien de vous avoir ennuyés par la longueur de ce récit; cependant il n'a pas dépendu de moi de le faire plus court, et j'en ai même retranché plusieurs circonstances.

CHAPITRE XLII. DE CE QUI ARRIVA DE NOUVEAU DANS L'HOTELLERIE, ET DE PLUSIEURS AUTRES CHOSES DIGNES D'ÊTRE CONNUES.

Après ces dernières paroles, le captif se tut. En vérité, seigneur capitaine, lui dit don Fernand, la manière dont vous avez raconté votre histoire égale l'intérêt et le charme de l'histoire elle-même; tout y est curieux, extraordinaire, et plein des plus merveilleux incidents; dût le jour de demain nous retrouver occupés à vous écouter, nous serions aises de l'entendre encore une fois. Cardenio et les autres convives lui firent les mêmes compliments, mêlés d'offres si obligeantes, que le captif ne pouvait suffire à exprimer sa reconnaissance, et il remerciait Dieu d'avoir trouvé tant d'amis dans sa mauvaise fortune. Don Fernand ajouta que s'il voulait l'accompagner, il prierait le marquis, son frère, d'être parrain de Zoraïde, et que pour lui, il se chargeait de le mettre en mesure de rentrer dans son pays avec toute la considération due à son mérite. Le captif les remercia courtoisement, et se défendit de bonne grâce d'accepter ces offres généreuses.

Cependant le jour baissait, et quand la nuit fut venue, un carrosse s'arrêta devant la porte de l'hôtellerie, escorté de quelques cavaliers qui demandèrent à loger.

On leur répondit qu'il n'y avait pas un pied carré de libre dans toute la maison. Pardieu, dit un des cavaliers qui avait déjà pied à terre, il y aura bien toujours place pour monseigneur l'auditeur. A ce nom, l'hôtesse se troubla: Seigneur, reprit-elle, je veux dire que nous n'avons point de lits vacants; mais si monseigneur fait porter le sien, comme je n'en doute pas, nous lui abandonnerons volontiers notre chambre pour que Sa Grâce s'y établisse. A la bonne heure, dit l'écuyer.

En même temps descendait du carrosse un homme de bonne mine, dont le costume indiquait la dignité. Sa longue robe à manches tailladées faisait assez connaître qu'il était auditeur, comme l'avait annoncé son valet. Il tenait par la main une jeune demoiselle d'environ quinze à seize ans, en habit de voyage, mais si fraîche, si jolie et de si bon air, que tous ceux qui étaient dans l'hôtellerie la trouvèrent non moins belle que Dorothée, Luscinde et Zoraïde. Don Quichotte, qui se trouvait présent, ne put s'empêcher, en le voyant s'avancer, de lui adresser ces paroles: Seigneur, lui dit-il, que Votre Grâce entre avec assurance dans ce château, et y demeure tant qu'il lui plaira. Tout étroit qu'il est et assez mal pourvu des choses nécessaires, il peut suffire à n'importe quel homme de guerre ou de lettres, surtout quand il se présente, ainsi que Votre Grâce, accompagné d'une si charmante personne, devant qui non-seulement les portes des châteaux doivent s'ouvrir, mais les rochers se dissoudre, et les montagnes s'abaisser. Que Votre Grâce entre donc dans ce paradis, elle y trouvera des soleils et des étoiles dignes de faire compagnie à l'astre éblouissant qu'elle conduit par la main: je veux dire les armes à leur poste, et la beauté dans toute son excellence.

Tout interdit de cette harangue, l'auditeur se mit à considérer notre héros de la tête aux pieds, non moins étonné de sa figure que de ses paroles. Pendant que Luscinde et Dorothée entendant l'hôtesse vanter la beauté de la jeune voyageuse, s'avançaient avec empressement pour la recevoir, Don Fernand, Cardenio et le curé vinrent se joindre à elles; et tous accablèrent l'auditeur de tant de civilités, qu'il avait à peine le temps de se reconnaître; aussi, tout surpris de ce qu'il venait de voir et d'entendre en si peu de temps, il entra dans l'hôtellerie, faisant de grandes révérences à droite et à gauche sans savoir que répondre. Il ne doutait pas qu'il n'eût affaire à des gens de qualité; mais le visage, le costume et les manières de don Quichotte le déroutaient. Enfin, après force compliments de part et d'autre, on arrêta que les dames coucheraient toutes dans la même chambre, et que les hommes se tiendraient au dehors, comme leurs protecteurs et leurs gardiens; l'auditeur consentit à tout et s'accommoda du lit de l'hôtelier joint à celui qu'il faisait porter.

Quant au captif, dès le premier regard jeté sur l'auditeur, il avait ressenti de secrets mouvements qui lui disaient que cet inconnu était son frère; mais dans la joie que lui donnait cette rencontre, ne voulant pas s'en rapporter à son pressentiment, il demanda à l'un des écuyers le nom de son maître. L'écuyer répondit qu'il s'appelait Juan Perez de Viedma; et qu'il le croyait originaire des montagnes de Léon. Cette réponse acheva de confirmer le captif dans son opinion, il prit à part don Fernand, Cardenio et le curé, et les assura que le voyageur était certainement ce frère qui avait voulu se livrer à l'étude; que ses gens venaient de lui apprendre qu'il était auditeur dans les Indes, en l'audience du Mexique, et que la jeune demoiselle était sa fille, dont la mère était morte en la mettant au monde. Là-dessus il leur demanda conseil sur la manière dont il pourrait se faire reconnaître, et s'il ne devait pas d'abord s'assurer de l'accueil qui lui était réservé, parce que, dans le dénûment où il se trouvait, l'auditeur aurait peut-être quelque honte de l'avouer pour son frère.

Seigneur, laissez-moi tenter cette épreuve, dit le curé; j'ai bonne opinion du succès, et à sa physionomie je vois d'avance qu'il n'a pas ce sot orgueil qui fait mépriser les gens que la fortune persécute.

Je ne voudrais pourtant pas me présenter brusquement, reprit le captif; il serait préférable, ce me semble, de le pressentir et de le préparer adroitement à me revoir.

Encore une fois, répliqua le curé, si vous voulez vous en rapporter à moi, je ne doute point que vous n'ayez satisfaction, et vous me ferez plaisir en me procurant cette occasion de vous rendre service.

Le souper étant servi, l'auditeur se mit à table; don Fernand, ses compagnons, le curé et Cardenio vinrent lui tenir compagnie, quoiqu'ils eussent déjà pris leur repas du soir; les dames, de leur côté, restèrent avec la jeune fille, qui alla souper dans l'autre chambre, où le captif entra sous prétexte de servir d'interprète à Zoraïde.

Le curé, s'adressant à l'auditeur, pendant qu'il mangeait: Seigneur, lui dit-il, étant jadis esclave à Constantinople, j'ai eu un compagnon de ma mauvaise fortune du même nom que Votre Grâce; c'était un brave homme, et un des meilleurs officiers de l'infanterie espagnole; mais le pauvre diable éprouva autant de traverses qu'il avait de mérite.

Et comment s'appelait cet officier? demanda l'auditeur.

Ruiz Perez de Viedma, répondit le curé, et il était des montagnes de Léon. Un jour, il me raconta une particularité assez étrange de lui et de ses deux frères: son père, me disait-il, craignant, par suite d'une humeur trop libérale, de dissiper son bien, le partagea entre ses trois enfants, en y ajoutant des conseils qui faisaient voir qu'il était homme de sens. Mon compagnon avait choisi la carrière des armes; il s'y distingua si bien par sa valeur, qu'en peu de temps on lui donna une compagnie d'infanterie, et il était en passe de devenir mestre de camp, quand le sort voulut qu'il perdît cet espoir avec la liberté dans cette grande journée de Lépante, où tant d'esclaves la recouvrèrent; pour moi, je fus fait prisonnier à la Goulette, et, après divers événements, nous nous trouvâmes à Constantinople appartenir à un même maître. De là il fut conduit à Alger, où il lui arriva des aventures qui semblent tenir du prodige. Le curé termina par le récit succinct de l'histoire du captif et de Zoraïde, récit que l'auditeur écoutait avec une attention extrême, jusqu'au moment où les Français, après s'être emparés de la barque et avoir dépouillé les malheureux Espagnols, laissèrent Zoraïde et son compagnon dans le plus grand dénûment. Depuis ce jour, ajouta-t-il, on n'a pas eu de leurs nouvelles, et j'ignore s'ils sont arrivés en Espagne, ou si les corsaires les ont emmenés en France.

Le captif ne perdait pas une des paroles du curé, et observait avec une égale attention tous les mouvements de l'auditeur. Celui-ci poussa un grand soupir, et les yeux pleins de larmes: Ah! seigneur, dit-il au curé, si vous saviez combien votre récit me touche! Ce brave soldat dont vous parlez est mon frère aîné, qui, plein d'une généreuse résolution, embrassa la carrière des armes; moi j'ai préféré celle des lettres, où Dieu, mes travaux et mes veilles m'ont fait parvenir à la dignité d'auditeur. Quant à notre frère cadet, il habite le Pérou, où il s'est enrichi. L'argent qu'il nous a envoyé surpasse de beaucoup la somme qu'il avait reçue en partage, et elle a mis notre père à même de satisfaire cette libéralité qui lui est naturelle. Cet excellent homme vit encore, et tous les jours il prie Dieu de ne point le retirer de ce monde qu'il n'ait eu la consolation d'embrasser l'aîné de ses enfants, dont il n'a pas reçu la moindre nouvelle depuis son départ. On a vraiment peine à comprendre qu'un homme tel que mon frère soit resté aussi longtemps sans informer de sa situation un père qui l'aime et sans témoigner quelque sollicitude pour sa famille. Si nous eussions été instruits de sa disgrâce, il n'aurait pas, à coup sûr, eu besoin de cette canne merveilleuse qui lui rendit la liberté. Mais je crains bien qu'il ne l'ait reperdue avec ces corsaires. Et qui sait si ces misérables ne se seront pas défaits de lui pour mieux cacher leurs brigandages? Hélas! cette pensée va troubler tout l'agrément que je me promettais de mon voyage, et je ne saurais plus goûter de véritable joie. Ah! mon pauvre frère, si je pouvais savoir où vous êtes en ce moment, je n'épargnerais rien pour adoucir votre misère, et je suis assuré que notre père donnerait tout pour vous délivrer. O Zoraïde! aussi libérale que belle, qui pourra jamais vous récompenser dignement? Que j'aurais de plaisir à voir la fin de vos malheurs, et, par un mariage tant désiré, de contribuer à faire deux heureux! L'auditeur prononça ces paroles avec une telle expression de douleur et de tendresse, que tous ceux qui l'entendaient en furent touchés.

Chacun des cavaliers offrit sa monture pour nous conduire à Velez-Malaga.

Le curé, voyant que son dessein avait si bien réussi, ne voulut pas différer plus longtemps: il se leva de table, et allant prendre d'une main Zoraïde, que suivirent

Dorothée, Luscinde et Claire, il saisit en passant de l'autre main celle du captif: Essuyez vos larmes, seigneur, dit-il à l'auditeur en revenant vers lui; vous avez devant vous ce cher frère et cette aimable belle-sœur que vous souhaitez si ardemment de voir: voilà le capitaine Viedma, et voici la belle More à qui il est redevable de si grands services; en voyant le misérable état où ces Français les ont réduits, vous serez heureux de donner un libre cours à votre générosité.

Le captif courut aussitôt vers son frère, qui, l'ayant considéré quelque temps et achevant de le reconnaître, se jeta dans ses bras, et tous deux étroitement attachés l'un à l'autre, ils versèrent tant de larmes qu'aucun des assistants ne put retenir les siennes. Il serait impossible de répéter tout ce que se dirent les deux frères: qu'on se figure ce que de braves gens qui s'aiment peuvent éprouver dans un pareil moment! Ils se racontèrent succinctement leurs aventures, et à chaque parole ils se prodiguaient les plus précieuses marques d'une vive amitié. Tantôt l'auditeur quittait son frère pour embrasser Zoraïde, à qui il faisait mille offres obligeantes, tantôt il retournait embrasser son frère; la fille de l'auditeur et la belle More ne pouvaient non plus se séparer, et par les témoignages de tendresse qu'ils se donnaient les uns aux autres, ils firent de nouveau couler les larmes de tous les yeux.

Quant à don Quichotte, il regardait tout cela sans dire mot, et l'attribuait en lui-même aux prodiges de la chevalerie errante. Les deux frères, après s'être embrassés de nouveau, adressèrent quelques excuses à la compagnie, qui leur exprima combien elle prenait part à leur joie. Les compliments étant épuisés de part et d'autre, l'auditeur voulut que le captif l'accompagnât à Séville, pendant qu'on donnerait avis de son retour à leur père, afin que le vieillard pût s'y rendre pour assister au baptême et aux noces de Zoraïde, lui-même devant continuer son voyage, afin de ne pas laisser échapper l'occasion d'un bâtiment prêt à mettre à la voile pour les Indes. Tout le monde partageait la joie du captif, et ne cessait point de le lui témoigner; mais comme il était fort tard, chacun se décida à aller dormir le reste de la nuit.

Don Quichotte s'offrit à faire la garde du château, afin d'empêcher qu'un géant ou quelqu'autre brigand de cette espèce, jaloux des trésors de beautés qu'il renfermait, ne vînt à s'y introduire par surprise. Ceux qui le connaissaient le remercièrent de son offre et ils apprirent à l'auditeur la bizarre manie du chevalier de la Triste-Figure, ce qui le divertit beaucoup. Le seul Sancho se désespérait au milieu de la joie générale, en voyant qu'on tardait à se mettre au lit; lorsqu'il en eut enfin reçu la permission de son maître, il alla s'étendre sur le bât de son âne, qui va lui coûter bien cher,

comme nous le verrons tout à l'heure. Les dames retirées dans leur chambre, et les hommes arrangés de leur
mieux, don Quichotte sortit de l'hôtellerie pour aller se
mettre en sentinelle et faire, comme il l'avait offert, la
garde du château.

Or, au moment où l'aube commençait à poindre, les
dames entendirent tout à coup une voix douce et mé-
lodieuse: d'abord elles écoutèrent avec grande attention, surtout Dorothée, qui s'était éveillée depuis
quelque temps, tandis que Claire Viedma, la fille de
l'auditeur, dormait à ses côtés. Cette voix n'était accompagnée d'aucun instrument, et tantôt il leur semblait que c'était dans la cour qu'on chantait, tantôt dans
un autre endroit. Comme elles étaient dans ce doute et
toujours fort attentives, Cardenio s'approcha de la
porte de leur chambre: Mesdames, dit-il à demi-voix, si
vous ne dormez point, écoutez un jeune muletier qui
chante à merveille.

Nous l'écoutions, et avec beaucoup de plaisir, répondit
Dorothée; puis voyant que la voix recommençait, elle
prêta de nouveau l'oreille, et entendit les couplets sui-
vants:

CHAPITRE XLIII. OU L'ON RACONTE L'INTÉRESSANTE HISTOIRE DU GARÇON MULETIER, AVEC D'AUTRES ÉVÉNEMENTS EXTRAORDINAIRES ARRIVÉS DANS L'HOTELLERIE.

Je suis un nautonnier d'amour,
Voguant sur cette mer si fertile en orages;
Sans connaître de port où se termine un jour
Ma course et mes voyages.

J'ai pour guide un astre brillant,
Dont je suis en tous lieux l'éclatante lumière;
le soleil n'en voit point de plus étincelant
En toute sa carrière.

Mais comme j'ignore son cours,
Je navigue au hasard, incertain de ma course,
Attentif seulement à l'observer toujours,
Et sans autre ressource.

Trop souvent le jaloux destin,
Sous le voile fâcheux de quelque retenue,
Me fait sans guide errer du soir jusqu'au matin
Le cachant à ma vue.

Bel astre si doux à mes yeux!
Ne cache plus le phare utile à mon voyage:

Si tu cesses de luire, en ces funestes lieux
Je vais faire naufrage.

En cet endroit de la chanson, Dorothée voulut faire partager à Claire le plaisir qu'elle éprouvait: elle la poussa deux ou trois fois, et étant parvenue à l'éveiller: Pardonnez-moi, ma belle enfant, lui dit-elle, si j'interromps votre sommeil, mais c'est pour vous faire entendre la plus agréable voix qui soit au monde.

Claire ouvrit les yeux à demi, sans comprendre d'abord ce que lui disait Dorothée; mais après se l'être fait répéter, elle se mit aussi à écouter. A peine eut-elle entendu la voix, qu'il lui prit un tremblement dans tous les membres comme si elle avait eu la fièvre. Ah! madame, dit-elle en se jetant dans les bras de sa compagne, pourquoi m'avez-vous réveillée? La plus grande faveur que pouvait à cette heure m'accorder la fortune, c'était de me tenir les oreilles fermées pour ne pas entendre ce pauvre musicien.

Ma chère enfant, dit Dorothée, apprenez que celui qui chante n'est qu'un garçon muletier.

Ce n'est pas un garçon muletier, reprit Claire, c'est un seigneur de terre et d'âmes, et si bien seigneur de la mienne, que s'il ne veut pas de lui-même y renoncer, il la conservera éternellement.

Dorothée, surprise de ce discours, qu'elle n'attendait pas d'une fille de cet âge, lui répondit: Expliquez-vous, ma belle, et apprenez-moi quel est ce musicien qui vous cause tant d'inquiétude. Mais il me semble qu'il recommence à chanter; il mérite bien qu'on l'écoute, vous répondrez ensuite à mes questions.

Oui, dit Claire en se bouchant les oreilles avec ses deux mains pour ne pas entendre. La voix reprit ainsi:

Mon cœur, ne perds point l'espérance,
Persévérons jusques au bout;
L'amour est le maître de tout;
On devient plus heureux lorsque moins on y pense.

Et le triomphe et la victoire
Suivent un généreux effort;
Il faut toujours tenter le sort,
Mais pour les paresseux il n'est aucune gloire.

L'amour vend bien cher ses caresses;
Pourrait-on les acheter moins?
Qu'est-ce que du temps et des soins?
Un moment de bonheur vaut toutes les richesses[54].

Ici, la voix cessa, et la fille de l'auditeur poussa de nouveaux soupirs. Dorothée, dont la curiosité s'augmentait, la pria de remplir sa promesse. Claire, approchant sa bouche de l'oreille de Dorothée pour ne pas être entendue de Luscinde qui était dans l'autre lit: Celui qui chante, lui dit-elle, est le fils d'un grand seigneur d'Aragon, qui a sa maison à Madrid, vis-à-vis celle de mon père. Je ne sais vraiment où ce jeune gentilhomme a pu me voir, si ce fut à l'église ou ailleurs, car nos fenêtres étaient toujours soigneusement fermées: quoi qu'il en soit, il devint amoureux de moi, et il me l'exprimait souvent par une des fenêtres de sa maison qui ouvrait sur les nôtres, et où je le voyais verser tant de larmes qu'il me faisait pitié. Je m'accoutumai à sa vue, et je me mis à l'aimer sans savoir ce qu'il me demandait. Entre autres signes, je le voyais toujours joindre ses deux mains pour me faire comprendre qu'il désirait se marier avec moi. J'aurais été bien aise qu'il en fût ainsi; mais, hélas! seule et sans mère, je ne savais comment lui faire connaître mes sentiments. Je le laissai donc continuer, sans lui accorder aucune faveur, si ce n'est pourtant quand mon père n'était pas au logis, celle de hausser un moment la jalousie, afin qu'il pût me voir, ce dont le pauvre garçon avait tant de joie, qu'on eût dit qu'il en perdait l'esprit.

Enfin l'époque de notre départ approchait. J'ignore comment il en fut instruit, car je ne pus trouver moyen de l'en prévenir; j'appris alors qu'il en était tombé malade de chagrin, et, ce moment venu, il me fut impossible de lui dire adieu. Mais au bout de deux jours de route, comme nous entrions dans une hôtellerie qui est à une journée d'ici, voilà que je l'aperçois sur la porte en habit de muletier, et si bien déguisé, que je ne l'aurais pas reconnu si je ne l'avais toujours présent à la pensée. Je fus fort étonnée de cette rencontre; et j'en ressentis bien de la joie. Quant à lui, il a les yeux sans cesse attachés sur moi, excepté devant mon père, dont il se cache avec beaucoup de soin. Comme je sais qui il est, et que c'est par amour pour moi qu'il a fait la route à pied avec tant de fatigue, j'en ai beaucoup de chagrin, et partout où il met les pieds, je le suis des yeux. J'ignore quelles sont ses intentions, ni comment il a pu s'échapper de chez son père, qui l'aime tendrement, car il n'a que lui pour héritier, et aussi parce qu'il est fort aimable, comme en jugera sans doute Votre Grâce. On dit qu'il a beaucoup d'esprit, qu'il compose tout ce qu'il chante, qu'il fait très-bien les vers. Aussi, chaque fois que je le vois et l'entends, je tremble que mon père ne vienne à le reconnaître. De ma vie je ne lui ai adressé la parole, et pourtant je l'aime à tel point qu'il me serait désormais impossible de vivre sans lui. Voilà, ma chère dame, tout ce que je puis vous dire de ce musicien dont les accents vous ont charmée; vous voyez, d'après cela, que ce n'est pas un garçon muletier, mais le fils d'un grand seigneur.

Calmez-vous, ma chère enfant, reprit Dorothée en l'embrassant; tout ira bien, et j'espère que des sentiments si raisonnables auront une heureuse fin.

Hélas! madame, dit Claire, quelle fin dois-je espérer! Son père est un seigneur si noble et si riche, qu'il m'estimera toujours trop au-dessous de son fils; et quand à me marier à l'insu du mien, je ne le ferais pas pour tous les trésors du monde. Je voudrais seulement que ce pauvre enfant s'en retournât; peut-être alors que ne le voyant plus, et près de faire moi-même avec mon père un si long voyage, je serai soulagée du mal dont je souffre, quoique je ne pense pas que cela puisse servir à grand'chose. Je ne sais, vraiment, quel démon nous a mis ces idées-là dans la tête, puisque nous sommes tous deux si jeunes, que je le crois à peine âgé de seize ans, tandis que j'en aurai treize seulement dans quelques mois, à ce que m'a dit mon père.

Dorothée ne put s'empêcher de sourire de l'ingénuité de l'aimable Claire: Mon enfant, lui dit-elle, dormons le reste de la nuit; le jour viendra, et il faut espérer que Dieu aura soin de toutes choses.

Elles se rendormirent après cet entretien, et dans l'hôtellerie régna le plus profond silence: il n'y avait d'éveillée que la fille de l'hôtelier et Maritorne, qui, toutes deux connaissant la folie de don Quichotte, résolurent de lui jouer quelque bon tour, pendant que notre chevalier, armé de pied en cap et monté sur Rossinante, ne songeait qu'à faire une garde exacte.

L'auditeur tenait par la main une jeune demoiselle.

Or, il faut savoir qu'il n'y avait dans toute la maison
d'autre fenêtre donnant sur les champs, qu'une simple
lucarne pratiquée dans la muraille, et par laquelle on

jetait la paille pour les mules et les chevaux. Ce fut à cette lucarne que vinrent se poster les deux donzelles, et c'est de là qu'elles aperçurent don Quichotte à cheval, languissamment appuyé sur sa lance et poussant par intervalles de profonds et lamentables soupirs, comme s'il eût été prêt de rendre l'âme. O Dulcinée du Toboso! disait-il d'une voix tendre et amoureuse; type suprême de la beauté, idéal de l'esprit, sommet de la raison, archives des grâces, dépôt des vertus, et finalement abrégé de tout ce qu'il y a dans le monde de bon, d'utile et de délectable, que fait Ta Seigneurie en ce moment? Ta pensée s'occupe-t-elle par aventure du chevalier, ton esclave qui, dans le seul dessein de te plaire, s'est exposé volontairement à tant de périls? Oh! donne-moi de ses nouvelles, astre aux trois visages, qui, peut-être envieux du sien, te livres au plaisir de la regarder, soit qu'elle se promène dans quelque galerie d'un de ses magnifiques palais, soit qu'appuyée sur un balcon doré, elle rêve aux moyens de faire rentrer le calme dans mon âme agitée; c'est-à-dire de me rappeler d'une triste mort à une délicieuse vie, et, sans péril pour sa réputation, de récompenser mon amour et mes services. Et toi, Soleil, qui sans doute ne te hâtes d'atteler tes coursiers qu'afin de venir admirer plus tôt celle que j'adore, salue-la, je t'en prie, de ma part; mais garde-toi de lui donner un baiser, car j'en serais encore plus jaloux que tu ne le fus de cette nymphe ingrate et légère qui te fit tant courir dans les plaines de la Thessalie ou sur les rives du Pénée: je ne me rappelle pas bien où ton amour et ta jalousie t'entraînèrent en cette circonstance.

Notre héros en était là de son pathétique monologue, quand il fut interrompu par la fille de l'hôtelier, qui, faisant signe avec la main, lui dit, en l'appelant à voix basse: Mon bon seigneur, approchez quelque peu, je vous prie. A cette voix, l'amoureux chevalier tourna la tête, et reconnaissant, à la clarté de la lune, qu'on l'appelait par cette lucarne, qu'il transformait en une fenêtre à treillis d'or, ainsi qu'il en voyait à tous les châteaux dont il avait l'imagination remplie, il se mit dans l'esprit, comme la première fois, que la fille du seigneur châtelain, éprise de son mérite et cédant à la passion, le sollicitait de nouveau d'apaiser son martyre. Aussi, plein de cette chimère, et pour ne pas paraître discourtois, il tourna la bride à Rossinante, et s'approcha: Que je vous plains, madame, lui dit-il en soupirant, que je vous plains d'avoir pris pour but de vos amoureuses pensées un malheureux chevalier errant, qui ne s'appartient plus, et que l'amour tient ailleurs enchaîné. Ne m'en voulez pas, aimable demoiselle; retirez-vous dans votre appartement, je vous en conjure, et à force de faveurs ne me rendez point encore plus ingrat. Mais si, à l'exception de mon cœur, il se trouve en moi quelque chose qui puisse payer l'amour que vous me témoignez, demandez-le hardiment: je jure par les yeux de la belle et douce ennemie dont je suis l'esclave, de vous l'accorder sur l'heure, quand bien même vous exigeriez une tresse des cheveux de Méduse, qui étaient autant d'effroyables couleuvres, ou les rayons du Soleil lui-même enfermés dans une fiole.

Ma maîtresse n'a pas besoin de tout cela, seigneur chevalier, répondit Maritorne.

De quoi votre maîtresse a-t-elle besoin, duègne sage et discrète? demanda don Quichotte.

Seulement d'une de vos belles mains, répondit Maritorne, afin de calmer un feu dont l'ardeur l'a conduite à cette lucarne en l'absence d'un père qui, sur le moindre soupçon, hacherait sa fille si menu que l'oreille resterait la plus grosse partie de toute sa personne.

Qu'il s'en garde bien, repartit don Quichotte, s'il ne veut avoir la plus terrible fin que père ait jamais eue pour avoir porté une main insolente sur les membres délicats de son amoureuse fille.

Après un pareil serment, Maritorne ne douta point que don Quichotte ne donnât sa main. Aussi pour exécuter son projet, elle courut à l'écurie chercher le licou de l'âne de Sancho, et revint bientôt après juste au moment où le chevalier venait de se mettre debout sur sa selle, pour atteindre jusqu'à la fenêtre grillée où il apercevait la passionnée demoiselle: Voilà, lui dit-il en se haussant, voilà cette main que vous demandez, madame, ou plutôt ce fléau des méchants qui troublent la terre par leurs forfaits, cette main que personne n'a jamais touchée, pas même celle à qui j'appartiens corps et âme; prenez-la cette main, je vous la donne non pour la couvrir de baisers, mais simplement pour vous faire admirer l'admirable contexture de ses nerfs, le puissant assemblage de ses muscles, et la grosseur peu commune de ses veines; jugez, d'après cela, quelle est la force du bras auquel appartient une telle main.

Nous le verrons dans un instant, dit Maritorne, qui ayant fait un noeud coulant à l'un des bouts du licou, le jeta au poignet de don Quichotte, puis s'empressa d'attacher l'autre bout au verrou de la porte.

Le chevalier, sentant la rudesse du lien qui lui retenait le bras, ne savait que penser: Ma belle demoiselle, lui dit-il avec douceur, il me semble que Votre Grâce m'égratigne la main au lieu de la caresser, épargnez-la, de grâce; elle n'a aucune part au tourment que vous endurez; il n'est pas juste que vous vengiez sur une petite partie de moi-même la grandeur de votre dépit: quand on aime bien, on ne traite pas les gens avec cette rigueur.

Il avait beau se plaindre, personne ne l'écoutait, car dès que Maritorne l'eut lié de telle sorte qu'il ne pouvait plus se détacher, nos deux donzelles s'étaient retirées en pouffant de rire. Le pauvre chevalier resta donc debout sur son cheval, le bras engagé dans la lucarne, fortement retenu par le poignet, et mourant de peur que Rossinante, en se détournant tant soit peu, ne l'abandonnât à ce supplice d'un nouveau genre. Dans cette inquiétude il n'osait remuer; et retenant son haleine, il craignait de faire un mouvement qui impatientât son cheval, car il ne doutait pas que de lui-même le paisible quadrupède ne fût capable de rester là un siècle entier. Au bout de quelque temps néanmoins, le silence de ces dames commença à lui faire penser qu'il était le jouet d'un enchantement, comme lorsqu'il fut roué de coups dans ce même château par le More enchanté, et il se reprochait déjà l'imprudence qu'il avait eue de s'y exposer une seconde fois, après avoir été si maltraité la première. J'aurais dû me rappeler, se disait-il en lui-même, que lorsqu'un chevalier tente une aventure sans pouvoir en venir à bout, c'est une preuve qu'elle est réservée à un autre; et il est dispensé dans ce cas de l'entreprendre de nouveau. Cependant il tirait son bras, avec beaucoup de ménagement toutefois, de crainte de faire bouger Rossinante, mais tous ses efforts ne faisaient que resserrer le lien, de sorte qu'il se trouvait dans cette cruelle alternative, ou de se tenir sur la pointe des pieds, ou de s'arracher le poignet pour parvenir à se remettre en selle. Oh! comme en cet instant il eût voulu posséder cette tranchante épée d'Amadis, qui détruisait toutes sortes d'enchantements!

que de fois il maudit son étoile, qui privait la terre du secours de son bras tant qu'il resterait enchanté! Que de fois il invoqua sa bien-aimée Dulcinée du Toboso! que de fois il appela son fidèle écuyer Sancho Panza, qui, étendu sur le bât de son âne, et enseveli dans un profond sommeil, oubliait que lui-même fût de ce monde!

Finalement, l'aube du jour le surprit, mais si confondu, si désespéré, qu'il mugissait comme un taureau, et malgré tout si bien persuadé de son enchantement, que confirmait encore l'incroyable immobilité de Rossinante, qu'il ne douta plus que son cheval et lui ne dussent rester plusieurs siècles sans boire, ni manger, ni dormir, jusqu'à ce que le charme fût rompu, ou qu'un plus savant enchanteur vînt le délivrer.

Il en était là, lorsque quatre cavaliers bien équipés et portant l'escopette à l'arçon de leurs selles, vinrent frapper à la porte de l'hôtellerie. Don Quichotte, pour remplir malgré tout le devoir d'une vigilante sentinelle, leur cria d'une voix haute: Chevaliers ou écuyers, ou qui que vous soyez, cessez de frapper à la porte de ce château: ne voyez-vous pas qu'à cette heure ceux qui l'habitent reposent encore? On n'ouvre les forteresses qu'après le lever du soleil. Retirez-vous, et attendez qu'il soit jour; nous verrons alors s'il convient ou non de vous ouvrir.

Quelle diable de forteresse y a-t-il ici, pour nous obliger à toutes ces cérémonies? dit l'un des cavaliers; si vous êtes l'hôtelier, faites-nous ouvrir promptement, car nous sommes pressés, et nous ne voulons que faire donner l'orge à nos montures, puis continuer notre chemin.

Est-ce que j'ai la mine d'un hôtelier? repartit don Quichotte.

Je ne sais de qui vous avez la mine, répondit le cavalier; mais il faut rêver pour appeler cette hôtellerie un château.

C'en est un pourtant, et des plus fameux de tout le royaume, répliqua don Quichotte; il a pour hôtes en ce moment tels personnages qui se sont vus le sceptre à la main et la couronne sur la tête.

C'est sans doute une troupe de ces comédiens qu'on voit sur le théâtre, répondit le cavalier; car il n'y a guère d'apparence qu'il y ait d'autres gens dans une pareille hôtellerie.

Vous connaissez peu les choses de la vie, repartit don Quichotte, puisque vous ignorez encore les miracles qui ont lieu chaque jour dans la chevalerie errante.

Ennuyés de ce long dialogue, les cavaliers recommencèrent à frapper de telle sorte, qu'ils finirent par éveiller tout le monde. Or, il arriva qu'en ce moment la jument d'un d'entre eux s'en vint flairer Rossinante, qui, immobile et l'oreille basse, continuait à soutenir le corps allongé de son maître. Rossinante, qui était de chair, quoiqu'il parût de bois, voulut à son tour s'approcher de la jument qui lui faisait des avances; mais à peine eût-il bougé tant soit peu, que, glissant de sa selle, les deux pieds de don Quichotte perdirent à la fois leur appui, et le pauvre homme serait tombé lourdement s'il n'avait été fortement attaché par le bras. Il éprouva une telle angoisse, qu'il crut qu'on lui arrachait le poignet. Allongé par le poids de son corps, il touchait presque à terre, ce qui lui fut un surcroît de douleur, car, sentant combien peu il s'en fallait que ses pieds ne portassent, il s'allongeait de lui-même encore plus, comme font les malheureux soumis au supplice de l'estrapade, et augmentait ainsi son tourment.

CHAPITRE XLIV. OU SE POURSUIVENT LES ÉVÉNEMENTS INOUIS DE L'HOTELLERIE.

Aux cris épouvantables que poussait don Quichotte, l'hôtelier s'empressa d'ouvrir la porte, pendant que de son côté Maritorne, éveillée par le bruit et en devinant sans peine la cause, se glissait dans le grenier afin de détacher le licou et de rendre la liberté au chevalier, qui roula par terre en présence des voyageurs. Ils lui demandèrent pour quel sujet il criait si fort; mais, sans leur répondre, notre héros se relève promptement, saute sur Rossinante, embrasse son écu, met la lance en arrêt, et, prenant du champ, revient au petit galop en disant: Quiconque prétend que j'ai été justement enchanté ment comme un imposteur; je lui en donne le démenti! et pourvu que madame la princesse de Micomicon m'en accorde la permission, je le défie et l'appelle en combat singulier.

Ces paroles surprirent grandement les nouveaux venus qui, ayant su l'humeur bizarre du chevalier, ne s'y arrêtèrent pas davantage et demandèrent à l'hôtelier s'il n'y avait point chez lui un jeune homme d'environ quinze ans, vêtu en muletier; en un mot, ils donnèrent le signalement complet de l'amant de la belle Claire.

Il y a tant de gens de toute sorte dans ma maison, répondit l'hôtelier, que je n'ai pas pris garde à celui dont vous parlez.

Mais un des cavaliers, reconnaissant le cocher qui avait amené l'auditeur, s'écria que le jeune homme était sans doute là: Qu'un de nous, ajouta-t-il, se tienne à la porte et fasse sentinelle, pendant que les autres le chercheront; il serait bon aussi de veiller autour de l'hôtellerie, de peur que le fugitif ne s'échappe par-dessus les murs. Ce qui fut fait.

Le jour étant venu, chacun pensa à se lever, surtout Dorothée et la jeune Claire, qui n'avaient pu dormir, l'une troublée de savoir son amant si près d'elle, et l'autre brûlant d'envie de le connaître. Don Quichotte étouffait de rage, en voyant qu'aucun des voyageurs ne faisait attention à lui, et s'il n'eût craint de manquer aux lois de la chevalerie, il les aurait assaillis tous à la fois, pour les contraindre de répondre à son défi. Mais tenu comme il l'était de n'entreprendre aucune aventure avant d'avoir rétabli la princesse de Micomicon sur le trône, il se résigna et regarda faire les voyageurs.

Voilà, dit-il en se haussant, voilà la main que vous demandez, madame.

L'un d'eux ayant enfin trouvé le jeune garçon qu'ils
cherchaient, endormi tranquillement auprès d'un mule-

tier, le saisit par le bras et lui dit en l'éveillant: Par ma foi, seigneur don Luis, je vous trouve dans un bel équipage, et ce lit répond bien aux délicatesses dans lesquelles vous avez été élevé!

Notre amoureux, encore tout assoupi, se frotta les yeux, et ayant envisagé celui qui le tenait, reconnut un des valets de son père, ce dont il fut si surpris qu'il fut longtemps sans pouvoir articuler une parole.

Seigneur don Luis, continua le valet, vous n'avez qu'un seul parti à prendre. Retournez chez votre père, si vous ne voulez être bientôt privé de lui; car il n'y a guère autre chose à attendre de l'état où l'a mis votre fuite.

Hé! comment mon père a-t-il su que j'avais pris ce chemin et ce déguisement? répondit don Luis.

En voyant son affliction, un étudiant à qui vous aviez confié votre dessein lui a tout découvert, et il nous a envoyés à votre poursuite, ces trois cavaliers et moi. Nous serons heureux de pouvoir bientôt vous remettre entre les bras d'un père qui vous aime tant.

Oh! il n'en sera que ce que je voudrai, répondit don Luis.

Le muletier auprès de qui don Luis avait passé la nuit, ayant entendu cette conversation, en alla donner avis à don Fernand et aux autres, qui étaient déjà sur pied; il leur dit que le valet appelait le jeune homme seigneur, et qu'on voulait l'emmener malgré lui. Ces paroles leur donnèrent à tous l'envie de le connaître et de lui prêter secours au cas où l'on voudrait lui faire quelque violence; ils coururent donc à l'écurie, où ils le trouvèrent se débattant contre le valet. Dorothée qui, en sortant de sa chambre, avait rencontré Cardenio, lui conta en peu de mots l'histoire de Claire et du musicien inconnu, et Cardenio, de son côté, lui apprit ce qui se passait entre don Luis et les gens de son père. Mais il ne le fit pas si secrètement que Claire, qui suivait Dorothée, ne l'entendît. Elle en fut si émue, qu'elle faillit s'évanouir. Heureusement Dorothée la soutint et l'emmena dans sa chambre, après que Cardenio l'eût assurée qu'il allait faire tous ses efforts pour arranger tout cela.

Cependant les quatre cavaliers venus à la recherche de don Luis ne le quittaient pas; ils tâchaient de lui persuader de partir sur-le-champ pour aller consoler son père; et comme il refusait avec emportement, ayant, disait-il, à terminer une affaire qui intéressait son honneur, sa vie, et même son salut, ils le pressaient de façon à ne lui laisser aucun doute sur la résolution où ils étaient de l'emmener à quelque prix que ce fût. Tous ceux qui étaient dans l'hôtellerie étaient accourus au bruit, Cardenio, don Fernand et ses cavaliers, l'auditeur, le curé, maître Nicolas et don Quichotte lui-même, auquel il avait semblé inutile de faire plus longtemps la garde du château. Cardenio, qui connaissait déjà l'histoire du garçon muletier, demanda à ceux qui voulaient l'entraîner par force, quel motif ils avaient d'emmener ce jeune homme, puisqu'il s'y refusait obstinément.

Notre motif, répondirent-ils, c'est de rendre la vie au père de ce gentilhomme, que son absence réduit au désespoir.

Ce sont mes affaires et non les vôtres, répliqua don Luis; je retournerai s'il me plaît, et pas un de vous ne saurait m'y forcer.

La raison vous y forcera, répondit un des valets, et si elle ne peut rien sur vous, nous ferons notre devoir.

Sachons un peu ce qu'il y a au fond de tout cela, dit l'auditeur.

Ce valet reconnut l'auditeur. Est-ce que Votre Grâce, Seigneur, lui dit-il en le saluant, ne se rappelle pas ce jeune gentilhomme? C'est le fils de votre voisin; il s'est échappé de chez son père sous un costume qui ne ferait guère soupçonner qui il est.

Frappé de ces paroles, l'auditeur le considéra quelque temps, et, s'étant rappelé ses traits, il lui dit en l'embrassant: Hé! quel enfantillage est-ce là, seigneur don Luis? Quel motif si puissant a pu vous faire prendre un déguisement si indigne de vous? mais voyant le jeune garçon les yeux pleins de larmes, il dit aux valets de s'éloigner; et l'ayant pris à part, il lui demanda ce que cela signifiait.

Pendant que l'auditeur interrogeait don Luis, on entendit de grands cris à la porte de l'hôtellerie. Deux hommes qui y avaient passé la nuit, voyant tous les gens de la maison occupés, voulurent déguerpir sans payer: mais l'hôtelier, plus attentif à ses affaires qu'à celles d'autrui, les arrêta au passage, leur réclamant la dépense avec un tel surcroît d'injures qu'il les excita à lui répondre à coups de poing, et en effet, ils le gourmaient de telle sorte, qu'il fut contraint d'appeler au secours. L'hôtesse et sa fille accoururent; mais comme elles n'y pouvaient rien, la fille de l'hôtesse, qui avait vu en passant don Quichotte les bras croisés et au repos, revint sur ses pas et lui dit: Seigneur chevalier, par la vertu que Dieu vous a donnée, venez, je vous en supplie, venez secourir mon père, que deux méchants hommes battent comme plâtre.

Très-belle demoiselle, répondit don Quichotte avec le plus grand sang-froid, votre requête ne saurait pour l'heure être accueillie, car j'ai donné ma parole de n'entreprendre aucune aventure avant d'en avoir achevé une à laquelle je me suis engagé. Mais voici ce que je peux faire pour votre service: courez dire au seigneur votre père de soutenir de son mieux le combat où il est engagé, sans se laisser vaincre; j'irai pendant ce temps demander à la princesse de Micomicon la liberté de le secourir; si elle me l'octroie, soyez convaincue que je saurai le tirer d'affaire.

Pécheresse que je suis! s'écria Maritorne qui était présente, avant que Votre Seigneurie ait la permission qu'elle vient de dire, notre maître sera dans l'autre monde!

Trouvez bon, madame, que j'aille la réclamer, repartit don Quichotte, et quand une fois je l'aurai obtenue, peu importe que le seigneur châtelain soit ou non dans l'autre monde; je saurai l'en arracher en dépit de tous ceux qui voudraient s'y opposer, ou du moins je tirerai de ceux qui l'y auront envoyé une vengeance si éclatante que vous aurez lieu d'être satisfaite.

Cela dit, il va se jeter à genoux devant Dorothée, la suppliant, avec les expressions les plus choisies de la chevalerie errante, de lui permettre de secourir le seigneur du château, qui se trouvait dans un pressant péril. La princesse y consent; alors notre valeureux chevalier, mettant l'épée à la main et embrassant son écu, se dirige vers la porte de l'hôtellerie, où le combat continuait au grand désavantage de l'hôtelier. Mais tout à coup il s'arrête et demeure immobile, quoique l'hôtesse et Maritorne le harcelassent en lui demandant ce qui l'empêchait de secourir leur maître.

Ce qui m'en empêche, répondit don Quichotte, c'est qu'il ne m'est pas permis de tirer l'épée contre de pareilles gens; appelez mon écuyer Sancho Panza, c'est à lui que revient de droit le châtiment de ceux qui ne sont pas armés chevaliers.

Voilà ce qui se passait à la porte de l'hôtellerie, où les gourmades tombaient dru comme grêle sur la tête de l'hôtelier, pendant que Maritorne, l'hôtesse et sa fille enrageaient de la froideur de don Quichotte et lui reprochaient sa poltronnerie. Mais quittons-les un moment, et allons savoir ce que don Luis répondait aux questions de l'auditeur, au sujet de sa fuite et de son déguisement.

Le jeune homme pressait les mains du père de la belle Claire et versait des larmes abondantes. Seigneur, lui disait-il, je ne saurais confesser autre chose, sinon qu'après avoir vu mademoiselle votre fille, lorsque vous êtes venu habiter dans notre voisinage, j'en devins éperdument amoureux; et si vous consentez à ce que j'aie l'honneur d'être votre fils, dès aujourd'hui même elle sera ma femme: c'est pour elle que j'ai quitté sous ce déguisement la maison de mon père, et je suis résolu à la suivre partout. Elle ne sait pas combien je l'aime, à moins pourtant qu'elle ne l'ait deviné à mes larmes, car je n'ai jamais eu le bonheur de lui parler. Vous savez qui je suis, quel est le bien de mon père, vous savez aussi qu'il n'a pas d'autre héritier que moi. D'après cela si vous me jugez digne de votre alliance, rendez-moi heureux promptement, je vous en supplie, en m'acceptant pour votre fils, et je vous jure de vous servir toute ma vie avec tout le respect et toute l'affection imaginables. Si, par hasard, mon père refusait d'y consentir, j'espère que le temps et l'excellence de mon choix le feront changer d'idée.

L'amoureux jeune homme se tut; l'auditeur demeura non moins surpris d'une confidence si imprévue, qu'indécis sur le parti qu'il devait prendre. Il engagea d'abord don Luis à se calmer, et lui dit que pourvu qu'il obtînt des gens de son père de ne pas le forcer à les suivre, il allait aviser au moyen de faire ce qui conviendrait le mieux.

L'hôtelier avait fait la paix avec ses deux hôtes, que les conseils de don Quichotte, encore plus que ses menaces, avaient décidés à payer leur dépense, et les valets de don Luis attendaient le résultat de l'entretien de leur jeune maître avec l'auditeur, quand le diable, qui ne dort jamais, amena dans l'hôtellerie le barbier à qui don Quichotte avait enlevé l'armet de Mambrin, et Sancho Panza le harnais de son âne. En conduisant sa bête à l'écurie, cet homme reconnut Sancho qui accommodait son grison: Ah! larron, lui dit-il en le prenant au collet, je te tiens à la fin; tu vas me rendre mon bassin, mon bât et tout l'équipage que tu m'as volé. Se voyant attaqué à l'improviste, et s'entendant dire des injures, Sancho saisit d'une main l'objet de la dispute, et de l'autre appliqua un si grand coup de poing à son agresseur, qu'il lui mit la mâchoire en sang; néanmoins le barbier ne lâchait point prise, et il se mit à pousser de tels cris, que tout le monde accourut. Justice! au nom du roi! justice! criait-il; ce détrousseur de passants veut m'assassiner parce que je reprends mon bien.

Tu en as menti par la gorge! répliquait Sancho; je ne suis point un détrousseur de passants, et c'est de bonne guerre que mon maître a conquis ces dépouilles.

Témoin de la valeur de son écuyer, don Quichotte jouissait de voir avec quelle vigueur Sancho savait attaquer et se défendre; aussi dès ce moment il le tint pour homme de cœur, et il résolut de l'armer chevalier à la première occasion qui viendrait à se présenter, ne doutant point que l'ordre n'en retirât un très-grand lustre. Pendant ce temps, le pauvre barbier continuait à s'escrimer de son mieux. De même que ma vie est à Dieu, disait-il, ce bât est à moi, et je le reconnais comme si je l'avais mis au monde! d'ailleurs mon âne est là qui pourra me démentir: qu'on le lui essaye, et si ce bât ne lui va pas comme un gant, je consens à passer pour un infâme. Mais ce n'est pas tout, le même jour qu'ils me l'ont pris, ils m'ont aussi enlevé un plat à barbe de cuivre tout battant neuf, qui m'avait coûté un bel et bon écu.

En entendant ces paroles, don Quichotte ne put s'empêcher d'intervenir; il sépara les combattants, déposa le bât par terre, afin qu'il fût vu de tout le monde, et dit: Seigneurs, Vos Grâces vont reconnaître manifestement l'erreur de ce bon écuyer, qui appelle un plat à barbe ce qui est, fut et ne cessera jamais d'être l'armet de Mambrin; or, cet armet, je le lui ai enlevé en combat singulier, j'en suis donc maître de la façon la plus légitime. Quant au bât, je ne m'en mêle point: tout ce que je puis dire à ce sujet, c'est qu'après le combat mon écuyer me demanda la permission de prendre le harnais du cheval de ce poltron, pour remplacer le sien. Expliquer comment ce harnais s'est métamorphosé en bât, je ne saurais en donner d'autre raison, sinon que ces sortes de transformations se voient chaque jour dans la chevalerie errante; et pour preuve de ce que j'avance, ajouta-t-il, cours, Sancho, mon enfant, va chercher l'armet que ce brave homme appelle un bassin de barbier.

Si nous n'avons pas d'autre preuve, répliqua Sancho, nous voilà dans de beaux draps: aussi plat à barbe est l'armet de Mambrin, que la selle de cet homme est bât.

Fais ce que je t'ordonne, repartit don Quichotte; peut-être que ce qui arrive dans ce château ne se fera pas toujours par voie d'enchantement.

Sancho alla chercher le bassin et l'apporta. Voyez maintenant, seigneurs, dit don Quichotte en le présentant à l'assemblée, voyez s'il est possible de soutenir que ce ne soit pas là un armet? Je jure, par l'ordre de chevalerie dont je fais profession, que cet armet est tel que je l'ai pris, sans y avoir rien ajouté, rien retranché.

Il ne m'est pas permis de tirer l'épée contre de pareilles gens, appelez mon écuyer Sancho.

Il n'y a pas le moindre doute, ajouta Sancho, et depuis que mon maître l'a conquis, il n'a livré qu'une seule bataille, celle où il délivra ces misérables forçats; et bien lui en prit, car ce plat à barbe ou armet, comme on voudra l'appeler, lui a garanti la tête de nombreux coups de pierre en cette diabolique rencontre.

Eh bien! messeigneurs, dit le barbier, que vous semble de gens qui affirment que ceci n'est point un plat à barbe, mais un armet?

CHAPITRE XLV. OU L'ON ACHÈVE DE VÉRIFIER LES DOUTES SUR L'ARMET DE MAMBRIN ET SUR LE BAT DE L'ANE, AVEC D'AUTRES AVENTURES AUSSI VÉRITABLES.

A qui osera soutenir le contraire, repartit don Quichotte, je dirai qu'il ment, s'il est chevalier, et s'il n'est qu'écuyer, qu'il a menti et rementi mille fois.

Pour divertir la compagnie, maître Nicolas voulut appuyer la folie de don Quichotte, et s'adressant à son confrère: Seigneur barbier, lui dit-il, sachez que nous sommes, vous et moi, du même métier: il y a plus de vingt ans que j'ai mes lettres de maîtrise, et je connais fort bien tous les instruments de barberie, depuis le plus grand jusqu'au plus petit. Sachez de plus qu'ayant été soldat dans ma jeunesse je connais parfaitement ce que c'est qu'un armet, un morion, une salade, en un mot toutes les choses de la guerre. Ainsi donc, sauf meilleur avis, je dis que cette pièce qui est entre les mains du seigneur chevalier est si éloignée d'être un plat à barbe, qu'il n'existe pas une plus grande différence entre le blanc et le noir; je dis et redis que c'est un armet; seulement il n'est pas entier.

Assurément, répliqua don Quichotte, car il en manque la moitié, à savoir la mentonnière.

Tout le monde est d'accord là-dessus! ajouta le curé, qui avait saisi l'intention de maître Nicolas.

Cardenio, don Fernand et ses amis affirmèrent la même chose. L'auditeur aurait volontiers dit comme eux, si l'affaire de don Luis ne lui eût donné à réfléchir; mais il la trouvait assez grave pour ne pas se mêler à toutes ces plaisanteries.

Dieu me soit en aide! s'écriait le malheureux barbier; comment tant d'honnêtes gentilshommes peuvent-ils prendre un plat à barbe pour un armet? En vérité, il y a là de quoi confondre toute une université; si ce plat à barbe est un armet, alors ce bât doit être aussi une selle de cheval, comme le prétend ce seigneur.

Quant à cet objet, il me semble bât, reprit notre chevalier; mais je vous ai déjà dit que je ne me mêle point de cela.

Selle ou bât, dit le curé, c'est à vous, seigneur don Quichotte, qu'il appartient de résoudre cette question, car, en matière de chevalerie, tout le monde ici vous cède la palme, et nous nous en rapportons à votre jugement.

Vos Grâces me font trop d'honneur, répliqua notre héros; mais il m'est arrivé des aventures si étranges, les deux fois que je suis venu loger dans ce château, que je n'ose plus me prononcer sur ce qu'il renferme: car tout s'y fait, je pense, par voie d'enchantement. La première fois, je fus très-tourmenté par le More enchanté qui est ici, et Sancho n'eut guère à se louer des gens de sa suite. Hier au soir, la date est toute fraîche, je me suis trouvé suspendu par le bras, et je suis resté en cet état pendant près de deux heures, sans pouvoir m'expliquer d'où me venait cette disgrâce. Après cela, donner mon avis sur des choses si confuses, serait témérité de ma part. J'ai dit mon sentiment pour ce qui est de l'armet; mais décider si c'est là un bât d'âne ou une selle de cheval, cela vous regarde, seigneurs. Peut-être que, n'étant pas armés chevaliers, les enchantements n'auront point de prise sur vous; peut-être aussi jugerez-vous plus sainement de ce qui se passe ici, les objets vous paraissant autres qu'ils ne me paraissent à moi-même.

Le seigneur don Quichotte a raison, reprit don Fernand; c'est à nous de régler ce différend; et pour y procéder avec ordre et dans les formes, je vais prendre l'opinion de chacun en particulier: la majorité décidera.

Pour qui connaissait l'humeur du chevalier, tout cela était fort divertissant; mais pour ceux qui n'étaient pas dans le secret, c'était de la dernière extravagance, notamment pour les gens de don Luis, don Luis lui-même, et trois nouveaux venus qu'à leur mine on prit pour des archers, ce qu'ils étaient en effet. Le barbier enrageait de voir son plat à barbe devenir un armet, et il ne doutait pas que le bât de son âne ne se transformât en selle de cheval. Tous riaient en voyant don Fernand consulter sérieusement l'assemblée, et dans les mêmes formes que s'il se fût agi d'une affaire de grande importance. Enfin, après avoir recueilli les voix, don Fernand dit au barbier: Bon homme, je suis las de répéter tant de fois la même question, et d'entendre toujours répondre qu'il est inutile de s'enquérir si c'est là un bât d'âne, quand il est de la dernière évidence que c'est une selle de cheval et même d'un cheval de race: prenez donc patience, car en dépit de votre âne et de vous, c'est une selle et non un bât. Vous avez mal plaidé, et encore moins fourni de preuves.

Que je perde ma place en paradis, s'écria le pauvre barbier, si vous ne rêvez, tous tant que vous êtes; et puisse mon âme paraître devant Dieu, comme cela me paraît un bât! mais les lois vont... Je n'en dis pas davantage; et certes je ne suis pas ivre, car je n'ai encore bu ni mangé d'aujourd'hui.

On ne s'amusait pas moins des naïvetés du barbier que des extravagances de don Quichotte, qui conclut en disant: Ce qu'il y a de mieux à faire, c'est que chacun ici reprenne son bien. Et comme on dit: ce que Dieu t'a donné, que saint Pierre le bénisse.

Mais si la chose en fût restée là, le diable n'y aurait pas trouvé son compte; un des valets de don Luis voulut aussi donner son avis. Si ce n'est pas une plaisanterie, dit-il, comment tant de gens d'esprit peuvent-ils prendre ainsi martre pour renard? Assurément ce n'est pas sans intention que l'on conteste une chose si évidente; quant à moi, je défie qui que ce soit de m'empêcher de croire que cela est un plat à barbe, et ceci un bât d'âne.

Ne jurez pas, dit le curé; ce pourrait être celui d'une ânesse.

Comme vous voudrez, repartit le valet; mais enfin, c'est toujours un bât.

Un des archers qui venaient d'entrer voulut aussi se mêler de la contestation. Parbleu! dit-il, voilà qui est plaisant! ceci est un bât comme mon père est un homme, et quiconque soutient le contraire doit être aviné comme un grain de raisin.

Tu en as menti, maraud! répliqua don Quichotte; et levant sa lance, qu'il ne quittait jamais, il lui en déchargea un tel coup sur la tête, que si l'archer ne se fût un peu écarté, il l'étendait tout de son long. La lance se brisa, et les autres archers, voyant maltraiter leur compagnon, commencèrent à faire grand bruit, demandant

main-forte pour la Sainte-Hermandad. Là-dessus l'hôtelier, qui était de cette noble confrérie, courut chercher sa verge et son épée, et revint se ranger du côté
des archers; les gens de don Luis entourèrent leur
jeune maître pour qu'il ne pût s'échapper à la faveur du
tumulte; le pauvre barbier, qu'on avait si fort mystifié,
voyant toute l'hôtellerie en confusion, voulut en profiter pour reprendre son bât, et Sancho en fit autant.

Don Quichotte mit l'épée à la main, et attaqua vigoureusement les archers; don Luis, voyant la bataille engagée, se démenait au milieu de ses gens, leur criant de
le laisser aller, et de courir au secours de don Quichotte, de don Fernand et de Cardenio, qui s'étaient
mis de la partie; le curé haranguait de toute la force de
ses poumons; l'hôtesse jetait les hauts cris, sa fille était
toute en larmes, Maritorne hors d'elle-même; Dorothée et Luscinde épouvantées, la jeune Claire évanouie;
le barbier gourmait Sancho, et Sancho rouait de coups
le barbier; d'un autre côté, don Luis, qui ne songeait
qu'à s'échapper, se sentant saisi par un des valets de
son père, lui appliqua un si vigoureux coup de bâton,
qu'il lui fit lâcher prise; don Fernand tenait sous lui un
archer et le foulait aux pieds, Cardenio frappait à tort
et à travers, pendant que l'hôtelier ne cessait d'invoquer la Sainte-Hermandad: si bien que dans toute la
maison ce n'était que cris, sanglots, hurlements, coups

de poings, coups de pied, coups de bâton, coups d'épée et effusion de sang.

Tout à coup, au milieu de ce chaos, l'idée la plus bizarre vient traverser l'imagination de don Quichotte; il se croit transporté dans le camp d'Agramant, et, s'imaginant être au plus fort de la mêlée, il crie d'une voix à ébranler les murs: Que tout le monde s'arrête! qu'on remette l'épée au fourreau! et que chacun m'écoute s'il veut conserver la vie! Tous s'arrêtèrent à la voix de notre héros, qui continua en ces termes: Ne vous ai-je pas déjà dit, seigneurs, que ce château est enchanté, et qu'une légion de diables y fait sa demeure? voyez plutôt de vos propres yeux si la discorde du camp d'Agramant ne s'est pas glissée parmi nous: voyez, vous dis-je; ici l'on combat pour l'épée, là pour le cheval, d'un autre côté pour l'aigle blanc, ailleurs pour un armet; enfin nous en sommes tous venus aux mains sans nous entendre, et sans distinguer amis ni ennemis. De grâce, seigneur auditeur, et vous, seigneur licencié, soyez, l'un le roi Agramant, l'autre le roi Sobrin, et tâchez de nous mettre d'accord; car, par le Dieu toutpuissant, il est vraiment honteux que tant de gens de qualité s'entre-tuent pour de si misérables motifs.

Les archers, qui ne comprenaient rien aux rêveries de don Quichotte et que Cardenio, don Fernand et ses compagnons avaient rudement étrillés, ne voulaient point cesser le combat; le pauvre barbier, au contraire, ne demandait pas mieux, car son bât était rompu, et à peine lui restait-il un poil de la barbe; quant à Sancho, il s'était arrêté à la voix de son maître, et reprenait haleine en s'essuyant le visage; seul, l'hôtelier ne pouvait se contenir et s'obstinait à vouloir châtier ce fou, qui mettait sans cesse le trouble dans sa maison. A la fin pourtant les querelles s'apaisèrent, ou du moins il y eut suspension d'armes: le bât demeura selle, le plat à barbe armet, et l'hôtellerie resta château dans l'imagination de don Quichotte.

Les soins de l'auditeur et du curé ayant rétabli la paix, et tous étant redevenus amis, ou à peu près, les gens de don Luis le pressèrent de partir sans délai pour aller retrouver son père; et pendant qu'il discutait avec eux, l'auditeur, prenant à part don Fernand, Cardenio et le curé, leur apprit ce que lui avait révélé ce jeune homme, demandant leur avis sur le parti qu'il fallait prendre. Il fut décidé d'un commun accord que don Fernand se ferait connaître aux gens de don Luis, leur déclarant qu'il voulait l'emmener en Andalousie, où le marquis son frère l'accueillerait de la manière la plus distinguée, puisque ce jeune homme refusait absolument de retourner à Madrid. Cédant à la volonté de leur jeune maître, les valets convinrent que trois d'entre eux iraient donner avis au père de ce qui se passait, et que le dernier resterait auprès du fils en attendant des nouvelles.

C'est ainsi que, par l'autorité du roi d'Agramant et par la prudence du roi Sobrin, fut apaisée cette effroyable tempête, et que fut étouffé cet immense foyer de divisions et de querelles. Mais quand le démon, ennemi de la concorde et de la paix, se vit arracher le fruit qu'il espérait de si grands germes de discorde, il résolut de susciter de nouveaux troubles.

Or, voici ce qui arriva: les archers, voyant que leurs adversaires étaient des gens de qualité, avec qui il n'y avait à gagner que des coups, se retirèrent doucement de la mêlée. Mais l'un d'entre eux, celui qui avait été si malmené par don Fernand, s'étant ressouvenu que parmi divers mandats dont il était porteur, il y en avait un contre un certain don Quichotte, que la Sainte-Hermandad ordonnait d'arrêter pour avoir mis en liberté des forçats qu'on menait aux galères, voulut s'assurer si par hasard le signalement de ce don Quichotte s'appliquait à l'homme qu'il avait devant les yeux: il tira donc un parchemin de sa poche, et le lisant assez mal, car il était fort peu lettré, il se mit à comparer chaque phrase du signalement avec le visage de notre chevalier. Reconnaissant enfin que c'était bien là le personnage en question, il prend son parchemin de la main gauche, saisit au collet notre héros de la main droite, et cela avec une telle force, qu'il lui coupait la respiration: Main-forte, seigneurs, s'écriait-il, main-forte à la Sainte-Hermandad! et afin que personne n'en doute, voilà le mandat qui m'ordonne d'arrêter ce dé-trousseur de grands chemins. Le curé prit le mandat, et vit que l'archer disait vrai; mais lorsque don Quichotte s'entendit traiter de détrousseur de grands chemins, il entra dans une si effroyable colère, que les os de son corps en craquaient; et, saisissant à son tour l'archer à la gorge, il l'aurait étranglé plutôt que de lâcher prise, si on n'était venu au secours. L'hôtelier accourut, obligé qu'il y était par le devoir de sa charge. En voyant de nouveau son mari fourré dans cette mêlée, l'hôtesse se mit à crier de plus belle, pendant que sa fille et Mari-torne, renchérissant sur le tout, imploraient en hurlant le secours du ciel et de ceux qui se trouvaient là.

Néanmoins le barbier ne lâchait pas prise, et il se mit à
pousser de tels cris...

Vive Dieu! s'écria Sancho; mon maître a bien raison de
dire que ce château est enchanté; tous les diables de
l'enfer y sont déchaînés, et il n'y a pas moyen d'y vivre
une heure en repos.

On sépara l'archer et don Quichotte, au grand soulagement de tous les deux, car ils s'étranglaient réciproque-
ment. Cependant les archers continuaient à réclamer leur prisonnier, priant qu'on les aidât à le lier et
qu'on le remît entre leurs mains, et disant qu'il y allait
du service du roi et de la Sainte-Hermandad, au nom
de laquelle ils demandaient secours et protection, afin

de s'assurer de cet insigne brigand, de ce détrousseur de passants.

A tout cela don Quichotte souriait dédaigneusement, et avec un calme admirable, il se contenta de leur répondre: Approchez ici, hommes mal nés, canaille mal apprise! Quoi! rendre la liberté à des hommes enchaînés, secourir des malheureux, prendre la défense des opprimés, vous appelez cela détrousser les passants! Ah! race infâme, race indigne, par la bassesse de votre intelligence, que le ciel vous révèle jamais la moindre parcelle de cette vertu que renferme en soi la chevalerie errante, ni qu'il vous tire de l'erreur où vous croupissez, en refusant d'honorer la présence, que dis-je? l'ombre du moindre chevalier errant! Venez ici, archers, ou plutôt voleurs de grands chemins avec licence de la Sainte-Hermandad; dites-moi un peu quel est l'étourdi qui a osé signer un mandat contre un chevalier tel que moi? quel est l'ignorant qui en est à savoir que les chevaliers errants ne sont pas gibier de justice, qu'ils ne reconnaissent au monde ni tribunaux, ni juges, qu'ils n'ont d'autres lois que leur épée, et que leur seule volonté remplace pour eux édits, arrêts et ordonnances? Quel est le sot, continua-t-il, qui ne sait pas encore qu'aucunes lettres de noblesse ne confèrent autant de priviléges et d'immunités qu'en acquiert un chevalier errant, dès le jour où il se voue à ce pénible et honorable exercice? quel chevalier errant a jamais payé taille, impôts, gabelle? quel tailleur leur a jamais demandé la façon d'un habit? quel châtelain leur a jamais refusé l'entrée de son château? quel roi ne les a fait asseoir à sa table? quelle dame n'a été charmée de leur mérite, et ne s'est mise à leur entière discrétion? Enfin quel chevalier errant vit-on, voit-on ou verra-t-on jamais dans le monde, qui n'ait assez de force et de courage pour donner à lui seul quatre cents coups de bâton à quatre cents marauds d'archers qui oseraient lui tenir tête?

CHAPITRE XLVI. DE LA GRANDE COLÈRE DE DON QUICHOTTE, ET D'AUTRES CHOSES ADMIRABLES.

Pendant cette harangue, le curé cherchait à faire entendre aux archers comme quoi notre chevalier ne jouissait pas de son bon sens, ainsi qu'ils pouvaient en juger eux-mêmes par ses actions et ses paroles, ajoutant qu'il était inutile d'aller plus avant, car ils ne l'auraient pas plus tôt pris et emmené, qu'on le relâcherait comme fou.

Le porteur du mandat répondait qu'il n'était pas juge de la folie du personnage; qu'il devait d'abord exécuter son ordre, qu'ensuite on pourrait relâcher le prisonnier sans qu'il s'en mît en peine.

Vous ne l'emmènerez pourtant pas de cette fois, dit le curé; car je vois bien qu'il n'est pas d'humeur à y consentir. Enfin le curé parla si bien, et don Quichotte fit tant d'extravagances, que les archers eussent été plus fous que lui s'ils n'eussent reconnu qu'il avait perdu l'esprit. Ils prirent donc le parti de s'apaiser, et se portèrent même médiateurs entre le barbier et Sancho, qui se regardaient toujours de travers et mouraient d'envie de recommencer. Comme membres de la justice, ils arrangèrent l'affaire à la satisfaction des deux parties;

quant à l'armet de Mambrin, le curé donna huit réaux au barbier sans que don Quichotte s'en aperçût, et sur la promesse qu'il ne serait exercé aucune poursuite.

Ces deux importantes querelles apaisées, il ne restait plus qu'à forcer les gens de don Luis à s'en retourner, à l'exception d'un seul qui suivrait le jeune garçon là où don Fernand avait dessein de l'emmener. Après avoir commencé à se déclarer en faveur des amants et des braves, la fortune voulut achever son ouvrage: les valets de don Luis firent tout ce qu'il exigea, et la belle Claire eut tant de joie de voir rester son amant, qu'elle en parut mille fois plus belle. Quant à Zoraïde, qui ne comprenait pas bien ce qu'elle voyait, elle s'attristait ou se réjouissait selon qu'elle voyait les autres être gais ou tristes, réglant ses sentiments sur ceux de son Espagnol, qu'elle ne quittait pas des yeux un seul instant. L'hôtelier, qui s'était aperçu du présent que le curé avait fait au barbier, voulut se faire apaiser de la même manière, et se mit aussi à réclamer l'écot de don Quichotte, plus le prix de ses outres et de son vin, jurant qu'il ne laisserait sortir ni Rossinante, ni Sancho, ni l'âne, avant d'être payé jusqu'au dernier maravédis. Le curé régla le compte, et don Fernand en paya le montant, quoique l'auditeur eût offert sa bourse. Ainsi, pour la seconde fois, la paix fut conclue, et, selon l'expression de notre chevalier, au lieu de la discorde du camp d'Agramant, on vit régner le calme et la douceur de l'empire d'Auguste. Tout le monde convint que cet heureux résultat était dû à l'éloquence du curé et à la libéralité de don Fernand.

Se voyant débarrassé de toutes ces querelles, tant des siennes que de celles de son écuyer, don Quichotte crut qu'il était temps de continuer son voyage, et de songer à poursuivre la grande aventure qu'il s'était chargé de mener à fin. Dans cette intention, il alla se jeter aux genoux de Dorothée, qui d'abord ne voulut point l'écouter; aussi, pour lui obéir, il se releva et dit: C'est un adage bien connu, très-haute et très-illustre princesse, que la diligence est mère du succès, et l'expérience a prouvé maintes fois que l'activité du plaideur vient à bout d'un procès douteux; mais cette vérité n'éclate nulle part mieux qu'à la guerre, où la vigilance et la célérité à prévenir les desseins de l'ennemi nous en font souvent triompher avant qu'il se soit mis sur la défensive. Je vous dis ceci, très-excellente dame, parce qu'il me semble que notre séjour dans ce château est non-seulement désormais inutile, mais qu'il pourrait même nous devenir funeste. Qui sait si Pandafilando n'aura point appris par des avis secrets que je suis sur le point de l'aller détruire, et si, se prévalant du temps que nous perdons, il ne sera point fortifié dans quelque château, contre lequel toute ma force et toute mon adresse seront impuissantes? Prévenons donc ses desseins par notre diligence, et partons à l'instant même, car l'accomplissement des souhaits de Votre Grâce n'est éloigné que de la distance qui me sépare encore de son ennemi.

Après ces paroles, don Quichotte se tut, et attendit gravement la réponse de la princesse, qui, avec une contenance étudiée et un langage accommodé à l'humeur de notre héros, lui répondit en ces termes:

Seigneur, je vous sais gré du désir ardent que vous faites paraître de soulager mes peines; c'est agir en véritable chevalier; plaise au ciel que vos vœux et les miens s'accomplissent, afin que je puisse être à même de vous prouver que toutes les femmes ne sont pas ingrates. Partons sur-le-champ si tel est votre désir, je n'ai de volonté que la vôtre; disposez de moi: celle qui a mis entre vos mains ses intérêts et la défense de sa personne a hautement manifesté l'opinion qu'elle a de votre prudence, et témoigné qu'elle s'abandonne aveuglément à votre conduite.

A la garde de Dieu! reprit don Quichotte; puisqu'une si grande princesse daigne s'abaisser devant moi, je ne veux point perdre l'occasion de la relever et de la rétablir sur son trône; partons sur-le-champ. Sancho, selle Rossinante, prépare ta monture et le palefroi de la reine; prenons congé du châtelain et de tous ces chevaliers, et quittons ces lieux au plus vite.

Seigneur, seigneur, répondit Sancho en branlant la tête, va le hameau plus mal que n'imagine le bedeau, soit dit sans offenser personne.

Traître, repartit don Quichotte, quel mal peut-il y avoir en aucun hameau, ni en aucune ville du monde, qui soit à mon désavantage?

Si Votre Grâce se met en colère, reprit Sancho, je me tairai; alors vous ne saurez point ce que je me crois obligé de vous révéler et ce que tout bon serviteur doit dire à son maître.

Dis ce que tu voudras, répliqua don Quichotte, pourvu que tes paroles n'aient pas pour but de m'intimider: si la peur te possède, songe à t'en guérir; quant à moi, je ne veux la connaître que sur le visage de mes ennemis.

Il ne s'agit point de cela, ni de rien qui en approche, répondit Sancho; mais il est une chose que je ne saurais cacher plus longtemps à Votre Grâce, c'est que cette grande dame qui se prétend reine du royaume de Micomicon ne l'est pas plus que ma défunte mère; si elle l'était, elle n'irait pas, dès qu'elle se croit seule, et à chaque coin de mur, se becqueter avec quelqu'un de la compagnie.

Ces paroles firent rougir Dorothée, parce qu'à dire vrai don Fernand l'embrassait souvent à la dérobée; et Sancho, qui s'en était aperçu, trouvait que ce procédé sentait plutôt la courtisane que la princesse: de sorte que la jeune fille, un peu confuse, ne sut que répondre. Ce qui m'oblige à vous dire cela, mon cher maître, c'est que, si après avoir vous et moi bien chevauché, passé de mauvaises nuits et de pires journées, il faut qu'un fanfaron de taverne vienne jouir du fruit de nos travaux, je n'ai pas besoin de me presser de seller Rossinante et le palefroi de la reine, ni vous de battre les buissons pour qu'un autre en prenne les oiseaux. En pareil cas, mieux vaut rester tranquille, et que chaque femelle file sa quenouille.

Qui m'aidera à peindre l'effroyable colère de don Quichotte, quand il entendit les inconvenantes paroles de son écuyer? Elle fut telle que, les yeux hors de la tête, et bégayant de rage, il s'écria: Scélérat, téméraire et impudent blasphémateur! comment as-tu l'effronterie de parler ainsi en ma présence, et devant ces illustres dames! comment oses-tu former dans ton imagination des pensées si détestables! Fuis loin de moi, cloaque de mensonges, réceptacle de fourberies, arsenal de malice, publicateur d'extravagances scandaleuses, perfide ennemi de l'honneur et du respect qu'on doit aux personnes royales! fuis, ne parais jamais en ma présence, si tu ne veux pas que je t'anéantisse après t'avoir fait souffrir tout ce que la fureur peut inventer. En parlant ainsi, il fronçait les sourcils, il s'enflait les narines et les joues, portait de tous côtés des regards menaçants, et frappait du pied à grands coups sur le sol, signes évidents de l'épouvantable colère qui faisait bouillonner ses entrailles.

En entendant ces terribles invectives, devant ces gestes furieux et menaçants, Sancho demeura si atterré, que Ben-Engeli ne craint pas de dire que le pauvre écuyer eût voulu de bon cœur que la terre se fût entr'ouverte pour l'engloutir; aussi, dans l'impuissance de répondre, il tourna les talons, et s'en fut loin de la présence de son maître. Mais la spirituelle Dorothée, qui connaissait l'humeur de don Quichotte, lui dit pour l'adoucir: Seigneur chevalier, ne vous irritez point des impertinences de votre bon écuyer; peut-être ne les a-t-il pas proférées sans raison, car on ne peut soupçonner sa conscience chrétienne d'avoir sciemment porté un faux témoignage. Il faut donc croire, et même cela est certain, que, dans ce château, toutes choses arrivant par enchantement, Sancho aura vu par cette voie diabolique ce qu'il dit avoir vu d'offensant contre mon honneur.

Par le Dieu tout-puissant, créateur de l'univers, s'écria don Quichotte, Votre Grandeur a touché juste: quelque mauvaise vision a troublé ce misérable pécheur, et lui aura fait voir par enchantement, ce qu'il vient de dire; car je connais assez sa simplicité et son innocence pour être persuadé que de sa vie il ne voudrait faire de tort à qui que ce soit.

Sans aucun doute, ajouta don Fernand; et votre Seigneurie doit lui pardonner et le rappeler au giron de ses bonnes grâces, comme avant que ces visions lui eussent brouillé la cervelle.

Je lui pardonne, dit don Quichotte; et aussitôt le curé alla chercher Sancho, qui vint humblement se prosterner aux pieds de son maître, en lui demandant sa main à baiser.

Don Quichotte la donna. A présent, mon fils Sancho, lui dit-il, tu ne douteras plus de ce que je t'ai dit tant de fois, que tout ici n'arrive que par voie d'enchantement.

Je n'en doute plus, et j'en jurerai quand on voudra, répondit Sancho, car je vois que je parle moi-même par enchantement. Toutefois, il faut en excepter mon bernement, qui fut véritable, et dont le diable ne se mêla point, si ce n'est pour en suggérer l'idée.

N'en crois rien, répliqua don Quichotte: s'il en était ainsi, je t'aurais vengé alors, et je te vengerai à cette heure; mais ni à cette heure, ni alors, je n'ai pu trouver sur qui venger ton outrage.

Voilà le mandat qui m'ordonne d'arrêter ce détrousseur de grands chemins.

On voulut savoir ce que c'était que ce bernement, et l'hôtelier conta de point en point de quelle manière on s'était diverti de Sancho, ce qui fit beaucoup rire l'auditoire; aussi, pendant ce récit, l'écuyer aurait-il cent fois éclaté de colère, si son maître ne l'eût assuré de nouveau que tout cela n'était qu'enchantement. Néanmoins la simplicité de Sancho n'alla jamais jusqu'à croire que ce fût une fiction; au contraire, il persista à penser que c'était une malice bien et dûment exécutée par des hommes en chair et en os.

Il y avait deux jours que tant d'illustres personnages se trouvaient réunis dans l'hôtellerie. Jugeant qu'il était temps de partir, ils pensèrent aux moyens de ramener don Quichotte en sa maison, où le curé et maître Nicolas pourraient travailler plus aisément à remonter cette imagination détraquée, sans donner à don Fernand et à Dorothée la peine de faire le voyage, comme on l'avait arrêté d'abord, sous prétexte de rétablir la princesse de Micomicon dans ses États. Ils imaginèrent de faire marché avec le conducteur d'une charrette à bœufs, qui passait là par hasard, pour emmener notre chevalier de la manière que je vais raconter.

Avec de grands bâtons entrelacés, on construisit une espèce de cage, assez vaste pour qu'un homme y pût tenir passablement à l'aise; après quoi don Fernand et ses compagnons, les gens de don Luis, les archers et l'hôtelier, ayant pris divers déguisements d'après l'avis du curé qui conduisait l'affaire, entrèrent en silence dans la chambre de don Quichotte. Plongé dans le sommeil, notre héros était loin de s'attendre à une pareille aventure. On lui lia les pieds et les mains si étroitement, que lorsqu'il s'éveilla il ne put faire autre chose que s'étonner de l'état où il se trouvait et de l'étrangeté des figures qui l'environnaient. Il ne manqua pas de croire tout aussitôt ce que son extravagante imagination lui représentait sans cesse, c'est-à-dire que c'étaient des fantômes habitants de ce château enchanté, et qu'il était enchanté, puisqu'il ne pouvait se défendre ni même se remuer. Tout réussit précisément comme l'avait prévu le curé inventeur de ce stratagème.

De tous les assistants, le seul Sancho était avec sa figure ordinaire, et peut-être aussi le seul dans son bon sens. Quoiqu'il fût bien près de partager la maladie de son maître, il ne laissa pas de reconnaître ces personnages travestis; mais dans son abasourdissement, il n'osa point ouvrir la bouche avant d'avoir vu où aboutirait cette séquestration de son seigneur, lequel, muet comme un poisson, attendait le dénoûment de tout cela. Le dénoûment fut qu'on apporta la cage près de son lit et qu'on le mit dedans. Après en avoir cloué les ais de telle façon qu'il eût fallu de puissants efforts pour les rompre, les fantômes le chargèrent sur leurs épaules; et au sortir de la chambre, on entendit une voix éclatante (c'était celle de maître Nicolas) prononcer ces paroles:

O noble et vaillant chevalier de la Triste-Figure! N'éprouve aucun déconfort de la captivité que tu subis en ce moment; il doit en être ainsi pour que l'aventure où t'a engagé la grandeur de ton courage soit plus tôt achevée. On en verra la fin, quand le terrible lion de la Manche et la blanche colombe du Toboso reposeront dans le même nid, après avoir humilié leurs fronts superbes sous le joug d'un doux hyménée d'où sortiront un jour de vaillants lionceaux qui porteront leurs griffes errantes sur les traces de leur inimitable père. Et toi, ô le plus discret et le plus obéissant écuyer qui ait jamais ceint l'épée et porté barbe au menton, ne te laisse pas troubler en voyant ainsi enlever sous tes yeux la fleur de la chevalerie errante. Bientôt, toi-même, s'il plaît au grand régulateur des mondes, tu te verras élevé à une telle hauteur que tu ne pourras plus te reconnaître; ainsi seront accomplies les promesses de ton bon seigneur. Je viens encore te dire, au nom de la sage Mentironiane, que tes travaux ne demeureront pas sans récompense, et que tu verras en son temps s'abattre sur toi une fertile rosée de gages et de salaires. Va, divin écuyer, va sur les traces de ce valeureux et enchanté chevalier, car il t'est commandé de le suivre jusqu'au terme fixé par votre commune destinée; et comme il ne m'est pas permis de t'en dire davantage, je te fais mes adieux, et m'en retourne où seul je sais.

A la fin de la prédiction, le barbier renforça sa voix, puis la baissa peu à peu avec une inflexion si touchante, que ceux même qui savaient la supercherie furent sur le point de prendre au sérieux ce qu'ils venaient d'entendre.

Don Quichotte se sentit consolé par les promesses de l'oracle, car il en démêla le sens et la portée et comprit fort bien qu'on lui faisait espérer de se voir un jour uni par les liens sacrés d'un légitime mariage avec sa chère Dulcinée du Toboso, dont le sein fécond mettrait au monde les lionceaux, ses fils, pour l'éternelle gloire de la Manche. Ajoutant donc à ces promesses une foi égale à celle qu'il avait pour les livres de chevalerie, il répondit en poussant un grand soupir:

O toi, qui que tu sois, qui m'annonces de si heureux événements, conjure de ma part, je t'en supplie, le sage enchanteur qui prend soin de mes affaires de ne pas me laisser mourir dans cette prison où l'on m'emmène, avant d'avoir vu l'entier accomplissement des incomparables promesses que tu m'annonces. Pourvu qu'elles viennent à se réaliser, je ferai gloire des peines de ma captivité; et loin de regarder comme un rude champ de bataille le lit étroit et dur sur lequel je suis étendu en ce moment, je le tiendrai pour une molle et délicieuse couche nuptiale. Quant à la consolation que doit m'offrir la compagnie de Sancho Panza, mon écuyer, j'ai trop de confiance dans sa loyauté et son affection pour craindre qu'il m'abandonne en la bonne ou en la mauvaise fortune; et s'il arrivait, par la faute de son étoile ou de la mienne, que je ne pusse lui donner l'île que je lui ai promise ou quelque chose d'équivalent, il est du moins assuré de ses gages, car j'ai eu soin de déclarer par mon testament le dédommagement que je lui destine, dédommagement, il est vrai, fort au-dessous de ses services et de mes bonnes intentions à son égard, mais enfin le seul que me permettent mes faibles moyens.

A ces mots, Sancho Panza, tout attendri, fit un profond salut et baisa les deux mains de son maître, car lui en baiser une seulement n'était pas possible, puisqu'elles étaient attachées ensemble; aussitôt les fantômes, enlevant la cage, la placèrent sur la charrette.

CHAPITRE XLVII. QUI CONTIENT DIVERSES CHOSES.

Lorsque don Quichotte se vit hissé sur la charrette: Certes, dit-il, j'ai lu bien des histoires de chevaliers errants, mais de ma vie je n'ai lu, ni vu, ni entendu dire, qu'on emmenât de la sorte les chevaliers enchantés, surtout avec la lenteur particulière à ces lourds et paresseux animaux. En effet, c'est toujours par les airs, et avec une rapidité excessive qu'on a coutume de les enlever, soit enfermés dans un épais nuage, soit sur un char de feu, soit enfin montés sur quelque hippogriffe; mais être emmené dans une charrette traînée par des bœufs, vive Dieu! j'en mourrai de honte. Après tout, peut-être, les enchanteurs de nos jours procèdent-ils autrement que ceux des temps passés. Peut-être aussi étant nouveau chevalier dans le monde, et le premier qui ait ressuscité l'exercice oublié de la chevalerie errante, aura-t-on inventé, pour moi, de nouveaux genres d'enchantements et de nouvelles manières de faire voyager les enchantés. Dis-moi, que t'en semble, ami Sancho?

Je ne sais trop, seigneur, ce qu'il m'en semble, répondit Sancho, car je n'ai pas autant lu que Votre Grâce dans les écritures errantes, mais pourtant j'oserais affirmer que ces visions qui nous entourent ne sont pas très-catholiques.

Catholiques! s'écria don Quichotte; hé, bon Dieu! comment seraient-elles catholiques, puisque ce sont autant de démons qui ont pris des figures fantastiques pour venir me mettre en cet état? Si tu veux t'en assurer par toi-même, touche-les, mon ami, et tu verras que ce sont de purs esprits qui n'ont d'un corps solide que l'apparence.

Pardieu, seigneur, repartit Sancho, je les ai déjà assez maniés, à telles enseignes que le diable qui se donne là tant de peine est bien en chair et en os, et je ne pense pas que cet autre se nourrisse de vent. Il a de plus une propriété très-différente de celle qu'on attribue aux démons, qui est de sentir toujours le soufre, car lui, il sent l'ambre à une demi-lieue de distance.

Sancho désignait par là don Fernand, qui, en qualité de grand seigneur, portait toujours sur lui des parfums.

Ne t'en étonne point, ami Sancho, repartit don Quichotte, les diables en savent plus long que tu ne penses; et bien qu'ils portent avec eux des odeurs, ils ne peuvent rien sentir, étant de purs esprits; ou s'ils sentent quelque chose, ce ne peut être qu'une odeur fétide et détestable. La raison en est simple, quelque part qu'ils aillent, ils traînent après eux leur enfer; et comme la bonne odeur est une chose qui réjouit les sens, il est impossible qu'ils sentent jamais bon. Quand donc tu t'imagines que ce démon sent l'ambre, ou tu te trompes, ou il veut te tromper, afin de t'empêcher de reconnaître qui il est.

Pendant cet entretien du maître et du valet, don Fernand et Cardenio, craignant que don Quichotte ne vînt à découvrir la supercherie, décidèrent, afin de prévenir ce contre-temps, de partir sur l'heure; en conséquence, ils ordonnèrent à l'hôtelier de seller Rossinante et de bâter le grison, en même temps que le curé faisait prix avec les archers pour accompagner jusqu'à son village le chevalier enchanté. Cardenio attacha le plat à barbe et la rondache à l'arçon de la selle de Rossinante, puis le donna à mener à Sancho, qu'il fit monter sur son âne, et prendre les devants, pendant que deux archers, armés de leurs arquebuses, marchaient de chaque côté de la charrette. Mais avant que les bœufs commençassent à tirer, l'hôtesse sortit du logis avec sa fille et Maritorne, pour prendre congé de don Quichotte, dont elles feignaient de pleurer amèrement la disgrâce.

Ne pleurez point, mes excellentes dames, leur dit notre héros; ces malheurs sont attachés à la profession que j'exerce, et sans eux je ne me croirais pas un véritable chevalier errant, car rien de semblable n'arrive aux chevaliers de peu de renom, qu'on laisse toujours dans l'obscurité où ils s'ensevelissent d'eux-mêmes. Ces malheurs, n'en doutez pas, sont le lot des plus renommés, de ceux enfin dont la vaillance et la vertu excitent la jalousie des chevaliers leurs confrères qui, désespérant de pouvoir égaler leur mérite, trament lâchement leur ruine; mais la vérité est d'elle-même si puissante, qu'en dépit de la magie inventée par Zoroastre, elle sortira victorieuse de tous ces périls, surmontera tous ces obstacles, et répandra dans le monde un éclat non moins vif que celui dont le soleil illumine les cieux. Pardonnez-moi, mes bonnes dames, si je vous ai causé quelque déplaisir: croyez bien que ce fut malgré moi, car volontairement et en connaissance de cause jamais je n'offenserai personne. Priez Dieu qu'il me tire de cette prison où me retient quelque malintentionné enchanteur: et si un jour je deviens libre, je veux rappeler à ma mémoire, où elles sont du reste profondément gravées, les courtoisies que j'ai reçues dans votre château, pour vous en témoigner ma gratitude par toutes sortes de bons offices.

Pendant que notre chevalier faisait ses adieux aux dames du château, le curé et le barbier prenaient congé de don Fernand et de ses compagnons, ainsi que du captif, de l'auditeur et des autres dames, principalement de Dorothée et de Luscinde. Tous s'embrassèrent en se promettant de se donner de leurs nouvelles. Don Fernand indiqua au curé une voie sûre pour l'informer de ce que deviendrait don Quichotte, affirmant qu'il ne saurait lui faire un plus grand plaisir; de son côté, il s'engagea à lui mander tout ce qu'il croyait pouvoir l'intéresser, tel que son mariage avec Dorothée, la solennité du baptême de Zoraïde, le succès des amours de don Luis et de la belle Claire. Les compliments terminés, on s'embrassa de nouveau, en se réitérant les offres de service.

Sur le point de se séparer, l'hôtelier s'approcha du curé et lui remit quelques papiers qu'il avait trouvés dans la même valise où était l'histoire du Curieux malavisé, désirant, disait-il, lui en faire présent, puisqu'il n'avait point de nouvelles du maître de cette valise. Le curé le remercia, et prenant le manuscrit, il lut au titre: *Histoire de Rinconette et de Cortadillo*[55]. Puisqu'elle est du même auteur, pensa-t-il, cette histoire ne doit pas être moins intéressante que celle du Curieux malavisé.

Il ne manqua pas de croire que c'étaient des fantômes
et qu'il était enchanté.

Là-dessus, le cortége se mit en route dans l'ordre suivant: d'abord, le char à bœufs, accompagné, comme je
l'ai déjà dit, par deux archers marchant de chaque côté
armés de leurs arquebuses; Sancho suivait, monté sur
son âne et tirant Rossinante par la bride; puis enfin le
curé et le barbier, sur leurs mules et le masque sur le
visage pour n'être pas reconnus. Cette illustre troupe
marchait d'un pas grave et majestueux, s'accommodant
à la lenteur de l'attelage. Quant à don Quichotte, il
était assis, appuyé contre les barreaux de sa cage, les
mains attachées et les jambes étendues, immobile et

silencieux comme une statue de pierre. On fit dans cet ordre environ deux lieues, jusqu'à ce qu'on fût arrivé dans un vallon où le conducteur demanda à faire paître ses bœufs; après en avoir parlé au curé, le barbier conseilla d'aller un peu plus loin, parce que derrière un coteau qu'ils voyaient devant eux se trouvait, disait-il, une vallée où il y avait beaucoup plus d'herbe, et de la meilleure.

Ils continuèrent donc leur chemin, mais le curé ayant tourné la tête, vit venir six ou sept hommes, montés sur de puissantes mules, qui les eurent bientôt rejoints, car ils allaient le train de gens pressés d'arriver à l'hôtellerie, encore éloignée d'une bonne lieue, pour y passer la grande chaleur du jour. Ils se saluèrent les uns les autres, et un des voyageurs, qui était chanoine de Tolède et paraissait chef de la troupe, voyant cette procession si bien ordonnée et un homme renfermé dans une cage, ne put s'empêcher de demander ce que cela signifiait et pourquoi on menait ainsi ce malheureux, pensant bien toutefois, à la vue des archers, que c'était quelque fameux brigand dont le châtiment appartenait à la Sainte-Hermandad.

L'archer à qui le chanoine avait adressé la parole répondit: Seigneur, c'est à ce gentilhomme à vous apprendre lui-même pourquoi on le conduit de la sorte, car nous n'en savons rien.

Don Quichotte avait tout entendu: Est-ce que par hasard, dit-il, Vos Grâces seraient instruites et versées dans ce qu'on appelle la chevalerie errante? En ce cas, je ne ferai pas de difficultés pour vous apprendre mes infortunes; sinon, il est inutile que je me fatigue à vous les raconter.

Frère, répondit le chanoine, je connais bien mieux les livres de chevalerie que les éléments de logique du docteur Villalpando[56]; ainsi vous pouvez en toute assurance me confier ce qu'il vous plaira.

Eh bien, seigneur chevalier, répliqua don Quichotte, apprenez que je suis retenu dans cette cage par la malice et la jalousie des enchanteurs, car la vertu est toujours plus vivement persécutée par les méchants qu'elle n'est soutenue par les gens de bien. Je suis chevalier errant, non de ceux que la renommée ne connaît point, ou dont elle dédaigne de s'occuper, mais de ces chevaliers dont, en dépit de l'envie, en dépit de tous les mages de la Perse, de tous les brahmanes de l'Inde et de tous les gymnosophistes de l'Éthiopie, elle prend soin de graver le nom et les exploits dans le temple de l'immortalité, pour servir, dans les siècles à venir, de modèle et d'exemple aux chevaliers errants qui voudront arriver jusqu'au faîte de la gloire des armes.

Le curé, qui s'était approché avec le barbier, ajouta: Le seigneur don Quichotte a raison; il est enchanté sur cette charrette, non par sa faute et pour ses péchés, mais par la surprise et l'injuste violence de ceux à qui sa valeur et sa vertu donnent de l'ombrage. Vous avez devant vous ce chevalier de la Triste-Figure dont vous aurez sans doute entendu parler et de qui les actions héroïques et les exploits inouïs seront à jamais gravés sur le marbre et le bronze, quelque effort que fassent l'envie pour en ternir l'éclat, et la malice pour les ensevelir dans l'oubli.

Lorsque le chanoine entendit celui qui était libre tenir même langage que le prisonnier, il fut sur le point de se signer de surprise, ainsi que ceux qui l'accompagnaient. En ce moment, Sancho Panza, qui s'était approché afin d'entendre la conversation, voulut tout raccommoder, et prit la parole:

Par ma foi, seigneurs, dit-il, qu'on me sache gré ou non de ce que je vais dire, peu m'importe, puisque ma conscience m'oblige à parler. La vérité est que monseigneur don Quichotte n'est pas plus enchanté que ma défunte mère: il jouit de son bon sens, il boit, il mange, et il fait ses nécessités comme les autres hommes, enfin tout comme avant d'être mis dans cette cage. Cela étant, pourquoi donc veut-on me faire accroire qu'il est enchanté? comme si je ne savais pas que les enchantés ne mangent, ni ne dorment, ni ne parlent; tandis que si une fois mon maître s'y met, je gage qu'il va jaser plus

que trente procureurs. Puis, regardant le curé, il ajouta:
Est-ce que Votre Grâce s'imagine que je ne devine pas
où tendent tous ces enchantements? Vous avez beau
cacher votre visage, seigneur licencié, je vous connais
comme je connais mon âne. Au diable soit la rencontre! si Votre Révérence ne s'était mise à la traverse,
mon maître serait déjà marié avec l'infante de Micomicon, et moi j'allais obtenir un comté ou une seigneurie,
ce qui est la moindre récompense que je puisse espérer
de la générosité de monseigneur de la Triste-Figure, et
de la fidélité de mes services. Je vois à présent combien est vrai ce qu'on dit dans mon pays: «La roue de
la fortune va plus vite que celle d'un moulin, et ceux
qui étaient hier sur le pinacle sont aujourd'hui dans la
poussière.» J'en suis fâché seulement pour ma femme
et mes enfants, qui me verront revenir comme un
simple palefrenier, au lieu de me voir arriver gouverneur ou vice-roi de quelque île. En attendant, seigneur
licencié, prenez garde que Dieu ne vous demande
compte, dans ce monde ou dans l'autre, du tour que
l'on joue à mon maître, et de tout le bien qu'on l'empêche de faire en lui ôtant les moyens de secourir les
affligés, les veuves et les orphelins, et de châtier les
brigands.

Allons! nous y voilà, repartit le barbier: comment Sancho, vous êtes aussi de la confrérie de votre maître?
Vive Dieu! il me prend envie de vous enchanter, et de

vous mettre en cage avec lui comme membre de la même chevalerie. A la malheure, vous vous êtes laissé engrosser de ses promesses, et fourrer dans la cervelle cette île que vous convoitez si fort.

Je ne suis gros de personne, repartit Sancho, et je ne suis point homme à me laisser engrosser, fût-ce par un prince. Quoique pauvre, je suis un vieux chrétien, et je ne dois rien à personne; si je convoite des îles, les autres convoitent bien autre chose, et chacun est fils de ses œuvres. Après tout, puisque, étant homme, je pourrais devenir pape, pourquoi pas gouverneur d'îles, si mon maître en peut conquérir tant qu'il ne sache qu'en faire? Prenez garde à ce que vous dites, seigneur barbier: ce n'est pas tout que de faire des barbes, il faut savoir faire la différence de Pierre à Pierre. Je dis cela parce que nous nous connaissons, et que ce n'est pas à moi qu'il faut donner de faux dés. Quant à l'enchantement de mon maître, Dieu sait ce qui en est. Mais restons-en là, aller plus loin nous ferait trouver pire.

Le barbier ne voulut pas répliquer, de crainte que Sancho, en parlant davantage, ne découvrît ce que lui et le curé avaient tant d'envie de cacher. Pour conjurer ce danger le curé avait pris les devants avec le chanoine et ses gens, à qui il dévoilait le mystère de cet homme encagé; il les informa de la condition du chevalier, de sa vie et de ses mœurs, racontant succinctement le commencement et la cause de ses rêveries extravagantes, et la suite de ses aventures, jusqu'à celle de la cage, enfin le dessein qu'ils avaient de le ramener chez lui, pour essayer si sa folie était susceptible de guérison.

Le chanoine et ses gens écoutaient tout surpris l'histoire de don Quichotte; quand le curé l'eut achevée: Seigneur, lui dit le chanoine, les livres de chevalerie sont, suivant moi, non-seulement inutiles, mais encore très-préjudiciables à un État; et quoique j'aie commencé la lecture de presque tous ceux qui sont imprimés, je n'ai jamais pu me résoudre à en achever un seul, car tous se ressemblent, et il n'y a pas plus à apprendre dans l'un que dans l'autre. Ces sortes de compositions rentrent beaucoup dans le genre des anciennes fables milésiennes, contes bouffons, extravagants, lesquels avaient pour unique objet d'amuser et non d'instruire, au rebours des apologues, dont le but est de divertir et d'enseigner tout ensemble. Si réjouir l'esprit est le but qu'on s'est proposé dans les livres de chevalerie, il faut convenir qu'ils sont loin d'y atteindre, car ils ne sont remplis que d'événements invraisemblables, comme si leurs auteurs ignoraient que le mérite d'une composition résultant toujours de la beauté de l'ensemble et de l'harmonie des parties, la difformité et le désordre ne sauraient jamais plaire.

En effet, quelle proportion de l'ensemble avec les parties et des parties avec l'ensemble peut-on trouver dans une composition où un damoiseau de quinze ans pourfend d'un seul revers un géant d'une taille énorme, comme s'il s'agissait d'un peu de fumée? Comment croire qu'un chevalier triomphe seul, par la force de son bras, d'un million d'ennemis, et sans qu'il lui en coûte une goutte de sang? Que dire de la facilité avec laquelle une reine, ou l'héritière de quelque grand empire, confie ses intérêts au premier chevalier errant qu'elle rencontre? Quel est l'esprit assez stupide et d'assez mauvais goût pour se complaire à entendre raconter qu'une grande tour remplie de chevaliers vogue légèrement sur la mer comme le vaisseau le plus léger pourrait le faire par un bon vent; que le soir cette tour arrive en Lombardie, et le lendemain, à la pointe du jour, sur les terres du Prêtre-Jean des Indes, ou en d'autres royaumes que jamais Ptolémée ou Marco Polo n'ont décrits?

On dit que les auteurs de ces ouvrages, les donnant comme de pure invention, dédaignent la vraisemblance; parbleu! voilà une étrange raison. Pour que la fiction puisse plaire, ne doit-elle pas approcher un peu de la vérité, et n'est-ce pas une règle du bon sens que, pour être divertissantes, les aventures ne doivent pas sembler impossibles? il conviendrait, selon moi, que les ouvrages d'imagination fussent composés de manière à ne pas choquer le sens commun, et qu'après avoir tenu l'esprit en suspens, ils en vinssent à l'émouvoir, à le ravir, et à lui causer autant de plaisir que d'admiration; ce qui est toute la perfection d'un livre. Eh bien, quel livre de chevalerie a-t-on jamais vu dont tous les membres formassent un corps entier, c'est-à-dire dont le milieu répondît au commencement, et la fin au commencement et au milieu? Loin de là, les auteurs les composent de tant de membres dépareillés, qu'on dirait qu'ils se sont plutôt proposés de peindre un monstre ou une chimère qu'une figure avec ses proportions naturelles. Outre cela, leur style est rude et grossier, les prouesses qu'ils racontent sont incroyables, leurs aventures d'amour blessent la pudeur; ils sont prolixes dans la description des batailles, ignorants en géographie, et extravagants dans les voyages; finalement dépourvus de tact, d'art, d'invention, et dignes d'être chassés de tous les États comme gens inutiles et dangereux.

Le curé avait attentivement écouté le chanoine, et le trouvait homme de sens. Il dit qu'il partageait son opinion, et que, par une aversion particulière qu'il avait toujours eue pour les livres de chevalerie, il avait fait brûler le plus grand nombre de ceux que possédait don Quichotte. Il raconta de quelle façon il avait instruit leur procès, ceux qu'il avait condamnés au feu, ceux auxquels il avait fait grâce, enfin ce qu'avait pensé le chevalier de la perte de sa bibliothèque. Ce récit divertit beaucoup le chanoine et ceux qui l'accompagnaient.

Néanmoins, seigneur, reprit le chanoine, quelque mal que je pense de ces livres, ils ont, selon moi, un bon côté, et ce côté le voici: c'est l'occasion qu'ils offrent à l'intelligence de s'exercer et de se déployer à l'aise; en effet, la plume peut y courir librement, soit pour décrire des tempêtes, des naufrages, des rencontres, des batailles, soit pour peindre un grand capitaine avec toutes les qualités qui doivent le distinguer, telles que la vigilance à prévenir l'ennemi, l'éloquence à persuader les soldats, la prudence dans le conseil. Tantôt l'auteur peindra une lamentable histoire, tantôt quelque joyeux événement; là, il représentera une femme belle et vertueuse; ici, un cavalier vaillant et libéral: d'un côté, un barbare insolent et téméraire; de l'autre, un prince sage et modéré, sans cesse occupé du bien de ses sujets, et toujours prêt à récompenser le zèle et la fidélité de ses serviteurs. Il prêtera successivement à ses héros l'adresse et l'éloquence d'Ulysse, la piété d'Énée, la vaillance d'Achille, la prudence de César, la clémence d'Auguste, la bonne foi de Trajan, la sagesse de Caton, enfin toutes les grandes qualités qui peuvent rendre un homme illustre. Si avec cela, l'ouvrage est écrit d'un style pur, facile et agréable; si, au mérite de l'invention, l'auteur joint l'art de conserver la vraisemblance dans les événements, il aura tissu sa toile de fils

précieux et variés, et composé un tableau qui ne manquera pas de plaire et d'instruire, ce qui est la fin qu'on
doit se proposer en prenant la plume.

On fit dans cet ordre environ deux lieues.

CHAPITRE XLVIII. SUITE DU DISCOURS DU CHANOINE SUR LE SUJET DES LIVRES DE CHEVALERIE.

Votre Grâce a raison, dit le curé, et ceux qui composent ces sortes d'ouvrages sont d'autant plus à blâmer, qu'ils négligent les règles que vous venez de poser, règles dont l'observation a rendu si célèbres les deux princes de la poésie grecque et latine.

J'ai quelquefois été tenté, reprit le chanoine, de composer un livre de chevalerie d'après ces mêmes règles, et j'en avais déjà écrit une centaine de pages. Pour éprouver si cet essai méritait quelque estime, je l'ai montré à des personnes qui, quoique gens d'esprit et de science, aiment passionnément ces sortes d'ouvrages, et à des ignorants qui n'ont de goûts que pour les folies; eh bien, chez les uns comme chez les autres, j'ai trouvé une agréable approbation. Néanmoins j'y ai renoncé, parce que d'abord cela ne me semblait guère convenir à ma profession, et qu'ensuite les gens ignorants sont beaucoup plus nombreux que les gens éclairés; et, quoiqu'on puisse se consoler d'être sifflé par le grand nombre des sots, quand on a l'estime de quelques sages, je n'ai pas voulu me soumettre au jugement de cet aveugle et impertinent vulgaire, à qui s'adressent principalement de semblables livres.

Mais ce qui m'ôta surtout la pensée de le terminer, ce fut un raisonnement que je me fis à propos des comédies qu'on représente aujourd'hui. Si ces comédies, me disais-je, aussi bien celles d'invention que celles empruntées à l'histoire, sont, de l'aveu de tous, des ouvrages ridicules, sans nulle délicatesse, et entièrement contre les règles, si pourtant le vulgaire ne cesse d'y applaudir, si les auteurs qui les composent et les acteurs qui les représentent prétendent qu'elles doivent être ainsi composées, parce que le public les veut ainsi, tandis que les pièces où l'on respecte les règles de l'art n'ont pour approbateurs que quelques hommes de goût, la même chose arrivera à mon livre; et quand je me serai brûlé les sourcils à force de travail, je resterai comme ce *tailleur de Campillo*, qui fournissait gratis le fil et la façon.

Souvent j'ai entrepris de faire comprendre à ces auteurs qu'ils faisaient fausse route, qu'ils obtiendraient plus de gloire et de profit en composant des pièces régulières; mais je les ai trouvés si entichés de leur méthode, qu'il n'y a raisons ni évidence qui puisse les y faire renoncer. M'adressant un jour à un de ces opiniâtres: Seigneur, lui disais-je, ne vous souvient-il point qu'il y a quelques années on représenta trois comédies d'un poëte espagnol qui obtinrent l'approbation générale; et que les comédiens y gagnèrent plus qu'ils n'ont gagné depuis avec trente autres des meilleurs qu'on ait composées? Je m'en souviens, répondit-il, vous voulez assurément parler de la *Isabella*, de la *Philis* et de la *Alexandra*[57]? Justement, répliquai-je. Hé bien, ces pièces ne sont-elles pas selon les règles? et pourtant elles ont enlevé tous les suffrages. La faute n'en est donc pas au vulgaire, qu'on laisse se plaire à voir représenter des inepties, mais à ceux qui ne savent lui servir autre chose. Il n'y a rien de tel dans l'*Ingratitude vengée*[58], dans la *Numancia*, dans le *Marchand amoureux*, et encore moins dans l'*Ennemi favorable*, ni dans beaucoup d'autres pièces qui ont fait la réputation de leurs auteurs, et enrichi les comédiens qui les ont représentées. J'ajoutai encore bien des raisons qui confondirent mon homme, mais sans le faire changer d'opinion.

Seigneur chanoine, répondit le curé, vous venez de toucher là un sujet qui a réveillé dans mon esprit une aversion que j'ai toujours eue pour les comédies de notre temps, aversion au moins égale à celle que j'éprouve pour les livres de chevalerie. Lorsque la comédie, suivant Cicéron, devrait être l'image de la vie humaine, l'exemple des bonnes mœurs et le miroir de la vérité, pourquoi, de nos jours, la comédie n'est-elle que miroir d'extravagances, exemple de sottises, image d'impudicités? Car quelle plus grande extravagance que de montrer un enfant qui, dans la première scène, est au berceau, et dans la seconde a déjà barbe au menton? Quoi de plus ridicule que de nous peindre un vieillard bravache, un homme poltron dans toute la force de l'âge, un laquais orateur, un page conseiller, un roi crocheteur, une princesse laveuse de vaisselle? Que dire de cette confusion des temps et des lieux dans les pièces qu'on représente! N'ai-je pas vu une comédie où le premier acte se passait en Europe, le second en Asie, et le troisième en Afrique! En vérité, je gage que si l'ouvrage avait eu plus de trois actes, l'Amérique aurait eu aussi sa part. Si la vraisemblance doit être observée dans une pièce de théâtre, comment peut-on admettre que dans celle dont l'action est présentée comme contemporaine de Pépin ou de Charlemagne, le principal personnage soit l'empereur Héraclius, que l'on fait s'emparer de la terre sainte et entrer dans Jérusalem avec la croix? exploit qui fut l'œuvre de Godefroy de Bouillon, séparé du héros byzantin par un si grand nombre d'années!

Si nous arrivons aux sujets sacrés, que de faux miracles, que de faits apocryphes! Ne va-t-on pas même jusqu'à introduire le surnaturel dans les sujets purement profanes? Tel en est presque toujours aujourd'hui le dénoûment, et cela sans autre motif que celui-ci: le vulgaire se laisse facilement toucher par ces scènes extraordinaires et en aime la représentation; ce qui est un oubli complet de la vérité, et la honte des écrivains espagnols, que les étrangers, observateurs fidèles des règles du théâtre, regardent comme des barbares dépourvus de goût et de sens. C'est un grand tort de prétendre que les spectacles publics étant faits pour amuser le peuple et le détourner des vices qu'engendre l'oisiveté, on obtient ce résultat par une mauvaise comédie aussi bien que par une bonne, et qu'il est fort inutile de s'assujettir à des règles qui fatiguent l'esprit et consument le temps; car bien certainement le spectateur serait plus satisfait d'une pièce à la fois régulière et embellie de tous les ornements de l'art, une action bien représentée ne manquant jamais d'intéresser le spectateur, et d'émouvoir l'esprit même le plus grossier.

Après tout, peut-être ne faut-il pas s'en prendre tout à fait aux auteurs des défauts de leurs ouvrages: la plupart les connaissent, et certains parmi eux ne manquent ni d'intelligence ni de goût, mais ils ne travaillent pas pour la gloire, et les pièces de théâtre sont devenues une marchandise que les comédiens refuseraient si elles n'étaient pas conçues selon leur fantaisie: si bien que l'auteur est forcé de s'accommoder à la volonté de celui qui doit payer son ouvrage, et de le livrer tel qu'on lui a commandé. N'avons-nous pas vu un des plus beaux et des plus rares esprits de ce royaume[59], pour complaire aux comédiens, négliger de mettre la dernière main à ses ouvrages et de les rendre excellents, comme il pouvait le faire? D'autres, enfin, n'ont-ils pas écrit avec si peu de mesure, qu'après une seule représentation de leurs pièces, on a vu les acteurs obligés de s'enfuir, dans la crainte d'être châtiés pour avoir parlé contre la conduite du prince, ou contre l'honneur de sa maison? On obvierait, il me semble, à ces inconvénients, si, choisissant un homme d'autorité et d'intelligence, on lui donnait la charge d'examiner ces sortes d'ouvrages, et de n'en permettre l'impression et le débit qu'après avoir été revêtus de son approbation. Ce serait un remède contre la licence qui règne au théâtre: la crainte d'un examen sévère forcerait les auteurs à montrer plus de retenue; on ne verrait que de bons ouvrages, écrits avec la perfection dont vous venez de nous tracer les règles; enfin le public aurait là un passe-temps utile et agréable, car l'arc ne peut toujours être tendu, et l'humaine faiblesse a besoin de se reposer dans d'honnêtes récréations.

La conversation en était là, quand le barbier s'approcha et dit au curé: Seigneur, voici l'endroit où j'ai pensé que nous pourrions plus commodément faire la sieste, et où les bœufs trouveront une herbe fraîche et abondante.

C'est aussi ce qu'il me semble, répondit le curé; et il demanda au chanoine quels étaient ses projets.

Le chanoine répondit qu'il serait bien aise de rester avec eux pour jouir de la beauté du vallon qui s'offrait à leur vue, pour profiter de la conversation du curé, qui l'intéressait vivement, enfin pour apprendre plus en détail l'histoire et les prouesses de don Quichotte. Afin de pouvoir se reposer en cet endroit l'après-dînée, il commanda à un de ses gens d'aller à l'hôtellerie voisine chercher de quoi manger; et comme on lui répondit que le mulet de bagage, bien pourvu de vivres, devait être arrivé, il se contenta d'envoyer son équipage à l'hôtellerie, ordonnant d'amener le mulet porteur des provisions.

Pendant que cet ordre s'exécutait, Sancho, voyant qu'il pouvait enfin parler à son maître sans la continuelle présence du curé et du barbier, s'approcha de la cage et lui dit: Seigneur, pour la décharge de ma conscience, je veux vous dire ce qui se passe au sujet de votre enchantement. Ces deux hommes qui vous accompagnent avec le masque sur le visage sont le curé de notre paroisse et maître Nicolas, le barbier de notre endroit. Je pense qu'ils ne vous emmènent de la sorte que par jalousie, et parce que vos exploits leur donnent de l'ombrage; j'en conclus donc que vous n'êtes pas plus enchanté que mon âne, mais tout simplement joué et mystifié. Je n'en veux pour preuve que la réponse à une question que je vais vous adresser: si elle est telle qu'elle doit être et qu'elle sera, j'en suis certain, je vous ferai toucher du doigt la ruse, et alors vous avouerez qu'au lieu d'être enchanté, vous n'avez que la cervelle à l'envers.

Demande ce que tu voudras, mon fils, répondit don Quichotte, je te donnerai satisfaction. Quant à l'opinion que tu as que ces deux hommes qui vont et viennent autour de nous sont le curé et le barbier de notre village, il peut se faire qu'ils te paraissent tels; mais qu'ils le soient effectivement, n'en crois rien, je te prie. S'ils te semblent ce que tu dis, sois sûr que les enchanteurs, auxquels il est facile de se transformer à volonté, ont pris leur ressemblance, afin de t'abuser et de te jeter dans un labyrinthe de doutes et d'incertitudes dont tu ne sortirais pas quand tu aurais en main le fil de Thésée, et aussi pour me troubler l'esprit, afin que je ne puisse pas deviner qui me joue ce mauvais tour. Car, enfin, d'un côté tu me dis que ce sont là le curé et le barbier de notre village; d'un autre côté, je me vois enfermé dans une cage, pendant que je suis certain qu'aucune puissance humaine ne serait capable de m'y retenir; que dois-je en conclure, si ce n'est que mon enchantement est bien plus fort et d'une tout autre espèce que ceux que j'ai lus dans toutes les histoires de chevaliers errants qui ont subi le même sort que moi? Ainsi donc, cesse de croire que ces gens-là sont ce que tu dis, car ils le sont tout comme je suis turc. Maintenant adresse-moi telle question que tu voudras; je consens à répondre jusqu'à demain.

Par Notre-Dame; s'écria Sancho, faut-il que vous ayez la tête assez dure pour en être encore à reconnaître que le diable se mêle bien moins de vos affaires que les hommes! Or çà, je m'en vais vous prouver clair comme le jour que vous n'êtes point enchanté: dites-moi, je vous prie, seigneur... que Dieu vous délivre du tourment où vous êtes, et puissiez-vous tomber dans les bras de madame Dulcinée, au moment où vous y penserez le moins...

Cesse tes exorcismes, mon fils, reprit don Quichotte: ne t'ai-je pas dit que je répondrai ponctuellement à tes questions?

Voilà justement ce que je demande, répliqua Sancho: or çà, dites-moi, sans rien ajouter ni rien retrancher, mais franchement et avec vérité, comme doivent parler tous ceux qui font profession des armes en qualité de chevaliers errants...

Je te répète que je ne mentirai en rien, reprit don Quichotte; mais pour l'amour de Dieu, finis-en, tu me fais mourir d'impatience avec tes préambules.

Je n'en voulais pas davantage, dit Sancho; et je me crois assuré de la bonté et de la franchise de mon maître. Dès lors, comme cela vient fort à propos, je lui ferai une question: voyons, répondez, seigneur, depuis que Votre Grâce est enchantée dans cette cage, a-t-elle eu par hasard envie de faire, comme on dit, le petit ou le gros?

Sancho, voyant qu'il pouvait enfin parler à son maître,
s'approcha de la cage.

Mon ami, je ne te comprends pas, dit don Quichotte; explique-toi mieux, si tu veux que je réponde d'une manière nette et précise.

Vous ne comprenez pas ce que signifie le petit et le gros! repartit Sancho: vous moquez-vous de moi? mais c'est la première chose qu'on apprend à l'école. Je demande si vous n'avez point eu envie de faire ce que personne ne peut faire à votre place?

Ah! si, vraiment! je comprends, répondit don Quichotte, et plus d'une fois; même à l'heure où je te parle, je me sens bien pressé; mets-y ordre promptement, je te prie; je crains qu'il ne soit déjà trop tard.

CHAPITRE XLIX. DE L'EXCELLENTE CONVERSATION DE DON QUICHOTTE ET DE SANCHO PANZA.

Par ma foi, vous êtes pris, s'écria Sancho, et voilà où je voulais en venir. Or çà, monseigneur: nierez-vous quand on voit une personne abattue et languissante, qu'on n'ait l'habitude de se dire: Qu'est-ce qu'a un tel? il ne mange, ne boit, ni ne dort, et ne sait jamais ce qu'on lui demande; on dirait qu'il est enchanté? Il faut donc conclure de là que ceux qui ne boivent, ne mangent, ni ne dorment, et ne font point leurs fonctions naturelles, sont enchantés; mais non pas ceux qui ont l'envie qui vous presse à cette heure, qui boivent quand ils ont soif, mangent quand ils ont faim, et répondent à propos.

Tu as raison, Sancho, répliqua don Quichotte; mais ne t'ai-je pas dit aussi qu'il y avait plusieurs sortes d'enchantements, que peut-être la forme en a changé par la succession des temps, et qu'aujourd'hui c'est un usage établi que les enchantés fassent tout ce que je fais? Cela étant, il n'y a rien à objecter; d'ailleurs, je sais et je tiens pour certain que je suis enchanté, ce qui suffit pour mettre ma conscience en repos: car si j'en doutais un seul instant, je me ferais scrupule de demeurer ainsi enseveli dans une lâche oisiveté, pendant que le monde est rempli d'infortunés qui sans doute ont besoin de mon secours et de ma protection.

Eh bien, repartit Sancho, que n'essayez-vous, pour en être plus certain, de sortir de prison, ce à quoi je vous aiderai, puis de tâcher de monter sur Rossinante, qui me paraît aussi enchanté que vous, tant il est triste et mélancolique, et de nous mettre encore une fois à la recherche des aventures? Si cela ne réussit point, nous avons tout le temps de revenir à la cage, où je promets et je jure, foi de bon et loyal écuyer, de m'enfermer avec Votre Grâce, s'il arrive que vous soyez assez malheureux et moi assez imbécile pour ne pouvoir venir à bout de ce que je viens de dire.

Je consens à tout, mon ami, répondit don Quichotte, et dès que tu verras l'occasion favorable, tu n'as qu'à mettre la main à l'œuvre; je ferai tout ce que tu voudras, et me laisserai conduire: mais tu verras, mon pauvre Sancho, combien est fausse l'opinion que tu te formes de tout ceci.

Le chevalier errant et le fidèle écuyer s'entretinrent de la sorte jusqu'à ce qu'ils fussent arrivés à l'endroit où le curé, le chanoine et le barbier avaient mis pied à terre en les attendant. Les bœufs furent dételés pour les laisser paître en liberté, et Sancho pria le curé de permettre que son maître sortît un moment de la cage, parce qu'autrement elle courait grand risque de ne pas rester aussi propre que l'exigeait la dignité et la décence d'un chevalier tel que lui. Le curé comprit Sancho, et répondit qu'il y consentirait de bon cœur, sans la crainte où il était que don Quichotte, une fois libre, ne vînt à faire des siennes, et qu'il ne s'en allât si loin qu'on ne le revît plus.

Je réponds de lui, reprit Sancho.

Et moi aussi, ajouta le chanoine, pourvu qu'il nous donne sa foi de chevalier qu'il ne s'éloignera pas sans notre consentement.

J'en fais le serment, dit don Quichotte. D'ailleurs, ajouta-t-il, l'enchanté n'a pas la liberté de faire sa volonté, puisque l'enchanteur peut empêcher qu'il ne bouge de trois siècles entiers; et que s'il s'enfuyait, il peut le faire revenir plus vite que le vent: ainsi, seigneurs, relâchez-moi sans crainte; car franchement la chose presse, et je ne réponds de rien.

Sur sa parole, le chanoine le prit par la main et le tira de sa cage, ce dont le pauvre homme ressentit une joie extrême. La première chose qu'il fit fut de se détirer deux ou trois fois tout le corps; puis s'approchant de Rossinante: Miroir et fleur des coursiers errants, dit-il en lui donnant deux petits coups sur la croupe, j'espère toujours que, grâce à Dieu et à sa sainte Mère, nous nous reverrons bientôt dans l'état que nous souhaitons l'un et l'autre; toi sous ton cher maître, et moi sur tes reins vigoureux, exerçant ensemble la profession pour laquelle Dieu nous a mis en ce monde.

Après avoir ainsi parlé, notre chevalier se retira à l'écart avec Sancho, et revint peu après, fort soulagé, et très-impatient de voir l'effet des promesses de son écuyer.

Le chanoine ne pouvait se lasser de considérer notre héros: il observait jusqu'à ses moindres mouvements, étonné de cette étrange folie qui lui laissait l'esprit libre sur toutes sortes de sujets, et l'altérait si fort quand il s'agissait de chevalerie. Le malheur de ce pauvre gentilhomme lui fit compassion, et il voulut essayer de le guérir par le raisonnement. Toute la compagnie s'étant donc assise sur l'herbe, en attendant les provisions, il parla ainsi à don Quichotte:

Est-il possible, seigneur, que cette fade et impertinente lecture des romans de chevalerie ait troublé votre esprit au point de vous persuader que vous êtes enchanté? comment peut-il se trouver au monde un homme assez simple pour s'imaginer que ces Amadis, ces empereurs de Trébizonde, ces Félix Mars d'Icarnie, tous ces monstres et tous ces géants, ces enchantements, ces querelles, ces défis, ces combats, en un mot tout ce fatras d'extravagances dont parlent les livres de chevalerie aient jamais existé? Pour moi, je l'avoue, quand je les lis sans faire réflexion qu'ils sont pleins de mensonges, ils ne laissent pas de me donner quelque plaisir; mais lorsque je viens à ne les plus considérer que comme un tissu de fables sans vraisemblance, je les jetterais de bon cœur au feu, comme des impostures qui abusent de la crédulité publique, et portent le trouble et le désordre dans les meilleurs esprits, tels enfin que le vôtre, au point qu'on est obligé de vous mettre en cage, et de vous conduire dans un char à bœufs, comme un lion ou un tigre promené de ville en ville.

Allons, seigneur don Quichotte, rappelez votre raison et servez-vous de ce discernement admirable que le ciel vous a donné, afin de choisir des lectures plus profitables à votre esprit; et si, après tout, par inclination naturelle, vous éprouvez un grand plaisir à lire les exploits guerriers et les actions prodigieuses, adressez-vous à l'histoire, et là vous trouverez des miracles de valeur qui non-seulement ne le cèderont en rien à la fable, mais qui surpassent encore tout ce que l'imagination peut enfanter. Si vous voulez des grands hommes, la Grèce n'a-t-elle pas son Alexandre, Rome son César, Carthage son Annibal, la Lusitanie son Viriate? N'avons-nous pas, dans la Castille, Fernando Gonzalès, le Cid dans Valence, don Diego Garcia de Paredès dans l'Estramadure, don Garcy Perès de Vargas dans Xerès, don Garcilasso dans Tolède, et don Manuel

Ponce de Léon dans Séville, tous modèles d'une vertu héroïque, dont les prouesses intéressent le lecteur, et lui donnent de grands exemples à suivre? Voilà, seigneur don Quichotte, une lecture digne d'occuper votre esprit; là vous apprendrez le métier de la guerre, et comment doit se conduire un grand capitaine; là, enfin, vous verrez des prodiges de valeur, qui, tout en restant dans les limites de la vérité, surpassent de beaucoup les actions ordinaires.

Don Quichotte écoutait avec une extrême attention le discours du chanoine; après l'avoir considéré quelque temps en silence, il répondit: Si je ne me trompe, seigneur, cette longue harangue tend à me persuader qu'il n'a jamais existé de chevaliers errants; que les livres de chevalerie sont faux, menteurs, inutiles et pernicieux à l'État; que j'ai mal fait de les lire, fort mal fait d'y ajouter foi, et plus mal fait encore de les prendre pour modèles dans la profession que j'exerce; en un mot, qu'il n'y a jamais eu d'Amadis de Gaule, ni de Roger de Grèce, ni cette foule de chevaliers dont nous possédons les histoires.

C'est la pure vérité, répondit le chanoine.

Vous avez ajouté, continua don Quichotte, que ces livres m'ont porté un grand préjudice, puisqu'ils m'ont troublé le jugement, et qu'ils sont cause qu'on m'a mis dans cette cage; enfin vous m'avez conseillé de changer de lecture et de choisir des livres sérieux, qui soient en même temps utiles et agréables.

Tout cela est vrai au pied de la lettre, répondit le chanoine.

Eh bien, reprit don Quichotte, toute réflexion faite, je trouve que c'est vous qui êtes enchanté et sans jugement, puisque vous osez proférer de pareils blasphèmes contre une chose si généralement reçue, et tellement admise pour véritable, que celui qui la nie, comme le fait Votre Grâce, mérite le même châtiment que vous infligez à ces livres dont la lecture vous révolte; car enfin prétendre qu'il n'y a jamais eu d'Amadis ni aucun de ces chevaliers errants dont les livres font mention, autant vaut soutenir que le soleil n'éclaire point, ou que la terre n'est pas ronde.

Ainsi, selon vous, ce serait autant de faussetés, poursuivit notre héros, que l'histoire de l'infante Floride avec Guy de Bourgogne, et cette aventure de Fier-à-Bras au pont de Mantible, aventure qui se passa du temps de Charlemagne. Mais si vous traitez cela de mensonges, il doit en être de même d'Hector, d'Achille, de la guerre de Troie, des douze pairs de France, de cet Artus, roi d'Angleterre, qui existe encore aujourd'hui sous la forme d'un corbeau, et qu'à toute heure on s'attend à voir reparaître dans son royaume. Que ne dites-vous que l'histoire de Guérin

Mesquin et de la dame de Saint-Grial, que les amours de don Tristan et de la reine Iseult sont fausses également; que celles de la belle Geneviève et de Lancelot sont apocryphes, quand il y a des gens qui se souviennent presque d'avoir vu la duègne Quintagnonne, qui eut le don de se connaître en vins mieux que le meilleur gourmet de la Grande-Bretagne. Ainsi, moi qui vous parle, je crois entendre encore mon aïeule, du côté paternel, me dire quand elle rencontrait une de ces vénérables matrones à long voile: Vois-tu, mon fils, en voici une qui ressemble à la duègne Quintagnonne; d'où j'infère qu'elle devait la connaître, ou qu'elle avait pour le moins vu son portrait. Il faudrait donc contester aussi l'histoire de Pierre de Provence et de la belle Maguelonne, lorsqu'on voit encore aujourd'hui dans le musée royal militaire la cheville de bois que montait ce chevalier, laquelle cheville, plus grosse qu'un timon de charrette, est auprès de la selle de Babieça, le cheval du Cid. De tout cela donc, je dois conclure, qu'il y a eu douze pairs de France, un Pierre de Provence, un Cid, et d'autres chevaliers de même espèce, enfin de ceux dont on dit communément qu'ils vont aux aventures.

Voudrait-on soutenir encore que Juan de Merlo, ce vaillant Portugais, n'était pas chevalier errant, qu'il ne se battit pas en Bourgogne contre le fameux Pierre seigneur de Chargny, et plus tard à Bâle avec Henry de Ramestan, et qu'il ne remporta pas l'honneur de ces deux rencontres? Il ne manquerait plus que de traiter de contes en l'air les aventures de Pedro Barba, et celles de Guttierès Quixada (duquel je descends en droite ligne par les mâles), qui se signalèrent par la défaite des fils du comte de Saint-Pol. Ce sont sans doute aussi des fables que ces fameuses joutes de Suero de Quinones, ce célèbre défi du pas de l'Orbigo, celui de Luis de Falces contre don Gonzalès de Gusman, chevalier castillan, et mille autres glorieux faits d'armes des chevaliers chrétiens, à travers le monde, tous si véritables et si authentiques, que, je ne crains pas de le répéter, il faut avoir perdu la raison pour en douter un seul instant.

Le chanoine était de plus en plus étonné de voir ce mélange confus que faisait notre héros de la fable et de l'histoire, et de l'admirable connaissance qu'avait cet homme de tout ce qui a été écrit touchant la chevalerie errante.

Je ne puis nier, seigneur don Quichotte, répliqua-t-il, qu'il n'y ait quelque chose de vrai dans ce que vous venez de dire, et particulièrement dans ce qui concerne les chevaliers errants d'Espagne; je vous accorde aussi qu'il y a eu douze pairs de France, mais je ne saurais ajouter foi à tout ce qu'en a écrit le bon archevêque Turpin. Il est vrai que des chevaliers choisis par les rois de France reçurent le nom de pairs, parce qu'ils avaient tous le même rang et qu'ils étaient égaux en naissance et en valeur: c'était un ordre à peu près comme l'ordre de Saint-Jacques ou celui de Calatrava en Espagne, dont chacun des membres est réputé vaillant et d'illustre origine, et de même que nous disons chevalier de Saint-Jean ou d'Alcantara, on disait alors un des douze pairs, parce qu'ils n'étaient que douze. Pour ce qui est de l'existence du Cid, je n'en doute pas plus que de celle de Bernard de Carpio; mais qu'ils aient fait tout ce qu'on en raconte, c'est autre chose. Quant à la cheville du cheval de Pierre de Provence, que vous dites se trouver à côté de la selle de Babieça dans le musée royal, je confesse à cet égard mon ignorance ou la faiblesse de ma vue, car je n'ai jamais remarqué cette cheville, ce qui me surprend, d'après le volume que vous dites, quoique j'aie bien vu la selle.

Notre chevalier se retira à l'écart avec Sancho.

Elle y est pourtant, répliqua don Quichotte, et la
preuve, c'est qu'on l'a mise dans un fourreau de cuir
pour la conserver.

D'accord, repartit le chanoine, mais je ne me souviens pas de l'avoir vue; d'ailleurs, quand je vous accorderais qu'elle y fût, cela ne suffirait pas pour me faire ajouter foi aux histoires de tous ces Amadis et de ce nombre infini de chevaliers. C'est vraiment chose étonnante, qu'un galant homme tel que vous, doué d'un si bon entendement, ait pu prendre toutes ces extravagances pour autant de vérités incontestables.

CHAPITRE L. DE L'AGRÉABLE DISPUTE DU CHANOINE ET DE DON QUICHOTTE.

Sur ma foi! voilà qui est plaisant! s'écria don Quichotte; comment des livres imprimés avec privilége du roi et approbation des examinateurs, accueillis de tout le monde, des gens de qualité et du peuple, des savants et des ignorants, comment de tels livres ne seraient que rêveries et mensonges, quand la vérité y est partout si claire et si nue, et toutes les circonstances si bien précisées, qu'on y trouve le lieu de naissance et l'âge des chevaliers, les noms de leurs pères et mères, leurs exploits, les lieux où ils les ont accomplis; et tout cela de point en point, jour par jour, avec la plus scrupuleuse exactitude! Pour l'amour de Dieu, seigneur, n'ouvrez jamais la bouche, plutôt que de prononcer un tel blasphème, et, croyez que je vous conseille en ami: sinon, lisez ces livres; et vous verrez quel plaisir vous en donnera la lecture. Dites-moi un peu, je vous prie, n'auriez-vous pas un bonheur extrême, à l'instant où je vous parle, s'il s'offrait soudain devant vous un lac de poix bouillante, rempli de serpents, de lézards et de couleuvres, et que, du milieu de ses ondes épaisses et fumantes, une voix lamentable s'élevât, en vous disant:

«O toi, chevalier, qui que tu sois, qui es à regarder ce lac épouvantable, si tu veux posséder le trésor caché sous ses eaux, eh bien, montre la grandeur de ton courage en te plongeant au milieu de ces ondes enflammées; autrement tu es indigne de contempler les incomparables merveilles qu'enferment les sept châteaux des sept fées, qui gisent sous sa noire épaisseur!»

A peine la voix a-t-elle cessé de se faire entendre, que le chevalier, sans considérer le péril auquel il s'expose, se recommande à Dieu et à sa dame, s'élance dans ce lac bouillonnant, puis quand on le croit perdu, et que lui-même ne sait plus ce qu'il va devenir; le voilà qui se retrouve dans une merveilleuse campagne, à laquelle les Champs-Élysées eux-mêmes n'ont rien de comparable. Là, le ciel lui semble plus pur et plus serein, et le soleil brille d'une lumière nouvelle; bientôt une agréable forêt se présente à sa vue, et pendant qu'une foule d'arbres différents et toujours verts réjouit ses yeux, un nombre infini de petits oiseaux nuancés de mille couleurs voltigent de branches en branches, et charment son oreille par leur doux gazouillement; sans compter que non loin de là, un ruisseau roule en serpentant des flots argentés sur un sable d'or. Le chevalier aperçoit ensuite une élégante fontaine formée de jaspe aux mille couleurs et de marbre poli; plus loin il en voit une autre, disposée d'une façon rustique, où les fins coquillages de la moule et les tortueuses maisons de l'escargot, rangés dans un aimable désordre et mêlés de brillants morceaux de cristal, forment un ouvrage varié, où l'art imitant la nature, rivalise avec elle et semble même la vaincre cette fois.

Soudain le chevalier voit s'élever un palais, dont les murailles sont d'or massif, les créneaux de diamants, les portes de hyacinthes et finalement d'une si admirable architecture que les rubis, les escarboucles, les perles et les émeraudes en composent la moindre matière. Tout à coup par une des portes du château sort une foule de jeunes damoiselles, dans un costume si riche et si galant, que je n'en finirais jamais si j'entreprenais de vous le dépeindre. Celle qui paraît être la maîtresse de ce lieu enchanteur prend alors par la main le preux aventurier, et, sans lui adresser une seule parole, elle le conduit dans ce riche palais, où après l'avoir fait déshabiller par ses compagnes, il est plongé dans un bain d'eaux délicieuses, où on le frotte de diverses essences; au sortir du bain, on lui passe une chemise de lin toute parfumée; après quoi on lui jette sur les épaules un magnifique manteau dont le prix égale pour le moins une ville entière, si ce n'est même davantage.

Mais ce n'est pas tout: on l'introduit dans une salle dont l'ameublement surpasse tout ce qu'on peut imaginer; là, le chevalier trouve la table toute dressée; on lui donne à laver ses mains dans un bassin d'or ciselé, enrichi de diamants, avec une eau toute distillée d'ambre et de fleurs les plus odorantes; puis on le fait asseoir dans une chaise d'ivoire, et alors les damoiselles le servent à l'envi en observant un profond silence. Que dire du nombre et de la délicatesse des mets qui lui sont présentés? comment exprimer l'excellence de la musique qu'on lui donne pendant le repas, sans qu'il voie ni ceux qui chantent, ni ceux qui jouent des instruments? Le festin achevé, pendant que, mollement enfoncé dans son fauteuil, le chevalier est peut-être à se curer les dents, entre à l'improviste une damoiselle incomparablement plus belle que toutes les autres; elle va s'asseoir auprès de lui, lui dit ce que c'est que ce château, lui apprend qu'elle y est enchantée, et lui raconte mille autres choses qui ravissent le chevalier et causeront l'admiration de tous ceux qui liront cette histoire. Mais il est inutile de m'étendre davantage sur ce sujet; en voilà plus qu'il n'en faut, ce me semble, pour prouver qu'on ne saurait rencontrer un tableau plus délicieux. Croyez-moi, seigneur, lisez ces livres, et vous verrez comme ils savent insensiblement charmer la mélancolie et faire naître la joie dans le cœur; je dirai plus: si, par hasard vous aviez un mauvais naturel, ils sont capables de le corriger, et de vous inspirer de meilleures inclinations.

Pour moi, depuis que je suis chevalier errant, je puis dire que je me sens plein de vaillance, affable, complaisant, généreux, hardi, patient, infatigable; enfin prêt à supporter avec un surcroît de vigueur d'esprit et de corps les rudes travaux, la captivité et les enchantements. Tout enfermé que je suis à cette heure dans une cage comme un fou, je ne désespère pas de me voir, sous très-peu de jours, par la force de mon bras et la faveur du ciel, souverain de quelque grand empire, ce qui me permettra de faire éclater la libéralité et la reconnaissance que je porte au fond de mon cœur. Mais en eût-il le plus vif désir, le pauvre n'a pas le pouvoir d'être libéral, car la gratitude, qui ne gît que dans le désir est une vertu morte, comme la foi sans les œuvres: voilà pourquoi je voudrais que la fortune m'offrît bientôt l'occasion de me faire empereur, afin de pouvoir faire éclater mes bons sentiments en enrichissant mes amis, à commencer par ce fidèle écuyer ici présent, qui est le meilleur des hommes. Je serais fort aise de lui donner un comté, que du reste je lui promets depuis longtemps, quoique, à vrai dire, je me défie un peu de sa capacité pour le bien gouverner.

Seigneur, repartit Sancho, travaillez seulement à me donner ce comté, que vous me faites tant attendre: et je le gouvernerai bien, je vous en réponds. D'ailleurs, si je n'en puis venir à bout, j'ai entendu dire qu'il y a des gens qui prennent à ferme les terres des seigneurs et les font valoir à leur place, tandis que les maîtres se donnent du bon temps et mangent gaiement leur revenu. Par ma foi, j'en ferais bien autant, et cela ne me paraît pas si difficile. Oh! que je ne m'amuserai point à marchander! je vous mettrai prestement le fermier en fonctions, et je mangerai mes rentes comme un prince: après cela, qu'on en fasse des choux ou des raves, du diable si je m'en soucie!

Ce ne sont pas là de mauvaises philosophies, comme vous le prétendez, Sancho, répliqua le chanoine; mais il y a bien quelque chose à dire au sujet de ce comté.

Je n'entends rien à vos philosophies, répondit Sancho; qu'on commence par me donner ce comté, et je saurai bien le gouverner. J'ai autant d'âme qu'un autre et autant de corps que celui qui en a le plus, j'espère donc être aussi roi dans mon État que chacun l'est dans le sien: cela étant, je ferai ce que je voudrai, et faisant ce que je voudrai, je ferai à ma fantaisie; faisant à ma fantaisie, je serai content, et quand je serai content, je n'aurai plus rien à désirer; et quand je n'aurai plus rien à désirer, que diable me faudra-t-il de plus? Ainsi donc, que le comté vienne, et adieu jusqu'au revoir, comme se disent les aveugles.

Compère Sancho, quant au revenu, dit le chanoine, cela se peut; mais quant à l'administration de la justice, c'est autre chose: c'est là que le seigneur doit appliquer tous ses soins; c'est là qu'il montre l'excellence de son jugement, et surtout son désir de bien faire, désir qui doit être le principe de ses moindres actions. Car de même que Dieu aide et récompense les bonnes intentions, de même il renverse les mauvais desseins.

Je ne sais pas ce qu'il y a à dire au sujet du comté que j'ai promis à Sancho, dit don Quichotte; mais je me guide sur l'exemple du grand Amadis, lequel fit son écuyer comte de l'île Ferme; je puis donc sans scrupule donner un comté à Sancho Panza, qui est assurément un des meilleurs écuyers qu'ait jamais eu chevalier errant.

Le chanoine était confondu des extravagances que débitait don Quichotte: il admirait cette présence d'esprit avec laquelle il venait d'improviser l'aventure du chevalier du Lac, et cette vive impression que les rêveries contenues dans les romans avaient faite dans son imagination. Il n'était guère moins étonné de la simplicité de Sancho, qui demandait un comté avec tant d'empressement, et qui croyait que son maître pouvait le lui donner comme on donne une simple métairie. Pendant qu'il réfléchissait là-dessus, ses gens revinrent avec le mulet de bagages, et ayant jeté un tapis sur l'herbe à l'ombre de quelques arbres, on se mit à manger.

A peine avaient-ils commencé, qu'ils entendirent le son d'une clochette, et en même temps ils virent sortir des buissons qui étaient là une chèvre noire et blanche, mouchetée de taches fauves; derrière elle courait un berger qui la flattait en son langage pour la faire arrêter ou retourner au troupeau. La fugitive s'en vint tout effarouchée se jeter, comme dans un asile, au milieu des personnes qui mangeaient, et s'y arrêta; alors le chevrier la prenant par les cornes, se mit à lui dire, comme si elle eût été capable de raison: Ah çà, montagnarde mouchetée, comme vous fuyez! Qu'avez-vous donc, la belle? Qu'est-ce qui vous fait peur? me le direz-vous, ma fille? A moins qu'en votre qualité de femelle il vous soit impossible de rester en repos? Revenez, ma mie, revenez; vous serez plus en sûreté dans la bergerie, ou parmi vos compagnes. Vous qui devez les conduire, que deviendront-elles, si vous vous égarez de la sorte?

Ces paroles intéressèrent le chanoine, qui pria le berger de ne point se presser de remmener sa chèvre. Mon ami, lui dit-il, étant femelle comme vous dites, il faut la laisser suivre sa volonté: vous auriez beau vouloir l'en empêcher, elle n'écoutera jamais que sa fantaisie. Prenez ce morceau, mon camarade, ajouta-t-il, et buvez un coup pour vous remettre, pendant que votre chèvre se reposera.

On lui donna une cuisse de lapin froid, qu'il accepta sans façon, et après avoir bu un coup à la santé de la compagnie: Seigneurs, dit-il, pour m'avoir entendu parler ainsi à cette bête, ne croyez pas que je sois un imbécile. Ce que je viens de dire ne vous paraît pas très-raisonnable; mais tout rustre que je suis, je sais comment il faut parler aux hommes et aux bêtes.

Le chevalier se recommande à Dieu et à sa dame, s'élance dans ce lac bouillonnant.

Je n'en fais aucun doute, dit le curé; car je sais par expérience qu'on trouve des poëtes dans les montagnes,
et que souvent les cabanes abritent des philosophes.

Seigneurs, répliqua le chevrier, il ne laisse pas de s'y
trouver quelquefois des gens qui sont devenus sages à
leurs dépens, et si je ne craignais de vous ennuyer, je
vous conterais une petite histoire pour confirmer ce
que le seigneur licencié vient de dire.

Mon ami, reprit don Quichotte, prenant la parole au
nom de la compagnie entière, comme ce que vous
avez à nous conter me paraît avoir quelque semblant
d'aventure de chevalerie, je vous écouterai de bon
cœur; tous ceux qui sont ici feront de même, j'en suis
certain, car ils aiment les choses curieuses: vous n'avez
donc qu'à commencer, nous vous donnerons toute
notre attention.

Pour moi, je suis votre serviteur, dit Sancho: ventre
affamé n'a pas d'oreilles. Avec votre permission, je
m'en vais au bord de ce ruisseau m'en donner avec ce
pâté et me farcir la panse pour trois jours. Aussi bien
ai-je entendu dire à mon maître que l'écuyer d'un chevalier errant ne doit jamais perdre l'occasion de se garnir l'estomac, quand il la trouve, car il n'a ensuite que
trop de loisir pour digérer. En effet, il lui arrive souvent de s'égarer dans une forêt dont on ne trouverait
pas le bout en six jours; si donc le pauvre diable n'a

pas pris ses précautions, et n'a rien dans son bissac, il demeure là comme une momie. D'ailleurs, cela nous est arrivé plus d'une fois.

Tu as peut-être raison, Sancho, dit don Quichotte; va où tu voudras et mange à ton aise. Pour moi, j'ai pris ce qu'il me faut, et je n'ai plus besoin que de donner un peu de nourriture à mon esprit, comme je vais le faire en écoutant l'histoire du chevrier.

Allons, dit le chanoine, il peut commencer quand il voudra; il me semble que nous sommes prêts.

Le chevrier frappa deux petits coups sur le dos de sa chèvre, en lui disant: Couche-toi auprès de moi, mou-chetée, nous avons plus de loisir qu'il ne nous en faut pour retourner au troupeau. On eût dit que la chèvre comprenait les paroles de son maître, car elle s'étendit près de lui; puis le regardant fixement au visage, elle semblait attendre qu'il commençât, ce qu'il fit en ces termes:

CHAPITRE LI. CONTENANT CE QUE RA-CONTE LE CHEVRIER.

A trois lieues de ce vallon, dans un hameau qui, malgré son peu d'étendue, n'en est pas moins un des plus riches du pays, demeurait un laboureur aimé et estimé de ses voisins, mais bien plus encore pour sa vertu que pour sa richesse. Ce laboureur se trouvait si heureux d'avoir une fille belle et sage, qu'il en faisait sa plus grande joie, ne comptant pour rien, au prix de cet enfant, tout ce qu'il possédait. A peine eut-elle atteint seize ans, la renommée de ses charmes se répandit tellement, que non-seulement des villages d'alentour, mais même des plus éloignés, on venait la voir, ainsi qu'une image de sainte opérant des miracles. Le père la gardait ni plus ni moins qu'un trésor, mais elle se gardait encore mieux elle-même, et vivait dans une extrême retenue. Aussi quantité de gens, attirés par le bien du père, par la beauté de la jeune fille, et surtout par la bonne réputation dont ils jouissaient tous deux, se déclarèrent les serviteurs de la belle, et embarrassèrent fort le bon homme, en la lui demandant en mariage.

Parmi ce grand nombre de prétendants, j'étais un de ceux qui avaient le plus sujet d'espérer: fort connu du père, et habitant le même village, il savait que je sortais de gens sans reproche; il connaissait mon bien et mon âge, et autour de moi on disait que je ne manquais pas d'esprit. Tout cela parlait en ma faveur; mais un certain Anselme, garçon de l'endroit, estimé de tout le monde, et qui avait même dessein que moi, tenait en suspens l'esprit du père; de sorte que ce brave homme, jugeant que nous pourrions l'un ou l'autre être le fait de sa Leandra (c'est le nom de la jeune fille) se remit entièrement à elle du choix qu'elle ferait entre nous deux, ne voulant pas contraindre son inclination en choisissant lui-même. J'ignore quelle fut la réponse de Leandra; mais dès ce moment son père nous ajourna toujours avec adresse, sous prétexte du peu d'âge de sa fille, sans s'engager et sans nous rebuter.

Vers cette époque, on vit tout à coup arriver dans le village un certain Vincent de la Roca, fils d'un pauvre laboureur, notre voisin. Ce Vincent revenait d'Italie et d'autres contrées lointaines où il avait, disait-il, fait la guerre. Un capitaine d'infanterie, qui passait dans le pays avec sa compagnie, l'avait enrôlé à l'âge de douze ans, et au bout de douze autres années, nous vîmes reparaître ce Vincent avec un habit de soldat, bariolé de mille couleurs, et tout couvert de verroteries et de chaînettes d'acier. Chaque jour il changeait de costume: aujourd'hui une parure, demain une autre, le tout de peu de poids et surtout de peu de valeur. Comme on est malicieux dans nos campagnes, et que souvent on n'a rien de mieux à faire, on s'amusait à regarder ces braveries, et de compte fait on finit par trouver qu'il n'avait que trois habits d'étoffes différentes, tant bons que mauvais, avec les hauts-de-chausses et les jarretières, mais qu'il savait si bien les ajuster, et de tant de façons, qu'on eût juré qu'il en avait plus de dix paires, avec autant de panaches. Ne vous étonnez pas, seigneurs, si je fais mention de ces bagatelles; la suite vous apprendra qu'elles jouent un grand rôle dans cette histoire.

D'ordinaire, notre soldat s'asseyait sur un banc de pierre qui est sous le grand peuplier de la place du village; là il faisait le récit de ses aventures, et vantait sans cesse ses prouesses. Il n'existait point de lieu au monde qu'il ne connût, ni de bataille où il n'eût assisté: il avait tué plus de Mores qu'il n'y en a dans le Maroc et dans Tunis. Gante, Luna, don Diego Garcia de Paredès, et mille autres qu'il nommait, n'avaient pas paru aussi souvent que lui sur le pré, et il s'était toujours tiré avec avantage de ces différentes affaires, sans qu'il lui en coûtât une seule goutte de sang. Après avoir raconté ses exploits, il nous montrait des cicatrices imperceptibles, prétendant qu'elles venaient d'autant d'arquebusades reçues dans différentes batailles. Bref, pour achever son portrait, il était si arrogant qu'il traitait sans façon non-seulement ses égaux, mais ceux mêmes qui l'avaient connu jadis, disant que son bras était son père, ses actions sa race, et qu'étant soldat, il ne le cédait dans le monde à qui que ce fût. Ce fanfaron, qui est quelque peu musicien, se mêlait aussi de racler une guitare, qu'il disait avoir reçue en présent d'une duchesse: il obtenait de la sorte l'admiration des niais, et amusait les habitants du village.

Mais là ne se bornaient pas les perfections de ce drôle: il était poëte, et sur le moindre incident arrivé dans le pays, il composait une romance de trois ou quatre pages d'écriture. Or, ce soldat que je viens de dire, ce Vincent de la Roca, ce brave, ce galant, fut vu de Leandra par une fenêtre de la maison de son père qui donne sur la place; la belle le remarqua; l'oripeau de ses habits l'éblouit; elle fut charmée de ses romances, dont il donnait libéralement des copies, et le récit de ses prétendues prouesses lui ayant tourné la tête, le diable aussi s'en mêlant, elle devint éperdument amoureuse de cet homme avant même qu'il eût osé lui parler d'amour. Or comme, en pareille matière, on dit que la chose est en bon train lorsque le galant est regardé d'un bon œil, bientôt la Roca et Leandra s'aimèrent, et ils étaient d'intelligence avant qu'aucun de nous s'en fût aperçu. Aussi n'eurent-ils pas de peine à faire ce qu'ils avaient résolu. Un beau matin Leandra s'enfuit de la maison de son père, qui l'aimait tendrement, pour suivre un homme qu'elle ne connaissait pas; et Vincent de la Roca sortit plus triomphant de cette entreprise que de toutes celles dont il se vantait.

L'événement surprit tout le monde; le père fut accablé de douleur; Anselme, ainsi que moi, nous faillîmes mourir de désespoir.

Furieux de l'outrage, les parents eurent recours à la justice; incontinent les archers se mirent en campagne, on battit les chemins, on fouilla les bois; enfin, au bout de trois jours, Leandra fut retrouvée dans la montagne au fond d'une caverne, presque sans vêtements et n'ayant plus ni l'argent, ni les pierreries qu'elle avait emportés. La pauvre créature fut ramenée à son père; on lui demanda la cause de son malheur; elle confessa que Vincent de la Roca l'avait trompée; que sous promesse d'être son mari, il lui avait persuadé de l'accompagner à Naples, où il prétendait avoir de très-hautes connaissances; elle ajouta que ce misérable, abusant de son inexpérience et de sa faiblesse, après lui avoir fait emporter le plus possible d'argent et de bijoux, l'avait menée dans la montagne, et enfermée dans cette caverne, dans l'état où on la trouvait, sans lui demander autre chose, ni lui avoir fait aucune violence.

Croire à la continence du jeune homme était chose difficile; mais Leandra l'affirma de tant de manières, que, sur la parole de sa fille, le pauvre père se consola, et rendit grâces à Dieu de l'avoir si miraculeusement préservée. Le même jour, il la fit disparaître à tous les regards, et alla l'enfermer dans un couvent des environs, en attendant que le temps eût effacé la honte dont la couvrait son imprudence. La jeunesse de Leandra servit d'excuse à sa légèreté, au moins auprès des gens qui ne prenaient pas d'intérêt à elle: mais ceux qui la connaissaient n'attribuèrent point sa faute à son ignorance, ils en accusèrent plutôt le naturel des femmes, qui sont pour la plupart volages et inconsidérées. Depuis lors, Anselme est en proie à une mélancolie dont rien ne peut le guérir. Pour moi, qui l'aimais tant, et qui l'aime peut-être encore, je ne connais plus de joie ici-bas, et la vie m'est devenue insupportable. Je ne vous dis point toutes les malédictions que nous avons données au soldat; combien de fois nous avons déploré l'imprévoyance du père, qui a si mal gardé sa fille, et combien nous lui avons adressé de reproches à elle-même, en un mot tous ces regrets inutiles auxquels se livrent les amants désespérés.

Aussi, depuis la fuite de Leandra, Anselme et moi, tous deux inconsolables, nous sommes-nous retirés dans cette vallée, où nous menons paître deux grands troupeaux, passant notre vie au milieu de ces arbres, tantôt soupirant chacun de notre côté, tantôt chantant ensemble, soit des vers pour célébrer la belle Leandra, soit des invectives contre elle. A notre exemple, bien d'autres de ses amants sont venus habiter ces montagnes, où ils mènent une vie aussi déraisonnable que la nôtre; et le nombre des bergers et des troupeaux est tel, qu'il semble que ce soit ici l'Arcadie pastorale, dont vous avez sans doute entendu parler. Les lieux d'alentour retentissent sans cesse du nom de Leandra: un berger l'appelle fantasque et légère; un autre la traite de facile et d'imprudente; d'autres tout à la fois l'accusent et la plaignent; ceux-ci ne parlent que de sa beauté, et regrettent son absence; ceux-là lui reprochent les maux qu'ils endurent. Tous la maudissent et tous l'adorent; et leur folie est si grande, que les uns se plaignent de ses mépris sans jamais l'avoir vue, tandis que d'autres meurent de jalousie avec aussi peu de raison; car, ainsi que je l'ai déjà dit, je ne la crois coupable que de l'imprudence qu'elle-même a confessée. Quoi qu'il en soit, on ne voit sur ces rochers, au bord des ruisseaux et au pied des arbres, qu'amants désolés, poussant mille plaintes, et prenant le ciel et la terre à témoin de leur martyre: les échos ne se lassent pas de répéter le nom de Leandra; les montagnes en retentissent, l'écorce des arbres en est couverte, et l'on dirait que les ruisseaux le murmurent. On n'entend, la nuit, le jour, que le nom de Leandra, et cette Leandra qui ne pense guère à nous, nous enchante et nous poursuit sans cesse; tous enfin nous sommes en proie à l'espérance et à la crainte, sans savoir ce que nous devons craindre ou ce que nous devons espérer.

Parmi ces pauvres insensés, le plus raisonnable et à la fois le plus fou, c'est Anselme, mon rival, qui, avec tant de sujets de se lamenter, ne gémit que de la seule absence de Leandra, et au son d'un violon dont il joue admirablement, exprime sa douleur en cadence, chantant des vers de sa façon, qui prouvent combien il a d'esprit. Quant à moi, je suis un chemin plus facile et plus sage, à mon avis: je passe mon temps à me plaindre de la légèreté des femmes, de leur inconstance, de la fausseté de leurs promesses, et de l'inconséquence empreinte dans presque toutes leurs actions.

Derrière elle courait un berger qui la flattait en son langage.

Voilà, seigneurs, l'explication des paroles que vous m'avez entendu adresser à cette chèvre quand j'approchai de vous; car, en sa qualité de femelle, je l'estime peu, quoiqu'elle soit la meilleure de mon troupeau.

Mon histoire, seigneurs, vous a peu divertis, j'en suis certain; mais si vous voulez prendre la peine de venir jusqu'à ma cabane, qui est près d'ici, je tâcherai de réparer l'ennui que je vous ai causé, par un petit rafraîchissement de fromage et de lait, mêlé à quelques fruits de la saison, qui, j'espère, ne vous sera pas désagréable.

CHAPITRE LII. DU DÉMÊLÉ DE DON QUI-CHOTTE AVEC LE CHEVRIER, ET DE LA RARE AVENTURE DES PÉNITENTS, QUE LE CHEVALIER ACHEVA A LA SUEUR DE SON CORPS.

L'histoire fut trouvée intéressante, et le chanoine, à qui elle avait beaucoup plu, vanta le récit du chevrier, en lui disant que loin d'avoir rien de grossier et de rustique, il avait parlé en homme délicat et de bons sens, et que le seigneur licencié avait eu grandement raison de dire qu'on rencontrait parfois dans les montagnes des gens qui ont de l'esprit. Chacun lui fit son compliment; mais don Quichotte renchérit sur tous les autres.

Frère, lui dit-il, je jure que s'il m'était permis d'entreprendre aujourd'hui quelque aventure, je me mettrais à l'instant même en chemin pour vous en procurer une heureuse: oui, j'irais arracher la belle Leandra de son couvent, où sans doute on la retient contre sa volonté; et en dépit de l'abbesse, en dépit de tous les moines passés, présents et à venir, je la remettrais entre vos mains pour que vous puissiez en disposer selon votre gré, en observant toutefois les lois de la chevalerie errante, qui défendent de causer aux dames le moindre déplaisir. Mais j'ai l'espoir, Dieu aidant, que le pouvoir d'un enchanteur plein de malice ne prévaudra pas toujours contre celui d'un autre enchanteur mieux intentionné; et alors je vous promets mon concours et mon appui, comme l'exige ma profession, qui n'est autre que de secourir les opprimés et les malheureux.

Jusque-là le chevrier n'avait pas fait attention à don Quichotte; il se mit alors à le regarder de la tête aux pieds, et, en le voyant de si pauvre pelage et de si pauvre carrure, il se tourna vers le barbier, assis près de lui: Seigneur, lui dit-il, quel est donc cet homme qui a une mine si étrange et qui parle d'une si singulière façon?

Et qui ce peut-il être, répondit le barbier, sinon le fameux don Quichotte de la Manche, le redresseur de torts, le réparateur d'injustices, le protecteur des dames, la terreur des géants, le vainqueur invincible dans toutes les batailles.

Voilà, reprit le chevrier, qui ressemble fort à ce qu'on lit dans les livres des chevaliers errants, qui étaient tout ce que vous dites; mais pour moi, je crois que vous vous moquez, ou plutôt que ce gentilhomme a des cases vides dans la cervelle.

Insolent, s'écria don Quichotte, c'est vous qui manquez de cervelle, à moi seul j'en ai cent fois plus que la double carogne qui vous a mis au monde!

En disant cela il prit un pain sur la table, et le jeta à la tête du chevrier avec tant de force, qu'il lui cassa presque le nez et les dents. Cet homme n'entendait point raillerie; sans nul souci de la nappe ni des viandes, ni de ceux qui les entouraient, il sauta brusquement sur don Quichotte, et lui portant les mains à la gorge, il l'aurait étranglé, si Sancho, le saisissant lui-même par les épaules, ne l'eût renversé sur le pré pêle-mêle avec les débris du festin.

Don Quichotte, aussitôt qu'il se vit libre, se rejeta sur le chevrier, tandis que celui-ci, se trouvant deux hommes sur les bras, le visage sanglant et le corps tout brisé des coups que lui portait Sancho, cherchait à tâtons un couteau pour en percer son ennemi; mais, par prudence, le chanoine et le curé s'étaient emparés de toutes les armes offensives. Le barbier, naturellement charitable, eut pitié du pauvre diable, et parvint à mettre sous lui don Quichotte, sur lequel le chevrier, devenu maître d'agir, fit pleuvoir tant de coups pour se venger du sang qu'il avait perdu, par celui qu'il tira du nez de son adversaire, qu'on eût dit qu'ils portaient chacun un masque, tant ils étaient défigurés. Le curé et le chanoine étouffaient de rire; les archers trépignaient de joie; et tous ils les animaient l'un contre l'autre en les agaçant comme on fait aux chiens qui se battent. Sancho seul se désespérait en se sentant retenu par un des valets du chanoine, qui l'empêchait de secourir son maître.

Pendant qu'ils étaient ainsi occupés, les spectateurs à rire, les combattants à se déchirer, on entendit tout à coup le son d'une trompette, mais si triste et si lugubre, qu'il attira l'attention générale. Le plus ému fut don Quichotte, qui, toujours sous le chevrier, et plus que moulu des coups qu'il en recevait, fit néanmoins céder le sentiment de la vengeance à l'instinct de la curiosité. Frère diable, dit-il à son adversaire, car tu ne peux être autre chose, ayant assez de valeur et de force pour triompher de moi, faisons trêve, je te prie, pour une heure seulement: il me semble que le son lamentable de cette trompette m'appelle à quelque nouvelle aventure.

Le chevrier, non moins las de gourmer que d'être gourmé, le lâcha aussitôt. Don Quichotte s'étant relevé s'essuya le visage, tourna la tête du côté d'où venait le bruit, et aperçut plusieurs hommes vêtus de blanc, semblables à des pénitents ou à des fantômes, qui descendaient la pente d'un coteau. Or, il faut savoir que cette année-là le ciel avait refusé sa rosée à la terre, et que dans toute la contrée on faisait des prières pour obtenir de la pluie; c'est pourquoi les habitants d'un village voisin venaient en procession à un saint ermitage construit sur le penchant de la montagne.

A la vue de l'étrange habillement des pénitents, don Quichotte, sans se rappeler qu'il en avait cent fois rencontré dans sa vie, se figure que c'était quelque aventure réservée pour lui comme au seul chevalier errant de la troupe. Une statue couverte de deuil que portaient ces gens le confirma dans cette illusion; il s'imagina que c'était quelque princesse emmenée de force par des brigands félons et discourtois. Dans cette pensée, il court promptement à Rossinante qui paissait, le bride, saute en selle; puis, son écuyer lui ayant donné ses armes, il embrasse son écu, et, s'adressant à ceux qui l'entouraient, il s'écrie: C'est maintenant, illustre compagnie, que vous allez reconnaître combien importe au monde l'existence des gens voués à l'exercice de la chevalerie errante; c'est maintenant que vous allez voir par mes actions et par la liberté rendue à cette dame captive, quelle estime on doit faire des chevaliers errants.

Aussitôt, à défaut d'éperons, il serre les flancs de Rossinante, et s'en va au grand trot donner au milieu des pénitents, malgré les efforts du curé et du chanoine pour le retenir, et sans s'inquiéter des hurlements de Sancho, qui criait de toutes ses forces: Où courez-vous, seigneur don Quichotte? quel diable vous tient au corps pour aller ainsi contre la foi catholique? Ne voyez-vous pas que c'est une procession de pénitents, et que la dame qu'ils portent sur ce brancard est l'image de la Vierge? Seigneur, seigneur, prenez garde à ce que vous allez faire. Mort de ma vie! c'est maintenant qu'il faut dire que vous avez perdu la raison.

Sancho s'épuisait en vain, car son maître était trop pressé de délivrer la dame en deuil pour écouter une seule parole; et l'eût-il entendu, il n'aurait pas tourné bride, même sur l'ordre du roi. Lorsqu'il fut à vingt pas de la procession, le chevalier retint sa monture, qui déjà ne demandait pas mieux, puis cria d'une voix rauque et tremblante: Arrêtez, misérables, qui vous masquez sans doute à cause de vos méfaits; arrêtez et écoutez ce que je veux vous dire.

Les porteurs de l'image obéirent les premiers. Un des prêtres qui chantaient des litanies, voyant l'étrange mine de don Quichotte, la maigreur de Rossinante, et tout ce qu'il y avait de ridicule dans le chevalier répliqua: Frère, si vous avez à nous dire quelque chose, parlez vite, car ces pauvres gens ont les épaules rompues, et nous n'avons pas le loisir d'entendre de longs discours.

Je n'ai qu'une parole à dire, repartit don Quichotte: rendez sur l'heure la liberté à cette noble dame, dont la contenance triste et l'air affligé font assez connaître que vous lui avez fait quelque outrage, et que vous l'emmenez contre son gré; quant à moi, qui ne suis venu en ce monde que pour redresser de semblables torts, je ne puis vous laisser faire un pas de plus.

Il n'en fallut pas davantage pour apprendre à ces gens que don Quichotte était fou, et ils ne purent s'empêcher de rire. Malheureusement, c'était mettre le feu aux étoupes. Se voyant bafoué, notre héros tire son épée, et court furieux vers la sainte image. Aussitôt un des porteurs, laissant toute la charge à ses compagnons, se jette au-devant du chevalier, et lui oppose une des fourches qui servaient à soutenir le brancard pendant le repos. Du premier choc, elle se rompit, mais du tronçon qui restait il porta un si rude coup à notre héros sur l'épaule droite, que l'écu n'arrivant pas assez à temps pour la couvrir, ou n'étant pas assez fort pour amortir la violence du choc, don Quichotte roula à terre, les bras étendus, et comme inanimé. Sancho, qui suivait, arrive tout essoufflé; à la vue de son maître en ce piteux état, il crie au paysan d'arrêter, en lui jurant que c'est un pauvre chevalier enchanté, lequel, en toute sa vie, n'avait jamais fait de mal à personne.

Les cris de Sancho eussent été inutiles si le paysan, voyant son adversaire immobile, n'eût cru l'avoir tué; retroussant donc son surplis pour courir plus à l'aise, il détala comme s'il avait eu la Sainte-Hermandad à ses trousses. Témoins de ce qui se passait, les compagnons de don Quichotte accoururent pleins de colère, et les gens de la procession, remarquant parmi eux des archers armés d'arquebuses, jugèrent prudent de se tenir sur leurs gardes. En un clin d'œil ils se rangèrent autour de l'image, et relevant leurs voiles, les pénitents armés de leurs disciplines, les clercs armés de leurs chandeliers, ils attendirent de pied ferme, résolus à se bien défendre. Toutefois la fortune en ordonna mieux qu'ils n'osaient l'espérer, et se rendit favorable aux deux partis. Pendant que Sancho, couché sur le corps de son maître, poussait les plus tristes et les plus plaisantes lamentations du monde, le curé fut reconnu par celui de la procession, ce qui calma les esprits; et le premier ayant appris à son confrère ce qu'était le chevalier, tous deux ils se hâtèrent d'aller, suivis des pénitents et de toute l'assistance, pour voir si le pauvre gentilhomme était mort. En arrivant, ils trouvèrent Sancho qui, les larmes aux yeux, exprimait sa douleur en ces termes:

O fleur de la chevalerie: qui d'un seul coup de bâton as vu terminer le cours d'une vie si bien employée! ô honneur de ta race, gloire et merveille de la Manche, merveille du monde entier, que la mort laisse orphelin et exposé à la rage des scélérats qui vont le mettre sens dessus dessous, parce qu'il n'y aura plus personne pour châtier leurs brigandages! ô toi, dont la libéralité surpasse celle de tous les Alexandre, puisque, pour huit mois de service seulement, tu m'avais donné la meilleure île de la terre! ô toi, humble avec les superbes et arrogant avec les humbles; affronteur de périls, endureur d'outrages, amoureux sans sujet, imitateur des bons, fléau des méchants et ennemi de toute malice; en un mot, chevalier errant, ce qui est tout ce qu'on peut dire de plus!

Aux cris et aux gémissements de Sancho, don Quichotte ouvrit les yeux, et la première parole qu'il prononça fut celle-ci: Celui qui vit loin de vous, sans pareille Dulcinée, ne peut jamais être que misérable. Ami Sancho, ajouta-t-il, aide-moi à me remettre sur le char enchanté, car je ne suis plus en état de me tenir sur Rossinante, j'ai l'épaule toute brisée.

Bien volontiers, mon cher maître, répondit l'écuyer. Allons, retournons à notre village en compagnie de ces seigneurs qui ne veulent que votre bien; et là nous songerons à faire une nouvelle excursion qui nous procure plus de gloire et plus de profit.

Tu as raison, Sancho, repartit son maître; il est prudent de laisser passer cette maligne influence des astres qui nous poursuit en ce moment.

Ce misérable l'avait menée dans la montagne et enfermée dans cette caverne.

Le chanoine, le curé, et maître Nicolas, approuvèrent
vivement cette résolution; et plus étonnés que jamais

des simplicités de Sancho, ils se hâtèrent de replacer don Quichotte sur la charrette. La procession se reforma, et se remit en chemin, le chevrier se retira après avoir salué la compagnie; les deux archers, se voyant désormais inutiles, firent de même, non sans avoir d'abord été largement récompensés par le curé. De son côté, le chanoine ayant embrassé son confrère, le pria instamment de lui donner des nouvelles de ce qui arriverait à notre héros, et poursuivit son chemin. Bref, la troupe se sépara, et il ne resta plus que le curé, le barbier, don Quichotte et Sancho, sans compter l'illustre Rossinante, qui en tout ceci n'avait pas témoigné moins de patience que son maître. Le bouvier attela ses bœufs, accommoda le chevalier sur une botte de foin, et suivit avec son flegme accoutumé la route qu'on lui indiqua.

Au bout de six jours ils arrivèrent au village du pauvre Hidalgo, où entrant en plein midi et un jour de dimanche, ils trouvèrent la population assemblée sur la place; aussi ne manqua-t-il pas de curieux qui tous reconnurent leur concitoyen.

Pendant qu'on entoure le chariot, que chacun à l'envi demande à don Quichotte de ses nouvelles, et à ceux qui l'accompagnent pourquoi on le menait dans cet équipage, un petit garçon court avertir la nièce et la gouvernante que leur maître arrivait dans une charrette traînée par des bœufs, couché sur une botte de foin, mais si maigre et si décharné, qu'il ressemblait à un squelette.

Aussi ce fut pitié d'ouïr les cris que jetèrent ces pauvres femmes, de voir les soufflets dont elles se plombèrent le visage, d'entendre les malédictions qu'elles donnèrent à ces maudits livres de chevalerie, quand elles virent notre héros franchir le seuil de sa maison en plus mauvais état encore qu'on ne le leur avait annoncé.

A la nouvelle du retour de nos deux aventuriers, Thérèse Panza qui avait fini par savoir que Sancho accompagnait don Quichotte en qualité d'écuyer, vint des premières pour lui faire son compliment, et rencontrant son mari: Eh bien, mon ami, lui dit-elle, comment se porte notre âne?

Il se porte mieux que son maître, répondit Sancho.

Dieu soit loué, dit Thérèse. Mais conte-moi donc tout de suite ce que tu as gagné dans ton écuyerie: où sont les jupes que tu m'apportes? où sont les souliers pour nos enfants?

Je n'apporte rien de tout cela, femme, répondit Sancho; mais j'apporte d'autres choses qui sont de bien plus haute importance.

Quel plaisir tu me fais, reprit Thérèse: Oh! montre-les-moi ces choses de haute importance, mon ami; j'ai grande envie de les voir pour réjouir un peu mon pauvre cœur, qui a été triste tout le temps de ton absence.

Je te les montrerai demain, femme, repartit Sancho, prends patience, et sois assurée que, s'il plaît à Dieu, mon maître et moi nous irons encore une fois chercher les aventures, et qu'alors tu me verras bientôt comte ou gouverneur d'une île, je dis d'une île en terre ferme, et des meilleures qui puissent se rencontrer.

Dieu le veuille! ajouta Thérèse, car nous en avons grand besoin; mais qu'est-ce que cela, des îles? Je n'y entends rien.

Le miel n'est pas fait pour la bouche de l'âne, répondit Sancho; tu sauras cela en son temps, femme, et alors tu t'émerveilleras de t'entendre appeler Seigneurie par tes vassaux.

Que parles-tu de seigneurie et de vassaux, repartit Juana Panza. (C'est ainsi que s'appelait la femme de Sancho, non qu'ils fussent parents, comme le fait observer Ben-Engeli, mais parce que c'est la coutume de la Manche, que la femme prenne le nom de son mari.)

Tu as tout le temps d'apprendre cela, Juana, répliqua Sancho: le jour dure plus d'une heure; il suffit que je dise la vérité. Sache, en attendant, qu'il n'y a pas de plus grand plaisir au monde que d'être l'honnête écuyer d'un chevalier errant en quête d'aventures, quoique celles qu'on rencontre n'aboutissent pas toujours comme on le voudrait, et que sur cent il s'en trouve au moins quatre-vingt-dix-neuf de travers. Je le sais par expérience, femme; j'en ai tâté, Dieu merci, et tu peux m'en croire sur parole: il y en a d'où je me suis tiré berné; d'autres, d'où je suis sorti roué de coups de bâton; et pourtant, malgré cela, c'est une chose très-agréable que d'aller chercher fortune, gravissant les montagnes, traversant les forêts, visitant les châteaux et logeant dans les hôtelleries sans jamais payer son écot, quelque chère qu'on y fasse.

Pendant ce dialogue de Sancho et de sa femme, la nièce et la gouvernante déshabillaient et étendaient dans son antique lit à ramages don Quichotte qui les regardait tour à tour avec des yeux hagards, sans parvenir à les reconnaître ni à se reconnaître lui-même. Le curé recommanda à la nièce d'avoir grand soin de son oncle, et de veiller à ce qu'il ne vînt point à leur échapper encore une fois. Mais quand il se mit à raconter le mal qu'on avait eu à le ramener dans sa maison, les deux femmes se remirent à crier de plus belle, et fulminèrent de nouveau mille malédictions contre les livres de chevalerie; elles se laissèrent même aller à un tel degré d'emportement, qu'elles conjuraient le ciel de plonger dans le fond des abîmes les auteurs de tant d'impostures et d'extravagances. A la fin pourtant elles se calmèrent et ne songèrent plus qu'à soigner attentivement leur seigneur, au milieu des transes continuelles que leur causait la crainte de le reperdre aussitôt qu'il serait en meilleure santé; ce qui, malgré tout, ne tarda guère à arriver.

A la vue de son maître en ce piteux état, il crie au paysan d'arrêter.

Mais quelques soins qu'ait pris l'auteur de cette histoire pour rechercher la suite des exploits de don Quichotte, il n'a pu en obtenir une connaissance exacte, du moins par des écrits authentiques. La seule tradition qui se soit conservée dans la mémoire des peuples de la Manche, c'est que notre chevalier fit une troisième sortie, que cette fois il se rendit à Saragosse, et qu'il y figura dans un célèbre tournoi, où il accomplit des prouesses dignes de sa valeur et de l'excellence de son jugement. L'auteur n'a pu recueillir rien de plus concernant ses aventures ni la fin de sa vie, et jamais il n'en aurait su davantage, si par bonheur il n'eût fait la rencontre d'un vieux médecin, possesseur d'une caisse de plomb, trouvée, disait-il, sous les fondations d'un ancien ermitage, et dans laquelle on découvrit un parchemin où des vers espagnols en lettres gothiques retraçaient plusieurs des exploits de don Quichotte, et célébraient la beauté de Dulcinée du Toboso, la vigueur de Rossinante et la fidélité de Sancho Panza.

Le scrupuleux historien de ces incroyables aventures rapporte ici tout ce qu'il a pu en apprendre, et pour récompense de la peine qu'il s'est donnée en feuilletant toutes les archives de la Manche, il ne demande qu'une chose au lecteur: c'est d'ajouter foi à son récit, autant que les honnêtes gens en accordent aux livres de chevalerie, si fort en crédit par le monde. Tel est son unique désir, et cela suffira pour l'encourager à s'imposer de nouveaux labeurs et à poursuivre ses investigations touchant la véritable suite de cette histoire, ou tout au moins à écrire des aventures aussi divertissantes.

Les premières paroles qui étaient écrites sur le parchemin trouvé dans la caisse de plomb, étaient celles-ci:

LES ACADÉMICIENS DE L'ARGAMASILLA
VILLAGE DE LA MANCHE
HOC SCRIPSERUNT
SUR LA VIE ET LA MORT
DU VAILLANT DON QUICHOTTE
DE LA MANCHE

~~~~~~~~~~

LE MONICONGO[60], ACADÉMICIEN DE L'ARGAMASILLA, DANS LE TOMBEAU DE DON QUICHOTTE

ÉPITAPHE

La tête brûlée qui para la Manche
De plus de dépouilles que Jason de Crète;
Le jugement qui eut la girouette pointue,
Là où elle aurait dû être plate;

Le bras que sa force a tant allongé,
Puisqu'il atteignit du Catay à Gaëte,
La Muse la plus affreuse et la plus discrète,
Qui grava jamais des vers sur l'airain:

Celui qui laissa en arrière les Amadis,
Et fit très-peu de cas des Galaors,
S'appuyant sur son amour et sur sa bravoure:

Celui qui fit taire les Bélianes:
Celui qui erra çà et là sur Rossinante,
Gît ici sous cette pierre froide.

LE PANIAQUADO[62], ACADÉMICIEN DE L'ARGAMASILLA IN LAUDEM DULCINEÆ DU TOBOSO

SONNET

Celle que vous voyez au visage joufflu,
A la forte poitrine et au maintien altier,
C'est Dulcinée, reine du Toboso,
Dont le grand don Quichotte fut l'adorateur.

Il foula, pour elle, à pied et fatigué,
L'un et l'autre flanc de la grande montagne Noire
Et les fameux champs de Montiel,
Jusqu'à la plaine verdoyante d'Aranjuez.

Par la faute de Rossinante, ô étoile adverse!
Cette dame manchoise et cet invincible
Chevalier errant, dans leurs jeunes années,

Elle cessa en mourant d'être belle,
Et lui, bien qu'il reste écrit sur le marbre,
Il ne put échapper à l'amour et aux tromperies.

LE CAPRICIEUX TRÈS-DISCRET ACADÉMI-
CIEN DE L'ARGAMASILLA A LA LOUANGE DE
ROSSINANTE, CHEVAL DE DON QUICHOTTE
DE LA MANCHE

SONNET

Sur le superbe tronc diamanté,
Que Mars foule de ses pieds sanglants,
Le Manchois frénétique fait flotter son étendard
Avec un courage extraordinaire.

Il suspend les armes et le fin acier
Avec lequel il détruit, il ravage, il fend, il taille:
Nouvelles prouesses; mais l'art invente
Un nouveau style pour le nouveau paladin.

Et si la Gaule se glorifie de son Amadis,
Dont les braves descendants firent triompher
Mille fois la Grèce en propageant sa renommée;

Aujourd'hui le temple où Bellone règne,
Couronne don Quichotte, et la Manche se glorifie
Plus de lui que la Grèce et la Gaule.

L'oubli ne souillera jamais ses gloires,
Car Rossinante même excède en gaillardise
Brilladore et Bayard.

DU FACÉTIEUX ACADÉMICIEN DE L'ARGA-
MASILLA A SANCHO PANÇA

SONNET

Voici Sancho Pança, petit de corps,
Mais d'un grand courage. Miracle étrange!
Je vous jure et certifie qu'il fut l'écuyer le plus simple
Et sans artifice qu'il y eût au monde.

Il tint à un rien qu'il ne fût comte,
Et il l'aurait certes été si les insolences et les injures
De ce siècle mesquin qui ne pardonne, pas même
A un âne, ne se fussent conjurées pour sa ruine.

C'est sur lui[63] (pardon de le nommer)
Que marchait ce paisible écuyer, derrière le paisible
Cheval Rossinante, et derrière son maître.

O vaines espérances du monde!
Vous passez en promettant le repos,
A la fin vous devenez une ombre, de la fumée ou un
rêve.

DU TIQUETOC, ACADÉMICIEN DE L'ARGA-
MASILLA, SUR LE TOMBEAU DE DULCINÉE
DU TOBOSO

ÉPITAPHE

Ici repose Dulcinée,
Que, bien que fraîche et dodue,
A été changée en poussière et en cendre
Par la mort épouvantable et vilaine.

Elle naquit de bonne race,
Et eut un certain air de dame;
Elle fut la flamme du grand Quichotte
Et la gloire de son hameau.

Voici les seuls vers que l'on put lire; l'écriture des autres était tellement vermoulue, qu'on les remit à un académicien pour qu'il les défrichât par conjectures. On a appris qu'il est parvenu à le faire à force de veilles et d'assiduité et qu'il a l'intention de les publier dans l'espoir de la troisième sortie de don Quichotte.

LOS ACADÉMICOS DE LA ARGAMASILLA
LUGAR DE LA MANCHA
HOC SCRIPSERUNT
EN VIDA Y MUERTE
DEL VALEROSO DON QUIJOTE
DE LA MANCHA
~~~~~~~~~~

EL MONICONGO, ACADÉMICO DE LA AR-
GAMASILLA, A LA SEPULTURA DE DON QUI-
JOTE

EPITAFIO

El calvatrueno[61] que adornó la Mancha
De mas despojos que Jason de Creta;
El juicio que tuvo la veleta,
Aguda, donde fuera mejor ancha;

El brazo que su fuerza tanto ensancha,
Que llegó del Catay hasta Gaeta,
La Musa mas horrenda y mas discreta,
Que grabó versos en broncinea plancha:

El que á cola dejó los Amadises,
Y en muy poquito á Galaores tuvo,
Estribando en su amor y bizarría:

El que hizo callar los Belianises:
Aquel que en Rocinante errando anduvo,
Yace debajo desta losa fria.

DEL PANIAGUADO, ACADÉMICO DE LA AR-
GAMASILLA, IN LAUDEM DULCINEÆ DEL
TOBOSO

SONETO

Esta que veis de rostro amondongado,
Alta de pechos y ademan brioso,
Es Dulcinea, Reyna del Toboso,
De quien fué el gran Quijote aficionado.

Pisó por ella el uno y otro lado
De la gran Sierra Negra, y el famoso
Campo de Montiel, hasta el herboso
Llano de Aranjuez, á pie y cansado:

Culpa de Rocinante. ¡O dura estrella!
Que esta Manchega dama, y este invito
Andante caballero, en tiernos años,

Ella dejó muriendo de ser bella,
Y él, aunque queda en mármoles escrito,
No pudo huir de amor, iras y engaños.

DEL CAPRICHOSO, DISCRETISIMO ACADÉMICO DE LA ARGAMASILLA EN LOOR DE ROCINANTE CABALLO DE DON QUIJOTE DE LA MANCHA

SONETO

En el soberbio tronco diamantino,
Que con sangrientas plantas huella Marte,
Frenético el Manchego su estandarte
Tremola con esfuerzo peregrino.

Cuelga las armas y el acero fino,
Con que destroza, asuela, raja y parte:
Nuevas proezas; pero inventa el arte.
Un nuevo estilo al nuevo Paladino.

Y si de su Amadis se precia Gaula,
Por cuyos bravos descendientes Grecia
Triunfó mil veces, y su fama ensancha,

Hoy á Quijote le corona el aula
Dó Belona preside, y dél se precia
Mas que Grecia ni Gaula, la alta Mancha.

Nunca sus glorias el olvido mancha,
Pues hasta Rocinante, en ser gallardo,
Excede á Brilladoro y á Bayardo.

DEL BURLADOR, ACADÉMICO ARGAMASI-LLESCO, A SANCHO PANZA

SONETO

Sancho Panza es aqueste en cuerpo chico;
Pero grande en valor. ¡Milagro extraño!
Escudero el mas simple y sin engaño,
Que tuvo el mundo, os juro y certifico.

De ser Conde no estuvo en un tantico,
Si no se conjuraran en su daño
Insolencias y agravios del tacaño
Siglo, que aun no perdonan á un borrico.

Sobre él anduvo (con perdon se miente)
Este manso escudero, tras el manso
Caballo Rocinante y tras su dueño.

¡O vanas esperanzas de la gente,
Como pasais con prometer descanso,
Y al fin parais en sombra, en humo, en sueño!

DEL TIQUETOC, ACADÉMICO DE LA ARGA-
MASILLA, EN LA SEPULTURA DE DULCINEA
DEL TOBOSO

EPITAFIO

Reposa aquí Dulcinea,
Y aunque de carnes rolliza,
La volvió en polvo y ceniza
La muerte espantable y fea.

Fué de castiza ralea,
Y tuvo asomos de dama,
Del gran Quijote fué llama,
Y fué gloria de su aldea.

Estos fueron los versos que se pudieron leer: los de-
más, por estar carcomida la letra, se entregaron á un
Académico, para que por conjeturas, los declarase.
Tiénese noticia que lo ha hecho á costa de muchas
vigilias y mucho trabajo, y que tiene intencion de saca-
llos á luz, con esperenza de la tercera salida de don
Quijote.

Forse altro canterà con miglior plettro.

FIN DE LA PREMIÈRE PARTIE

NOTES

[1] Debajo de mi manto, el rey mato.

[2] Cette coutume, alors générale, était surtout très-suivie en Espagne.

[3] Cervantes avait cinquante-sept ans lorsqu'il publia la première partie du *Don Quichotte*.

[4] Personnage proverbial, comme l'est encore le juif errant.

[5] C'est à tort que Cervantes attribue ces vers à Caton; ils sont d'Ovide.

[6] Don Antonio de Guevara, auteur de la notable histoire des *Trois Amoureuses*.

[7] Rabbin, portugais qui a écrit les *Dialogues d'amour*.

[8] Argamasilla de Alba; on y montre encore une antique maison où la tradition locale place la prison de Cervantes.

[9] *Olla*, pot-au-feu.

[10] En Espagne, le bœuf est moins estimé que le mouton.

[11] *Salpicon*, saupiquet, émincé de viande avec une sauce qui excite l'appétit.

[12] Feliciano de Silva, auteur de la *Chronique des très-vaillants Chevaliers.*

[13] Siguenza est dit ironiquement.

[14] Bouffon du duc de Ferrare au quinzième siècle, dont le cheval n'avait que la peau et les os.

[15] Rocin-antes, *Rosse auparavant.*

[16] En Espagne, on appelle *puerto*, port, un col ou passage dans les montagnes.

[17]

Mis arreos son las armas,
Mi descanso el pelear. (*Romancero.*)

[18] Il y a ici un jeu de mots: en espagnol, *castellano* veut dire Castillan et châtelain.

[19]

Mi cama las duras peñas,
Mi dormir siempre velar. (*Romancero.*)

[20] L'hôtelier donne ici la nomenclature des divers endroits fréquentés par les vagabonds et les voleurs.

[21] Il était d'usage alors, chez les paysans espagnols, d'être armé de la lance, comme aujourd'hui de porter l'escopette.

[22] Boyardo est auteur de *Roland amoureux*, et l'Arioste de *Roland furieux*.

[23] Ce capitaine est don Geronimo Ximenez de Urrea, qui avait fait une détestable traduction du *Roland furieux*.

[24] Cervantes renouvela peu de jours avant sa mort, dans la préface de *Persiles et Sigismonde*, la promesse de donner cette seconde partie de la *Galatée*. Elle ne fut point trouvée parmi ses écrits.

[25] Cervantes divisa la première partie de *Don Quichotte* en quatre livres fort inégaux. Dans la seconde partie, il abandonna cette division pour s'en tenir à celle des chapitres.

[26] On appelait *Morisques* les descendants des Arabes et des Mores restés en Espagne, après la prise de Grenade, et convertis violemment au christianisme.

[27] Cervantes veut parler de l'hébreu, et faire entendre qu'il y avait des juifs à Tolède.

[28] La *Sainte-Hermandad* était un corps spécialement chargé de la poursuite des malfaiteurs.

[29] C'était, dit l'histoire de Charlemagne, un géant qui guérissait ses blessures en buvant d'un baume qu'il portait dans deux petits barils gagnés à la conquête de Jérusalem.

[30] Royaumes extraordinaires cités dans *Amadis de Gaule*.

[31] Roue garnie de seaux à bascule, qui puisent l'eau et la versent dans un réservoir.

[32] Ces vers sont empruntés à la traduction de Filleau de Saint-Martin.

[33] Femme d'Abraham.

[34] On donnait alors le nom de *Cachopin* à l'Espagnol qui émigrait aux grandes Indes, par pauvreté ou vagabondage.

[35] Ces vers sont empruntés à la traduction de Filleau de Saint-Martin.

[36] Ces vers sont empruntés à la traduction de Filleau de Saint-Martin.

[37] *Tizona*: c'était le nom de l'épée du Cid.

[38] En voie de fortune. Mot à mot: Chercher mon sort à la piste.

[39] André Laguna, né à Ségovie, médecin de l'empereur Charles-Quint, traducteur et commentateur de Dioscoride.

[40] Les bergers espagnols appellent la constellation de la Petite Ourse *la bocina* (le clairon).

[41] Cervantes fait allusion au duc d'Ossuna, dont on disait qu'il n'avait de petit que la taille.

[42] La Sainte-Hermandad faisait tuer à coups de flèches les criminels qu'elle condamnait, et laissait leurs cadavres exposés au gibet.

[43] Chirurgien d'Amadis de Gaule.

[44] Inadvertance de l'auteur, car Sancho a perdu son âne et ne l'a pas encore retrouvé.

[45] Ces vers sont empruntés à la traduction de Filleau de Saint-Martin.

[46] Ces vers sont empruntés à la traduction de Filleau de Saint-Martin.

[47] *Montera*, espèce de casquette sans visière que portent les paysans espagnols.

[48] Allusion à l'usage des Bohémiens qui versaient du vif-argent dans les oreilles d'une mule pour lui donner une allure plus vive.

[49] Allusion à un proverbe italien.

[50] Ces vers sont empruntés à la traduction de Filleau de Saint-Martin.

[51] Ces vers sont empruntés à la traduction de Filleau de Saint-Martin.

[52] Ces vers sont empruntés à la traduction de Filleau de Saint-Martin.

[53] Le mot *cava*, signifie mauvaise, et *rumia* veut dire chrétienne.

[54] Ces vers et les précédents sont empruntés à la traduction de Filleau de Saint-Martin.

[55] Cette nouvelle est de Cervantes lui-même. Elle fut publiée, pour la première fois, dans le recueil de ses nouvelles. Elles étaient divisées en (*jocosas*) badines et (*serias*) sérieuses.

[56] Gaspard de Villalpando est l'auteur d'un livre sco-lastique fort estimé de son temps.

[57] Ces trois pièces sont de Lupercio Leonardo de Argensola.

[58] L'*Ingratitude vengée* est de Lope de Vega; *Numancia*, de Cervantes lui-même; le *Marchand amoureux*, de Gas-

pard de Aguilar, et l'*Ennemi favorable*, de Francisco Tarraga.

[59] Lope de Vega. Il a composé près de dix-huit cents pièces de théâtre.

[60] Mot composé de *mono*, singe, et de *congo*, c'est-à-dire singe du Congo, marmot, gros singe.

[61] Se dice del que tiene la cabeza atronada, y es vocinglero y alocado.

*****

Printed in the USA
CPSIA information can be obtained
at www.ICGtesting.com
LVHW101304310124
770461LV00051B/704